EL BRILLO DE LA SEDA

EL BRILLO DE LA SEDA

Anne Perry

Traducción de Cristina Martín

EDICIONES B
GRUPO ZETA

Barcelona • Bogotá • Buenos Aires • Caracas • Madrid • México D.F. • Montevideo • Quito • Santiago de Chile

Título original: *The Sheen on the Silk*

Traducción: Cristina Martín

1.ª edición: septiembre 2010

© 2010 Anne Perry
© Ediciones B, S. A., 2010
    Consell de Cent 425-427 - 08009 Barcelona (España)
    www.edicionesb.com

Printed in Spain
ISBN: 978-84-666-3482-3
Depósito legal: B. 24.612-2010

Impreso por LIBERDÚPLEX, S.L.U.
Ctra. BV 2249 Km 7,4 Polígono Torrentfondo
08791 - Sant Llorenç d'Hortons (Barcelona)

Dedicado a Jonathan

Prólogo

El joven se detuvo en los escalones mientras adaptaba los ojos a las sombras. La luz de la antorcha que parpadeaba sobre la superficie del agua confería a los pasadizos de la gran cisterna subterránea la apariencia de una catedral medio anegada. Tan sólo era visible la parte superior de las columnas, que soportaban el techo abovedado. No se oía sonido alguno, salvo el susurro del aire húmedo y el eco amortiguado de un goteo en algún lugar oculto a la vista.

Besarión estaba de pie en la plataforma de piedra situada a escasa distancia por debajo de él, cerca del borde del agua. No parecía estar asustado, de hecho su bello semblante con su pelo negro ondulado reflejaba la calma y la serenidad, casi propias de otro mundo, de un icono. ¿De verdad eran tan absorbentes sus creencias?

Suplicó a Dios si no existía un modo de evitar aquello, incluso a esas alturas. El joven tenía frío. El corazón le retumbaba en el pecho y notaba las manos agarrotadas. Había ensayado todos los argumentos, pero seguía sin estar preparado. No lo estaría nunca, pero ya no quedaba tiempo, mañana sería demasiado tarde.

Bajó otro peldaño más, y Besarión se volvió, con las facciones contraídas un instante por el miedo, para a continuación relajarlas al reconocer al intruso.

—¿Qué sucede? —preguntó un poco cortante.

—Necesito hablar contigo. —El joven descendió el resto de los escalones hasta quedar al nivel del agua, a un par de pasos de Besarión. Tenía las manos sudorosas y estaba temblando. Habría dado todo lo que poseía por haber evitado aquello.

—¿De qué? —dijo Besarión en tono impaciente—. Todo está en su sitio. ¿De qué más hay que hablar?

—No podemos hacerlo —respondió él con sencillez.

—¿Tienes miedo? —preguntó Besarión. Bajo la luz oscilante su expresión resultaba impenetrable, pero la seguridad que transmitía su voz era absoluta. ¿Es que jamás flaqueaba su fe, su certidumbre?

—No tiene que ver con el miedo —replicó el joven—. Eso se supera con arrojo. Pero si estamos equivocados, eso no lo enmendará.

—Pero no estamos equivocados —dijo Besarión con vehemencia—. Un rápido acto de violencia para evitar que sobrevenga una era de lento declive hacia la barbarie del intelecto y la corrupción de nuestra fe. ¡Ya hemos superado todo eso!

—No estoy hablando de que estemos equivocados en lo moral. Comprendo que hay que sacrificar a uno para salvar a muchos. —Hizo además de echarse a reír, pero se atragantó con su propio aliento. ¿Sería Besarión capaz de entender la imposible ironía de aquello?—. Me refiero a que nos equivoquemos al juzgar. —Odió decir aquello—. Miguel es quien está en lo cierto, no tú. Para sobrevivir necesitamos de su destreza, de su astucia, de su ingenio para negociar, para manipular, para que nuestros enemigos se vuelvan unos contra otros.

Besarión estaba atónito. Incluso en aquellas sombras cambiantes, se le notaba en todas las facciones de su rostro y en el ángulo formado por la cabeza y los hombros.

—¡Traidor! —Fue un gruñido de perplejidad—. ¿Y la Iglesia? ¿También estás dispuesto a traicionar a Dios?

Aquello era lo que había temido. Besarión no era capaz de reconocer su incompetencia para asumir el mando. ¿Por qué no lo había visto antes él mismo? Sus esperanzas lo habían cegado, y ahora ya no le quedaban opciones.

—Si la ciudad cae, no salvaremos a la Iglesia, y si hacemos lo que tenemos planeado para mañana, la ciudad caerá —dijo con voz temblorosa.

—¡Judas! —replicó Besarión con rencor. Se volvió con rabia, y al no encontrar resistencia dio un traspié.

Era terrible, como suicidarse, salvo que la alternativa era inimaginablemente peor. Además, ni siquiera había tiempo para pensar. Estaba temblando y sentía un fuerte malestar en el estómago, pero aun así lo hizo. Arremetió contra Besarión con todas sus fuerzas y oyó el impacto que éste produjo al chocar contra el agua, seguido del grito de sorpresa. Aprovechando que todavía estaba aturdido, el joven se lanzó a por él. Encontró su cabeza y asió con ambas manos el cabello tupido y rizado, se lo retorció y se echó encima con todo su peso para sumergirlo y mantenerlo bajo el agua, fría y clara.

Besarión se debatió intentando forcejear hacia arriba, sin nada en que apoyarse. Luchaba contra un hombre más delgado y más fuerte que él, e igualmente dispuesto a sacrificar todo lo que tenía por una creencia.

Por fin cesó el intenso chapoteo. Se instaló el silencio proveniente de las sombras que se extendían más allá de los pasillos y el agua volvió a aquietarse.

El joven se agachó en cuclillas sobre las piedras, helado y descompuesto. Pero aún no había terminado. Se obligó a sí mismo a incorporarse. Le dolía el cuerpo como si lo hubieran apaleado, y mientras subía los peldaños comenzaron a rodarle las lágrimas por la cara.

1

Ana Zarides, de pie en el embarcadero de piedra, contemplaba las aguas oscuras del Bósforo en dirección al faro de Constantinopla. Su fuego iluminaba el firmamento con un majestuoso haz de luz que se recortaba contra las pálidas estrellas del mes de marzo. Era una vista muy hermosa, pero ella estaba esperando a que el amanecer le mostrara los tejados y, uno por uno, los maravillosos palacios, las iglesias y las torres que sabía que estaban allí.

La olas, cuyas crestas eran apenas visibles, traían un viento frío. Las oía chocar y sisear contra los guijarros. Allá a lo lejos, en el promontorio, los primeros rayos del sol tocaron una cúpula gigantesca, de cien, doscientos pies de altura. Al cabo de unos instantes pareció adquirir un suave resplandor rojo, como si la iluminara un fuego interno. Tenía que ser Santa Sofía, la iglesia más grandiosa del mundo, que no sólo era la más bella, sino el corazón y el alma de la fe cristiana.

Ana la contempló mientras la luz diurna se iba intensificando. Comenzaron a distinguirse otros tejados, una maraña de ángulos, torres y cúpulas. A la izquierda de Santa Sofía vio cuatro columnas altas y esbeltas, recortadas como agujas contra el horizonte. Sabía lo que eran: monumentos a algunos de los más grandes emperadores del pasado. Allí debían de encontrarse también los palacios imperiales, y el hipódromo, pero lo único que se veía eran sombras, reflejos blancos de mármol aquí y allá, más árboles y los interminables tejados de una ciudad más grande que Roma o que Alejandría, Jerusalén y Atenas.

Ahora veía con claridad la estrecha franja del Bósforo, que ya comenzaba a llenarse de embarcaciones. Haciendo un esfuerzo logró distinguir la enorme muralla que recorría la costa y parte de los puertos que había a sus pies, atestados de cascos y mástiles imposibles de discernir, todos navegando por la superficie calma dentro de las escolleras.

El sol iba elevándose en un cielo pálido, una bóveda luminiscente inyectada de fuego. Al norte, el tramo curvo del Cuerno de Oro mostraba una tonalidad de bronce fundido entre sus orillas.

La primera barca de pasajeros del día se dirigía hacia ellos. Preocupada una vez más por cómo la verían los extranjeros, Ana se acercó al borde del embarcadero y observó las tranquilas aguas que se mecían al abrigo de la piedra. Vio su imagen reflejada, sus serenos ojos grises, su rostro fuerte pero vulnerable, sus pómulos salientes y su boca suave. El brillante cabello le caía a la altura del mentón, sin los arreglos ni los adornos propios de las mujeres, y sin ningún velo que lo ocultara.

La barca se encontraba ya a menos de cien pasos. Era una embarcación ligera, de madera, suficiente para transportar a media docena de pasajeros. El remero luchaba contra la fuerte brisa y las tenaces corrientes, que allí, donde Europa se encontraba con Asia, resultaban muy traicioneras. Ana respiró hondo, y al hacerlo notó los fuertes vendajes que le apretaban el pecho y el ligero relleno en la cintura que disimulaba sus formas de mujer. A pesar de toda su experiencia, todavía le resultaba incómodo. Sintió un escalofrío, y se ciñó un poco más la capa.

—No —dijo Leo a su espalda.

—¿Qué ocurre? —Se volvió para mirarlo. Era alto, de hombros esbeltos y cara redondeada, con las mejillas barbilampiñas. Tenía la frente fruncida por el nerviosismo.

—Ese gesto —contestó el eunuco con delicadeza—. No te rindas al frío como haría una mujer.

Ella se volvió con un gesto brusco, furiosa consigo misma por haber cometido un error tan tonto. Estaba poniéndolos a todos en peligro.

—¿Todavía estás segura? —preguntó Simonis con voz quebradiza—. No es demasiado tarde para... para cambiar de idea.

—Lo voy a hacer bien —dijo Ana con firmeza.

—No puedes permitirte el lujo de cometer errores, Anastasio. —Leo utilizó deliberadamente el nombre que ella había decidido adoptar—. Te castigarían por hacerte pasar por un hombre, aunque sea un eunuco.

—En ese caso, no deben descubrirme —repuso ella con sencillez.

Siempre había sabido que iba a ser difícil. Pero por lo menos había una mujer que lo había logrado en el pasado. Se llamaba Marina, y había ingresado en un monasterio como eunuco. Nadie descubrió el engaño hasta después de su muerte.

Estuvo a punto de preguntarle a Leo si quería regresar, pero sería como insultarlo, y él no se merecía tal cosa. De todas maneras, necesitaba observarlo e imitarlo.

La barca llegó al muelle y el remero se puso en pie con esa soltura peculiar de quienes están acostumbrados al mar. Era joven y bien parecido. Lanzó una maroma alrededor del puntal y acto seguido, sonriente, saltó a los tablones del embarcadero.

Ana estuvo a punto de devolverle la sonrisa, pero justo a tiempo se acordó de no hacerlo. Soltó la capa, dejando que el viento la helara, y el barquero la dejó a un lado para ir a ofrecer su ayuda a Simonis, que era mayor, más gruesa y obviamente una mujer. Ana los siguió y ocupó su asiento en la barca. Por último embarcó Leo, con los escasos bultos que contenían las preciadas medicinas, hierbas y el instrumental de Ana. El remero se sentó de nuevo en su sitio y se incorporó a la corriente.

Ana no miró atrás. Había abandonado todo lo que le era familiar y no tenía idea de cuándo volvería a verlo, pero lo único que importaba era la misión que tenía por delante.

Ya estaban muy adentrados en la corriente. Ante ellos fueron surgiendo, igual que un acantilado, los restos del malecón destruido por los cruzados latinos que habían saqueado e incendiado la ciudad setenta años antes y habían conducido a sus habitantes al exilio. Contempló su estado actual, cómo se erguía en toda su envergadura, como si no hubiera sido construido por el hombre sino por la naturaleza, y se preguntó cómo era posible que alguien se hubiera atrevido a atacarlo, y además lo hubiera conseguido.

Ana se agarró de la borda y se giró en su asiento para mirar a derecha e izquierda y apreciar la magnitud de la ciudad. Parecía abarcar toda superficie rocosa, todo brazo de mar, toda ladera. Los tejados estaban tan apretados que daban la impresión de que era posible saltar a pie de uno a otro.

El remero sonreía, divertido por su expresión maravillada. Ana sintió que se sonrojaba por su propia ingenuidad y volvió el rostro.

Ya estaban lo bastante cerca de la ciudad como para distinguir las piedras rotas, los parches de vegetación que las surcaban y las oscuras cicatrices dejadas por el fuego. Ana se sorprendió del aspecto salvaje que tenían, aunque ya habían transcurrido once años desde 1262, fecha en que Miguel Paleólogo hizo volver a Constantinopla a las gentes de las provincias a las que habían sido expulsadas.

Ahora también Ana estaba allí, por primera vez en su vida, y por motivos totalmente inadecuados.

El remero se mantuvo firme para resistir la ola que los meció al paso de una trirreme que se dirigía a mar abierto. Era una nave alta de casco, con tres hileras de remos que, en su constante subir y bajar, dejaban escapar brillantes regueros de agua de sus palas. Más allá, había otras dos embarcaciones casi redondas en las que unos hombres se afanaban en recoger las velas y amarrarlas con rapidez para poder echar el ancla exactamente en el lugar apropiado. Ana se preguntó si vendrían del mar Negro y qué traerían para vender o comerciar.

Al amparo del rompeolas, el mar estaba calmo. En algún sitio, alguien rio, y aquella risa se propagó por el agua, por encima del chapoteo de las olas y de los graznidos de las gaviotas.

El barquero los guio hacia el costado del muelle hasta chocar suavemente contra las rocas. Ana le pagó cuatro follis de cobre sosteniéndole la mirada apenas un momento, y a continuación se levantó y saltó a tierra mientras él ayudaba a Simonis.

Debían contratar un transporte para los bultos, y después encontrar una posada donde les procurasen comida y refugio hasta que ella pudiera buscar una casa que alquilar y en la que instalar su consulta. Aquí no iba a recibir ninguna ayuda, no iba a contar con las recomendaciones que habría obtenido gracias a la buena reputación de su padre en su hogar de Nicea, la antigua y magnífica capital de Bitinia, situada al otro lado del Bósforo, hacia el sureste. Estaba sólo a un día a caballo y Constantinopla era un mundo nuevo para ella. Aparte de Leo y de Simonis, estaba sola. La lealtad de ellos era absoluta. Aun conociendo la verdad habían querido acompañarla.

Ana echó a andar por el gastado empedrado del muelle abriéndose camino por entre balas de lana, fardos de alfombras y seda salvaje, pilas de vajillas de loza, losas de mármol y maderas exóticas, y unas bolsas más pequeñas que desprendían un olor a especias. También flotaban en el aire otros olores menos gratos, los del pescado, las pieles, el sudor humano y los excrementos de animales.

Giró la cabeza dos veces para cerciorarse de que Leo y Simonis seguían a su lado.

Ella había llegado a la edad adulta sabiendo que Constantinopla era el centro del mundo, el cruce de caminos entre Europa y Asia, y se sentía orgullosa de ello, pero ahora la abrumaba aquella babel de voces extrañas entreveradas con el griego de los nativos bizantinos y el incesante y anónimo ajetreo que la rodeaba.

Un hombre de pecho desnudo y piel reluciente con un saco al hombro que lo obligaba a caminar encorvado chocó de pronto con ella y antes de proseguir su camino musitó algo. Luego se cruzó con un calderero cargado de pucheros y sartenes que soltó una estridente carcajada y escupió en el suelo. Después se topó con un musulmán ataviado con turbante y túnica de seda negra que pasó por su lado sin decir nada.

Ana dejó atrás el desigual empedrado y cruzó la calle, seguida de cerca por Leo y Simonis. Los edificios de la parte de tierra tenían cuatro o cinco plantas de altura y los callejones que discurrían entre ellos eran más angostos de lo que había esperado. El fuerte olor a sal y a vino rancio resultaba desagradable, y el ruido que había por todas partes, incluso allí, dificultaba el hablar. Tomó el camino cuesta arriba, a fin de alejarse un poco más del muelle.

Había tiendas a izquierda y derecha que también servían de viviendas, a juzgar por la ropa que colgaba de las ventanas. Unos cien pasos hacia el interior, había más silencio. Pasaron por delante de una panadería, y el aroma a pan recién hecho le trajo a Ana el recuerdo de su casa.

Aún seguían subiendo, y le dolían los brazos de cargar con el material médico. Leo debía de estar más agotado todavía, porque él llevaba las cajas de más peso, y Simonis una bolsa que contenía ropa.

Ana hizo un alto y dejó un momento su carga en el suelo.

—Hemos de buscar un lugar para pasar la noche. Por lo menos para dejar nuestras pertenencias. Y necesitamos comer. Han pasado más de cinco horas desde que desayunamos.

—Seis —señaló Simonis—. Jamás en mi vida había visto tanta gente.

—¿Quieres que te lleve eso? —ofreció Leo, pero su semblante revelaba cansancio, y ya cargaba mucho más peso que Simonis y Ana.

A modo de respuesta, Simonis recogió su bulto y reemprendió la marcha.

Un centenar de pasos más adelante, encontraron una posada excelente en la que servían de comer y que contaba con buenos colchones rellenos de plumas de ganso y provistos de sábanas de lino. Cada habitación tenía una bañera bastante grande y una letrina con un desagüe de azulejos. Costaba ocho follis por persona y por noche, sin incluir las comidas. Era bastante cara, pero Ana dudó de que hubiera otras mucho más baratas.

Ana temía salir por si cometía otro error: otro gesto femenino, otra expresión de mujer, o incluso una falta de reacción de algún tipo. Bastaría una única metedura de pata para que la gente se fijara en ella y tal vez viera lo que la diferenciaba de un eunuco auténtico.

En una taberna tomaron un almuerzo a base de mújoles frescos y pan de trigo, y formularon unas cuantas preguntas discretas acerca de alojamientos más baratos.

—Ah, más hacia el interior —les dijo en tono jovial un comensal de otra mesa. Era un individuo menudo y de pelo gris, vestido con una túnica gastada que no le llegaba más allá de las rodillas. Llevaba las piernas vendadas con tela a modo de abrigo, pero dicho vendaje no le estorbaba para trabajar—. Cuanto más hacia el oeste, más baratos son los alojamientos. ¿Sois extranjeros aquí?

No había motivo para negarlo.

—De Nicea —le respondió Ana.

—Yo soy de Sestos —repuso el hombre con una sonrisa desdentada—. Pero todo el mundo termina viniendo aquí, tarde o temprano.

Ana le dio las gracias, y al día siguiente alquilaron un asno para transportar los bultos y se mudaron a una posada más barata, situada muy cerca del borde occidental de la ciudad, junto a las murallas, no lejos de la puerta de Carisio.

Aquella noche, Ana se tendió en su cama escuchando los sonidos desconocidos de la ciudad que la rodeaba. Aquello era Constantinopla, el corazón de Bizancio. A lo largo de toda su vida había oído contar historias acerca de ella, a sus padres y a sus abuelos, pero ahora que se encontraba aquí le resultaba extraña y demasiado grande para abarcarla con la imaginación.

Pero no iba a conseguir nada quedándose en su alojamiento. La supervivencia exigía que al día siguiente saliera y comenzara a buscar una casa donde pudiese ejercer.

Pese al cansancio, el sueño no le vino fácilmente, y sus pesadillas estuvieron pobladas de caras desconocidas y del miedo de perderse.

Por las historias que le había contado su padre, sabía que Constantinopla estaba rodeada de agua por tres de sus costados y que la calle principal, que se llamaba Mese, tenía forma de Y. Los dos brazos de la misma convergían en el foro de Amastro y continuaban en dirección este, hacia el mar. Todos los grandiosos edificios de los que había oído hablar se encontraban en aquel tramo: Santa Sofía, el foro de Constantino, el hipódromo, los antiguos palacios imperiales y por supuesto tiendas de objetos exquisitos, sedas, especias y gemas.

Salieron de mañana, a paso vivo. El aire era fresco. Las tiendas de comida estaban abiertas y prácticamente en cada esquina había panaderías abarrotadas de gente, pero no disponían de tiempo para concederse ningún capricho. Aún estaban dentro de la telaraña de callejuelas que recorrían la ciudad entera, desde las tranquilas aguas del Cuerno de Oro al norte hasta el mar de Mármara al sur. Varias veces tuvieron que hacerse a un lado para permitir el paso a carros tirados por asnos y atestados de mercancías destinadas al mercado, en su mayoría fruta y verdura.

Llegaron al tramo ancho de la calle Mese justo en el momento en que pasaba junto a ellos un camello bamboleándose, con la cabeza alta y la expresión agria, y un hombre que venía a toda prisa detrás de él, doblado bajo el peso de una bala de algodón. La calzada era un hervidero de gente. Entre los nativos griegos Ana vio musulmanes con turbante, búlgaros de pelo cortado al rape, egipcios de piel oscura, escandinavos de ojos azules y mongoles de pómulos pronunciados. Le habría gustado saber si ellos se sentían tan raros como se sentía ella, tan asombrados por el tamaño, la vitalidad, la selva de vibrantes colores en las ropas, en los toldos de las tiendas, morados y escarlatas, azules y dorados, y diversas tonalidades de aguamarina, rojo vino y rosa allí donde mirara.

No tenía idea de por dónde empezar. Tendría que indagar y obtener un poco de información acerca de las diferentes zonas residenciales en las que pudiera encontrar una casa.

—Necesitamos un mapa —dijo Leo con el ceño fruncido—. Esta ciudad es demasiado grande para saber dónde estamos sin ayuda de un mapa.

—Necesitamos instalarnos en un buen barrio residencial —agregó Simonis. Probablemente estaba acordándose del hogar que habían dejado en Nicea. Pero ella había deseado venir casi tanto como la propia Ana. Su favorito había sido siempre Justiniano, aunque él y Ana eran mellizos. Cuando Justiniano se fue de Nicea para venir a Constantinopla, Simonis se afligió mucho. Cuando Ana recibió aquella última carta desesperada que hablaba del destierro de su hermano, Simonis no pensó en otra cosa que rescatarlo, a costa de lo que fuera. Fue Leo el que demostró tener la cabeza fría y quiso que antes se trazara un plan, y también el que se preocupó mucho por la seguridad de Ana.

Les llevó varios minutos encontrar una tienda donde vendieran manuscritos, y allí preguntaron.

—Ah, sí —dijo inmediatamente el tendero. Era un hombre bajo y delgado, de pelo blanco y sonrisa fácil. Abrió un cajón que tenía a su espalda y extrajo varios rollos de papel. Desplegó uno de ellos y mostró el dibujo—. ¿Veis? Hay catorce distritos. —Indicó la forma vagamente triangular dibujada con tinta negra—. Ésta es la calle Mese, que va en esta dirección. —Mostró el punto en el mapa—. Aquí está la muralla de Constantino, y al oeste la muralla de Teodosio. Están todos los distritos, excepto el trece, que se encuentra al norte, al otro lado del Cuerno de Oro. Se llama Gálata. Pero ahí no os conviene vivir, es para extranjeros.

El tendero enrolló el papel y se lo entregó a Ana.

—Son dos sólidos.

Ella se quedó estupefacta, y un tanto recelosa de que aquel individuo supiera que ella era forastera y por lo tanto estuviera intentando aprovecharse de ella. Sin embargo, le entregó el dinero.

Recorrieron la calle Mese en su totalidad procurando no ir mirando a todas partes como los provincianos que eran. La calle estaba llena de una fila tras otra de puestos de mercaderes bajo la sombra de toldos de todos los colores que cabía imaginar, atados a postes de madera que los sujetaban firmes contra el viento. E incluso así se agitaban sonoramente con cada ráfaga, como si estuvieran vivos y lucharan por liberarse.

En el distrito uno había mercaderes de especias y perfumes. El aire estaba saturado de fragancias, y Ana se puso a inhalar profundamente a fin de saborearlas. No tenía tiempo ni dinero que desperdiciar, pero no pudo evitar contemplar aquellas maravillas y detenerse un momento a admirar su belleza. Ningún otro amarillo tenía la intensidad del azafrán, ningún otro marrón aquella riqueza de tonalidades que poseía la nuez moscada. Conocía el valor medicinal de todas aquellas especias, hasta de las más raras, pero en su hogar de Nicea tenía que pedirlas ex profeso y pagar un importe adicional por su transporte. En cambio aquí estaban expuestas a la vista, como si fueran algo corriente.

—En este barrio hay mucho dinero —observó Simonis con un deje de reprobación.

—Más importante todavía, ya tienen médicos propios —añadió Leo.

Ahora caminaban entre las tiendas de los perfumeros, donde había más mujeres que en las otras zonas. Se notaba a las claras que muchas eran ricas. Tal como requería la costumbre, usaban túnicas y dalmáticas que les llegaban desde el cuello casi hasta el suelo, y llevaban el cabello oculto por tocados y velos. Por su lado pasó una mujer que les sonrió, y Ana se fijó en que se había oscurecido las cejas de manera muy delicada, y puede que también las pestañas. Desde luego, llevaba en los labios arcilla roja, que les daba una tonalidad sumamente vívida.

Ana oyó su risa cuando la mujer se encontró con una amiga y juntas se pusieron a probar un perfume tras otro. Las sedas bordadas y brocadas que vestían se agitaban en la brisa como pétalos de flores. Envidió aquella alegría.

Pero tendría que buscar mujeres más corrientes, y también pacientes que fueran varones, o de lo contrario jamás descubriría por qué Justiniano había pasado de ser un favorito de la corte del emperador, para al día siguiente convertirse en un exiliado, y afortunado de haber conservado la vida. ¿Qué habría ocurrido? ¿Qué debía hacer Ana para que se le hiciera justicia?

Al día siguiente, de mutuo acuerdo, dejaron la calle Mese y sus inmediaciones y buscaron más lejos, en las calles adyacentes, las tiendecitas y los distritos residenciales, situados al norte del centro, casi debajo de los descomunales arcos del acueducto de Valente, captando aquí y allá breves vislumbres de la luz que se reflejaba en las aguas del Cuerno de Oro.

Se encontraban en una callejuela, apenas lo bastante ancha para que se cruzaran dos asnos, cuando llegaron a un tramo de escaleras que subía a mano izquierda. Pensando que la altura les permitiría orientarse mejor, comenzaron a ascender. El pasadizo giró hacia un lado, y después hacia el otro. Ana estuvo a punto de tropezar con los escombros que cubrían los peldaños.

De repente, sin previo aviso, el camino se interrumpió bruscamente y se encontraron en un pequeño patio. Ana se quedó atónita al ver lo que la rodeaba. Todos los muros estaban deteriorados, algunos mostraban agujeros allí donde se habían desprendido fragmentos, otros lucían manchones negros causados por el fuego. El mosaico del suelo estaba roto, salpicado de piedras y trozos de azulejo, y los arcos de entrada que había alrededor se veían ahogados por las malas hierbas. La única torre que quedaba en pie estaba muy dañada y oscurecida por el humo. Oyó que Simonis reprimía un sollozo, mientras que Leo permanecía en silencio, con el semblante pálido.

De pronto, la terrible invasión de 1204 se hizo real, como si hubiera tenido lugar sólo unos años antes, en vez de hacía más de medio siglo. Ahora cobraron sentido otras cosas que habían visto, las calles cuyas viviendas continuaban en ruinas, invadidas de hierbajos y medio podridas, los embarcaderos destruidos que había visto Ana desde lo alto, la pobreza existente en una ciudad que a primera vista le había parecido la más rica del mundo. Los habitantes habían regresado hacía más de una década, pero las heridas de la conquista y del destierro continuaban abiertas.

Ana volvió el rostro, al tiempo que el terror imaginado hacía presa en ella y le dejaba el cuerpo helado incluso bajo el fuerte sol primaveral, en aquel lugar al abrigo del viento, donde debía hacer mucho calor.

Al final de aquella semana encontraron por fin una casa en una cómoda zona residencial situada en una ladera al norte de la calle Mese, entre las dos grandes murallas. Desde varias ventanas Ana podía ver la luminosidad del Cuerno de Oro, un retazo de azul entre los tejados que por un instante le proporcionaba el espejismo de algo inacabable, casi como si ella pudiera volar.

Era una casa bastante pequeña, pero en buen estado. Las baldosas de los suelos eran hermosas, y a Ana le gustaron de modo particular el patio, con su sencillo mosaico, y la enredadera que trepaba hasta el tejado.

Simonis se sintió satisfecha con la cocina, aunque hizo algún que otro comentario despectivo acerca de su tamaño, pero Ana vio, por la manera en que hurgaba en todos los rincones y tocaba las superficies de mármol de los muebles, el hondo fregadero y la mesa maciza, que en realidad le gustaba. Había un pequeño cuarto para almacenar cereales y verduras, estantes y cajones para las especias, y, al igual que en las demás zonas lujosas de la ciudad, acceso a abundante agua limpia, aunque un tanto salobre.

Había habitaciones suficientes para disponer de una alcoba cada uno, un comedor, un vestíbulo donde aguardarían los pacientes y una sala para consulta. Además, había otro cuarto con una puerta pesada a la que Leo podría poner un candado, donde Ana podía guardar hierbas medicinales, pomadas, ungüentos y tinturas, y naturalmente sus cuchillas quirúrgicas, sus agujas y sus hilos de seda. Allí dentro ubicó el armario de madera, con sus decenas de cajones, en los que puso las hierbas medicinales, cada una con su etiqueta, incluida una hoja entera o una raíz para no confundirlas entre sí.

Pero los pacientes no acudirían a ella, a pesar del discreto letrero que colocó en la fachada de la casa y que indicaba su profesión. Debía salir ella a buscarlos, dar a conocer su presencia y sus aptitudes a la gente.

Y, así pues, al mediodía se presentó en una taberna, bajo el intenso sol y el viento. Empujó la puerta y pasó al interior. Avanzó entre los parroquianos y vio una mesa con una silla vacía. Las demás estaban ocupadas por hombres que comían y hablaban animadamente. Por lo menos uno de ellos era un eunuco: más alto, de brazos largos, rostro blando y voz demasiado aguda, con aquel tono extraño, alterado, propio de los de su género.

—¿Os importa que ocupe este asiento? —preguntó.

Fue el eunuco el que contestó, invitándola a sentarse. A lo mejor se sintió complacido de tener otro igual que él.

Se acercó un tabernero y le ofreció algo de comer: porciones de cerdo asado envueltas en pan de trigo, que ella aceptó.

—Os lo agradezco —dijo—. Acabo de llegar aquí, me he instalado en la casa de la puerta azul, colina arriba. Me llamo Anastasio Zarides, y soy médico.

Uno de los hombres se encogió de hombros y se presentó.

—Si me pongo enfermo, me acordaré —dijo en tono afable—. Si sabéis coser heridas, podríais quedaros por aquí cerca. Habrá trabajo para vos cuando hayamos terminado de pelear.

Ana no supo muy bien cómo responder, no sabía si aquel hombre estaba bromeando o no. Al entrar había oído unas cuantas voces exaltadas.

—Tengo aguja e hilo —ofreció.

Uno de los hombres soltó una carcajada.

—Si nos invaden, vais a necesitar algo más. ¿Qué tal se os da resucitar a los muertos?

—Nunca me he atrevido a intentar algo así —repuso ella con tanta naturalidad como le fue posible—. ¿No es más bien una tarea propia de un sacerdote?

Todos rieron, pero Ana percibió en aquellas carcajadas un matiz duro, amargo, de miedo, y comprendió la fuerza que tenía el trasfondo que apenas había captado hasta aquel momento, en su urgencia por encontrar una casa y comenzar a ejercer.

—¿Qué clase de sacerdote? —exclamó con aspereza uno de los hombres—. ¿Ortodoxo o romano? ¿De qué lado estáis vos?

—Yo soy ortodoxo —contestó Ana en voz queda, respondiendo porque se sintió impulsada a decir algo. El silencio constituiría un engaño.

—Entonces, más vale que recéis mucho —le dijo el hombre—. Bien sabe Dios que vamos a necesitaros. Bebed un poco de vino.

Ana tendió su vaso y descubrió que le temblaba la mano. Se apresuró a volver a dejarlo en la mesa.

—Gracias. —Cuando el vaso estuvo lleno, lo levantó en alto y se obligó a sí misma a esbozar una sonrisa—. Brindemos por vuestra buena salud... salvo quizás un ligero sarpullido en la piel o alguna que otra urticaria. Se me da muy bien curar esas cosas, y no cobro demasiado.

Todos estallaron de nuevo en carcajadas y alzaron sus vasos.

2

Ana fue visitando a sus vecinos uno por uno, se presentó e indicó su profesión. Varios de ellos contaban con médicos a quienes acudir, pero ella ya se lo esperaba. Les decía que su especialidad eran los males de la piel, sobre todo las quemaduras, y de los pulmones, y a continuación se iba sin presionar más.

También compró diversos utensilios para la casa, de la mejor calidad que se pudo permitir, en tiendas pequeñas, situadas a dos o tres calles de donde vivía. Allí también se presentó y explicó a qué se dedicaba. A cambio del favor de que recomendara las mercaderías que vendían, ellos se mostraron dispuestos a recomendar sus servicios a los clientes.

En la segunda semana tuvo sólo dos consultas, relativas a afecciones tan leves que únicamente requirieron una sencilla poción para calmar el picor y la quemazón. Tras la atareada consulta que había heredado de su padre en Nicea, esto le resultó demasiado pequeño. Tuvo que hacer un esfuerzo para mantener el ánimo alto ante Leo y Simonis.

La tercera semana fue mejor. La solicitaron para que acudiera a un accidente que había tenido lugar en la calle: un anciano que se había caído y se había lastimado gravemente las piernas. El muchacho que fue a buscarla describió las lesiones de manera tan vívida, que Ana supo de inmediato qué lociones y ungüentos llevarse consigo, y qué hierbas para la conmoción y el dolor. Al cabo de media hora el anciano se sentía notablemente mejor, y al día siguiente ya estaba cantando las alabanzas de su médico. Corrió el rumor, y en los días que siguieron se triplicó el número de pacientes.

Ya no podía seguir postergándolo más, debía empezar a buscar información.

La persona por la que obviamente debía comenzar era el obispo Constantino, por medio de cuya ayuda Justiniano le había hecho llegar la última carta. Le había escrito muchas veces hablándole del obispo, de su lealtad a la fe ortodoxa, de su valentía en la causa de la resistencia contra Roma y de la bondad personal que mostraba hacia él, que en aquel momento era un extranjero en la ciudad. También había mencionado que Constantino era eunuco, y aquello era lo que ponía nerviosa a Ana en estos momentos. De pie en el cuarto de las medicinas, rodeada por los familiares aromas de la nuez moscada, el almizcle, los clavos y el alcanfor, cerró los puños con fuerza. Todos los amaneramientos, todos los gestos debían ser los adecuados. El más mínimo desliz haría recelar a Constantino y daría pie a un escrutinio más detallado. Se apreciarían más errores. Incluso podía ocurrir que diera la impresión de estar burlándose de él.

Encontró a Leo en la cocina, donde Simonis estaba poniendo sobre la mesa la comida del mediodía: pan de trigo, queso fresco, verduras y lechuga aderezada con vinagre de escila, tal como se prescribía para el mes de abril. Todos los meses tenían normas para lo que había que comer y lo que no, y Simonis estaba muy versada en dicho tema.

Al entrar Ana, Leo se volvió y dejó las herramientas que estaba usando para reparar la bisagra del armario. Desde que se mudaron a aquella casa, se había dado cuenta de las muchas habilidades que poseía Leo para todas las tareas prácticas.

—Ha llegado el momento de que vaya a ver al obispo Constantino —dijo en voz queda—. Pero antes de eso, necesito otra lección más... te lo ruego.

Como mujer, sólo habría podido practicar la medicina con pacientes femeninos, y habría podido obtener muy poca información acerca de la vida que había llevado allí Justiniano, la miríada de detalles que él no le había contado, pese a las muchas cartas que se cruzaron. Pero como eunuco, podía ir a todas partes.

Otra cuestión a tener en cuenta, de menos importancia pero que aun así le roía el pensamiento, era que no quería que la presionaran para que volviera a casarse. Era viuda, y aunque en ocasiones era capaz de pensar en Eustacio sin rabia ni dolor, le sería imposible tomar otro marido.

Te esfuerzas demasiado en parecer un hombre —dijo Leo—. Hay muchas clases de eunucos, dependiendo de la edad a la que fueron castrados y hasta qué punto. Los hay que fueron castrados tarde y son casi hombres, pero con tu cuerpo esbelto, tu piel suave y tu voz dulce, intenta hacerte pasar por uno que ha sido castrado en la niñez. Debes hacerlo a la perfección, o de lo contrario llamarás la atención de todos.

Ana observó cómo se movía Leo por la estancia. Era alto y ligero, un poco cargado de hombros a consecuencia de los años que iban pesando sobre él, pero de una fortaleza sorprendente. Sus delgadas manos eran capaces de romper trozos de madera que ella ni siquiera podía doblar. Caminaba con una elegancia peculiar, ni de hombre ni de mujer. Ana debía copiar aquella forma de andar.

—Debes inclinarte —le estaba diciendo Leo— de esta forma... Le hizo una demostración, moviéndose con facilidad—. No de ésta. —Se dobló un poco hacia un lado, como una mujer. Ana vio la diferencia de inmediato y maldijo su propia falta de atención. Y luego están las manos. No las utilizas lo suficiente al hablar. Observa... así. —Gesticuló de manera elocuente, con dedos gráciles y, sin embargo, no femeninos.

Ana lo imitó a modo de experimento.

Simonis la observaba con su semblante oscuro, que antes había sido hermoso, contraído por el nerviosismo. ¿Estaría asustada, además? Ella debía de advertir las diferencias entre Ana y Leo, los defectos.

—Se os va a enfriar la comida —les dijo con sequedad, llamándolos para que comieran lo que había preparado con tanto esmero.

Al terminar, Ana se levantó y fue a ponerse la túnica de salir. Hacía frío y llovía ligeramente, pero la casa del obispo se hallaba a menos de una milla, justo al otro lado de la muralla de Constantino, cerca de la iglesia de los Santos Apóstoles. Mientras caminaba a paso vivo por las calles, captaba de vez en cuando un retazo de luz que se reflejaba allá abajo, en el agua.

Un criado la hizo pasar. Le informó con solemnidad que en aquel momento el obispo Constantino se encontraba ocupado, pero que esperaba su visita y la recibiría en cuanto estuviera libre. Tenía un rostro suave, liso y sin barba. La observó con una mirada totalmente carente de interés.

Ana aguardó en una gran sala provista de suelos de mosaico y paredes pintadas de color ocre, que además contaba con dos magníficos iconos que casi irradiaban luminosidad bajo aquella luz tenue. Uno representaba a la Virgen María, toda en tonos azules y dorados, dentro de una orla de piedras preciosas; el otro era un Cristo Pantocrátor, en cálidos ocres, castaños y pardos oscuros.

Un ligero movimiento que captó por el rabillo del ojo la hizo apartar la vista de la serena e intensa belleza de los iconos para fijarla más allá del arco y de la luminosa estancia que había a continuación, en un patio interior. Allí, bajo el reflejo del sol, se erguía la amplia figura del obispo, ataviado con una túnica de color claro. Lucía una sonrisa en su rostro y tenía la mano tendida hacia una mujer que se había arrodillado ante él, con su capa negra extendida en el suelo a su alrededor y el cabello recogido en un complicado moño. Los labios de ella tocaban sus dedos, ocultando casi el anillo de oro y su gema. Por un instante, la escena se le antojó a Ana un icono en sí misma, una imagen de perdón estampada en la eternidad.

La paz de aquel momento le causó una punzada de dolor. Ansió arrodillarse también y pedir la absolución, sentirse liberada de aquel peso, permitir que el dulce aire penetrara en sus pulmones, pero era imposible.

La mujer se incorporó, y la visión se hizo añicos y se desmoronó. Era de la misma edad que Ana y tenía la cara húmeda de lágrimas de alivio.

Constantino hizo la señal de la cruz y dijo algo que a aquella distancia resultó inaudible. La mujer se dio la vuelta y salió por otra puerta. Ana fue hacia el obispo. Había llegado el momento de decir su primera mentira importante; si lograba superar aquella prueba, la esperaban otras mil más.

Constantino le dio la bienvenida, sonriente.

—Anastasio Zárides, excelencia —dijo ella en tono respetuoso—. Médico, recién llegado de Nicea.

—Bienvenido a Constantinopla —repuso él con cálido acento. Tenía una voz más grave que la de la mayoría de los eunucos, como si lo hubieran castrado mucho después de pasada la pubertad. Su rostro era liso y sin barba, y su fuerte mandíbula mostraba unas mejillas ligeramente caídas. Tenía unos ojos penetrantes y de color castaño claro—. ¿En qué puedo seros de ayuda? —Fue cortés, pero de momento no revelaba interés alguno.

Ana tenía la mentira muy ensayada.

—Un pariente lejano mío, Justiniano Láscaris, me escribió diciéndome que vos fuisteis de gran ayuda para él en un período de dificultades —empezó—. Después de eso no volví a tener noticias suyas, y corren inquietantes rumores que aseguran que ha tenido lugar una tragedia, pero no me atrevo a indagar más, por si ello pudiera causarle más desdichas.

Pese al calor que hacía, Ana sintió un escalofrío. El obispo la estaba mirando a la cara, observaba su postura, con las manos caídas a los costados, la actitud, propia de una mujer, de deferencia. Ella levantó las manos frente a sí, y luego no supo qué hacer y volvió a dejarlas caer. ¿Cuánto sabría el obispo acerca de Justiniano? ¿Sabría que sus padres habían muerto? ¿Que era viudo? Debía tener mucho cuidado.

—Su hermana se encuentra angustiada —dijo. Al menos aquello era cierto.

El amplio rostro de Constantino mostraba una expresión grave. Afirmó lentamente con la cabeza y contestó:

—Me temo que no tengo buenas noticias para ella. Justiniano vive, pero en el exilio, en el desierto que hay más allá de Jerusalén.

Ana procuró poner cara de sorpresa.

—Pero ¿por qué? ¿Qué ha hecho para merecer semejante castigo?

Constantino apretó los labios.

—Fue acusado de complicidad en el asesinato de Besarión Comneno. Fue un crimen que conmocionó a toda la ciudad. Besarión no sólo era de noble cuna, sino además era considerado un santo por muchos. Justiniano tuvo suerte de no ser ejecutado.

Ana notaba la boca seca y se le hacía difícil respirar. Los Comnenos habían sido emperadores a lo largo de muchas generaciones, antes de los Láscaris y de los actuales Paleólogos.

—¿Fue ésa la dificultad en que lo ayudasteis vos? —dijo, como si fuera una deducción—. Pero ¿por qué Justiniano iba a ser cómplice de algo así?

Constantino reflexionó unos instantes.

—¿Estáis enterado de que el emperador tiene la intención de mandar emisarios a mediar con el Papa en el plazo de poco más de un año? —preguntó, incapaz de disimular un tono de voz que delataba sus sentimientos. Se notaba a las claras que éstos eran intensos y casi afloraban a la superficie, como los de una mujer, como los de un eunuco, según se decía.

—He oído comentarios aquí y allá —dijo Ana—, aunque tenía la esperanza de que no fueran ciertos.

—Pues son ciertos —repuso el obispo en tono áspero, con el cuerpo en tensión y levantando a media altura sus manos pálidas y fuertes—. El emperador está preparado para capitular en todo con tal de salvarnos de los cruzados, con independencia de la blasfemia que ello implique.

Ana era consciente de que, a pesar de su vehemencia, Constantino la observaba con gran atención.

—La Santísima Virgen nos salvará, si confiamos en ella —replicó—. Como nos ha salvado en el pasado.

Constantino elevó sus finas cejas.

—¿Tan nuevo sois en la ciudad que no habéis visto las manchas que dejó el fuego de los cruzados hace setenta años? —preguntó.

Ana tragó saliva y repuso con actitud resuelta:

—Si en aquel momento nuestra fe era intachable, estoy en un error. Antes preferiría morir conservando mi fe que vivir habiendo traicionado a mi Dios en favor de Roma.

—Sois un hombre de convicciones —añadió Constantino al tiempo que se le iluminaba el rostro con una lenta sonrisa.

Ana volvió a su primera pregunta.

—¿Por qué iba Justiniano a ayudar a alguien a matar a Besarión Comneno?

—No lo ayudó, naturalmente —replicó Constantino con pesar—. Justiniano era un hombre bueno, y era tan contrario como Besarión a la unión con Roma. Se sugirieron otras cosas, pero no sé qué verdad hay en ellas.

—¿Qué cosas? —Ana se acordó de mostrar deferencia justo a tiempo, y bajó los ojos—. Si podéis decírmelas. ¿A quién se sospecha que ayudó Justiniano, y qué le ocurrió?

Constantino alzó un poco más las manos. Fue un gesto elegante y, sin embargo, perturbador por su falta de masculinidad. Ana tenía muy en cuenta que el obispo no era un hombre, pero tampoco una mujer, y en cambio era un ser apasionado y sumamente inteligente. Él era lo que ella fingía ser.

—Antonino Kyriakis. —La voz de Constantino segó sus pensamientos—. Fue ejecutado. Justiniano y él eran amigos íntimos.

—¿Y vos salvasteis a Justiniano? —Su tono de voz fue ronco, poco más que un susurro.

El obispo asintió despacio, dejando caer las manos.

—Así es. La condena fue el destierro al desierto.

Ana le sonrió, sin poder disimular el calor de su gratitud.

—Gracias, excelencia. Me dais ánimos para seguir luchando por mantener la fe.

Él le devolvió la sonrisa e hizo la señal de la cruz.

Ana salió a la calle en medio de un torbellino de emociones: miedo, agradecimiento, pánico por lo que pudiera averiguar en el futuro, y entre todo ello la poderosa seguridad de que Constantino era fuerte, generoso y firme en su fe, una fe limpia y sin flaquezas. Claro que Justiniano no había asesinado a Besarión Comneno. Aunque entre ellos había notables diferencias físicas, en el color y en el equilibrio de las facciones, él era su hermano mellizo. Lo conocía tan bien como se conocía a sí misma. Él le había escrito, desesperado, en los últimos momentos, a punto de que lo condujeran al exilio, y le había dicho que el obispo Constantino lo había ayudado, pero no por qué razón ni de qué modo.

Ahora, su único propósito era probar la inocencia de su hermano. Apretó el paso mientras subía la calle empedrada.

3

Cuando Anastasio Zarides se hubo marchado, Constantino permaneció unos minutos de pie en la sala pintada de ocre, la de los iconos. Aquel médico era un individuo interesante, y muy posiblemente podría resultar ser un aliado en la batalla que se avecinaba para defender la fe ortodoxa de las ambiciones de Roma. Era inteligente y sutil, y a todas luces poseía cultura. Roma, con sus burdas ideas y su amor por la violencia, no podía ofrecer nada a una persona así. Si poseía las cualidades de un eunuco, su paciencia, su flexibilidad de mente y su comprensión instintiva de los sentimientos, la impetuosidad de los latinos le resultaría tan repugnante como le resultaba a él.

Pero las preguntas que había formulado eran inquietantes. Constantino había supuesto que con la ejecución de Antonino y el destierro de Justiniano quedaría zanjado todo el asunto del asesinato de Besarión.

Se puso a pasear arriba y abajo por el colorido suelo.

Justiniano no había mencionado que tuviera ningún pariente cercano. Claro que uno no hablaba con frecuencia de sus primos, y mucho menos de otros familiares menos allegados.

Si Constantino no tenía cuidado, dichas preguntas podían volverse incómodas, pero debería ser fácil desembarazarse de ellas. Nadie más sabía en qué había consistido su participación, ni la razón por la que había prestado su ayuda, o suplicado clemencia, y Justiniano se encontraba a salvo en Judea, donde no podía decir nada.

Anastasio Zarides tal vez le fuera de utilidad, si en efecto era un médico experto. Por lo visto, era de Nicea, una ciudad famosa por su saber; seguramente había tenido más oportunidades de mezclarse con árabes y judíos y quizá de adquirir un poco de los conocimientos médicos de éstos. Le desagradaba admitirlo incluso para sí, pero a veces aquellas gentes estaban más capacitadas que los galenos que se atenían estrictamente a la enseñanza cristiana de que toda enfermedad era consecuencia del pecado.

Si Anastasio poseía una preparación mayor, tarde o temprano obtendría más pacientes. Cuando las personas están enfermas se sienten asustadas. Cuando temen encontrarse al borde de la muerte, en ocasiones revelan secretos que de lo contrario se guardarían.

Pasó el resto de la tarde ocupado en asuntos eclesiales, viendo a sacerdotes y demandantes que le solicitaban un favor u otro, consejo o benevolencia, una ordenación o la concesión de un permiso. En cuanto se hubo marchado el último de ellos, su mente volvió a concentrarse en el eunuco de Nicea y el asesinato de Besarión. Había ciertas precauciones que debía tomar, por si acaso aquel joven iba a alguna otra parte con sus preguntas acerca de Justiniano.

Constantino había imaginado que ya no quedaba ningún peligro, pero necesitaba cerciorarse. Se puso la capa de salir por encima de la túnica de seda y su dalmática cuajada de brocados y joyas y salió a la calle. Ascendió a toda prisa por la leve cuesta que subía en dirección a la maciza estructura de dos pisos que se elevaba más adelante, el acueducto de Valente. Llevaba en pie más de novecientos años, trayendo grandes cantidades de agua limpia a las gentes que habitaban aquella parte de la ciudad. Lo complacía el mero hecho de mirarlo. Sus grandes bloques de piedra caliza se sostenían en su sitio gracias a la genialidad de su técnica de construcción, más que por el mortero. Parecía indestructible y atemporal, como la Iglesia misma, que se sostenía gracias a la verdad y a las leyes de Dios, y aportaba el agua de la vida a sus fieles.

Dobló a la izquierda para tomar una calle más tranquila y continuó subiendo, al tiempo que se ceñía la capa un poco más. Iba a ver a Helena Comnena, la viuda de Besarión, por si acaso a Anastasio Zarides se le ocurría hacer lo mismo. Ella podía ser el eslabón débil de los que quedaban.

Había dejado de llover, pero quedaba humedad en el aire, y para cuando llegó a la casa de Helena estaba todo salpicado de barro y con las piernas doloridas. Iba acercándose a una edad y un peso en que las colinas ya estaban dejando de ser un placer.

Lo condujeron a un vestíbulo de entrada austero y espacioso, y a continuación a una antesala dotada de un exquisito suelo de azulejos, mientras el criado iba a informar a su señora de la llegada del obispo.

Oyó a lo lejos un murmullo de voces, y después una risa de mujer. No era una criada, le pareció demasiado suelta. Tenía que proceder de la propia Helena. Debía de estar con alguna otra persona. Sería interesante saber con quién.

El criado lo condujo por un pasillo que daba a otra puerta, lo anunció y seguidamente se retiró. Por el camino, Constantino se cruzó con una sirvienta que salía llevando en las manos un magnífico frasco de perfume. Era de cristal verdiazul, con un aro de oro en el borde, incrustado de perlas; ¿tal vez un regalo del visitante que había hecho reír a Helena?

En el centro de la estancia se hallaba la propia Helena. Poseía una belleza inusual: cuerpo menudo y talle corto. Las curvas del busto y de la cadera quedaban resaltadas por la manera en que su túnica se sujetaba al hombro y se anudaba con el cordón. Llevaba varios adornos más en el cabello, oscuro y exuberante, pero lucía una ausencia total de joyas, dado que, oficialmente, aún seguía de luto por la muerte de su esposo. Tenía unos pómulos notablemente salientes y una boca y una nariz delicadas. Bajo las cejas en forma de ala se le veían los ojos llenos de lágrimas.

Acudió al encuentro de Constantino con sombría dignidad.

—Habéis sido muy amable al venir, excelencia. Éstas son horas extrañas y solitarias para mí.

—Imagino cuán desolada debéis estar —repuso el obispo con dulzura. Sabía exactamente lo que había sentido Helena por Besarión, y conocía muchos más detalles de los que creía ella acerca de lo que le había sucedido. Pero ninguna de esas cosas sería reconocida nunca entre ambos—. Si existe algún consuelo que yo pueda ofreceros, no tenéis más que decirlo —prosiguió—. Besarión era un hombre bueno y leal a la verdadera fe. Ha sido un golpe más duro si cabe que lo hayan traicionado aquellos en los que confiaba.

Helena clavó sus ojos en los de él.

—Todavía me cuesta trabajo creerlo —dijo con voz apagada. No pierdo la esperanza de que surja algo que demuestre que ninguno de los dos era culpable. No puedo creer que haya sido Justiniano. Y que lo haya hecho a propósito. Tiene que haber un error.

—¿Y cuál podría ser? —Lo preguntó porque necesitaba saber lo que Helena podría decir a otros.

Ella se encogió de hombros, un gesto breve, delicado.

—No he pensado en eso.

Era la respuesta que quería Constantino.

—Podrían venir otras personas preguntando —sugirió el obispo con toda naturalidad.

Helena alzó la cabeza y sus labios se abrieron para tomar aire. El pánico apareció en sus ojos tan sólo el tiempo suficiente para que él quedase satisfecho, porque enseguida lo ocultó.

Quizá sea afortunada por no saber nada. —En su voz no hubo la más mínima entonación interrogante, y, por más que Constantino lo intentó, no logró interpretar la expresión de su cara.

—Sí —convino en tono suave—. Me sentiré aliviado sabiendo que estáis a salvo de ese motivo adicional de angustia en vuestro duelo.

En los ojos de Helena hubo un destello de entendimiento, el cual desapareció rápidamente, sustituido por una expresión de calma, casi vacía.

—Habéis sido muy amable al venir, excelencia. Tenedme presente en vuestras oraciones.

—Siempre, hija mía —prometió él, alzando la mano en actitud piadosa—. Nunca estaréis lejos de mi pensamiento.

Tenía la certeza de que Helena no era tan tonta como para hablar descuidadamente con el eunuco de Nicea, si es que Anastasio acudía a visitarla a fin de obtener alguna información más. Pero al salir al brillante sol y a la suave brisa que provenía del mar, se sintió igualmente seguro de que Helena sabía mucho más de lo que él había supuesto, y de que estaría dispuesta a utilizar dichos conocimientos para sus propios fines.

¿Quién la había hecho reír con tanto abandono y le había regalado aquel exquisito frasco de perfume? Constantino deseaba saberlo.

4

Ana se tomaba la molestia de hablar con los vecinos, preparada para desperdiciar el rato en conversaciones acerca del tiempo, la política o la religión, cualquier cosa de la que ellos quisieran charlar.

—No aguanto más estar aquí de pie —dijo por fin un hombre. Era Paulo, el tendero—. Me duelen tanto los pies, que a duras penas puedo meterlos en las botas.

—¿Me permitís que os ayude? —se ofreció Ana.

—Sólo quisiera sentarme —replicó él con un gesto de dolor.

—Soy médico. A lo mejor os los puedo curar para siempre.

Con una expresión que revelaba desconfianza, Paulo la siguió, caminando con dificultad sobre el empedrado desigual hasta que recorrieron los cincuenta pasos que había hasta la casa. Una vez dentro, Ana le examinó los pies y los tobillos, que estaban hinchados. La piel estaba enrojecida y obviamente dolorosa al tacto.

Llenó un cuenco con agua fría y echó en ella unas hierbas astringentes. El paciente hizo una mueca de dolor al introducir los pies en el cuenco, pero poco a poco fue relajando los músculos y surgió en su cara una expresión de alivio. Fue más el frescor que ninguna otra cosa lo que le quitó aquella sensación de quemazón de la piel. Lo que necesitaba en realidad era cambiar la dieta, pero Ana sabía que debía ser diplomática a la hora de decírselo. Le sugirió que comiera arroz, hervido con algún aderezo, y que se abstuviera de todas las frutas, a excepción de las manzanas, si es que, dada la época del año, podía encontrar alguna que hubiera sido guardada en la despensa y estuviera en condiciones de comerse.

—Y mucha agua de manantial —agregó—. Debe ser de manantial, no de lago ni de río, ni de pozo ni de lluvia.

—¿Agua? —repitió el paciente con incredulidad.

—Sí. El agua adecuada os vendrá muy bien. Regresad cuando queráis, y volveré a bañaros los pies con agua de hierbas. ¿Os gustaría llevaros unas cuantas?

Paulo las aceptó agradecido y pagó con unas monedas que extrajo de la bolsa que llevaba consigo. Ana observó cómo se iba cojeando y supo que volvería.

Paulo recomendó su médico a otros. Ana siguió visitando las tiendas que se encontraban aproximadamente a una milla de su casa, y siempre que se presentaba la oportunidad trabada conversación con el tendero y con otros clientes.

No sabía hasta dónde ser indulgente con sus propios gustos. Cuando era mujer, adoraba el tacto de la seda junto a su piel, la suavidad con que se deslizaba entre sus dedos y caía al suelo, casi como si fuera líquida. Sostuvo en alto un retal y lo pasó entre las manos observando cómo cambiaban los colores conforme el sol se filtraba en los hilos y luego en la trama del tejido. El azul se transformaba en turquesa, y después en verde; el rojo se convertía en magenta y en morado. Su preferido era el tono melocotón que adquiría el vivo color del fuego. En el pasado había usado aquellas sedas para adornar el tono ámbar oscuro de su cabello. Y tal vez volviera a usarlas. La vanidad no era algo específicamente femenino, como tampoco lo era el amor por la belleza.

La próxima vez que le llegara un paciente nuevo y cobrara más de dos sólidos, volvería aquí a comprar seda.

Salió a la fresca brisa que soplaba desde la costa. Paseó por la estrecha callejuela y se hizo a un lado para dejar pasar un carro. El frío tacto de la seda había vuelto a traer el pasado a su memoria.

Midió con cuidado sus pasos por la pendiente. Aquella calle era una de las muchas que aún no habían sido reparadas tras el regreso del exilio. Había muros rotos y casas sin ventanas y todavía ennegrecidas a causa del fuego. Aquella desolación acentuó aún más su sentimiento de soledad.

Sabía por qué había venido Justiniano a Constantinopla, y ella no había podido impedírselo. Pero ¿en qué pasiones e intrigas había tomado parte para que lo culparan de asesinato? Aquello era lo que necesitaba saber. ¿Pudo ser el amor? A diferencia de ella, su hermano había sido feliz en su matrimonio.

Una pequeña parte de Ana le envidió aquello, pero ahora tenía que tragarse la pena que la asfixiaba y que casi le atenazaba la garganta. Daría todo cuanto poseía por poder devolverle aquella felicidad. Pero lo único que poseía era su capacidad como médico, y no había sido suficiente para salvar a la esposa de Justiniano, Catalina. Llegó la fiebre, y dos semanas más tarde ella estaba muerta.

Ana lloró su muerte porque ella también la amaba, pero para Justiniano fue como si Catalina se hubiera llevado consigo la luz. Ana cuidó de él y sufrió por el dolor que sentía, pero toda la intimidad mental y emocional que ambos compartían resultó insuficiente para sanar apenas su pérdida.

Vio cómo su hermano cambiaba, como si estuviera muriendo desangrado poco a poco. Justiniano buscaba razones y respuestas en el intelecto, como si no se atreviera a tocar el corazón. Escrutó a conciencia la doctrina de la Iglesia, y Dios lo esquivó.

Después, hacía dos años, en el aniversario de la muerte de Catalina, anunció que se iba a Constantinopla. Ana, incapaz de hacer nada que aliviara su dolor, se hizo a un lado y lo dejó marchar.

Justiniano escribió con frecuencia, le habló de todo excepto de sí mismo. Y entonces llegó aquella carta terrible, la última, garabateada con prisas a punto de partir al destierro, y después de aquello, sólo el silencio.

Estaban a primeros de junio, y Ana llevaba en la ciudad dos meses y medio cuando Basilio acudió a ella como paciente. Era alto y delgado, y poseía un rostro ascético que ahora, en la sala de espera, tenía congestionado a causa de la ansiedad.

Se presentó en voz baja y dijo que venía por recomendación de Paulo. Ana lo invitó a pasar a su consulta y lo interrogó acerca de su salud al tiempo que lo observaba con atención. Basilio tenía el cuerpo curiosamente rígido mientras hablaba, y Ana llegó a la conclusión de que el dolor que lo aquejaba era más severo de lo que él quería admitir.

Lo invitó a que se sentara, pero él rechazó el ofrecimiento y prefirió permanecer de pie. Ana dedujo que el dolor debía de afectar al bajo vientre y a la ingle, donde un cambio de postura no haría sino intensificarlo. Tras pedirle permiso, le palpó la piel, que estaba caliente y muy seca, y a continuación le tomó el pulso. Era regular, pero no fuerte.

—Os recomiendo que os abstengáis de tomar leche y queso durante varias semanas como mínimo —sugirió—. Bebed toda el agua de manantial que podáis tragar. Si queréis, podéis darle un poco de sabor añadiendo zumos o vino. —Advirtió la decepción en el rostro de su paciente—. Y para el dolor os voy a dar una tintura. ¿Dónde vivís?

Él abrió los ojos, sorprendido.

—Podéis volver aquí todos los días. La dosis ha de ser muy exacta; si es demasiado pequeña no servirá de nada, y si es excesiva os matará. Sólo me queda una cantidad pequeña, pero encontraré más.

Basilio sonrió.

—¿Podéis curarme?

—Tenéis una piedra en la vejiga —le dijo—. Si sale al exterior, os dolerá, pero quedaréis curado.

—Os estoy agradecido por vuestra sinceridad —repuso Basilio en voz baja—. Me llevaré la tintura y vendré aquí todos los días.

Ana le dio una porción minúscula de su preciado opio tebano. A veces lo mezclaba con otras hierbas como beleño, eléboro, acónito, mandrágora e incluso semillas de lechuga, pero no deseaba que Basilio cayera en la inconsciencia, de modo que se lo proporcionó en su versión pura.

Basilio regresó con regularidad, y si Ana no tenía otros pacientes, a menudo se quedaba un rato y conversaban. Era un hombre inteligente y culto, y a ella le resultaba interesante y agradable. Pero aparte de eso, abrigaba la esperanza de enterarse de algo.

Sacó a colación el tema al inicio de la segunda semana de tratamiento.

—Ah, sí, yo conocí a Besarión Comneno —dijo Basilio con un leve encogimiento de hombros—. Al igual que todo el mundo, odiaba que el Papa asumiera la precedencia sobre el patriarca de Constantinopla. Aparte de la afrenta y de la pérdida de autogobierno que representa para nosotros, es muy poco práctico. Cualquier solicitud de un permiso, de consejo o de socorro tardaría seis semanas en llegar al Vaticano, seguidamente el plazo que requiriera el asunto para que el Papa le prestara atención, más otras seis semanas en regresar. Para entonces podría ser ya demasiado tarde.

—Por supuesto —convino ella—. Y además está la cuestión del dinero. Difícilmente podemos permitirnos enviar hasta Roma nuestros diezmos y ofrendas.

Basilio dejó escapar un gemido tan agudo que por un instante Ana temió que el dolor que había sentido fuera físico.

Basilio sonrió contrito:

—Estamos de nuevo en nuestra ciudad, pero vivimos al borde de la ruina económica. Necesitamos reconstruir, pero no podemos permitírnoslo. La mitad de nuestro comercio ha pasado a manos de los árabes, y ahora que Venecia nos ha robado absolutamente todas nuestras reliquias sagradas, los peregrinos apenas se molestan en venir.

Estaban sentados en la cocina. Ella había preparado una infusión de hierbas a base de menta y camomila, que bebían a sorbos pequeños porque aún estaba muy caliente.

—Y sumado a eso —siguió diciendo Basilio—, está el importante asunto de la cláusula *filioque*, que constituye el problema más espinoso de todos. Roma enseña que el Espíritu Santo procede tanto del Padre como del Hijo, con lo cual ambos son Dios por igual. Nosotros creemos firmemente en que sólo existe un Dios, y que decir cualquier otra cosa es blasfemia. ¡No podemos condonar eso!

—¿Y Besarión estaba en contra? —preguntó Ana, aunque apenas era una pregunta. ¿Por qué iba nadie a pensar que lo había matado Justiniano? No tenía sentido, él siempre había sido ortodoxo.

—Profundamente —convino Basilio—. Besarión era un gran hombre. Amaba esta ciudad y la vida que albergaba. Sabía que la unión con Roma corrompería la verdadera fe y terminaría destruyendo todo aquello que nos importa.

—¿Y qué se proponía hacer al respecto? —dijo Ana tímidamente—. Si hubiera vivido...

Basilio se encogió ligeramente de hombros.

—No estoy seguro de saberlo. Besarión hablaba bien, pero hacía poco. Siempre era «mañana». Y como sabéis, para él, el mañana no llegó.

—He oído decir que lo asesinaron. —A Ana le costó trabajo pronunciar aquellas palabras.

Basilio miró sus manos huesudas, que tenía apoyadas sobre la mesa, sosteniendo la infusión de menta.

—Sí. Fue Antonino Kyriakis. Y lo ejecutaron por dicho crimen.

—¿Y también a Justiniano Láscaris? —sugirió ella—. ¿Hubo un juicio?

Basilio levantó la vista.

—Naturalmente. Justiniano fue enviado al destierro. El emperador en persona presidió el juicio. Al parecer, Justiniano ayudó a Antonino a deshacerse del cadáver para que pareciera un accidente. En realidad, imagino que pensaron que no lo iban a encontrar nunca.

Ana tragó saliva.

—¿Y cómo hizo tal cosa? ¿Cómo se hace para que no encuentren un cadáver?

—En el mar. Hallaron el cuerpo de Besarión enredado en los cabos y las redes del barco de Justiniano.

—¡Pero eso pudo haber ocurrido sin que lo supiera él! —protestó Ana—. ¡A lo mejor Antonino no tenía barco, y sencillamente cogió uno!

—Eran amigos íntimos —replicó Basilio con voz calma—. Antonino no habría implicado a un hombre al que conocía tan bien habiendo otros muchos barcos que podía haber utilizado.

Aquello no tenía lógica para Ana.

—¿Acaso Justiniano era un hombre capaz de dejar una prueba así, que lo condenase? —preguntó con vehemencia. Pero ya conocía la respuesta. Ella jamás habría cometido semejante error, y su hermano tampoco—. ¿Tienen siquiera la seguridad de que Antonino era culpable? ¿Para qué iba a desear matar a Besarión?

Basilio negó con la cabeza.

—No tengo ni idea. A lo mejor se pelearon; él se cayó por la borda y lo invadió el pánico. Puede resultar difícil intentar ayudar a alguien que está forcejeando, esa persona se convierte en un peligro tan grande para sí misma como para los demás.

Ana tuvo una visión de Justiniano perdiendo los estribos y actuando con mayor agresividad de la que era su intención. Era un hombre fuerte. Besarión pudo perder el equilibrio, caerse al agua y ser arrastrado hacia abajo, gritando y boqueando, hasta ahogarse. ¿Se habría dejado Justiniano llevar por el pánico? No, a menos que hubiera cambiado hasta el punto de no ser ya el hombre que ella había conocido. Su hermano nunca había sido un cobarde. Y si su intención hubiera sido la de matar a Besarión, no habría cortado los cabos, se habría quedado allí toda la noche hasta encontrar el cadáver, y después le habría atado algún peso y se habría adentrado remando en el Bósforo para dejar que se hundiera para siempre.

Ana experimentó una súbita oleada de liberación. Era la primera prueba tangible a la que aferrarse. Tenía datos, y aunque no pudiera servirse de ellos todavía, demostraban la inocencia de su hermano, que para ella era irrefutable.

—Parece un accidente —señaló.

—Es posible —concedió Basilio—. Tal vez si se hubiera tratado de otra persona lo habrían tomado como tal.

—¿Y por qué no en el caso de Besarión? —inquirió Ana con cautela.

Basilio hizo un gesto de disgusto.

—La esposa de Besarión, Helena, es muy hermosa. Justiniano era un hombre apuesto y, aunque era religioso, también tenía imaginación y sabía hablar, y además poseía un sentido del humor irónico y muy agudo. Estaba viudo, y por lo tanto era libre para seguir sus inclinaciones dondequiera que éstas lo llevaran.

—Entiendo...

Ana también era viuda, y también sentía dentro de sí el profundo vacío de la pena, pero era distinto. La muerte de Eustacio le había provocado un sentimiento de culpa y de liberación al mismo tiempo. Él procedía de una buena familia, acaudalada, era un soldado dotado de valor y destreza. Su falta de imaginación la aburría y con el tiempo terminó causándole rechazo. Y él fue brutal. Ana sintió que la invadía la náusea al revivir aquel recuerdo. El vacío que llevaba dentro daba la sensación de llenarla poco a poco, hasta que llegaría un momento en que le saldría por los poros de la piel. Se sentía incompleta, puede que tanto como el eunuco que fingía ser.

—En vuestra opinión, ¿Justiniano sentía interés por Helena? —preguntó con un tono de perplejidad—. ¿Es eso lo que dice la gente?

—No. —Basilio negó con la cabeza—. En realidad, no. Yo diría que lo más probable es que tuvieran una pelea que se les fue de las manos.

Cuando el paciente se hubo marchado, Ana examinó su despensa de hierbas y medicinas en general. Necesitaba más opio. El mejor era el tebano, pero había que importarlo de Egipto y no resultaba fácil de obtener. Iba a tener que conformarse con otro de menor calidad. También necesitaba beleño negro, mandrágora y jugo de hiedra. Además, le quedaban pocas reservas de hierbas secundarias como nuez moscada, alcanfor y attar de rosa damascena, así como de otros tantos remedios comunes.

A la mañana siguiente fue a ver a un herbolario judío que le habían recomendado. Como todos los judíos, vivía al otro lado del Cuerno de Oro, en el distrito trece, el Gálata. Se llevó consigo todo el dinero que podía permitirse gastar y se dirigió a la costa. Desde que tenía de paciente a Basilio, le iba mucho mejor que antes.

Ya hacía calor, incluso a aquella temprana hora. El trecho que tuvo que recorrer no fue muy largo, y disfrutó del ruido y el ajetreo de las gentes que descargaban de los asnos las mercaderías de la jornada. En el aire flotaba un agradable olor a pan recién hecho y a la sal que desprendía el agua del mar.

Al llegar al puerto, esperó hasta que hubiera una barca que se dirigiera al Gálata y que ella pudiera compartir, y poco después arribaba a la orilla norte. Allí todo era aún más ruinoso que en el centro de la ciudad. Casas que necesitaban repararse, ventanas remendadas de cualquier manera con los materiales que el dueño había podido encontrar. En cada rincón se apreciaban el deterioro y la pobreza, gente vestida con capas y túnicas sin bordados, y por supuesto pocos caballos. Los judíos no tenían permiso para montarlos.

Tras unas cuantas indagaciones encontró la discreta tiendecita de Avram Shachar, situada en la calle de los apotecarios. Llamó a la puerta. Abrió un muchacho de unos trece años, delgado y de piel oscura, con rasgos más semitas que griegos.

—¿Sí? —dijo él cortésmente, con un tono de cautela en la voz. El cutis claro de Ana, su cabello castaño y sus ojos grises le indicarían que seguramente no pertenecía a su pueblo; las ropas y el rostro sin barba sólo podían corresponder a un eunuco.

—Soy médico —dijo Ana—. Me llamo Anastasio Zarides. Soy de Nicea, y necesito un proveedor de hierbas medicinales de origen más amplio que el habitual. Me han dado el nombre de Avram Shachar.

El muchacho abrió un poco más la puerta y llamó a su padre.

Al fondo de la tienda apareció un hombre. Contaría unos cincuenta años, tenía el cabello veteado de gris y el rostro dominado por unos ojos oscuros y de párpados gruesos y una nariz poderosa.

—Yo soy Avram Shachar. ¿En qué puedo ayudaros?

Ana mencionó las hierbas medicinales que necesitaba, y también agregó ámbar gris y mirra.

Los ojos de Shachar brillaron de interés.

—Remedios un tanto insólitos para tratarse de un médico cristiano —observó, divertido. No dijo que a los cristianos no se les permitía consultar a médicos judíos, salvo con la dispensa especial que con frecuencia se les concedía a los ricos y a los príncipes de la Iglesia, pero su mirada reveló que lo sabía.

Ana le devolvió la sonrisa. Su rostro le gustó. Los aromas penetrantes pero delicados de las hierbas medicinales le trajeron a la memoria recuerdos de la consulta de su padre. De pronto sintió un doloroso anhelo por el pasado.

—Entrad —invitó Shachar, que malinterpretó aquel silencio tomándolo por renuencia.

Ana lo acompañó hasta la parte de atrás de la casa, y entraron en una pequeña estancia que daba a un jardín. Tres de sus paredes estaban forradas de armarios y arcones de madera labrada, y en el centro se erguía una mesa muy gastada, atestada de balanzas de bronce, pesas y un mortero.

Había papel egipcio y seda aceitada ordenados en montones, además de cucharas de largos mangos de plata, hueso y cerámica colocadas con esmero junto a ampollas de cristal.

—Así que sois de Nicea —repitió Shachar, picado por la curiosidad—. ¿Y habéis venido a ejercer a Constantinopla? Pues tened cuidado, amigo mío, aquí las reglas son distintas.

—Lo sé —respondió Ana—. Utilizo esas cosas —señaló los armarios y los cajones— sólo cuando son necesarias para curar. He aprendido de memoria los días de santos que son apropiados para cada enfermedad, y también para cada época del año o día de la semana. —Miró al judío buscando en su semblante algún indicio de incredulidad. Ella sabía demasiada anatomía y demasiada medicina árabe y judía para creer, como creían los médicos cristianos, que la enfermedad era única y exclusivamente consecuencia del pecado, o que se curaba haciendo penitencia, pero no era algo que un hombre sensato pregonase en voz alta.

En los ojos de Shachar brilló un destello de entendimiento, pero aquel gesto discreto y sutil no alcanzó sus labios.

—Puedo venderos la mayor parte de lo que necesitáis —dijo—. Y lo que yo no tenga es posible que os lo pueda suministrar Abd al-Qadir.

—Eso sería excelente. ¿Tenéis opio tebano?

El judío frunció los labios.

—Eso lo tendrá Abd al-Qadir. ¿Lo necesitáis con urgencia?

—Sí. Tengo un paciente al que estoy tratando, y ya me queda poco. ¿Conocéis un buen cirujano, por si la piedra no pasara de forma natural?

—En efecto, lo conozco —repuso Shachar—. Pero dadle tiempo a vuestro paciente. No es bueno recurrir al cuchillo, siempre que pueda evitarse. —Al tiempo que hablaba, iba trabajando, pesando, midiendo, empaquetando cosas para ella, todo cuidadosamente etiquetado.

Una vez que todo estuvo listo, Ana tomó el paquete y pagó lo que le pidió el judío. Éste estudió su rostro por espacio de unos instantes antes de tomar una decisión.

—Ahora, vamos a ver si Abd al-Qadir puede proporcionaros el

opio tebano. Si no es así, yo tengo otro que no es tan bueno, pero que también sirve perfectamente. Venid.

Ana, obediente, lo siguió, deseosa de conocer al médico árabe y preguntándose si sería éste el cirujano que iba a recomendarle Shachar. ¿Qué tal aceptaría eso Basilio, que era tan griego? Quizá no fuera necesario.

5

Zoé Crysafés se hallaba de pie ante la ventana de su habitación favorita, mirando los tejados de la ciudad y más allá de éstos, donde el sol se derramaba sobre el Cuerno de Oro hasta transformar el agua en metal fundido. Sus manos acariciaban las piedras, aún tibias a causa del último resplandor del día.

Constantinopla se extendía a sus pies semejante a un mosaico de piedras preciosas. A su espalda estaba el acueducto de Valente, magnífico en su antigüedad, con aquellos arcos que venían desde el norte como un titán de la antigua Roma, una época en la que Constantinopla era la mitad oriental de un imperio que había gobernado el mundo. La Acrópolis, allá a la derecha, era mucho más griega y por consiguiente más cómoda para ella, para su lengua y su cultura. Aunque sus días de gloria los había vivido antes de que ella naciera, la mujer mayor sentía orgullo al imaginarla en todo su esplendor.

Distinguió las copas de los árboles que ocultaban el palacio Bucoleón, al que su padre la había llevado de pequeña. Intentó recuperar aquellos maravillosos recuerdos, pero quedaban demasiado lejos y se le escapaban de las manos.

El resplandor del sol poniente ocultó durante unos momentos la sordidez de los muros sin reparar y cubrió sus cicatrices con un velo de oro. Pero Zoé no olvidaba el dolor de la invasión enemiga, de aquellos hombres ignorantes e insensibles que pisotearon sin compasión lo que en otro tiempo había sido hermoso. Al contemplar ahora Constantinopla, la vio exquisita y profanada, pero todavía vibrante de pasión, del deseo de paladear hasta la última gota de vida.

La luz era amable con ella. Ya había cumplido los setenta, pero aún conservaba unas mejillas tersas. Sus ojos dorados se veían ensombrecidos y ocultos bajo sus cejas de forma alada. Su boca siempre había sido demasiado ancha, pero los labios eran carnosos. El brillo de su cabello era más mate de lo que había sido y se acercaba más al marrón que al castaño. Aquello era todo lo que conseguían hacer las hierbas y los tintes, pero seguía siendo hermoso.

Contempló unos instantes más el brillante perfil del Gálata conforme iban encendiéndose las antorchas. El este desaparecía rápidamente, y el puerto iba sumiéndose en un tono morado. Las cúpulas y los campanarios se recortaban con mayor contraste contra el azul esmaltado del cielo. En el pensamiento, se sentía unida al corazón de la ciudad, la zona que era algo más que palacios y santuarios, incluso más que Santa Sofía o que la luz reflejada en el mar. El alma de Constantinopla estaba viva, y aquello fue lo que ella vio que violaban los latinos cuando era pequeña.

Cuando el sol se ocultó por detrás de las bajas nubes y el aire se tornó frío de repente, Zoé se dio la vuelta por fin. Regresó al interior de la habitación, con su deslumbrante luz de antorchas. Percibió el olor del alquitrán al quemarse; vio el leve parpadear de las llamas empujadas por el aire. Entre dos de los mejores tapices color rojo oscuro, morado y pardo, descansaba un crucifijo de oro que medía más de un pie de alto. Zoé se acercó a él y lo contempló durante unos instantes, con la vista fija en el Cristo agonizante. Estaba exquisitamente forjado: cada uno de los pliegues del taparrabos, las nervaduras de los brazos y las piernas, el rostro hundido por el sufrimiento, todo era perfecto.

Alzó una mano suavemente, lo sacó del gancho y lo sostuvo frente a sí. No necesitaba mirarlo; conocía todas las líneas y sombras de las imágenes que había en cada uno de los cuatro brazos. Las acarició con los dedos recorriendo su contorno con delicadeza, como si fueran rostros de seres queridos, excepto que lo que la movía era el odio, el imaginar una y otra vez su venganza, una venganza refinada, lenta y total.

En lo alto de la cruz, por encima del Cristo, estaba el emblema de los Vatatzés, que habían gobernado Bizancio en el pasado. Era de color verde y presentaba un águila provista de dos cabezas de oro, con sendas estrellas de plata suspendidas sobre ambas. Los Vatatzés habían traicionado a Constantinopla cuando llegaron los cruzados, habían escapado de la invasión llevándose consigo iconos de valor incalculable, no para salvarlos de los latinos, sino para venderlos. Habían huido como cobardes, robando en los lugares sagrados al tiempo que desertaban, abandonando al fuego y a la espada lo que no pudieron cargar.

En el brazo derecho estaba el emblema de la familia Ducas, que también había gobernado hasta hacía poco. Sus armas eran azules, con una corona imperial y un águila bicéfala que sostenía una espada de plata en cada garra; traidores también, saqueadores de aquellos a quienes ya habían robado, de los desahuciados y los desamparados. A su debido tiempo sabrían lo que era morir de hambre.

En el brazo izquierdo figuraba el emblema de los Cantacuzeno, una familia imperial todavía más antigua; sus armas eran rojas, con el águila de dos cabezas en oro. Éstos habían sido avarientos, blasfemos, desprovistos de todo honor y vergüenza. Pagarían al llegar a la tercera y la cuarta generación. Constantinopla no perdonaba la violación de su cuerpo ni la de su alma.

En el tramo central de la cruz, sobre el que se apoyaba la figura de Cristo, se hallaba el emblema de los peores de todos, los Dandolo de Venecia. Su escudo de armas era una sencilla losange dividida en dos mitades en sentido horizontal, blanca la superior y roja la inferior. Era Enrico Dandolo, que ya tenía más de noventa años y estaba totalmente ciego, el que viajaba en la proa de la nave que iba a la cabeza de la flota veneciana, impaciente por invadir, saquear y después quemar la Ciudad de Ciudades. Cuando nadie más tuvo el valor necesario para ser el primero en tocar tierra, él saltó a la arena, ciego y solo, y se lanzó a la carga. Los Dandolo pagarían por aquello mientras quedaran señales de las cicatrices dejadas por el fuego en los muros de Constantinopla.

Oyó un ruido a su espalda, un carraspeo. Era Tomais, su criada negra, de cabello casi rapado y andares elegantes y fluidos.

—¿Qué sucede? —preguntó sin apartar la mirada de la cruz.

—Ha venido a veros la señora Helena, mi señora —contestó Tomais—. ¿Queréis que le diga que espere?

Con sumo cuidado, Zoé volvió a poner en su sitio el crucifijo y dio un paso atrás para verlo mejor. A lo largo de los años desde que regresó del destierro, lo había vuelto a colgar centenares de veces, y siempre perfectamente derecho.

—Camina despacio —le contestó a la criada—. Llévale una copa de vino y después tráela aquí.

Tomais desapareció para obedecer la orden. Zoé quería hacer esperar a Helena. No podía permitir que su hija se presentase en su casa por capricho y la encontrase disponible. Helena era la única hija de Zoé, y la había moldeado cuidadosamente, desde la cuna, pero por grandes que fueran sus logros, Helena jamás superaría a su madre en inteligencia ni en hacer lo que se le antojara.

Al cabo de varios minutos Helena entró en silencio, deslizándose. En sus ojos se advertía cólera. Sus palabras eran respetuosas, no el tono de su voz. Como era preceptivo, aún llevaba luto por el asesinato de su esposo, y miró con un toque de resentimiento la túnica color ámbar de su madre, cuyo suave ondear se veía acentuado por la estatura que poseía Zoé y de la que carecía ella.

—Buenas tardes, madre —dijo con rigidez—. Espero que os encontréis bien.

—Muy bien, gracias —replicó Zoé con una ligera sonrisa de diversión, sin calor—. Estás pálida, pero claro, el luto sirve para eso precisamente. Resulta apropiado que una viuda reciente dé la impresión de haber estado llorando, sea verdad o no.

Helena ignoró la observación.

—Hace unos días vino a verme el obispo Constantino.

—Naturalmente —respondió Zoé al tiempo que tomaba asiento con elegancia—. Teniendo en cuenta el estatus que tenía Besarión, es su deber. Sería una negligencia por su parte si no hiciera tal cosa, y lo advertirían otras personas. ¿Dijo algo interesante?

Helena se dio la vuelta para que Zoé no le viera la cara.

—Vino a sondearme, como si quisiera averiguar cuánto sabía yo de la muerte de Besarión. —Se volvió hacia Zoé un momento, con súbita claridad—. Y lo que yo pudiera decirle —agregó—. ¡Necio!

Fue casi un susurro, pero Zoé captó el matiz de pánico.

—Constantino no tiene más remedio que estar en contra de la unión con Roma —dijo en tono tajante—. Es un eunuco. Si Roma estuviera al mando, él no sería nada. Tú sigue siendo leal a la Iglesia ortodoxa, y todo lo demás te será perdonado.

Los ojos de Helena se agrandaron.

—Qué cinismo.

—Es realismo —señaló Zoé—. Y sentido práctico. Somos bizantinos. No lo olvides nunca. —Su tono de voz era descarnado—. Somos el corazón y el cerebro de la cristiandad, y también de la luz, del pensamiento y la sabiduría, de la civilización misma. Si perdemos nuestra identidad, habremos renunciado a la finalidad de nuestra vida.

—Eso ya lo sé —repuso Helena—. La cuestión es: ¿lo sabe él? ¿Qué busca en realidad?

Zoé la miró con desprecio.

—Poder, naturalmente.

—¡Es un eunuco! —escupió Helena—. Atrás quedaron los días en que un eunuco podía ser cualquier cosa, salvo emperador. ¿Tan idiota es para no haberse enterado todavía?

—En épocas de necesidad, recurriremos a cualquiera que creamos que puede salvarnos —dijo Zoé en voz calma—. Más te vale no olvidar eso. Constantino es inteligente y necesita ser amado. No lo subestimes, Helena. Posee tu misma debilidad por la admiración, pero es más valiente que tú. Y tú puedes adular incluso a un eunuco, si te vales de tu cerebro tanto como de tu cuerpo. De hecho, sería muy sensato que, en lo que concierne a los hombres, utilizaras el cerebro en lugar de tu cuerpo, por el momento.

Nuevamente acudió el color a las mejillas de Helena.

—Dicho con toda la sensatez y la rectitud de una mujer demasiado anciana para hacer ninguna otra cosa —se burló Helena. Se pasó las manos por la esbelta cintura y el vientre plano, y levantó otra vez los hombros, muy levemente, para ofrecer una curva todavía más voluptuosa.

Aquella insinuación hirió a Zoé. Había puntos de su mentón y de su cuello que odiaba al verlos en el espejo, y la parte superior de sus brazos y sus muslos ya no tenían la firmeza de antes, la de hacía sólo unos años.

—Haz uso de tu belleza mientras puedas —le dijo a Helena—, porque no posees nada más. Y con esa baja estatura que tienes, cuando tu cintura se ensanche serás cuadrada, y los pechos se te juntarán con la barriga.

Helena agarró un tapete de seda de la silla y lo blandió como si fuera un látigo contra su madre. Pero el extremo de la tela se enganchó en el alto pie de bronce que sostenía una antorcha y lo desequilibró. El alquitrán en llamas se esparció por el suelo. Al instante, la túnica de Zoé se prendió fuego, y ésta sintió cómo el calor empezaba a abrasarle las piernas.

El dolor era intenso. El humo la estaba asfixiando. Sentía los pulmones a punto de estallar y, sin embargo, el ruido estridente que la ensordecía era el de sus propios chillidos. Se vio volando atrás en el tiempo, hacia el pasado lejano, el crisol de todo en lo que se había convertido. Se vio engullida por el fogonazo de luz roja en la oscuridad, por el estrépito de las paredes al desmoronarse, por el estruendo de piedra contra piedra, por el rugir de las llamas, todo invadido por el terror, la confusión, la garganta y el pecho abrasados por el calor.

Helena estaba frente a ella, lanzándole agua, gritando algo con una voz aguda teñida de pánico, pero Zoé no podía pensar. Era una niña pequeña aferrada a la mano de su madre, corriendo, cayendo, levantada del suelo a la fuerza y arrastrada de nuevo, dando traspiés por entre los muros derruidos, los cadáveres mutilados y quemados, la sangre que cubría las aceras. Percibió el olor de la carne humana al arder.

Cayó otra vez, magullada y dolorida. Pero cuando consiguió incorporarse su madre había desaparecido. Entonces la vio: uno de los cruzados la levantó del suelo de un tirón y la arrojó contra una pared. Le arrancó el manto y la túnica con su espada y después se echó sobre ella con una violenta embestida. Zoé sabía ahora lo que había hecho aquel cruzado, lo sentía como si hubiera sido violada ella misma. Cuando terminó, el cruzado le asestó un tajo a su madre en la garganta y la dejó resbalar, desangrándose, hasta los guijarros del empedrado.

Su padre las encontró a las dos, demasiado tarde. Zoé estaba sentada en el suelo, tan inmóvil como si ella también estuviera muerta.

Después de aquello, todo fue sufrimiento y pérdida. Estaban siempre en lugares desconocidos, asediados por el hambre y por el terrible vacío de verse desposeídos, e invadidos por un horror que a Zoé se le metió en la cabeza y jamás la abandonó. Y tras el horror llegó el odio. Un odio que la aguijoneaba por todas partes, y ella sangraba hiel.

Helena estaba a su lado, y la envolvía con algo. El resplandor de las llamas se había apagado, pero la quemazón no, continuaba atormentándola. Zoé sentía un dolor intenso en las piernas y en los muslos. A duras penas logró distinguir que alguien hablaba: era la voz de Helena, cortante y tensa por el miedo.

—¡Estáis a salvo! ¡Estáis a salvo! Tomais ha ido a buscar al médico. Hay uno muy bueno que acaba de mudarse aquí, entiende mucho de quemaduras, de males de la piel. Os curará.

Zoé sintió deseos de insultarla, de maldecirla por el acto estúpido y cruel que acababa de cometer, de amenazarla con una venganza que iba a ser tan terrible que iba a desear la muerte con tal de escapar a ella. Pero tenía la garganta demasiado tensa y no podía hablar. El dolor le había robado el aliento.

Perdió toda noción del tiempo. El pasado volvía a ella una y otra vez, el rostro de su madre, el cuerpo desangrado de su madre, el hedor de las hogueras. Hasta que por fin vio a otra persona, alguien que le hablaba, una voz de mujer. Estaba desenrollando las telas con que

Helena le había cubierto las quemaduras. Le provocó un dolor insoportable. Fue como si todavía tuviera la piel en llamas. Para no chillar, se mordió los labios hasta notar el sabor de la sangre. ¡Maldita Helena! ¡Maldita, maldita, maldita!

Aquella mujer volvía a tocarla, con algo frío. La quemazón cesó. Abrió los ojos y vio el rostro de la mujer. Sólo que no era una mujer, sino un eunuco. Tenía una piel suave y sin vello y facciones femeninas, pero en ellas había un gran vigor, y sus gestos, en la seguridad con que movía las manos, eran masculinos.

—Os duele, pero no es profundo —le dijo con voz tranquila—. Si lo tratamos adecuadamente, sanará. Voy a daros un ungüento que eliminará la sensación de ardor.

Ya no era el dolor lo que preocupaba a Zoé, sino las posibles cicatrices. La aterrorizaba quedar desfigurada. Hizo un amago de tomar aire, pero su boca no logró emitir palabra alguna. Arqueó la espalda por el esfuerzo.

—¡Haced algo! —Helena le chilló al médico—. ¡Está sufriendo!

El eunuco no se volvió hacia ella, sino que miró fijamente los ojos de Zoé, como si intentara ver el terror que sentía. Él mismo tenía los ojos oscuros, pero grises. Era bien parecido, de un modo afeminado. Buenos huesos, hermosos dientes. Era una lástima que no lo hubieran dejado entero.

Zoé intentó de nuevo decir algo. Si pudiera establecer algún contacto sensato con él, a lo mejor podría alejar el pánico que empezaba a atenazarla por dentro.

—¡Haced algo, necio! —rugió Helena—. ¿No veis que está sufriendo? ¿Qué hacéis ahí arrodillado? ¿Es que no sabéis nada?

El eunuco continuaba ignorándola. Al parecer, estaba estudiando el rostro de Zoé.

—¡Salid! —ordenó Helena—. Vamos a llamar a otro físico.

—Traedme una copa de vino ligero con dos cucharadas de miel —le dijo el eunuco—. Disolved bien la miel.

Helena titubeó.

—Os ruego que os deis prisa —la instó el eunuco.

Helena giró sobre sus talones y salió.

El eunuco se dedicó a aplicar más ungüento en las quemaduras, que a continuación vendó con telas, pero sin presionar en exceso. No se había equivocado, la pomada eliminó la quemazón y el temible dolor fue cediendo poco a poco.

En eso, volvió Helena con el vino. El médico lo cogió e incorporó a Zoé con delicadeza hasta una posición de sentada en la que pudiera sostener la copa con sus propias manos. Al principio ella sintió la garganta áspera, pero a cada sorbo fue suavizándose, y para cuando hubo bebido la mitad de la copa ya podía hablar.

—Os lo agradezco —dijo con voz un poco ronca—. ¿Van a quedarme cicatrices importantes?

—Si tenéis suerte, procuráis mantener limpias las heridas y os aplicáis el ungüento, es posible que no os quede ninguna.

Las quemaduras siempre dejaban cicatrices. Zoé lo sabía muy bien, había visto otros casos.

—¡Mentiroso! —masculló entre dientes. Volvía a tener el cuerpo en tensión y ofrecía resistencia a los brazos que la sostenían—. Cuando era niña vi a los cruzados saquear la ciudad —le dijo—. He visto quemaduras causadas por el fuego. He conocido el olor fétido de la carne humana al quemarse y he visto cadáveres que vos no reconoceríais como humanos.

En los ojos del eunuco había compasión al mirar a Zoé, pero ésta no estaba segura de que fuera compasión lo que deseaba.

—¿Serán muy importantes? —le preguntó de nuevo con un siseo.

—Como acabo de deciros —repuso él con calma—, si cuidáis de las heridas como es debido y os aplicáis el ungüento, no os quedarán cicatrices. Debéis atenderlas. No son quemaduras profundas, por eso os duelen tanto. Las profundas no duelen, pero tampoco es frecuente que sanen.

—Supongo que si volvéis dentro de uno o dos días querréis que se os pague dos veces —dijo Zoé con actitud hostil.

El médico sonrió como si aquello lo divirtiera.

—Por supuesto. ¿Eso os incomoda?

Zoé se reclinó ligeramente hacia atrás. De pronto sentía un profundo cansancio, y el dolor había cedido tanto que casi podía apartarlo de su mente.

—Ni en lo más mínimo. Mi criada se ocupará de atenderos. —Cerró los ojos. Era una despedida.

Zoé no recordó gran cosa de las horas siguientes, y cuando despertó en su cama era ya nuevamente mediodía. Helena estaba de pie al lado de su madre, con la vista baja, y la luz que penetraba por la ventana le iluminaba la cara con crudeza. Tenía un cutis sin imperfecciones, pero el sol resaltaba la dura línea de los labios y un levísimo descolgamiento de la carne inferior de la barbilla. Tenía el entrecejo fruncido de preocupación, pero al percatarse de que Zoé estaba despierta desaparecieron todas las arrugas.

Zoé le dirigió una mirada gélida. «Que tenga miedo.» Cerró los ojos deliberadamente para desairar a su hija. El equilibrio de poder entre ambas había cambiado. Helena había causado dolor y terror que las había afectado a las dos, y el terror era peor. Ninguna de las dos iba a olvidarlo.

La quemazón que sentía en las piernas ya no pasaba de ser una leve incomodidad. Aquel eunuco era eficaz. Si estaba en lo cierto y no quedaban cicatrices, lo recompensaría bien. También podría ser provechoso cultivar su amistad y su gratitud buscándole otros pacientes. Los médicos acababan encontrándose en lugares a los que no acudían otras personas; veían a la gente en su momento de mayor vulnerabilidad, descubrían sus flaquezas, sus miedos, igual que éste había descubierto el miedo de ella. También podría descubrir sus puntos fuertes. La fuerza era un buen sitio al que dirigir un ataque, porque nadie lo esperaba. La gente no se daba cuenta de que sus puntos fuertes, si se alimentaban, se elogiaban y se llevaban al exceso, podían resultar contraproducentes.

Zoé era vivamente consciente de que podía haber quedado lisiada en aquel incendio, incluso haber muerto. Si esperaba más para cobrarse venganza, podría ser demasiado tarde. Podría sucederle alguna otra cosa.

Claro que siempre existía la otra desagradable posibilidad: la de que sus enemigos murieran de causas naturales, en su cama, y en ese caso a ella le sería robada la victoria. Si había esperado tanto tiempo era para poder saborear plenamente su venganza. No habría merecido la pena antes de que ellos hubieran regresado del exilio y alcanzado poder y riquezas en el nuevo imperio; si no tenían nada que perder, ninguna fortuna a la que aferrarse, la venganza resultaría insípida.

Exhaló el aire despacio y sonrió. Había llegado el momento de empezar.

6

Ana salió de la casa de Zoé Crysafés con un abrumador sentimiento de triunfo. Por fin había podido aplicar sus conocimientos, duramente ganados, para el tratamiento de quemaduras en un caso importante, el cual, sin el ungüento de Colchis, habría dado lugar a unas cicatrices de por vida. Su padre le había traído la receta de sus viajes por el mar Negro y el hogar de la legendaria Medea, de cuyo nombre y ciencia había surgido el término mismo de «medicina». El hecho de curar a Zoé le iba a aportar más pacientes, si tenía suerte, entre personas que habían conocido a Besarión y por lo tanto a Justiniano, Antonino y al verdadero responsable del asesinato.

Mientras se dirigía andando a casa rodeada del tibio aire nocturno, iba pensando en la casa que acababa de abandonar.

Zoé era una mujer extraordinaria. Aun herida, aterrada y angustiada por el dolor, la intensidad de sus emociones cargaba el aire con esa tensión que eriza la piel antes de que estalle una tormenta.

¿Qué había causado un incendio en aquella imponente estancia, con aquellos pies de hierro forjado que sostenían las antorchas y aquellos ricos tapices? ¿Una acción deliberada? ¿Por eso estaba Helena tan asustada?

Ana apretó el paso mientras su cerebro exploraba todas las formas posibles de aprovechar aquella oportunidad. Siendo eunuco resultaba invisible, como un criado. Podía escuchar, atar cabos, encontrar lógica en informaciones extrañas.

Durante la primera semana, fue a ver a Zoé todos los días. Las visitas fueron breves, sólo duraron el tiempo suficiente para asegurarse de que la curación avanzaba como estaba previsto. A juzgar por la textura de la piel de Zoé y el hermoso color de su cabello, era evidente que poseía habilidad en el uso de hierbas y ungüentos. Por supuesto, Ana no lo mencionó en ningún momento, habría sido una falta de tacto. Sin embargo, en la cuarta visita se encontró con Helena, que había ido a ver a su madre, y que no mostró los mismos escrúpulos.

Ana estaba sentada en el borde de la cama de Zoé cuando Helena observó:

—Qué olor tan desagradable —dijo, arrugando la nariz al percibir el aroma penetrante del ungüento que estaba aplicando Ana—. Por lo menos casi todos los otros aceites y pomadas que usáis son más gratos, aunque un poco fuertes.

Zoé entrecerró los ojos hasta convertirlos en dos ranuras duras como el ágata.

—Deberías aprender cómo se usan, y apreciar el valor del perfume. La belleza empieza siendo un don, pero tú estás acercándote rápidamente a una edad en la que empieza a considerarse un arte.

—Seguida de la edad en la que resulta un milagro —replicó Helena.

Los ojos dorados de Zoé se agrandaron.

—Cosa un tanto difícil para alguien que carece de alma para concebir los milagros.

—A lo mejor aprendo a concebirlos, para cuando tenga edad de necesitarlos.

Zoé la miró de arriba abajo.

—Lo has dejado para muy tarde —susurró.

Helena sonrió dejando entrever un secreto sentimiento de satisfacción.

—No tan tarde como creéis. Era mi intención que creyerais saberlo todo, pero no era así. Y seguís sin saberlo todo.

Zoé disimuló su sorpresa casi al instante, pero Ana la captó.

—Si te refieres a la muerte de Besarión —contestó—, por supuesto que lo sabía todo. Los envenenamientos, el apuñalamiento en la calle. En todos ellos se veía tu mano, y fallaron. Estaban mal planificados, fueron una estupidez. —Se incorporó un poco apartando a Ana a un lado, con toda la atención centrada en su hija—. ¿Quién creías que iba a ocupar su puesto, necia? ¿Justiniano? ¿Demetrio? Sí, claro, Demetrio. Supongo que eso he de agradecérselo a Irene.

Era una conclusión, no una pregunta. Volvió a recostarse contra las almohadas, de nuevo con una expresión de dolor en el rostro. Y Helena abandonó la estancia.

Ana procuró concentrarse en la piel que iba sanando lentamente, pero en su cabeza bullían los pensamientos. Había habido otros intentos de quitar la vida a Besarión. ¿Por parte de quién? Al parecer, Zoé pensaba que por parte de Helena. ¿Por qué? ¿Quién era Demetrio? ¿Quién era Irene? Ahora tenía algo concreto que investigar.

Se apresuró a finalizar con los vendajes haciendo un esfuerzo para que no le temblaran las manos.

No le resultó difícil llevar a cabo las primeras indagaciones. Irene era una mujer de gran renombre, fea, inteligente, perteneciente a una antigua familia imperial tanto por haber nacido con el apellido Ducas como por su matrimonio con un Vatatzés. Corría el rumor de que era ella la responsable de que la fortuna de su esposo fuera aumentando gradualmente, aunque éste todavía no había regresado del destierro, cuya mayor parte había pasado en Alejandría.

Tenía un hijo: Demetrio. Aquí se interrumpía la información, y Ana no se atrevió a presionar más. Las conexiones que estaba buscando ahora eran más siniestras, acaso peligrosas.

Para el mes de agosto, las quemaduras de Zoé se habían curado casi por completo, y su protección le había procurado más pacientes a Ana. Algunos eran mercaderes ricos, tratantes de pieles y especias, plata, gemas y sedas. Pagaban con placer dos o tres sólidos por las mejores hierbas medicinales e incluso más a cambio de atención personal.

Ana le dijo a Simonis que comprase cordero o cabrito, aun cuando estaban recomendados sólo para la primera mitad del mes. Desde marzo, mes en que llegaron, habían sido muy frugales, y había llegado el momento de una celebración. Debía servirlo caliente, con vinagre de miel y quizás un poco de calabaza fresca.

—Ya sabes qué verduras hay que comer en agosto —añadió Ana—. Y ciruelas amarillas.

—Compraré vino rosado. —Simonis tenía la última palabra.

Ana regresó a la tienda local de sedas y escogió la tela que había admirado anteriormente. Dejó resbalar entre los dedos aquel tejido suave y fresco, casi líquido, y observó cómo se derramaba la luz sobre él mientras le daba vueltas. Despedía un brillo primero de ámbar, luego de melocotón, después de fuego, iba cambiando conforme se movía igual que un ser vivo. La gente decía aquello mismo de los eunucos, que su esencia resultaba esquiva, que nunca se repetía. Servía como condenación: demostraba que no eran personas de fiar.

En opinión de Ana, eran diferentes según se los viera, porque necesitaban ser diferentes para sobrevivir, y además eran humanos, estaban llenos de apetitos, miedos y sueños como todos los demás, y poseían la misma capacidad de sentirse heridos.

Compró un retal de seda suficiente para confeccionarse una dalmática, y aceptó cuando el tendero se ofreció a encargarse de que la cortaran, la cosieran y se la entregaran en su domicilio. Ella le dio las gracias y se fue, sonriendo incluso en medio del calor reinante y del polvo que flotaba en el ambiente después de demasiados días sin lluvia.

Acto seguido se dirigió al sur, hacia la calle Mese, para mirar las tiendas de aquel barrio. Compró túnicas de lino nuevas para Leo y para Simonis, y también una capa nueva de salir para cada uno de ellos, y solicitó que las enviaran a casa.

Todos los domingos acudía a la iglesia que tenía más cerca, salvo cuando un paciente requería su presencia con urgencia, pero ahora le apetecía tomar una barca para cubrir la considerable distancia que la separaba de la gran catedral de Santa Sofía. Ésta se erguía sobre el promontorio situado en el extremo oriental de la calle Mese, entre la Acrópolis y el hipódromo.

Hacía una tarde apacible y el aire era calmo y tibio, incluso sobre el agua. A medida que el sol iba cayendo por el oeste, los colores se esparcían sobre el Cuerno de Oro confiriéndole la apariencia de una sábana de seda. Era del brillante reflejo que emitía en el momento de salir el sol de donde había tomado el nombre.

La barca tocó la orilla en el momento del ocaso, y Ana emprendió la subida por las empinadas calles que partían del puerto al mismo tiempo que empezaban a encenderse las lámparas y las antorchas.

Se aproximó a Santa Sofía, ya negra en contraste con el cielo de poniente, con un sentimiento de emoción y asombro. Llevaba mil años de pie en aquel lugar, la iglesia más grande de la cristiandad. En el año 532 había sido destruida completamente por el fuego. En 558 se hundió la gran cúpula por culpa de un terremoto, y fue sustituida casi de inmediato por la cúpula que ahora se elevaba imponente y oscura contra el cielo.

Naturalmente, la había visto muchas veces desde fuera. El edificio en sí medía más de doscientos cincuenta pies en todas direcciones. El estuco era de color rojizo, y al amanecer y al atardecer reflejaba el sol con tal intensidad que los marineros que se aproximaban a la ciudad lo veían desde lejos.

Traspuso las puertas de bronce y se quedó paralizada por el asombro. El amplio interior estaba iluminado por la luz de incontables cirios. Era como estar en el corazón de una piedra preciosa. Las columnas de mármol de pórfido eran de un rojo oscuro. Su padre le había contado que originalmente procedían del templo egipcio de Heliópolis y que por consiguiente eran antiguas, hermosas y de un valor incalculable. El mármol polícromo de los muros era verde y blanco, proveniente de Grecia o de Italia, y el blanco llevaba incrustaciones de perlas y marfil. Había iconos de oro de los antiguos templos de Éfeso. Rebasaba con mucho todas las descripciones que habían llegado a sus oídos.

La impresión dejada por la luz se apreciaba en todas partes, como si la estructura entera flotara en el aire y no precisara de ningún soporte físico. Los arcos estaban cubiertos de mosaicos de increíble belleza, azules oscuros, grises y marrones en contraste con un fondo de innumerables cuadraditos de oro que representaban santos y ángeles, a la Virgen con el Niño, profetas y mártires de todas las épocas. Tan sólo el inicio de la misa consiguió apartarle los ojos de aquellas maravillas. La misa y las voces que se elevaron al unísono, y después en armonía.

Conmovida por la sagrada solemnidad del momento, inspirada por un arrebato de fe propia y por el deseo de sentirse parte de aquello, tomó las escaleras que conducían al nivel superior. Con la cabeza baja, se dejó arrastrar por el gentío que la rodeaba. Aquél era el ritual conocido y el credo en que se había criado toda su vida. De pequeña había subido en compañía de su madre a la zona de su iglesia de Nicea destinada a las mujeres, mientras Justiniano y su padre se iban con los hombres a la nave principal del templo.

Al llegar a la galería superior se quedó de pie con las demás mujeres contemplando el centro de la iglesia, en el que los sacerdotes, con gran reverencia, llevaban a cabo la bendición y administraban el sacramento del cuerpo y la sangre de Cristo, que habían sido entregados para redimir a la humanidad. El ritual era bizantino hasta la médula, solemne y sutil, antiguo como la confianza entre el hombre y Dios.

El sermón trató de la fe de Gedeón cuando condujo los ejércitos de los hijos de Israel a luchar contra un enemigo que parecía abrumador. Una y otra vez Dios ordenó a Gedeón que redujera su magro ejército hasta que resultó absurdo intentar siquiera entrar en batalla. El sacerdote señaló que aquello se hizo así para que cuando vencieran, como ocurrió, supieran que había sido Dios el que lo había hecho posible.

Saldrían victoriosos, pero también humildes y agradecidos. Sabrían en quién confiar en todas sus empresas futuras. Primero obedecer, y nada será imposible, dicten lo que dicten las apariencias.

¿Estaba hablando de la amenaza que suponía para la Iglesia la unión con Roma? ¿O de una nueva invasión de los cruzados, si se rechazaba la unión y regresaban los latinos, violentos y sangrientos como la vez anterior?

Cuando se desvanecieron las últimas notas del cántico, Ana dio media vuelta con la intención de marcharse, y entonces la invadió el horror. Sin pensar, había seguido a las demás mujeres hasta la galería destinada a ellas; había olvidado completamente que se suponía que era un eunuco. ¿Qué podía hacer ahora? ¿Cómo podía escapar? De inmediato rompió a sudar, un sudor que la empapó y la dejó fría. Todo el mundo sabía que los balcones del nivel superior eran para las mujeres. La vergüenza la ahogaba.

La riada de mujeres pasaba por su lado con los ojos bajos y la cabeza cubierta por un velo, a diferencia de ella. Ninguna levantó la vista hacia donde estaba ella, aferrada a la barandilla, tambaleándose ligeramente a causa del mareo que la dominaba. Tenía que encontrar una excusa, pero ¿cuál? Nada servía para justificar que hubiera subido hasta allí.

De pronto se detuvo a su lado una anciana de piel pálida y rostro marchito. Santo cielo, ¿iba a exigirle una explicación? Estaba blanca como la leche. ¿Iría a desmayarse, y así llamar la atención de todo el mundo? La anciana osciló levemente y emitió una tos seca; en sus labios apareció una mancha de sangre.

Entonces le llegó la respuesta como si fuera un haz de luz. Rodeó a la mujer con un brazo y la ayudó a sentarse en los escalones.

—Soy médico —dijo con dulzura—. Voy a socorreros. Os llevaré a vuestra casa.

De pronto una mujer más joven volvió la cabeza y las vio. Enseguida volvió a subir un peldaño.

—No ocurre nada —se apresuró a decir Ana—. Soy médico. He visto que se sentía enferma y he subido a socorrerla. Voy a llevarla a casa. —Ayudó a la anciana a incorporarse y la rodeó de nuevo con el brazo para cargar con la mayor parte de su peso—. Venid —animó a la otra—, indicadme por dónde se va.

La mujer más joven sonrió y se situó delante de ambas, asintiendo con la cabeza.

De todos modos, más tarde Ana llegó a su casa temblando de alivio. Simonis la miró con ansiedad percibiendo que ocurría algo, pero ella se sentía demasiado avergonzada de la estupidez que había cometido para contarle de qué se trataba.

—¿Has descubierto algo más? —inquirió Simonis al tiempo que le entregaba una copa de vino y le ponía delante un plato de pan con cebollinos.

—No —respondió Ana en voz baja—. Aún no.

Simonis no dijo nada, pero su expresión era elocuente. No habían ido allí, a arriesgar la vida a cien millas de su hogar, para que Ana pudiera establecer una consulta médica nueva; en opinión de Simonis, la que había tenido en Nicea no tenía nada de malo. El único motivo para abandonarla, junto con los lugares y los amigos que conocían de toda la vida, era rescatar a Justiniano.

—Las túnicas que me has comprado son muy buenas —dijo Simonis en voz queda—. Te doy las gracias. Debes de tener pacientes nuevos. Y ricos.

Ana se percató del sentimiento reprobatorio de Simonis por la rigidez de sus hombros y por su forma de fingir que estaba concentrada en moler las semillas de mostaza para preparar la salsa del pescado que iba a cocinar al día siguiente.

—Que sean ricos es algo accidental —replicó ella—. Conocieron a Justiniano y a las demás personas que rodeaban a Besarión. Estoy obteniendo información acerca de sus amigos, y quizá de los enemigos de Besarión.

Simonis levantó la vista rápidamente, con los ojos brillantes. Sonrió un momento, fue todo lo que se atrevió a mostrar, por si acaso su fe invitaba a la mala suerte y el premio se le escapaba.

—Bien —dijo afirmando con la cabeza—. Entiendo.

—No te gusta mucho esta ciudad, ¿verdad? —le dijo Ana suavemente—. Ya sé que echas de menos a los que conocías en casa. Yo también.

—Es necesario —repuso Simonis—. Tenemos que averiguar la verdad de lo sucedido y hacer que vuelva Justiniano. Tú sigue intentándolo. Yo me encargaré de hacer amistades nuevas. Ahora vete a la cama, es tarde.

7

A primeros de octubre Zoé envió un recado a Ana, en el cual le solicitaba que la atendiera de inmediato. Zoé la atraía como una llama peligrosa, imprevisible, en ocasiones destructiva, pero por encima de todo una llama muy brillante, y Ana tenía necesidad urgente de obtener más información.

Al llegar, Zoé la recibió inmediatamente, lo cual era en sí mismo un cumplido. Hoy iba ataviada con una túnica de color rojo vino y una dalmática ligera encima, sujeta en el hombro con una enorme joya de oro y ámbar. Más oro y ámbar le colgaban de las orejas y le rodeaban el cuello, a juego con el filo bordado de las prendas. Con sus ojos de topacio y su cabello bronce oscuro, desprendía una belleza sobrecogedora.

—¡Ah! Anastasio —exclamó calurosamente al tiempo que acudía sonriente al encuentro de Ana—. ¿Qué tal va vuestro oficio? Mis amistades me han dado buenos informes de vos.

Era una pregunta cortés, y formulada con entusiasmo. También tenía por finalidad recordarle que la mayoría de sus mejores pacientes, los que tenían dinero, pagaban puntualmente y la recomendaban a otros conocidos, le habían llegado gracias a ella.

—Bien, y mejorando todo el tiempo —respondió Ana—. Os estoy agradecida por recomendarme.

—Me alegra haber sido de utilidad —repuso Zoé. Agitó una elegante mano, de uñas afiladas y adornada con sortijas, para indicar una mesa sobre la que reposaban una jarra de vino, varias copas y un cuenco de cristal verde lleno de almendras.

—Os lo agradezco —dijo Ana como si aceptara, pero sin hacer ningún movimiento. Estaba demasiado tensa, debido a la expectación de saber qué deseaba Zoé. Parecía gozar de buena salud, aunque en parte se debiera a sus propias pociones y bálsamos y a una gran dosis de fuerza de voluntad—. ¿En qué puedo serviros? —preguntó Ana. Había aprendido a no hacer cumplidos a las mujeres como si fuera un hombre completo, ni a compadecerlas como si fuera otra mujer.

Zoé sonrió, divertida.

—Os dais prisa en ir al grano, Anastasio. ¿Os he apartado de otro paciente? —La estaba sondeando, viendo cómo Ana caminaba por el filo de la navaja, entre la adulación y la verdad, sin perder su dignidad, manteniendo el respeto por su habilidad profesional y aun así mostrándose disponible para lo que Zoé pudiera desear. Todavía no podía permitirse el lujo de negarse, y ambas lo sabían. En este caso Zoé no era una paciente; sin embargo, sería una arrogancia absurda por parte de Ana imaginar siquiera que estaban en el mismo nivel social. Ella era un eunuco de provincias que se ganaba la vida con su trabajo; Zoé pertenecía a una familia aristocrática, y no sólo era nativa de aquella ciudad, sino casi la personificación de su alma.

Ana midió sus palabras, sonriendo ligeramente:

—¿No me habéis llamado como médico?

Los ojos dorados de Zoé relampaguearon al lanzar una carcajada.

—Buena suposición. Se trata de una amiga, una joven llamada Eufrosina Dalassena. Sufre una enfermedad de la piel que le causa cierta vergüenza. Vos parecéis estar muy versado en esas dolencias. Le he dicho que iréis a verla. —Aquello era sencillamente una afirmación.

Ana tragó el aguijón de arrogancia que suponía que se reconociera tan poco su valía. Aun así, Zoé captó dicha vacilación y supo lo que significaba. Y se sintió complacida.

—Si me decís dónde puedo encontrarla, iré a verla —respondió Ana.

Zoé asintió despacio, satisfecha, y le dio las señas de la calle y de la casa.

—Id con urgencia, os lo ruego. Examinadla con atención, tened en cuenta su mente, además de su cuerpo. Tengo interés en saber cómo evoluciona. ¿Me entendéis?

—Para mí será un placer informaros de que se encuentra bien, o no tan bien —replicó.

—¡No es su piel lo que me importa! —saltó Zoé—. Vos podéis ocuparos de eso, no me cabe duda. Acaba de enviudar. Me interesa saber cómo se encuentra, conocer la fuerza de su carácter.

Ana titubeó, no muy segura de si debía reprimir o no lo que sabía que podía decir, pero decidió que no merecía la pena. Zoé se pondría furiosa sin motivo alguno. Más adelante decidiría cuánto contarle.

—Iré inmediatamente —dijo con aire digno.

Zoé sonrió.

—Os lo agradezco.

Eufrosina Dalassena se encontraba al final de la veintena, pero le dio la impresión de ser más joven. Poseía unas facciones excelentes y debería resultar encantadora, pero irradiaba una cierta insulsez, y Ana se preguntó si sería a causa de su enfermedad. Estaba tendida en un diván, sin adornos en su cabellera de color castaño claro y con el semblante un tanto pálido. A Ana la condujo una criada que se quedó aguardando en aquella estancia decorada de modo poco imaginativo, de pie en la entrada.

Ana se presentó y formuló todas las preguntas habituales acerca de los síntomas. A continuación examinó la dolorosa erupción que mostraba Eufrosina en la espalda y en la parte inferior del abdomen. Le pareció que tenía un poco de fiebre, y se notaba a las claras que se sentía violenta y angustiada por su mal. Su mirada no se apartó ni un momento del rostro de Ana, a la espera del veredicto, intentando interpretar todas sus expresiones.

Por fin no pudo aguantar más.

—Voy a confesarme cada dos días, y no conozco ningún pecado del que no me haya arrepentido —exclamó Eufrosina—. He ayunado y rezado, pero no se me ocurre nada. ¡Os lo ruego, ayudadme!

—Dios no os castiga por lo que no podéis evitar —dijo Ana rápidamente, y de inmediato se percató de su atrevimiento. Aquélla era una convicción suya, pero ¿cuál era la doctrina de la Iglesia? Sintió que le subía la sangre a la cara.

La lógica de Eufrosina era perfecta.

—En ese caso, tengo que poder evitarlo —afirmó con tristeza—. ¿Qué es lo que no he hecho? He rezado a san Jorge, que es el patrón de las enfermedades de la piel, pero de muchas otras cosas. Así que también he rezado a san Antonio Abad, por si acaso debiera ser más concreta. Asisto a misa todos los días, me confieso, doy limosna a los pobres y hago ofrendas a la iglesia. ¿En qué me he quedado corta para que me haya sucedido esto? No lo entiendo.

Se recostó en el diván.

Ana respiró hondo para decir que su mal no tenía nada que ver con ninguna clase de pecado, ni de omisión ni de comisión, y entonces cayó en la cuenta de que aquello podía ser interpretado como herejía.

Eufrosina seguía mirándola fijamente. Tenía la piel empapada de un sudor que también le dejaba el pelo lacio. Ana debía contestarle algo, o de lo contrario perdería la fe que Eufrosina tenía en ella.

—¿Podría ser que vuestro pecado consista en no confiar lo bastante en el amor de Dios? —le dijo, sorprendida de ella misma—. Voy a daros una medicina que debéis tomar y un ungüento que vuestra doncella debe aplicaros en las ampollas. Cada vez que lo hagáis, rezad y creed que Dios os ama, personalmente.

—Pero ¿cómo? —dijo Eufrosina, sintiéndose desdichada—. Mi esposo murió joven, antes de poder lograr la mitad de las cosas que podría haber tenido, ¡y yo ni siquiera le di un hijo! Ahora me aflige una enfermedad que me afea tanto que no me deseará ningún otro hombre. ¿Cómo va a amarme Dios? Estoy haciendo algo mal, y ni siquiera sé qué es.

—En efecto, así es —respondió Ana con vehemencia—. ¿Cómo os atrevéis a tacharos de fea o inútil? Dios no necesita que lo hagáis todo bien, porque nadie logra algo semejante, pero sí espera que lo intentéis y que confiéis en Él.

Eufrosina se la quedó mirando, estupefacta.

—Comprendo —dijo, desaparecida toda confusión—. Me arrepentiré inmediatamente.

—Y usad también la medicina —advirtió Ana—. Dios nos ha dado hierbas y aceites, e inteligencia para comprender para qué sirven. No rechacéis ese don. Eso sería ingratitud, que también es un pecado muy grave. —Y que además haría que todo aquel ejercicio resultara inútil, pero eso no podía decírselo.

—¡La usaré! ¡La usaré! —prometió Eufrosina.

Una semana después, Eufrosina estaba completamente curada, lo cual hizo pensar a Ana que quizás una buena parte de la fiebre se debiera al miedo de una culpabilidad imaginaria.

Fue a informar a Zoé, tal como ésta le había solicitado, y esta vez tuvo que esperar casi media hora antes de ser recibida. En el momento en que vio la expresión de Zoé supo que ésta ya estaba al tanto de la recuperación de Eufrosina. Y muy probablemente sabía también cuánto dinero le habían pagado a ella, pero no podía permitirse dejar ver su irritación. De nuevo dio las gracias a Zoé por haberla recomendado.

—¿Qué impresión sacasteis de ella? —preguntó Zoé con naturalidad. Hoy iba vestida de azul oscuro y oro. Combinado con el color cálido del cabello y de los ojos, el efecto resultaba soberbio. Había ocasiones en las que Ana anhelaba, casi con dolor físico, volver a vestirse de mujer y adornarse el cabello. Así podría enfrentarse a Zoé en un pie de igualdad. Se obligó a sí misma a acordarse de que Justiniano se encontraba en lo estéril del desierto de Judea, posiblemente incluso vestido con telas de arpillera, y a recordar que aquélla era la razón de que ella estuviera haciéndose pasar por eunuco. ¿Imaginaría su hermano que se había olvidado de él?

Zoé estaba esperando, con gesto de impaciencia.

—¿Tan negativa es vuestra opinión, que no podéis responderme con sinceridad? —exigió—. Me lo debéis, Anastasio.

—Es crédula —contestó Ana—. Una joven dulce, muy sincera, pero fácil de persuadir. Obediente, demasiado temerosa para no serlo.

Zoé abrió unos ojos como platos.

—No tenéis pelos en la lengua —comentó divertida—. Sed prudente. No podéis daros el lujo de pellizcar a quien no debéis.

Ana comenzó a sudar de pronto, pero no desvió la mirada. Sabía que no debía dejar que Zoé advirtiera ninguna flaqueza.

—Habéis pedido la verdad. ¿Debería deciros otra cosa?

—Jamás —repuso Zoé con los ojos relucientes como gemas—. O, si mentís, hacedlo tan bien que yo no os descubra.

Ana sonrió.

—Dudo que pudiera hacer algo así.

—Resulta interesante que tengáis el buen juicio de decir eso —respondió Zoé en voz baja, casi un ronroneo—. Hay una cosa que quisiera que hicierais por mí. Si un mercader llamado Cosmas Cantacuzeno os pide vuestra opinión respecto del carácter de Eufrosina, que podría ocurrir, os ruego que seáis igual de franco con él. Decidle que es una joven sincera, obediente y carente de malicia.

—Por supuesto —repuso Ana—. Os agradecería que me dijerais algo más respecto de Besarión Comneno.

Era una pregunta audaz, y no tuvo tiempo para pensar algo que explicara aquel súbito interés por su parte. Pero Zoé tampoco le había dicho la razón por la que deseaba recomendar a Eufrosina a Cosmas.

Zoé se acercó a la ventana y contempló el intrincado dibujo que formaban los tejados.

—Supongo que os referís a su muerte —dijo, tajante—. Porque su vida carecía de interés. Estaba casado con mi hija, pero era un hombre aburrido. Piadoso y frío.

—¿Y por eso lo mataron? —dijo Ana con incredulidad.

Zoé se dio la vuelta lentamente y recorrió a Ana con la mirada, empezando por el rostro de mujer disfrazado de eunuco, desprovisto de la barba masculina y sin suavizar por las curvas y los adornos femeninos, y siguiendo por el cuerpo, ceñido a la altura del pecho y con un relleno desde el hombro a la cadera para ocultar la curva natural.

Ana sabía cuál era su apariencia física, había trabajado en ella detenidamente para obtener aquel resultado. Y en cambio, en ocasiones como aquélla, en presencia de una mujer que era hermosa, incluso ahora, la odiaba. Su cabello, que no le llegaba más allá de los hombros, en realidad formaba su rostro. Lo tenía menos armado que los complicados peinados que llevaban las mujeres, pero aun así echaba de menos los alfileres y ornamentos que usaba en otra época. Y más que aquello echaba en falta el color aplicado a las cejas, los polvos para igualar el tono de la piel, el color artificial para que los labios parecieran menos pálidos.

En eso, se oyeron las pisadas de un criado que atravesaba la estancia contigua.

Ana se obligó a recordar el terror que había sufrido Zoé cuando se produjo las quemaduras, lo patente del dolor que la invadió y la redujo a un ser humano necesitado.

Zoé advirtió un cambio en ella, y no lo entendió. Hizo un mínimo gesto de encogerse de hombros.

—No fue un incidente aislado —señaló—. Un año antes de su muerte fue agredido en la calle. No llegamos a saber si fue un intento de robo o que quizás uno de sus guardaespaldas quiso aprovechar la oportunidad de apuñalarlo en la refriega, pero le salió mal. Sólo consiguió acuchillarlo una vez, pero fue una herida bastante profunda.

—¿Y por qué iba a hacer algo así uno de sus guardaespaldas? —quiso saber Ana.

—No tengo la menor idea —contestó Zoé, y al instante vio, a juzgar por la expresión de Ana, que aquello había sido un error. Zoé siempre lo sabía todo, y jamás reconocía su ignorancia. Ahora, con el fin de compensar aquella desventaja, atacaría—. Fue antes de que llegarais vos —dijo—. ¿Por qué os interesa?

—Necesito conocer a amigos y enemigos —le contestó Ana—. Parece que la muerte de Besarión todavía interesa a mucha gente.

—Por supuesto —dijo Zoé en tono áspero—. Pertenecía a una de las antiguas familias imperiales y encabezaba la causa contraria a la unión con Roma. Muchas personas tenían sus esperanzas depositadas en él.

—¿Y en quién las depositan ahora? —inquirió Ana demasiado precipitadamente.

En los ojos de Zoé brilló un destello de diversión.

—Vos imagináis que ése fue un motivo para alcanzar la santidad, o que Besarión fue una especie de mártir.

Ana se sonrojó, furiosa consigo misma por haber abierto la puerta a semejante observación.

—Quiero saber dónde están las lealtades, por mi propia seguridad.

—Muy sensato —respondió Zoé en voz baja, con un breve gesto de aprecio y una ligera risa para sus adentros—. Y si conseguís saber eso, seréis la persona más inteligente de todo Bizancio.

8

Cuando Anastasio se hubo marchado, Zoé se quedó sola en la estancia, de pie junto a la ventana. Nunca se cansaba de aquel paisaje. Por aquel brillante brazo de mar había navegado Jasón con sus argonautas en busca del Vellocino de Oro. Se había encontrado con Medea y la había traicionado. La venganza de ella fue terrible. A Zoé no le costaba entenderlo, ella misma estaba preparada para cobrarse venganza de los Cantacuzenos. Cosmas tenía la misma edad que ella. Fue su padre, Andreas, el que dijo a los cruzados dónde se encontraba la ampolla que contenía la sangre de Cristo, a fin de salvarse él. Ya estaba muerto y por lo tanto fuera del alcance de Zoé, y ojalá ardiera en el infierno, pero Cosmas estaba vivito y coleando y de nuevo se encontraba en Constantinopla, prosperando. Tenía mucho que perder. Ella lo contemplaba como se contempla una fruta madura lista para arrancarla del árbol.

Sus ojos se posaron en el cuenco dorado que había sobre la mesa. Estaba repleto de albaricoques, que en contacto con la luz roja del sol parecían ámbar líquido. Tomó uno y lo mordió, y aplastó su carne entre los dientes dejando que el jugo le resbalara por los labios y la barbilla.

El abuelo de Eufrosina, Jorge Ducas, había ayudado a robar iconos de Santa Sofía, la iglesia madre de Bizancio. Incluso había ayudado a los cruzados a llevarse el Santo Sudario de Cristo. Jamás se le podría perdonar esa tremenda pérdida que le causó a la fe ortodoxa. Ahora el sudario estaba en las toscas e irreverentes manos de los latinos. Sintió un estremecimiento por todo el cuerpo, como si ella misma hubiera sido tocada íntimamente por algo sucio.

Fue un golpe de buena suerte que Eufrosina hubiera caído enferma de una afección de la piel que su propio médico no sabía curar. Ello le había permitido enviarle aquel médico eunuco, y éste, a su vez, conseguiría que Cosmas se fiara de ella.

Zoé cogió otro albaricoque; éste estaba menos maduro que el primero, un poco como Anastasio. La había sorprendido con su agudeza a la hora de juzgar a Eufrosina. No era que estuviera equivocado, desde luego; sencillamente, ella esperaba que fuera más evasivo a la hora de expresarse. Pero que le agradara no debía ser como un impedimento para sus planes de venganza. Si Anastasio le era de utilidad, eso era lo único que importaba.

Además, tenía un punto débil que ella no debía olvidar: que perdonaba. Algunos de los pacientes que ella le había recomendado lo habían tratado mal; en cambio, él no parecía estar resentido. Había tenido la oportunidad de aprovecharse de ellos a su vez, y no había hecho nada. Zoé no creía que fuera por cobardía; Anastasio no habría corrido ningún peligro, no habría tenido que pagar ningún precio. Era una estupidez; si no hay miedo, no hay respeto. Ella lo habría hecho mejor. Iba a tener que protegerlo, mientras fuera útil. Había que igualar todas las posiciones.

Zoé se dio la vuelta de cara a la habitación y al gran crucifijo de oro que colgaba en la pared. Iba a ayudar al médico en su búsqueda de información acerca de Besarión, pero sabía que ello no tenía nada que ver con la pretensión de entender qué alianzas había en Constantinopla. Entonces, ¿por qué preguntaba?

Naturalmente, no podía revelar a Anastasio ni un breve atisbo de la verdad. ¿Cómo iba a decirle que Helena se moría de aburrimiento al lado de Besarión, y que éste probablemente nunca había sentido interés por ella, el interés que debía sentir un hombre por una mujer?

Se relajó y echó la cabeza hacia atrás, sonriendo, en un raro ejercicio de reírse de sí misma. Ella había intentado seducir a Besarión en una ocasión, sólo para ver si había algo de pasión en sus ingles, o en su alma. Pero no la había. Con el tiempo él terminó mostrándose dispuesto, pero ya no merecía la pena.

No era de extrañar que Helena dirigiera la mirada a otros lugares. Fue mucho más inteligente seducir a Antonino y después servirse de él para deshacerse de Besarión, y así librarse de los dos... si era eso lo que había sucedido. Aquello era digno de una hija suya. Helena era de comprensión lenta, pero al parecer se las había arreglado bastante bien al final. Era una lástima que hubiera comprometido también a

Justiniano, que era un hombre de verdad, demasiado para ella. Helena lo había hecho, Zoé no pensaba perdonárselo.

Cruzó lentamente la estancia en dirección a la entrada, balanceando apenas el brazo para que la seda de su túnica aleteara y resplandeciera bajo la luz y cambiara de tonalidad, del rojizo al oro, y al rojo otra vez, engañando a la vista, inflamando la imaginación.

Una semana más tarde el emperador la hizo llamar. Aquél sí era un hombre digno de acostarse con él. El recuerdo que conservaba seguía siendo grato, aun después de todos aquellos años. No era el mejor, ese puesto sería siempre para Gregorio Vatatzés. Pero Zoé hizo un esfuerzo para apartarlo de su mente; pensar en él le provocaba dolor, además de placer.

Miguel deseaba algo, o de lo contrario no la habría hecho llamar. Se vistió con esmero, hermosísima en color bronce y con una túnica de seda negra que se le adhería al cuerpo. Un collar ceñido a la garganta podría ocultar los signos de envejecimiento de la piel que se le apreciaban bajo el mentón. Tenía las manos suaves. Sabía exactamente con qué ingredientes fabricar ungüentos que conservaran la piel blanca e impidieran que se le hincharan los nudillos. Se puso joyas de topacios engastados en oro. Pero nada de todo aquello tenía como fin seducir a Miguel, la relación entre ambos ya se encontraba en otra etapa. Él deseaba su habilidad, su astucia, no su carne.

Desde que el imperio regresó del exilio en Nicea y se dispersó por las ciudades situadas al norte, a lo largo de la costa del mar Negro, Miguel había fijado su residencia en el palacio de Blanquerna, ubicado en el otro extremo del antiguo Palacio Imperial. El palacio de Blanquerna estaba orientado al Cuerno de Oro, igual que la casa de ella, y no distaba más de una milla y media. Podía ir fácilmente andando, acompañada de Sabas, su sirviente más fiel.

No se dio prisa, resultaba impropio. Tuvo tiempo para reparar en las malas hierbas que habían crecido allí donde faltaba el empedrado, o en las ventanas rotas de una iglesia, que no habían sido sustituidas por otras nuevas.

Hasta el propio palacio de Blanquerna se veía surcado de cicatrices; algunos de los magníficos arcos de las ventanas superiores estaban destrozados y amenazaban con desmoronarse y hacerse añicos sobre los escalones.

Los miembros de la Guardia Imperial varega no la interrogaron. Sabían que no debían preguntarle quién era. Sin duda los habían informado de su visita. Al pasar junto a ellos hizo una breve inclinación de cabeza.

Le vinieron a la memoria aquellos días, anteriores a la llegada de los latinos, en que ella era una niña pequeña y su padre la llevó al antiguo Palacio Imperial, situado en aquel promontorio desde el cual se divisaban la ciudad y el mar. En aquella época el emperador de Bizancio, que para ella era el mundo, era Alejo V. Fue justo antes de los terribles días de la invasión.

Esperó en una amplia estancia con grandes ventanales que permitían que la luz llenara el espacio y ampliara sus perfectas proporciones. Las paredes tenían incrustaciones de mármol rosa, y las del suelo eran de pórfido. Los pies que sostenían las antorchas eran altos y esbeltos y estaban decorados con oro. Aquella sala la complació profundamente, y se sintió feliz admirándola hasta que vinieran a buscarla.

La condujo un alto eunuco de rostro blando y ojos cansados que movía las manos de un modo que resultaba irritante. La llevó por pasillos y galerías hasta los aposentos privados del emperador. Había conversaciones que no debían prestarse a los oídos de nadie. Hasta la omnipresente guardia varega debía mantenerse a cierta distancia, donde no pudiera oír. Muchos de sus miembros eran de cabello rubio y ojos azules, venidos de Dios sabe qué tierras remotas.

Aquella habitación privada estaba totalmente restaurada, las paredes habían sido adornadas con exquisitos murales de escenas pastoriles en época de cosecha. Había altos candelabros de bronce, relucientes y ricamente decorados. Y también se encontraban allí las pocas estatuas que no habían sufrido daños.

Zoé hizo la reverencia acostumbrada. Tenía veinticinco años más que Miguel y además era mujer, pero él era el emperador, el Igual a los Apóstoles. De modo que no se levantó para saludarla, sino que permaneció sentado, con las rodillas ligeramente separadas, cubiertas por el brocado de seda de su dalmática y el rojo escarlata de la túnica que llevaba debajo. Era un hombre apuesto, de cabellera y barba negras y tupidas, bellos ojos y cutis levemente rubicundo. Tenía buenas manos. Zoé recordó su tacto con placer, incluso ahora. Eran sorprendentemente sensibles para pertenecer a un hombre que había sido un brillante soldado en la flor de la edad y que todavía sabía más de estrategia militar que la mayoría de los generales. En la batalla había conducido a su ejército, más que seguirlo. Ahora estaba ocupado en reorganizar el ejército y la flota, y en supervisar la reparación de las murallas de la ciudad. Por encima de todo, era un hombre práctico. Y lo que quería de Zoé también era de carácter práctico.

—Acércate, Zoé —ordenó—. Estamos solos. No hay necesidad de fingir. —Su voz era suave y profunda, como debía ser una voz de hombre.

Zoé dio unos pasos hacia él, pero lentamente. No estaba dispuesta a actuar con demasiadas confianzas y por lo tanto dar a Miguel la oportunidad de desairarla. Que fuera él quien preguntara, quien pidiera.

—Hay un asunto en el que tú puedes ser de ayuda —dijo el emperador mirándola fijamente, escrutando su rostro.

Zoé nunca estaba segura de hasta dónde alcanzaba su capacidad para saber lo que ella estaba pensando. Miguel era bizantino hasta la médula; no se le escapaba nada que perteneciera al pensamiento. Era perspicaz, taimado y valiente, pero en aquel momento pesaba sobre él una gran carga y tenía un pueblo quebrantado y obstinado al que gobernar. Eran ciegos a la realidad de la nueva amenaza, porque no se atrevían a mirarla frente a frente.

Desde la muerte de Besarión, Zoé había empezado a ver la situación política de modo distinto. Allí se había planeado una traición, en alguna parte, y cuando la descubriera castigaría al responsable, aunque fuera Helena.

Ojalá hubiera podido hablar con Justiniano antes de que éste partiera al destierro, pero Constantino había llevado a cabo su rescate tan limpiamente, y con tanta rapidez, que no le había sido posible. Ahora necesitaba saber qué deseaba Miguel.

—Si hay algo que yo pueda hacer —murmuró respetuosamente.

—Hay ciertas personas de cuyos servicios estás haciendo uso. —El emperador calculó cuidadosamente sus palabras—. Preferiría que nadie me viera servirme de ellas, pero es que las necesito. Deseo información. Es posible que más adelante sea algo más que eso.

—¿Sicilia? —Zoé pronunció aquella palabra en un jadeo. En realidad fue más una afirmación que una pregunta.

Miguel asintió con la cabeza.

Zoé aguardó. Sería preciso hacer un pacto nuevo, y eso estaba bien. Estaba dispuesta a negociar con quien fuera por el bien de Bizancio, pero no por un precio barato. El siciliano que trabajaba para ella era un zorro, un espía doble, pero había descubierto el único error que él había cometido y se guardó para sí la prueba en un lugar en el que ni haciendo uso de toda su astucia él podría encontrarla. Era un hombre peligroso y ella debía tratarlo con cuidado, como uno haría con una serpiente. Sabía por qué Miguel no podía permitirse el lujo de tener ninguna relación con él, ni siquiera a través de sus propios espías. Nada escapaba a los eunucos que tenía más próximos, ni tampoco a los criados ni a los guardias de palacio, ni a los sacerdotes que estaban siempre yendo y viniendo. Necesitaba a alguien como Zoé, que fuera tan inteligente como él mismo pero que pudiera darse el lujo de ser despiadada de una forma que no le estaba permitida a él. Había demasiados pretendientes al trono, aspirantes a usurpadores, conspiraciones y contraconspiraciones. Demasiado lo sabía él, demasiada amargura le producía ya, siempre vigilando su espalda.

Miguel se inclinó hacia delante, a menos de un paso de Zoé.

—Necesito a ese hombre tuyo —dijo en voz muy queda—. No actuaremos de momento, sino pasado un tiempo. Y también voy a necesitar a alguien más en Roma, una segunda voz.

—Puedo encontrar a alguien —prometió Zoé—. ¿Qué deseáis saber?

El emperador sonrió. No tenía intención de decírselo.

—Alguien cercano al Papa —dijo Miguel—. Y al rey de las Dos Sicilias.

—¿Alguien que tenga valor? —En su interior prendió la esperanza de que, después de todo, el emperador estuviera decidido a luchar. ¿Pretendía Miguel asesinar al Papa? Al fin y al cabo, el Papa era enemigo de Bizancio, y eso significaba la guerra.

El emperador le leyó el pensamiento al instante.

—No me refiero a esa clase de valor, Zoé. Esa época ya pasó. Los Papas pueden sustituirse con facilidad. —En su mirada había rabia, y también algo que podía ser miedo—. El verdadero peligro es el rey de las Dos Sicilias, y el Papa es el único que puede contenerlo. Si queremos sobrevivir, debemos arriesgar.

—No podéis arriesgar la fe —replicó Zoé.

Bajo la tupida barba de Miguel ardía la cólera. Zoé vio como se le encendían las mejillas.

—Necesitamos habilidad, Zoé, no baladronadas. Hemos de utilizar a los unos contra los otros, como siempre hemos hecho. Pero no pienso perder Constantinopla de nuevo, para pagar nada. Doblaré la rodilla ante Roma, o dejaré que piensen que la doblo, pero los cruzados no partirán ni una sola piedra de mi ciudad, ni impondrán el más mínimo tributo a mi pueblo. —Sus ojos negros taladraron los de Zoé—. Puede que Sicilia muera de hambre, y puede que incluso muerda la mano que le roba, y si lo hace, mucho mejor para nosotros. Hasta que llegue ese momento, comerciaré con palabras y símbolos con el Papa, o con el diablo, o con el rey Carlos de Anjou y de las Dos Sicilias, si es necesario. ¿Estás conmigo o contra mí?

—Estoy con vos —repuso Zoé en voz baja. Ahora percibía una ironía sutil que resultaba inquietante—. Defenderé Bizancio contra quien sea, dentro o fuera. ¿Estáis conmigo?

Miguel volvió a mirarla fijamente, sin pestañear.

—Desde luego, Zoé Crysafés. Puedes tener la seguridad de que escogeré lo que veo y lo que no veo.

—Tengo a mis espías agarrados por el cuello. Me encargaré de que cumplan vuestros deseos —prometió Zoé, sonriendo también, al tiempo que se retiraba. Su cabeza ya se había puesto a trabajar. ¿Sicilia levantándose contra su rey? Era una idea.

9

Zoé hizo lo que le había pedido Miguel, y a continuación se concentró en la venganza. No había olvidado la amarga lección que había aprendido en el roce que tuvo con la muerte. No podía permitirse el lujo de esperar.

El eunuco Anastasio era precisamente la herramienta que necesitaba. Poseía inteligencia y la honestidad profesional que hacía que la gente se fiara de él. Era consciente de que él no se fiaba de ella, y que ansiaba obtener información acerca de la muerte de Besarión. Un día, ella dedicaría un poco de tiempo a averiguar exactamente cuáles eran sus motivos.

Mientras tanto, había un delicado equilibrio de ironía en el hecho de servirse de él para engañar y llevar a la perdición a Cosmas Cantacuzeno, la avaricia de cuya familia había robado a Bizancio algunas de sus mejores obras de arte.

Iba vestida con una túnica de color vino oscuro y encima una dalmática más oscura todavía, en una trama granate con una veta negra, que capturaba la calidez de los rojos a la luz del fuego cuando pasaba por debajo del resplandor de las antorchas.

Se persignó y salió a la noche, seguida por Sabas, que le procuraría seguridad en las sombras del crepúsculo y cuando tuviera que regresar a casa en medio de la oscuridad.

Se detuvo un momento en la calle, recitando el Ave María en voz baja, con las manos entrelazadas. Después, reemprendió su camino.

Aspiró profundamente para llenar los pulmones. Por fin iba a cobrarse venganza. Al día siguiente, el primero de los emblemas que figuraban en la parte posterior del crucifijo estaría borrado.

Dejó a Sabas fuera mientras un criado la conducía al interior de la casa de Cosmas. El vestíbulo de entrada era impresionante, especialmente el busto de mármol que representaba a un senador romano, un rostro avejentado y surcado de arrugas forjadas por emociones y experiencias de toda una vida. Sobre una mesa descansaban varios vasos venecianos de cristal azul que refulgían como joyas bajo la luz. Sobre otra mesa de madera labrada reposaba con orgullo un perro de alabastro egipcio de enormes orejas.

Cuando llegó a los aposentos de Cosmas, halló a éste sentado en una amplia silla, con la vista fija en una mesa con tablero de mosaico sobre la que había una jarra de vino siciliano, ya medio vacía. Al lado, un plato de dátiles y frutas con miel. Cosmas era un hombre de baja estatura y nariz ganchuda, con unos ojos caídos, bordeados de rojo y hundidos en oscuras cuencas.

—No te debo nada —dijo con acritud—. De modo que supongo que vienes a ver qué puedes saquear.

Zoé quería algo más que regodearse; necesitaba una pelea, una riña que pudiera desembocar en la violencia.

—No se te da nada bien juzgar a las personas —replicó, aún de pie—. No vengo a sacar ningún provecho económico de ti. Deseo comprar iconos para donárselos a la Iglesia a fin de que todos puedan adorarlos allí y recibir bendiciones. Te pagaré un precio justo.

Cosmas enderezó los hombros y alzó un poco la cabeza.

—Pero antes quiero verlos —añadió Zoé con una ligera sonrisa.

—Por supuesto. ¿Vino?

—Será un placer. —No tenía la menor intención de beber nada en aquella casa, en cambio quería el vaso de cristal. Iba a ser una lástima romperlo, pues era exquisito.

Cosmas se incorporó con movimientos rígidos, haciendo crujir las rodillas, y fue a buscar otra copa en una alacena. La llenó hasta la mitad y la depositó al alcance de Zoé.

—Hablemos de dinero. Los iconos están en esa pared de ahí. —Indicó una arcada que conducía a una estancia tenuemente iluminada.

Zoé aceptó la invitación y se dirigió hacia allí. Se detuvo con el corazón acelerado. Todavía quedaban media docena de iconos, imágenes de san Pedro y san Pablo, de Cristo. Había un icono de la Virgen elaborado con pan de oro y esmalte verde y azul celeste, y un azul oscuro casi negro. La Virgen tenía el rostro pintado en tonos pardos y desprendía una ternura sobrecogedora.

Había otros con gemas embutidas en los ropajes de las figuras, o con incrustaciones de marfil. Su belleza era tal, que por un instante Zoé olvidó el motivo por el que se encontraba allí y la razón de aquel odio que la consumía por dentro.

Oyó un ruido a su espalda y quedó petrificada. Se volvió muy despacio. Cosmas estaba allí, en el umbral, blando y orondo, atiborrado de prosperidad y buen vivir.

—Antes preferiría destruirlos que permitir que me los robasen —dijo Cosmas entre dientes—. Te conozco, Zoé Crysafés. Tú no haces nada sin un motivo. ¿A qué has venido en realidad?

—Los iconos son muy hermosos —dijo ella, como si fuera una respuesta.

—Valen mucho dinero. —Se le notaba en la cara el alma de mercader.

—Pues negociemos —dijo Zoé sin poder disimular el desprecio que sentía. Al pasar junto a Cosmas, que estaba en medio del paso, rozó sin querer la protuberancia de su vientre—. Vamos a discutir cuántos besantes vale el rostro de la Virgen.

—Es un icono —replicó él con una risa de burla—. Ha sido creado por manos humanas, con madera y pintura.

—Y con pan de oro. Cosmas, no te olvides del pan de oro ni de las gemas —repuso Zoé.

Cosmas la miró con el ceño fruncido.

—¿Quieres comprar uno o no? —le espetó.

—¿Cuántas piezas de plata, Cosmas, por la Madre de Dios? Me parece apropiado darte cuarenta. —Extrajo de su manto una bolsita de sólidos de plata y la depositó sobre la mesa.

A Cosmas se le congestionó el rostro.

—¡Es un icono, estúpida! Es la obra de un artista, nada más. ¡No estoy vendiendo a Cristo!

—¡Blasfemo! —chilló Zoé con una cólera que era fingida sólo a medias. Acto seguido se lanzó a por una de las copas de cristal y la levantó bien alto, para dejar clara su intención de romperla en pedazos y utilizarla como arma.

Pero Cosmas fue más rápido y asió la copa. Le arrancó el encantador borde dorado que tenía y dejó únicamente el tallo y unas cuantas puntas en sierra todavía unidas a él. Lo blandió como una daga, con los ojos muy abiertos y centelleantes de miedo, la boca entreabierta.

Zoé titubeó. Ya sabía lo que era el dolor, y lo odiaba. Para ella, el éxtasis y el dolor físico eran igual de profundos, rayaban en lo insoportable. Pero esto era venganza; para la que había vivido tantos años de aridez. Así que volvió a lanzarse hacia delante, sirviéndose del extremo de su capa para amortiguar parte del golpe cuando Cosmas la atacase.

Cosmas se abalanzó sobre ella con el cristal roto, impulsado por el miedo.

Nada más sentir el contacto del cristal, Zoé se retorció y lo agarró con la otra mano al tiempo que gritaba con todas sus fuerzas, con la intención de que la oyera la servidumbre. Iba a necesitar su testimonio. El agresor debía ser Cosmas, allí no había más que una copa rota, ella simplemente se estaba defendiendo.

Cosmas fue tomado por sorpresa. Había esperado que Zoé cayera de espaldas, sangrando, y en cambio ésta arremetió contra él con todo su peso, aferrando su mano y girando la copa rota hacia él. El filo del cristal lo alcanzó y le produjo un fino corte.

Entonces Zoé retrocedió poniendo una expresión de sorpresa, al tiempo que irrumpían varios criados en la estancia.

—¡No es nada! —exclamó Cosmas furioso. Gritaba a los criados, pero con la vista clavada en Zoé. Tenía la cara congestionada y los ojos llameantes.

Zoé se volvió hacia los dos hombres y la mujer, e hizo un esfuerzo para dar la impresión de estar excusándose. Aquello era lo que los criados debían recordar.

—Se me ha caído una copa y se ha roto —explicó con una sonrisa cautivadora, apenada, ligeramente avergonzada—. Hemos ido los dos a recogerla al mismo tiempo y... y hemos chocado el uno con el otro. Me temo que ambos nos hemos cortado al agarrar el cristal, ¿podéis traer agua y vendas?

Ellos vacilaron.

—¡Obedeced! —vociferó Cosmas apretándose la herida, que ya había empezado a mancharle la túnica.

—Tengo una tintura para aliviar el dolor —dijo Zoé, solícita, hurgando en el interior de su túnica en busca de la seda engrasada que guardaba el antídoto.

—No —rehusó él de inmediato—. Ya usaré la mía. —Hubo un ligero tono de sorna en su voz, como si se hubiera dado cuenta de la maniobra de Zoé y la hubiera esquivado.

—Como quieras. —Ella vertió el polvo en su propia boca y bebió un trago de vino de la copa de Cosmas, que aún reposaba intacta sobre la mesa.

—¿Qué es eso? —quiso saber él.

—Unos polvos para el dolor —contestó Zoé levantando su brazo herido—. ¿Quieres probarlos?

—¡No! —En sus ojos había un brillo de mofa.

Regresaron los criados y les lavaron las heridas a los dos.

—Tengo un bálsamo... —Zoé alargó la otra mano para coger la jarrita de porcelana con crisantemos pintados que contenía el ungüento y se aplicó un poco en la herida. Tuvo un efecto levemente calmante, pero le relajó el cuerpo, como si le hubiera aportado un gran alivio. Después tendió la jarrita a Cosmas con un gesto lo más parecido a la indiferencia que le fue posible forzar.

—¿Amo? —ofreció uno de los criados.

—Está bien, adelante —respondió Cosmas en tono impaciente. Ahora que habían vuelto los criados, sería un demérito para él que lo vieran asustado.

El criado obedeció y aplicó el ungüento con generosidad.

Una vez que las heridas quedaron debidamente vendadas, los criados fueron a buscar más vino, más copas de cristal y un plato de porcelana azul con pastelillos de miel.

Pasados quince minutos Cosmas empezó a sudar copiosamente y a notar cierta dificultad para respirar. La copa se le resbaló de la mano y derramó el vino por el suelo al tiempo que rodaba produciendo un sonido hueco. Se llevó una mano a la garganta como si fuera a aflojarse una prenda que lo molestase, pero no había tal. Comenzó a sacudirse sin control.

Zoé se puso de pie.

—Apoplejía —dijo, mirándolo. Seguidamente se volvió y fue sin prisas hasta la puerta para llamar a los criados—. Está sufriendo un ataque. Será mejor que llaméis a un médico.

Cuando los vio marcharse con una expresión de pánico en la cara, regresó y halló a Cosmas medio caído, casi desplomado en el suelo. Debía seguir con vida durante otra hora al menos, pero el veneno actuaba deprisa.

Cosmas dejó escapar una exclamación ahogada y pareció recuperarse un poco. Aunque a Zoé le resultaba repugnante tocar aquel cuerpo cebado, se inclinó y lo ayudó a adoptar una postura más cómoda, en la que le fuera más fácil respirar. De no hacerlo así, quizá más tarde tuviera que dar explicaciones.

—¡Esto me lo has hecho tú! —boqueó Cosmas torciendo los labios en una mueca de rabia—. Vas a robarme los iconos. ¡Ladrona!

Zoé se inclinó un poco más hacia él, sintiendo cómo se evaporaba su miedo.

—Tu padre me los robó a mí —le siseó al oído—. Quiero que vuelvan a las iglesias para que los peregrinos acudan aquí y Bizancio vuelva a ser un imperio rico y seguro. Los ladrones sois tú, tu familia y todos los de tu sangre. ¡Sí, esto te lo he hecho yo! Saboréalo bien, Cosmas. ¡Créelo!

—¡Asesina! —escupió Cosmas, pero no fue más que un suspiro.

Zoé fue a la estancia de los iconos. Retiró de la pared el de la Virgen y lo envolvió en los pliegues de su capa.

Después, sonriendo, continuó hasta la puerta donde la aguardaban los criados para conducirla al exterior.

La venganza era algo perfecto, más exuberante que la risa, más dulce que la miel, más duradero que el aroma del jazmín en el aire.

10

El último día de abril del año siguiente, 1274, Enrico Palombara se encontraba en el jardín central de su villa, situada a una milla de los muros del Vaticano. El sol tenía esa límpida claridad que se ve sólo en primavera. El árido calor del verano todavía quedaba muy lejos. Las paredes estaban coloreadas de ocre, y las hojas nuevas de las parras formaban sobre ellas una lacería en tonos verdes. El murmullo del agua era una música constante.

Oyó el canto de los pájaros que trabajaban en los aleros. Adoraba aquella actividad incesante, como si ellos no pudieran imaginar el fracaso. No rezaban, como los hombres, así que el silencio que obtenían como respuesta no los atemorizaba.

Dio media vuelta y regresó al interior de la casa. Había llegado el momento de ir al Vaticano y presentarse ante el pontífice. Lo habían mandado llamar, y debía asegurarse de acudir puntual a la cita. No conocía el motivo por el que Gregorio X deseaba hablar con él, pero abrigó la esperanza de que se tratara de una oportunidad para ejercer de nuevo junto al Santo Padre, y no meramente como secretario o ayudante de algún cardenal.

Apretó el paso calle abajo, haciendo revolotear sus largas ropas de obispo. Saludó con la cabeza a las personas que conocía, intercambió alguna que otra frase aquí y allá, pero su mente estaba absorta en la reunión que lo aguardaba. A lo mejor lo enviaban como legado papal a una de las grandes cortes de Europa, como Aragón, Castilla, Portugal o, sobre todo, el Sacro Imperio Romano. Un puesto semejante ofrecería grandes oportunidades, para labrarse una soberbia carrera, posiblemente incluso verse elevado algún día al trono papal. Urbano IV había sido legado antes de ser elegido Papa.

Cinco minutos después, Palombara cruzaba la plaza e iniciaba el ascenso de la ancha escalinata que llevaba al palacio Vaticano y a la sombra proyectada por las formidables arcadas. Informó de su presencia y fue conducido a los aposentos privados del Papa, todavía quince minutos antes de la hora señalada.

Tal como imaginaba, lo hicieron esperar, y no se sintió libre para pasear arriba y abajo por el terso suelo de mármol, como le habría gustado.

De repente lo llamaron, y al momento se encontró en la cámara del Papa, una estancia formal, pero luminosa y confortable. El sol penetraba a chorros por el ventanal dándole un aspecto espacioso. No tuvo tiempo de contemplar los murales, pero eran de colores suaves, rosas y oros apagados.

Se arrodilló para besar el anillo de Tedaldo Visconti, ahora Gregorio X.

—Santidad —murmuró.

—¿Cómo estás, Enrico? —preguntó Gregorio—. Vamos a dar un paseo por el patio interior. Hay mucho de que hablar.

Palombara se incorporó. Era notablemente más alto y más delgado que el Papa, de figura más bien corpulenta. Miró el rostro del pontífice, un rostro de ojos grandes y oscuros y nariz regia, recta y alargada.

—Como desee Vuestra Santidad —dijo, obediente.

Gregorio llevaba ya dos años y medio en el papado. Aquélla era la primera vez que hablaba con Palombara a solas. Se adelantó y salió por las amplias puertas que daban al patio interior, donde podían verlos pero no oírlos.

—Tenemos mucho trabajo que hacer, Enrico —dijo en voz baja—. Vivimos tiempos peligrosos, pero de grandes oportunidades. Tenemos enemigos a todo nuestro alrededor, Enrico. No podemos permitirnos el lujo de sufrir disensiones dentro.

Palombara murmuró una réplica para demostrar su atención.

—Los alemanes han elegido un nuevo rey, Rodolfo de Habsburgo, al cual yo coronaré emperador del Sacro Imperio Romano en su momento. Ha renunciado a todos los territorios que nos reclamaba, y también a Sicilia —continuó Gregorio.

Entonces Palombara lo comprendió. Gregorio estaba despejando todas las amenazas una por una, en aras de algún plan grandioso.

Salieron a un espacio abierto, y Palombara se protegió los ojos del sol para poder leer la expresión del pontífice.

—El poder del islam está aumentando —continuó el Papa en un tono de voz cada vez más afilado—. Tiene en su poder una gran parte de Tierra Santa, todo el sur y el este de Arabia, Egipto y el norte de África, y alcanza hasta el sur de España. Su comercio está expandiéndose, prosperan en las ciencias y en las artes, y en matemáticas y medicina están a la cabeza del pensamiento. Sus barcos navegan por el Mediterráneo oriental, y no hay nada que los detenga.

Palombara sintió una ráfaga de frío en el aire, pese al intenso sol. Gregorio hizo un alto.

—Si se desplazan al norte, hacia Nicea, y bien que podrían, ya no habrá nada que les impida tomar Constantinopla y después la totalidad del Imperio bizantino pieza por pieza. Entonces estarán a las puertas mismas de Europa. Desunidos, no nos mantendremos en pie.

—No debemos permitir que suceda tal cosa —dijo Palombara con sencillez, aunque aquella respuesta distaba mucho de ser sencilla. El cisma que separaba Roma y Bizancio desde hacía doscientos años era profundo y había resistido todo intento anterior de reconciliación. En la actualidad, no sólo existía una diferencia doctrinal en numerosas cuestiones, la más espinosa de ellas la de si el Espíritu Santo procedía del Padre y del Hijo o solamente del Padre. Además había diferencias culturales en centenares de pautas, creencias y observancias. Esas diferencias se habían convertido en un problema de orgullo e identidad humanos.

—El emperador Miguel Paleólogo ha consentido en enviar delegados al concilio que he convocado en Lyon para el mes de junio —siguió diciendo Gregorio—. Deseo que también asistas tú, Enrico, para que prestes atención a todo lo que escuches. Necesito saber quiénes son mis amigos y mis enemigos.

Palombara experimentó una oleada de emoción. Resolver el cisma sería el logro más trascendental del cristianismo en los dos últimos siglos. Roma controlaría todos los territorios e impondría obediencia a todos cuantos vivían desde el Atlántico hasta el mar Negro.

—¿Cómo puedo yo servir a esta causa? —Palombara se sorprendió a sí mismo por la sinceridad con que lo dijo.

—Tú posees un intelecto brillante, Enrico —dijo Gregorio con suavidad, relajando las duras líneas de su rostro—. Tienes gran capacidad y un buen equilibrio entre prudencia y fuerza. Entiendes la necesidad.

—Gracias, Santo Padre.

—No me des las gracias, esto no es adulación —replicó Gregorio, un tanto irónico—. Simplemente me limito a recordarte las cualidades que posees y que van a necesitarse. Es mi deseo que vayas a Bizancio, como legado de la Santa Sede, con la misión especial de poner fin a esta disputa que divide a la Iglesia de Cristo.

Los labios del pontífice se curvaron en una sonrisa.

—Percibo que has comprendido la idea. Sabía que sería así. Te conozco mejor de lo que imaginas, Enrico. Tengo mucha fe en tu capacidad. Como siempre, por supuesto, irás acompañado por otro legado. He escogido al obispo Vicenze. Sus habilidades serán el adecuado complemento a las tuyas. —Hubo un destello de diversión en sus ojos, casi imperceptible, pero por un instante resultó inconfundible.

—Sí, Santo Padre. —Palombara conocía a Niccolo Vicenze y le desagradaba profundamente. Era un individuo terco, sin imaginación y entregado hasta rayar en la obsesión. Y además carecía totalmente de humor. Hasta su placer era ritualista, como si debiera seguir un orden preciso porque de lo contrario perdería el control—. Nos complementaremos el uno al otro, Santo Padre —expresó en voz alta.

Era la primera mentira que decía en todo aquel encuentro. Si él fuera Papa, también habría enviado a Niccolo Vicenze lo más lejos posible.

Gregorio se permitió una sonrisa generosa.

—Ah, de eso no me cabe duda, Enrico, no me cabe duda. Estoy deseando verte en Lyon. Pienso que quizá te diviertas.

Palombara inclinó la cabeza.

—Sí, Santo Padre.

En el mes de junio, Palombara se encontraba en la ciudad francesa de Lyon. Hacía calor, el aire era seco y las calles estaban cubiertas de polvo. Llevaba toda la semana observando y escuchando, tal como le había encomendado el Papa, y había oído una diversidad de opiniones, la mayoría de ellas escasamente conscientes del peligro proveniente del este y del sur que Gregorio percibía con tanta nitidez.

Los delegados que había prometido enviar el emperador de Bizancio no habían llegado todavía. Nadie sabía por qué.

Subió un tramo de escaleras que conducían a la calzada superior. Frente a sí vio a un cardenal vestido de púrpura cuyos ropajes emitían destellos bajo el sol de junio. Lyon era una ciudad hermosa, solemne e imaginativa, construida sobre dos ríos. Durante aquel mes, las gentes de las calles y otros caminos menos frecuentados ya estaban acostumbradas a ver pasar a príncipes de la Iglesia, y se limitaban a acusar su presencia con una cortés inclinación de cabeza y después continuaban con sus quehaceres cotidianos.

De pronto Palombara volvió la cabeza al oír un tumulto, en la calle hubo movimiento, hombres que se hacían a un lado. Se produjo un revuelo de colorido, púrpuras, rojos y blancos, junto con varios destellos de oro, como si el viento agitara un campo de amapolas. De una de las grandes entradas del palacio salió el rey Jaime I de Aragón, rodeado de cortesanos. Todo el mundo le abrió paso.

Era totalmente distinto del audaz y arrogante Carlos de Anjou, rey de las Dos Sicilias, un título que de hecho abarcaba toda Italia desde Nápoles para abajo. Carlos era lo menos santo que se podía ser y, sin embargo, podía ser él quien encabezara la cruzada que deseaba el Papa con tanta vehemencia. Era un contraste interesante en lo sagrado y lo práctico, un contraste que Palombara contemplaba con cierta indecisión.

Aquella tarde asistió a misa en la catedral de Saint Jean. El edificio había empezado a construirse casi un siglo antes, y aún distaba mucho de estar terminado. Aun así era magnífico, severo y dotado de la elegancia del románico.

El dulce perfume del incienso llenó la cabeza de Palombara y todo comenzó a crecer a un ritmo complejo, que lo fue llevando poco a poco hacia aquel exquisito momento en que el pan y el vino se transformarían en el cuerpo y la sangre de Cristo, y de manera mística todos quedarían unidos, limpios de pecado y renovados en el espíritu.

¿Existía allí eso que llamaban la comunicación con Dios? ¿La experimentaban aquellos hombres que tenía a su alrededor? ¿O eran tan sólo la música y el incienso, el ansia de creer, los ingredientes que fabricaban aquel anhelado espejismo?

¿O eran las mentiras y las dudas que Palombara permitía que envenenaran su alma lo que volvía sus oídos sordos a las voces de los ángeles? Los recuerdos acudieron a él con una sacudida de placer sensual y culpabilidad emocional. Cuando era un joven sacerdote, dio consejo a una mujer cuyo esposo era un individuo hosco y distante, quizá no muy diferente de Vicenze. Fue delicado con ella, y la hizo reír.

Ella se enamoró de él. Palombara vio lo que pasaba, y le gustó. Era una mujer cálida y encantadora. Se acostó con ella. Incluso ahora, de pie en aquella catedral, mientras un cardenal oficiaba la misa, desapareció el incienso de su olfato y de su garganta para dejar sitio a la fragancia del cabello de ella, al calor de su piel, y hasta le pareció ver su sonrisa.

La mujer quedó encinta, del hijo de Palombara, y ambos convinieron en dejar que el esposo creyera que era suyo. ¿Fue una mala acción? Prudente o no, fue la mentira de un cobarde.

Palombara se confesó con su obispo, le fue impuesta una penitencia y recibió la absolución. Era mejor para la Iglesia, y por consiguiente para el bienestar del pueblo, que aquello no se supiera nunca. Pero ¿fue una penitencia suficiente? En su interior no había paz, no sentía que hubiera sido perdonado.

Allí de pie, en medio de la música, el color y la luz, las caras extasiadas de hombres cuyo pensamiento podría estar en aquel momento tan alejado de Dios como estaba el suyo, tuvo la impresión de no haber saboreado la vida en su plenitud y comenzó a abatirse sobre él un pavor terrible, el miedo de que tal vez no hubiera nada más que aquello. ¿Podía ser que el verdadero infierno fuera el hecho de que no existía el cielo?

Por fin, el 24 de junio llegaron a Lyon los embajadores de Miguel Paleólogo. Se habían visto retrasados por el mal tiempo en el mar, y llegaban demasiado tarde para buena parte del debate. Presentaron una carta del emperador, firmada por cincuenta arzobispos y quinientos obispos o sínodos. No se podía negar su buena fe. Al parecer, la victoria de Roma había llegado con facilidad.

El 29 de junio, Gregorio celebró la misa de nuevo en la catedral de Saint Jean. La epístola, el evangelio y el Credo se entonaron en latín y en griego.

El 6 de julio, se leyó en voz alta la carta del emperador y los embajadores bizantinos prometieron fidelidad a la Iglesia latina y abjuraron de todas las proposiciones que ésta negaba.

Gregorio tenía el mundo en sus manos. Todo se había cumplido; los obispos indignos habían sido depuestos, ciertas órdenes mendicantes habían sido suprimidas, y las órdenes de San Francisco y de Santo Domingo fueron aprobadas efusivamente. Los cardenales ya no iban a poder vacilar ni retrasar la elección de un nuevo Papa. Rodolfo de Habsburgo fue reconocido como futuro monarca del Santo Imperio Romano.

A pesar de la muerte de Tomás de Aquino, que tuvo lugar cuando se dirigía a Lyon, y la de san Buenaventura, acaecida en Lyon mismo, la copa del triunfo de Gregorio estaba rebosante.

Palombara presintió que a él ya no le quedaba nada que hacer.

Aun así, Gregorio le dijo que deseaba que tanto él como Vicenze regresaran a Roma por un corto período de tiempo y luego se preparasen para tomar el barco a Constantinopla. Si se encontraban con el mismo tiempo que habían tenido los enviados bizantinos, podrían tardar hasta seis semanas, con lo cual no llegarían hasta octubre. Pero tenían algo de gran valor que llevar: una embajada de esperanza en la unidad del mundo cristiano.

Era agosto y en Roma hacía un calor insoportable cuando Palombara, de regreso de Lyon, cruzaba andando la plaza ya familiar en dirección a los grandes arcos del palacio Vaticano, el descomunal edificio que se extendía a derecha e izquierda de dicha plaza y cuyas ventanas centelleaban al sol. Como siempre, había gente que iba y venía, y la ancha escalinata estaba salpicada de diversos colores de túnicas, birretes y capas en tono púrpura, con algunos toques de escarlata.

Aquélla iba a ser la última audiencia de Palombara antes de su partida. Ya sabía que su misión consistía en cerciorarse de que el emperador Miguel Paleólogo cumpliera todas las importantes promesas que le había hecho al Papa, que todo ello no quedara en agua de borrajas. Podría resultar necesario advertirle de la repercusión que iba a tener para su pueblo que no cumpliera lo prometido. El equilibrio de poder era delicado. Era posible que no faltara mucho tiempo para lanzar otra cruzada al mando de Carlos de Anjou; millares de hombres y naves pondrían rumbo a Constantinopla, armados para la guerra. La supervivencia de dicha ciudad dependía de que llegaran en paz, para encontrarse con hermanos en Cristo, no como conquistadores e invasores con una fe ajena, como les había ocurrido a principios de siglo, cuando fueron portadores de destrucción y muerte y prendieron fuego al último bastión contra el islam.

Palombara deseaba vivamente el desafío y también la aventura que le planteaba aquella misión. Ejercitaría su inteligencia, pondría a prueba su buen juicio, y, si obtenía el éxito, supondría un considerable avance para su carrera. Y también ansiaba imbuirse de una cultura nueva. Los grandes edificios estaban aún en pie, por lo menos Santa Sofía, y también las bibliotecas, y los mercados en que se vendían todas las especias, sedas y objetos de Oriente. Disfrutaría de un estilo de vida distinto, más cercano a la forma de pensar de los árabes y los judíos, y por supuesto más parecido al griego de lo que podía encontrar en Roma.

Pero iba a añorar lo que dejaba atrás. Roma era la ciudad de los césares, el corazón del mayor imperio que el mundo había conocido jamás. Hasta san Pablo se había sentido orgulloso de declararse ciudadano romano.

Pero Palombara aquí también era un intruso, un toscano, no un romano, y echaba en falta la belleza de su propia tierra. Adoraba el amplio paisaje de sus ondulantes colinas, muchas de ellas pobladas de bosques. Añoraba la luz que las iluminaba al amanecer, el color de las puestas de sol y la sombra y el silencio de los olivares.

Sonrió mientras se dirigía a la escalinata. Llevaba ya medio tramo cuando de pronto se dio cuenta de que uno de los hombres que aguardaban de pie era Niccolo Vicenze, que lo miraba fijamente con sus ojos claros e incisivos. Observó el rostro serio de Vicenze, con aquellas cejas blancas, y experimentó un escalofrío de advertencia.

Vicenze sonrió con los labios, pero sus ojos no cambiaron de expresión cuando se desplazó para cortar la trayectoria que llevaba Palombara.

—Tengo las instrucciones del Santo Padre —dijo en un tono sin inflexiones, salvo por una ligerísima elevación. Casi logró disimular la satisfacción que sentía—. Pero no dudo que os gustaría que el Santo Padre os bendijera a vos también, antes de que zarpemos.

En una sola frase había convertido a Palombara en un elemento superfluo: un acompañante, que simplemente estaba allí porque era lo acostumbrado.

—Muy considerado por vuestra parte —repuso Palombara, como si Vicenze fuera un criado que le hubiera hecho un favor que no entraba en sus obligaciones.

Vicenze mostró una momentánea expresión de perplejidad. Tenían personalidades tan dispares que podrían haber empleado las mismas palabras para transmitir mensajes opuestos.

—Será un gran logro devolver a Bizancio a la Iglesia verdadera —añadió Vicenze.

—Esperemos que podamos conseguirlo —observó Palombara ironicamente, luego captó el destello que brilló en los ojos claros de Vicenze y deseó no haber sido tan sincero. Rara vez había segundas intenciones detrás de lo que decía Vicenze, tan sólo la obsesión de controlar y avenirse a las normas. Aquél era un extraño rasgo de carácter poco humano. ¿Sería santidad, la entrega de un santo, o la locura de un hombre que no tenía tan excesivo amor a Dios como insuficiente amor a la humanidad? Desde la última vez que lo vio, había olvidado lo mucho que le desagradaba Vicenze.

—Estaremos capacitados para desempeñar esa misión. No cejaremos hasta que lo estemos —dijo Vicenze despacio, recalcando cada palabra. A lo mejor, después de todo sí que tenía sentido del humor.

Palombara se quedó de pie al sol observando cómo Vicenze bajaba los escalones y salía a la plaza andando con un ligero bamboleo, papeles en mano. Acto seguido dio media vuelta y continuó subiendo, pasó por delante de la guardia y penetró en el frescor del vestíbulo en penumbra.

11

Para septiembre Ana había descubierto mucho más, tanto sobre Antonino como sobre el propio Justiniano, pero todo parecía superficial, y además no veía en ello nada significativo para el asesinato de Besarión ni que guardara relación con dicho suceso. No parecía haber nada que los tres hombres tuvieran en común, a excepción de la repulsa por la propuesta unión con Roma.

Según todas las informaciones que había recabado, Besarión no sólo era un hombre serio y sensato, sino que además poseía un carácter sumamente sobrio y hablaba a menudo y con gran pasión de la doctrina y la historia de la Iglesia ortodoxa. Respetado e incluso admirado, no toleraba ninguna intimidad. Ana sintió una involuntaria chispa de compasión hacia Helena.

Al igual que Besarión, Justiniano también pertenecía a una familia imperial, pero estaba mucho más alejado del tronco de la misma y, a diferencia de aquél, no había heredado riquezas. Su negocio de importación era necesario para su supervivencia, y por lo que parecía le había ido muy bien, aunque con el destierro le habían sido confiscados todos sus bienes. Los mercaderes de la ciudad y los capitanes de los navíos que había en el puerto conocían su nombre. Los había conmocionado que se hubiera rebajado a asesinar a Besarión. Ellos no sólo confiaban en Justiniano, sino que además lo apreciaban.

A Ana le costó esfuerzo escuchar aquello y al mismo tiempo dominar su sentimiento de pérdida. La amarga soledad que sentía en su interior era tan profunda que amenazaba con desgarrarla y aflorar a la piel.

Antonino era soldado. Le resultó mucho más difícil obtener información acerca de él. Los pocos soldados a los que trató hablaron bien de él, pero es que para ellos era su oficial superior, y lo único que sabían era de oídas. Era un hombre estricto e incuestionablemente valeroso. Disfrutaba del vino como de un buen chiste, no era el tipo de hombre que hubiera apreciado Besarión.

Pero Justiniano sí. No tenía sentido, no había ninguna pauta lógica. Ana buscó a la única persona de la que se fiaba: el obispo Constantino. Éste había ayudado a Justiniano, incluso poniendo en peligro su propia seguridad.

Constantino la recibió en su casa, en una estancia más pequeña que la gran sala de color ocre que contenía aquellos maravillosos iconos. Ésta tenía tonos tierra más fríos, y daba al patio. Los murales mostraban escenas pastoriles, en colores apagados. El suelo era de baldosas verdes, y había una mesa preparada para la cena con dos sillas. A instancias del obispo, Ana tomó asiento en una de ellas a fin de dejarle a él espacio suficiente para pasear lentamente arriba y abajo, sumido en sus pensamientos.

—Preguntáis por Besarión —dijo, pasando distraídamente los dedos por el bordado de seda de su dalmática—. Era un buen hombre, pero quizá le faltaba ese fuego que inflama el corazón de los seres humanos. Sopesaba, medía, juzgaba. ¿Cómo puede un hombre ser al mismo tiempo tan apasionado mentalmente y tan indeciso?

—¿Era un cobarde? —inquirió Ana en voz queda.

En el rostro de Constantino apareció una expresión de profunda tristeza. Transcurrieron varios momentos hasta que volvió a hablar.

—Yo suponía que era simple prudencia. —Se persignó—. Dios los perdone a todos. Desearon demasiado, y todo por salvar a la Iglesia verdadera del dominio de Roma y de la contaminación de la fe que dicho dominio traerá.

Ana lo imitó haciendo a su vez la señal de la cruz. Más que nada en el mundo, quería descargar el peso de su propia culpa a los pies de Dios y pedir su absolución. Se acordó de su esposo muerto, Eustacio, con una frialdad que todavía la estremecía: las peleas, el aislamiento, la sangre, y después la pena inacabable. Jamás volvería a estar encinta. Tenía la suerte de haberse curado sin secuelas. Ansiaba contárselo a Constantino, extender toda su culpa ante él y quedar limpia, con la penitencia que fuera necesaria. Pero confesar su impostura le quitaría toda posibilidad de ayudar a Justiniano. No existía un castigo establecido para una ofensa así, entraba en la competencia de otras leyes, pero sería severo. A nadie le gustaba que se rieran de él.

Sus pensamientos se vieron interrumpidos por unos golpes en la puerta. Entró un sacerdote joven con la cara pálida y esforzándose por controlar la emoción.

—¿Qué sucede? —dijo inmediatamente Constantino—. ¿Te encuentras mal? Anastasio es médico. —Hizo un breve gesto para señalar a Ana.

—Estoy perfectamente —exclamó el sacerdote agitando una mano—. Ningún médico puede curar el mal que nos aqueja a todos. Han regresado los enviados a Lyon. ¡Ha sido una capitulación completa! ¡Han renunciado a todo! Las apelaciones al Papa, el dinero, la cláusula *filioque*. —Hablaba con lágrimas en los ojos.

Constantino miró fijamente al sacerdote con el semblante pálido de espanto, hasta que poco a poco la sangre volvió a fluir a su piel.

—¡Cobardes! —rugió entre dientes—. ¿Qué han traído consigo... treinta monedas de plata?

—La garantía de permanecer a salvo de los ejércitos de los cruzados cuando éstos pasen por aquí de camino a Jerusalén —contestó el sacerdote en tono desconsolado y con voz temblorosa.

Ana sabía que aquello era una recompensa más importante de lo que acaso alcanzaba a comprender aquel joven cura. Con un escalofrío que le recorrió todo el cuerpo, le vino a la memoria Zoé Crysafés y el terror que claramente la invadió cuando sintió las llamas quemándole la piel, setenta años después.

Constantino la miraba fijamente.

—¡No tienen fe! —masculló apretando los labios en un gesto de desprecio—. ¿Sabéis lo que ocurrió cuando nos sitiaron los bárbaros pero nos mantuvimos firmes en nuestra fe en la Santísima Virgen y llevamos su imagen en nuestro corazón y delante de nuestros ojos? ¿Lo sabéis?

—Sí. El padre de Ana le había contado aquella historia muchas veces, con la mirada triste y una media sonrisa en la cara.

Constantino estaba esperando. De pie y con los brazos abiertos, y con sus blancos ropajes espléndidos bajo la luz, tenía un aspecto imponente, intimidatorio.

—Los ejércitos bárbaros se situaron frente a la ciudad —relató Ana, obediente—. Eran muy superiores en número. Su jefe se acercó montado a caballo, un hombre gigantesco, corpulento, salvaje como un animal. El emperador salió a su encuentro llevando ante sí el icono de la Santísima Virgen. El jefe de los bárbaros cayó muerto en el sitio y su ejército huyó en desbandada. Ni uno solo de nuestros hombres resultó herido, y no se rompió ni una sola piedra de la ciudad. —Aquella fe tan perfecta aún le provocaba una extraña burbuja de emoción en las entrañas, como si en su interior hubiera nacido un repentino calor. No sabía si el año o los detalles eran los exactos, pero creía en el espíritu del relato.

—Sí lo sabíais —dijo Constantino con gesto triunfal—. Y también en el año 626, cuando estábamos bajo el asedio de los ávaros, paseamos el icono de la Santísima Virgen por los pasillos, y el asedio fue levantado. —Se volvió hacia el sacerdote con el rostro encendido—. Entonces, ¿cómo es que los enviados de nuestro emperador, quien se denomina a sí mismo «Igual a los Apóstoles», no lo saben? ¿Cómo puede siquiera negociar con el diablo, y menos todavía rendirse ante él? Esta vez no serán los bárbaros quienes nos derroten, sino nuestras propias dudas. —Cerró con fuerza los puños—. No seremos conquistados por las hordas de Carlos de Anjou, ni siquiera por los mentirosos y los buhoneros de Roma, sino traicionados por nuestros propios príncipes, que han perdido la fe en Cristo y en la Santísima Virgen. —Se giró en redondo para mirar a Ana—. Vos lo comprendéis, ¿verdad?

Ana vio en la mirada del obispo una soledad desesperada.

—Miguel no habla por el pueblo —dijo Constantino en poco más que un susurro—. Si creemos, seremos fuertes; puede que persuadamos al pueblo para que confíe en Dios. —La emoción le quebró la voz—. Ayudadme, Anastasio. Sed fuerte. Ayudadme. Mantened la fe que hemos alimentado y cuidado durante mil años.

Dentro de Ana bullían las pasiones, fe y culpa enfrentadas, amor por lo hermoso y odio por lo tenebroso que llevaba dentro, por los recuerdos de odio.

Constantino fue rápido, perceptivo, como si fuera capaz de sentir el tumulto que la atormentaba a ella, incluso sin comprenderlo.

—Sed fuerte —la instó, ahora en voz suave—. Tenéis una gran misión en vuestras manos. Dios os ayudará, sólo con que creáis.

Ana estaba atónita.

—¿Cómo? No he recibido ninguna llamada.

—Naturalmente que sí —replicó él—. Sois un sanador. Sois la mano derecha del sacerdote, el que cura el cuerpo, el que aplaca el dolor, el que silencia los miedos. Decid la verdad a aquellos a quienes atendéis. La palabra de Dios puede curar todos los males, proteger de la oscuridad que hay fuera... pero, aún más, de la que hay dentro.

—Así lo haré —susurró ella—. Podemos cambiar las tornas. Miraremos hacia Dios, no hacia Roma.

Constantino sonrió y levantó su mano enorme y blanca para hacer la señal de la cruz.

A su espalda, el joven sacerdote la hizo también.

—Si Justiniano estuviera aquí, sabríamos qué hacer al respecto —dijo Simonis con gravedad en la cocina caldeada y perfumada con hierbas después de que Ana le hubiera dado la noticia—. Es una deshonra, una blasfemia. —Respiró hondo y se apartó de la mesa para mirar a Ana de frente—. ¿Qué más has averiguado acerca del tal Besarión? Llevamos aquí casi un año y medio, y el verdadero asesino continúa suelto. ¡Alguien tiene que saberlo! —En el instante en que salieron estas palabras de su boca, se ruborizó con un sentimiento de culpa. Luego reanudó la tarea de cortar cebolla y mezclarla con hierbas aromáticas.

—Si actúo con torpeza podría empeorar las cosas —intentó explicar Ana—. Como tú has dicho, el que mató a Besarión en realidad sigue libre.

De pronto Simonis se quedó quieta, con el cuerpo rígido.

—¿Corres peligro?

—Creo que no —contestó Ana—. Pero tienes razón, debería examinar más a fondo la cuestión del dinero. Besarión era muy rico, pero no he encontrado ni el menor indicio de que hubiera conseguido su riqueza a costa de otro. Al parecer, el dinero no le importaba demasiado. Para él, lo único importante era la fe.

—Y el poder —agregó Simonis—. Quizá deberías explorar también ese punto.

—Lo exploraré, aunque no veo qué relación puede guardar con Justiniano ni con Antonino.

12

Palombara y Vicenze se retrasaron a causa del mal tiempo. El año continuó su curso, y no llegaron a Constantinopla hasta noviembre. Pero su primera misión formal consistía en presenciar la firma por parte del emperador y los obispos de la Iglesia ortodoxa del acuerdo alcanzado en el Concilio de Lyon. Dicha firma iba a tener lugar el 16 de enero del año siguiente, 1275. Después, continuarían como legados papales ante Bizancio. Cada uno tenía encomendado pasar informe del otro a Su Santidad, lo cual convertía toda aquella operación en un juego malabar de mentiras, evasiones y poder.

Como enviados del Papa que eran, se esperaba que vivieran bien. No se esperaba de ellos ni humildad ni abstinencia, y la vivienda que escogieron dejó inmediatamente de manifiesto la diferente personalidad de cada uno.

—Esto es magnífico —comentó Vicenze con aprobación, ante una elegante casa situada no muy lejos del palacio Blanquerna que pusieron a disposición de ellos, a un precio razonable—. Nadie que venga aquí albergará dudas respecto de cuál es nuestra misión ni a quién representamos. —Se plantó en el centro del mosaico del suelo y contempló las delicadas pinturas de las paredes, el techo arqueado de proporciones perfectas y las columnas ricamente ornamentadas.

Palombara lo miró con disgusto.

—Es caro —convino—, pero vulgar. Yo diría que es nuevo.

—¿Preferiríais algún bello castillo aretino, tal vez? ¿Familiar y confortable? —dijo Vicenze en tono sarcástico—. Todo piedrecillas y ángulos estrechos.

—Me gustaría algo un poco menos ostentoso —repuso Palombara, procurando disimular la frialdad de su voz. Vicenze era de Florencia, una ciudad que llevaba años empeñada en una amarga rivalidad artística y política con Arezzo. Sabía que aquello era lo que subyacía en el anterior comentario.

Vicenze lo miró con acritud.

—Esto impresionará a la gente. Y resulta cómodo. Podemos ir a pie a la mayoría de los lugares a los que vamos a tener que ir. Está cerca del palacio en el que vive actualmente el emperador.

Palombara se volvió muy despacio, y su mirada se detuvo en las engalanadas columnas.

—Pensarán que somos bárbaros. Es dinero carente de gusto.

El rostro alargado y huesudo de Vicenze mostraba una expresión sombría, de incomprensión con una pizca de impaciencia. Consideraba que preocuparse por las artes era una frivolidad, una digresión de la obra de Dios. Lo importante no es que nos tengan aprecio o no, sino que crean en lo que les digamos.

Palombara entró en aquel conflicto con un sentimiento de satisfacción. Vicenze era un hombre que obedecía sin imaginación, y más tozudo que un animal siguiendo la pista de un olor. De hecho, había algo canino en su forma de olfatear.

No buscaba otra cosa que un poder estéril y obediente para sí mismo.

—Es feo —insistió Palombara en tono áspero—. La otra casa, la situada más al norte, tiene proporciones más moderadas y dispone de espacio suficiente para nosotros. Además, desde sus ventanas podemos ver el Cuerno de Oro.

—¿Con qué fin? —preguntó Vicenze con una expresión de total inocencia.

—Estamos aquí para aprender, no para enseñar —dijo Palombara, como si estuviera dando explicaciones a una persona de comprensión lenta—. Queremos que la gente se sienta cómoda cuando nos dirijamos a ella y baje la guardia. Necesitamos conocer a este pueblo.

—Conoce a tu enemigo —dijo Vicenze con una débil sonrisa, como si aquella respuesta lo hubiera dejado satisfecho.

—¡A nuestros hermanos en Cristo! —replicó Palombara—. Temporalmente enajenados —agregó con un humor cargado de ironía que sólo pretendía complacerlo a él mismo.

Vicenze permitió a Palombara elegir una casa más modesta.

Palombara salió a explorar la ciudad, la cual, a pesar del tiempo invernal, el viento frío proveniente del mar y algún que otro aguacero, le resultó fascinante. No hacía excesivo frío, y se sentía totalmente cómodo andando. Las ropas de un obispo de Roma no llamaban la atención en aquellas calles, por las que circulaban a diario personas de tantas naciones y tantas fes. Después de pasar todo el día caminando se sentía agotado y tenía ampollas en los pies, pero por fin comprendió a grandes rasgos el trazado de la ciudad.

Al día siguiente, para regocijo de Vicenze, tenía todo el cuerpo dolorido. Pero pasado otro día más, haciendo caso omiso de las ampollas, salió a caminar por su propio barrio. Hacía buen tiempo, el sol calentaba y soplaba poco viento. Las calles eran estrechas, viejas y animadas, no muy distintas de las que estaba acostumbrado en Roma.

Palombara compró algo de comer a un vendedor ambulante y dio buena cuenta de ello mientras contemplaba a dos ancianos que estaban jugando al ajedrez. Tenían el tablero apoyado sobre una mesa apenas lo bastante grande para sujetarlo. Las piezas eran de madera tallada, y tan gastadas por el uso que se habían ennegrecido con los aceites naturales de las manos que las habían tocado.

Uno de los ancianos poseía un rostro delgado, barba blanca y ojos negros casi ocultos entre las arrugas de la piel. El otro también lucía barba, pero era casi calvo. Jugaban con total concentración, ajenos al mundo que los rodeaba. Por su lado pasaban otras personas, niños que gritaban, carros tirados por asnos que traqueteaban sobre el empedrado. Un buhonero les preguntó si deseaban alguna cosa, pero no lo oyeron.

Palombara observó sus caras y vio el intenso placer que traslucían, una dicha casi violenta por lo intrincado de su batalla mental. Esperó una hora entera hasta que finalizó la partida. Ganó el más delgado y pidió el mejor vino que hubiera en la casa, así como pan recién hecho, queso de cabra y frutas secas para celebrar la victoria, a lo cual se aplicaron con la misma fruición e intensidad que habían puesto anteriormente en el juego.

Al día siguiente volvió más temprano y observó la partida desde el principio. Esta vez ganó el otro, pero al terminar hubo idéntica celebración.

De pronto se sintió abrumado por la arrogancia que suponía haber ido allí a decirles a unos ancianos como aquéllos en qué tenían que creer. Se levantó y se alejó andando en medio del viento y del sol, con el pensamiento demasiado turbado para pensar con claridad y, sin embargo, en su cabeza bullía un sinfín de ideas.

A primeros de enero, después de haberse obligado a sí mismo a trabajar con Vicenze en lo referente a la próxima firma del acuerdo, Palombara se escapó a una fonda. Deliberadamente se sentó junto a otra mesa, en la que había dos hombres de mediana edad enfrascados en un acalorado debate sobre el tema favorito de los bizantinos: la religión.

Uno de los hombres advirtió que Palombara estaba escuchando, e inmediatamente lo hizo entrar en la conversación pidiéndole opinión.

—Sí —le dijo el otro con interés—. ¿Qué opináis?

Palombara reflexionó durante unos segundos y a continuación se lanzó con una cita de santo Tomás de Aquino, el brillante teólogo que había muerto cuando se dirigía al Concilio de Lyon.

—¡Ah! —exclamó el primer hombre—. ¡El doctor Angelicus! Muy bueno. ¿Estáis de acuerdo en que ha sido un acierto suyo suspender su gran obra, la *Summa Teologica*?

Palombara se quedó estupefacto, y vaciló.

—¡Bien! —exclamó el hombre con una sonrisa radiante—. No lo sabéis. Ésa es la verdadera sabiduría. ¿Acaso no dijo que todo lo que había escrito no era sino paja, en comparación con lo que le había sido revelado en una visión?

—Alberto Magno, que lo conocía bien, dijo que sus obras llenarían el mundo —replicó su amigo, y a continuación se volvió hacia Palombara—. Era italiano, Dios se apiade de su alma. ¿Vos lo conocisteis?

Él recordaba haberlo visto una vez: un hombre alto, corpulento, de piel oscura y muy cortés. No se podía evitar que a uno le cayera bien.

—Sí —respondió, y acto seguido describió la ocasión y lo que se dijo en ella.

El segundo hombre se aferró a aquella oportunidad como si hubiera encontrado un tesoro, y los dos se entregaron con intenso placer a un apasionado intercambio de ideas. Después pasaron inmediatamente a hablar de Francisco de Asís y su negativa a ser ordenado sacerdote. ¿Era aquello bueno o malo, humildad o arrogancia?

Palombara estaba feliz. La vehemencia con que fluía la conversación era como un viento del océano, errático, indisciplinado, peligroso, pero arrollador y proveniente de un horizonte infinito. Cuando, inesperadamente, llegó Vicenze, de súbito cayó en la cuenta de lo mucho que se había alejado de la doctrina aceptada.

Vicenze había escuchado parte de la conversación e interrumpió de un modo un tanto maleducado, diciendo que tenía una noticia urgente y que Palombara debía acudir de inmediato. Dado que sus interlocutores eran tan sólo unos conocidos encontrados por casualidad, Palombara no tenía excusa para acabar la discusión. De mala gana, se excusó y salió a la calle con Vicenze, enfadado y frustrado, sorprendido por la sensación de pérdida que lo embargaba.

—¿Qué noticia es ésa? —preguntó con frialdad. Estaba dolido no sólo por la interrupción, sino también por la manera autoritaria en que había actuado Vicenze, y ahora por aquella expresión reprobatoria, con los labios fruncidos.

—Nos han mandado aviso de que nos presentemos ante el emperador —contestó Vicenze—. Mientras vos filosofabais con ateos, me he ocupado de disponerlo todo. Tratad de recordar: ¡servís al Papa!

—Me gustaría pensar que sirvo a Dios —comentó Palombara en voz baja.

—Y a mí también me gustaría pensar que así lo hacéis —contraatacó Vicenze—, pero lo dudo.

Palombara cambió de tema.

—¿Para qué quiere vernos el emperador?

—Si supiera lo que quiere, ya os lo habría dicho —soltó Vicenze.

Palombara lo dudaba, pero aquello no merecía una discusión.

La audiencia con el emperador Miguel Paleólogo tuvo lugar en el palacio Blanquerna. Palombara, que se había interesado un poco por la historia del mismo, se dijo que las glorias del pasado parecían flotar en el aire, como espectros perdidos en el gris de la época presente.

Todas las paredes por las que iban pasando habían estado en otro tiempo impecables, con incrustaciones de pórfido y alabastro y adornadas con iconos. Cada hornacina había alojado una estatua o un bronce. Allí habían reposado algunas de las obras de arte más importantes del mundo, mármoles de Fidias y Praxíteles de la edad clásica, anterior a Cristo.

Él había visto las manchas de humo de cuando tuvo lugar la invasión de los cruzados, y había sentido vergüenza de ellas. Aquí también advirtió las cicatrices de la pobreza: los tapices sin remendar, los mosaicos con piezas rotas, columnas y pilastras desconchadas. Qué bárbaros del arte eran los cruzados, pese a sus pretensiones de servir a Dios. Había muchas maneras de no creer.

Fueron conducidos a la presencia del emperador, en una magnífica estancia de altos ventanales que daban al Cuerno de Oro. Debajo se extendía el amplio panorama de la ciudad, con sus tejados y sus torres, sus agujas, con los mástiles de los barcos del puerto y las casas arracimadas en la orilla.

El salón tenía suelos de mármol y unas columnas de pórfido que sostenían un techo ricamente decorado, con arcos de mosaicos que lanzaban destellos de oro aquí y allá.

Pero todo aquello no fue más que una impresión efímera. Cuando Palombara se acercó a la persona del emperador se quedó sorprendido al apreciar la vitalidad interior que desprendía. Era muy moreno, de cabellera tupida y barba poblada. Sus vestiduras eran de seda y estaban cargadas de brocados y piedras preciosas, como cabía esperar. Llevaba no sólo la túnica y la dalmática de costumbre, sino además una especie de cuello que terminaba por delante con algo parecido al pectoral de un sacerdote. Éste estaba incrustado de gemas y ribeteado todo alrededor con perlas e hilo de oro. El emperador lo llevaba como si estuviera habituado a él y no le prestara la menor importancia. Palombara se acordó, con un estremecimiento, de que Miguel estaba considerado «Igual a los Apóstoles». Era un brillante soldado que había conducido a su pueblo a la batalla y lo había rescatado del exilio para devolverlo a la ciudad que le era propia. Había recuperado el imperio con sus propias manos. Sería una necedad subestimarlo.

Palombara y Vicenze recibieron todos los saludos formales del emperador, quien los invitó a sentarse. El protocolo para la firma del acuerdo ya se había establecido y no parecía que hubiera nada más que debatir, pero si lo hubiera, se dejaría en manos de funcionarios de menor rango.

—Los príncipes y prelados de la Iglesia ortodoxa somos conscientes de los desafíos a que nos enfrentamos y de las necesidades que nos acucian —dijo Miguel con voz calma, mirando alternativamente a uno y a otro—. No obstante, el coste que nos representa es elevado, y no todos están dispuestos a pagarlo.

—Si estamos aquí es para asistiros en lo que esté en nuestra mano, majestad —dijo Vicenze, que se sintió empujado a llenar el silencio.

—Lo sé. —En los labios de Miguel surgió una débil sonrisa—. ¿Y vos, obispo Palombara? —preguntó con suavidad—. ¿Vos también ofrecéis vuestra ayuda a nuestra causa? ¿O el obispo Vicenze habla por boca de los dos?

Palombara sintió que la sangre le subía al rostro. No debía dar ventaja a Miguel con tanta rapidez.

En los ojos negros del emperador brilló la diversión y afirmó con la cabeza.

—Bien. En ese caso, todos deseamos el mismo resultado —dijo—, pero por razones distintas y quizá de maneras distintas; yo por la seguridad de mi pueblo y tal vez por la supervivencia de mi ciudad, vosotros por vuestra ambición. No queréis regresar a Roma con las manos vacías. Si fracasáis, no obtendréis el *capello* cardenalicio.

Palombara se estremeció. Miguel era un hombre demasiado realista, pero la vida le había dado pocas oportunidades de ser otra cosa. Elegía la unión con Roma porque era la única posibilidad de sobrevivir, no porque reconociera una concordancia de creencias. Estaba haciéndoles saber eso, por si habían abrigado la ilusión de que iban a poder conmoverlo con una conversión religiosa. Era ortodoxo hasta la médula, pero su intención era la de sobrevivir.

—Entiendo, majestad —respondió Palombara—. Nos enfrentamos a difíciles decisiones. Y elegimos las mejores de ellas.

—Haremos lo que sea adecuado, majestad. Comprendemos que precipitarse sería desafortunado —dijo Vicenze inclinando la cabeza de forma tan leve que resultó apenas discernible.

Miguel lo miró con desconfianza.

—Muy desafortunado —añadió el emperador.

Vicenze respiró hondo para ir a decir algo.

Palombara tembló, temiendo que fuera a cometer alguna torpeza; sin embargo, una parte minúscula de su ser deseó que se estrellara.

Miguel aguardó.

—De todos modos, en nada es deseable un fracaso —dijo Palombara en voz baja. Era una cuestión de orgullo. Deseaba que Miguel lo viera a él totalmente aparte de Vicenze.

—Cierto —afirmó Miguel. Acto seguido, dirigió la vista hacia el fondo de la estancia e hizo una seña a alguien para que se acercara. Quien obedeció fue una persona de estatura peculiar, que caminaba con un paso extrañamente grácil. Tenía un rostro grande y desprovisto de barba, y cuando habló, con el permiso del emperador, su voz sonó suave como la de una mujer, pero no femenina.

Miguel lo presentó como el obispo Constantino.

Se saludaron entre sí formalmente y con cierta incomodidad.

Constantino se volvió hacia Miguel.

—Majestad —dijo con énfasis—. También se debería consultar al patriarca, Cirilo Coniates. Su aprobación sería de gran utilidad a la hora de persuadir al pueblo de que acepte la unidad con Roma. ¿Debo entender que no habéis sido informado de cuán profundos son los sentimientos del pueblo? —Pronunció la frase como si fuera una pregunta, pero la emoción que traslucía su voz la convirtió en una advertencia.

A Palombara le resultó una presencia incómoda, debido a lo indeterminado de su masculinidad, pero también porque esa extraña persona daba la impresión de estar esforzándose mucho por ocultar una pasión que temía mostrar. En cambio, ésta se dejaba ver con toda claridad en los gestos ridículos que hacía con aquellas manos blancas y grandes y en la pérdida de control de la voz.

El semblante de Miguel se oscureció.

—Cirilo Coniates ya no conserva su cargo —señaló.

Constantino no se amilanó.

—Es probable que los monjes sean la sección de la Iglesia más difícil de convencer de que hemos de abandonar nuestras antiguas costumbres para someternos a Roma, majestad —afirmó—. Y Cirilo podría ayudarnos.

Miguel se lo quedó mirando con una expresión en la cara que pasó de la certeza a la duda.

—Me confundís, Constantino —dijo por fin—. Primero estáis en contra de la unión, y ahora me impartís instrucciones de cómo allanar el camino para llegar a ella. Al parecer, cambiáis como el agua agitada por el viento.

De pronto Palombara tuvo una revelación incómoda, como si alguien le hubiera quitado una venda de los ojos. ¿Cómo había podido ser tan lento para verlo? El obispo Constantino era uno de los eunucos que había en la corte de Bizancio. Sin querer desvió la mirada, y tuvo conciencia de un rubor que le subía a las mejillas y de una incómoda sensación que le recordó que él mismo estaba entero. Había asociado pasión y fortaleza con masculinidad, y lo afeminado con volubilidad, flaqueza, falta de decisión o de valor. Y al parecer Miguel sentía lo mismo.

—El mar está formado por agua, majestad —dijo Constantino con suavidad, mirando fijamente a Miguel sin bajar los ojos—. Cristo caminó sobre las aguas del lago de Genesaret, pero haríamos bien en tratar el asunto con mayor cautela y respeto. Porque si perdemos la fe, como le ocurrió a Pedro, puede que nos ahoguemos sin contar con una mano divina que se tienda para salvarnos.

En la estancia chisporroteó el silencio.

Miguel inhaló aire muy despacio y después lo exhaló. Estudió largo rato el rostro del obispo. Constantino permaneció impávido.

Vicenze tomó aire para hablar, pero Palombara se lo impidió propinándole un fuerte codazo, y lo oyó ahogar una exclamación.

—No tengo ninguna seguridad de que Cirilo Coniates vea la necesidad de lograr la unión —dijo Miguel por fin—. Él es un idealista, y yo soy guardián de lo práctico.

—El sentido práctico es el arte de buscar lo que produce resultados, majestad —repuso Constantino—. Sé que sois demasiado buen hijo de la Iglesia para sugerir que la fe en Dios no produce resultados.

Palombara disimuló a duras penas una sonrisa, pero nadie lo estaba mirando.

—Si tomo la decisión de solicitar ayuda a Cirilo —dijo Miguel con cautela, con la mirada firme—, no me cabe duda de que vos, Constantino, seréis el hombre que enviaré a buscarlo. Hasta que llegue ese momento, espero de vos que persuadáis a vuestro rebaño de que conserve la fe tanto en Dios como en vuestro emperador.

Constantino hizo una venia, pero en ella había escasa obediencia.

Unos momentos más tarde Palombara y Vicenze recibieron permiso para marcharse.

—Ese eunuco podría resultar una molestia —comentó Vicenze en italiano mientras la guardia varega los acompañaba hasta la salida y volvían a encontrarse al aire libre, con el impresionante paisaje de la ciudad a sus pies. Se estremeció ligeramente y torció el labio superior en un gesto de disgusto—. Si no podemos convertir a personas como él... —tuvo cuidado de no emplear el término «hombres»—, tendremos que pensar un modo de subvertir su poder.

—En la cumbre de su poder, los eunucos dominaban la corte entera y buena parte del Gobierno —le informó Palombara con contumaz satisfacción—. Eran obispos, generales del ejército, ministros del Gobierno y de la Justicia, matemáticos, filósofos y médicos.

—¡Bien, pues Roma va a poner fin a eso! —exclamó Vicenze con abierta satisfacción—. No es en absoluto tarde.

Y dicho esto reemprendió la marcha a paso vivo, obligando a Palombara a seguirlo.

13

Palombara se entretuvo en averiguar más detalladamente de qué modo el emperador podía fortalecer su posición a los ojos de su pueblo. Si éste de verdad lo consideraba el «Igual a los Apóstoles», era posible que creyeran que él los guiaba virtuosamente en su decisión religiosa, tal como los había guiado en decisiones militares y gubernamentales.

Se dirigió a la gran catedral de Santa Sofía, pero no para adorar, ni desde luego tampoco para participar de la misa ortodoxa. Deseaba experimentar las diferencias que había entre lo griego y lo romano.

El oficio resultó más emotivo y conmovedor de lo que esperaba. Le confería una solemnidad irresistible a aquella catedral tan antigua, con sus mosaicos, sus iconos y sus columnas, aquellas hornacinas recubiertas de oro que enmarcaban maravillosas figuras de santos de ojos oscuros, de la Madona y del propio Cristo. Bajo aquella luz resplandecían con una presencia casi animada, y sin quererlo descubrió que su apreciación intelectual se vio superada por el asombro reverencial hacia la genialidad y la belleza que poseían. La gigantesca cúpula parecía casi flotar por encima de su gran círculo de ventanas, como si no tuviera un apoyo de piedra y ladrillos. A sus oídos había llegado la leyenda de que la construcción de aquella iglesia rebasaba la capacidad humana y que la cúpula misma quedó milagrosamente suspendida del cielo mediante una cadena de oro que sostenían los ángeles hasta que se pudieron fijar en su sitio las columnas. Era una leyenda que en su momento le hizo reír, pero que aquí, en la contemplación de semejante grandiosidad, no le pareció imposible.

Estaba en la escalera exterior cuando vio, un poco apartada de la multitud, a una mujer cuya estatura era superior a la media. Poseía un rostro extraordinario. Tendría al menos sesenta años, posiblemente más, pero estaba de pie con una actitud perfecta, incluso arrogante. Tenía unos pómulos destacados, una boca demasiado grande y sensual y unos ojos dorados y penetrantes. Lo estaba mirando a él, resaltándolo entre los demás. Palombara se sintió halagado e incómodo a un tiempo cuando se aproximó a él.

—Vos sois el legado papal de Roma. —La mujer tenía una voz fuerte, y, visto de cerca, su rostro estaba lleno de una vitalidad que exigía la atención de él, y también su interés.

—En efecto —contestó—. Enrico Palombara.

Ella se encogió ligeramente de hombros, casi en un gesto voluptuoso.

—Yo soy Zoé Crysafés —dijo—. ¿Habéis venido a ver la sede de la Sagrada Sabiduría antes de intentar destruirla? ¿Su belleza os llega al alma, o tan sólo a los ojos?

En aquella mujer no había nada que invitara a la piedad. Ella era un aspecto de Bizancio que Palombara no había visto hasta el momento; tal vez el viejo espíritu que había sobrevivido a los bárbaros cuando cayó Roma: ardiente, peligroso e intensamente griego. La fuerza que irradiaba aquella mujer lo tenía fascinado, igual que una llama atrae a un insecto nocturno.

—Lo que se percibe sólo con los ojos necesariamente no tiene significado —repuso Palombara.

Ella sonrió, pues se dio cuenta al instante del sutil halago que implicaba aquella respuesta, y la divirtió. Aquello podía ser el principio de un largo duelo, si es que ella realmente se preocupaba por la fe ortodoxa y por mantenerla a salvo de la contaminación de Roma. Zoé arqueó las cejas.

—¿Cómo puedo saberlo? Nosotros no tenemos nada que no posea un significado. —La diversión que ella sentía resultaba casi palpable.

Palombara aguardó.

—¿No teméis que tal vez estéis equivocado al exigir nuestra sumisión? —le preguntó Zoé por fin—. ¿No os desvela por la noche, cuando estáis solo y la oscuridad que os rodea está llena de pensamientos, buenos y malos? ¿En esos momentos no dudáis de que sea el diablo el que os habla, y no Dios?

Palombara estaba perplejo. No esperaba que ella dijera eso.

La mujer lo miraba nuevamente con fijeza, buscando sus ojos. Entonces rompió a reír, una carcajada plena y sonora en la que latía la vida.

—¡Ah, ya entiendo! —dijo ella—. No oís la voz de nadie, ¿verdad?, tan sólo silencio. Un silencio eterno. Ése es el secreto de Roma: que no hay nadie más, ¡salvo vosotros mismos!

Palombara contempló la inteligencia y la victoria reflejadas en el semblante de Zoé. Aquella mujer había visto el vacío que sentía por dentro. Permaneció de pie frente a ella mientras el gentío que salía pasaba a su alrededor. Percibió su dolor, como el contacto del fuego. Incluso pudo sentir lo mismo que ella, pero al final la unión iba a suceder, con la aquiescencia de Zoé Crysafés o sin ella. Todo aquel esplendor de la vista, el oído, y sobre todo la mente, podía quedar destruido por los ignorantes, si los ejércitos de los cruzados irrumpían de nuevo en aquella ciudad.

El hecho de conocerla a ella podía proporcionarle una ventaja que haría mejor en ocultar a Vicenze. En las semanas siguientes, Palombara cultivó de forma discreta su interés por Zoé Crysafés, escuchando nombrarla en lugar de sacar él mismo su nombre a colación. Recopiló muchos datos sobre la familia de ella, que en otro tiempo había sido poderosa. Su único vástago, Helena, que se había casado con un miembro de la antigua casa imperial de los Comneno, había enviudado recientemente por el asesinato de su esposo.

Se rumoreaba que Zoé había tenido muchos amantes, entre ellos posiblemente el propio Miguel Paleólogo. Palombara se inclinaba a creerlo. Incluso ahora la rodeaba un aura de sensualidad, una ferocidad y una fuerza vital que hacían que las demás mujeres parecieran aburridas.

Por un instante lamentó ser el legado del Papa, en el extranjero, donde no se atrevía a cometer un desliz. Vicenze estaba siempre vigilante, y de todos modos Zoé seguramente no tenía amantes por el mero placer de tenerlos. Con ella, la pasión física habría sido una buena batalla, una batalla digna de librarse, se ganara o se perdiera. En todo momento sería también una batalla de la mente, aunque no del corazón.

De él dependía provocar el encuentro siguiente, lo cual hizo yéndose a solas por la calle Mese en busca de algún objeto inusual que regalarle. Después podría ir a visitarla, aparentemente para pedirle consejo; sabía lo suficiente de ella para que aquello resultara creíble.

Lo condujeron al magnífico salón de Zoé, orientado hacia la ciudad y, al fondo, el Bósforo. Fue como pisar de nuevo la Constantinopla antigua, la anterior al saqueo: su esplendor se había atenuado un poco, pero su orgullo seguía siendo firme. En las paredes colgaban tapices oscuros y de intrincado dibujo. Los colores se habían apagado con el paso de los siglos, pero no estaban desvaídos, sino tan sólo debilitados en aquellos puntos en que la luz había suavizado los tonos. El suelo era de mármol, alisado por el pasar de varias generaciones. El techo tenía algunas zonas incrustadas de oro. En una pared había una cruz de oro de casi dos pies de largo, con una figura tan exquisitamente tallada que parecía estar a punto de retorcerse en un último gesto de dolor.

La propia Zoé iba vestida con una túnica de color ámbar y sobre ésta una dalmática de un tono más oscuro, más vivo, sujeta con una fíbula de oro adornada con granates. Pareció divertida de ver a Palombara, como si supiera que iba a venir, pero quizá no tan pronto.

Había otra persona presente, más o menos de la misma altura que Zoé, pero vestida con una túnica de color liso y una dalmática azul oscuro. Estaba de pie cerca de un rincón de la estancia, ocupada en empaquetar unos polvos en unas cajitas. Palombara percibió el penetrante aroma que despedían: algún tipo de hierbas medicinales molidas.

Zoé ignoró a la otra persona, de manera que Palombara hizo lo propio.

—He encontrado un pequeño regalo que espero que os interese —dijo, al tiempo que le tendía lo que había traído, envuelto en seda roja. Cabía perfectamente en la palma de su delgada mano.

Zoé lo miró con una expresión de curiosidad en sus ojos dorados, pero de momento no pareció estar impresionada.

—¿Por qué? —preguntó.

—Porque de vos puedo aprender más sobre el alma de Bizancio que de ninguna otra persona —respondió Palombara con total sinceridad—. Y, al contrario que mi compañero, el legado Vicenze, deseo adquirir esos conocimientos. —Se permitió una sonrisa.

El semblante de Zoé se iluminó con un destello de diversión. Abrió la seda y sacó una pieza de ámbar del tamaño del huevo de un ave pequeña. En su interior había una araña atrapada, inmortalizada en el momento anterior a la victoria, a una fracción de alcanzar la mosca. Ella no disimuló la fascinación que le produjo, ni tampoco el placer.

—¡Anastasio! —llamó, a la vez que se daba la vuelta hacia la persona que manipulaba las hierbas—. ¡Venid a ver lo que me ha traído el legado papal de Roma!

Palombara vio que se trataba de otro eunuco, más bajo y más joven que el obispo Constantino, pero con la misma boca, el mismo rostro barbilampiño y, cuando habló, la misma voz tersa.

—Turbador —señaló el eunuco, examinando la pieza de cerca—. Muy ingenioso.

—¿Así lo creéis? —le preguntó Zoé.

Anastasio sonrió.

—Una imagen muy descriptiva del instante y de la eternidad —dijo—. Uno cree tener el trofeo al alcance de la mano y, sin embargo, se le escapa para siempre. Ese momento queda congelado, y mil años después uno continúa inmóvil y con las manos vacías.

Posó la mirada en Palombara, que quedó asombrado por la inteligencia y el valor que detectó en sus ojos. Eran grises y serenos, muy distintos de los de Zoé, aunque el resto de los colores de su rostro era casi el mismo. Él también tenía pómulos salientes y una boca sensual. Palombara se sintió turbado por el hecho de que Anastasio hubiera visto tantas cosas en aquel ámbar, más de las que había visto él mismo.

Zoé lo estaba observando.

—¿Eso es lo que pretendéis decirme, Enrico Palombara? —le preguntó. Se negaba a tratarlo de «excelencia» porque era un obispo de Roma, no de Bizancio.

—Mi deseo era proporcionaros placer, e interés —respondió dirigiéndose sólo a ella, no al eunuco—. Tendrá el significado que vos queráis darle.

—Hablando de inmortalidad —prosiguió Zoé—, si cayerais enfermo mientras estáis en Constantinopla, puedo recomendaros a Anastasio. Es un médico excelente. Y os curará de vuestra enfermedad sin sermonearos por vuestros pecados. Un poco judío, pero eficaz. Yo ya conozco mis pecados, y me resulta de lo más tedioso que me los repitan, ¿a vos no? Sobre todo cuando no me siento bien.

—Eso depende de si suscitan envidia o desprecio —repuso Palombara en tono ligero.

Captó un destello de sonrisa en el rostro del eunuco, pero ésta desapareció enseguida, casi antes de estar seguro de haberlo visto.

Zoé también lo captó.

—Explicaos —ordenó a Anastasio.

Éste se encogió de hombros. Fue un gesto curiosamente femenino y, sin embargo, no parecía tener la volátil actitud emocional de Constantino.

—En mi opinión, el desprecio es la capa bajo la que se esconde la envidia —le respondió a Zoé, sonriendo al decirlo.

—¿Y qué deberíamos sentir hacia el pecado? —se apresuró a preguntar Palombara antes de que Zoé pudiera hablar—. ¿Ira?

Anastasio lo miró con aplomo, una mirada extrañamente desconcertante.

—No, a no ser que se le tenga miedo —dijo—. ¿Suponéis que Dios teme al pecado?

La respuesta de Palombara fue instantánea.

Eso sería ridículo. Pero nosotros no somos Dios. Al menos en Roma no creemos serlo —agregó.

La sonrisa de Anastasio se ensanchó.

—Y en Bizancio tampoco creemos que lo seáis —concordó.

Palombara rio, en contra de sí mismo, pero, además de por diversión, porque se sentía violento. No sabía qué pensar de Anastasio. Parecía lúcido, intelectual como un hombre, y al momento siguiente resultaba bruscamente femenino. Palombara estaba viéndose demasiadas veces en una situación desfavorable. Le vinieron a la cabeza las sedas que había visto en los mercados, que al acercarlas a la luz cambiaban de color: unas veces eran azules, otras veces eran verdes. El carácter de los eunucos era como el brillo de la seda: fluido, impredecible. Eran un tercer género, hombre y mujer, y, sin embargo, ninguna de las dos cosas.

Zoé dio vueltas al ámbar en la mano.

—Esto merece un favor —le dijo a Palombara con los ojos brillantes—. ¿Qué deseáis?

Ella lanzó una mirada fugaz al eunuco. Palombara percibió en ella irritación y acaso un momentáneo desprecio. Pero es que una mujer apasionada y sensual como Zoé no podía olvidar en ningún momento que Anastasio no era un hombre completo. ¿Qué se sentiría al serle negado a uno el más básico de los apetitos? Estar hambriento es estar vivo. Palombara se preguntó si había algo que Anastasio deseara, con aquel fuego que le ardía en los ojos.

Luego le dijo en voz alta a Zoé qué había venido a buscar.

—Información, naturalmente.

—¿De quién? —preguntó Zoé parpadeando.

Palombara dirigió la vista hacia Anastasio.

Zoé sonrió y miró al médico de arriba abajo, como si estuviera calculando si valía tanto como para despedirlo o si, al igual que un criado, era demasiado insignificante para preocuparse de él.

Pero Anastasio tomó la decisión por sí mismo.

—Os dejo las hierbas encima de la mesa. Si os complacen, os traeré más. En caso contrario, os sugeriré otra cosa. —A continuación se volvió hacia Palombara—. Excelencia, espero que vuestra estancia en Constantinopla os resulte interesante.

Hizo una reverencia a Zoé y se marchó, recogiendo su saquito de hierbas al salir. Caminó con rigidez, como si tuviera que tener cuidado de conservar el equilibrio, o quizá su dignidad. Palombara pensó que tal vez estuviera aquejado de un dolor sumamente privado, una herida nunca curada del todo. ¿Cómo podía un hombre soportar algo así, semejante indignidad, una mutilación, sin experimentar resentimiento? Era suficientemente afeminado; a lo mejor no le habían extirpado sólo los testículos, sino todo. Qué incomprensible mezcla de belleza, sabiduría y barbarie eran los eunucos. Roma debería temerlos más.

Se volvió hacia Zoé, preparado para escuchar todo lo que ésta le contara de su ciudad, y recibirlo con interés y escepticismo.

14

Constantino se encontraba en su sala favorita de la casa, acariciando con la mano el suave mármol de la estatua. Ésta tenía la cabeza hundida en actitud pensativa y poseía unos miembros desnudos perfectos. Pasó la mano una y otra vez, moviendo los dedos como si pudiera masajear y palpar los músculos y los nervios de aquellos hombros de piedra. Él mismo tenía el cuerpo tan tenso que le resultaba doloroso.

Miguel había promulgado de nuevo la firma, y él se había visto impotente para impedirlo. Iba a ser un indicativo de sumisión, una señal al mundo, y sobre todo a Dios, de que el pueblo de Bizancio había abandonado su fe. Aquellos que habían confiado en el liderazgo de la Iglesia iban a ser destruidos por los mismos hombres que estaban obligados mediante juramento a salvar sus almas. ¡Qué poca visión! Vender hoy para comprar la seguridad de mañana. ¿Y su salvación en la eternidad? ¿No era aquello más importante que ninguna cosa terrenal?

Pero él sabía lo que había que hacer, y lo había hecho. Mientras pensaba en esto rompió a sudar, a pesar de que aquella estancia era fresca. ¡El pueblo bizantino tenía derecho a luchar por la vida!

De modo que lo había hecho. Había prendido la llama en sus corazones, y ésta explotó en un tumulto en las calles, decenas de personas, luego centenares, que inundaron las plazas y los mercados protestando a gritos contra la unión con Roma y contra todo lo que fuera ajeno y forzado.

Naturalmente, él había procurado dar la impresión de estar haciendo todo lo que estaba en su mano para detenerlos, de simpatizar con ellos y aun así intentar frenar la violencia y llamar al orden y al respeto, a la vez que los empujaba adelante. ¿Qué diferencia había entre un gesto de bendición y otro de ánimo? Radicaba en el ángulo de la mano, en la inflexión del tono de voz, en no elevar éste lo bastante para que se oyera por encima del estruendo.

Fue maravilloso, soberbio. Acudieron por millares, llenaron las calles hasta obstruir todos los caminos. Todavía le parecía oír las voces allí, en aquella silenciosa estancia. Sintió la sangre golpeando en sus venas, el corazón acelerado, el sudor provocado por el calor y por el miedo resbalándole por la piel en medio del estrépito.

—¡Constantino! ¡Constantino! ¡En nombre de Dios y de la Santísima Virgen, Constantino por la fe!

Él les sonrió al tiempo que retrocedía uno o dos pasos como si rechazara modestamente aquellos vítores, pero ellos gritaron con más fuerza cada vez.

—¡Constantino! ¡Guíanos a la victoria, por la Santísima Virgen!

Él alzó las manos a modo de bendición y ellos fueron calmándose gradualmente, hasta que cesó el griterío. Permanecieron en la plaza y en las calles de alrededor, en silencio, esperando a que él les dijera lo que tenían que hacer.

—¡Tened fe! ¡El poder de Dios es más grande que el de cualquier hombre! —les dijo—. Sabemos lo que es verdadero y lo que es falso, lo que pertenece a Cristo y lo que es del demonio. Id a casa. Ayunad y orad. Sed leales a la Iglesia, y Dios será leal con vosotros.

¿Dios los salvaría de Roma? Sólo si su fe era perfecta, y la misión de Constantino consistía en encargarse de que lo fuera.

Naturalmente hubo violencia, heridos, incluso dos muertos. Pero los culpables fueron llevados ante él, aterrados por el castigo, y él los absolvió. Con tan sólo unos cuantos avemarías y la promesa de permanecer leales a la fe. ¿Había sido demasiado liviano con ellos, escogiendo ver penitencia donde en realidad había únicamente miedo? Prefirió pensar que no.

Sólo unos días después Miguel tomó represalias. El trono vacante del patriarca de Bizancio no le fue concedido al eunuco Constantino, sino a Juan Becco, un hombre entero.

El criado que le trajo la noticia estaba pálido como la cal, como si viniera con un mensaje de muerte. Se plantó frente a Constantino, con la mirada baja y la respiración agitada, que reverberaba en la sala.

Constantino sintió deseos de gritarle, pero con ello revelaría su dolor igual que su desnudez, incompleta, desfigurada por circunstancias que quedaban fuera de su control. Había sido doblemente castrado, le había sido arrebatado el cargo que en justicia le correspondía a él por su virtud, su fe y su voluntad de lucha. Juan Becco estaba a favor de la unión con Roma, era un cobarde y un traidor a su Iglesia.

El criado se lo quedó mirando un instante y después huyó.

Cuando sus pisadas sobre el enlosado cesaron de oírse, Constantino dejó escapar un aullido de furia y humillación. Sentía el pecho inflamado por el odio. Si en aquel momento hubiera podido ponerle las manos encima a Juan Becco, lo habría hecho pedazos. Un hombre entero, un insulto a su propio ser. ¡Como si los órganos configurasen el alma! Un hombre estaba formado por las pasiones del corazón, por sus sueños, por las cosas que anhelaba, los miedos que había superado, la plenitud de su sacrificio, no la de su cuerpo.

¿Era mejor un hombre porque podía introducir su semilla en una mujer? También podían hacerlo las bestias del campo. ¿Era más santo un hombre porque poseía aquel poder y se abstenía de usarlo?

Constantino podría coger un cuchillo y rebanarle los testículos a Becco, ver fluir la sangre, como fluyó la suya cuando era pequeño, ¡con un intenso dolor, con el terror de morir desangrado! Y después contemplar cómo agarraba con las manos lo que quedaba de su virilidad horrorizado por aquella pérdida, un horror que ya no lo abandonaría mientras viviera. Entonces serían iguales. ¡A ver quién era capaz de dirigir la Iglesia y salvarla de Roma!

Pero aquello no era más que un sueño, como los que tenía por la noche. No podía hacer tal cosa. Él no tenía poder, sino el amor y la confianza del pueblo. El pueblo no debía ver nunca el odio que lo consumía. Era debilidad. Y era pecado.

¿Sería capaz la Santísima Virgen de ver lo que albergaba su corazón? Enrojeció de vergüenza. Se arrodilló despacio, con las lágrimas rodando por sus mejillas.

¡Becco se equivocaba! Era un mentiroso, un contemporizador, un buscador de favores, cargos y poder. ¿Cómo podía un hombre bueno fingir que aprobaba algo así?

Constantino se preguntó a sí mismo si él era un hombre bueno. Podía obligarse a serlo, y debía obligarse.

Se puso en pie para empezar ya, aquel mismo día. No había tiempo que perder. Le demostraría a Juan Becco, a todos, que el pueblo lo amaba, que amaba su fe, su misericordia, su humildad y su coraje, su voluntad de lucha.

En los días que siguieron trabajó hasta caer agotado, sin pensar en sus propias necesidades ni ocuparse de satisfacerlos. Respondió a todo el que le llamó. Recorrió millas a pie de una casa a otra para oír en confesión a los moribundos y darles la absolución. Las familias lloraban de gratitud por la paz espiritual que él les procuraba. Y él salía de las casas con las piernas doloridas y con ampollas en los pies, pero con el ánimo muy alto en la certeza de que era amado, y de que gracias a él cada vez más personas permanecerían leales a la Iglesia verdadera.

Celebró la misa con tanta frecuencia, que en ocasiones tenía la sensación de estar oficiándola en sueños, con palabras que se recitaban solas. Pero aquellos rostros ávidos eran la única recompensa que él deseaba, aquellos corazones humildes y agradecidos. Cuando se acostaba, exhausto, a menudo era en el suelo del lugar en que se encontrase cuando caía la noche, pero le daba igual. Se levantaba al romper el día y comía lo que pudieran darle aquellos desdichados.

Fue muy tarde una noche en que estaba escuchando en confesión a un hombre con pecho de toro, una especie de jefecillo y matón local, cuando empezó a sentirse enfermo.

—Lo golpeé —estaba diciendo el hombre en voz baja, con la mirada insegura y nublada por el miedo, buscando los ojos de Constantino—. Le rompí unos cuantos huesos.

—¿Y él...? —empezó Constantino, pero de pronto descubrió que le faltaba la respiración. El corazón le latía de forma tan ruidosa que pensó que el hombre que estaba arrodillado ante él también tenía que oírlo. Se sintió mareado. Intentó hablar de nuevo, pero no percibía nada más que un intenso zumbido en los oídos, y al instante siguiente se hundió en el olvido, que a él se le antojó la muerte misma.

Despertó en su propia casa, con una jaqueca terrible y un malestar en el estómago, y encogido de dolor. Su criado, Manuel, se hallaba de pie junto a la cama.

—Permitidme que llame a un médico —suplicó—. Hemos rezado, pero no ha sido suficiente.

—No —dijo rápidamente Constantino, pero hasta su voz se notaba débil. Volvió a sentir un retortijón en el estómago y temió vomitar.

Intentó levantarse para aliviarse urgentemente, pero el dolor lo hizo doblarse sobre sí mismo. Llamó a Manuel para que lo asistiera. Al cabo de veinte minutos, empapado en sudor y tan débil que no era capaz de sostenerse en pie sin ayuda, se derrumbó en la cama y permitió que el criado lo cubriera con las mantas. De repente sentía frío, pero al menos podía permanecer tumbado y tranquilo.

Manuel volvió a pedirle permiso para mandar llamar a un médico, y Constantino volvió a negárselo. El sueño lo curaría. Se quedó tumbado en la cama, con el vientre en calma. Pero el miedo le aferraba el corazón como una garra de hierro que se retorciera en su interior. No se atrevía a yacer en la oscuridad cuando la luz lo fuera abandonando. Nuevamente se sintió empapado en sudor, en cambio notaba los brazos y las piernas helados.

—¡Manuel! —Su voz fue estridente, casi histérica.

En eso apareció Manuel, con una vela en la mano y el semblante contraído por el miedo.

—Tráeme a Anastasio. Dile que es urgente —concedió Constantino por fin. Una nueva punzada de dolor le cruzó el vientre—. Pero antes ayúdame.

Debía aliviarse otra vez, y deprisa. Necesitaba socorro. Y también pensó que estaba a punto de vomitar. Anastasio era otro eunuco, por lo que no se compadecería de su mutilación ni sentiría repulsa al verla. En cierta ocasión lo había socorrido un médico no castrado, y Constantino advirtió en sus ojos la profunda repugnancia que le produjo. Nunca más, aunque muriera.

Anastasio tan sólo mostraría comprensión. Él también se sentía perdido e inseguro, también llevaba en su interior una carga que le resultaba excesiva; Constantino lo había visto en su rostro en momentos en que tenía la guardia baja. Algún día averiguaría qué carga era aquélla.

—Sí, haz venir a Anastasio. Deprisa.

15

Ana comprendió, a juzgar por la actitud del criado y el tono agudo de su voz, que estaba seriamente alarmado. Pero aparte de aquello sabía que Constantino, un hombre orgulloso y reservado, no la habría mandado llamar si el asunto no fuera grave.

—¿Cómo se ha manifestado la enfermedad? —le preguntó—. ¿Dónde le duele?

—No lo sé. Venid, os lo ruego.

—Quiero saber qué debo llevar conmigo —explicó Ana—. Sería mucho mejor que tener que regresar a buscarlo.

—Ah. —El criado comprendió—. En el abdomen. Ni come ni bebe, se alivia muy a menudo, y aun así el dolor no desaparece. —Cambió el peso de un pie al otro, con gesto impaciente.

Lo más rápidamente que pudo, Ana metió en un pequeño estuche todas las hierbas que consideró que tenían más probabilidades de curar al enfermo. También cogió unas cuantas hierbas medicinales orientales que había comprado a Shachar y a Al-Qadir, cuyos nombres no revelaría a Constantino.

Informó a Simonis adónde se dirigía y acto seguido salió con el criado a la calle. Bajaron la colina lo más rápido que les dieron las piernas.

La condujeron directamente a la cámara en la que estaba acostado Constantino, con su túnica de noche revuelta y empapada en sudor, y la piel pastosa y gris.

—Lamento que os sintáis tan enfermo —le dijo con voz suave—. ¿Cuándo ha comenzado esto? —Ana se sorprendió al ver miedo en los ojos del obispo, un miedo desnudo y descontrolado.

—Anoche —respondió Constantino—. Estaba oyendo en confesión cuando de pronto todo empezó a oscurecerse.

Ana le tocó la frente con la mano. Estaba fría y húmeda. También notó el penetrante olor a rancio del sudor y de los residuos corporales. Le buscó el pulso; era fuerte, pero muy acelerado.

—¿Sentís dolor ahora? —le preguntó.

—Ahora no.

Ana consideró que aquello era una verdad a medias.

—¿Cuándo habéis comido por última vez?

Constantino puso cara de desconcierto.

—¿No lo recordáis? —lo ayudó ella—. Eso quiere decir que fue hace mucho.

Examinó el brazo que el obispo tenía sobre el pecho. En ningún momento debía permitir que se notara que ella había percibido el terror que lo dominaba, Constantino no se lo perdonaría. También debía examinarlo íntimamente, por lo menos el vientre, para ver si lo tenía hinchado o si sufría una obstrucción intestinal. Era posible que tampoco la perdonara jamás por aquello, si su castración había sido descuidada, una mutilación desagradable. Había oído decir que variaban mucho de unas a otras. A algunos eunucos les extirpaban todos los órganos, de modo que necesitaban insertarse una cánula para que pasara la orina.

Durante un instante titubeó. Estaba corriendo un riesgo tremendo; era una intrusión de la que no había retorno posible. Aun así, su deber como médico le prohibía negar un tratamiento que podía servir de ayuda. No tenía más remedio.

Con delicadeza, pellizcó la piel del brazo con el pulgar y el índice. Estaba laxa, flácida encima de la carne.

—Tráeme agua —ordenó Ana al criado, que aún aguardaba junto a la puerta—. Y exprime el jugo de varias granadas, preferiblemente que no estén demasiado maduras, si es que las tienes. Tráemelo en una jarra. Con una jarra bastará para empezar. —Luego le entregó la miel y el nardo y le indicó en qué proporción debía agregarlos. El cuerpo de Constantino se había quedado sin fluidos.

—¿Habéis vomitado? —le preguntó a Constantino.

Él hizo un gesto de dolor.

—Sí. Una sola vez.

Por el tacto de la piel y lo hundido de los ojos Ana sabía que había perdido gran cantidad de líquidos.

—Tal vez haya sido sin querer —le dijo Ana—. Pero os habéis privado demasiado de alimento, y habéis bebido muy poco.

—He estado trabajando con los pobres —respondió el obispo débilmente, evitando su mirada, pero Ana no pensó que lo hiciera porque estuviera mintiendo. Sospechaba que aborrecía la intrusión que suponía que una persona lo viera de aquella forma—. ¿Qué me está pasando? ¿Es por un pecado que va a llevarme a la muerte? —preguntó él.

Ana se quedó atónita. El miedo que lo invadía era profundo, y estaba indecentemente a la vista. ¿Cómo podía hacer para responderle con sinceridad y sin faltar a la medicina ni a la fe?

—La culpa no es lo único que causa aflicción —repuso Ana con delicadeza—. También puede afligir la ira, y en ocasiones la pena. En mi opinión, habéis consumido una gran parte de vuestras fuerzas en atender a otros y os habéis descuidado a vos mismo. Y sí, es posible que eso sea pecado. Dios os dio el cuerpo para que lo utilizarais para servirlo a Él, no para que lo maltratarais. Eso es ser desagradecido. Tal vez debáis arrepentiros de ello.

Constantino la miró fijamente, comprendiendo lo que había dicho, examinándolo y sopesándolo. Poco a poco fue cediendo su miedo, como si, de forma milagrosa, ella no hubiera dicho lo que él temía. La mano con que asía la sábana se relajó un poco.

Ana sonrió.

—Bien, pues en el futuro pensad un poco más en vos. No podéis servir a Dios ni a los hombres en este estado.

Constantino hizo una inspiración profunda y lanzó un suspiro.

—Debéis beber —le dijo Ana—. He traído unas hierbas que os purificarán y os fortalecerán. Y también debéis comer, pero con precaución. Pan que haya sido bien amasado, huevos de gallina poco hervidos, pero ni de pato ni de ganso. Podéis comer carne poco hervida de perdiz o de francolín, o bien de cabrito joven, nunca de animales de más edad. Un poco de manzana asada con miel os vendría bien, pero evitad los frutos secos. Luego, cuando estéis repuesto, dentro de dos o tres días, tomad algo de pescado; el mújol es muy adecuado. Sobre todo debéis beber agua mezclada con zumo. Ordenad a vuestro criado que os lave y os traiga sábanas limpias. Y que os ayude para que no os caigáis. Estáis muy débil. Voy a darle una lista de otros alimentos que debe comprar.

Advirtió en el semblante de Constantino que éste deseaba interrogarla más. Temiendo que fueran preguntas que ella no pudiera contestar sin causarle confusión o angustia, no le dio tiempo de formularlas. Se despidió de él y le prometió que regresaría pronto.

A la mañana siguiente, temprano, regresó para ver cómo evolucionaba el enfermo. Con la luz del día se lo veía demacrado, con las mejillas hundidas y la piel pastosa y desprovista de color; curiosamente, parecía una anciana corpulenta. Sus blancas manos, apoyadas en los cobertores de la cama, parecían enormes, y sus brazos se veían carnosos. Ana experimentó una oleada de intensa compasión por él, pero tuvo mucho cuidado de que no se le notara en los ojos.

—El pueblo está rezando por vos —le informó—. Filipo, María y Ángel me pararon para preguntarme al enterarse de que había venido a atenderos. Están muy preocupados.

Constantino sonrió, y la luz volvió a sus ojos.

—¿De veras?

¿Temía que ella lo hubiera dicho para complacerlo?

—Sí —reiteró con firmeza—. Algunos incluso guardan ayuno y vigilia. Os aman y, en mi opinión, también los asusta mucho enfrentarse al futuro sin vos. No confían en ninguna otra persona con tanto fervor.

—Decidles que necesito su apoyo, Anastasio. Dadles las gracias por mí.

—Así lo haré —prometió Ana, sintiéndose violenta por aquella necesidad de reafirmación. Cuando se encontrara mejor, ¿se acordaría de esto y la odiaría a ella por haber visto demasiado?

Al día siguiente Manuel le abrió la puerta a Ana. Sus ojos se posaron de inmediato en el cesto que traía: comida tonificante preparada por Simonis para el obispo enfermo.

—Alimentos para el obispo —explicó Ana—. ¿Cómo se encuentra?

—Mucho mejor —contestó Manuel—. El dolor ha remitido, pero todavía está muy débil.

—Llevará tiempo, pero se recuperará. —Le entregó la sopa con instrucciones de que la calentara, y dejó el pan encima de la mesa. Seguidamente fue a la alcoba de Constantino, llamó a la puerta y esperó a oír la respuesta antes de entrar.

El obispo estaba sentado en la cama, pero todavía estaba pálido y ojeroso. A aquellas alturas, un hombre no castrado luciría una barba incipiente, pero él, curiosamente, tenía el rostro pálido y suave.

—¿Cómo os encontráis? —le preguntó.

—Mejor —respondió él, pero Ana advirtió que estaba cansado.

Le palpó la frente, a continuación el pulso, y después le pellizcó con suavidad la piel del antebrazo. Seguía estando sudorosa y flácida, pero el pulso era más estable. Le formuló unas preguntas más acerca del dolor, y para entonces Manuel ya había llegado con la sopa y el pan. Ana se sentó al lado de Constantino, le sujetó la mano mientras comía, lo ayudó con delicadeza e hizo acopio de fuerzas para formular las preguntas.

—Os ruego que comáis —lo animó—. Necesitamos que estéis fuerte. No deseo ser gobernado por Roma. Roma destruirá una gran parte de lo que yo considero verdadero e infinitamente valioso. Es una tragedia que Besarión Comneno fuera asesinado. —Vaciló un instante—. ¿Creéis que su muerte pudo ser ordenada por Roma?

Los ojos de Constantino se agrandaron y su mano se detuvo con la cuchara en el aire. No se le había ocurrido aquella idea. Ana vio que buscaba una respuesta.

—No había pensado en eso —admitió el obispo por fin—. Tal vez debería haberlo hecho.

—¿No serviría a los intereses de Roma? —presionó Ana—. Besarión estaba ardorosamente en contra de la unión. Era de linaje imperial. ¿Podría haber encabezado un resurgimiento de la fe entre el pueblo que hubiera imposibilitado la unión?

Constantino aún la estaba mirando, olvidado por el momento lo que quedaba de sopa.

—¿Habéis oído a alguien decir eso? —inquirió en voz muy baja y teñida de un repentino pánico.

—Si yo tuviera la fe romana, y quizás abrigara la esperanza de contribuir personalmente a la unión, ya fuera por motivos religiosos o por ambición, no querría que un jefe como Besarión anduviera por ahí vivito y coleando —se apresuró a decir Ana.

Por el semblante de Constantino cruzó una expresión curiosa, una mezcla de sorpresa y cautela.

Ana se lanzó de lleno.

—¿Suponéis vos que Justiniano Láscaris podría estar pagado por Roma?

—En absoluto —respondió Constantino al momento. Luego se interrumpió, como si se hubiera comprometido demasiado deprisa—. Por lo menos, es el último hombre en quien yo hubiera pensado.

—¿Cómo era? —inquirió Ana. No podía dejar escapar aquella oportunidad—. ¿Qué otro motivo creéis vos que podía tener Justiniano para matar a Besarión? ¿Lo odiaba? ¿Existía alguna rivalidad entre ellos? ¿Algún asunto de dinero?

—No —dijo Constantino rápidamente, poniendo a un lado la bandeja con la comida—. No había rivalidad ni odio, al menos por parte de Justiniano. Ni dinero. Justiniano era un hombre acaudalado, y más próspero a cada año que pasaba. Que yo sepa, tenía todos los motivos para desear que Besarión viviera. Estaba profundamente en contra de la unión y apoyaba a Besarión en sus esfuerzos a ese respecto. De hecho, a veces me parecía que el mayor esfuerzo lo hacía él.

—¿En contra de la unión?

—Naturalmente. —Constantino sacudió la cabeza en un gesto negativo—. Me cuesta creer que Justiniano trabajase para Roma. Era un hombre de honor, poseía más valor y decisión que Besarión, a mi modo de ver. Por eso hablé a favor de él ante el emperador para suplicarle que la condena fuera conmutada por el destierro. En efecto fue su barco el que utilizaron para deshacerse del cadáver, pero pudo ocurrir sin que él supiera nada. Antonino confesó, pero no implicó a Justiniano.

—¿Y cuál creéis vos que es la verdad? —Ya no podía dejarlo. Tocó el tema más desagradable de todos—. ¿No pudo ser algo personal? ¿Algo relacionado con Helena?

—No creo que Justiniano sintiera nada por Helena.

—Es muy hermosa —señaló Ana.

Constantino pareció sorprenderse levemente.

—Supongo. Pero en ella no hay modestia ni humildad.

—Eso es cierto —concedió Ana—. Pero ésas no siempre son cualidades que busquen los hombres.

—Tenéis razón. —Constantino se removió un poco en el lecho, como si se sintiera incómodo—. Justiniano me dijo que una vez Helena dejó muy claro que deseaba acostarse con él, pero que él había rehusado. Me aseguró que todavía amaba a su esposa, que había fallecido no hacía mucho, y que no podía pensar en otra mujer, y mucho menos en Helena. —Alisó las sábanas arrugadas con la mano—. Me enseñó un retrato de su esposa, muy pequeño, de tan sólo un par de pulgadas, para poder llevarlo encima en todo momento. Me pareció una mujer muy bella, con un rostro delicado, inteligente. Me dijo que se llamaba Catalina. Y por el modo en que lo pronunció me convencí de que todo lo que había dicho era cierto.

Ana se levantó para depositar la bandeja en una mesa al otro extremo de la habitación. Eso le dio la oportunidad de recobrar el dominio de sí misma. Lo que le acababa de contar el obispo, la historia de Justiniano y el retrato de Catalina, había traído la presencia de ambos a su recuerdo con tanta nitidez que el sentimiento de pérdida fue casi como un dolor físico.

Dejó la bandeja y regresó al lado de Constantino.

—Así pues, Justiniano habría querido que Besarión siguiera con vida, ¿no? —preguntó—. Para luchar los dos contra la unión, y para excusarlo de tener que justificar el haber rechazado a Helena.

—Ésa es otra de las razones por las que solicité que fuera desterrado —dijo Constantino con tristeza.

—Entonces, ¿quién ayudó a matar a Besarión? ¿No podríamos probarlo, y hacer que Justiniano quedara libre? —Vio la sorpresa en el semblante de Constantino—. ¿No sería nuestro sagrado deber? —se apresuró a enmendar—. Y además de eso, por supuesto, Justiniano podría regresar y continuar su lucha contra Roma.

—No sé quién ayudó a matar a Besarión —dijo Constantino abriendo las manos en un gesto de impotencia—. Si lo supiera, ¿no creéis que ya se lo habría dicho al emperador?

Su tono había cambiado. Ana estaba convencida de que mentía, pero era imposible desafiarlo. Por el momento se retiraría, antes de enfrentarse a él o despertar sus sospechas con un interés inusitado.

—Supongo que sería algún otro amigo de Antonino —dijo en el tono más suave que pudo—. ¿Por qué querría matarlo él, a su vez?

—Eso tampoco lo sé —suspiró el obispo.

Una vez más, Ana tuvo la certeza de que Constantino mentía.

—Me alegro de que os haya gustado la sopa —dijo con una sonrisa débil.

—Os lo agradezco —le sonrió él a su vez—. Ahora, creo que voy a dormir un rato.

16

Giuliano Dandolo se encontraba en los escalones del muelle, contemplando cómo se rizaba el agua del canal a la luz de las antorchas. Sonrió, pese a la ligera sensación de inquietud que lo embargaba. Las breves olas, ribeteadas por brillantes cintas de luz, al momento siguiente volvían a ser sombras, y tan densas que daban la impresión de ser capaces de sostenerlo a uno si osara caminar sobre ellas. Todo se movía, bello e incierto, como la propia Venecia.

Sus pensamientos fueron interrumpidos por un fuerte chapoteo del agua contra los escalones, y al adelantarse un poco vio el contorno de una barcaza pequeña que se movía velozmente. Llevaba a bordo hombres armados, y se deslizaba suavemente en dirección al poste de amarre, hasta que por fin se detuvo. Las antorchas se alzaron, y emergió la figura esbelta y vestida con amplios ropajes del dux Lorenzo Tiépolo, que se puso en pie y saltó a tierra con movimientos ágiles. Se encontraba en los últimos años de su vida. Todos sus hijos habían alcanzado puestos eminentes, y muchos sugerían que había sido puramente gracias a la influencia de su padre. Pero la gente siempre decía cosas así.

Tiépolo cruzó la plataforma de mármol bajo la llama de las antorchas, que se agitaba con la brisa. Venía sonriente, con un brillo especial en sus ojos pequeños y de párpados gruesos, y su cabello plateado semejante a un halo.

—Buenas noches, Giuliano —dijo con afecto—. ¿Te he hecho esperar? —Era una pregunta retórica. Él era el gobernador de Venecia, todo el mundo lo esperaba. A Giuliano lo conocía desde que llegó allí de pequeño, casi treinta años atrás, como también conocía y amaba a su padre.

Aun así, uno no se tomaba libertades.

—Una noche de primavera en el canal difícilmente se puede considerar una espera, excelencia —replicó Giuliano al tiempo que adaptaba su paso al del dux, pero un poco por detrás de él.

—Siempre serás un cortesano —murmuró Tiépolo mientras atravesaban la *piazza* que se extendía delante del bello Palacio Ducal—. Puede que sea una buena cosa, ya tenemos suficientes enemigos.

Condujo a su invitado hasta las grandes puertas. Los guardias que iban delante y detrás de él caminaban silenciosos y vigilantes.

—El día en que no tengamos enemigos, querrá decir que no tenemos nada que pueda envidiar un hombre —repuso Giuliano con cierta ironía. Se quitaron las capas de calle y avanzaron por un salón de techos altos y muros pintados, levantando eco al pisar el suelo de mosaico.

La sonrisa de Tiépolo se ensanchó.

—Ni dientes con que morder —añadió.

Giró a la derecha para pasar a una antesala, y continuó hasta llegar a sus aposentos, de paredes decoradas con frescos y grandes arañas. Había una mesa de madera de sándalo con varios platos con dátiles y albaricoques secos y un surtido de frutos secos. Las teas ardían con fuerza proyectando su cálida luz sobre los mosaicos del suelo.

—¡Siéntate! —Señaló con el brazo las sillas de madera labrada dispuestas alrededor de la enorme chimenea encendida, que caldeaba el aún frío aire de marzo, y sobre la cual colgaba el gran retrato de su padre, el dux Jacopo Tiépolo—. ¿Vino? —ofreció—. El tinto es de Fiesole, muy bueno. —Sin esperar respuesta, cogió dos copas de cristal y las llenó. A continuación entregó una a Giuliano.

Giuliano la aceptó y le dio las gracias. Tiépolo era amigo y cliente suyo desde la muerte de su padre, pero sabía que no lo había llamado por el simple placer de trabar conversación. Esto sucedía con cierta frecuencia, pero a otras horas más tardías, para charlar de manera informal de arte, de comida, de carreras de barcos, de mujeres hermosas o, mucho más entretenido, de mujeres escandalosas, y naturalmente del mar. Pero esta noche el dux tenía el semblante serio; su rostro estrecho, con la nariz alargada, mostraba una expresión pensativa, y además se movía con inquietud, como si prestara más atención a los pensamientos que ocupaban su mente que a sus actos.

Giuliano aguardó.

Tiépolo contempló el efecto de la luz en el vino que tenía en su copa, pero no bebió todavía.

—Carlos de Anjou aún acaricia el sueño de unir de nuevo los cinco antiguos patriarcados: Roma, Antioquía, Jerusalén, Alejandría y Bizancio. —Su gesto era fúnebre—. Y todos bajo su soberanía, por descontado. Entonces sería conde de Anjou, senador de Roma, rey de Nápoles y Sicilia, también de Albania, rey de Jerusalén, señor de los patriarcados y por supuesto rey de Francia. Tanto poder en un solo hombre es algo que me causa inquietud, pero en él constituye un peligro no sólo para Venecia sino para el mundo entero.

»Su triunfo supondría una amenaza para los intereses que tenemos nosotros a lo largo de la costa oriental del Adriático. Miguel Paleólogo ha firmado el acuerdo de unidad con Roma, pero la información de que dispongo me indica que va a tener muchas más dificultades para que el pueblo le siga de las que tal vez imagina el Papa. Y todos sabemos que el Santo Padre es un apasionado de las cruzadas. —Sonrió con gravedad—. Según se dice, ha jurado por su mano derecha que jamás olvidará Jerusalén. Haríamos bien en no perder de vista ese detalle.

Giuliano aguardó.

—Lo cual quiere decir que piensa ayudar a Carlos, parcialmente cuando menos —agregó Tiépolo.

—En ese caso tendría a Roma de su parte, y Jerusalén y Antioquía en sus manos —dijo Giuliano por fin—. ¿Atacaría Constantinopla, aun cuando el emperador haya firmado el acuerdo de unión y se haya sometido al Papa? Entonces estaría atacando una ciudad igualmente cristiana, y el Santo Padre no podría consentir tal cosa.

Tiépolo alzó ligeramente un hombro.

—Eso podría depender de si el pueblo de Bizancio, sobre todo de la ciudad de Constantinopla, se aviene a la unión.

Giuliano reflexionó sobre aquel punto, consciente de la mirada penetrante del dux, atenta a cualquier destello o sombra que surgiera en su expresión. Si Carlos de Anjou se apoderase de los cinco patriarcados, incluida Constantinopla, situada a caballo del Bósforo, tendría en su mano la entrada al mar Negro y a todo lo que había más allá de éste: Trebisonda, Samarcanda y la antigua Ruta de la Seda, que llevaba a Oriente. Si también conseguía el control de Alejandría y por lo tanto del Nilo y de Egipto con él, sería el hombre más poderoso de Europa. Pasaría por sus manos el comercio del mundo entero. Los Papas iban y venían, y la elección de los mismos dependería de él.

—Tenemos un cierto dilema —prosiguió Tiépolo—. Hay muchos elementos a favor del posible triunfo de Carlos. Uno de ellos es que nosotros construimos los barcos para su cruzada. Y si no los construimos nosotros, se encargará Génova. Tenemos que tener en cuenta las pérdidas y los beneficios de nuestros astilleros, y naturalmente de nuestros banqueros y nuestros comerciantes, y también de los que suministran caballeros, soldados de a pie y peregrinos. Queremos que pasen por Venecia, como han hecho siempre. Eso supone unos ingresos considerables.

Giuliano bebió un sorbo de vino y alargó el brazo para coger media docena de almendras.

—También hay otros factores menos seguros —siguió diciendo Tiépolo—. Miguel Paleólogo es un hombre inteligente; si no lo fuera, no habría podido recuperar Constantinopla. Él tendrá la misma información que tenemos nosotros, o más. —Esto último lo dijo con una sonrisa triste en la mirada. Por fin, él también tomó un puñado de frutos secos—. Estará al tanto de los planes de Carlos de Anjou, y sabrá que Roma tiene la intención de ayudarlo —continuó—. Adoptará todas las medidas que pueda para impedir su triunfo. —Sus ojos estaban fijos en el moreno y bello rostro de Giuliano, pendientes de su reacción.

—Sí, excelencia —contestó Giuliano—. Pero Miguel posee una flota escasa, y su ejército ya está ocupado de lleno en el continente.

Lo dijo con compasión. No quería pensar en Constantinopla. Su padre era veneciano hasta la médula, hijo de la gran familia Dandolo, pero su madre había sido bizantina, y nunca quería pensar en ella. ¿Qué hombre que esté en su sano juicio desea sufrir?

—De modo que se valdrá de la astucia —concluyó Tiépolo—. Si tú estuvieras en lugar de Miguel, ¿acaso no harías lo mismo? Acaba de recuperar su capital, una de las grandes joyas del mundo, y luchará hasta la muerte antes de cederla de nuevo.

Giuliano tan sólo recordaba a su madre como algo cálido, un olor dulce y un contacto de piel suave, y después de eso un vacío que nada había podido llenar nunca. Cuando ella se marchó él tenía unos tres años, y la lloraron como si hubiera muerto. Sólo que no había muerto, sencillamente lo abandonó, a él y a su padre, pues prefirió estar en Bizancio antes que con ellos.

Si Constantinopla era saqueada de nuevo, quemada y expoliada por los cruzados latinos, si robaban sus tesoros y dejaban sus palacios chamuscados y en ruinas, sería un modo de hacer justicia. Pero aquella idea no le produjo ningún placer, aquella despiadada satisfacción era más sufrimiento que dicha. El éxito de Carlos de Anjou alteraría el destino de Europa y de la Iglesia católica tanto como de la ortodoxa. Además existía la posibilidad de que pusiera freno al creciente poder del islam y redimiera los Santos Lugares.

Tiépolo se inclinó hacia delante.

—No sé qué piensa hacer Miguel Paleólogo, pero sí sé lo que haría yo en su lugar. Los hombres pueden gobernar naciones sólo hasta cierto límite. Carlos de Anjou es francés, rey de Nápoles por casualidad y por ambición, no por nacimiento. Y lo mismo se aplica a Sicilia. Si los rumores no se equivocan, allí no sienten ningún afecto por él.

Giuliano había oído el mismo comentario.

—¿Y Miguel va a valerse de ello? —preguntó.

—¿No te valdrías tú? —replicó Tiépolo en tono sereno.

—Sí.

—Ve a Nápoles y averigua qué clase de flota tiene pensado enviar Carlos. Cuántos barcos, de qué tamaño. Cuándo piensa zarpar. Habla con él de acuerdos y precios. Si queremos construir esa flota, necesitaremos más madera buena de lo habitual. Pero investiga también qué piensa el pueblo. —A continuación Tiépolo bajó la voz—. Lo que dicen cuando tienen hambre o miedo, cuando han bebido demasiado y tienen la lengua suelta. Busca a los alborotadores. Observa cuáles son sus puntos fuertes y sus puntos débiles. Después ve a Sicilia y haz lo mismo. Busca la pobreza, el descontento, el amor y el odio que no se ven a simple vista.

Giuliano debería haberse dado cuenta de lo que Tiépolo deseaba de él. Él era el hombre ideal para aquella misión, un marino experto capaz de mandar él mismo una nave, el hijo de un mercader que conocía el comercio de todo el Mediterráneo, y por encima de todo un hombre que había heredado la sangre y el apellido de una de las principales familias de Venecia, aunque no sus riquezas. Había sido su bisabuelo, el dux Enrico Dandolo, el que había dirigido la cruzada que tomó Constantinopla en 1204, y cuando a Venecia le fue arrebatado lo que en justicia le correspondía cobrar por los barcos y los suministros, él, como recompensa, se trajo a casa los tesoros más grandes de la capital bizantina.

Tiépolo sonreía abiertamente, la copa de vino centelleando en su mano.

—Y de Sicilia irás a Constantinopla —siguió diciendo—. Averigua si están reparando las defensas, pero más que nada, alójate en el barrio veneciano, situado al fondo del Cuerno de Oro. Investiga si es fuerte y próspero. Si Carlos ataca usando naves venecianas, averigua qué van a hacer ellos. Cuáles son sus lealtades y sus intereses. Son venecianos, y a estas alturas bizantinos en parte. Entérate de cuán profundas son sus raíces. Necesito información, Giuliano. No voy a darte más de cuatro meses. No puedo permitirme más.

—Por supuesto —convino Giuliano.

—Bien —asintió Tiépolo—. Me encargaré de que tengas todo lo que necesites: dinero, un buen navío, mercaderías que te proporcionen una excusa y una razón, y hombres que te obedezcan y a los que puedas confiar tu actividad comercial mientras te encuentres en tierra. Partirás pasado mañana. Ahora bébete el vino, es excelente. —Como si quisiera hacer una demostración, alzó su propia copa y se la llevó a los labios.

La tarde del día siguiente Giuliano se reunió con su amigo más íntimo, Pietro Contarini, y cenaron juntos. Giuliano paladeó los sabores del vino y de la comida como si fuera a pasar hambre durante muchos meses. Rieron con viejos chistes y cantaron canciones que conocían desde hacía años. Habían crecido juntos, habían aprendido las mismas lecciones, habían descubierto los placeres del vino y de las mujeres, así como las desgracias.

Se habían enamorado por primera vez en el mismo mes, y cada uno le confió al otro sus dudas y sus penas, sus triunfos y después el dolor del rechazo. Cuando descubrieron que se trataba de la misma muchacha, lucharon como perros salvajes hasta derramar la primera sangre, que fue la de Giuliano. Pero, instantáneamente, lo más importante fue la amistad, y terminaron riéndose de sí mismos. Desde entonces no los había separado ninguna mujer.

Pietro se había casado hacía varios años, y tuvo un hijo del que se sentía inmensamente orgulloso y más tarde dos hijas. No obstante, las responsabilidades domésticas no le habían cerrado los ojos para apreciar a una mujer hermosa ni le habían robado su pasión por la aventura.

Ahora, en la taberna, contemplaron la extensión alargada del Gran Canal rodeados de risas y entrechocar de vasos, los olores del vino y el agua salada, de la comida, el cuero y el humo de las chimeneas de carbón.

—Por la aventura —exclamó Pietro levantando su vaso, lleno de un vino tinto bastante bueno que había pagado Giuliano para celebrar la ocasión.

Entrechocaron sus vasos y bebieron.

—Por Venecia, y por todo lo veneciano —agregó Giuliano—. Que su esplendor no se apague nunca. —Vació el vaso—. ¿Qué hora crees tú que será?

—Ni idea. ¿Por qué?

—Quiero despedirme de Lucrezia —contestó Giuliano—. Voy a pasar un tiempo sin verla.

—¿La echarás de menos? —preguntó Pietro con curiosidad.

—No mucho —dijo Giuliano.

Pietro llevaba un tiempo presionándolo para que se casara. El solo hecho de pensar en ello hacía que se sintiera atrapado. Lucrezia era divertida, cálida, generosa, al menos físicamente; pero también era empalagosa a veces. La idea de comprometerse con ella era como cerrar con llave una puerta y quedarse atrapado dentro.

Dejó su vaso sobre la mesa y se levantó. Iba a disfrutar de estar con Lucrezia. Le había comprado un collar de filigrana de oro para llevárselo como regalo; lo había escogido con esmero y sabía que le iba a encantar. La echaría de menos, extrañaría su risa callada, la suavidad de sus caricias. Pero, aun así, no le resultaría difícil marcharse al día siguiente.

A Giuliano Nápoles le pareció una ciudad que asustaba, dotada de una belleza turbadora, llena de impresiones inesperadas. Poseía una vitalidad que lo excitó, como si sus habitantes saboreasen tanto la dicha como lo trágico de la vida con una intensidad y una vehemencia mayores que las de otros lugares.

Había sido fundada por los griegos, de ahí su nombre, Neápolis, Ciudad Nueva, y sus angostas calles formaban una cuadrícula, tal como lo habían dispuesto los griegos. Muchas tenían más de mil años, empinadas y en sombra, y discurrían entre casas de gran altura. Giuliano escuchó a las gentes reír y reñir, regatear por las aceitunas, la fruta y el pescado, oyó el chapoteo de las fuentes y el traqueteo de los carros. Olió el aroma a comida y el tufo a desagüe, el perfume de las parras trepadoras y de las flores, y también el hedor de las deposiciones de animales y seres humanos. Observó a las mujeres lavando la ropa en las fuentes, chismorreando entre ellas, riendo, reprendiendo a sus hijos. Ellas eran leales a la vida, no a ningún rey, ya fuera italiano o francés.

El sol brillaba con fuerza y hacía más calor que al que Giuliano estaba habituado. Le resultaba familiar la luz en el agua, pero el intenso azul de la bahía de Nápoles, que se extendía hasta el horizonte, era tan deslumbrante que le hería los ojos, y aun así se sentía empujado una y otra vez a pararse a contemplarlo.

Pero siempre tenía en la cabeza la imponente presencia del Vesubio, que se erguía detrás de la ciudad, hacia el sur, y que de vez en cuando expulsaba un suave penacho de humo al apacible cielo. Al mirarlo, Giuliano entendió fácilmente que aquella amenaza impulsara a la gente a vivir con intensidad, con esa ansia que lo lleva a uno a aprovecharlo todo, a gozar de todos los sabores, por si mañana fuera demasiado tarde.

Se hallaba en un estado de ánimo profundamente contemplativo cuando por fin llegó al palacio y fue invitado a acudir a la presencia del francés que ocupaba el cargo de rey. Giuliano conocía sus considerables éxitos militares, en particular en la guerra con Génova, apenas recién terminada, y sus victorias en Oriente, que lo habían convertido en rey de Albania, además de las Dos Sicilias. Esperaba encontrarse con un guerrero, un hombre un tanto embriagado con el triunfo de su propia violencia. Además, estaba convencido de que todos los francos eran burdos en comparación con cualquier latino, y sobre todo con un veneciano, que poseía toda la delicadeza y perspicacia de Bizancio, además de un innato amor por la belleza.

Se encontró con un hombre muy corpulento, de pecho fuerte, de cuarenta y tantos años, piel olivácea, ojos oscuros y un rostro poderoso dominado por una nariz enorme. Su atuendo era bastante modesto, en él no había nada que lo hiciera destacar de los que lo rodeaban, a excepción de la inquieta vitalidad de su actitud y la seguridad en sí mismo que afloraba por todos sus poros incluso en los momentos de reposo.

Giuliano se presentó a sí mismo como un marino que conocía la mayoría de los puertos del este del Mediterráneo y que actualmente era emisario del dux de Venecia.

Carlos le dio la bienvenida y lo invitó a tomar asiento a la mesa, que estaba atestada de comida y bebida. Pareció una orden, o sea que Giuliano obedeció. Pero, en vez de comer, Carlos se puso a pasear de un lado para otro con vigorosas zancadas, lanzándole preguntas.

—¿Dandolo, habéis dicho?

—Sí, sire.

—¡Un gran apellido! Ciertamente un gran apellido. ¿Y decís que conocéis Oriente? ¿Chipre? ¿Rodas? ¿Creta? ¿Acre? ¿Conocéis Acre?

Giuliano se los describió brevemente.

Carlos debía conocerlos ya. Presuntamente, estaba comparando un relato con otro. Tan sólo de forma ocasional tomó un muslo de ave asada y un trozo de pan o de fruta para morderlo, y bebió un poco de vino. De tanto en tanto daba alguna orden, y, por lo visto, por toda la estancia había escribanos que las anotaban, como si él exigiera tres copias de todo. Giuliano quedó impresionado al advertir que, al parecer, era capaz de pensar en muchas cosas a un mismo tiempo.

Sus conocimientos de la política tanto de Europa como del Sacro Imperio Romano eran enciclopédicos, y además sabía mucho del norte de África, de Tierra Santa y de tierras más lejanas, como las del Imperio mongol. Sin querer, Giuliano se sintió deslumbrado y tuvo que hacer un esfuerzo para seguirle el ritmo. Enseguida llegó a la conclusión de que reconocer sus limitaciones no sólo resultaría más cortés, sino también más sensato, en presencia de un hombre que tardaría escasos momentos en darse cuenta de la relativa ignorancia de alguien que era más joven y poseía menos experiencia.

¿Debería preguntarle por los barcos para la próxima cruzada? Aquélla era la misión que le había encomendado Tiépolo.

—Se necesitaría una flota grandiosa —observó.

Carlos lanzó una carcajada, sinceramente divertido.

—No podéis ocultar que sois veneciano. Naturalmente que sí. Y mucho dinero, y muchos peregrinos. ¿Vais a ofrecerme un trato?

Giuliano se reclinó un poco en su asiento y sonrió.

—Podríamos negociar. Se necesitaría mucha madera, mucha más que la de costumbre. Todos nuestros astilleros funcionando a la vez, día y noche.

—Sería por una causa santa —señaló Carlos.

—¿Conquista o beneficio? —inquirió Giuliano.

Carlos lanzó otra profunda carcajada y le dio una palmada en el hombro, un golpe que le hizo rechinar los dientes.

—Podríais caerme bien, Dandolo —dijo con vehemencia—. Hablaremos de números, y de dinero, dentro de un rato. Tomad otra copa de vino.

Tres horas más tarde Giuliano abandonó aquel salón con la cabeza hecha un torbellino, y regresó atravesando estancias menos decoradas que el Palacio Ducal de Venecia, aunque los cortesanos eran más bastos, incluso toscos en sus costumbres, en comparación.

Había quien afirmaba que Carlos era tozudo pero justo, otros decían que exigía a sus súbditos impuestos que los llevaban al borde de la penuria y del hambre, y que no sentía ni amor ni interés por el pueblo de Italia. En cambio, por ambición, con frecuencia elegía establecer su corte allí, en Nápoles, una ciudad llena de pasión, intensamente viva, casi hasta rayar en la locura, enclavada como si fuera una joya en el costado de un dragón dormido cuya fumarola incluso ahora manchaba el horizonte. Carlos también era una fuerza de la naturaleza que podía destruir a quien lo tomara demasiado a la ligera. Giuliano debía obtener más información, estudiar, escuchar, observar, y poner mucho cuidado en cuanto a qué exactamente iba a contar al dux. Bajó la escalera que llevaba al sol cegador y al instante fue engullido por el calor del empedrado.

Cuando Carlos trasladó su corte de Nápoles a Mesina, en Sicilia, Giuliano lo siguió una semana más tarde. Igual que en Nápoles, observó y escuchó. Se hablaba de la reconquista de Ultramar, como se conocía al antiguo Reino Cristiano de Palestina.

—Esto no es más que el principio —oyó que decía alegremente un marinero al tiempo que trasegaba con fruición una jarra de vino mezclado con agua—. Más de una vez hemos guerreado contra los musulmanes. Están por todas partes, y no dejan de extenderse.

—Ya es hora de que nos tomemos la revancha —dijo otro acaloradamente. Era un individuo grande, con una barba pelirroja—. Hace quince años mataron en Durbe a ciento cincuenta caballeros teutones. Y después de eso, los habitantes de Osel apostataron y asesinaron a todos los cristianos que había en su territorio.

—Por lo menos impidieron que los mongoles entraran en Egipto —intervino Giuliano, interesado en ver qué respondían a aquel comentario—. Mejor que luchen con ellos los musulmanes, en lugar de luchar nosotros.

—Que los mongoles nos los dejen bien blanditos —terció el primer hombre—. Y luego vamos nosotros y los rematamos. Por mi parte, me da igual quién esté de mi lado. —Y soltó una risotada.

—Desde luego —comentó un individuo menudo de barba puntiaguda.

El pelirrojo dejó la jarra sobre la mesa con un fuerte estrépito.

—¿Se puede saber qué diablos quiere decir eso? —lo retó, el rostro enrojecido por la furia.

—Pues quiere decir que, si alguna vez hubieras visto un ejército de jinetes mongoles, te alegrarías mucho de que los musulmanes estuvieran entre ellos y tú —explicó el otro.

—¿Y los bizantinos? —preguntó Giuliano, esperando suscitar una respuesta que le suministrase alguna información.

El individuo menudo se encogió de hombros y contestó:

—Ésos están entre nosotros y el islam.

—¿Por qué no? —lo instó Giuliano—. ¿No es mejor que luchen ellos contra el islam, en lugar de nosotros?

El hombre de la barba pelirroja se removió en su asiento.

—Cuando nosotros pasemos por ahí, el rey Carlos los conquistará, igual que la otra vez. Allí hay multitud de tesoros esperando.

—No podemos hacer eso —le dijo Giuliano—. Han accedido a la unión con Roma, y eso los convierte en hermanos nuestros en la misma fe. Conquistarlos por la fuerza sería un pecado que no perdonaría el Papa.

El pelirrojo sonrió de oreja a oreja.

—Ya se encargará de eso el rey, perded cuidado. En este momento está escribiendo a Roma, pidiéndole al Papa que excomulgue al emperador, con lo cual éste se quedará sin protección. Luego podremos hacer lo que se nos antoje.

Giuliano estaba atónito. El lugar que lo rodeaba pasó a ser un enjambre de sonidos sin significado.

Dos días después, Giuliano zarpó hacia Constantinopla. La travesía hacia el este transcurrió en calma y fue más rápida de lo que había previsto, tan sólo dieciocho días. Al igual que los demás navíos, el suyo navegó todo el tiempo pegado a la costa, descargando con frecuencia mercaderías y cargando otras. Iba a ser un viaje provechoso en cuestión de dinero, además de información.

Sin embargo, una mañana del mes de mayo, cuando navegaban por el mar de Mármara, con un cielo poblado de nubes altas y frágiles y una brisa que trazaba pinceladas en el mar, reconoció para sus adentros que, por mucho tiempo que le llevase y por más que hiciera acopio de fuerzas, jamás estaría preparado para ver la tierra natal de la madre que lo había traído al mundo y que, sin embargo, lo había amado tan poco que no tuvo reparos en abandonarlo.

Había observado en las calles a las mujeres que pasaban junto a él con sus hijos. Podían estar cansadas, preocupadas o abatidas por un centenar de razones, pero en ningún momento apartaban la vista de sus pequeños. Vigilaban cada paso que daban, tenían una mano lista para prestarles apoyo, o para castigarlos, siempre preparada. Podían reprenderlos, perder los nervios y propinarles un azote, pero si alguien se atrevía a amenazarlos, enseguida comprobaría lo que era la cólera de verdad.

A mediodía se plantó en la cubierta del barco, con el corazón acelerado, mientras cruzaban las tranquilas y resplandecientes aguas del Bósforo viendo como iba acercándose Constantinopla y revelando más detalles. Su ojo de marino se sintió atraído por el faro, que era magnífico. Por la noche debía de verse a muchas millas de distancia.

El puerto estaba abarrotado, decenas de barcos de pesca, barcas de pasajeros y barcazas para el transporte de mercancías se deslizaban a toda velocidad pasando junto a los imponentes cascos de las trirremes provenientes del Atlántico y que se dirigían al mar Negro. Y al otro lado de aquel estrecho canal de agua Europa se encontraba con Asia. Era la encrucijada del mundo.

—Capitán.

No había más tiempo para recrearse. Debía centrar su atención en la maniobra de atraque en el puerto y en velar por que el barco quedara bien amarrado y la mercancía se descargase, antes de entregar el mando al primer oficial. Ya habían acordado que el barco regresaría a buscarlo a principios de julio.

Fue al día siguiente cuando desembarcó con el equipaje hecho: unas cuantas prendas de ropa y varios libros, suficiente para casi dos meses. El dux le había entregado un generoso estipendio.

Experimentó una sensación extraña al verse de pie en la calle. A medias bizantino, debería sentir aquello como una vuelta al hogar. Sin embargo, lo único que sintió fue rechazo. Venía en condición de espía.

Se volvió a contemplar nuevamente el puerto repleto de embarcaciones. Podría ser que él conociera a los hombres que iban a bordo de algunas de ellas, incluso que hubiera navegado con ellos, que se hubiera enfrentado a las mismas tempestades y penurias, a las mismas emociones. La luz reflejada en el agua tenía la misma luminosidad extraña que tenía en Venecia, el cielo era igual de suave.

Pasó tres noches en albergues, y tres días caminando por la ciudad, intentando percibir su personalidad, sus costumbres, su geografía, hasta la comida, los chistes y el sabor que flotaba en el aire.

Se sentó en una taberna a dar cuenta de un excelente almuerzo a base de sabrosa carne de cabra con ajo y verduras, regada con una copa de vino que no le pareció ni de lejos tan bueno como el de Venecia. Observó a la gente que pasaba por la calle, captó retazos de conversaciones, muchos de los cuales no entendió. Escrutó los rostros y prestó atención a las voces. El griego lo hablaba, y por supuesto el genovés, que oyó con demasiada frecuencia. Entendió fragmentos pronunciados por árabes y persas, que llevaban una indumentaria muy fácil de distinguir. Los albaneses, búlgaros y mongoles de facciones angulosas le resultaban extraños, y recordó con una punzada de incomodidad que se encontraba muy al este, y muy cerca de las tierras del Gran Kan, o de los musulmanes de que había hablado el hombre de barba pelirroja que conoció en Mesina.

Buscaría una familia veneciana que viviera junto a la orilla del Cuerno de Oro. Se preguntó distraídamente dónde habría vivido su madre. Ella había nacido durante el exilio, tal vez en Nicea, o quizá más al norte. Y entonces se enfadó consigo mismo por abrir la puerta al dolor que siempre lo asaltaba cuando pensaba en ella. Pero no pudo detenerse.

Giuliano cerró los ojos con fuerza para aislarse del sol y del ajetreo de la calle, pero nada pudo apartar de él la visión de su padre: cabello gris, el rostro surcado de arrugas de sufrimiento, el camafeo abierto en la mano mostrando el minúsculo retrato de una joven de ojos oscuros y expresión risueña. ¿Cómo pudo reír y, sin embargo, abandonarlos a ambos? Giuliano nunca oyó a su padre hablar mal de ella; cuando murió, todavía la seguía queriendo.

Se puso en pie con un ligero tambaleo. El vino iba a ahogarlo. Dejó la copa y salió a la calle. Aquélla era una ciudad desconocida, poblada por unas gentes en las que él nunca sería lo bastante necio como para confiar. «Conoce a tu enemigo, aprende de él, entiéndelo, pero jamás te dejes seducir por su arte, su capacidad ni su belleza, limítate a averiguar de qué lado se pondrá cuando llegue el momento.»

El barrio veneciano constaba tan sólo de unas pocas calles, y sus habitantes no hacían grandes alardes de sus orígenes. Nadie había olvidado de quién era la flota que había traído a los invasores que habían prendido fuego a la ciudad y habían robado las reliquias sagradas.

Encontró una familia que tenía el antiguo y orgulloso apellido de Mocenigo, e inmediatamente le cayó bien el varón, Andrea. Tenía un rostro ascético, rayano en lo inexpresivo, hasta que sonrió y entonces resultó casi hermoso, y cuando se movió fue cuando Giuliano reparó en que sufría una ligera cojera. Su esposa, Teresa, era tímida, pero se esforzó en que Giuliano se sintiera bienvenido, y sus cinco hijos parecieron no darse cuenta de que era un desconocido. Le formularon un sinfín de preguntas: de dónde era, a qué había venido, hasta que sus padres les dijeron que era cordial mostrar interés, pero que ser tan inquisitivo era de mala educación. Ellos pidieron perdón y se colocaron en fila, con la mirada gacha.

—No habéis sido en absoluto maleducados —se apresuró a decir Giuliano en italiano—. Un día, cuando tengamos tiempo, os contaré cosas de los lugares en que he estado y de cómo son. Y si queréis, vosotros podéis contarme cosas de Constantinopla. Es la primera vez que vengo aquí.

Zanjaron el tema de inmediato; aquélla era la casa en la que iba a alojarse. Él aceptó con placer.

—Soy veneciano —explicó Mocenigo con una sonrisa—. Pero he decidido vivir aquí porque mi esposa es bizantina, y encuentro cierta libertad de pensamiento en la fe ortodoxa. —Su tono de voz fue un poco como si pidiera disculpas, porque supuso que Giuliano pertenecía a la Iglesia de Roma, pero su mirada no se alteró. No deseaba entablar una discusión, pero si surgiera una estaba dispuesto a defender sus creencias.

Giuliano extendió la mano.

—En ese caso, quizá yo deba conocer Bizancio más a fondo de lo que puedan contarme los mercaderes.

Mocenigo le estrechó la mano y el trato quedó cerrado. El acuerdo económico estaba sobradamente superado en importancia por lo que prometía el futuro.

Era natural que le preguntaran a Giuliano a qué se dedicaba, y él ya tenía una respuesta preparada.

—En mi familia somos comerciantes desde hace mucho tiempo —dijo con soltura. Al menos aquello era verdad, si se entendía que el término «familia» abarcaba a todos los descendientes del gran dux Enrico Dandolo—. He venido para ver de cerca lo que se compra y se vende aquí, y qué más podríamos hacer para incrementar nuestra actividad comercial. Tiene que haber necesidades no satisfechas, nuevas oportunidades. —Quería disponer de libertad para formular todas las preguntas que le fuera posible sin despertar sospechas—. La nueva unión con la Iglesia de Roma debería simplificar las cosas.

Mocenigo se encogió de hombros y puso una expresión de duda.

—El acuerdo ya está firmado —dijo con triste acento—. Pero todavía dista mucho de la realidad.

Giuliano se las arregló para parecer levemente sorprendido.

—¿Pensáis acaso que es posible que no se respete? No me cabe duda de que Bizancio desea la paz. Constantinopla, en particular, no puede permitirse entrar otra vez en guerra, y si no se une a Roma en la fe, guerra es lo que habrá, aunque no la llamen así.

—Es probable —aceptó Mocenigo en voz baja y triste—. La mayoría de las personas cuerdas no desean la guerra, pero las guerras siguen existiendo. La única manera de cambiar la religión de las personas es convencerlas de que hay algo mejor, no amenazarlas con destruirlas si se niegan.

Giuliano se lo quedó mirando.

—¿Así es como lo ve el pueblo?

—¿Y vos no? —replicó Mocenigo.

Giuliano se daba cuenta de que Mocenigo se identificaba con Constantinopla, no con Roma.

—¿Creéis que otros venecianos pueden opinar lo mismo? —le preguntó, pero al instante se dijo que tal vez fuera demasiado pronto para mostrarse tan directo.

Mocenigo negó con la cabeza.

—No puedo hablar por otros. Ninguno de nosotros sabe todavía qué va a significar la obediencia a Roma, aparte de meses de retraso para recibir respuesta a las peticiones que hagamos y dinero que habrá de salir del país en forma de diezmos, en vez de quedarse aquí, donde tanta falta nos hace. ¿Cuidarán de nuestras iglesias, las repararán, las embellecerán? ¿Se seguirá pagando bien a nuestros sacerdotes, se les permitirá conservar su conciencia y su dignidad?

—No puede haber otra cruzada hasta el 78 o el 79 como mínimo —razonó Giuliano en voz alta—. Y para esa fecha es posible que hayamos conseguido un entendimiento más sensato.

Mocenigo sonrió, y al hacerlo se le iluminó el semblante.

—Me encantan los hombres que tienen esperanzas —dijo al tiempo que sacudía negativamente la cabeza—. Pero averiguad todo lo que podáis acerca del comercio, por todos los medios. Hay beneficios esperando, incluso a corto plazo. Ved qué opinan otros. Muchos están convencidos de que nos protegerá la Santísima Virgen.

Giuliano le dio las gracias y dejó descansar el tema por el momento. Pero no se le fue de la cabeza la naturalidad con que Mocenigo, un veneciano, había dicho «nosotros» al referirse a Constantinopla. Sugería un sentimiento de arraigo que él no podía olvidar ni echar en saco roto.

En los días siguientes exploró las tiendas de la calle Mese y el mercado de especias, repleto de perfumes intensos y aromáticos y de vivos colores. Habló con los venecianos del barrio, escuchó las bromas y las discusiones. En Venecia la mayoría de las riñas tenían que ver con el comercio; aquí eran acerca de la religión, de la fe frente al pragmatismo, de la conciliación frente a la lealtad. Algunas veces participaba en ellas, pero más para formular preguntas que para expresar opiniones.

No fue hasta la tercera semana cuando se aventuró más lejos, hasta lo alto de las colinas y las viejas calles de la periferia, donde encontró las siniestras marcas del fuego en las piedras y de tanto en tanto escombros y malas hierbas allí donde a principios de siglo había habido hogares, y por primera vez en su vida sintió vergüenza de ser veneciano.

Hubo una casa en concreto que captó su atención y se quedó mirándola bajo la lluvia, mientras el agua le resbalaba por la cara y le aplastaba el pelo. Tenía una pintura desvaída, en un mural, que representaba a una mujer con su hijo en brazos. Cuando la ciudad fue destrozada y quemada su madre aún no había nacido, pero seguramente se habría parecido a ella, joven y esbelta, con una túnica bizantina y un niño en el regazo, orgullosa, delicada, sonriendo al mundo.

17

—Del emperador —dijo Simonis con los ojos muy abiertos, de pie en la puerta del cuarto donde guardaban las hierbas medicinales—. Quieren que te presentes de inmediato. Está enfermo.

—Imagino que habrá alguien enfermo —repuso Ana, saliendo con Simonis a la habitación de fuera—. Un criado, tal vez.

Simonis lanzó un resoplido de impaciencia y empujó la puerta para que pasara Ana.

Tenía razón Simonis, era el propio Miguel el que deseaba consultarla. Casi sin saber qué decir, Ana cogió su estuche de hierbas y ungüentos y acompañó a los criados en silencio por la calle, hasta el palacio Blanquerna.

Una vez dentro, acudió a su encuentro un funcionario de la corte, y juntos fueron escoltados por dos miembros de la guardia varega, que protegía personalmente al emperador. La condujeron por magníficos pasillos y galerías que estaban desmoronándose, en dirección a los aposentos privados del monarca. Éste, al parecer, sufría una afección de la piel que le causaba una severa incomodidad.

Debía de haber sido Zoé la que habló tan favorablemente de ella al emperador que éste se decidió a llamarla. ¿Tan bien lo conocía, como para que él aceptara su opinión en un asunto como aquél? ¿Qué querría a cambio? Sin duda iría a pedirle un favor importante, y seguramente peligroso. Sin embargo, a Ana no le habría sido posible de ningún modo negarse. No se rechazaba al emperador.

Le habría gustado poder rechazar el encargo. Si no lograba curar al emperador, aquello podría ser el final de su carrera, por lo menos entre los ricos y los influyentes. Por descontado, Zoé no volvería a hablar en su favor. Tendría suerte si se conformara con eso como venganza por haber sufrido aquella mancha en su reputación. Y no todos los males tenían curación, ni siquiera con los remedios judíos y árabes que empleaba ella, y mucho menos con los cristianos.

Sabía que, aunque ya habían quedado atrás los días de gloria de los eunucos de la corte, y el emperador ya no hablaba ni escuchaba al mundo única y exclusivamente a través de ellos, en la corte todavía había muchos. Ella iba a tener que engañarlos con su impostura.

Se había esforzado tanto en imitar a Leo, que estaba perdiendo su propia identidad: fingía que le desagradaban los albaricoques cuando en realidad los adoraba, o que le gustaban los pasteles, llenos de miel, cuando lo cierto era que le provocaban arcadas. Una vez tuvo que escupir una avellana porque le produjo repugnancia, después de haber visto a Leo tomar una e imitarlo sin pensar. Utilizaba sus expresiones, adoptaba su tono de voz, y se despreciaba a sí misma por ello. Lo hacía porque era seguro. No debía quedar ningún rastro de su antigua personalidad de mujer que pudiera delatarla.

Y ahora estaba poniéndose en ridículo al correr por aquella vasta galería detrás de un serio cortesano ataviado con aquella túnica y de aquellos corpulentos guardias, con la esperanza de poner en práctica la medicina que le había enseñado su padre... nada menos que con el emperador, porque creía que iba a poder rescatar a Justiniano. Su padre habría entendido sus fines y hasta los habría aprobado, pero ¿habría cuestionado su sano juicio por intentar llevarlos a la práctica? ¿Qué pensaría de ella su padre si supiera de verdad lo que le debía a Justiniano? Había muerto antes de que ella hubiera juntado valor para confesárselo.

El cortesano se detuvo y frente a ella apareció otro hombre. Era alto y de hombros anchos, pero tenía el rostro suave de un eunuco, los típicos brazos largos y la típica gracilidad peculiar al moverse. No supo calcularle la edad, salvo que sin duda era mayor que ella. La piel de un eunuco era como la de una mujer, más suave, más dada a presentar finas arrugas, y el cabello rara vez mostraba entradas, cosa muy habitual en los hombres sin castrar. Cuando habló, su voz sonó grave, y su dicción, cuidada.

—Soy Nicéforo —se presentó—. Os conduciré hasta el emperador. ¿Hay algo que necesitéis, que podamos traeros? ¿Agua? ¿Incienso? ¿Aceites dulces?

Ana le sostuvo la mirada un instante, y a continuación bajó la vista. No debía olvidar que aquel eunuco era uno de los cortesanos de más antigüedad de Bizancio.

—Me vendrían bien un poco de agua y los aceites dulces que sean más del agrado del emperador —contestó.

Nicéforo transmitió la orden a un criado que aguardaba en la puerta del fondo, casi fuera de la vista. Seguidamente, despidió al funcionario de la corte que había acompañado a Ana hasta allí, así como a los guardias, y él mismo se encargó de indicar el camino.

Se detuvo al llegar ante la puerta de la habitación donde se encontraba el emperador. Ana tuvo la impresión de que era capaz de verla bajo aquel disfraz y estaba a punto de decírselo. Durante un momento de pánico temió que efectivamente pudieran registrarla antes de permitirle estar en presencia de Miguel. Después pensó con horror en qué lugar podía tener el emperador el sarpullido y en la posibilidad de que después de haberlo visto no la perdonasen jamás por aquella intimidad. Incluso se le ocurrió, en una idea descabellada, confesar allí mismo, antes de que pasara la oportunidad. Rompió a sudar y sintió que la sangre le latía con tal estruendo en los oídos que casi la ensordeció.

Nicéforo estaba hablando, y ella no lo había oído.

Él se dio cuenta.

—Le duele un poco —repitió con paciencia—. No le preguntéis nada a menos que os sea necesario saberlo, y dirigíos a él en todo momento empleando el tratamiento formal. No lo miréis fijamente. Dadle las gracias si así lo deseáis, pero no lo violentéis. ¿Estáis preparado?

Ana no iba a estar preparada nunca, pero era demasiado tarde para huir. Debía tener valor. Fuera lo que fuese lo que la aguardaba, no sería tan terrible como dar media vuelta.

—Sí... lo estoy.

La voz le salió como un graznido. Aquello era ridículo. De pronto sintió deseos de dejar escapar una risita. Le salió de dentro de pura histeria, y para disimularla tuvo que fingir que estornudaba. Nicéforo debió de pensar que era un pobre diablo.

El eunuco la hizo pasar al interior de la cámara. Ésta era inmensa y no se parecía en absoluto al salón oficial; aunque habían transcurrido más de once años, apenas se había vuelto a amueblar. Miguel estaba acostado en la cama, con el torso cubierto por una túnica holgada y las mantas extendidas sobre las piernas y hasta la cintura. Tenía el rostro enrojecido y la piel de la cara y el cuello llena de motitas rojas. Su melena negra, veteada de gris, se veía húmeda y lacia.

—Majestad, el médico, Anastasio Zarides —dijo Nicéforo pronunciando con claridad, pero sin levantar el tono. Le indicó a Ana con una seña que se aproximase al emperador. Ella obedeció mostrando toda la seguridad que le fue posible. Cuanto más asustado estaba uno, más importante era conducirse con valor. Su padre se lo había repetido una y otra vez.

—Majestad, ¿en qué puedo serviros? —preguntó.

Miguel la recorrió de arriba abajo con una mirada de curiosidad.

—Los judíos no tienen eunucos, y en cambio Zoé Crysafés me ha dicho que vos conocéis la medicina judía. ¿Me ha mentido? —inquirió.

Ana sintió que la estancia giraba a su alrededor y que el calor acudía a sus mejillas.

—No, majestad. Soy bizantino, de Nicea, pero he aprendido cuanto he podido de todas las formas de medicina. —Estuvo a punto de añadir «de mi padre», y justo a tiempo se dio cuenta de que podía ser un error fatal. De modo que se mordió la lengua con la esperanza de que el dolor le recordara su desliz.

—¿Nacisteis en Nicea? —preguntó Miguel.

—No, majestad. En Tesalónica.

El emperador agrandó ligeramente los ojos.

—Yo también. Si quisiera un sacerdote, mandaría llamar a uno. Tengo centenares que están siempre a mi disposición, y todos más que deseosos de recitarme mis pecados. —Sonrió sombríamente e hizo una mueca de dolor—. Y me impondrían la debida penitencia, no me cabe duda. —Se tiró del cuello de la túnica para dejar al descubierto las manchas rojas y las ampollas que se extendían por su pecho—. ¿Qué me ocurre?

Ana observó la ansiedad que revelaban sus ojos y el sudor que le perlaba la frente.

Examinó de cerca la erupción para memorizar el dibujo que formaba, el número de ampollas y el grosor que tenían éstas.

—Os ruego que volváis a cubriros, por si cogéis frío —solicitó—. ¿Me permitís que os toque la frente para tomaros la temperatura?

—Adelante —respondió Miguel.

Ana procedió, y no le gustó nada lo caliente que encontró la piel.

—¿Os produce escozor el sarpullido?

—¿Acaso no lo producen todos? —replicó Miguel en tono cortante.

—No, majestad. En ocasiones sólo pican un poco, a veces duelen algo, otras veces son muy dolorosos, como una multitud de aguijones. ¿Os duele la cabeza? ¿Tenéis dificultad para respirar? ¿Os molesta la garganta? —También deseaba preguntarle si tenía dolor de vientre, si había vomitado o si sufría diarrea o estreñimiento, pero ¿cómo iba a preguntarle aquellas cosas al emperador? Quizá se las pudiera preguntar más tarde a Nicéforo.

Miguel respondió a sus preguntas, casi todas en sentido afirmativo. Ella le pidió permiso para retirarse y habló en privado con Nicéforo.

—¿Qué sucede? —inquirió él con honda preocupación—. ¿Está envenenado?

Ana se dio cuenta, con un respingo de horror, de cuán realista era aquella sospecha. En ningún momento se había parado a pensar lo que debía ser vivir constantemente bajo la amenaza de odios y envidias, hasta el punto de no saber nunca cuál de tus sirvientes, incluso tus familiares, podría desear verte muerto con la suficiente intensidad como para conspirar para ello.

—Aún no lo sé —dijo hablando en voz alta—. Lavad con delicadeza todas las zonas en las que aparezca el sarpullido, y cercioraos de que el agua esté tibia. Yo voy a preparar medicinas y ungüentos para paliar el dolor. —Dio un paso muy audaz; pero la timidez causaría un pánico aún mayor—. Después averiguaré de qué se trata, y prepararé un antídoto.

De pronto cruzó por su mente un pensamiento terrorífico, el de que podía haber sido la propia Zoé quien lo hubiera envenenado. Sabía mucho de pociones de belleza, de ello daba testimonio su cutis maravillosamente conservado. Y posiblemente también sabía de venenos.

—¡Nicéforo! —llamó cuando éste ya se marchaba.

Él se volvió y esperó a que ella hablara, con una expresión de angustia en los ojos.

—Emplead aceites nuevos que hayáis comprado vos mismo —le advirtió—. Ninguno que haya traído nadie como regalo. Purificad el agua. No deis de comer al emperador nada que no hayáis preparado vos y que no haya sido catado.

—Así lo haré —prometió él, y a continuación añadió en tono irónico—: y para mi propia seguridad, llevaré un compañero que vigile cada paso que doy, y los dos lo tocaremos y lo cataremos todo. —Sus facciones eran poderosas pero carecían de belleza, a excepción de la boca. En cambio, cuando sonreía, incluso con tristeza como ahora, se le iluminaba el rostro entero.

Ana captó, con un estremecimiento, un levísimo atisbo del terreno en que se había metido.

Cuando regresó al palacio al día siguiente, lo primero que hizo fue ver a Nicéforo. Éste parecía nervioso, y no intentó conversar.

—No está peor —dijo tan pronto como se quedaron solos—. Pero continúa resultándole doloroso comer, y la erupción no ha disminuido. ¿Es veneno?

—Existe una clase de envenenamiento accidental, además del intencional —dijo en tono evasivo—. Hay alimentos que se corrompen o que resultan ponzoñosos si se ingieren antes de que maduren, o si entran en contacto con cosas poco limpias. Puede ser que uno corte un albaricoque con un cuchillo que tiene un lado de la hoja impregnado de veneno y el otro no. Si se come una mitad...

—Entiendo —interrumpió Nicéforo—. He de tener más cuidado. —Advirtió la mirada de comprensión de Ana—. Por mi propio bien —agregó con un gesto irónico en los labios.

—¿Teméis a alguien en particular? —le preguntó Ana.

—Por toda la ciudad hay facciones —respondió—. Principalmente los que se oponen con vehemencia a la unión con Roma, o los que están explotando a los que se oponen. Vos mismo habréis presenciado disturbios.

Ana sintió el hormigueo del sudor en la piel, pues era muy consciente de que Constantino había desempeñado un claro papel en dichos disturbios.

—Sí —dijo.

—Y por supuesto están siempre los que ambicionan el trono —prosiguió Nicéforo bajando el tono de voz—. Nuestra historia está llena de usurpaciones y derrocamientos. Y también están los que albergan deseos de venganza por lo que consideran agravios del pasado.

—¿Agravios del pasado? —Ana tragó saliva. Aquello se acercaba dolorosamente a Justiniano, y si era sincera, a ella misma—. ¿Os referís a una enemistad personal? —dijo en voz queda.

—Están los que piensan que Juan Láscaris debería haber seguido siendo emperador, a pesar de su juventud, su falta de experiencia y su personalidad profundamente contemplativa. —A Nicéforo se le contrajo el semblante de dolor al acordarse de aquella antigua y terrible mutilación—. Hasta hace poco hubo un hombre en Constantinopla, Justiniano Láscaris —dijo en voz muy baja— que supuestamente estaba emparentado con él. Vino varias veces a palacio. El emperador estuvo hablando con él sin que lo oyéramos, no sé de qué. Pero estaba implicado en el asesinato de Besarión Comneno, y ahora se encuentra exiliado en Palestina.

—¿Podría haber regresado para hacer esto? —A Ana le temblaba la voz, y no sabía qué hacer para controlar las manos. Las escondió a medias debajo de la ropa y retorció la tela.

—No. —La idea produjo un destello de humor negro en la mirada de Nicéforo—. Está encerrado en un monasterio del Sinaí. Y jamás saldrá de él.

—¿Y por qué se confabuló con otros en el asesinato de Besarión Comneno? —Tenía que preguntarlo, a pesar del peligro que representaba para ella misma, y a pesar de que temía la respuesta.

—No lo sé —reconoció él—. Besarión era uno de los muchos que aborrecían la unión con Roma, y estaba reuniendo un número considerable de seguidores.

—Entonces, ¿ese Justiniano Láscaris estaba a favor de la unión con Roma? —Aquello no podía ser.

—No —contestó Nicéforo con una sonrisa delicada—. Estaba profundamente en contra. Los argumentos de Justiniano eran menos teológicos que los de Besarión, pero más contundentes.

—Entonces, no podía haber una discrepancia en lo religioso —dijo Ana, aferrándose a un hilo de esperanza.

—No. La enemistad, si la había, al parecer provenía de su amistad con Antonino, que por lo visto fue el que de hecho mató a Besarión.

—¿Y qué motivos podía tener? ¿Acaso no era un soldado, un hombre práctico? —Ana pensó que debía explicarse—. Yo he tratado a hombres, soldados, que lo conocieron.

Nicéforo le dirigió una mirada muy directa.

—Sí —convino—. Pero se sugirió que Antonino y la esposa de Besarión eran amantes.

—¿Helena Comnena? Es muy hermosa...

—¿Así lo creéis? —Nicéforo parecía interesado, incluso desconcertado—. Yo la encuentro vacía, como una pintura de colores apagados. Carece de pasión y posee muy poca capacidad para comprender el dolor que se siente cuando uno abriga sueños ambiciosos que no puede cumplir.

—¿Vería Antonino algo en ella? —preguntó Ana elucubrando—. ¿Y por qué, si no, iba a matar a Besarión?

—No lo sé —admitió el eunuco—. Sigo pensando en la unión con Roma y la vehemencia con que se oponía a ella, su intento de incitar al pueblo a que ofreciera resistencia. Lo cual no me lleva a ninguna parte, porque tanto Justiniano como Antonino también estaban en contra.

Ana percibió una complejidad de emociones en Nicéforo, y se preguntó qué pensaría él mismo de la unión.

—¿Besarión cuenta todavía con seguidores que estén vivos? —Llevó la atención de él al problema actual—. No simples admiradores, sino personas que continúen su causa.

—Justiniano y Antonino ya no están —repuso Nicéforo con acento triste—. Y me parece que los demás han vuelto a ocuparse de sus propios asuntos, otras lealtades. Besarión era un soñador, como el obispo Constantino, imaginaba que Bizancio se podía salvar con la fe más que con la diplomacia. Nunca hemos contado con grandes ejércitos ni flotas. Siempre hemos arrojado a nuestros enemigos unos contra otros y nos hemos apartado de la refriega. Pero eso requiere habilidad, voluntad de compromiso y, por encima de todo, tener temple para aguantar y esperar.

—Una rara clase de valor —concedió ella mientras pensaba en cuán vehementemente creía Constantino en el poder que tenía la Virgen para protegerlos si se mantenían firmes en la fe ortodoxa. La forma que tenía de defender Constantinopla era seguramente la que Dios quería, y la del emperador era el método intelectual del hombre que confía en sí mismo y en el arma de la carne, o, más exactamente, de la astucia.

Llegó un criado llamándolos, y Nicéforo la acompañó a la presencia del emperador.

Miguel estaba todavía un poco afiebrado, pero era evidente que el sarpullido había mejorado y que había dejado de extenderse. Esta vez había traído consigo unas hojas para preparar una infusión, de distinta clase que las que servían para reducir el dolor y la fiebre, y también más pomada de incienso, masilla y corteza de sauce, todo mezclado con aceite y clara de huevo.

Dos días después regresó de nuevo y encontró al emperador levantado y vestido. Había mandado llamarla para darle las gracias por sus cuidados y para pagarle generosamente. Ella no permitió que viera el gran alivio que sentía.

—¿He sido envenenado, Anastasio Zarides? —preguntó Miguel escrutándole el rostro con sus ojos negros.

Ana ya se esperaba la pregunta.

—No, majestad.

Las cejas arqueadas del emperador se arquearon aún más.

—Entonces he pecado, pero no me lo habéis dicho.

Ana también se esperaba aquello.

—No soy sacerdote, majestad.

Miguel reflexionó unos instantes.

—Nicéforo dice que poseéis inteligencia y que sois sincero. ¿Se equivoca, pues?

—Espero que no. —Ana lo dijo en un tono lo más piadoso posible, evitando la mirada del emperador.

—¿Estoy pecando al buscar la unión con Roma, y vos no tenéis valor ni fe suficientes para decírmelo? —persistió Miguel.

Aquella pregunta no la tenía prevista. En los ojos del emperador había diversión, y también impaciencia. Le quedaban escasos segundos para pensar.

—Yo creo en la medicina, majestad. De fe no sé lo bastante. La fe no nos salvó en el año 1204, pero desconozco el motivo.

—¿Sería porque no teníamos la suficiente? —sugirió Miguel recorriéndola de arriba abajo con la mirada, como si fuera capaz de saber lo que iba a responder observando su postura o las manos que tenía entrelazadas ante sí—. ¿La falta de fe es pecado, o es aflicción?

—Para saber si hay que tener fe o no, uno ha de entender qué es lo que Dios ha prometido —contestó, rebuscando frenéticamente en su cabeza—. Tener fe en que Dios va a darnos algo simplemente porque así lo queremos es una necedad.

—¿No va a proteger a su verdadera Iglesia, porque así lo quiere? —replicó Miguel—. ¿O eso depende de que nosotros observemos todos los detalles y luego nos levantemos contra Roma?

Estaba jugando con ella. Nada de lo que dijera Ana lo haría cambiar de opinión, pero sí que podría cambiar el destino de ella. Era posible que Miguel se diera cuenta de que estaba mintiendo acerca de sus creencias para complacerlo a él, y luego tampoco creería que fueran sinceras sus opiniones médicas.

—A mi modo de ver, nuestra confianza ciega se disolvió en sangre y cenizas hace setenta años —afirmó—. Es posible que Dios espere que esta vez busquemos una manera de hacer uso tanto de nuestra inteligencia como de nuestra fe. Nunca seremos todos justos ni todos sabios. Los fuertes deben defender a los débiles.

Miguel pareció satisfecho, y cambió de tema.

—Y bien, ¿cómo me habéis curado, Anastasio Zárides? Deseo saberlo.

—Con hierbas medicinales para reducir el dolor y la fiebre, majestad, ungüento para curar la erupción y atención para cerciorarme de que no os infectarais con alimentos corrompidos o ropas o aceites que no estuvieran limpios. Vuestros otros sirvientes cuidaron de que no os envenenaran a propósito. Tenéis catadores; les he aconsejado que fueran muy cuidadosos con los cuchillos, las cucharas y los platos, también por su propio bien.

—¿Y la oración?

—Más profundamente que ninguna otra cosa, majestad, pero eso no he tenido necesidad de decírselo.

—Habréis rezado por mi salud y también por vuestra supervivencia, sin duda. —Esta vez la expresión de su rostro era claramente divertida.

En el camino de vuelta a casa Ana todavía se preguntaba si el emperador habría sido envenenado y si Zoé habría tenido algo que ver en ello. Para ella, ser súbdito de Roma sería como dejarse violar. ¿Se habría convencido a sí misma de que esta vez los iba a salvar la fe ciega y ardorosa?

De repente Ana fue consciente de cuán profundas eran sus propias dudas, y tal vez del peso del pecado que podría haber dado lugar a ellas.

¿Tenían importancia para Dios las diferencias entre una iglesia y otra, o eran sólo cuestiones filosóficas, rituales de los hombres adaptados a una cultura u otra?

Ojalá hubiera podido preguntar a Justiniano en qué creía ahora, qué era lo que había aprendido en Constantinopla para estar dispuesto a luchar por ello a fin de impedir la unión con Roma y sobrevivir a la siguiente cruzada.

Sin él, la soledad de la mente resultaba casi abrumadora.

18

Ana llevaba más de dos años en Constantinopla. Ya sabía con exactitud de qué habían acusado a Justiniano y cuáles parecían ser las pruebas. El juicio se había celebrado en secreto y en presencia del emperador mismo. Miguel era el último recurso de la justicia en todos los casos, de manera que no resultó insólito, sobre todo dado que la víctima y uno de los acusados pertenecían a dinastías que habían sido imperiales.

También había obtenido mucha más información acerca de Antonino, pero nada que sugiriera que era un hombre proclive a la violencia. Más bien al contrario, se decía que era muy simpático. Era valiente y justo como un soldado, y hasta le gustaba la música. La gente decía que Justiniano y él eran buenos compañeros, y era fácil creerlo.

Por otra parte, Besarión era una persona admirable, pero un hombre solitario, que no se sentía cómodo en compañía de sus iguales e incluso era un tanto obsesivo en sus opiniones.

Cuanta más información obtenía Ana al respecto, menos lógico le resultaba todo. ¿Qué vínculo podría haber unido a Besarión, el líder religioso, con Antonino, el soldado y buen camarada, con Justiniano, el comerciante y creyente, y también con Zoé, la herida y apasionada por Bizancio, con su hija, Helena al parecer superficial, con el menos importante Isaías Glabas, cuyo nombre aparecía con mucha frecuencia, con Irene Vatatzés, inteligente pero por lo visto fea, y con Constantino, el obispo eunuco, poderoso pero vulnerable?

Tenía que ser algo más que la religión. La religión era algo que la nación entera compartía en mayor o menor grado.

No había nadie con quien se atreviera a hablar de ello, a excepción de Leo y Simonis.

A Simonis la conocía desde que Justiniano y ella estudiaban medicina bajo la tutela de su padre. No tenía hijos propios, y cuando la madre de ellos enfermaba, cosa que sucedía cada vez con mayor frecuencia, era Simonis quien los cuidaba.

Las primeras veces que Ana ejerció fue con pacientes de verdad, siempre cuidadosamente supervisados, vigilados en todo momento, todos los cálculos comprobados, estimulados o corregidos.

Entonces fue cuando sucedió. En su entusiasmo, Ana se equivocó al leer una etiqueta y prescribió una dosis demasiado fuerte de opiáceos para el dolor. E inmediatamente después salió a llevar a cabo un encargo que le ocupó varias horas. Su padre había tenido que acudir a un accidente grave, y fue Justiniano el que reparó en el error.

Él poseía conocimientos suficientes para comprender lo que había ocurrido, y también para saber cuál era el tratamiento. Lo preparó, y acto seguido corrió a casa del paciente, donde lo encontró ya mareado y aletargado. Lo obligó a ingerir un fuerte emético, y a continuación, después de que vomitara, una laxativa para eliminar lo que quedara del opiáceo. Cargó él mismo con la responsabilidad de aquel error. A fin de salvar tanto la reputación de su padre como la de Ana en el futuro, apaciguó al furioso y desdichado paciente con la promesa de que iba a abandonar todos sus estudios de medicina. El hombre aceptó y accedió a no decir nada, siempre y cuando Justiniano cumpliera la palabra dada.

Y la cumplió. Reorientó su carrera hacia el comercio, para el cual demostró tener dotes, y consiguió triunfar. ¡Pero no era medicina!

Su hermano ni una sola vez le reprochó aquel error ni el coste que tuvo para él; tampoco lo comentó nunca delante del padre. Dijo que su decisión de abandonar los estudios y dedicarse a los negocios era simplemente de índole personal. Que, en su opinión, Ana era mejor médica. Su madre quedó profundamente desilusionada, pero su padre no dijo nada.

La culpa todavía la quemaba por dentro a Ana como si fuera ácido. Suplicó a Justiniano que contara la verdad y le permitiera cargar ella misma con su fracaso, pero él le advirtió que el paciente había jurado guardar silencio únicamente con las condiciones que habían acordado. Si acudía a verlo, echaría a perder su propia carrera sin restablecer la de él, y aun podría arrastrar a su padre en la caída. En aquel momento, una segunda versión parecería como poco una maniobra artera, y doblemente incompetente en el peor de los casos. Ana sabía que aquello era cierto, y por el bien de su padre no dijo nada. Ella nunca llegó a saber hasta qué punto conoció o adivinó la verdad.

Su error le había costado a Justiniano la vida de médico. Éste se había ganado el derecho de pedirle casi cualquier cosa. En cambio, aparte de que contrajera matrimonio con Eustacio, que en aquella época él estaba convencido de que iba a aportarle a su hermana felicidad y seguridad, no le pidió nada. Todo lo que pudiera hacer ella ahora para lavar su buen nombre y lograr su rescate sería poco, y no tenía ni la menor sombra de duda.

19

Ana era consciente del peligro que corría al preguntar a la gente qué opinaba en materia de religión en un clima ya desgarrado por las discrepancias y en el que flotaba la sensación de un peligro inminente. Sin embargo, la respuesta a la pregunta de quién había matado a Besarión no le iba a caer en las manos si no la buscaba de forma activa.

¿Qué sabría Constantino? Aquél parecía el mejor sitio por donde empezar.

El obispo se encontraba en su habitación junto al patio. El sol del estío brillaba con fuerza sobre el agua y el empedrado que había fuera de los arcos, y las sombras de dentro mantenían un frescor muy grato. Parecía estar casi totalmente recuperado de su enfermedad, ahora que ya había transcurrido casi un mes.

—¿Qué puedo hacer por vos, Anastasio? —ofreció.

—He estado pensando en el desgaste que sufrís socorriendo a los pobres y a los que sufren del corazón o de la conciencia... —comenzó Ana.

Constantino sonrió y relajó los hombros como si hubiera esperado un comentario más crítico por parte de ella.

—Mi consulta médica ya está lo suficientemente consolidada para satisfacer las necesidades de mi familia —continuó Ana—. Quisiera dedicar una parte de mi tiempo a atender a los que no pueden pagarme... contando con que vos me indiquéis quiénes son los que más me necesitan. —Titubeó sólo un instante—. Tal vez os gustaría que os acompañase, para así poder actuar con buen juicio y sin dilación.

A Constantino el semblante se le iluminó de placer.

—Ése es ciertamente un noble deseo. Acepto. Empezaremos de inmediato, mañana mismo. Me sentía desanimado, inseguro de cuál sería la mejor manera de proceder de ahora en adelante, pero Dios ha respondido a mis oraciones en vos, Anastasio.

Ana se quedó sorprendida por la vehemencia con que reaccionó el obispo, y también complacida. Sin querer, le vino una sonrisa a la cara.

—Decidme qué dolencias son las que encontraremos con más probabilidad, para que pueda llevar conmigo las hierbas adecuadas.

—El hambre y el miedo —repuso Constantino con triste acento—. Pero también encontraremos enfermedades de los pulmones y del estómago, y sin duda de la piel, debido a la pobreza, los insectos y la suciedad. Traed lo que podáis.

—Aquí estaré —prometió ella.

A partir de entonces, acompañó a Constantino como mínimo dos días por semana. Recorrieron las zonas más pobres cerca de los muelles, las callejuelas de la periferia, angostas y atestadas. Había muchos enfermos, sobre todo durante lo más caluroso del verano, cuando había poca lluvia que limpiara los canalones y las moscas revoloteaban por todas partes. A Ana se le hacía difícil manejarse entre las dolencias espirituales y las corporales, y más todavía teniendo a Constantino tan cerca, y con la certeza de que todo lo que le dijera a un paciente podría serle repetido a él.

Siempre que un paciente le decía: «Ya me he arrepentido, ¿por qué no mejoro?», ella le contestaba: «Estáis mejorando, pero además debéis tomar la medicina. Os vendrá bien.» Después intentaba acordarse de todos los santos apropiados a los cuales rezar para curar cada enfermedad concreta, y al hacerlo se daba cuenta de que no creía en nada de aquello. Sin embargo, ellos sí creían, y eso era lo que importaba. «Rezad a san Antonio Abad —añadía—, y aplicaos el ungüento.» O el remedio que resultara apropiado.

Paulatinamente fue eliminando de su pensamiento el papel que había desempeñado Constantino en los disturbios. El obispo amaba al pueblo, era infatigable en las atenciones que le prestaba. Tenía una pureza de pensamiento y una fe tan firme que era capaz de borrar el miedo que atenazaba a muchos.

Él siempre los reconfortaba.

—Dios no os abandonará jamás, pero debéis tener fe. Sed leales a la Iglesia. Obrad siempre lo mejor que podáis.

Ana también sentía la necesidad de recurrir a alguien que supiera más que ella y cuya certeza la curase de las dudas que la mortificaban. ¿Cómo iba a negar eso a otras personas?

Un día, al final de una jornada particularmente prolongada, cansada y hambrienta, Ana aceptó con gusto la invitación de regresar con Constantino a casa de éste y cenar allí.

La comida fue sencilla: pan con aceite, pescado y un poco de vino, pero dada la pobreza que había visto en las pasadas semanas, toda abundancia habría resultado casi obscena.

Tomó asiento a la mesa frente a Constantino, en la quietud de la noche al final del verano. Era tarde y las antorchas eran lo único que iluminaba la oscuridad, proyectando un resplandor amarillo y cálido sobre las paredes y arrancando destellos a un icono de oro. El pescado se había terminado y los platos habían sido retirados; tan sólo quedaban el pan, el aceite y el vino, además de un elegante cuenco de cerámica con higos.

Ana clavó la mirada en el obispo. Los rasgos de su fino rostro denotaban un profundo cansancio, y sus hombros se veían hundidos bajo el peso de los sufrimientos del pueblo.

Constantino advirtió aquella mirada y levantó la vista, sonriente.

—¿Hay algo que os turbe, Anastasio? —preguntó.

Ana ansiaba decírselo y verse libre del sentimiento de culpa que pesaba sobre ella y que en ocasiones resultaba tan abrumador que no estaba segura de poder continuar para siempre soportando semejante carga. Y naturalmente no podía decir nada.

—Sí, estoy preocupado —dijo por fin, deshaciendo el pan entre los dedos con ademán distraído—. Pero también pienso que hay muchas personas tan preocupadas como yo. Hace no mucho me llamaron para que atendiera al emperador...

Constantino levantó la vista, sobresaltado, y su semblante se oscureció de pronto, pero no la interrumpió.

—No pude evitar tomar mayor conciencia de algunos de sus puntos de vista —continuó Ana—. Naturalmente, no hablé con él de esas cosas. Creo que está decidido a seguir adelante con la unión con Roma, sea cual sea el coste, porque está convencido de que si continúa el cisma, habrá otra invasión. —Miró al obispo con serenidad—. Vos mejor que él conocéis la pobreza que nos invade. ¿Cuánto más habremos de sufrir si hay otra cruzada y vuelve a pasar por aquí?

La enorme mano de Constantino, apoyada sobre la mesa, se cerró en un puño con tanta fuerza que se le pusieron los nudillos blancos.

—¡Mirad a vuestro alrededor! —exclamó el obispo—. ¿Qué hay de bello, valioso y honrado en nuestras vidas? ¿Qué nos impide pecar de avaricia y de crueldad, de la violencia de arrebatar todo lo que es bueno? Decidme, Anastasio, ¿qué es?

—Nuestro conocimiento de Dios —respondió Ana inmediatamente—. Nuestra necesidad de alcanzar la luz que hemos visto y que jamás podremos olvidar. Tenemos que creer que existe y que, si llevamos una vida honrada, al final podemos pasar a formar parte de ella.

Constantino se relajó y dejó escapar el aire lentamente.

—Exacto. —Una sonrisa alisó las arrugas de su rostro—. La fe. He intentado decírselo al emperador, precisamente hace dos días. Le dije que el pueblo de Bizancio no va a aceptar que nadie contamine lo que somos y aquello en lo que hemos creído desde los primeros días del cristianismo. Aceptar a Roma sería como decirle a Dios que estamos dispuestos a sacrificar nuestras creencias cuando nos resulta oportuno.

Constantino vio en el rostro del médico que éste lo entendía, y quizá también un atisbo de la paz que él le había aportado.

—Miguel se mostró de acuerdo conmigo, naturalmente —continuó—. Dijo que Carlos de Anjou ya está planeando lanzar otra cruzada y que no tenemos ninguna forma de defendernos. Habrá una matanza, quemarán nuestra ciudad, y los que sobrevivan serán enviados al destierro, puede que esta vez para siempre.

Ana clavó la mirada en su rostro, en sus ojos.

—Dios puede salvarnos, si es su voluntad —dijo ella en tono calmo.

—Dios siempre ha salvado a su pueblo, pero sólo cuando le somos fieles. —Constantino se inclinó sobre la mesa—. No podemos depositar nuestra confianza en el arma de la carne, renegar de nuestras lealtades, y cuando estemos perdiendo, volvernos hacia Dios y esperar que nos rescate.

—¿Y qué debemos hacer? —preguntó Ana rápidamente. No debía permitirle que se desviase demasiado del tema—. Besarión Comneno se oponía firmemente a la unión, y abogaba por la santidad de la Iglesia tal como la conocemos. He oído a muchas personas elogiarlo y comentar el gran hombre que era. ¿Cuál era su plan? —Procuró que su tono pareciera natural.

Constantino se puso rígido. De repente se abatió tal silencio sobre la habitación que se oyeron las pisadas de un criado en las baldosas del corredor de fuera. Por fin suspiró. Cuando habló, lo hizo con la vista fija en los platos que había sobre la mesa.

—Temo que Besarión era un tanto soñador. Puede que sus planes no fueran tan prácticos como la gente creía.

Ana se quedó atónita. ¿Por fin estaba cerca de descubrir la verdad? Mantuvo una expresión inocente a propósito.

—¿Y qué creía la gente?

—Él hablaba mucho de que la Santísima Virgen nos protegería —dijo Constantino.

—Oh, sí —respondió Ana rápidamente—. Ya sé que contó muchas veces la anécdota de que el emperador salió a caballo de la ciudad cuando estaba sitiada por los bárbaros, hace mucho tiempo. Llevaba consigo un icono de la Virgen, y cuando el jefe de los bárbaros lo vio, cayó muerto en el acto y los sitiadores huyeron.

Constantino sonrió.

—¿Pensáis que el emperador Miguel haría eso nuevamente? —preguntó Ana—. ¿Pensáis que con ello detendría a los venecianos o a los latinos y les impediría que nos invadieran desde el mar? Es posible que sean bárbaros de alma —agregó en tono irónico—, pero son muy sofisticados de pensamiento.

—No —dijo Constantino con renuencia.

—No me imagino a Miguel Paleólogo haciendo algo así —reconoció Ana—. Y Besarión no era ni emperador ni patriarca.

¿Sería que Besarión buscaba ser patriarca? ¡Si ni siquiera estaba ordenado! ¿O sí lo estaba? ¿Era ése su secreto? Ana no podía dejar escapar la oportunidad.

—Si Besarión no era más que un soñador, ¿para qué iba a molestarse nadie en matarlo?

Esta vez la respuesta de Constantino fue instantánea:

—No lo sé.

Ana había esperado a medias algo así, pero al mirar el rostro relajado del obispo, ahora libre de toda angustia, no creyó del todo lo que decía. Había algo que él se sentía incapaz de revelar, posiblemente algo que le confió Justiniano bajo confesión. Probó otro método.

—Intentaron varias veces matarlo, hasta que lo consiguieron —dijo con gran gravedad—. Alguien debía de pensar que Besarión representaba una amenaza muy seria, para ellos o para algún principio que valoraban por encima incluso de la seguridad o la moralidad.

Constantino no la contradijo, pero tampoco la interrumpió.

Ana se inclinó un poco más sobre la mesa.

—Nadie podría preocuparse por la Iglesia más que vos. Y tampoco, en mi opinión, podría nadie servirla con tanta entrega y respeto que debe de saberlo ya todo el pueblo de Constantinopla. Vuestro coraje nunca os ha abandonado.

—Os lo agradezco —repuso Constantino con modestia, pero el intenso placer que sintió fue casi como un calor físico que irradió su persona.

Ana bajó la voz.

—Temo por vos. Si alguien quiso asesinar a Besarión, que era mucho menos eficaz que vos, ¿no intentaría mataros a vos también?

El obispo irguió la cabeza de golpe, con los ojos muy abiertos.

—¿Vos... creéis? ¿Quién iba a querer asesinar a un obispo por predicar la palabra de Dios?

Ana bajó la vista hacia la mesa y luego volvió a clavarla en él.

—Si el emperador pensara que Besarión iba a dificultar la unión con Roma, y a poner Constantinopla en peligro, ¿no habría podido dar él mismo la orden de que lo mataran?

Constantino hizo dos intentos seguidos de decir algo, pero las dos veces se interrumpió.

¿De verdad él no lo había pensado? ¿O era que sabía que no era cierto, porque él conocía la verdad?

—Ya me lo temía —dijo Ana asintiendo con la cabeza, como si quedara confirmado—. Os ruego que tengáis mucho cuidado. Sois nuestro mejor guía, nuestra única esperanza sincera. ¿Qué haremos si os matan? Habrá desesperación, y ésta podría terminar en una violencia que supondría la ruina de Constantinopla, junto con todas las posibilidades de hallar la unidad entre nosotros mismos. Pensad además en las consecuencias que tendría para las almas de los violentos, que quedarían manchadas por el pecado. Morirían sin recibir absolución, porque ¿quién iba a estar presente para administrársela?

Constantino la miraba fijamente, horrorizado por lo que decía.

—Debo seguir adelante —dijo. Le temblaba todo el cuerpo y tenía el rostro arrebolado—. El emperador y todos sus consejeros, el nuevo patriarca, han olvidado la cultura que hemos heredado, el antiguo saber que disciplina la mente y el alma. Ellos sacrificarían todo eso por la supervivencia física bajo el dominio de Roma con sus supersticiones, sus santos chabacanos y sus respuestas fáciles. Su credo es la violencia y el oportunismo, la venta de indulgencias para ganar cada vez más dinero. Ellos son los bárbaros del alma. —Miró a Ana como si en aquel momento sintiera por dentro una necesidad casi física de que ella entendiera.

Ana se sentía incómoda, violenta por la intimidad de aquel momento. No se le ocurrió nada que decir que fuera ni remotamente adecuado.

Cuando Constantino volvió a hablar, lo hizo con un hilo de voz teñida de dolor:

—Anastasio, decidme, ¿de qué sirve sobrevivir si ya no somos nosotros mismos, sino algo más sucio e infinitamente más pequeño? ¿Qué valor tiene nuestra generación si traicionamos todo lo que nuestros antepasados amaron y por lo que dieron la vida?

—Nada —dijo Ana con sencillez—. Pero tened cuidado. Alguien asesinó a Besarión por encabezar la causa contra Roma, e hizo que pareciera que el culpable había sido Justiniano. ¿Y decís que su postura era igual de firme?

Ana volvió a inclinarse hacia delante.

—Si ése no fue el motivo, ¿cuál fue, entonces?

Constantino hizo una inspiración profunda y dejó escapar el aire en un suspiro.

—Tenéis razón, no hay otro.

—Os suplico que tengáis cuidado —repitió Ana—. Tenemos enemigos muy poderosos.

—Necesitamos personas poderosas de nuestra parte —afirmó despacio Constantino, como si hubiera sido ella la que lo había señalado—. Los ricos y los nobles de las familias antiguas, las personas que se hacen escuchar, antes de que sea demasiado tarde.

Ana sintió un nudo en el estómago y las manos sudorosas a causa del miedo.

—Una de esas personas podría ser Zoé Crysafés —dijo Constantino con aire pensativo—. Tiene mucha influencia. Está cerca de los Comneno, y también del emperador. Ella haría por Bizancio cosas que no harían muchos. —Asintió apenas, con una ligera sonrisa en los labios—. Si la convenzo de que haga algo que cuenta con la bendición de la Virgen, lo hará. Y luego están Teodosia Skleros y toda su familia. Poseen grandes riquezas y son todos muy devotos, ella la que más. No tengo más que predicar, y Teodosia obedecerá. —Con los ojos brillantes, se acercó un poco más a Ana—. No os equivocáis, Anastasio, existen grandes posibilidades, si tenemos suficiente valor y fe para aprovecharlas. Os lo agradezco. Me habéis infundido ánimos.

Ana experimentó la primera punzada de duda, fina como una aguja. ¿Podía la santidad valerse de medios tan retorcidos y seguir siendo pura? Las teas ardían en sus soportes y no había viento, ni se oía nada fuera, pero de pronto sintió frío.

Ana continuaba atormentada por las dudas y muy al tanto de las tensiones que barrían la ciudad. Había advertido a Constantino del peligro personal que corría porque necesitaba sacar a colación el tema del asesinato de Besarión, pero una parte del miedo que sentía por él era auténtica. Y también sabía que al hacer preguntas atraía la atención sobre sí misma. No había posibilidad de abandonar su empeño, pero adoptó mayores precauciones al caminar sola, aun cuando para todo el mundo era un eunuco y no había nada impropio en que se dirigiera a donde se le antojara. Pero cuando salía a horas tardías, después de anochecer, cosa que ocurría en raras ocasiones en aquella época del año, de noches cortas, se llevaba consigo a Leo.

Con todo lo que había gastado en su consulta y los remedios adicionales que necesitó para asistir a los pobres, se le estaban agotando las hierbas medicinales. Había llegado el momento de reponer existencias.

Bajó la cuesta que conducía a los muelles caminando a la cálida luz del día, con el sol todavía por encima de las colinas que se alzaban al oeste y sintiendo en la cara una brisa que olía a sal. Sólo tuvo que esperar veinte minutos escuchando el vocerío y las risas de los pescadores hasta que llegó una barca, la cual compartió con otros dos pasajeros que se dirigían al Gálata, al otro lado del Cuerno de Oro.

Se relajó en la barca. El suave bamboleo y el chapoteo constante del agua resultaban balsámicos, y, según parecía, a los otros pasajeros les sucedía lo mismo. Sonreían, pero no alteraban aquella quietud con innecesarias charlas.

Avram Shachar la recibió como siempre, llevándola a la trastienda llena de estanterías y alacenas repletas de cosas.

Ana compró lo que necesitaba, y seguidamente aceptó con gusto la invitación a quedarse a cenar con la familia de Shachar. Comieron bien, y después los dos estuvieron sentados en el jardincillo hasta una hora más avanzada hablando de médicos del pasado, sobre todo de Maimónides, el gran físico y filósofo judío que murió en Egipto el mismo año en que los cruzados arrasaron Constantinopla.

—Para mí, Maimónides es una especie de héroe —dijo Shachar—. También escribió una guía para toda la Misná, en árabe. Nació en España, ¿lo sabíais?

—¿No en Arabia? —se extrañó Ana.

—No, no. En realidad se llamaba Moisés ben Maimón, pero tuvo que huir cuando los señores de los musulmanes, los almohades, dieron a elegir al pueblo entre convertirse al islam o morir.

Ana se estremeció.

—Están al sur y al oeste de nosotros. Y por lo que parece, se hacen cada vez más fuertes.

Shachar hizo un breve gesto para quitar importancia al asunto.

—Ya hay suficiente sufrimiento y maldad hoy en día, no penséis en el de mañana. Bien, habladme de la medicina que practicáis.

Con placer y cierta sorpresa, Ana se dio cuenta de que Shachar sentía interés por sus avances profesionales. Sin querer, respondió a las preguntas que le hizo acerca del tratamiento que había aplicado a Miguel, aunque tuvo la discreción de decir únicamente que temía por él debido a la rabia que inflamaba al pueblo en relación con la unión con Roma.

—Ha sido un honor para vos atender al emperador —dijo Shachar con gravedad, pero parecía más nervioso que feliz.

—Fue gracias a la recomendación de Zoé Crysafés —le aseguró Ana.

—Ah... Zoé Crysafés. —Él se inclinó hacia delante—. No le digáis a Zoé nada que no debáis. La conozco sólo por lo que se habla de ella. No puedo permitirme el lujo de ignorar dónde reside el poder. Yo soy un judío en una ciudad cristiana. Vos haríais bien en andaros con cautela, amigo mío. No supongáis que todo es lo que parece.

Ana sintió un leve escalofrío. ¿Por qué la advertía? No le cabía duda de que había sido lo bastante discreta con sus investigaciones.

—Yo soy bizantino, y cristiano ortodoxo —expresó en voz alta.

—¿Y eunuco? —agregó Shachar en tono sereno, con mirada interrogante—. Que emplea hierbas judías y practica la medicina tanto en hombres como en mujeres, y que hace muchas preguntas. —Le tocó el brazo en un lugar cubierto por la túnica, muy ligeramente, apenas perceptible al tacto, y no en la piel, como él haría si ella fuera una mujer. Seguidamente retiró la mano y se recostó en su asiento.

Ana sintió que el terror la inundaba de arriba abajo y comenzó a sudar. En algún momento había cometido errores, puede que muchos. ¿Quién más sabría que era mujer?

Advirtiendo su pánico y entendiéndolo, Shachar sacudió la cabeza un instante, sin dejar de sonreír.

—Nadie —dijo con delicadeza—. Pero no podéis disimularlo todo, en particular a un herbolario. —Agitó levemente las aletas de la nariz—. Tengo un sentido del olfato más fino que la mayoría de los hombres. He tenido hermanas, y tengo una esposa.

Ana, sintiéndose tremendamente violenta, supo a qué se refería. Era la menstruación, que a pesar de las lesiones sufridas le seguía viniendo, y por supuesto el íntimo olor a sangre. Creía que lo había enmascarado bien.

—Voy a daros unas hierbas que os mantendrán a salvo de las sospechas de otros, y que tal vez os alivien un poco el dolor —ofreció.

Ana no pudo hacer otra cosa que asentir. A pesar de la amabilidad del judío, se sentía profundamente humillada y muy asustada.

20

Corría el mes de junio cuando hizo una nueva visita a Constantino. El criado la condujo a la sala de los iconos, por lo visto sin saber que el propio Constantino estaba en la estancia contigua hablando con alguien.

Ana fue hasta la pared del fondo, con la intención de alejarse para no oír nada, ya que, fuera lo que fuese, una confesión o simplemente los preparativos para una ceremonia, los interlocutores confiaban en que era algo privado.

Pero Constantino y su acompañante comenzaron a apartarse gradualmente del patio para dirigirse a la arcada que daba paso a la sala, de modo que Ana alcanzó a ver al otro hombre, al cual reconoció porque en cierta ocasión había atendido a su madre. Tendría casi treinta años y se llamaba Manuel Sinópulos. Era un joven más bien enérgico, seguro de sí mismo y dotado de un físico inusualmente anodino, pero su familia poseía grandes riquezas, y en ocasiones podía resultar encantador.

Extrajo de su dalmática una bolsa de cuero repleta de monedas y se la entregó a Constantino.

—Para dar de comer a los pobres —dijo en voz baja.

La respuesta de Constantino fue serena, pero no desprovista de un clarísimo tono de alegría.

—Os lo agradezco. Sois un buen hombre, y seréis un noble elemento que añadir a la Iglesia, un gran guerrero por la causa de Cristo.

—Un capitán —dijo Sinópulos, y a continuación se volvió con una sonrisa.

Ana se negaba a creer lo que había visto. No podía ser que Constantino acabara de vender un cargo de la Iglesia a cambio de dinero, aunque luego se lo diera todo a los pobres, tal como le había indicado Sinópulos.

Manuel Sinópulos no era un sacerdote más digno, más hombre de Dios, que cualquier otro joven que no estudiara nada y que compensara sus errores a base de dinero y gozara de sus placeres cuando se le antojara, como si estuviera en su derecho. Su familia estaría agradecida, y en tanto la Iglesia griega continuara siendo independiente de Roma, un alto cargo le aportaría mayores riquezas todavía. Pero muy por encima del dinero estaban el orgullo y el respeto.

Cuando Constantino acudió por fin al encuentro de Ana, traía el semblante alegre y ligeramente arrebolado.

—Acabo de recibir una nueva donación para los pobres. Estamos cobrando fuerza, Anastasio. Los hombres están arrepintiéndose de sus pecados, se confiesan y dejan atrás el pasado. No desean unirse a Roma, sino luchar a nuestro lado por la verdad.

Ana se obligó a sonreír.

—Magnífico.

Constantino captó el tono forzado.

—¿Ocurre algo?

—No —mintió ella, pero sabía que el obispo no iba a creerle—. Ocurre simplemente que hay mucho camino por andar.

—Estamos ganando aliados continuamente. Ahora tenemos de nuestra parte a los Sinópulos, y siempre hemos tenido a los Skleros.

Ana quiso preguntar a costa de qué, pero no estaba preparada para retar a Constantino.

—Venía por otro asunto, un paciente que me preocupa... —dijo Ana, y a continuación pasó a tratar el tema de su visita.

Constantino la escuchó con paciencia, pero su pensamiento estaba aún ocupado por la alegría del logro conseguido.

Días después, Ana encontró a Zoé en su alcoba, acostada en la gran cama. El colchón, guarnecido con encajes y relleno de lana de oveja, estaba cubierto además con plumón de ganso y con limpias sábanas de lino bordado. Era tan blando, que Zoé estaba hundida en él con gran placer, y aun así se sentía cansada y malhumorada. Tenía los pulmones congestionados y se quejaba de que dicha molestia le impedía dormir. Echaba a Helena la culpa de haber traído aflicción a la casa.

—Entonces es que también ella está enferma —dedujo Ana—. Lo lamento. ¿Queréis que le lleve algunas hierbas medicinales? ¿O acaso ella prefiere un médico... más tradicional? —Era una manera delicada de preguntar si Helena iba a aceptar la medicina antes que un sacerdote que la trataría mediante la oración y la confesión.

Zoé soltó una carcajada áspera.

—¡No me habléis con remilgos, Anastasio! —exclamó, al tiempo que se incorporaba un poco contra las almohadas—. Helena es una cobarde. Confesará cualquier trivialidad y tomará las hierbas si le gustan, lo cual imagino que vos sabéis de sobra. ¿No es eso lo que hacéis con la mayoría de las personas, llevar consuelo a su conciencia culpable empleando la doctrina que ellas esperan, y después administrarles la medicina que va a curarlas realmente de su enfermedad?

Ana sintió un escalofrío al ver que Zoé la analizaba con tanta facilidad. Pero luchó por obtener una respuesta.

—Unas personas son más sinceras, otras lo son menos —respondió de soslayo.

—Pues Helena lo es menos —replicó Zoé con frialdad—. Sea como sea, ¿por qué os preocupáis por ella? Os he llamado yo, no mi hija. ¿Es porque es la viuda de Besarión? Desde el principio venís mostrando una curiosidad por él más bien inusitada.

Con Zoé nunca funcionaban las mentiras.

—Así es —contestó Ana con audacia—. Por lo que he oído decir, Besarión se oponía fervientemente a la unión con Roma, y por ello fue asesinado. Me inquieta profundamente que podamos perdernos nosotros mismos junto con todo aquello en lo que creemos por culpa de algo que a todos los efectos es una invasión mediante engaños. Esto parece rendición. Y yo preferiría ser conquistado sin dejar de pelear.

Zoé se incorporó apoyada en los codos.

—Bien, bien. ¡Así se habla! Os habríais sentido muy decepcionado por Besarión, os lo prometo. —Su tono de voz iba cargado de desprecio—. ¡Él poseía menos virilidad que vos, por Dios!

—En ese caso, ¿a qué molestarse en asesinarlo? —preguntó Ana—. ¿O fue para sustituirlo por otro mejor?

Zoé calló unos instantes, inmóvil, apoyada sobre un codo, aunque dicha postura debía de resultarle incómoda.

—¿Como quién? —inquirió.

Ana se lanzó de lleno.

—¿Antonino? —dijo—. ¿O Justiniano Láscaris? Hay quien afirma que era lo bastante hombre para eso. ¿No poseía valor? —Ana procuraba hablar en tono de naturalidad, aunque tenía las manos rígidas y el cuerpo en tensión. Había empezado diciendo aquello simplemente como una forma de espolear a Zoé para que lo negara y tal vez le revelara algo más. Ahora, aquella idea bailaba sin freno en su cabeza como una posibilidad.

—¿Creéis que yo lo sé? —Era una exigencia, y el tono empleado por Zoé fue afilado como un cuchillo.

—Sería una sorpresa que no lo supierais vos. —Ana le sostuvo la mirada.

Zoé volvió a recostarse contra las almohadas extendiendo en abanico su hermosa y reluciente melena.

—Pues claro que lo sé. Besarión era un necio. Confiaba en personas de todas clases, ¡y ya veis adónde lo llevó esa confianza! Isaías Glabas es encantador, pero le gustan los jueguecitos, es un manipulador. Sólo un necio tiene necesidad de ser amado, aunque sea algo agradable, por supuesto, y también útil, pero no es necesario. Antonino era leal, una buena mano derecha. Sí, Justiniano era el único que poseía cerebro y un carácter férreo para aquella empresa. Fue una lástima que Besarión fuera tan idiota como para perder su amuleto en las cisternas. ¡Sabe Dios qué estaba haciendo allí! Ojalá lo supiera yo.

—¿En las cisternas? —repitió Ana, intentando ganar tiempo—. Yo pensaba que Besarión había muerto en el mar. ¿Alguien robó el amuleto?

Zoé se encogió de hombros.

—¿Quién sabe? No se encontró hasta varios días después, de modo que es posible que lo colocara allí el ladrón.

—¿Un amuleto? —se extrañó Ana—. ¿Cómo era?

—Oh, era el de Besarión —le aseguró Zoé—. Muy ortodoxo, nada imaginativo, más bien una pieza sin gracia, la verdad. Justiniano tenía uno mucho mejor, que llevaba puesto a todas horas. Y aún lo tenía encima cuando se lo llevaron al destierro.

—¿En serio? —Ana no podía controlar la emoción que le quebraba la voz—. ¿Cómo era?

—Una figura de san Pedro andando sobre las aguas con Cristo tendiéndole la mano —respondió Zoé, y por un instante su voz también se tiñó de emoción, una mezcla de dolor y asombro.

Ana lo conocía. Era el que le había regalado Catalina. Era una broma que había entre ellos dos, delicada y muy profunda: una referencia a la fe suprema, que dominaba toda flaqueza y propagaba el amor. Así que Justiniano aún lo llevaba. No debía llorar delante de Zoé, pero las lágrimas se le agolparon en la garganta.

—Justiniano se hallaba a una milla de allí, cenando con unos amigos —explicó Zoé—. Supongo que por eso sospecharon de su complicidad. Eso, y por el hecho de que fue en las redes de su barco donde se encontró el cadáver de Besarión, que supuestamente se había ahogado al enredarse en ellas.

—El amuleto de Besarión pudo haber ido a parar a las cisternas en cualquier momento —arguyó Ana—. ¿Cuándo lo robaron?

Zoé se acomodó un poco más contra las almohadas.

—La noche en que lo asesinaron —contestó—. Aquel día lo llevaba puesto. Y no sólo lo confirmó Helena, sino también sus sirvientes. Ella podría mentir, pero ellos no poseen capacidad para mentir con coherencia, ninguno de ellos.

—¡Así que Justiniano! Yo pensaba... —Ana dejó la frase sin terminar, pues no sabía qué decir. Estaba delatándose. Nada de aquello era lo que quería saber—. ¿Qué... cómo era ese tal Justiniano? —No deseaba saberlo, pero no pudo evitar preguntarlo. Ella lo recordaba como era antes, lo mucho que ambos habían compartido, tanto en la forma de pensar como en la pasión por las cosas, casi como almas gemelas.

—¿Justiniano? —dijo Zoé recalcando las sílabas—. Me gustaba. A veces me hacía reír. Podía ser brusco y tozudo, pero no era débil. —Sus anchos labios se fruncieron—. ¡Odio la debilidad! No os fiéis nunca de una persona débil, Anastasio, sea hombre o mujer... o eunuco. No os fiéis de una persona que necesita aprobación. Cuando las cosas se pongan difíciles, se pondrá de parte del ganador, con independencia de lo que éste represente. Y tampoco os fiéis de una persona que necesita del elogio; comprará la aprobación de los demás, cueste lo que cueste. —Alzó en el aire un dedo largo y fino—. Y por encima de todo, no os fiéis de alguien que no crea en nada salvo en el consuelo de no estar solo; es capaz de vender su alma por cualquier cosa que parezca ser amor, sea lo que sea en realidad. —A la luz de las antorchas su semblante se veía duro y contraído por el dolor, como si hubiera contemplado el primer gran desengaño.

—¿Y en quién he de confiar? —preguntó Ana, haciendo un esfuerzo para inocular aquella misma actitud de aspereza en su tono de voz.

Zoé la miró estudiando todos los ángulos de su rostro, los ojos, la boca, las mejillas carentes de vello y la suavidad del cuello.

Confiad en vuestros enemigos, si es que sabéis quiénes son; por lo menos ellos son previsibles —dijo por fin—. ¡Y no me miréis así! Yo no soy enemiga vuestra... ni tampoco amiga. Además, a mí no podréis predecirme, porque haré lo que tenga que hacer, con el favor de Dios o del diablo, para obtener lo que deseo.

Ana le creyó, pero no se lo dijo.

Zoé lo leyó en su expresión y lanzó una carcajada.

21

Ana guardó las hierbas medicinales en el estuche, le dio unos cuantos consejos al paciente y se despidió.

—Os estoy agradecido —dijo Nicéforo con sinceridad cuando Ana salió al pasillo. La estaba esperando—. ¿Melecio se recuperará?

—Se le notaba la inquietud en la ligera tensión de la voz. Últimamente la mandaba llamar cada vez con mayor frecuencia.

—Claro que sí —respondió Ana con seguridad, rezando para no equivocarse—. La fiebre ya ha cedido. Simplemente, dadle de beber y después empezad a darle alimento pronto, tal vez mañana.

Se veía a las claras que Nicéforo se sentía aliviado. Ana había descubierto que era a la vez compasivo y muy inteligente. Y también había ido advirtiendo cada vez más en él una soledad nacida del hecho de no poder compartir con nadie las alegrías de sus conocimientos. No sólo coleccionaba obras de arte, sobre todo de la Antigüedad, además sentía un aprecio aún mayor por los tesoros del intelecto y ansiaba compartirlos.

Pasaron de la antesala a una de las majestuosas galerías.

Nicéforo guio a Ana un poco hacia la izquierda.

—¿Conocéis a Juan Becco, el nuevo patriarca? —le preguntó.

—No. —Aquello despertó el interés de Ana, y se le notó en la voz. Era la visita que deseaba Constantino, aunque estaba obligado a ocultarlo.

—En estos momentos está con el emperador. Si aguardáis unos instantes, os lo presentaré —se ofreció Nicéforo.

—Os lo agradezco —se apresuró a aceptar Ana. Iniciaron una conversación sobre arte, después pasaron a la historia y a los sucesos que habían inspirado determinados estilos, y de ahí a la filosofía y a la religión. A Ana, sus opiniones le resultaron más liberales de lo que esperaba, y estimularon su mente con ideas nuevas y más amplias.

—Precisamente acabo de leer las obras de un inglés llamado Roger Bacon —dijo Nicéforo con gran entusiasmo—. Nunca había visto una mente como la suya. Escribe de matemáticas, óptica, alquimia y la fabricación de un fino polvo negro capaz de explotar —separó las manos de golpe para hacer la demostración— con gran fuerza cuando se le prende fuego. Es una idea emocionante y aterradora. Podría emplearse para hacer un bien inmenso, pero puede que también para un mal aún mayor. —Observó el rostro de Ana para juzgar si apreciaba lo que él había dicho, si experimentaba un puro goce intelectual.

—¿Y decís que es inglés? —repitió Ana—. ¿Esa sustancia la ha descubierto, o la ha inventado?

—No lo sé. ¿Por qué? —Al momento comprendió y dijo rápidamente—: Es un franciscano, no un cruzado. Tiene muchas ideas prácticas, como por ejemplo cómo amolar las lentes y después ensamblarlas en una máquina de forma que los objetos más diminutos parezcan enormes y puedan verse con bastante nitidez. —Una vez más elevó el tono, emocionado con el conocimiento—. Y otras lentes que sirven para que los objetos que están situados a millas de distancia den la impresión de encontrarse a sólo unos pasos. Pensad en la utilidad que podrían tener para los viajeros, sobre todo en el mar. O es uno de los genios más grandes del mundo, o vive en la felicidad de la locura.

Ana bajó la vista. Aborrecía lo que estaba pensando.

—Puede que sea un genio y que pueda ver todas esas cosas, pero ¿es sensato? No es lo mismo.

—No tengo la menor idea —respondió Nicéforo con serenidad—. ¿Qué es lo que os inquieta? ¿Que sea malo ver las cosas lejanas con más claridad? Bacon escribe que es posible encajar esas lentes en un artilugio construido para poder llevarlo encima de la nariz, y que los que no pueden ver podrán leer. —Una vez más, la emoción lo hizo elevar el tono—. Y también estudia el tamaño, la posición y la trayectoria de los cuerpos celestes. Ha inventado grandiosas teorías sobre el movimiento del agua y el modo de utilizarla en máquinas para levantar y transportar cosas, y para crear un ingenio que transforme el vapor en fuerza capaz de empujar los barcos en el mar, ¡haya viento o no! Imaginadlo.

—¿Podemos fabricar esas cosas que explotan? —preguntó Ana en tono relajado—. ¿Máquinas que crean vapor para empujar los barcos sin viento en las velas ni hombres a los remos? —No lograba desembarazarse del temor que provocaban aquellos artilugios, el poder que proporcionarían a la nación que los poseyera.

—Eso espero. —Nicéforo frunció levemente el ceño, como si lo hubiera rozado una ráfaga de aire helado—. Así no tendremos que ser esclavos del viento.

Ana lo miró a los ojos.

—Los reyes y príncipes de Inglaterra preparan una cruzada, ¿no es así? —Era una afirmación. Todo el mundo conocía a Ricardo, conocido por el sobrenombre de Corazón de León, y naturalmente al príncipe Eduardo.

—¿Vos creéis que pueden emplear esos artefactos para la guerra? —Nicéforo había palidecido, su entusiasmo se había esfumado y había dejado un intenso horror, como una herida abierta.

—¿Confiaríais vos en que no los emplearan? —replicó Ana.

—Bacon es un hombre de ciencia, un inventor, un descubridor de los milagros realizados por Dios en el universo —dijo Nicéforo negando con la cabeza—, no un hombre de guerra. Su religión trata de lo maravilloso, de la conquista de la ignorancia, no de la conquista de territorios.

—Y es posible que piense que todos los demás hombres son como él —dijo Ana en tono irónico, con un leve acento de sarcasmo—. Yo no opino así; ¿y vos?

Nicéforo estaba a punto de responder cuando de repente se abrió la puerta y por ella apareció Juan Becco, que venía de ver al emperador. Era un hombre imponente, de gesto adusto y cara afilada. Llevaba con elegancia sus magníficos ropajes, la túnica de seda y la gruesa y larga dalmática. Pero mucho más impresionante que su mera presencia física era la fuerza emocional que emanaba, y que exigía atención.

Tras saludar a Ana, miró a Nicéforo.

—Tenemos una ingente tarea por delante —dijo casi como si fuera una orden—. No ha de haber más disturbios, como ese último que hemos sufrido. Al parecer, Constantino no es capaz de controlar a sus seguidores. Personalmente, tengo dudas acerca de cuáles serán sus propias lealtades. —Frunció el entrecejo—. Debemos persuadirlo, o de lo contrario silenciarlo. La unión ha de seguir adelante. ¿Me entendéis? La independencia ya no es un lujo que podamos permitirnos. Hemos de pagar un precio para evitar tener que pagar todo. ¿No resulta suficientemente claro? De ello depende la supervivencia de la

Iglesia y del Estado. —Hizo un ademán salvaje con su mano, de grandes nudillos—. Si Carlos de Anjou nos invade, y no os confundáis, si nos separamos de Roma, nos invadirá, será el fin de Bizancio. Nuestro pueblo será diezmado, enviado al destierro o quién sabe adónde. Y sin nuestras iglesias, nuestra ciudad, nuestra cultura... ¿cómo va a sobrevivir la fe?

—Lo sé perfectamente, excelencia —contestó Nicéforo con gravedad y la cara pálida—. O cedemos algo ahora, o lo cederemos todo más tarde. He hablado con el obispo Constantino, pero él opina que nuestro mejor escudo es la fe, y no puedo sacarlo de esa convicción.

Una sombra cruzó el semblante de Juan Becco, y también un destello de arrogancia.

—Por fortuna, el emperador ve los riesgos aún con más claridad que yo —repuso—. Y ahorrará hasta el más mínimo ápice, con independencia de que nuestras órdenes religiosas más ingenuas lo entiendan o no. —Hizo la señal de la cruz de forma somera y seguidamente se marchó con un revuelo de vestiduras enjoyadas que iban lanzando destellos como de fuego a la luz de las antorchas.

Ana salió del palacio y comenzó a bajar la cuesta en dirección a su casa, sintiendo el viento en la cara. Iba reflexionando sobre las pasiones y las conversaciones que había presenciado, tanto las de Nicéforo como las del nuevo patriarca.

Había hallado en Juan Becco una actitud implacable que no esperaba, y en cambio se daba cuenta de que si careciera de ella sería un hombre que no serviría de nada. ¿Habría sido ella demasiado emocional y simplista en su manera de juzgarlo? Era posible que Constantino, para lograr sus metas, tuviera la necesidad de ser igual de taimado, estar igual de dispuesto a hacer uso de todas las armas que tuviera a su alcance.

¿Y qué pensar de aquel inglés que era capaz de ver a millas de distancia, empujar los barcos sin viento ni remos, y, tal vez lo peor de todo, crear un polvo que explotaba? ¿En qué manos podían caer aquellos ingenios? ¿En las de Carlos de Anjou? ¿Quién más, aparte de Nicéforo, estaba al tanto de aquello?

Ahora el asesinato ya no parecía tan improbable, librarse al mismo tiempo de Besarión y Justiniano asesinando al primero y conspirando para que declarasen culpable al segundo. La presencia de Antonino pudo ser accidental, no debía de figurar como víctima en los planes. Ana sintió un escalofrío al comprender que era más probable que el autor de aquello, ya fuera una persona o varias, en realidad tenía la intención de que el ejecutado fuera Justiniano.

Cuando averiguase un poco más, debía buscar un modo de preguntar a Nicéforo por el juicio de Justiniano y Antonino. Él tenía que saber algo, siendo uno de los consejeros más íntimos del emperador. No existía el cargo de acusador; se consideraba que el emperador mismo era la «ley viviente» y su palabra era definitiva, tanto para expresar un veredicto como para aplicar el castigo. Miguel había decidido ejecutar a un hombre y simplemente exiliar al otro.

El hecho de castigar a Justiniano y a Antonino no sólo serviría para hacerlos desaparecer de la escena, sino que también asustaría y confundiría a cualquiera que estuviera conspirando contra la unión, y quedarían únicamente Constantino y las masas sin líder que se oponían a toda alteración y cambio.

¿Quién habría sido el verdadero asesino? ¿Un traidor que caminaba entre ellos, un infiltrado, un intruso? ¿Incluso un agente provocador que actuaba en nombre de Miguel? Sería comprensible; el emperador libraba batallas en todos los frentes, estaba rodeado por la ambición, la intolerancia, el fanatismo religioso. Y, sin embargo, él era el único responsable de tomar las decisiones definitivas para la supervivencia de su pueblo, no sólo en el mundo, sino acaso también en el cielo.

22

Ana continuó observando y escuchando, pero la respuesta era siempre la misma. Necesitaba más información sobre las personas que rodearon a Besarión en los últimos años de su vida. Quizá las mujeres que él había conocido podrían revelarle más información que nadie, y ella, a su vez, las comprendería mejor, de eso no cabía duda. Naturalmente, no le dijo nada de esto a Zoé cuando fue a visitarla para ofrecerle alguna hierba nueva e interesante, pero sí solicitó su ayuda para ampliar su clientela.

La recompensa le llegó una semana más tarde, a comienzos de julio, cuando Zoé la hizo llamar nuevamente. Esta vez la condujeron a una estancia que no era en la que solía ser recibida. Ésta era más formal y poseía una belleza más acorde con las tradiciones. Aquí no había rojos, ni tapices, ni ninguna fastuosa cruz de oro. Los dos iconos presentes eran pequeños y encantadores, de santos de ojos de gacela. Aquí no había nada que desvelase la personalidad de Zoé, como si en esta parte de la casa recibiera a personas con las que prefería mantener cierta distancia.

Allí se encontraba Helena, exquisitamente vestida en color rojo oscuro, con joyas incrustadas. Lucía adornos en el pelo, que relucía como si fuera de seda negra. Se notaba a las claras que ya no estaba de luto. Observó a Ana con un interés desprovisto de toda amabilidad.

También había otra mujer presente, una mujer de más edad y gesto autoritario, completamente distinta de Zoé. Tenía una estatura que apenas llegaba a la media y era de una fealdad singular. La dalmática verdiazul que llevaba, de carísimo bordado, no lograba ocultar sus hombros anchos, huesudos, casi masculinos, ni el escuálido pecho. Tenía una nariz ancha, demasiado fuerte para su rostro. En sus ojos claros brillaba la inteligencia y su boca era delicada, pero carente de sensualidad.

Zoé la presentó como Irene Vatatzés, y sólo entonces, cuando sonrió proyectó una imagen de encanto que desapareció al momento.

La acompañaba un joven de gran estatura. Poseía un rostro oscuro y alargado que no resultaba atractivo, pero que albergaba la promesa de un poder considerable que estaba por venir, tal vez en el plazo de diez años, cuando se hallara al final de la cuarentena. Contrastaba vivamente con Irene, y Ana se sorprendió cuando se lo presentaron como el hijo de ésta, Demetrio.

Hablaron educadamente de temas triviales, hasta que por fin Zoé mencionó que había sufrido graves quemaduras en un accidente y que Anastasio la había curado. Extendió el brazo para mostrar la piel limpia de cicatrices para que Irene pudiera apreciar el mérito. También dirigió a Helena una fugaz mirada burlona que a Ana no le costó interpretar.

A partir de aquel momento la conversación resultó menos cómoda. Helena estaba alterada, paseaba por la estancia haciendo movimientos sinuosos y exagerados, como si pretendiera exhibir su juventud delante de las otras dos mujeres, mayores que ella. Ni siquiera miró a Demetrio, pero habría dado igual que lo hubiera perforado con la mirada. Aquello lo estaba haciendo para él, estaba claro que no le importaba lo más mínimo lo que Ana pudiera pensar de ella. Pasó por su lado como si no existiera.

De pronto Ana se dijo que los azules apagados de su propia túnica y la necesidad de adoptar los amaneramientos de un eunuco le resultaban más esclavizantes de lo normal. Tenía la sensación de estar en la periferia de aquella estancia como un cero a la izquierda, mientras pasaban por delante de ella todos los diálogos, los callados y los expresados en voz alta. ¿Se sentirían así todos los eunucos? ¿Tendría una sensación similar una mujer tan poco atractiva como Irene Vatatzés?

Vio que Zoé la miraba con los ojos brillantes, llenos de inteligencia. Entendía demasiadas cosas.

La conversación giró hacia la religión, lo que terminaba ocurriendo tarde o temprano con todas las conversaciones que tenían lugar en Bizancio. Helena no tenía una fe especial, lo cual resultaba evidente tanto en su conducta como en lo que decía. Era muy hermosa, físicamente muy próxima, pero carecía de alma. Ana lo veía sin dificultad, pero ¿le sería invisible a un hombre?

Escuchó lo que decían desviando ligeramente la mirada para no llamar la atención.

—Muy tedioso —decía Zoé con un encogimiento de hombros—, pero al final todo se reduce a dinero. —Estaba mirando a Irene.

Helena pasó la vista de su madre a Irene, y después a su madre otra vez.

—Con Besarión era la fe, pura y simple —replicó.

El rostro de Irene se contrajo apenas por la impaciencia, pero consiguió dominarse.

—Para organizar una fe y mantenerla viva se necesita una iglesia, y para mantener una iglesia se necesita dinero, querida. —Hablaba de forma tranquila, incluso afectuosa, pero el tono de voz era condescendiente, el de los que son sumamente inteligentes hacia los que cuentan con escasa profundidad intelectual—. Y para defender una ciudad necesitamos tanto fe como armas. Desde que los venecianos nos robaron nuestras reliquias recibimos cada vez menos peregrinos, ni siquiera desde que regresamos, en 1262. Y la mayor parte del comercio de la seda se ha trasladado a Arabia, Egipto y Venecia. Puede que el comercio os resulte tedioso, y quizá también para muchos de los que compran los objetos, los juegos y los tejidos. Puede que la sangre os resulte sucia: huele mal, mancha la tela, atrae a las moscas... pero probad a vivir sin ella.

Helena arrugó la nariz, ligeramente asqueada por el símil, pero no se atrevió a discutir.

Los ojos de Zoé llamearon divertidos.

—Irene entiende de dinero mucho más que la mayoría de los hombres —observó, no del todo amable—. De hecho, a veces me he preguntado si el que gobierna el Tesoro es Teodoro Ducas o en realidad sois vos, más discretamente, por supuesto.

Irene sonrió, con un leve rubor en sus ajadas mejillas. Ana tuvo la súbita idea de que había mucho de verdad en la observación de Zoé, y el hecho de que ésta tuviera tanta perspicacia no disgustaba del todo a Irene.

Helena guardó silencio.

Ana se dio cuenta de que Zoé estaba mirándola, con una media sonrisa.

—¿Os aburrimos con nuestra conversación acerca de doctrina y política? —le preguntó Zoé—. Tal vez deberíamos pedir a Demetrio que nos relatara alguna anécdota de la guardia varega. Son hombres llamativos, venidos de lugares bárbaros, tierras en las que en verano el sol sigue brillando durante la noche y en invierno es de noche todo el tiempo.

—Uno o dos de ellos —confirmó Demetrio—. Otros proceden de Kiev, o de Bulgaria, o de los principados del Danubio o el Rin.

Zoé se encogió de hombros.

—¿Lo veis?

Ana sintió que se ruborizaba. No había estado escuchando.

—Estaba pensando —mintió—. Me doy cuenta de que en política aún me queda mucho que aprender.

—Pues si habéis comprendido eso, supongo que ya es un logro por vuestra parte —contestó Helena, mordaz.

Zoé no disimuló su regocijo, pero cuando se dirigió a Helena habló en tono glacial.

—Tienes la lengua más afilada que la mente, querida —le dijo con calma—. Anastasio sabe disimular y enmascarar su inteligencia con humildad. Harías bien en aprender ese truco; no siempre es sensato parecer más lista. —Parpadeó—. Incluso si lo fueras.

Irene sonrió, pero al instante desvió la mirada. Un momento más tarde Ana advirtió que tenía los ojos clavados en ella, luminosos y despejados, con una expresión de curiosidad e interés.

Helena estaba hablando de nuevo, dirigiéndose a Demetrio.

Tal vez Antonino la amaba porque era el único capaz de encontrar ternura en ella. Ana no tenía ni idea de lo que podían haber compartido ambos, y podría ser que Helena estuviera sufriendo a solas ahora, sin atreverse a revelárselo a nadie, y mucho menos a su madre ni a aquella otra mujer, fea e inteligente, que llevaba tanto sufrimiento pintado en el rostro.

Ana dirigió la vista hacia Helena, que estaba de pie junto a Demetrio. Ella sonreía y él parecía un tanto tímido.

—Está empezando a parecerse físicamente a su padre —observó Zoé mirando de soslayo a Irene y nuevamente a Demetrio—. ¿Habéis tenido noticias de Gregorio últimamente?

—Sí —contestó Irene en tono tajante.

Ana advirtió que se ponía en tensión, que su cuerpo se volvía más anguloso.

Zoé parecía divertida.

—¿Aún sigue en Alejandría? No veo motivo para que continúe allí. ¿O es que está convencido de que vamos a ser nuevamente diezmados por los latinos? Que yo sepa, nunca le han importado lo más mínimo los entresijos de la religión.

—¿Vos creéis? —replicó Irene con las cejas levantadas y los ojos brillantes y fríos como el hielo—. Bueno, quizá sea porque no lo conocéis tan bien como pensáis.

El color de las mejillas de Zoé se intensificó.

—Quizá —concedió—. Teníamos conversaciones maravillosas, pero la verdad es que no recuerdo que trataran nunca de religión —Sonrió.

—Difícilmente eran circunstancias proclives a las cuestiones del espíritu —convino Irene, y se volvió de nuevo hacia Demetrio.

—Sí, se parece a su padre —dijo—. Es una lástima que vos no hayáis tenido un hijo varón... de ninguno de vuestros... amantes.

El rostro de Zoé se contrajo como si lo hubieran abofeteado.

—Yo no aconsejaría a Demetrio que admirase demasiado a Helena —dijo en voz baja, poco más que un susurro—. Podría tener consecuencias... lamentables.

Irene perdió la última gota de sangre que tenía bajo la piel. Miró fijamente a Zoé y seguidamente se volvió y lanzó una mirada glacial a Ana.

—Ha sido muy grato conoceros, Anastasio, pero no voy a hacer uso de vuestros servicios. Yo no me aplico pociones en la cara en un desesperado intento de aferrarme a la juventud, y por suerte mi salud es excelente, al igual que mi conciencia. Y si no lo fuera, tengo un médico propio al que consultar. Uno cristiano. Ha llegado a mis oídos que vos utilizáis de vez en cuando remedios judíos. Yo prefiero no usarlos. Estoy segura de que lo entenderéis, sobre todo en estos extraños tiempos de deslealtad.

Y sin esperar a que Ana le respondiera, se despidió de Zoé con un breve gesto de cabeza y salió de la estancia, seguida por Demetrio.

Helena miró a su madre, al parecer estudiando la posibilidad de iniciar una disputa por lo sucedido, pero decidió dejarlo pasar.

—Ya podéis olvidaros de ampliar vuestra clientela —le dijo a Ana—. No sé qué esperanzas teníais, pero, según parece, mi madre las ha frustrado totalmente. —Mostró una sonrisa radiante—. Tendréis que buscar ejercer en otra parte.

Ana se excusó y se fue también.

No había nada que pudiera permitirse decir a modo de represalia, por más que lo deseara.

Pasó toda una tarde preguntándose qué unía a dos personas que al parecer tenían tan poco en común. Ana no podía creer que fuera la fe, pero sí podía ser el odio hacia Roma.

El día siguiente era domingo, de modo que Ana se encaminó a solas hacia Santa Sofía para asistir a misa. Deseaba estar en un lugar en el que ni Simonis ni Leo pudieran verla ni cuestionar su estado de ánimo. Quizá la majestuosidad del edificio y la fuerza de unas palabras familiares le procurasen consuelo y le recordasen las certidumbres importantes.

Mientras subía los peldaños, ya casi dentro de la sombra que proyectaba la cúpula, se topó con Zoé. Era imposible eludirla sin ser grosera y ligeramente absurda.

—Ah, Anastasio —exclamó Zoé en tono insulso—. ¿Cómo estáis? Os pido disculpas por el extraño comportamiento que tuvo Irene. Es una mujer de modales peculiares. A lo mejor vos podríais curarla de esa afección. La beneficiaría grandemente. —Adaptó su paso al de Ana mientras las dos se dirigían hacia la puerta de Tarso—. Y también a todos los que la rodean —agregó.

Una vez que penetraron en el edificio fue como si Ana hubiera dejado de existir y Zoé estuviera tan envuelta en la intensidad de sus pensamientos como en los pliegues de su túnica. Zoé torció hacia un lado, hacia la tumba del dux Enrico Dandolo. Su semblante adquirió una expresión de ardiente odio, sus ojos se entornaron y sus labios se retorcieron en una mueca feroz. Con todo el cuerpo en tensión, escupió violentamente sobre aquel nombre maldito y a continuación, con la frente bien alta, se alejó de allí.

Sin mirar a izquierda ni derecha, fue derecho hacia una de las columnatas exteriores y encontró un icono de la Virgen. Permaneció unos instantes delante del mismo, con la cabeza inclinada.

Ana se encontraba un poco a su izquierda y le vio la cara: los ojos cerrados, la boca relajada y los labios entreabiertos, como si estuviera aspirando la esencia de un lugar sagrado. Tuvo el convencimiento de que estaba rezando de verdad, vio que repetía varias veces la misma plegaria.

Ana levantó la vista hacia la Madona con el Niño en brazos; su rostro irradiaba una tranquila dicha que brillaba más que el oro del artístico mosaico. Había en él una humanidad sin adulterar, un poder del espíritu del que ella había sido testigo. Ana lo vivió como un anhelo interior de algo perdido para siempre, una aflicción por lo que no podía llegar, y un sentimiento de culpa porque ella misma lo había regalado, no en un acto de generosidad ni de sacrificio, sino de cólera, y en medio de una repugnancia tan desenfrenada que permitió que la dominase. ¿Habría perdón para aquello? Dio media vuelta con los ojos arrasados de lágrimas, un llanto que casi la asfixió.

Al pasar junto a la tumba de Enrico Dandolo en dirección a la salida, vio que había allí un hombre, con un paño en la mano, limpiando con esmero el salivazo con el que Zoé, además de otras personas, había ventilado su odio. El hombre se interrumpió un momento y levantó la vista hacia Ana, clavando en ella sus ojos oscuros y reconociendo el dolor, pero desconcertado.

Junto a ellos pasó otra mujer que, haciendo caso omiso de él, escupió sobre la tumba. Él se acercó y pacientemente comenzó a limpiar de nuevo la piedra.

Ana lo observó sin moverse del sitio. El hombre tenía unas manos muy bellas, fuertes y esbeltas, que trabajaban como si no hubiera ocurrido nada. Ana se fijó en su rostro, sabiendo que él no se percataba de ello, absorto en su tarea. Había fuerza en la línea que trazaban sus miembros, vulnerabilidad en el gesto de su boca. Quería pensar que él era capaz de reír, una risa rápida y fácil, ante un chiste ingenioso, pero en aquel momento no se apreciaba en él nada que indicara que se sentía relajado, todo su ser transmitía una intensa soledad.

Ella también se sintió sola, sintió una angustia que rozaba el límite de lo soportable, porque por fuera no era ni hombre ni mujer, una persona solitaria amada acaso únicamente por Dios, pero que aún no había recibido el perdón.

23

Giuliano Dandolo salió a la luz del día casi sin percatarse del calor que proyectaba el sol sobre el empedrado ni del intenso reflejo. Era sólo la segunda vez que entraba en Santa Sofía. Alrededor de la base de la enorme cúpula central había un círculo de altos ventanales por los que penetraba la luz confiriendo al espacio interior la apariencia de una gema gigantesca que ardiera en su propio fuego.

Él estaba acostumbrado a la veneración de la Virgen María, pero ésta era una femineidad distinta, la santa sabiduría en forma de mujer constituía un concepto ajeno para él. Seguro que la sabiduría era una luz inamovible, cualquier cosa menos algo femenino.

A continuación vio la tumba del dux Enrico Dandolo, que había sido personalmente el responsable del robo de los cuatro grandiosos caballos de bronce que ahora adornaban la plaza de San Marcos de Venecia. También se había arrogado el derecho de ser el primero en escoger entre las más sagradas de las reliquias robadas, entre ellas la ampolla que contenía la sangre de Cristo, uno de los clavos de la cruz, la cruz revestida de oro que llevó consigo Constantino el Grande a la batalla, y muchas cosas más. Con todo, Enrico había sido su bisabuelo y formaba parte de su historia, fuera buena o mala.

Mientras estaba de pie junto a la tumba pasó por su lado una persona que escupió sobre la placa empotrada en el suelo. Esa vez Giuliano tomó la determinación de limpiarla, aunque dicha limpieza sólo fuera a durar unos momentos, hasta la siguiente irreverencia.

La persona que se había parado a observarlo había despertado en él un sentimiento distinto. Ya había visto eunucos en otras ocasiones, pero seguían provocándole una sensación de incomodidad. Había reconocido sin lugar a dudas lo que era aquella persona. Pero lo que lo turbó no tuvo nada que ver con su sexo, sino con el dolor que detectó en su mirada y en la expresión de su boca. Fue como si por un instante él, un completo desconocido, hubiera visto el interior del otro y hubiera hallado una herida terrible.

¿Por qué limpió Giuliano la placa de la tumba? No había llegado a conocer a su bisabuelo, no tenía recuerdos ni anécdotas personales. Era únicamente porque el apellido que figuraba allí era el de Dandolo, un linaje al que él podía pertenecer, un vínculo con el pasado que no tenía nada que ver con la madre bizantina que lo había rechazado.

Giuliano salió de la iglesia y caminó a toda prisa, como si transitara por una ruta conocida, y en cambio no tenía una idea clara, salvo la de subir hasta un lugar desde el cual pudiera divisar el mar. Se dirigía hacia la luz que reflejaba el agua y el horizonte sin límites, como si al mirarlo fuera libre y su pensamiento pudiera escapar.

¿Qué había esperado encontrar cuando por fin fuera a Constantinopla? Una ciudad ajena a él, demasiado oriental, demasiado decadente, para así poder odiarla y regresar a Venecia después de haberla exorcizado de su alma. Eso era todo. Así podría pensar en su madre con indiferencia y no ver en ella nada de sí mismo.

Llegó a un lugar pequeño, un ramal que se apartaba del camino, justo lo bastante amplio para que cupieran dos o tres personas que se parasen a contemplar el cambiante dibujo de las corrientes y del viento en las aguas que discurrían por el estrecho que separaba Europa de Asia. Parecían las pinceladas de un artista, excepto que tenían movimiento. El mar era un ser vivo, como si tuviera pulso. Sintió en la piel la caricia del viento, cálido y limpio, con una pizca de sal.

La ciudad que tenía a sus pies era como Venecia, pero al mismo tiempo muy diferente. La arquitectura era más liviana que la de Venecia y, sin embargo, en la veneciana había ecos de la bizantina. Percibió la misma vitalidad y el mismo frenesí por el comercio, siempre el comercio, saber ver una ganga, sopesar el valor de las mercaderías, comprar y vender. Y allí también conocían el mar en todos sus estados de ánimo: sutil, peligroso, hermoso, rebosante de oportunidades y posibilidades.

Sin embargo, las similitudes eran superficiales. Él no tenía sitio en Constantinopla, en realidad no lo conocía nadie, a excepción de la breve amistad que tenía con Andrea Mocenigo, quien le había permitido entrar a formar parte de su familia. Pero aquello era bondad; habrían hecho lo mismo por cualquier otra persona. El hecho de ser un desconocido en la ciudad le proporcionaba libertad para crecer, para cambiar si quisiera, para abrazar ideas nuevas, aunque fueran absurdas o descabelladas.

Pertenecer a un lugar representaba seguridad, pero también restricción. No pertenecer a ninguno era carecer de límites, como si a uno no le pesaran los pies y sus horizontes fueran infinitos. Pero tampoco tenía raíces, y a veces, cuando menos se lo esperaba, eso le provocaba una soledad casi insoportable.

No podía apartar de su mente la pasión y el dolor que vio en el rostro de aquel eunuco que se paró a mirarlo en Santa Sofía. Había en él una ternura que lo atormentaba.

Debía terminar de recopilar información y valorarla para el dux, y después volvería a casa.

Cuando por fin regresó su primer oficial, Giuliano estaba listo para partir. Ya tenía toda la información que necesitaba. Al menos eso creía, aunque cuando se despidió de Mocenigo y su familia y llevó su baúl hasta el carro que aguardaba, sintió en su interior hormiguear la duda de que quizás estaba huyendo otra vez. ¿Qué era lo que había finalizado, la misión que le había encomendado el dux o sus propias ansias de conocer y rechazar Bizancio?

Apartó aquella idea de su mente. Estaba regresando a casa.

La travesía fue rápida, y para mediados de agosto se encontraba ya en el muelle, contemplando el perfil de la ciudad que parecía flotar sobre la superficie de la laguna. Bizancio era un bello recuerdo, como los colores de un mosaico construido en el techo de otra casa: con toques de oro, pero demasiado lejano para verlo con claridad. En su mente persistió únicamente una impresión, con multitud de facetas, hermosas y leves... pero fuera de su alcance.

Corría el año 1275. En Roma, el Papa Gregorio organizó una tregua de un año de duración entre el emperador Miguel Paleólogo de Bizancio y Carlos de Anjou, rey de las Dos Sicilias. Ana no llegó a ser consciente de lo mucho que tuvo que ver con ello el legado papal que se encontraba en Constantinopla.

24

Giuliano atracó en el puerto exterior, con la intención de dirigirse a su casa, que se encontraba en un ramal del Gran Canal. Primero pensaba lavarse y cambiarse de ropa, descansar un poco, disfrutar de una buena cena en alguno de los cafés... algo que fuera distinto de la vida a bordo. Después iría a informar al dux. Probablemente tendría que esperar un rato a que le concedieran una audiencia.

Pero, apenas había puesto un pie en tierra cuando oyó unas voces amortiguadas que especulaban acerca de quién iba a ser el próximo dux.

—¿Está enfermo el dux? —preguntó, al tiempo que tiraba al hombre del brazo para llamar su atención.

El hombre se volvió y observó con conmiseración sus calzones de marino, manchados a causa del viaje.

—Acabáis de desembarcar, ¿verdad? —replicó—. Sí, amigo, y se teme que no dure mucho. Si tenéis alguna noticia que darle, más vale que se la deis ahora.

Giuliano le dio las gracias y, angustiado por una fuerte sensación de pérdida, se dirigió rápidamente al Palacio Ducal. Fue recibido por varios criados cariacontecidos, que le rogaron en voz baja que aguardase a ser llamado.

Se puso a pasear nervioso, del sol a la sombra, bajo los grandes ventanales, sus pies susurrando contra el mármol del suelo, mientras oía el murmullo de unas voces apagadas procedentes del otro lado de la puerta. Por fin lo hicieron pasar, y un individuo de cierta edad y expresión grave, ataviado con un jubón negro y calzas, le dijo que debía ser breve.

En la alcoba del dux flotaba el olor penetrante y rancio de la enfermedad, así como la actitud lúgubre y vigilante de quienes tienen labores urgentes que llevar a cabo pero quieren dar la impresión de tener a su disposición todo el tiempo del mundo.

Tiépolo yacía recostado contra las almohadas, ojeroso y con las mejillas hundidas.

—¡Giuliano! —exclamó con voz ronca—. ¡Acércate! Háblame de Carlos de Anjou y de los sicilianos. ¿Crees que habrá una insurrección? ¿Cómo es Bizancio? ¿Qué opinan los venecianos que viven allí? ¿De qué lado se pondrán si tiene lugar otra invasión? Dime la verdad, sea buena o mala.

Giuliano sonrió al dux y puso una mano encima de los frágiles dedos del anciano, que descansaban sobre la sábana.

—No tenía intención de mentiros —dijo en voz tan baja que esperó que no le oyeran las demás personas presentes en la habitación. La última conversación entre ambos debería contar con la dignidad de no ser escuchada por nadie, de modo que pudieran decir todo lo que les apeteciera a cualquiera de los dos.

—¿Y bien? —apremió Tiépolo.

Lo más brevemente que pudo, Giuliano le dio su opinión sobre Carlos de Anjou y lo informó de las diferencias que él veía entre su gobierno de Nápoles y el de Sicilia, así como las respectivas reacciones de los súbditos de uno y otro lugar.

—Bien. —Tiépolo sonrió débilmente—. ¿Así que tú opinas que Sicilia podría levantarse contra él, si las circunstancias fueran las adecuadas?

Ciertamente lo odian, pero de ahí a la rebelión hay mucho trecho —respondió Giuliano.

—Posiblemente. —La voz de Tiépolo sonaba débil—. Ahora háblame de Constantinopla.

—He sentido hacia ella amor y odio —respondió Giuliano recordando los pensamientos elevados, el torbellino de ideas, el asfixiante dolor del rechazo.

—Naturalmente —dijo el dux con una débil sonrisa—. ¿Qué te ha inspirado amor, Giuliano?

—La libertad de ideas —repuso él—. La sensación de encontrarse uno en la encrucijada de Oriente y Occidente. La aventura del intelecto.

Tiépolo afirmó con la cabeza.

—Y también te han inspirado amor las partes que eran como Venecia, y odio por causa de tu madre. —A pesar del dolor que lo abrumaba, su mirada era amable.

Giuliano retomó el hilo de su misión.

—Ninguno de ellos desea la guerra —dijo con vehemencia—. Ni los bizantinos ni los venecianos, y tampoco los genoveses, los judíos ni los musulmanes. De ningún modo serán capaces de rechazar un ejército de cruzados, pero me temo que la mayoría están dispuestos a luchar para proteger lo que es suyo, y a morir con ello.

No confíes nunca en el Papa, Giuliano, ni en éste ni en ningún otro —dijo Tiépolo con un suspiro—. Los Papas no aman Venecia como la amamos tú y yo. Nos aguardan tiempos turbulentos, Carlos de Anjou quiere ser el rey de Jerusalén, y es capaz de bañar de sangre Tierra Santa con tal de conseguirlo. —Su mano surcada de venas azuladas aferró la sábana—. Venecia ha de conservar su libertad, no lo olvides nunca. Jamás se la entregues a nadie, ya sea emperador o Papa. Somos independientes. —Se le quebró ligeramente la voz, y Giuliano tuvo que inclinarse hacia delante para oírlo—. Prométemelo.

No tenía más remedio. Encontró fría la mano que asía la sábana al poner la suya encima. La atracción que ejercía Bizancio era intensa, el mundo estaba lleno de peligros, tentaciones y promesas, pero aquel hombre había cuidado de él tras la muerte de su padre. Un hombre que se desentendía de sus deudas no valía nada. Venecia era la cuna de su alma.

—Claro que os lo prometo —contestó Giuliano.

Tiépolo sonrió un instante, después desapareció la luz de sus ojos y no volvió a parpadear más.

Giuliano sintió un escozor en la garganta y un nudo en las entrañas que apenas le dejaba respirar. Fue como si se hubiera repetido la muerte de su padre, el inicio de una nueva soledad que iba a continuar para siempre. Retiró la mano que tenía apoyada en la del anciano y se incorporó lentamente, para volverse hacia la habitación en sombras.

El médico clavó la mirada en él y entendió. Giuliano tenía la garganta demasiado tensa para poder hablar, y no quiso turbarse. Dio las gracias con una breve inclinación de cabeza y salió a la fresca antesala de suelos de mármol y después al pasillo.

El funeral de Tiépolo fue magnífico, demasiado hondo para profanarlo con palabras innecesarias. Hacía un día nublado y de calor sofocante, y caía una fina lluvia de verano que se derramaba como una cortina de seda. La barcaza adornada con cintas negras se movía muy despacio y sin producir apenas ningún sonido a lo largo del Gran Canal, con la apariencia de un buque fantasma.

El canal estaba atestado de gente, ya fuera en los balcones que se inclinaban sobre el agua o en pequeñas embarcaciones amarradas a las orillas para permitir el paso de la procesión y de los deudos, que habían partido del Palacio Ducal para atravesar la ciudad y después regresar hasta el puente de Rialto, y a continuación discurrir por otros canales más pequeños que llevaban más directamente a la catedral de San Marcos, casi donde habían empezado.

Giuliano iba en la primera embarcación que seguía a la barcaza, no en la proa, puesto que no pertenecía a la familia, sino más hacia la popa. Iba de pie, contemplando las altas fachadas de los edificios y la luz pálida que se reflejaba en el agua, moteada por la lluvia, emborronando los objetos reflejados. Se sentía intensamente solo, a pesar de tener a Pietro a escasa distancia. Sin embargo, la muerte de un líder suponía el paso de una época, y ambos estaban unidos de manera indisoluble en algo único y tan profundo como podría serlo el vínculo de la sangre.

Atravesaron haces de sol de un débil color plata que incidían en la superficie del canal provocando una luminiscencia que hacía resaltar momentáneamente la mole de la barcaza, con los remos resplandecientes. Después volvían a cerrarse sobre ella las sombras y se difuminaban los colores. No se oía sonido alguno, salvo el suave chapoteo del agua.

Una semana después volvió a ver a Pietro. Disfrutaban de una copa de vino después de haber pasado el día en la laguna, conversando, recordando, contemplando los colores de la puesta de sol que acariciaba las fachadas de los palacios que se alzaban enfrente y creaba la fantasía de que estuvieran flotando sobre la superficie del agua, insustanciales como los sueños. Ahora estaban sentados, con los pies mojados y sintiendo un poco de frío, en una de sus tabernas preferidas, situada frente a un pequeño canal, a quinientos pasos de la iglesia de San Zamipolo.

Giuliano contempló su copa con un gesto de mal humor. Le gustaba el vino tinto, y aquél era muy bueno. Era consciente de que estaba bebiendo demasiado, pero el calor se pegaba al cuerpo igual que una tela mojada, y tenía la sensación de no lograr apagar nunca la sed.

—Imagino que ya estarán eligiendo a los *inquisori* que habrán de examinar todas las acciones del dux y emitir un juicio —dijo con enfado.

—Es lo que hacen siempre —replicó Pietro, tomando más vino a su vez—. Tendrán que encontrar algo de que quejarse, o de lo contrario el pueblo dirá que no están cumpliendo con su obligación.

—¿Y qué puede haber hecho mal Tiépolo, por amor de Dios? —exclamó Giuliano—. ¡Lo tenían bajo vigilancia todo el tiempo! No podía abrir los despachos enviados por potencias extranjeras sin que alguien mirase por encima de su hombro y los leyera al mismo tiempo que él.

—Así es la naturaleza humana —rio Pietro—. Los venecianos siempre buscarán a alguien a quien criticar. Alégrate de que no fuera un Papa. —De pronto sonrió de oreja a oreja—. Hubo uno al que desenterraron después de muerto y lo ahorcaron. Ambrosio II, me parece. ¡Dos veces! Lo enterraron, después un desbordamiento del río dejó al descubierto la tumba y arrastró el cadáver, o algo así. Todo después de un juicio como Dios manda, naturalmente. Que el acusado fuera un cadáver era algo que carecía de importancia, Dios lo tenga en su gloria.

Pietro dejó su copa vacía en la mesa.

—¿Quieres que mañana por la noche bajemos al canal que está junto al arsenal? —dijo—. Conozco una taberna estupenda en la que sirven un vino excelente y tienen unas mujeres jóvenes, de piel suave y redonditas como debe ser.

—Tal como lo dices, parece que sea algo de comer —comentó Giuliano, pero la idea le resultó atractiva. Placeres fáciles, música, un poco de amabilidad anónima y sin obligaciones, sin salir magullado y sin magullar a nadie, y además Pietro era buena compañía, afable y divertido, y no se quejaba nunca—. Sí —aceptó—, ¿por qué no?

El proceso de elegir a un nuevo dux era sumamente complejo. Había sido instituido por el mismo Tiépolo, en el año de su acceso al trono. Con él se pretendía reducir el poder de las grandes familias que llevaban gobernando Venecia desde el reinado del primer dux, quinientos años atrás. A Giuliano le gustaría saber si Tiépolo tenía en mente, concretamente, a los Dandolo.

Al final, cuando todo el proceso quedó cumplido al pie de la letra, salió elegido un nuevo dux. Su nombre era Jacopo Contarini, un octogenario primo de Pietro.

Una semana después, éste mandó llamar a Giuliano.

Giuliano se sintió incómodo al entrar en el Palacio Ducal y encontrar a otra persona sentada en el trono. Las salas y los pasillos eran los mismos, las columnas de mármol y el dibujo que proyectaba en el suelo el sol que se filtraba por los ventanales. Ni siquiera habían cambiado los sirvientes, a excepción de los más personales. Probablemente era acertado que la sensación de continuidad fuera tan poderosa, pero a Giuliano le recordaba de forma dolorosa que Venecia era mucho más grande que las personas individuales que le daban vida.

—Pasad, Dandolo —dijo Contarini en tono formal, todavía poco acostumbrado al cargo, aunque muy posiblemente lo había codiciado durante toda su vida.

—Mi señor —respondió Giuliano haciendo una reverencia y aguardando a que le dijeran que podía descansar. Aquel hombre no era Tiépolo; para aquel nuevo dux, él no significaba nada.

—Habéis regresado recientemente de Constantinopla —dijo Contarini con interés—. Decidme qué información traéis. Sé que os envió el dux Tiépolo, Dios lo acoja en su seno. ¿Qué impresión habéis sacado del emperador Miguel y del rey de las Dos Sicilias?

—El emperador Miguel es un hombre inteligente y perspicaz —respondió Giuliano—. Un soldado de gran fortaleza, pero carece de la flota que necesita para defenderse de un ataque por mar. Constantinopla está recuperándose lentamente. El pueblo todavía es muy pobre, y pasará mucho tiempo hasta que el comercio les aporte la riqueza necesaria para reconstruir las defensas marítimas para resistir otro asalto.

—¿Y el rey de las Dos Sicilias? —presionó Contarini.

Giuliano se acordaba con gran nitidez de Carlos de Anjou y dijo al dux que el rey no contaba con la lealtad de su pueblo.

Contarini afirmó con la cabeza.

—En efecto. ¿Y os dijo el dux Tiépolo qué motivos tenía para recabar esta información?

—Una cruzada de Carlos requeriría una flota inmensa, y o la construyen los genoveses o la construimos nosotros. Y si dicha cruzada consigue el triunfo, el botín será enorme. No tanto como el de 1204, porque ya no quedan tantos tesoros, pero aun así merecerá la pena tomarlos. Deberíamos redactar ahora mismo un contrato y asegurarnos el suministro de la madera que vamos a necesitar. Habrá que comprar una cantidad muy superior a la habitual.

Contarini sonrió.

—Decidme, ¿suponía Tiépolo que se cumpliría hasta el final un contrato firmado con Carlos de Anjou?

—Sería ventajoso para Carlos que así fuera. Él no tendría que enemistarse con Venecia hasta después de haber conquistado Bizancio, Jerusalén y posiblemente Antioquía. Y además guardamos un largo historial de agravios —replicó Giuliano.

La sonrisa de Contarini asomó a sus ojos.

—Muy bien. ¿Y vuestra estancia en Constantinopla?

—Mi misión consistía en valorar el estado de ánimo y las lealtades de los venecianos y los genoveses que viven allí, excelencia. Son muy numerosos, y se encuentran principalmente en los alrededores de los puertos.

Contarini asintió.

—¿Y estarían con nosotros, o contra nosotros?

Los que no están casados con bizantinos es posible que tengan su lealtad dividida —contestó Giuliano—. Y ésos, curiosamente, son muchos.

—Tal como cabía esperar —corroboró Contarini—. A su debido tiempo os enviaré allí de nuevo, a continuar observando, para que me tengáis informado. Pero antes quisiera que viajarais a Francia para garantizar el suministro de madera. Tendréis que poner mucho cuidado al negociar. No deseamos vernos comprometidos y después enterarnos de que la cruzada se ha postergado o, peor aún, anulado. La situación se encuentra en un equilibrio precario. —Su sonrisa perdió calidez—. Necesito que seáis muy preciso, Dandolo. ¿Me habéis comprendido?

—Sí, excelencia. —Sí lo entendía, pero, sin saber por qué, el sentimiento de emoción se había esfumado. Aquella misión era importante, necesaria; no se podía dejar en manos de un hombre cuya capacidad o lealtad no fueran absolutas. Y en cambio, al mismo tiempo resultaba impersonal. No contenía ni una pizca de la pasión que él había compartido con Tiépolo.

Se despidió y salió a la *piazza* iluminada por el sol. La luz que reflejaba el mar, tan limpia y brillante como siempre, ahora parecía fría.

25

Palombara y Vicenze llegaron a Roma en enero de 1276. Habían pasado diecinueve días en el mar y los dos se alegraban de tocar tierra por fin, aunque sabían que era una carrera para informar al Papa, cosa que cada uno haría por separado, naturalmente, y ninguno sabía lo que iba a decir el otro.

Dos días después, cuando por fin llegó el mensajero para conducir a Palombara a la presencia del Papa, caminaron juntos por las calles y hasta el otro lado de la plaza barrida por un viento que les hacía revolotear las capas. Palombara procuró pensar en algo que pudiera preguntar a su acompañante y que le dijera si Vicenze ya había acudido a la cita o no, pero todas las preguntas le parecieron ridículamente transparentes. Terminó recorriendo todo el camino sin pronunciar palabra.

Su Santidad Gregorio X tenía cara de cansado, incluso en la tranquilidad de sus soleados aposentos y con la magnificencia de sus ropajes. Lo asaltaba a menudo una tos que él trataba de disimular. Tras el acostumbrado ritual de los saludos fue directo al grano, como si tuviera prisa. O tal vez fuera porque ya había visto a Vicenze y aquel encuentro era una mera cortesía hacia Palombara y no tenía más significado que ése.

—Lo has hecho bien, Enrico —dijo el pontífice con gravedad—. No esperábamos que una empresa tan grandiosa como una unidad de la cristiandad pudiera llevarse a cabo sin dificultad y sin la pérdida de algunas vidas entre los más obstinados.

Palombara supo al instante que Vicenze ya había estado allí y que había informado de un éxito mayor del que habían obtenido en realidad. De pronto experimentó la aguda sensación de que el hombre que tenía delante soportaba una carga que sobrepasaba su capacidad. Su rostro se veía surcado de profundas sombras. Y aquella tos repetitiva, ¿podía ser algo más que un resfriado propio de comienzos del invierno?

—Hay demasiadas personas cuya reputación, y también todo el respeto y el poder que poseen, radica en su fidelidad a la Iglesia ortodoxa —contestó—. Uno no puede afirmar que ha recibido la inspiración divina y luego tomar una decisión contraria.

Ojalá hubiera podido sonreír ante aquella ironía, pero en los ojos de Gregorio no advirtió ni un ápice de humor, tan sólo indecisión y un sentimiento lúgubre. Aquello lo atemorizó, porque constituía una prueba más de que ni siquiera el Papa poseía aquella luminosa certidumbre de Dios que sin duda acompañaba a la auténtica santidad. Palombara vio únicamente a un hombre cansado que buscaba tomar la mejor de muchas decisiones, ninguna de ellas completa.

—La resistencia se encuentra sobre todo entre los monjes —expresó Palombara en voz alta—. Y entre los altos miembros del clero cuyos cargos dejarán de existir cuando el centro del poder se traslade aquí, a Roma. Y luego están los eunucos. En la Iglesia de Roma no hay sitio para ellos. Tienen mucho que perder y, a su parecer, nada que ganar.

Gregorio frunció el entrecejo.

—¿Podrían causarnos problemas? Son sirvientes de palacio, hombres de la Iglesia que carecen... —encogió los hombros y volvió a toser— que carecen de las tentaciones de la carne, y por consiguiente de la posibilidad de alcanzar la verdadera santidad. ¿No es mejor para todos ellos que su especie se extinga?

Palombara sentía el deseo de coincidir con él. La mutilación era algo que lo repugnaba, y si pensaba en ella con detalle, también lo aterrorizaba. Sin embargo, cuando pronunció el término «eunuco» lo hizo pensando en Nicéforo, el hombre más juicioso y cultivado que había conocido en la corte de Miguel. Y en Anastasio, que era todavía más afeminado que el primero y no tenía absolutamente ningún rasgo masculino. En cambio su inteligencia, y aún más el ardor de sus sentimientos, lo había cautivado de un modo que no podía pasar por alto. Pese a su pérdida de virilidad, el médico tenía una pasión por la vida que él mismo no había experimentado jamás. Lo compadecía y envidiaba al mismo tiempo, y dicha contradicción le resultaba turbadora.

—Es un insulto, un rechazo, Santo Padre —convino—. Sin embargo, poseen gran mérito, aunque su abstinencia sea forzada. Dudo que en la mayoría de los casos sea una circunstancia elegida libremente por ellos mismos, de manera que no se les puede reprochar que...

La expresión de Gregorio se endureció, iluminada por el pálido sol invernal que entraba por los ventanales.

—Si un niño no está bautizado, no es cosa que haya elegido él, Enrico, y aun así le está vedada la entrada en el paraíso. Ten mucho cuidado cuando hagas generalizaciones tan excesivas. Cuando entra en juego la doctrina, estás pisando un terreno delicado. No cuestionamos el criterio de Dios.

Palombara tuvo un escalofrío. No fue la advertencia, ni la reprimenda, sino algo mucho más profundo. Era la negación de la pasión, de la certidumbre, de saber que todo era perfectamente, brillantemente cierto, bello para la mente y para el alma, como debían ser las cosas de Dios. ¿Sabía él que un niño sin bautizar no podía entrar en el paraíso? Sabía que así lo enseñaban, pero ¿lo enseñaba Dios? ¿O lo enseñaba el hombre, con el fin de aumentar el rebaño y por consiguiente el poder de la Iglesia, y en última instancia su propio dominio?

¿Qué concepto tendría Gregorio, y la Iglesia, de Dios? ¿Estaban creándolo a su imagen y semejanza, un ser esencialmente superficial, ansioso de recibir cada vez más alabanzas, más obediencia, comprándolas con el miedo a la condenación? ¿Estaba el hombre buscando algo situado más allá de sí mismo, libre de las restricciones impuestas por los límites de su propia imaginación? ¿Quién se atrevía a cruzar dicho límite, a zambullirse solo en el mundo silencioso y resplandeciente de... qué? ¿De la luz infinita? ¿O sólo de un vacío blanco?

Palombara comprendió, en aquel hermoso salón blanco del Vaticano, que en el fondo de su corazón estaba convencido de que Gregorio no sabía más que él, y que simplemente no sentía el deseo ni el impulso de preguntar.

—Disculpadme, Santo Padre —dijo en tono contrito, lamentando haber desalentado a un anciano cuya vida se apoyaba en sus certezas—. He hablado precipitadamente, porque he tomado respeto a la sabiduría de algunos de los eunucos que viven en la corte del emperador, y no excluiría a ninguno de ellos de la gracia salvífica de la verdad. Me temo que aún tenemos mucho trabajo que hacer en Bizancio para ganarnos una lealtad que no esté basada en el miedo de la violencia física que podamos ejercer contra ellos si no nos son fieles.

—El miedo puede ser el principio de la sabiduría —apuntó Gregorio. De pronto levantó la vista y la clavó en los ojos de Palombara. En ellos vio escepticismo, y posiblemente una parte de la grave actitud satírica que inundaba el corazón del sacerdote.

Palombara asintió, obediente.

—Pero tengo otros planes de que hablar —dijo Gregorio con un repentino brío—. Están cobrando impulso los preparativos para lanzar una nueva cruzada, sin el derramamiento de sangre que hubo en el pasado. He decidido escribir al emperador Miguel para invitarlo a que el año que viene se reúna con nosotros en Brindisi. Así podré hablar con él, juzgar mejor su fuerza y su sinceridad, y tal vez aquietar algunos de sus temores. —Aguardó la reacción de Palombara.

—Admirable, Santo Padre —dijo éste con todo el entusiasmo que le fue posible—. Eso reforzará su resolución, y es posible que podáis sugerirle alguna manera de tratar con sus obispos de la antigua fe y seguir contando con la lealtad de éstos. Él os quedará agradecido, al igual que todo el pueblo bizantino. Y aún más importante que eso, naturalmente, es que es la manera más apropiada de proceder.

Gregorio sonrió, claramente complacido con la respuesta de Palombara.

—Me alegra que lo veas con tanta claridad, Enrico. Me temo que no todo el mundo lo verá así.

Palombara se preguntó por un brevísimo instante si Vicenze había discrepado. Sería un atrevimiento por su parte, o más probablemente una total falta de sensibilidad. ¿Habría visto la debilitada salud de Gregorio y habría cambiado ya de sitio su lealtad? A lo mejor contaba con alguna información de la que no disponía él, de lo contrario era una reacción no acorde con su forma de ser. Vicenze nunca corría riesgos.

—Con el tiempo terminarán viéndolo, Santo Padre —respondió, sintiendo desprecio por su propia hipocresía.

—Sí, desde luego. —Gregorio frunció los labios—. Pero tenemos mucho que hacer para prepararnos. —Se inclinó un poco hacia delante—. Necesitamos tener a toda Italia de nuestra parte, Enrico. Hay mucho dinero que recaudar, y por supuesto hombres, caballos, armaduras, máquinas de guerra. Y también provisiones y navíos. Tengo legados en todas las capitales de Europa, y Venecia se nos unirá porque tiene muchos beneficios que obtener, como siempre. A Nápoles y el sur no les quedará otro remedio, porque Carlos de Anjou se encargará de que así sea. Las que me preocupan son las ciudades de Toscana, Umbría y el Regno.

A pesar de su deseo de permanecer impasible ante el fuego de la ambición, Palombara sintió una punzada de emoción por dentro.

—Sí, Santo Padre...

—Empieza por Florencia —dijo Gregorio—. Es rica, y constituye un hervidero de vida y de ideas que, si lo alimentamos, nos será muy útil. Son leales a nosotros. Después quiero que averigües qué respaldo tenemos en Arezzo. Sé que eso te resultará más difícil, allí son leales al Sacro Emperador Romano. Pero ya has demostrado tu valía en Bizancio. —Esbozó una sonrisa triste—. Sé lo que me has contado de Miguel Paleólogo, Enrico, y no estoy tan ciego como tu tacto imagina. Y también sé lo que no me has contado, en virtud de tus silencios. Ve y regresa para informarme a mediados de enero.

—Sí, Santo Padre —dijo Palombara con un entusiasmo que no pudo ocultar—. Así lo haré.

Una noche, antes de partir de Florencia, Palombara cenó con su viejo amigo Alighiero de Belincione y con Lapa, la mujer con la que vivía éste desde el fallecimiento de su esposa. Tenían dos hijos pequeños, Francesco y Gaetana, además de Dante, el hijo que tenía Alighiero de su primer matrimonio.

Como siempre, acogieron afectuosamente a Palombara, le dieron magníficamente de comer, y después se sentaron alrededor del fuego y lo pusieron al corriente de las recientes noticias y chismorreos.

Quedaron fascinados con las experiencias vividas por Palombara en Constantinopla. Lapa deseaba saberlo todo de la corte de Miguel, en particular lo relacionado con la moda en el vestir y con la comida. Alighiero tenía más interés por las especias y las sedas del mercado, y por los objetos que se podían comprar en las legendarias ciudades que había más al este, en la antigua Ruta de la Seda.

Estaban hablando de la vida de los que viajaban por dicha ruta cuando en eso entró un muchacho en la habitación, al principio con ademán tímido, consciente de que estaba interrumpiendo. Tendría unos diez años, era esbelto, casi delgado, se le traslucían los huesos de los hombros incluso a través del chaleco de invierno que llevaba puesto. Pero fue su rostro lo que llamó la atención de Palombara. Era muy pálido y sus facciones estaban perdiendo ya la redondez de la infancia, y en sus ojos ardía una pasión que casi parecía consumirlo.

Lapa le dirigió una mirada de nerviosismo.

—Dante, te has perdido la cena. Deja que te prepare algo. —Y se levantó a medias.

Pero Alighiero extendió una mano para impedírselo.

—Ya comerá cuando tenga hambre. No te preocupes tanto.

Ella se zafó de su mano.

—Necesita comer todos los días. Dante, te presento al obispo Palombara, llegado de Roma. Y ahora voy a prepararte algo de comer.

Alighiero se reclinó de nuevo en su asiento, probablemente como deferencia a Palombara, para no iniciar una discusión, que habría resultado embarazosa.

—Bienvenido a Florencia, excelencia —dijo el niño educadamente.

Palombara lo miró a los ojos y vio una emoción tan poderosa que parecía iluminarlo desde dentro. De pronto tuvo la convicción de que apenas podía entrometerse en el mundo de aquel chico. Deseó dejar alguna huella en aquel niño tan extraordinario.

—Gracias, Dante —contestó—. Ya he recibido la hospitalidad de los amigos, y no hay mejor regalo de bienvenida que ése.

Entonces, Dante lo miró y sonrió. Por un instante Palombara se hizo real para él, lo advirtió en sus ojos.

—Vamos —dijo Lapa al tiempo que se incorporaba—. Voy a hacerte algo de comer. Tengo un poco de ese flan que tanto te gusta. —Salió de la habitación y el niño, tras una breve mirada a Palombara, la siguió obedientemente.

—Te pido que lo disculpes —dijo Alighiero con una sonrisa para disimular su turbación—. Tiene diez años y está convencido de haber visto el cielo en el rostro de una muchacha, la hija de Portinari, Beatriz. Apenas acertó a verla. Sucedió el año pasado, y todavía no lo ha superado. —Su expresión era de perplejidad—. Vive en otro mundo, no sé qué hacer con él. —Se encogió de hombros—. Supongo que se le pasará. Pero por el momento, la pobre Lapa se preocupa por él. —Tomó la jarra de vino—. ¿Te apetece un poco más?

Palombara aceptó, y el resto de la velada lo pasaron conversando agradablemente. Por una vez Palombara logró disfrutar de la amistad y olvidarse de las ambigüedades morales de la cruzada.

Cuando a la mañana siguiente partió a caballo hacia Arezzo, no pudo apartar de su mente la expresión solemne y apasionada de aquel niño que tenía el convencimiento de haber visto el rostro de la mujer a la que iba a amar durante toda la vida. Aquel ardor lo consumía y lo alumbraba desde dentro. Más adelante lo esperaban el cielo y el infierno, pero nunca la corrosión de la duda ni el enorme territorio baldío de la indiferencia. Sí, Palombara envidió a aquel niño, y tanto si se atrevía a tratar de asirlo como si no, necesitaba saber que el cielo existía.

Cabalgó bajo la lluvia invernal, sintiéndola en la cara, percibiendo el olor a tierra mojada y a la hojarasca que se pudría bajo los árboles. Era un olor limpio, vivo. Iba a ser un día corto y oscuro, la noche se acercaba rápidamente por el este cubriendo los colores del cielo y transformándolos en rojos intensos en el horizonte. Al día siguiente estaría en casa.

Ya en Arezzo, Palombara fue a visitar a viejos amigos y les hizo las mismas preguntas que a los de Florencia. Para el 10 de enero del año nuevo, 1276, ya estaba de vuelta en Roma, listo para informar a Gregorio.

Cruzó la plaza en dirección a la amplia escalinata que conducía al palacio Vaticano, notando un cierto silencio en el aire gris, como un presagio de lluvia. Era mediada la tarde, y daba la impresión de ir a oscurecer muy pronto.

Vio a un cardenal al que conocía, que venía andando hacia él con aire pesaroso y el rostro contraído.

—Buenas tardes, eminencia —saludó Palombara, cortés.

El cardenal se detuvo y movió la cabeza a izquierda y derecha.

—Demasiado pronto —dijo con tristeza—. Demasiado pronto. En estos momentos no nos conviene ningún cambio.

A Palombara lo invadió un presentimiento de pérdida.

—¿El Santo Padre?

—Ha sucedido hoy mismo —repuso el cardenal recorriendo a Palombara con la mirada de arriba abajo y reparando en las manchas que delataban que acababa de llegar de viaje—. Llegáis demasiado tarde.

Palombara no se sintió sorprendido. La última vez que vio a Gregorio, éste le dio la impresión de encontrarse agotado, tanto en cuerpo como en espíritu. Sin embargo, lo inundó una pena mayor que el hecho de quedarse sin cargo alguno o lo confuso que se presentaba el futuro, la incertidumbre que volvía a apoderarse de todo. Después sintió un espacio vacío allí donde había tenido un amigo, un mentor, una persona cuyo criterio comprendía.

—Os estoy agradecido —dijo con voz queda—, no lo sabía. —Se persignó y añadió—: Descanse en paz.

Llovió durante todo el día, y Palombara se quedó en casa, supuestamente escribiendo un informe sobre el trabajo realizado en la Toscana para presentárselo al nuevo Papa, por si acaso éste se lo reclamaba. Pero en realidad pasó el tiempo paseando nervioso, sumido en sus pensamientos, dando vueltas a todas las decisiones que iba a tener que tomar. Se podía ganar todo... o perderlo todo.

Ya llevaba varios años ocupando un alto cargo, y se había ganado tantos amigos como enemigos. Quizá lo más importante fuera que se había ganado favores, y que el principal de todos sus enemigos era Niccolo Vicenze.

A lo largo de las semanas siguientes, si quería conservar algún poder iba a necesitar algo más que habilidad: iba a necesitar suerte. Debería haber estado mejor preparado para la muerte de Gregorio; había visto los indicios de la misma, en sus ojos, en aquella tos constante, en el dolor y el cansancio que se advertían en él. Se detuvo junto a la ventana y contempló cómo llovía. Gregorio estaba entusiasmado con la nueva cruzada, pero ¿y su sucesor?

Se sorprendió al descubrir hasta qué punto Constantinopla dominaba sus pensamientos. ¿Le importaría al nuevo Papa la Iglesia oriental, intentaría subsanar las diferencias que lo separaban de ella y trataría con respeto a sus miembros, como hermanos cristianos que eran? ¿Iniciaría una verdadera solución del cisma?

Durante los días siguientes fue aumentando la tensión y se dispararon las especulaciones, pero en su mayor parte quedaron ocultas bajo el decoro que exigían el luto y el entierro de Gregorio en Arezzo. Por encima de todo, naturalmente, estaba el oportunismo. Nadie quería dejar entrever cuáles eran sus ambiciones. La gente decía una cosa cuando quería decir otra.

Palombara escuchó y estudió qué facción debía dar la impresión de defender.

Estaba enfrascado en esos pensamientos cuando de pronto apareció a su lado un sacerdote napolitano llamado Masari, mientras atravesaba la plaza de camino al palacio Vaticano bajo el débil resplandor del sol de enero, apenas una semana después de la muerte de Gregorio.

—Vivimos tiempos peligrosos —observó Masari en tono familiar, esquivando los charcos de agua con sus elegantes botas.

Palombara sonrió.

—¿Teméis que los cardenales elijan a alguien que no se corresponda con la voluntad de Dios? —preguntó con un leve toque de humor. Conocía a Masari, pero no lo bastante para fiarse de él.

—Lo que temo es que sin un poco de ayuda puedan ser falibles, como lo son todos los hombres —replicó Masari con los ojos brillantes—. Ser Papa es buena cosa, y el poder en exceso resulta destructivo para todas las virtudes, lamentablemente, y a veces sobre todo para la sabiduría.

—Pero dista mucho de acabar con ella —contestó Palombara en tono irónico—. Concededme el beneficio de vuestros conocimientos, hermano. En vuestra opinión, ¿qué dictaría la sabiduría?

Masari pareció reflexionar sobre aquel punto.

—Inteligencia en lugar de vehemencia —respondió al rato, al tiempo que atacaban un tramo de escaleras. La lluvia estaba empezando a arreciar—. El don de la diplomacia, en lugar de una maraña de contactos familiares —siguió diciendo—. Resulta sumamente incómodo estar en deuda con algún pariente por el favor de contar con su apoyo. Las deudas suelen exigir su pago en los momentos más inoportunos.

Palombara estaba divirtiéndose y, sin quererlo, sentía interés. Notó que se le aceleraba el pulso.

—Pero ¿cómo va a hacer uno para conseguir apoyos sin quedar obligado, y probablemente en diferentes aspectos? Los cardenales no dan su voto sin tener un motivo. —No dijo «a menos que estén comprados», pero Masari ya sabía lo que había querido decir.

—Lamentablemente, no. —Masari se inclinó hacia delante para protegerse la cara de un chorro de agua que caía de un tejado—. Pero motivos los hay de muchas clases. Puede que uno de los mejores sea la convicción de que el nuevo Papa, sea el que sea, va a lograr la unificación de todas las fes cristianas sin ceder ninguna doctrina sagrada a las falsas enseñanzas de la Iglesia griega. Eso, sin duda, disgustaría grandemente a Dios.

—No sé qué hay en la mente de Dios —contestó Palombara, cáustico.

—Por supuesto —convino Masari—. Únicamente el Santo Padre sabe eso más allá de toda duda. Hemos de rezar y tener esperanza, y buscar la sabiduría.

A Palombara le vino fugazmente a la memoria el día en que, en el interior de Santa Sofía, empezó a comprender cuánto más sutil que era la sabiduría de Bizancio en comparación con la de Roma. Para empezar, incorporaba el elemento femenino: era más delicada, más esquiva, más difícil de definir. Y quizá también estaba más abierta a la variación y a los cambios, colmaba más el espíritu infinito de la humanidad.

—Espero que no tengamos que esperar hasta averiguarlo —expresó en voz alta—, porque podría ser que ni en toda una vida tuviéramos tiempo para elegir a un nuevo Papa.

—Estáis de broma —dijo Masari clavando sus ojos negros en el rostro de Palombara durante unos momentos, para desviarlos rápidamente—. Yo diría que vos entendéis lo que es la sabiduría mejor que muchos hombres.

Una vez más Palombara sintió la punzada de la sorpresa y el latir acelerado del corazón. Masari estaba poniéndolo a prueba, incluso cortejándolo.

—La valoro más que las riquezas o los favores —respondió con total seriedad—. Pero opino que no se consigue de manera fácil.

—Pocas cosas buenas son fáciles, excelencia —corroboró Masari. Deseamos un Papa que esté dotado como ninguna otra persona para ser el jefe del mundo cristiano.

—¿Quiénes deseamos eso? —dijo Palombara sin dejar de caminar, pero sin preocuparse ya por el viento, los charcos del empedrado ni los que pasaban por su lado.

—Hombres como Su Majestad de las Dos Sicilias y señor de Anjou —respondió Masari—. Claro que más trascendente para el asunto que nos ocupa es que también es senador de Roma.

Palombara sabía exactamente a qué se refería Masari: a un hombre que iba a ejercer una poderosa influencia sobre la persona que se convirtiera en Papa. Tanto la implicación como la oferta quedaron claras como el agua. En su mente rugió la tentación semejante a un viento huracanado que barriera todo lo demás. ¿Ya? ¡Una oportunidad seria para ser Papa! Era joven para aquel cargo, aún no había cumplido los cincuenta; sin embargo, había habido pontífices mucho más jóvenes que él. En el año 955, Juan XII, que contaba dieciocho años, fue ordenado, hecho obispo y coronado Papa en un mismo día, o eso se decía. Su reinado fue breve y desastroso.

Masari estaba esperando, atento no sólo a lo que dijera Palombara, sino también a lo que delatara su rostro.

Palombara dijo algo que en su opinión probablemente era cierto, pero que también sabía que era lo que desearía oír Carlos:

—Dudo que la cristiandad se una del todo, como no sea mediante la conquista de los antiguos patriarcados ortodoxos. —Oía su propia voz como si perteneciera a otra persona—. Hace poco que regresé de Constantinopla, y puedo deciros que la resistencia que hay allí, y sobre todo en los territorios que tiene alrededor, sigue siendo fuerte. Un hombre que ha consagrado su carrera a una única fe no sacrifica fácilmente su identidad. Si pierde eso, ¿qué otra cosa le queda?

—¿Su vida? —sugirió Masari, pero en su tono de voz no había seriedad, sino tan sólo satisfacción y un pesar efímero, como ante lo inevitable.

—Ésa es la madera de la que están hechos los mártires —replicó Palombara con cierta brusquedad. La triple corona estaba más cerca de su alcance de lo que había estado nunca, tal vez de lo que él mismo habría creído posible. Pero ¿qué precio tendría que pagar por recibir semejante favor de Carlos de Anjou y de las otras personas que estuvieran en deuda con él?

Si vacilara ahora, Carlos no lo respaldaría jamás. Un hombre que fuera apto para ser Papa no necesitaba tiempo para sopesar si tenía valentía o no. ¿Poseía tanta nitidez de pensamiento como para entender la voz de Dios cuando le dijera cómo gobernar el mundo o lo que era verdadero y lo que era falso? ¿Poseía él un fuego en el alma suficiente para soportarlo? ¿Existía siquiera algo así?

Otra vez le vino a la cabeza aquel eunuco extraño y afeminado, Anastasio, y su ruego de actuar con delicadeza y tener la humildad de aprender, de aplastar el apetito de la exclusividad y tolerar lo diferente.

—Titubeáis —observó Masari. En su tono de voz ya se notaba que estaba replegándose.

Palombara se enfureció consigo mismo por su actitud evasiva, por su cobardía. Un año atrás habría aceptado, y ya habría estudiado después el coste y hasta las consideraciones morales.

—No —negó Palombara—. No tengo agallas para gobernar una Roma que inicia otra guerra con Bizancio. Perderemos más de lo que ganaremos.

—¿Eso es lo que os dice Dios? —inquirió Masari con una sonrisa.

—Es lo que me dice mi sentido común —le contestó Palombara—. Dios habla tan sólo al Papa.

Masari se encogió de hombros y, tras un breve saludo, dio media vuelta y se alejó.

La decisión llegó con notable rapidez. Ocurrió once días más tarde, el 21 de enero, en una jornada oscura y lluviosa. El sirviente de Palombara cruzó el jardín a la carrera pisando el agua de los charcos.

Apenas llamó con los nudillos a la puerta de madera antes de pasar al estudio con el rostro congestionado por el esfuerzo.

—Han elegido a Pierre de Tarentaise, el obispo cardenal de Ostia —dijo sin resuello—. Ha tomado el nombre de Inocencio V, excelencia.

Palombara se quedó estupefacto. Su primer pensamiento fue que Carlos de Anjou lo había apoyado todo el tiempo y que él había hecho el ridículo al pensar que Masari le estaba ofreciendo algo, como no fuese una oportunidad para declarar cuáles eran sus lealtades. Él era un peón, y nada más.

—Gracias, Filipo —dijo con ademán distraído—. Te agradezco que hayas venido a darme la noticia tan deprisa.

Filipo se retiró.

Palombara se sentó a su escritorio, con el cuerpo helado y la mente hecha un torbellino. Pierre de Tarentaise. Lo conocía, por lo menos de haber hablado con él. Ambos habían estado en el Concilio de Lyon, de hecho Tarentaise había leído el sermón. Luego le vino otra idea a la cabeza: por lo visto, Tarentaise iba a adoptar el nombre de Inocencio V. Fue Inocencio III el que era Papa cuando Enrico Dandolo lanzó la cruzada cuyos soldados saquearon e incendiaron Constantinopla en 1204. Elegir el nombre de Inocencio constituía una declaración de intenciones, siempre era así. Palombara debía pensar muy bien por dónde se andaba.

Entró en las conocidas estancias de altos ventanales con el corazón acelerado por lo que lo esperaba, ya haciendo acopio de fuerzas para soportar un posible fracaso, como si con ello el dolor fuera a ser menor.

Sólo ahora se daba cuenta de lo mucho que ansiaba regresar a Constantinopla. Anhelaba la complejidad de Oriente y formar parte de la lucha que había visto iniciarse allí. Deseaba persuadir al menos a algunos clérigos de que debían doblegarse y salvar lo que había de bueno en su fe para no perder la fe entera. Quería explorar el diferente concepto de sabiduría que tenían allí, que lo intrigaba, que prometía una explicación más equilibrada, menos autoritaria, y al fin más tolerante.

Por fin lo condujeron a la presencia del Santo Padre, y entró con toda la humildad que procedía. Inocencio ya rebasaba los sesenta. Era un hombre rubio y de rostro amable, casi calvo, y ahora vestido con los magníficos atributos de su nuevo cargo.

Palombara hizo una genuflexión y le besó el anillo declarando su lealtad de la manera usual y formal que venía al caso. Acto seguido, por invitación de Inocencio, volvió a ponerse en pie.

—Conozco qué es lo que opináis de Bizancio y de la Iglesia griega en general —empezó el pontífice—. Habéis realizado un trabajo excelente.

—Os lo agradezco, Santo Padre —contestó Palombara humildemente.

—Su Santidad el Papa Gregorio me informó de que os había enviado a la Toscana a averiguar qué apoyos podíais recabar para la cruzada —continuó Inocencio—. Llevará tiempo, como es natural, posiblemente cinco o seis años. Para alcanzar el triunfo no convienen las prisas.

Palombara estaba de acuerdo. Le gustaría saber a qué se refería Inocencio en realidad. Observó su tranquilo semblante, completamente impenetrable. No vio que hubiera cambiado nada en él, a excepción del atuendo y la seguridad en su actitud, que ahora irradiaba una cierta benignidad, pero de tanto en tanto recorría la estancia con la vista, como si quisiera cerciorarse de encontrarse allí realmente.

—Dentro de nuestras propias filas hay también cuestiones que reformar —prosiguió Inocencio— de las que no podemos ocuparnos por el momento.

Aquello era una clara contradicción del punto de vista de Gregorio, y lo había dicho con gran seguridad, con la certeza de que era la voluntad de Dios. ¿Estaría equivocado? ¿O era que Inocencio no estaba escuchando lo que le susurraba el espíritu?

Nuevamente Palombara experimentó una sensación de vacío bajo los pies, el miedo de que no existiera la revelación, sino simplemente la ambición humana y el caos, alimentados por la perentoria necesidad de encontrar sentido a las cosas.

—He estado reflexionando y rezando mucho por la situación de Bizancio —siguió diciendo Inocencio—. A mi parecer, vos sentís afecto por ese pueblo...

—Ahora conozco a los bizantinos mucho mejor que antes —respondió Palombara a lo que tomó por una pregunta. Sentía la necesidad de justificarse y no permitir una posible insinuación de deslealtad, por mínima que fuera—. No creo que se los pueda convencer con facilidad de que renuncien a sus creencias, sobre todo a los que se han colocado en una posición de la que no cabe retractarse.

Inocencio frunció los labios.

—Es una lástima que hayamos permitido que la situación llegara a ese punto. Deberíamos haber iniciado las negociaciones hace mucho tiempo. Pero cuando las iniciemos, como vos decís, nada evitará que haya alguna pérdida. Ninguna guerra por la causa de la Madre Iglesia se ha librado sin víctimas. —Negó brevemente con la cabeza—. Entregadme el informe que habéis elaborado sobre vuestras averiguaciones en la Toscana. Más adelante deseo que vayáis a otras ciudades de Italia para granjearos su apoyo. En su momento, tal vez a Nápoles, puede que incluso a Palermo. Ya veremos.

Palombara sintió una súbita ráfaga de frío. ¿Sabría Inocencio que Masari había acudido a él con una oferta, y que él se había sentido tentado, aunque sólo hubiera sido por un instante? Sería una fina ironía que a Palombara lo enviasen a la corte de Carlos de Anjou con la misión de buscar apoyos para una nueva cruzada.

—Sí, Santo Padre —dijo, reprimiendo el tono de voz a duras penas—. Mañana os traeré el informe sobre la Toscana, y después partiré hacia la ciudad que juzguéis más conveniente.

—Gracias, Enrico —repuso Inocencio en tono afable—. Creo que podríais empezar por Urbino. Y luego, ¿quizá Ferrara?

Palombara aceptó y contempló el rostro de Inocencio de una manera nueva, más consciente de cuál era su poder, y también con un cierto presentimiento. ¿Sería posible organizar una cruzada que no arrasara Constantinopla de nuevo?

¿Consistía su nueva misión en empezar a deshacer todo lo que había intentado conseguir con la misión anterior? No encontró en la fe la certidumbre que necesitaba.

26

Pero el encargo de Palombara tenía los días contados. Inocencio falleció a mitad de año, cinco meses después de acceder al trono. El 9 de julio de 1276, tras un breve cónclave, se eligió Papa a Ottobono Fieschi, el cual tomó el nombre de Adriano V. Y después, cosa increíble, al cabo de sólo cinco semanas éste también murió. ¡Ni siquiera había tenido tiempo para ser consagrado! Aquello era de locos. ¿Cómo se podía atribuir a Dios? ¿O era la manera que tenía Dios de decirles que se habían equivocado al elegir Papa? La situación estaba decayendo en una farsa. ¿Es que nadie oía la voz de la inspiración divina?

¿O sería, tal como siempre había temido Palombara en lo más recóndito de su alma, que no existía ninguna voz divina? Si en efecto Dios había creado el mundo, desde luego hacía mucho que había perdido el interés por los autodestructivos caprichos de éste, por sus frágiles sueños y sus incesantes e inútiles disputas. Sencillamente, el hombre estaba demasiado ocupado en cuidar de sí mismo para percatarse ni entender nada.

Fuera hacía calor, el calor achicharrante del pleno verano de Roma, y ahora iban a tener que acudir los cardenales de todos los rincones de Europa para volver a empezar. Algunos de ellos posiblemente ni siquiera habían regresado a su casa desde el último cónclave. Qué absurdo.

Palombara paseó lentamente alrededor de aquella casa que en otro tiempo había amado tanto. Contempló las hermosas pinturas que había ido coleccionando a lo largo de los años y apreció la destreza de las pinceladas, la maestría en el equilibrio y las líneas, pero esta vez no lo conmovió la pasión que anidaba en el alma del artista. Ni siquiera *El camino de Emaús* le trajo la paz que necesitaba.

Acudiría él mismo a ver a Carlos de Anjou, sin perder tiempo en charlas con personas como Masari. Averiguaría si aún tenía interés en la posibilidad de auparlo a él al trono. Antes de ir, decidiría exactamente qué ofrecerle al rey de Nápoles y qué no ofrecerle.

Treinta días después estaba en presencia de Carlos, en la enorme villa que poseía éste a las afueras de Roma. Era un hombre de un inmenso poderío físico, con un pecho fuerte y grueso, vibrante de fuerza como el fuego de una forja.

Parecía incapaz de quedarse quieto, por lo que se trasladaba de una parte de la estancia a otra, de una pila de papeles que contenían sus órdenes, que compulsivamente mandaba copiar por triplicado, hasta un escribano que estaba tomando notas, y luego hasta otro. Tenía sobre una mesa tinta y pluma para sí mismo, a fin de corregir lo que él consideraba errores. Su ancha frente brillaba de sudor, y su fuerte rostro se veía arrebolado.

—¿Y bien? —inquirió—. ¿Con qué finalidad habéis venido a verme, excelencia? —En su expresión había una chispa de diversión y una inteligencia penetrante.

Palombara era muy consciente de que no podía manipular a aquel hombre, y de que sólo un necio intentaría algo semejante.

—Como senador de Roma que sois, vuestro voto tendrá un gran peso en el cónclave de los Papas, sire —respondió Palombara.

—Un solo voto —señaló Carlos con ironía.

—Yo diría que es más que eso, mi señor —replicó Palombara—. A muchos hombres los inquieta lo que podáis opinar vos.

—Por su ambición. —No era una pregunta, sino una respuesta.

—Desde luego. Pero también por el futuro de la cristiandad —indicó Palombara—. En estos momentos dependen del resultado más cosas que nunca desde la época de san Pedro. —Sonrió sin titubear—. Y lo que posiblemente está en el aire más que ninguna otra cosa es la siguiente: ¿podremos conseguir que Bizancio se una a nosotros de un modo fructífero y no sea una fuente de constantes tensiones?

—Bizancio —repitió Carlos, pronunciando con detenimiento—. En efecto.

Se hizo el silencio en la estancia.

—Habéis sido legado en Constantinopla —observó Carlos, reanudando su continuo pasear por la habitación, rozando el suelo de mármol con sus botas de cuero. Pasó de la sombra a la luz del sol que penetraba por los ventanales, y otra vez a la sombra—. Dijisteis al Santo Padre que los bizantinos no iban a ceder ante Roma. —Se volvió a tiempo para ver la cara de sorpresa de Palombara antes de que éste pudiera disimularla—. Esa marea de resistencia, ¿es lo bastante fuerte para perdurar, digamos, otros tres años o así?

Palombara comprendió de inmediato.

—Eso podría depender de en qué condiciones insista Roma, sire.

Carlos exhaló suavemente.

—Tal como suponía. Y si vos fuerais Papa, ¿qué condiciones diríais que no podrían aceptarse, ni siquiera para asegurarnos una victoria como la sumisión de la Iglesia ortodoxa y la unidad de la cristiandad?

Palombara sabía con toda exactitud a qué se refería.

—Estamos hablando de unidad política —dijo con cautela pero en tono ligero, como si todo estuviera ya entendido entre ellos—. La unidad de intenciones nunca ha constituido una posibilidad. La obediencia tal vez, pero las creencias no.

Carlos aguardó, sonriendo despacio.

—No veo virtud alguna en facilitar dicha unión si ello significa renunciar a cuestiones básicas de fe que han servido para mantener las lealtades que tenemos en el resto del mundo —respondió Palombara. Fue un discurso de lo más santurrón, pero sabía que Carlos lo iba a entender. Carlos necesitaba un Papa que retrasara cualquier acto de unión exigiendo condiciones a las que Bizancio no pudiera ceder. ¿Y quién mejor para juzgar aquello que precisamente Palombara, que ya había discutido de ello con Miguel?

—Vuestra comprensión está a la par de la mía. —Carlos se relajó y se fue a otra parte de la sala caminando con soltura, desaparecida toda la tensión—. Entiendo que bien podría ser la voluntad de Dios que tuviéramos un Papa dotado de esa capacidad para percibir la naturaleza de las personas, en vez de un ideal que no se ajusta a la realidad. A tal fin, haré uso de toda la influencia que pueda ejercer. Os agradezco que me hayáis concedido vuestro tiempo y vuestro saber, excelencia. —Su sonrisa se ensanchó—. Tendremos ocasión de prestarnos servicio el uno al otro... y a la Santa Madre Iglesia, naturalmente.

Palombara se excusó y salió. Cruzó bajo la sombra de los arcos hacia el intenso sol. Hasta los cipreses, semejantes a llamas inmóviles en el aire quieto, parecían cansados. No soplaba nada de viento que agitara sus ramas.

Era absurdo suponer que los Papas se morían continuamente porque no estaban llevando a la práctica la voluntad de Dios; sin embargo, no conseguía quitarse aquella idea de la cabeza; la notaba todo el tiempo dando vueltas al borde de su comprensión, era una única razón que daba sentido a todo.

Dejó vagar la imaginación, saboreó las ideas, se recreó en ellas igual que un gato disfrutando del sol.

El cónclave estaba dividido en dos grandes facciones: los que estaban a favor del francés Carlos de Anjou y los italianos que estaban en contra de él. Tuvo lugar la primera votación, y Palombara, loco de alegría, se situó en la cresta de la ola, a tan sólo dos votos de ser elegido. Si estiraba los dedos, casi podía tocar la corona.

El 13 de septiembre se llevó a cabo la votación definitiva.

Palombara esperó. Llevaba varios días sin dormir apenas, despierto en la cama, debatiéndose entre la esperanza y la burla de sí mismo. Incluso se puso de pie ante el espejo y se imaginó vestido con los ropajes de pontífice, y miró su mano esbelta y fuerte y vio en ella el anillo papal.

Esperó, como todos los demás, demasiado tenso para quedarse sentado, demasiado cansado para pasear más allá de unos instantes.

Perdió la noción del tiempo. Tenía hambre y aún más sed, pero no se atrevía a salir.

Y por fin, de pronto, todo terminó. Un orondo cardenal de ropajes ondulantes y rostro sudoroso anunció que la cristiandad tenía un nuevo Papa.

El corazón estuvo a punto de ensordecerlo con sus latidos. Se había elegido a un portugués de setenta y un años, filósofo, teólogo y doctor en medicina, Pedro Juliani Rebolo, con el nombre de Juan XXI. Palombara se enfureció consigo mismo por no haberlo previsto. ¿Cómo había podido ser tan necio? Se quedó en aquel hermoso salón con una sonrisa fija en la cara, como si por dentro no se sintiera aplastado por la pesada losa de la desilusión, como si el dolor que lo inundaba no fuera intolerable. Sonrió a hombres que odiaba, intrigantes y conspiradores a los que tan sólo unas horas antes había cortejado. ¿Realmente era aquel portugués filósofo y antiguo médico el hombre que había escogido Dios para que ocupara el trono de San Pedro?

A su alrededor todos lanzaban vítores y gritaban, sin bien con falsa alegría. Algunas voces, como la suya, sonaban a decepción y a miedo de perder el puesto. Todo el mundo sabía quién se había inclinado hacia dónde, a favor o en contra. Pero nadie sabía qué pactos se habían negociado ni qué precios se habían ofrecido o pagado secretamente.

A los pocos días lo llamó a su presencia otro nuevo Santo Padre, y una vez más cruzó la plaza y subió los escalones que llevaban a las grandes arcadas. Una vez dentro, recorrió los ya familiares pasillos que conducían a los aposentos papales.

Hizo una genuflexión y besó el anillo del sumo pontífice, y de nuevo declaró su fe y su lealtad mientras su cerebro pensaba a toda prisa cuál podía ser el motivo de aquella llamada. ¿Qué tarea inferior le encomendarían para alejarlo de Roma y trasladarlo a un lugar en que su ambición se enfriara debidamente y no pudiera causar problemas? Probablemente a algún punto del norte de Europa, donde se congelaría durante todo el verano y todo el invierno.

Cuando Palombara levantó la vista encontró a Juan sonriente.

—Mi predecesor, Dios se apiade de su alma, desperdició vuestro talento en buscar apoyos para la cruzada, aquí en Italia —dijo en tono calmo—. Lo mismo que el bueno de Inocencio.

Palombara esperó el golpe.

Juan suspiró.

—Poseéis a la vez habilidad y experiencia en la cuestión del cisma existente entre nosotros y la Iglesia griega ortodoxa. He estudiado vuestras cartas sobre dicho asunto. —Serviríais mejor a Dios y a la causa de la cristiandad si regresarais a Constantinopla, como legado enviado a Bizancio, con la especial responsabilidad de continuar la labor de subsanar las diferencias que hay entre nosotros y nuestros hermanos.

Palombara tomó aire muy despacio y volvió a exhalarlo en silencio. El sol que iluminaba la estancia era tan intenso que le hería los ojos.

—Es de la mayor importancia —dijo Juan con gravedad, escogiendo las palabras con cuidado y un leve acento portugués— que dediquéis a dicho fin todas vuestras oraciones y toda vuestra diligencia. —Sonrió apenas—. Necesitamos que Bizancio no sólo afirme de palabra que desea unirse a Roma, sino que además lo haga de verdad. Necesitamos ver esa obediencia y poder demostrársela al mundo. Atrás han quedado los días en que podíamos permitirnos el lujo de ser benévolos. ¿Me entendéis, Enrico?

Palombara escrutó el rostro del nuevo Papa.

¿O sería que Juan, debajo de aquel rostro insulso, era mucho más perspicaz de lo que imaginaban todos y estaba dispuesto a emplear cualquier herramienta que tuviera en su mano y manejarla del modo que mejor conviniera a sus propios fines? ¿Su nuevo cargo tenía como fin sacarlo a él de Roma y trasladarlo a Constantinopla, una ciudad que conocía y amaba? ¿A quién se lo debía? Sin duda había alguien deseoso de cobrar el favor prestado, pero ¿quién?

—Sí, Santo Padre —aceptó—. Haré todo lo que esté en mi mano para servir a Dios y a la Iglesia.

Juan asintió nuevamente, todavía sonriendo.

27

En el año posterior a la muerte de Gregorio X, Ana había tenido pocas oportunidades de recabar más información acerca de Justiniano o del desencanto sufrido por éste en relación con Besarión, o incluso con el valor o la fuerza de la Iglesia. Llovió muy poco en la primavera, y enseguida llegó el calor del verano.

La enfermedad surgió primero en los barrios más pobres, donde el agua era insuficiente. El estallido se propagó rápidamente y la situación terminó por descontrolarse. El aire se saturó de un olor a enfermedad que penetraba por la boca y por la nariz.

—¿Qué podéis hacer? —dijo Constantino con desesperación bajo la hermosa arcada de su casa, con la vista clavada en Ana. Tenía unas profundas ojeras provocadas por el cansancio, los ojos enrojecidos y doloridos, la cara de un gris pastoso—. Yo he hecho hasta donde alcanza mi saber, pero es muy poco. Necesitan vuestro socorro.

No cabía otra respuesta que disponer lo necesario para que otra persona se ocupara de visitar a sus pacientes habituales y que Leo rechazara a los que llegaran nuevos hasta que remitiera aquel brote de diarrea y fiebre. Si después tenía que volver a empezar y montar una consulta nueva, era un precio que tendría que pagar. No podía darle la espalda a Constantino, y lo que era más profundo y más duradero que eso, no podía dejar a los enfermos sin que nadie los socorriera.

Cuando se lo dijo a Leo, éste sacudió la cabeza en un gesto negativo, pero no discutió. En cambio Simonis, sí.

—¿Y qué pasa con tu hermano? —le espetó con el semblante tenso y mirada de enfado—. Mientras estás atendiendo noche y día a los pobres hasta el borde del agotamiento, poniendo en peligro tu propia salud, ¿quién va a trabajar por salvarlo? ¿Lo dejas esperando en el desierto, donde sea que se encuentre, a que llegue otro verano?

—Si pudiéramos preguntárselo, ¿acaso no diría que debo socorrer a los enfermos? —replicó Ana.

—¡Claro que sí! —respondió Simonis con frustración en la voz—. Pero eso no significa que sea lo que debas hacer.

Ana trabajó día y noche. Durmió sólo a ratos aquí y allá, dominada por el agotamiento. Comía pan y bebía un poco de vino agrio, que estaba más limpio que el agua. No tenía tiempo para pensar en nada que no fuera cómo conseguir más hierbas medicinales, más ungüentos, más alimentos. No había dinero. Sin la generosidad de Shachar y Al-Qadir, toda ayuda verdadera habría dejado de fluir.

Constantino también trabajó. Ana lo veía sólo cuando acudía a ella porque sabía de alguien tan necesitado de ayuda que estaba dispuesto a interrumpirla en lo que estuviera haciendo o incluso a sacarla de la cama. A veces cenaban juntos o simplemente pasaban las últimas horas de una jornada terrible disfrutando del silencio, cada cual muy consciente de que el otro había vivido experiencias igual de duras que también habían desembocado en la muerte.

A medida que fue avanzando el año, la infección fue cediendo por fin. Se dio sepultura a los muertos y las actividades de la vida ordinaria fueron reanudándose nuevamente.

28

Tal como era inevitable, el Papa Juan XXI también se enteró de la realidad que se vivía en Bizancio en relación con la fe. Él no sentía ninguna inclinación a mostrarse tan benévolo como sus predecesores. Envió una carta a Constantinopla en la que exigía una aceptación incondicional y pública de la cláusula *filioque* sobre la naturaleza de Dios, de Cristo y del Espíritu Santo, la doctrina romana del purgatorio, los siete sacramentos tal como los definía Roma y la primacía del Papa por encima de todos los demás príncipes de la Iglesia, con el derecho de apelar a la Santa Sede, y la sumisión de todas las iglesias a Roma.

Todas las peticiones que hizo Miguel para que la Iglesia griega conservara sus antiguos ritos, como antes del cisma, fueron denegadas.

Palombara estuvo presente en la gran ceremonia celebrada en abril de 1277, en la que fue firmado un nuevo documento por el emperador Miguel, su hijo Andrónico y los nuevos obispos que había ordenado porque los antiguos no querían renunciar a su fe ni a su lealtad tradicional. Por supuesto, en aquel sentido fue una farsa. Miguel lo sabía perfectamente, y los obispos también. Si habían sido llamados a acudir a la ceremonia, fue únicamente con la condición previa de su rendición pública y total.

Y también lo sabía Palombara, así que observó el esplendor del ritual sin experimentar ningún sentimiento de victoria. Allí de pie en aquel majestuoso salón, se preguntó cuántos de aquellos hombres adornados con sedas y joyas sentían pasión por algo, y en tal caso, por qué. ¿Tenía algún valor aquel trofeo? Ciertamente, ¿era un servicio que se le hacía a Dios o a algún código moral?

¿Qué diferencia había entre el susurro del Espíritu Santo y la histeria nacida de la necesidad de que existiera Dios, y el terror y la sensación de aislamiento de buscarlo uno mismo a solas? ¿Sería que la oscuridad era demasiado grande para mirarla? ¿O habrían visto ellos alguna luz que no había visto él?

Volvió muy ligeramente la cabeza para observar a Vicenze, que se encontraba a escasa distancia de él. Estaba erguido, con los ojos brillantes y el rostro totalmente impávido. A Palombara no le recordó otra cosa que un soldado en un desfile militar.

¿Cómo iba a controlar Miguel a su pueblo después de aquello? ¿Era lo bastante realista para tener algún plan preparado? ¿O era corto de vista y por lo tanto estaba completamente perdido? Todos como ovejas esquiladas, avanzando penosamente en medio del vendaval, sin verse las unas a las otras.

Con que tan sólo firmase el monje Cirilo Coniates, también firmarían sus seguidores. Sería un paso de gigante para pacificar a la oposición. ¿Se podría propiciar dicho paso? Pero debía hacerlo él, no Vicenze; Vicenze, no, costara lo que costase.

Sonrió para sí mismo a causa de su debilidad por la victoria.

Pero el documento principal ya estaba firmado. Lo que necesitaba Palombara era una adenda. Al principio consideró que era un inconveniente que por lo visto Cirilo Coniates estuviera gravemente enfermo; luego pensó en Anastasio, el médico eunuco.

Tras unas cuantas indagaciones obtuvo la información de que era excelente y siempre dispuesto a atender a todo aquel que necesitara de su pericia, ya fuera cristiano, árabe o judío. No sermoneaba sobre el pecado ni decía necedades acerca de la penitencia, sino que trataba la enfermedad, provocada por la mente o no.

Lo siguiente que tenía que hacer era conseguir que Anastasio fuera recomendado a la persona que cuidaba de Cirilo en su cautiverio. ¿Quién tenía suficiente poder para hacerlo? ¿Se lo podría persuadir? La respuesta a dichas preguntas era sin duda alguna Zoé Crysafés.

Dos días después fue a verla, y en esta ocasión llevó consigo como regalo un camafeo napolitano, pequeño pero muy bello, tallado con una delicadeza asombrosa. Lo había elegido él mismo y le costaba trabajo desprenderse de él, a pesar de haberlo comprado con aquel propósito.

De inmediato vio en los ojos de Zoé que le gustaba. Zoé le dio vueltas entre los dedos, palpando la superficie, sonriente, y después miró a Palombara.

—Es exquisito, excelencia —dijo con suavidad—, pero ya quedaron atrás los días en que los hombres me hacían regalos así a cambio de mis favores, y además vos sois sacerdote. Si fuera eso lo que desearais, tendríais que ser mucho más sutil. Pienso que se acerca más a la verdad la explicación de que yo soy bizantina y vos sois romano. ¿Qué estáis buscando?

Palombara se divirtió con su estilo tan directo, y reprimió el impulso de decirle que él no era romano sino aretino, una diferencia que para él era muy importante, pero para ella no.

—Estáis en lo cierto, naturalmente —concedió, al tiempo que la recorría de arriba abajo con la mirada, con ingenuo aprecio—. En cuanto a vuestros favores, preferiría ganarlos a tener que comprarlos. Lo que se compra tiene escaso valor y carece de sabor que perdure en la memoria.

Lo complació mucho ver el color que tiñó las mejillas de Zoé, y se dio cuenta de que la había desconcertado momentáneamente. Con gesto audaz, la miró a los ojos.

—Lo que deseo es que me recomendéis a un buen médico para el depuesto y actualmente subpatriarca en el exilio, Cirilo Coniates, que en estos momentos se encuentra gravemente enfermo en el monasterio de Bitinia. He pensado en Anastasio Zarides. Estoy convencido de que vuestra influencia bastará para que el abad le mande acudir.

—Así es —confirmó Zoé, cuyos ojos dorados llamearon de interés—. ¿Y qué puede importaros a vos lo que le ocurra a Cirilo Coniates?

—Deseo que la unión con Roma se lleve a cabo con el menor derramamiento posible de sangre —respondió Palombara—. Por el bien de Roma... igual que vos deseáis el bien de Bizancio. Tengo en mi poder una adenda al tratado de unión que no me cabe duda de que será firmada por Cirilo, aunque haya rechazado el acuerdo principal. Si la firma él, la firmarán también muchos monjes que le son leales. Supondrá un resquebrajamiento de la resistencia, tal vez suficiente para traer la paz.

Zoé reflexionó por espacio de varios minutos, de espaldas a él y con el rostro vuelto hacia la ventana y la magnífica vista que se disfrutaba de los tejados y el mar al fondo.

—Supongo que esa adenda no se añadirá nunca al acuerdo —dijo ella por fin—. Por lo menos al corpus principal. ¿Puede que se añada una frase o dos, con el nombre de Cirilo y el de los seguidores suyos que vos podáis conseguir?

—Exacto —convino Palombara—. Pero ello traerá la paz. No

queremos tener más mártires por una causa que no puede triunfar.

Zoé midió con cuidado lo que dijo a continuación:

—Pero sois dos, ¿no es cierto?, dos legados del Papa de Roma.

—Sí...

—¿Y vuestro compañero está al tanto de que habéis acudido a mí con esta petición?

Zoé seguramente ya conocía la respuesta, de modo que afirmar sería mentir innecesariamente.

—No. No somos aliados. ¿Y por qué preguntáis? —Palombara procuró no mostrar irritación en el tono de voz.

La sonrisa de Zoé se ensanchó, animada por la diversión.

—Cirilo no querrá firmaros nada.

Palombara sintió un escalofrío y de repente cayó en la cuenta de que Zoé estaba jugando, manipulándolo mucho más que él a ella.

¿Tenéis vos alguna otra sugerencia? —preguntó.

Zoé se volvió hacia Palombara y por fin lo miró de frente, sin parpadear. —Lo que necesitáis es su silencio y que se propague la noticia de que ha dado su consentimiento, noticia que no podrá rebatir.

—¿Y por qué no va a poder rebatirla, si, como vos decís, no va a aceptar?

—Porque está enfermo. Y además es viejo. A lo mejor se muere... —Zoé levantó sus cejas de arco perfecto.

¿De verdad estaba sugiriendo lo que él creía? ¿Y por qué? Era bizantina hasta la médula, y estaba en contra de todo lo que fuera romano.

—Recomendaré a Anastasio —siguió diciendo Zoé—. Tiene la reputación de ser un médico competente y, sin embargo, resueltamente ortodoxo. De hecho, es un buen amigo y un tanto discípulo del obispo Constantino, el más ortodoxo de todos los obispos. Yo misma le proporcionaré una medicina para socorrer al pobre Cirilo.

Palombara respiró muy despacio.

—Entiendo.

—Seguramente que sí —añadió ella en tono escéptico—. ¿Estáis seguro de que no preferís que sea el obispo Vicenze quien lleve ese documento a Cirilo, después de todo? Se lo puedo sugerir yo, si así lo deseáis.

—Puede que sea una buena idea —respondió Palombara lentamente, sintiendo el zumbido de la sangre en los oídos—. Contraería una profunda deuda con vos.

—Sí. —La sonrisa de Zoé se ensanchó—. Una profunda deuda. Pero la paz conviene tanto a vuestros intereses como a los míos, incluso a los de Cirilo Coniates, si disfrutara de salud suficiente para comprenderlo. Hemos de hacer por él lo que él no puede hacer por sí mismo.

29

Ana entró en la habitación de Zoé esperando encontrarla enferma, y se sorprendió al verla acudir a su encuentro caminando con toda la gracia y la vitalidad de una mujer que estuviera a punto de llevar a cabo una empresa de gran envergadura.

—Os agradezco que hayáis venido tan rápidamente —dijo, mirando a Ana con una leve sonrisa—. Cirilo Coniates se encuentra muy enfermo. Es un hombre al que conozco de hace tiempo, desde antes de que fuera exiliado, y por el que siento una profunda admiración. —De pronto observó a Ana con una súbita solemnidad—. Necesita un médico mucho mejor que el que tiene en su actual exilio. —Frunció el ceño—. Uno que no se fije en sus pecados, que dudo de que sean muchos, y además, el pecado es en buena medida una cuestión de parecer. Lo que en un hombre es virtud, en otro puede ser vicio. —Puso cara grave—. Anastasio, vos podéis tratarlo con hierbas y tinturas, medicinas que en efecto lo curen de su enfermedad o que, como mínimo, si está próximo a morir, alivien su angustia. Se lo merece. ¿Vos tenéis en cuenta los merecimientos?

—No —contestó Ana con un leve deje de humor—. Vos lo sabéis de sobra. Como decís, normalmente no es más que un punto de vista. Yo desprecio la hipocresía, lo cual me situaría en contra de la mitad de las personas más piadosas que conozco.

Zoé lanzó una carcajada.

—Vuestra franqueza podría ser causa de vuestra perdición, Anastasio. Os aconsejo que vigiléis vuestra lengua. Los hipócritas no poseen el más mínimo sentido del humor, de lo contrario ellos mismos verían lo absurdos que resultan. ¿Iréis a ver qué podéis hacer por Cirilo Coniates?

—¿Me permitirán verlo?

—De eso ya me encargo yo —contestó Zoé—. Está en un monasterio de Bitinia. Y os acompañará hasta allí el legado del Papa, el obispo Niccolo Vicenze. Tiene asuntos que tratar con Cirilo, lo cual quiere decir que será él quien organice y pague el viaje y el alojamiento. Parece ser un buen arreglo. El tiempo es agradable, y el viaje a caballo os llevará unos días, pero por lo demás no será demasiado arduo. Vos conocéis Bitinia mejor que él. Podéis partir mañana por la mañana. No hay tiempo que perder.

Zoé cruzó lentamente la estancia, de vuelta a la mesa y a los cómodos sillones.

—Tengo una mixtura de hierbas que quisiera que le llevarais. Hace años, cuando lo conocí, le gustaba mucho. Es un simple reconstituyente, pero le agradará, y es posible que también le aumente un poco las fuerzas. Yo misma voy a tomar un poco. ¿Os gustaría probarlo?

Ana titubeó.

—Como deseéis —dijo Zoé en tono ligero al tiempo que alargaba la mano hacia la puerta de una alacena de madera y la abría. En el interior había muchos cajones, todos diminutos. Tiró de uno y extrajo una bolsa de seda llena de trozos de hojas, tan finamente desmenuzadas que casi parecían polvo—. Hay que tomarlo con un poco de vino —advirtió, uniendo la acción a las palabras. Sirvió dos copas de vino tinto y espolvoreó un poco de la mezcla en cada una de ellas, la cual se disolvió inmediatamente.

Con la mirada clavada en Ana, tomó una de las copas y se la llevó a los labios.

—Por Cirilo Coniates —dijo en tono sereno, y bebió.

Ana tomó la otra copa y bebió un sorbo.

No se notaba ningún cambio de sabor, hasta el aroma de la hierba se había evaporado.

Zoé vació su copa y le ofreció a Ana un pastelillo de miel. Ella misma cogió uno y lo mordió con placer.

Ana también apuró su copa.

—¿Un pastelillo? —ofreció—. Os lo recomiendo, sirve para eliminar el sabor que queda en la boca.

Ana aceptó y comió.

Zoé le entregó la bolsita de seda.

—Gracias. —Ana la cogió—. Se lo ofreceré a Cirilo.

Ana hizo el breve trayecto de atravesar el Bósforo hasta la costa de Nicea, donde encontró al obispo Niccolo Vicenze aguardándola con cierta impaciencia. Estaba paseando nervioso por el embarcadero, con su cabello rubio destacado bajo la luz matinal y el rostro contraído en una dura mueca de disgusto. Llevaba ropas de viaje, igual que ella, con túnicas más cortas y botas de cuero para protegerse las piernas. Aun así, se las arreglaba para tener una apariencia severamente eclesiástica, como si el cargo que ocupaba formara parte de él.

El saludo fue breve, no más de un reconocimiento somero; acto seguido montaron los caballos que aguardaban e iniciaron el largo viaje tierra adentro atravesando un paraje que Ana ya conocía.

El sol estaba alto en el cielo despejado y hacía calor, y soplaba una ligerísima brisa. Pero hacía mucho tiempo que Ana no recorría a caballo más de un par de millas, de modo que no tardó en sentirse cansada y dolorida, si bien el obispo Vicenze era la última persona ante la que habría mostrado debilidad.

Ya había cabalgado por aquellas tierras, años atrás, con Justiniano. Si cerraba los ojos y se concentraba en la sensación del sol en la cara y en la fuerza del animal que montaba, no le costaba trabajo imaginar que su hermano iba cabalgando delante de ella.

Pero el que ahora iba delante era Vicenze, por la senda que discurría entre los helechos, las moras silvestres y los tojos, y con él no compartía nada. Ni siquiera se volvió para ver si ella le seguía el paso.

Aquel territorio le resultaba conocido, por lo menos al principio. A partir de allí se dejó llevar por Vicenze, que iba guiándose por un mapa, por lo visto perfecto. Era una suerte, pero por alguna razón aquello no le resultó nada placentero. Ella había esperado que Vicenze fuera infalible en semejantes destrezas prácticas. De todos modos le dio las gracias, porque no quería faltar a la cortesía; sería una señal de debilidad, y aunque era sacerdote, no apreciaba ninguna clemencia en él.

Llegaron al inmenso monasterio, que parecía una fortaleza, al tercer día, después de anochecer, habiendo pernoctado al final de cada jornada a un lado del camino.

Los recibieron con afecto. El emisario de Zoé se les había adelantado, y por lo menos a Ana se la esperaba con ansiedad. En cuanto le hubieron ofrecido brevemente comida y agua y se hubo lavado las manos y la cara del polvo del viaje, la condujeron a ver a Cirilo.

Con gratitud y nerviosismo, un joven monje la guio por los silenciosos pasillos del monasterio hasta la fría celda de muros de piedra en que se hallaba Cirilo. Era una habitación simple, de no más de cinco pasos de ancho por otros cinco de largo, y de paredes desnudas a excepción de un crucifijo de gran tamaño. Cirilo estaba tendido en un estrecho camastro, pálido y agotado por el dolor que le atenazaba el pecho y la zona abdominal. Aquello no era infrecuente cuando la fiebre duraba muchos días; las funciones normales no se llevaban a cabo y era natural que se instalara el dolor.

Ana lo saludó con dulzura y expresó pesar por su estado. Cirilo no era tan anciano como para que ella tuviera su edad en cuenta, desde luego no contaría más de setenta años, pero se le notaba el cuerpo muy castigado tras largos años de pocos cuidados, y ahora también a causa de la enfermedad. Tenía el cabello ralo y blanco, el rostro demacrado y la piel como el papel viejo al tacto.

Le formuló las preguntas de costumbre y recibió todas las respuestas que había previsto. Había traído hierbas que tenían sabor agradable pero un efecto purgante. Para empezar, lo más apremiante era procurarle un poco de alivio, que pudiera dormir durante más tiempo y restaurar el equilibrio de fluidos de su cuerpo.

—Tomad todo lo que podáis de esta bebida que os he preparado —le dijo—. Os calmará considerablemente el dolor. Cada pocas horas os haré una jarra llena y os la traeré. Para mañana a estas horas, os sentiréis menos angustiado. —Esperaba que aquello fuera verdad, pero las creencias formaban una parte importante de la recuperación, fueran o no cristianas.

—Os resultaría más cómodo que os atendiera alguien a quien conozcáis bien —le dijo—. Pero yo voy a permanecer tan cerca como me permitan vuestros hermanos, y si me llamáis acudiré al momento.

—¿Debo ayunar? —preguntó Cirilo con ansiedad—. Rezaré con la ayuda del hermano Tomás. Ya he confesado mis pecados y he recibido la absolución.

—La oración siempre es buena —ratificó Ana—, pero sed breve. No canséis a Dios diciéndole lo que ya sabe. Y no, no ayunéis —agregó—. Vuestro espíritu ya es lo bastante fuerte. Para poder continuar al servicio de Dios y de los hombres, necesitáis recuperar la fuerza del cuerpo. Bebed un poco de vino, mezclado con agua y con miel si lo deseáis.

—Me abstengo de tomar vino —replicó Cirilo negando apenas con la cabeza.

—No es importante. —Ana le sonrió—. Ahora voy a prepararos esa infusión de hierbas, y enseguida regresaré con ella.

—Os lo agradezco mucho, hermano Anastasio —dijo el monje con voz débil—. Dios os acompañe.

Permaneció la mayor parte de la noche sin dormir, cuidando a Cirilo. Éste estaba afiebrado e inquieto, y Ana empezó a temer que no le fuera posible salvarlo. Cuando amaneció se encontraba muy débil, y le costó mucho trabajo convencerlo de que se bebiera las hierbas que le había preparado, un poco más fuertes. Cirilo estaba muy angustiado, y Ana empezó a temer que sufriera una obstrucción intestinal en vez de los efectos naturales de la fiebre y la mala alimentación. Incrementó la fuerza del purgante, pensando que tenía poco que perder. Esta vez añadió sándalo para el hígado y áloe para tratar el bloqueo existente en el hígado y en el sistema urinario, y más calamento.

Para cuando llegó la noche, Cirilo se sentía peor todavía, pero había logrado tragar una gran cantidad de agua y estaba menos demacrado y menos ojeroso.

En cierto momento, durante la noche, el monje que lo acompañaba la informó de que Cirilo había ingerido una gran cantidad del brebaje y que parecía estar un tanto aliviado del dolor. Ahora estaba durmiendo.

Al amanecer Ana no lo molestó, pero lo examinó con atención y le palpó la frente. La encontró sólo tibia, y además el anciano se removió vagamente al sentir su contacto, sin despertarse. Ana se permitió abrigar la esperanza de que tal vez se recuperase.

Más avanzado el día, Vicenze insistió en pedir una audiencia con él. En lo que los monjes pudieron ver, él era quien había traído al médico bajo cuyos cuidados Cirilo había empezado a mejorar, aunque aún se encontrara sumamente débil. El abad, agradecido, no pudo negarse. A Ana la hicieron salir de la celda.

Cuando por fin le permitieron entrar de nuevo, Cirilo estaba agotado y con cara de que le hubiera vuelto la fiebre. El joven monje que lo venía atendiendo a lo largo de toda su enfermedad dirigió una mirada de nerviosismo a Ana, pero no dijo nada.

—No pienso hacerlo —dijo Cirilo con voz ronca—. Aunque me cueste la vida. No pienso firmar un papel que abjure de mi fe y conduzca a mi pueblo a la apostasía. —Tragó saliva, con los ojos fijos en Ana, asustado y tozudo—. Si lo firmo, perderé mi alma. Vos lo comprendéis, ¿verdad, Anastasio?

—Yo no siempre estoy seguro de qué es lo correcto —empezó a decir Ana despacio, escogiendo las palabras y vigilando los ojos del anciano—. Pero por supuesto, como todo el mundo, he reflexionado mucho sobre la lealtad a nuestra fe, y también sobre el terrible peligro de que los cruzados latinos vuelvan a invadir nuestra ciudad. Matarán y quemarán todo lo que encuentren a su paso. Tenemos el deber de velar por las vidas de las personas que confían en que vamos a cuidar de ellas y de sus seres queridos, sus hijos, sus esposas y sus madres. He oído relatos del saqueo de 1204, la historia de una niña que presenció cómo violaban y asesinaban a su madre...

Cirilo hizo una mueca de dolor, y los ojos se le llenaron de lágrimas que comenzaron a resbalarle por las mejillas.

—Pero la negación de nuestra fe supone una destrucción peor todavía —prosiguió Ana, con el remordimiento de estar angustiando a Cirilo—. Si vos contáis con la luz del Espíritu Santo de Dios, que os dice lo que es correcto hacer, no podéis rechazarla de ningún modo, sea cual sea el coste. No significa simplemente la muerte, sino el infierno.

Cirilo asintió despacio.

—Sois muy sabio, Anastasio, acaso más sabio que algunos de mis propios hermanos. Y ciertamente más sabio que ese sacerdote de Roma, que posee un corazón de hielo. —Sonrió débilmente y en sus ojos brilló un destello de luz—. No hay más sabiduría que confiar en Dios. —Hizo la señal de la cruz, de forma llamativa al estilo ortodoxo, y a continuación se recostó sobre las almohadas y se quedó dormido, todavía con una suave sonrisa en la cara.

La vez siguiente que fue a verlo estaba despierto y febril, y los dedos le temblaban tanto que le costaba sostener la taza que contenía la infusión de hierbas. Ana tuvo que rodear ésta con sus propias manos para ayudarlo. Había llegado el momento de ofrecerle el reconstituyente de Zoé. Por regla general no administraba más hierbas que las que traía y mezclaba ella misma, pero ya había probado con todo lo demás que tenía. Le dijo al enfermo que iba a prepararle otro brebaje con otra cosa que le enviaba Zoé Crysafés, y lo dejó en compañía del joven monje. Cuando volvió tenía cara de cansado, de modo que le ofreció la nueva bebida.

—Puede que tenga un sabor amargo —le advirtió—. Yo mismo la he probado, y Zoé también, pero fue con vino, y ya sé que vos no querréis eso.

Cirilo negó con la cabeza.

—Vino, no. —Alargó la mano para tomar la taza y Ana se la dio. Nada más dar un sorbo, torció la boca en un gesto de rechazo—. Es muy desagradable —dijo con pena—. Por una vez quisiera... —De pronto se interrumpió bruscamente, pálido y con los ojos muy abiertos. Lanzó una exclamación ahogada y se aferró la garganta luchando por respirar.

—¡Es veneno! —chilló aterrorizado el joven monje—. ¡Lo habéis envenenado! —Al instante se levantó y corrió hacia la puerta—. ¡Socorro! ¡Socorro! ¡Cirilo ha sido envenenado! ¡Venid, aprisa!

En el pasillo se oyeron pisadas de pánico. El joven monje seguía vociferando. Frente a ella Cirilo intentaba respirar, con los ojos desorbitados y la piel desprovista de todo vestigio de color y adquiriendo ya un tono azulado a causa de la asfixia.

¡Pero si ella había bebido exactamente lo mismo! Había visto cómo Zoé lo sacaba de aquella misma bolsita de seda, y a Cirilo no le había administrado más que un pellizco. Ella no había notado ningún amargor, claro que lo había ingerido con vino e inmediatamente después había comido pastelillos de miel.

¿Sería eso? ¿El vino? ¿Sabía Zoé que Cirilo no iba a querer beberlo? Se levantó de un salto y corrió hacia la puerta.

—¡Vino! —chilló casi a la cara del monje que estaba a escasa distancia de ella—. ¡Traedme vino y miel, de inmediato! ¡Ahora mismo, por su vida!

—¡Lo habéis envenenado! —la acusó el monje con las facciones contraídas por el odio.

—¡No he sido yo! —Ana dijo lo primero que le pareció lógico—. ¡Ha sido el romano! No os quedéis ahí como un idiota, id a buscar vino y miel, ¿o es que queréis que muera?

Aquella acusación lo reavivó. Giró sobre sus talones y echó a correr pasillo abajo levantando eco con sus sandalias en la piedra.

Ana esperó atenazada por el pánico, volvió a entrar en la celda e incorporó a Cirilo en un intento de facilitarle la respiración, pero parecía tener la garganta cerrada y el pecho hinchado en el esfuerzo de llenar los pulmones. Cada áspera inspiración que hacía se antojaba interminable, larga y pavorosa.

Por fin regresó el monje, seguido por otro. Traían vino y miel. Ana les arrebató ambas cosas, las mezcló sin prestar la menor atención al gusto que pudieran tener y las acercó a los labios de Cirilo.

—¡Bebed! —le ordenó—. ¡No me importa que os cueste trabajo o no, bebed! Vuestra vida depende de ello. —Intentó separarle las mandíbulas e introducirle el vino en la boca. A aquellas alturas Cirilo ya casi no respiraba y tenía los ojos en blanco—. ¡Sujetadlo! —ordenó al monje que tenía más cerca—. ¡Vamos!

El monje obedeció, temblando de terror.

Con ambas manos, a Ana le resultó más fácil hacer fuerza a fin de abrir los labios del anciano y echarle la cabeza hacia atrás. Penetró un poco de líquido que Cirilo tragó entre convulsiones. Tosió y volvió a tragar, y el líquido entró. Ana le dio más y más. Con lentitud infinita, la garganta se le fue relajando poco a poco y su respiración fue siendo menos trabajosa, hasta que por fin, al enfocar los ojos de nuevo, el pánico había desaparecido de ellos.

—Ya basta —dijo Cirilo con la voz ronca—. Si aguardáis un momento me lo beberé todo, os lo prometo.

Ana volvió a acostarlo con delicadeza y cayó de rodillas en el suelo elevando una plegaria de agradecimiento más audible de lo que era su intención. No sólo dio gracias por haber podido salvar la vida de Cirilo, sino también quizá por haber salvado la suya propia.

—Explicaos —exigió el abad cuando aquella misma tarde Ana se presentó ante él en su bello y austero despacho. Era un individuo flaco y adusto, y en su rostro se apreciaban las huellas dejadas por la ansiedad y por la larga batalla librada contra el sufrimiento. Merecía la verdad, absoluta y no disminuida ni distorsionada por los sentimientos. Pero tampoco no merecía que ella lo abrumase con unas sospechas que no podía demostrar. Había tenido tiempo para sopesar lo que iba a decirle.

—Zoé Crysafés me dio una hierba para Cirilo —respondió—. Me dijo que era un reconstituyente. Sacó una pequeña cantidad de una bolsita de seda y la vertió en su copa y después en la mía, y bebimos los dos sin notar el menor efecto adverso. Luego me entregó la bolsa de hierbas y yo la acepté. El contenido de la misma fue lo que utilicé para la infusión de Cirilo.

El abad arrugó el entrecejo.

—Eso no parece posible.

—Hasta que recordé que tanto Zoé como yo habíamos tomado la hierba mezclada con vino, y que Cirilo la tomó con agua —explicó Ana—. Además, comimos unos pastelillos de miel. Zoé me dijo que así se evitaba el regusto desagradable. Ésas fueron las únicas diferencias que encontré, de modo que mandé que me trajeran de inmediato vino y miel y obligué a Cirilo a tomar ambas cosas. Y empezó a recuperarse. Supongo que fue el vino, y que Zoé Crysafés nunca había tomado la hierba con agua y por lo tanto desconocía el terrible efecto que podía tener en ese caso. —Naturalmente, aquello era una mentira, pero ninguno de los dos podía demostrar que lo fuera ni tampoco podían permitirse la verdad.

—Entiendo —dijo el abad despacio—. ¿Y el romano? ¿Qué papel ha desempeñado en todo esto?

—Que yo sepa, ninguno —repuso Ana. Aquello fue otra mentira. Si Vicenze no hubiera querido convencer a Cirilo de que firmase la adenda y Zoé no hubiera temido que pudiera conseguirlo, Cirilo simplemente habría muerto en aquel monasterio, en silencio, y no se habría visto afectada la opinión pública en relación con la unión. Zoé preferiría eso antes que la claudicación de Cirilo. La visita de Ana le había proporcionado la oportunidad de asegurarse de que Cirilo se negaba, o si, en el peor de los casos, firmaba, Ana y Vicenze serían acusados de haberlo asesinado, y el documento quedaría nulo y sin valor.

Pero el abad no tenía por qué saber todo aquello.

—Os estamos agradecidos por haber reaccionado con tanta rapidez para salvarlo —dijo con gravedad—. ¿Podéis informar a Zoé Crysafés de eso?

—Transmitiré el mensaje que vos deseéis —contestó Ana.

—Os lo agradezco —dijo el abad—. Uno de los hermanos me ha dicho que sois de Nicea. ¿Es cierto?

—Sí. Me crie no muy lejos de aquí.

El abad sonrió. Fue un gesto muy leve, pero iluminó sus ojos con una asombrosa ternura.

—Hay entre nuestros hermanos uno que nunca sale de aquí. Antes lo visitaba un hombre, pero últimamente ha dejado de venir. Pienso que denotaría una gran bondad por vuestra parte que pasarais una hora con nuestro hermano Juan. —Casi no fue una pregunta.

Ana no vaciló.

—Naturalmente. Para mí será un placer.

—Os lo agradezco mucho —volvió a decir el abad—. Acompañadme.

Y sin dudar un momento salió de la estancia con Ana detrás. Recorrieron un pasillo estrecho que hacía resonar sus pisadas, cruzaron una gran puerta de madera labrada con tachones de bronce y luego ascendieron por una empinada escalera de caracol. El abad se detuvo en un exiguo rellano que había al final del todo, dominando el resto del amplio edificio; llamó a la única puerta que había, y cuando le dieron permiso la abrió y entró por delante de Ana y a continuación la sostuvo abierta para que entrara ella.

—Hermano Juan —dijo en voz baja—. El hermano Cirilo ha estado enfermo, y ha venido un médico de Constantinopla para socorrerlo. Ha obrado con maestría, por lo que pronto partirá, pero es originario de Nicea, y he pensado que antes os gustaría conversar un rato con él. Se llama Anastasio. Me recuerda en cierto modo al visitante que hace tres o cuatro años venía a veros.

Ana miró al joven que se levantó despacio de la dura silla de madera, y se dijo que era muy extraño que el abad la describiera, teniéndola sólo a un paso detrás de él. Entonces se fijó en la cara del joven, delgada y hundida por el dolor y, sin embargo, de una dulzura sorprendente. No tendría más de veintipocos años, pero el detalle que le aceleró el corazón de tal manera que la sangre le empezó a retumbar en la cabeza y la boca se le quedó seca fue que no tenía ojos. Sólo presentaba unas horribles cuencas vacías que daban a su rostro una expresión mutilada. De repente, con un estupor que le sacudió todo el cuerpo, comprendió de quién se trataba: aquél era Juan Láscaris, al que Miguel Paleólogo había sacado los ojos para que no pudiera sucederlo en el trono. No le extrañó que, al verla a ella, al abad le viniera a la memoria el hombre que antes acudía a visitarlo: sólo podía ser Justiniano.

Ana se ahogó con su propia respiración, que se le agolpaba en la garganta.

—Hermano Juan —empezó. Deseaba con desesperación decirle que ella también era una Láscaris, que Zárides era sólo su apellido de casada, pero por supuesto aquello era imposible.

El joven afirmó despacio con la cabeza, tras un momento de sorpresa en su semblante, porque el abad no le había dicho que el médico era un eunuco y la voz la delató al instante.

—Pasad —invitó—. Sentaos, os lo ruego. Creo que hay otra silla más.

—Sí, gracias —aceptó Ana. Aquel hombre no sólo era el emperador por derecho, además ahora muchos lo consideraban santo, con una santidad tan cercana a la de Dios que era capaz de obrar milagros en nombre de Él. Pero Ana no dejaba de pensar en los ratos que había pasado Justiniano en su compañía.

—El padre abad me ha dicho que hace unos años teníais un amigo que venía a visitaros, un hombre de Nicea... —empezó diciendo.

El semblante de Juan se iluminó de placer.

—Ah, sí. Tenía una profunda sed de conocimientos. Verdaderamente buscaba a Dios.

—Por lo que decís, era una buena persona —dijo Ana con cuidado—. Ojalá fuéramos más los que buscáramos, en lugar de suponer que ya lo sabemos todo.

Juan sonrió, y de pronto su rostro ciego se inundó de una cálida luz.

—Habláis igual que él —dijo con sencillez—. Pero acaso con un poco más de buen juicio. Ya habéis empezado a comprender lo grande que es nuestra capacidad de aprender y cuán infinito es nuestro desconocimiento.

—¿Es eso el cielo? —preguntó Ana impulsivamente—. ¿Es el cielo aprender infinitamente, y amar? ¿Era eso lo que buscaba vuestro amigo?

—Veo que os interesáis por él —repuso Juan en tono suave. No era del todo una pregunta, sino más bien una constatación—. ¿Era amigo vuestro? ¿Pariente? No tenía hermanos, me dijo, pero sí una hermana. Y que era médico, y de gran talento.

Ana se alegró de que no pudiera ver las lágrimas que le habían acudido a los ojos.

Justiniano había hablado de ella, incluso allí, con Juan Láscaris. Tragó el nudo que se le había formado en la garganta.

—Era un pariente —contestó. Necesitaba decirle toda la verdad que le fuera posible y reivindicar el vínculo que sentía tan íntimamente—. Pero lejano.

—Era un Láscaris —dijo Juan en tono sereno, pronunciando aquel apellido como si el hecho de oírlo le inspirase afecto—. Dejó para siempre de venir. Temo que se viera implicado en algo peligroso. Hablaba de Miguel Paleólogo y de una unión con Roma, y de que él deseaba salvar Constantinopla sin el derramamiento de sangre de una guerra ni la corrupción que entraña la traición, pero que iba a ser casi infinitamente difícil.

Juan Láscaris frunció el ceño. Las arrugas que se le formaron en la frente revelaron con más profundidad las otras arrugas de sufrimiento que había en su rostro.

—Le sucedió algo, ¿no es así? —preguntó en tono calmo.

No había posibilidad de mentirle.

—Sí, pero no sé con seguridad el qué. Estoy intentando averiguarlo. Asesinaron a Besarión Comneno, y Justiniano estuvo implicado, al ayudar al hombre que lo mató. Ahora está exiliado en Judea.

Juan dio un largo suspiro cargado de pena y cansancio infinito.

—Lo siento mucho. Si tuvo algo que ver con eso, entonces es que no encontró lo que estaba buscando. Ya me di cuenta la última vez que estuvo aquí. Estaba distinto, se le notaba en la voz. Una desilusión.

—¿Desilusión? —preguntó Ana acercándose un poco—. ¿Con la Iglesia... o con otra cosa?

—Mi querido amigo —respondió Juan sacudiendo la cabeza levemente de un lado al otro—, Justiniano buscaba respuestas a preguntas nacidas de su necesidad y su soledad, él quería razones que dieran sentido a nuestro entendimiento. Él habría sido un emperador mejor que Besarión Comneno, y creo que era consciente de ello. Pero el trono no lo habría convertido en un hombre mejor. No estoy seguro de si también comprendía eso.

¡Emperador! ¿Justiniano? Juan debía de estar equivocado.

—Pero él amaba a la Iglesia —insistió Ana—. ¡Habría luchado por ella!

—Oh, desde luego —coincidió Juan—. Ansiaba continuar dentro de ella, preservar el sitio que le correspondía, sus rituales, su belleza, y por encima de todo su identidad.

A Ana le vino una idea nueva a la mente.

—¿Lo bastante para morir por ella?

—A eso no puedo responderos —dijo Juan—. Ningún hombre sabe por qué va a morir, hasta que le llega el momento. ¿Sabéis vos por qué estaríais dispuesto a morir, Anastasio?

Ana se quedó desconcertada. No tenía respuesta.

Juan sonrió.

—¿Qué queréis vos de Dios? ¿Y qué creéis que quiere Él de vos? Yo le pregunté esto mismo a Justiniano, y no me contestó. Supongo que aún no sabía en qué creer.

Acabáis de decir que amaba a la Iglesia —contestó Ana en voz baja—. ¿Por qué a la ortodoxa, y no a la romana? La romana también posee belleza, y fe, y ritual. ¿En qué creía él, para estar dispuesto a pagar un precio tan alto con tal de conservarlo?

—Nos encanta caminar por una senda conocida —repuso Juan con sencillez—. A ninguno nos gusta que nos digan qué debemos pensar o hacer, que un desconocido venido de otra tierra y que habla otra lengua nos imponga su voluntad.

—¿Y eso es todo?

—Eso es mucho —replicó Juan con una sonrisa de cansancio—. En la vida no hay muchas certezas, no hay muchas cosas que no cambien, se marchiten, nos engañen o nos decepcionen en un momento o en otro. Las santidades de la Iglesia son las únicas cosas que conozco. ¿Acaso no son cosas por las que merece la pena vivir, o morir?

—Sí —respondió Ana de inmediato—. ¿Encontró Justiniano eso mismo... por lo menos esa esperanza?

—No lo sé —contestó Juan con acento triste y teñido de soledad—. Pero lo echo de menos. —Parecía cansado, su voz había perdido fuerza, las cuencas vacías de sus ojos parecían más hundidas aún.

—Estoy haciendo todo lo que está en mi mano para demostrar que fue acusado injustamente —dijo Ana en un impulso—. Si lo consigo, tendrán que perdonarlo, y regresará.

—¿Sois primo de un primo? —Juan le sonrió.

—Y amigo —añadió ella—. Pero no quisiera cansaros. —Se puso de pie, asustada de sentirse tentada a delatarse de manera irreparable.

Juan alzó una mano para darle la antigua bendición.

—Que Dios guíe vuestro camino en las tinieblas y alivie vuestra soledad en el frío de la noche, Ana Láscaris.

Ana sintió una oleada de calor que le inundó súbitamente el rostro, en cambio fue agradable, a pesar de todo el miedo que tendría que embargarla. Juan la había reconocido y la había llamado por su nombre. Durante largos momentos, maravillosos y terribles, fue ella misma.

Se inclinó y le tocó la mano con suavidad, en un gesto totalmente femenino. Seguidamente dio media vuelta y se dirigió a la puerta. En el instante mismo en que la traspusiera, volvería a adoptar su papel.

Cuando hubo regresado del largo viaje a Nicea, un trayecto que realizó sin hablar con Vicenze, a excepción de lo imprescindible que imponía la cortesía, fue a ver a Zoé.

Se vieron en la misma habitación de siempre, la de la cruz de oro en la pared y las magníficas vistas, y se encaró con Zoé luciendo una sonrisa, saboreando el instante.

—¿Pudisteis salvar al buen Cirilo? —preguntó Zoé, cuyos ojos color topacio brillaban con demasiada fuerza para disimular su ansiedad y las extrañas y poderosas emociones contrarias que la agitaban por dentro.

—En efecto —contestó Ana sin alterar el tono de voz—. Es posible que aún viva muchos años.

Hubo un destello en los ojos de Zoé.

—Tengo entendido que el legado, Vicenze, ha viajado con vos. ¿Tuvo éxito en su propósito?

Ana elevó las cejas.

—¿Qué propósito?

—¡Su misión no era únicamente acompañaros a vos! —exclamó Zoé, controlando a duras penas su genio.

—Oh, tuvo una audiencia con Cirilo —repuso Ana con toda naturalidad—. Por supuesto, yo no estuve presente en ella. El pobre Cirilo se sintió muy enfermo después, y toda mi atención estuvo concentrada en socorrerlo.

En la mirada de Zoé ardía la furia. Por primera vez sus planes eran desbaratados por Ana. De repente se enfrentaron de igual a igual.

Ana sonrió.

—Entonces fue cuando di a Cirilo las hierbas que tan atentamente me proporcionasteis vos.

Zoé hizo una inspiración profunda y exhaló el aire despacio. En aquel momento algo cambió en ella, supo que había sido engañada.

—¿Y le fueron de ayuda? —preguntó, sabiendo de sobra la respuesta.

—Al principio no —le dijo Ana—. De hecho, los efectos fueron de lo más desagradable. Incluso llegué a temer por su vida. Entonces recordé que cuando vos y yo tomamos esas hierbas las acompañamos con vino. Aquello lo cambió todo. —Sonrió, sosteniendo la mirada de Zoé sin pestañear—. Os estoy agradecido por vuestra previsión. Le expliqué al abad lo que había sucedido exactamente. No quisiera que un hombre tan santo imaginara que vos habíais intentado envenenar al pobre Cirilo. Eso sería espantoso.

La expresión de Zoé se petrificó igual que el mármol blanco, y su dominio de sí misma fue tal que no reveló ni furia ni alivio. Luego surgió en ella algo sumamente notable, durante un solo segundo, pero tiempo suficiente para que Ana se diera perfecta cuenta de lo que era: admiración.

—Cuán amable por vuestra parte —dijo en voz baja—. No lo olvidaré.

30

Vicenze regresó a su casa de mal humor.

—¿Qué tal vuestro viaje a Bitinia? —le preguntó Palombara.

—Inútil —saltó Vicenze—. Únicamente fui porque era mi sagrado deber intentarlo. —Lanzó a Palombara una mirada malévola, levemente suspicaz de lo que éste pudiera saber o adivinar—. Uno de los dos ha de hacer algo para doblegar a este pueblo tan obstinado, o dejarle espacio para que se condene él solo sin remedio.

—Así pues, hagamos lo que hagamos, estaremos justificados. —Palombara se asombró del resentimiento con que dijo aquello.

—Exacto —corroboró Vicenze—. Ha sido un último intento.

—¿El último?

Vicenze enarcó las cejas, y en el frío de sus ojos se vio un brillo de satisfacción.

—La semana próxima regresamos a Roma. ¿Lo habíais olvidado?

—Claro que no —respondió Palombara.

De hecho había pensado que faltaba un poco más. Había estado reflexionando con cierto nerviosismo sobre qué iba a decirle al Papa, en qué términos iba a explicarle las razones por las que no habían logrado recabar más apoyos para el acuerdo. Había llegado al punto de creer firmemente que Miguel podría conducir a su pueblo de tal forma que diera suficientemente la impresión de que se había consumado la unión con Roma y que se podía ocultar el hecho de que existiera un cierto grado de independencia. Las personas siempre sostendrían creencias diferentes según el lugar, la clase social y el nivel de riqueza, de cultura o de necesidad emocional. Pero no creía que el Papa Juan se sintiera muy complacido con ello. Era una respuesta eminentemente práctica, pero no una victoria política.

31

Pocos días después, Ana acudió a un percance que había tenido lugar en la calle. Un anciano había tropezado y se había hecho una herida importante. Ana estaba inclinada sobre él, examinándole la pierna, cuando de pronto se produjo un tumulto entre el grupo de gente que se había congregado y un joven sacerdote, con el rostro ceniciento, se abrió paso a codazos apartando a todo el mundo y llamándola a voces.

—¿Es una urgencia? —preguntó Ana sin levantar la vista—. Este hombre ha sufrido un golpe muy fuerte y necesita que...

—Sí, puede que lleguéis demasiado tarde. —El sacerdote la agarró por el brazo y la obligó a incorporarse—. Está desangrándose. Le han arrancado la lengua.

—Llevadlo a su casa —dijo, señalando al anciano—. Dadle bebidas calientes y abrigadlo bien. Yo tengo que irme.

Ana tomó su bolsa y permitió que el sacerdote se la llevara consigo casi tirando de ella. Doblaron la esquina y subieron por una callejuela hasta una pequeña vivienda que tenía la puerta abierta y por la que salían toses y gemidos de pánico y angustia.

La escena que encontró era horrenda. Había un hombre arrodillado en el suelo, sangrando profusamente por la boca. La sangre iba formando un charco de color escarlata en las baldosas y le empapaba las manos, los antebrazos y la parte delantera de la túnica. Boqueó, tosió de nuevo, y volvió a expulsar otra bocanada de sangre. Tenía la cara grisácea debido al dolor y al miedo, y los ojos fijos. A su alrededor había otros tres monjes que permanecían impotentes, sin saber qué hacer.

Ana dejó su bolsa y le arrebató a uno de ellos el paño que tenía en la mano, le echó una mirada rápida para cerciorarse de que estaba limpio y corrió hacia el hombre que estaba en el suelo. Alguien dijo que se llamaba Nicodemo.

—Puedo ayudaros —le dijo en tono firme, rezando para que Dios permitiera que así fuera—. Voy a detener la hemorragia, y así no os ahogaréis. Tendréis que respirar por la nariz. Puede que os resulte difícil, pero podréis hacerlo. No os mováis y dejadme que apriete aquí. Va a doleros, pero es necesario.

Y antes de que él pudiera impedirlo, Ana lo rodeó con un brazo. Uno de los monjes comprendió de pronto lo que Ana pretendía hacer, y acudió en su ayuda. Entre los dos sujetaron al herido, mientras Ana le abría un poco más la boca e introducía el paño presionando con todas sus fuerzas contra lo que le quedaba de lengua.

Debió de causarle un dolor tremendo, pero tras las primeras sacudidas y convulsiones se quedó tan quieto como le fue posible.

Empleando un tono de voz sereno, Ana ordenó a los otros monjes y al sacerdote que la había hecho venir que fueran a buscar más paños limpios, que abrieran su bolsa y sacaran determinadas hierbas y líquidos que había en pequeñas ampollas, y también las agujas quirúrgicas y los hilos de seda. Indicó a dos de ellos que trajeran agua y limpiaran la sangre de las baldosas.

En ningún momento dejó de presionar sobre la lengua del herido, en un desesperado intento de impedir que muriera desangrado, se ahogara con la sangre o se asfixiara por no poder insuflar aire a sus pulmones.

Cambió el paño empapado de sangre por otro, sin dejar de sujetar al herido con el brazo izquierdo. Oía a su alrededor el murmullo rítmico de las plegarias, y deseó poder sumarse a ellas.

Por fin, al cabo de más de media hora, retiró el paño con gran cuidado y decidió que, si se daba prisa, podría coser la herida y sellar los vasos lo bastante para quitar el paño de manera permanente.

Fue una tarea laboriosa bajo la luz parpadeante de las velas, y Ana era muy consciente del dolor que debía estar causando al herido, al cual, a diferencia de otros pacientes, no podía dar de beber ninguna hierba que atenuase la sensación. La boca y la garganta eran una masa de carne hinchada y roja, terriblemente mutilada, pero lo único en que tuvo tiempo de pensar fue en salvarle la vida para que no muriera desangrado. Trabajó lo más rápidamente que pudo, cosiendo, tirando, anudando, cortando, empapando, todo el tiempo con demasiada sangre y en medio de un dolor que casi se palpaba en el aire.

Por fin concluyó la operación y limpió toda la sangre residual. Lavó la cara al herido con suma delicadeza, mirándolo a los ojos, teniendo presente que, aunque no iba a poder hablar nunca más, sí podía oírlo todo. Cogió varias hierbas medicinales y se las enseñó a todos al tiempo que les iba diciendo cuándo y cómo había que utilizarlas, y en qué proporciones.

—Además, debéis mantener húmedos los labios y la boca —instruyó—. Pero no toquéis aún la herida, sobre todo con agua. Si lo admite, dadle a beber un poco de vino con miel, pero con mucho cuidado. No dejéis que se atragante.

—¿Y de comer? —preguntó alguien—. ¿Qué puede comer?

—Gachas. Tibias, nunca calientes. Y sopas. Ya aprenderá a masticar y a tragar como es debido, pero hay que darle tiempo. —Esperaba que fuera cierto, no tenía experiencia con mutilaciones como aquélla.

—Os estamos muy agradecidos —dijo de corazón el sacerdote que la había ido a buscar—. Tendremos vuestro nombre presente en todas nuestras oraciones.

Ana se quedó con ellos toda la noche, vigilando, escuchando las voces que procuraban tranquilizarse unas a otras y hacer acopio de valor para lo que sabían que los aguardaba, quizás a todos ellos. Nicodemo había sido el primero, pero no iba a ser el último.

—¿Quién ha hecho esto? —preguntó, temiendo la respuesta.

Los monjes se miraron unos a otros y después a ella.

—No sabemos quiénes eran —contestó uno—. Actuaban con el permiso del emperador, pero los mandaba un extranjero, un sacerdote romano de cabello claro y ojos parecidos al mar en invierno. —Respiró despacio, y bajó todavía más el tono de voz—. Tenía una lista.

Ana sintió que la recorría un escalofrío que pareció robarle toda la fuerza del cuerpo. Se equivocó al dudar de Constantino, tuvo demasiados miramientos, fue demasiado cobarde de espíritu para reconocer la verdad porque no deseaba ensuciarse las manos. Se sintió avergonzada de haber sido tan obtusa.

La fe exigía un precio muy alto: fe en Dios, en la luz y en la esperanza. La crucifixión era brutal. Se sintió enferma sólo de imaginarla, de pensar en cómo tenía que ser realmente la lucha por respirar, el dolor insufrible en el vientre, en las caderas y en todos los músculos del cuerpo, el terror extremo. ¿Por qué las efigies suavizaban la crucifixión, como si Cristo no hubiera sido humano como todos, como si el agudo horror que sufrió Él hubiera sido diferente? La respuesta era obvia: para huir de tener que saber todo aquello, porque así nos resultaba más fácil traicionarlo.

Luego, la invadió una curiosa sensación de paz al pensar que se había equivocado al juzgar a Constantino, que además de equivocarse había demostrado ser ignorante y superficial. Se sintió aplastada por la penitencia. Todos iban a tener que luchar, iban a tener que hacer uso de unas armas que iban a herirlos también a ellos, además de al enemigo. Pero el conflicto que se agitaba en su interior había cesado, y en su lugar había dejado un amplio remanso de paz y tranquilidad.

La llamaron una segunda vez para que fuera a atender a otros monjes que habían sido torturados, pero ninguno le causó el mismo terror que le había causado el primero.

No salvó a todos. Hubo ocasiones en las que lo único que pudo hacer fue mitigar el violento dolor, permanecer al lado del herido en sus últimos momentos. Nunca era suficiente.

Odiaba que le dieran las gracias, aceptar la gratitud de las gentes incluso aunque fracasara. No se sentía valiente. Le entraban ganas de escapar, pero las pesadillas que sufriría para siempre, si abandonase a un moribundo, habrían sido peores que todos los horrores que pudiera ver cuando estaba despierta.

Una noche la pasó dando vueltas en su cama, y varias veces se despertó jadeando, con la cara húmeda por el llanto y sintiendo un escozor en los pulmones.

Saltó de la cama y se puso de rodillas para rezar.

—Padre, ayúdame, enséñame. ¿Por qué permites que suceda esto? Son hombres buenos, pacíficos, que intentan con toda su alma y todas sus fuerzas, todas las horas del día, servirte. ¿Por qué no puedes ayudarlos? ¿O es que no te importa?

Nada le respondió salvo el silencio, vacío como la noche. Si había estrellas auténticas, no meros sueños y fantasía, se encontraban infinitamente fuera de nuestro alcance.

Hubo una ocasión en que escapó por poco de los hombres del emperador cuando éstos irrumpieron en la casa, y ella huyó, sacada medio a rastras por la puerta de atrás por otros que se oponían con la misma vehemencia a la unión con Roma. Estaban dispuestos a perder sus casas y sus posesiones para rescatar a los monjes que todavía predicaban en contra de la unión y que estaban convirtiéndose en mártires por su fe.

Corrió con ellos a través de la lluvia y el viento, chapoteando en los regatos de agua descendían de los canalones, tropezando con muros ciegos y saltando escalones a oscuras. Tiraban de ella, alguien cargaba con su bolsa y sus instrumentos. Tenía escasa idea de quiénes eran, tan sólo sentía gratitud por el valor que demostraban.

Cuando por fin irrumpieron en una habitación silenciosa en la que había una anciana sola, junto a la chimenea, Ana vio a la luz de las antorchas que eran tres, dos hombres y una mujer joven de melena larga y mojada.

—Debéis tener más cuidado —jadeó la mujer luchando por respirar—. Habéis acudido a atender demasiados casos de éstos. Ya os conocen.

—¿Por qué yo? ¿Quién me conoce? —preguntó, luchando contra la verdad.

—El obispo Constantino —respondió el otro—. La gente sabe que sois su médico y que le habéis prestado ayuda con los pobres.

Nadie dijo nada más. Por supuesto que era Constantino la mano que actuaba en aquellos rescates, las medicinas, toda la resistencia de la masa de gente común. Había sido él quien luchó para que Justiniano fuera exiliado en vez de ejecutado por su implicación en el asesinato de Besarión. Todos luchaban por la misma causa: la supervivencia de la fe, la vida, la existencia de Bizancio y la libertad de adorar a quien ellos juzgaran correcto.

Ana fue a ver a Constantino en la quietud de su casa, en la galería donde colgaba su icono favorito.

—Quiero daros las gracias —dijo sencillamente, hambrienta y dolorida, todavía agotada físicamente por la pérdida sufrida y la fuga de la noche anterior, por el amargo fracaso que supuso todo ello—. Daros las gracias por todo lo que hacéis, por tener el coraje de guiarnos, de sostener en alto la luz para que podamos ver el camino. La verdad es que no sé con cuánta pasión defiendo una fe más que otra, un credo sobre la naturaleza de Dios y del Espíritu Santo, pero sé con absoluta seguridad que me preocupa el amor a la humanidad que Cristo nos enseñó. Sé con todo mi corazón que eso se merece todo lo que podamos pagar a cambio. Por ello vale la pena vivir y morir. Sin ello, al final las tinieblas lo engullen todo.

Transcurrieron unos instantes de denso silencio, durante los cuales Ana se percató de lo que había dicho.

—Si el infierno no fuera tan hondo como para desgarrarnos el alma, el paraíso no podría ser tan alto. ¿Habríamos de desear que Dios hiciera descender el paraíso? —Ana hizo una inspiración profunda al ver que el obispo alzaba la cabeza e interrumpía su actitud orante para mirarla—. ¿Podría hacer eso, y seguir siendo Dios? —preguntó, aunque podría haberse respondido ella misma.

Constantino no dijo nada, sólo hizo en el aire la señal de la cruz.

Pero no importó, Ana no necesitaba que le contestase.

32

Helena estaba indispuesta por culpa de una dolencia leve pero embarazosa que prefería que le tratase Ana, en lugar del médico al que solía llamar.

Eran las primeras horas de la tarde, y Simonis despertó a Ana, que había aprovechado para descansar un rato. Estaba agotada de curar a los mutilados y los agonizantes, y la primera reacción instintiva que tuvo cuando Simonis le dijo que Helena la había mandado llamar fue de rechazo. ¿Cómo iba a seguir mostrando una paciencia infinita con una leve irritación de la piel, cuando había hombres que estaban siendo torturados hasta la muerte?

—Es la viuda de Besarión —dijo Simonis en tono cortante, mirando a Ana a la cara—. Ya sé que estás cansada. —Su voz se suavizó, pero aún conservaba un tono de apremio y de miedo—. Llevas varias semanas sin dormir como es debido, pero no puedes permitirte el lujo de rechazar a Helena Comnena. Conoció a Justiniano —pronunció su nombre con dulzura— y a sus amigos. —No quiso añadir nada más, pero lo que calló quedó flotando en el aire.

Helena recibió a Ana en una estancia suntuosa, contigua a su alcoba. Los murales se habían renovado, y ahora eran mucho más eróticos de lo que habría permitido Besarión. Ana ocultó una sonrisa.

Helena estaba vestida con una túnica suelta. Tenía un desagradable sarpullido en los brazos. Al principio se mostró asustada y muy cortés; pero más adelante, cuando las hierbas medicinales y los consejos empezaron a surtir efecto, perdió la preocupación y volvió a aflorar su arrogancia natural.

—Todavía me duele —dijo Helena apartando el brazo.

—Todavía os dolerá un poco más de tiempo —le dijo Ana—. Debéis llevar la pomada siempre puesta, y tomar las hierbas al menos dos veces al día.

—¡Son asquerosas! —exclamó Helena torciendo el gesto—. ¿No tenéis algo que no sepa como si quisierais envenenarme?

—Si quisiera envenenaros, utilizaría algo que fuera dulce —replicó Ana con una ligera sonrisa.

Helena palideció. Ana se percató y su interés se agudizó. ¿Por qué Helena había mencionado el veneno con tanta facilidad? Desvió la mirada y permitió que la seda de la túnica de Helena cayera de una manera más modesta.

—¿De verdad tenéis idea de lo que estáis haciendo? —le espetó Helena.

Ana decidió arriesgarse.

—Si estáis preocupada —sugirió—, conozco a otros médicos que podrían conveniros mejor. Y estoy segura de que Zoé conoce a muchos más.

Helena tenía la mirada dura y llameante, y las mejillas enrojecidas. Tragó saliva como si tuviera algo áspero en la garganta.

—Disculpadme, he hablado de manera precipitada. Vuestra destreza es más que suficiente. Es que no estoy acostumbrada al dolor.

Ana mantuvo los ojos bajos por si Helena advertía en ellos el desprecio que sentía.

—Hacéis bien en mostrar cierta aprensión —dijo en tono pausado—. Estas cosas, si no se tratan rápidamente, pueden transformarse en algo muy grave.

Helena tomó aire con un leve siseo.

—¿De veras? ¿Cómo de rápidamente?

—Como habéis hecho vos. —Ana había exagerado el peligro—. He traído otra hierba que os vendrá bien, pero, si queréis, me quedaré con vos para que, si surte un efecto distinto del deseado, pueda administraros el antídoto. —Aquello era una pura invención, pero iba a llevar un poco de tiempo sacar a colación los temas que deseaba explorar.

Helena tragó saliva.

—¿Qué efectos? ¿Me pondré enferma? ¿Vomitaré?

—Os desmayaréis —dijo Ana, pensando en algo que no fuera demasiado angustioso—. Puede que sintáis un cierto sofoco, pero pasará enseguida si os doy la hierba que lo contrarresta. No debéis tomarla a menos que sea necesario. Yo me quedaré con vos.

—¡Y me cobraréis de más, sin duda! —saltó Helena.

—Por la hierba, no por el tiempo empleado.

Helena reflexionó durante unos segundos y al final aceptó. Ana mezcló varias hierbas y ordenó que las remojaran en agua caliente. Tendrían un efecto relajante, bueno para la digestión. Calmó su conciencia diciéndose que estaba cumpliendo su juramento, que si bien no estaba haciendo ningún bien, al menos no estaba causando daño.

Helena vio que Ana recorría los murales con la vista.

—¿Os gustan? —le preguntó.

Ana respiró hondo.

—Son singulares —contestó—. Nunca he visto nada igual.

—En vivo, supongo que queréis decir —observó Helena con tono de burla.

Ana sintió deseos de decirle que en una ocasión había atendido a pacientes de un burdel y que había visto cosas parecidas a aquéllas, pero no podía permitirse ese lujo.

—No —contestó apretando los dientes.

Helena lanzó una carcajada.

La criada regresó con las hierbas remojadas en una copa.

Helena bebió un sorbo.

—Están amargas —señaló, mirando a Ana por encima del borde de la copa.

Ana ya no podía retrasarlo más.

—Deberíais cuidaros —dijo, procurando poner cara de preocupación—. Habéis sufrido mucho. —Con un ligero sobresalto, cayó en la cuenta de que, hasta donde ella sabía, aquello podía ser verdad.

Helena intentó disimular su sorpresa, pero sin conseguirlo del todo.

—Mi esposo fue asesinado —confirmó—. Naturalmente, no ha sido fácil.

Mientras la observaba, Ana se dijo que era perfectamente posible que Helena hubiera ayudado a perpetrar el asesinato, pero ocultó su asco detrás de una expresión de preocupación.

—Tuvo que ser terrible. ¿Acaso no lo asesinaron unos hombres que vos considerabais amigos suyos, y vuestros?

—Sí —contestó Helena despacio—. Eso fue lo que pensé.

—Lo siento mucho —murmuró Ana—. No quiero ni imaginar lo que debe de haber sido para vos.

—No podéis —corroboró Helena. Por su semblante cruzó una

sombra que pudo ser de desdén, o tal vez un movimiento de la luz—. Justiniano estaba enamorado de mí, ¿sabéis?

Ana tragó saliva.

—Ah, ¿sí? Tenía entendido que era Antonino, pero a lo mejor lo he entendido mal. No era más que un chismorreo.

Helena no se movió.

—No —negó—, Antonino me admiraba, quizá, pero eso no se puede considerar amor, ¿no?

—No lo sé —mintió Ana.

Helena sonrió.

—No lo es. Es un apetito. ¿Sabéis a qué me refiero? —Volvió la cabeza y recorrió a Ana con la mirada—. Es un modo eufemístico de llamar a la lujuria, Anastasio.

Ana bajó los ojos para impedir que Helena leyera en ellos.

—¿Os estoy turbando? —preguntó Helena con evidente placer.

Ana deseaba fervientemente contraatacar, gritarle a la cara que no, que sentía repugnancia por su avaricia, sus manipulaciones y sus mentiras, pero no podía permitírselo.

—Os estoy turbando —dedujo Helena con regocijo—. Pero vos no conocisteis a Antonino. Era apuesto, en cierto modo, pero carecía de la profunda personalidad de Justiniano. Él era extraordinario... —Dejó la frase sin terminar, una sugerencia infinita.

—¿Eran amigos? —inquirió Ana.

—Oh, sí, en muchas cosas —repuso Helena—. Pero a Antonino le gustaban las fiestas, la bebida, los juegos, los caballos, esas cosas. Era muy amigo de Andrónico, el hijo del emperador, aunque tal vez no tanto como Isaías. Justiniano también era un jinete excelente, pero poseía más inteligencia. Leía de todo. Le gustaban la arquitectura, los mosaicos, la filosofía, las cosas hermosas. —En su rostro apareció un gesto de pesar, momentáneo pero muy sentido.

Ana también se sintió conmovida. Experimentó un sentimiento de lástima y también de cercanía hacia Helena, en aquel instante fue como si ambas estuvieran unidas por la aflicción, y a lo mejor así era.

Pero al momento aquella sensación se quebró.

—Tenéis razón —dijo Helena con voz ronca—. He sufrido. Mucho más de lo que piensa mucha gente. Debéis cuidar de mí. No pongáis esa cara de consternación, sois un buen médico.

Ana hizo un esfuerzo para centrar de nuevo la atención en el momento presente.

—No sabía que Justiniano estaba enamorado de vos —dijo. Su propia voz le sonó artificial. Recordó que Constantino había dicho que Justiniano se sentía asqueado por las insinuaciones de Helena y la rechazó. ¿Sería ésa la verdad?—. Debéis de echarlo de menos —agregó.

—Así es —confirmó Helena con una sonrisa breve e imposible de interpretar, como no fuera que con ella pretendía enmascarar otra cosa. Ana era un sirviente y un eunuco; ¿por qué iba Helena a desvelarle nada sin necesidad?

—Y también a vuestro esposo —añadió Ana juiciosamente.

Helena se encogió de hombros.

—Mi esposo era muy aburrido —dijo—. Siempre estaba hablando de religión y de política, y se pasaba la mitad del tiempo fuera de casa, con ese maldito obispo.

—¿Con Constantino? —dijo Ana con sorpresa.

—Naturalmente que con Constantino —saltó Helena. Miró la copa que sostenía en la mano—. Esto es asqueroso, pero no me está sentando mal. No es necesario que os quedéis —la despidió—. Volved dentro de tres días. Entonces os pagaré.

Ana regresó, y llevaba allí sólo diez minutos con Helena cuando anunciaron otra visita, la de Eulogia Muzakios. Helena no tenía más remedio que invitarla a pasar en cuanto estuviera vestida o permitir que Eulogia supiera que había un médico presente, o, más peligroso aún, algún otro visitante al que no quería que conociera Eulogia.

—Si os atrevéis a decirle que habéis venido a tratarme de alguna enfermedad, me encargaré de que no volváis a trabajar nunca —rugió con el rostro encendido—. ¿Me habéis entendido?

—Es mucho más sensato decir que os habéis torcido un tobillo —aconsejó Ana—. Vuestra visitante percibirá el olor del ungüento que flota en el aire. Yo no os llevaré la contraria.

Helena se estiró la túnica y no se molestó en contestar.

Unos momentos más tarde entró Eulogia trayendo en las manos unas frutas con miel a modo de obsequio. Era una mujer elegante, rubia y más bien delgada, un poco más alta que Helena. Había en ella algo que a Ana le resultó familiar y la dejó perpleja. Buscó el nombre en su memoria, pero no dio con él.

—Mi médico —dijo Helena indicando a Ana con la mano después de saludar a su invitada—, Anastasio. —Esbozó una ligera sonrisa, con infinita condescendencia. Había dicho el nombre para que Eulogia reconociera a Ana instantáneamente como un eunuco, una criatura femenina con nombre masculino y totalmente carente de sexo.

Eulogia miró fijamente a Ana por espacio de unos instantes y después desvió el rostro y se puso a conversar con Helena como si Anastasio fuera un criado.

En aquel momento Ana la reconoció. Eulogia era la hermana de Catalina. Se habían visto varias veces en Nicea, años atrás, cuando Catalina todavía vivía. No era de extrañar que al principio Eulogia se hubiera sentido turbada por los recuerdos.

Empezó a sudar, la respiración se le hizo entrecortada y comenzaron a temblarle las manos. Debía vigilar cada gesto. Nada debía recordar a la hermana de Justiniano. No había terminado de dar instrucciones a Helena, la cual se enfadaría si se marchaba. Estaba atrapada en aquel lugar, prisionera de la obligación y de las circunstancias.

Helena percibió su incomodidad y sonrió. Se volvió a Eulogia y le dijo:

—Toma un poco de vino y unos higos. Son muy buenos, los han secado muy rápidamente para que retengan todo su jugo. Has sido muy amable al venir a verme.

Ordenó al criado que trajera algo de beber, incluida una copa para Ana. Al parecer, aquella situación la divertía.

Ana estudió la posibilidad de rechazar la oferta. Eulogia la estaba mirando, nuevamente con una expresión de desconcierto en la cara. Ana no se atrevió a dejar que Helena creyera que la asustaba quedarse.

—Os lo agradezco —aceptó, devolviendo la sonrisa—. Así tendré tiempo para prepararos... las hierbas.

—¡El ungüento! —exclamó Helena, y al instante se sonrojó, consciente de que podía haber cometido un error—. Me he torcido el pie —explicó dirigiéndose a Eulogia.

Eulogia asintió y se mostró solidaria con ella. Las dos tomaron asiento juntas y dejaron a Ana hurgando en su bolsa en busca de los utensilios que necesitaba.

¿Cómo está Demetrio? —preguntó Eulogio.

—Bien, supongo —contestó Helena con naturalidad. Llegaron el vino y los higos. Sirvió las copas y dejó una aparte para Ana, pero sin ofrecérsela.

—Imagino que Justiniano no va a regresar —apuntó Eulogia mirando a Helena de soslayo.

Helena se permitió componer una expresión triste.

—No. Están convencidos de que estuvo profundamente implicado en el asesinato de Besarión, ¡y por supuesto que no lo estuvo! —Sonrió—. El asesino, el que fuera, ya lo intentó anteriormente, cuando Justiniano se encontraba en Bitinia, muy lejos de aquí.

Ana dejó inmóvil por unos momentos la mano con que manipulaba las hierbas. Por suerte, estaba de espaldas a la sala y ni Helena ni Eulogia podían verle el rostro.

—¿Intentó matarlo? —preguntó Eulogia con asombro—. ¿Cómo?

—Con veneno —respondió Helena sencillamente—. No tengo idea de quién pudo ser. —Mordió un higo seco y lo masticó despacio—. Y unos meses después sufrió otra agresión, esta vez en la calle. Pareció un intento de robo, pero más tarde el propio Besarión pensó que había sido uno de sus hombres. En cambio, Demetrio los descubrió, por medio de unos amigos suyos de la guardia varega, así que parece poco probable.

Eulogia se sintió picada por la curiosidad.

—¿Demetrio Vatatzés tiene amigos en la guardia varega? Qué interesante. Poco corriente, para un hombre que desciende de una antigua familia imperial. Pero claro, su madre Irene también es poco corriente.

Helena se encogió de hombros para quitarle importancia al asunto.

—Eso es lo que me parece que dijo. A lo mejor estaba equivocada.

Eulogia mostró preocupación.

—Eso es espantoso. ¿Qué interés podía tener nadie en hacer daño a Besarión? Era el más noble de los hombres.

Helena disimuló su impaciencia.

—Lo único que sé es que siempre andaba metido en asuntos de religión, de modo que probablemente tuviera algo que ver con eso. Desde luego, Justiniano y él tuvieron fuertes enfrentamientos por dicha causa, que yo sepa en dos ocasiones, y luego Justiniano acudió a Irene. ¡Dios sabrá por qué! Después de eso, por supuesto, Besarión fue asesinado efectivamente por Antonino. Lo curioso es que yo no sabía que Antonino se preocupara tanto por la religión. ¡Era un soldado, por amor de Dios!

En aquel momento Ana se dio la vuelta llevando en las manos las hierbas y una jarrita llena de ungüento, y se las tendió a Helena.

—Oh, gracias, Anastasio —dijo Helena con gran encanto, clavando los ojos en ella—. Os pagaré mañana, cuando no esté ocupada.

Ana regresó, tal como le ordenaron, a cobrar sus honorarios.

Cuando llegó, Helena la recibió tras hacerla esperar sólo quince minutos, y casi con amabilidad. Se encontraban en la sala recién decorada, la de los murales exóticos. Iba vestida con una túnica de color ciruela que le sentaba de maravilla. Llevaba un mínimo de joyas, pero con aquella piel dorada y aquella cabellera tan hermosa no necesitaba más. La seda de su dalmática ondeó a su alrededor cuando cruzó la sala; era uno de los escasos momentos en que estaba tan bella como su madre.

—Os agradezco que hayáis venido —dijo en tono afectuoso—. Ya tengo el tobillo mucho mejor, y pienso recomendaros a todas las personas que conozco. —Sonreía, pero no hizo referencia alguna al dinero.

—Gracias —repuso Ana, tomada por sorpresa.

—Fue una rara casualidad que Eulogia viniera a verme justo cuando estabais vos aquí —siguió diciendo Helena—. Era pariente de Justiniano Láscaris, ¿lo sabíais?

Ana sintió que se ponía en tensión.

—Ah, ¿sí?

—Estuvo casado, hace algún tiempo. —El tono de voz de Helena indicaba que aquel detalle había dejado de venir al caso—. Su esposa murió. Era hermana de Eulogia. —Mientras hablaba, observaba atentamente el rostro de Ana.

Ana estaba inmóvil, incómoda. Sentía las manos torpes y parecía que le estorbaran, como si no supiese qué hacer con ellas. Tragó saliva.

—Ah, ¿sí? —Procuró dar la impresión de que aquel asunto no le interesaba, pero estaba temblando.

Helena tomó una cajita enjoyada que había sobre la mesa. Era exquisita, plata con incrustaciones de calcedonia, y estaba orlada de perlas. Ana no pudo evitar mirarla.

—¿Os gusta? —Helena la sostuvo en alto para que Ana la viera.

—Es preciosa —respondió Ana con sinceridad.

Helena sonrió.

—Fue un regalo de Justiniano. Una imprudencia, supongo, pero, como ya os dije, me amaba. —Lo dijo con satisfacción, pero sin dejar de mirar a Ana por debajo de sus pestañas—. Que yo recuerde, Besarión me regaló muy pocas cosas. Si hubiera escogido algo, habrían sido libros o iconos, iconos oscuros, por supuesto, graves y serios. —Volvió a mirar a Ana—. Pero Justiniano era divertido, ¿sabéis? ¿O no lo sabéis? Era un poquito esquivo, uno nunca acababa de conocerlo del todo, siempre te sorprendía. Y eso me gusta.

La sensación de incomodidad de Ana iba en aumento. ¿Por qué le estaba diciendo Helena todo aquello? ¿Seguro que eran mentiras, como había dicho Constantino? Helena era bella y profundamente sensual, pero Justiniano sin duda vio que por dentro era fea, y si no lo vio de inmediato seguramente lo percibió poco después. Helena seguía dando vueltas a la cajita, cuyas perlas centelleaban bajo la luz. ¿Por qué Justiniano se había gastado tanto dinero con ella? ¿O aquello también era mentira?

Helena la observaba fijamente. En su mirada había una intensidad casi hipnotizante. La luz arrancaba destellos a la cajita, a la seda color ciruela de su dalmática, al brillo de sus cabellos.

—¿A vos os gustan las cosas hermosas, Anastasio? —preguntó.

Sólo había una única respuesta, negarlo sería ridículo.

—Sí.

Helena arqueó sus cejas en forma de ala y la miró con los ojos muy abiertos.

—¿Sólo «sí»? Qué poco imaginativo por vuestra parte. ¿Qué cosas hermosas? —insistió—. ¿Joyas, adornos, cristal, pinturas, tapices, esculturas? ¿O tal vez os gustan la música y la buena mesa? ¿O algo que se pueda tocar, como la seda o las pieles? ¿Qué os proporciona placer, Anastasio? —Depositó la cajita sobre la mesa y dio tres pasos en dirección a Ana—. ¿Tienen placer los eunucos? —dijo con voz queda.

¿Era esto lo que le había ocurrido a Justiniano? Ana sintió que el sudor le resbalaba por el cuerpo y que la sangre le subía a la cara. Helena estaba intentando estimularla sexualmente para divertirse, para demostrar su poder, simplemente para saber si era capaz de hacerlo.

El aire que llenaba la estancia producía un cosquilleo, como si estuviera a punto de estallar una tormenta. Ana lo habría dado todo por escapar. Aquello era insoportable.

Los ojos de Helena recorrieron el cuerpo de Ana.

—¿Os queda algo, Anastasio? —le preguntó en un tono dulce, no de lástima sino teñido de un interés muy definido, peculiar por lo tosco. Su mano menuda se extendió para tocar la entrepierna de Ana, donde habrían estado sus órganos masculinos, de haberlos tenido. Pero no halló nada.

Ana estaba inundada por el pánico, por una ansiedad que iba creciendo como si fuera a terminar asfixiándola. Helena la miraba con los ojos brillantes, burlones, incitantes y desdeñosos a la vez.

Ningún hombre, aun mutilado, se negaría totalmente a hablar. Y, dijera lo que dijera, tendría que ser lo que diría un hombre, no el asco que la estaba golpeando por dentro, semejante a una enorme ave atrapada en una red que pugnase por liberarse como fuera.

Helena seguía aguardando. Si la rechazaba, ella no se lo perdonaría ni lo olvidaría jamás. Estaba tan cerca, que Ana sentía sobre sí su aliento y veía como le latía el pulso en la garganta.

—El placer ha de ser mutuo, mi señora —dijo al fin, con una voz que se le bloqueó en la garganta—. En mi opinión, haría falta un hombre muy notable para complaceros.

Helena se quedó completamente inmóvil, con el semblante laxo por la sorpresa y la desilusión. Anastasio había sido amable y halagador, en cambio ella sabía que le había robado algo. Hizo un brusco gesto de fastidio y retrocedió. Esta vez fue ella la que no supo cómo responder sin delatarse.

—Tenéis vuestro dinero sobre la mesa que hay junto a la puerta —dijo con los dientes apretados—. Me aburrís. Tomadlo y marchaos.

Ana giró sobre sus talones y salió, y tuvo que hacer un esfuerzo para no echar a correr.

33

Tras su encuentro con Helena, Ana llegó a casa con la cabeza hecha un torbellino y el cuerpo todavía tembloroso, como si hubiera sufrido una agresión física. Pasó por delante de Simonis apenas sin cruzar una palabra y se fue a su habitación. Se quitó la ropa y los rellenos y se quedó desnuda, y a continuación se lavó una y otra vez empleando una loción áspera y astringente, como si pudiera purificarse con ella, aspirando con placer su fuerte olor. Escocía, incluso hacía daño, pero era un dolor que le sentaba bien.

Volvió a vestirse con su sencilla túnica marrón dorada y su dalmática, y salió de casa sin comer ni beber. Era una suerte que Constantino estuviera en casa.

El obispo se levantó de su asiento con una expresión de ansiedad en la cara al verla llegar.

—¿Qué ocurre? —le preguntó—. ¿Han torturado a otro monje? ¿Está muerto?

¡Aquello era absurdo! Era ridículo que estuviera obsesionada con menudencias tan triviales como la suya cuando había gente que estaba sufriendo una muerte horrible. Se echó a reír, dando rienda suelta a las carcajadas, hasta que por fin terminó sollozando.

—No —jadeó Ana al tiempo que daba unos pasos tambaleantes para ir a sentarse en la silla de costumbre—. No, no es nada, nada importante. —Apoyó los codos en la mesa y hundió la cabeza entre las manos—. Acabo de ver a Helena. He estado curándola... nada serio, sólo doloroso. Ella...

—¿Qué? —exigió Constantino, tomando asiento enfrente. Su tono de voz era suave, pero iba teñido de cierta alarma.

Ana levantó la vista y se calmó.

—En realidad no es nada —repitió—. Vos me contasteis que se había insinuado a Justiniano, y que a él le resultó violento. —No añadió la experiencia que acababa de vivir ella, pero Constantino comprendió. Vio que su semblante se endurecía y leyó en sus ojos una expresión de lástima y asco, como si lo hubiera sentido en sus propias carnes.

—Lo siento mucho —dijo con voz muy queda—. Tened cuidado. Es una mujer peligrosa.

—Lo sé. Creo haberla rechazado con razonable elegancia, pero sé que no lo va a olvidar. Espero no tener que atenderla de nuevo, es posible que no quiera que yo...

—No confiéis en eso, Anastasio. Le divierte humillar a los demás.

Ana recordó el semblante de Helena.

—Yo creo que sabe lo que es la humillación. Me ha contado que Justiniano estaba enamorado de ella. Me ha enseñado una preciosa caja que según ha dicho fue un regalo suyo. —La imaginó mentalmente al tiempo que la describía. Era precisamente el objeto que habría escogido Justiniano, pero desde luego no para Helena.

Constantino torció la boca en un gesto de disgusto, y quizá con una pizca de compasión.

—Mentiras —dijo sin dudar—. Justiniano la despreciaba, pero estaba convencido de que Besarión era capaz de conducir al pueblo en contra de la unión con Roma, de modo que ocultó lo que sentía.

—Helena dice que tuvo un grave enfrentamiento con Besarión, muy poco antes de que lo asesinaran. ¿Eso también es mentira?

Constantino se la quedó mirando.

—No —dijo en voz muy baja—. Eso es cierto. Él mismo me lo contó.

—¿Por qué discutieron? —preguntó Ana—. ¿Fue por Helena? ¿Justiniano le dijo a Besarión que Helena había...? Pero ¿cómo pudo decirle algo así?

—No se lo dijo. —Constantino negó con la cabeza—. El enfrentamiento no tuvo que ver con Helena.

—Entonces, ¿con qué?

—No puedo decíroslo. Lo siento.

Ana sintió el impulso de protestar. Vio en la cara de Constantino que éste conocía la respuesta y que no iba a dársela.

—¿Os lo dijo en secreto de confesión? —preguntó con voz entrecortada—. ¿Justiniano? —Esta vez sintió cómo se le enroscaba el miedo a las entrañas, semejante a una tenaza de hierro.

—No puedo decíroslo —repitió Constantino—. Si os lo dijera, traicionaría a otras personas. Hay cosas que sé, y otras que supongo. ¿Os gustaría a vos que yo desvelara cosas que guardáis en secreto en vuestra alma?

—No —respondió Ana con voz ronca—. Naturalmente que no me gustaría. Perdonad.

—Anastasio... —Constantino tragó saliva. Ana vio cómo se le movían los músculos de la garganta. Había palidecido—. Tened mucho cuidado con Helena, con todos. Hay muchas cosas que no entendéis, vida y muerte, crueldad, odio, antiguos anhelos y deudas, cosas que las personas no olvidan nunca. —Se inclinó un poco más hacia ella—. Ya han muerto dos hombres y un tercero ha sido exiliado, y eso es tan sólo una parte pequeña de lo que ocurre. Servid a Dios a vuestra manera, curad a las personas de sus males, pero dejad el resto en paz.

Discutir con Constantino era inútil, e injusto. No le había contado la verdad, así que ¿cómo iba a entenderlo? Estaban intentando llegar el uno al fondo del otro, y el obispo no lo lograba porque estaba limitado por el secreto de confesión, y ella porque no podía confiarle la verdadera razón por la que no podía dejar en paz aquel asunto.

—Gracias —dijo con voz serena—. Gracias por escucharme.

—Vamos a rezar juntos —repuso Constantino—. Venid.

Ana se encontraba en el palacio Blanquerna, acababa de atender a uno de los eunucos, que sufría una grave infección en el pecho, y había pasado la noche entera con él hasta que superó la crisis. Después la había mandado llamar el emperador, por una irritación sin importancia en la piel. Todavía estaba con él cuando llegaron los dos legados papales de Roma, Palombara y Vicenze, a los que se había concedido una audiencia y que entraron precedidos, como era costumbre, por la guardia varega. La guardia estaba siempre presente, hombres fuertes de cuerpos fuertes y fibrosos, vestidos con armadura completa. El emperador nunca prescindía de ellos, ni de noche ni de día, ni en las ocasiones formales ni en las triviales.

Ana se mantuvo ligeramente apartada; no la incluyeron, pero tampoco le dieron licencia para retirarse. Recordó su desagradable viaje a Bitinia con Vicenze, en el cual Cirilo casi había sido asesinado.

Se intercambiaron todos los saludos rituales y los parabienes que nadie sentía de verdad. Al lado de Ana se hallaba Nicéforo, atento a la menor inflexión aunque por fuera parecía limitarse a esperar. En una sola ocasión se volvió hacia ella con una fugaz sonrisa. Ana comprendió que iba a quedarse allí, juzgando los parlamentos y los silencios, para posteriormente ofrecer su consejo a Miguel. Se alegró de ello.

—Aún hay algunas disensiones entre determinadas facciones que no ven la necesidad de que la cristiandad esté unida —dijo Vicenze con impaciencia apenas contenida—. Hemos de hacer algo decisivo para impedirles que causen problemas entre el pueblo.

—Estoy seguro de que su majestad está al tanto de eso —dijo Palombara dirigiendo la mirada hacia Vicenze y desviándola de nuevo, con una expresión de humor y disgusto.

—No es posible —replicó Vicenze con impaciencia—. De lo contrario habría tomado medidas. Mi única intención es la de informar, y solicitar consejo. —La mirada de desprecio que lanzó a su compañero fue dura y gélida.

Palombara sonrió, y aquél también fue un gesto desprovisto de sentimiento.

—Su majestad no va a decirnos todo lo que sabe, excelencia. Difícilmente habría traído a su pueblo de nuevo a Constantinopla y habría velado por su seguridad si desconociera su carácter y sus pasiones o si careciera de la habilidad o el valor necesarios para gobernarlo.

Ana disimuló la sonrisa con dificultad. Aquello estaba poniéndose interesante. Era evidente que Roma no hablaba con una voz única, aunque era posible que lo que dividía a los legados fuera tan sólo la ambición o una enemistad personal.

Palombara volvió a posar la mirada en Miguel.

—El tiempo apremia, majestad. ¿Existe alguna manera en que podamos ser de ayuda? ¿Hay algún jefe con el que podamos hablar a fin de calmar algunos de sus temores?

—Ya he hablado yo con el patriarca —le dijo Vicenze—. Es un hombre excelente, dotado de entendimiento y de gran visión.

Por un instante se vio en el rostro de Palombara que no estaba enterado de aquello. Pero al momento disimuló y sonrió.

—No creo que sea el patriarca la persona en quien debemos concentrar nuestros esfuerzos, excelencia. De hecho, tengo la convicción de que son los monjes de las diversas abadías los que albergan las mayores reservas a la hora de confiar en Roma. Pero puede ser que vos tengáis una información distinta de la mía.

En las pálidas mejillas de Vicenze surgieron dos manchas de color, pero estaba demasiado furioso para arriesgarse a decir algo.

Palombara miró a Miguel.

—Quizá, majestad, si hablásemos de la situación podríamos hallar un camino mediante el cual, en cristiana hermandad, poder llegar a un acuerdo con esos hombres santos y persuadirlos de que nos une una causa común ante el avance del islam, el cual temo que está estrechando cada vez más el cerco.

Esta vez fue el semblante de Miguel el que se iluminó con regocijo. La conversación prosiguió durante veinte minutos más, transcurridos los cuales los dos legados se retiraron, y Ana poco después de ellos, cuando por fin el emperador reparó en ella y le concedió permiso para irse.

Estaba atravesando el último salón que había antes de las grandes puertas cuando se tropezó con Palombara, que al parecer estaba solo. Éste la miró con interés, y ella advirtió, incómoda, cierta curiosidad en aquella mirada, porque se veía a las claras que no tenía experiencia en el trato con eunucos. Se sintió un tanto cohibida, consciente del cuerpo de mujer que tenía por debajo de aquellas ropas, como si el legado pudiera ver una especie de sentimiento de culpa en sus ojos. A lo mejor, a un hombre que no estaba acostumbrado siquiera al concepto de un tercer sexo su impostura le resultaba más evidente. ¿Le parecería femenina? ¿O simplemente estaba pensando que debía de haber sufrido una mutilación muy grave, dadas sus manos esbeltas y su cuello, y aquel mentón más ligero que el de un hombre? Debía decirle algo rápidamente, dirigirse a su intelecto y apartarlo de los detalles físicos.

—Os va a resultar una labor difícil persuadir a los monjes de la verdad de vuestra doctrina, excelencia —dijo. Por lo general no era consciente de su voz, pero en esta ocasión le sonó muy femenina, carente del tono meloso y gutural de los eunucos—. Han entregado su vida a la Iglesia ortodoxa —agregó—. Algunos, hasta el punto de sufrir un terrible martirio.

—¿Eso es lo que aconsejáis al emperador? —preguntó Palombara dando un paso hacia ella. A pesar de los ropajes y emblemas de su rango, había en él una virilidad inusual en un sacerdote. Ana deseó hacer algún ademán típico de un eunuco, para recordarle tanto a él como a sí misma que no era una mujer, pero no se le ocurrió nada que no resultase absurdo.

—El último consejo que le he dado ha sido que beba una infusión de camomila —contestó, y quedó encantada al ver la confusión de Palombara.

—¿Con qué fin? —preguntó el sacerdote, sabiendo que ella estaba aprovechándose de él para divertirse.

—Relaja la mente y ayuda a la digestión —respondió Ana. Y por si acaso creía que el emperador estaba enfermo, añadió—: He venido a atender a uno de los eunucos, que tenía fiebre. —Entonces se dio cuenta de lo arrugada que llevaba la dalmática tras una noche entera acompañando al enfermo, y de lo pálida que tenía la cara a causa del cansancio—. He pasado muchas horas con él, pero por fortuna ya ha superado la crisis. Ahora soy libre de marcharme a atender a mis otros pacientes. —Dio un paso para dejarlo a un lado.

—Así que sois el médico del emperador —observó Palombara—. Parecéis demasiado joven para haber alcanzado esa responsabilidad.

—Soy joven —respondió—. Por suerte, el emperador goza de una salud excelente.

—¿De manera que practicáis con los eunucos de palacio?

—No hago distinciones entre un enfermo y otro. —Alzó las cejas—. No me importa si son romanos, griegos, musulmanes o judíos, excepto en la manera en que sus creencias afectan al tratamiento. Imagino que vos haréis lo mismo. ¿O acaso habéis dejado de atender las necesidades de la gente común? Eso explicaría que hayáis sabido ver qué monjes no desean unirse a Roma a la fuerza.

—Vos estáis en contra de la unión —observó Palombara con una leve ironía, como si lo supiera de antemano—. Decidme por qué. ¿Es por la cuestión de si el Espíritu Santo procede sólo del Padre o bien del Padre y del Hijo? ¿Eso merece que sacrifiquéis vuestra ciudad... otra vez?

Ana no quiso darle la razón.

—Permitidme que yo sea igual de directo —replicó—. Sois vosotros quienes vais a saquearnos, no nosotros los que vamos a ir a Roma a quemarla y asolarla. ¿Por qué dais tanta importancia a esa cuestión? ¿Es suficiente para justificar el asesinato y la violación de una nación para mayor engrandecimiento vuestro?

—Sois demasiado duro —repuso Palombara sin elevar la voz—. No podemos ir de Roma a Acre sin efectuar algún alto en el camino para hacer acopio de agua y provisiones. Constantinopla es el lugar más obvio.

—¿Y no podéis visitar un lugar sin destruirlo? ¿También es eso lo que tenéis pensado hacer en Jerusalén, si vencéis a los sarracenos?

Muy santo —añadió en tono sarcástico—. Y todo en nombre de Cristo, naturalmente. Vuestro Cristo, no el mío; el mío fue al que crucificaron los romanos. Por lo visto, se ha convertido en una costumbre. ¿No os bastó con una sola vez?

Palombara acusó el golpe con una mueca y abrió sus ojos grises como platos.

—No sabía que los eunucos fueran tan vehementes exponiendo argumentos.

—A juzgar por vuestra expresión, no sabéis nada de ellos... de nosotros. —Aquél fue un grave desliz. ¿La había enfurecido Palombara porque era romano, o porque no era capaz de valorar a los eunucos y con ello Ana tomó mayor conciencia de su impostura y de la pérdida de sí misma como mujer?

—Empiezo a comprender lo poco que sé de Bizancio —dijo Palombara con calma y con un destello de risa y curiosidad en la mirada—. ¿Cómo os llamáis, por si tuviera necesidad de un médico?

Si caéis enfermo debéis llamar a uno de los vuestros —contestó Ana—. Es más probable que necesitéis un sacerdote antes que una persona que entienda de hierbas, y yo no puedo curar los pecados de un romano.

—¿Acaso no se parecen todos los pecados entre sí? —inquirió Palombara, ya con una expresión abiertamente divertida.

—Son exactamente los mismos —repuso Ana—. Pero algunos de nosotros no los consideramos pecados, y yo soy responsable de la curación, no de dar la absolución al enfermo... ni de juzgarlo.

—¿De juzgarlo, no? —Palombara abrió más los ojos.

Ana acusó la pulla con una mueca.

—¿Son diferentes los pecados? —preguntó Palombara.

—Si no lo son, ¿por qué otra cosa llevan varios siglos luchando Roma y Bizancio?

Palombara sonrió.

—Por el poder. ¿No es eso por lo que luchamos siempre?

—Y por el dinero —agregó Ana—. Y supongo que también por el orgullo.

—Hay pocas cosas que se le escapen a un buen médico —comentó Palombara meneando ligeramente la cabeza.

—O a un buen sacerdote —añadió ella—. Aunque el daño que causáis vos es más difícil de atribuir. Que tengáis un buen día, excelencia.

Lo dejó a un lado y descendió los escalones que llevaban a la calle.

34

Zoé había visto el collar cuando estaba casi terminado. Había estado en el taller del orfebre, observando cómo trabajaba el metal, cómo lo calentaba despacio, cómo iba doblándolo y dándole exactamente la forma deseada. Había visto las piedras preciosas porque él las había colocado en orden a fin de fabricar la forma del engarce: topacio dorado, otro topacio claro casi como el sol de primavera, citrinos oscuros y ahumados y cuarzo casi del color del bronce. Tan sólo una mujer que tuviera el cabello del color de las hojas en otoño y un intenso brillo en los ojos podía llevar aquella joya sin quedar dominada por ella y sin parecer eclipsada en lugar de realzada.

El orfebre se sentiría muy halagado de que ella lo luciera. Mostraría a todos su talento artístico y le granjearía más clientes. Y todo el mundo querría piezas fabricadas por él.

Zoé llegó al taller a media mañana, trayendo las monedas en una pequeña faltriquera de cuero. No había querido encomendar aquel recado a Sabas, porque antes de entregar el dinero deseaba cerciorarse de que el collar estuviera perfecto. La irritó ver que ya había allí otra persona, un hombre de edad mediana y rostro hundido, con el cabello entrecano y una prematura calvicie. Tenía unas monedas en la mano; cerró los dedos sobre ellas, sonriente, y se las pasó al orfebre. Éste le dio las gracias y tomó el collar de Zoé. Lo colocó sobre una pieza de seda color marfil, lo envolvió con cuidado y se lo entregó al hombre, el cual lo cogió y se lo guardó entre los pliegues interiores de sus ropas hasta que quedó oculto por la dalmática. Dio las gracias al orfebre y seguidamente dio media vuelta y se dirigió hacia Zoé con gesto de satisfacción.

A Zoé la dominó la furia. Aquel hombre se había llevado su collar, y el orfebre lo había permitido.

Sólo cuando el hombre pasó por su lado logró reconocerlo, incluso después de todos aquellos años. Se trataba de Arsenio Vatatzés, primo de Irene por matrimonio, el jefe de la casa cuyo blasón estaba grabado en la parte posterior de su crucifijo. Fue su familia la que en 1204 robó al padre de Zoé con la promesa de ayudarlo en aquella terrible huida y después los traicionó quedándose con las reliquias, los iconos, los documentos históricos que eran puramente bizantinos. Huyeron a Egipto y los vendieron a los alejandrinos para financiarse un destierro cómodo y opulento, mientras que el padre de Zoé, terriblemente afligido, viudo y con una hija pequeña, tuvo que trabajar con sus manos para poder sobrevivir.

Ahora Arsenio era rico y había regresado a Constantinopla. Era el momento oportuno. Se volvió de espaldas, por si él pudiera reconocerla también.

Llegó a su casa con la cabeza todavía hecha un torbellino. Existían muchas maneras de lograr la perdición de una persona, pero dependían de las circunstancias, de los amigos y enemigos de dicha persona, de sus puntos fuertes; y también de sus familiares y sus amantes, de sus apetitos, los puntos débiles que podían volverlas vulnerables. Arsenio era sagaz, y por lo que parecía poseía riqueza, lo cual en aquellos días significaba poder. Los Vatatzés habían gobernado Bizancio en el exilio desde 1221 hasta 1254. Un hermano de Arsenio, Gregorio, se había casado con Irene, que también pertenecía a un linaje de la aristocracia, la dinastía de los Ducas. Tan sólo lograría sus propósitos causándoles una deshonra lo bastante clara y flagrante para que resultara incuestionable.

Pero ¿qué clase de deshonra? Paseó nerviosa por la habitación, se acercó al gran crucifijo y lo miró fijamente, viendo mentalmente la imagen de lo que había por detrás. Ya había conseguido uno de sus objetivos, uno de aquellos cuatro emblemas por fin ya no significaba nada. Los siguientes debían ser los Vatatzés.

¿Para quién sería el collar? Para una persona amada, de Arsenio, pero ¿quién?

No tardó mucho en averiguar que estaba viudo y que tenía una hija, María, que pronto iba a hacer fortuna pasando a formar parte de una familia que no sólo poseía riquezas sino también un poder inmenso y una gran ambición. Sus puntos fuertes eran su belleza y su linaje, y por consiguiente también eran los puntos fuertes de Arsenio. Allí era donde había que atacar.

El plan empezó a tomar forma en su mente. Iba a vengar la humillación que había sufrido en Siracusa tantos años antes. Arsenio iba a pagar por todo aquello, como iba a pagar por haber traicionado a Bizancio.

El vehículo perfecto era Anastasio Zarides. Pero recordó el último encuentro que tuvo con él con una peculiar mezcla de sentimientos. Al principio pensó que el hecho de que hubiera salvado al monje Cirilo no era más que uno de esos raros golpes de suerte que cualquiera tiene de vez en cuando; pero luego vio algo en sus ojos que la hizo pensar que Anastasio sabía que había intentado envenenar a Cirilo y él mismo había deducido de qué manera.

Zoé lo analizó mentalmente y casi fue como si captara a medias una imagen reflejada en una superficie bruñida, de sí misma, y no de sí misma. La ropa era distinta, la forma del cuerpo, sin las curvas del busto y de la cadera. Sin embargo, la manera de girar el cuello, la elegante línea del mentón, el parpadeo, eran los mismos.

Era un espejismo, naturalmente. El parecido radicaba en el ardor intelectual, en la fuerza interior.

Por supuesto, Anastasio tenía varios defectos graves. Perdonaba, y ésa era una flaqueza que tarde o temprano resultaría fatal. Pasaba errores por alto. Aquel defecto la ponía furiosa. Era como una mella en la superficie de una estatua por lo demás perfecta. La mutilación de su virilidad era una lástima, pero era demasiado joven para despertar el interés de ella, aunque resultaba difícil calcular con exactitud la edad de un hombre que no era un hombre. Un ser humano que careciera de temple o de ardor para odiar sólo estaba vivo a medias. Era un desperdicio. Aparte de aquello... Anastasio le gustaba.

Se sacudió con impaciencia. Lo único que tenía importancia era que Anastasio era la herramienta perfecta para realizar aquella tarea, y quizá para realizar otras en el futuro. Cayó en la cuenta, con sorpresa, de lo mucho que iba a lamentar que aquella misión acabara destruyendo a Anastasio.

El sol trazaba luminosos dibujos en el suelo y le entibiaba suavemente los hombros. ¿Cuál sería la causa del odio a Anastasio que veía últimamente en Helena? ¿Sería que él la había superado en algo, y ella era lo bastante tonta para estar resentida, en vez de saborear la diversión que debía proporcionarle? Su hija era una necia; se rendía a los sentimientos en lugar de servirse de ellos.

La idea que estaba tomando forma en su mente contenía muchas más posibilidades que la mera destrucción de Arsenio. Al valerse de Anastasio a lo mejor también hallaba la respuesta a varias preguntas que en los últimos tiempos no dejaban de dar vueltas en su cabeza. Anastasio se interesaba a todas horas por el asesinato de Besarión. Ella había supuesto que la justicia no se había equivocado y que lo había matado Antonino, y que luego Justiniano había ayudado a éste a ocultar el crimen. Ella creía saber el motivo, pero era posible que estuviera equivocada. Podría ser peligroso estar equivocada.

El otro peligro estribaba en la posibilidad de que, si ella provocaba deliberadamente la perdición de Arsenio, Miguel llegara a enterarse. En tal caso, quizá dedujera también que ella había matado a Cosmas y quizá se sintiera inclinado a frenarla. Aquello debía impedirse. Miguel era un hombre perspicaz, con inventiva, un verdadero bizantino. Por encima de todo querría salvar a su país, su pueblo, actuando en contra de la voluntad de éste si fuera preciso, pero era capaz de vivir o de morir por evitar que los cruzados volvieran a incendiar Constantinopla.

Si Zoé le fuera indispensable en alguna parte del intento de desbaratar los planes de Carlos de Anjou, la protegería hasta del mismo diablo, y no digamos de una mera cuestión legal.

Allí de pie al sol, con los sonidos de la calle a sus pies y el resplandor del mar a lo lejos, comenzó a discurrir cómo iba a hacerlo.

Scalini, el siciliano, tardó más de dos semanas en acudir a verla, solo y por la noche, condiciones en las que ella había insistido. Era un verdadero zorro, pero listo, y no carecía de sentido del humor, y dicha cualidad por sí sola ya servía para redimirlo a los ojos de Zoé.

—Tengo una misión para vos, Scalini —le dijo en cuanto se hubo sentado en la silla de enfrente y le hubo servido un poco de vino. Ya estaba bien entrada la noche y Zoé tenía una única antorcha encendida.

—Claro —aceptó al tiempo que alargaba la mano para coger la copa. Se la acercó a una nariz larga y puntiaguda y aspiró—. ¿Es vino de Ascalón, con miel y algo más?

—Semillas de camomila silvestre —dijo Zoé.

Él sonrió.

—¿Dónde es el trabajo? ¿En Sicilia, en Nápoles... en Roma?

—Allí donde se encuentre el rey de las Dos Sicilias —replicó Zoé—. Mientras no sea aquí. Para entonces ya sería demasiado tarde.

Scalini sonrió. Poseía una dentadura excelente, blanca y afilada, como si se la cuidara con esmero.

—Aún tardará en venir aquí —dijo con satisfacción, pasándose la lengua por los labios como si le supieran a algo dulce—. El Papa ha perdonado al emperador de Bizancio. Cuando oyó la noticia su majestad de las Dos Sicilias se puso tan fuera de sí que agarró su propio cetro y le arrancó la punta de un mordisco.

Zoé rio a carcajadas hasta que comenzaron a rodarle las lágrimas por las mejillas. El siciliano rio a su vez, y entre los dos apuraron el vino. Zoé abrió otra botella, la cual terminaron también.

Ya eran casi las tres de la madrugada cuando por fin Zoé se inclinó hacia delante adoptando súbitamente una expresión grave.

—Scalini, por motivos que no os incumben, necesito tener algo de gran valor que ofrecer al emperador. Puede que sea suficiente un año a partir de ahora, pero tengo que estar segura de ello.

El siciliano frunció los labios.

—Lo único que desea Miguel Paleólogo es asegurarse el trono y que Constantinopla permanezca sana y salva. A cambio de la seguridad de la ciudad es capaz de entregar lo que sea, hasta la Iglesia.

—¿Y quién lo amenaza? —susurró Zoé.

—Carlos de Anjou, eso es de conocimiento del mundo entero.

—Quiero toda la información posible acerca de él. ¡Toda! ¿Me entendéis, Scalini?

Los ojillos marrones del siciliano escrutaron detenidamente el rostro de Zoé.

—Sí, os entiendo —dijo finalmente.

35

A Zoé estaba empezando a molestarla el hecho de no saber con seguridad quién había traicionado a Justiniano entregándolo a las autoridades. Había dado por hecho que el apresamiento de Antonino se debió a alguna torpeza y que después lo torturaron, lo cual era una práctica común. Pero tras reflexionar un poco dudó que, incluso bajo tortura, Antonino, un hombre de valor incuestionable y un soldado que contaba con una excelente hoja de servicios, traicionara a un amigo, y más aún a uno tan íntimo como Justiniano.

Ahora necesitaba saber quién había sido, y si Anastasio lo descubría por ella, tanto mejor.

Entretanto, Anastasio estaba atendiendo a María Vatatzés exactamente según su plan. Los rumores que hablaban de la índole exacta del mal que aquejaba a María estaban extendiéndose adecuadamente. En su debido momento, la creciente indignación terminaría por afectar negativamente a su hermano y a su padre, justo lo que pretendía Zoé.

—Si alguien la está envenenando, averiguad quién y administradle un antídoto —instruyó a Anastasio—. Si hay alguien que sepa de esas cosas, sois vos.

—¿Y quién iba a querer envenenarla? —preguntó Anastasio.

Zoé enarcó las cejas.

—Me lo preguntáis como si yo lo supiera. Su hermano Jorge es amigo de Andrónico Paleólogo, como lo es Isaías y como lo era Antonino. Juegan fuerte, beben mucho y buscan placeres donde se les antoja. Jorge tiene muy mal genio, eso tengo entendido. Es posible que tenga enemigos. He pensado que a lo mejor ello podría guardar relación con la muerte de Besarión.

—¿Después de cinco años? —dijo Anastasio con incredulidad.

Zoé sonrió. No estaba del todo segura de cuánto sabía Anastasio, y aún tenía muy fresco en la memoria que aquel eunuco de apariencia suave era capaz de morder con mucha fuerza.

—Cinco años no son nada, todavía queda mucho por averiguar —dijo con cautela—. Antonino está muerto, pero Justiniano aún vive. Habéis hecho muchas preguntas, pero nunca la única que hago yo y que no puedo contestar...

—¿Y cuál es? —La voz de Anastasio había perdido intensidad hasta transformarse en un susurro. No cabía ninguna duda de que Zoé contaba en aquel momento con toda su atención.

—¿Quién entregó a Justiniano a las autoridades? —respondió Zoé.

—Antonino... —dijo Anastasio, pero hablaba ya sin certidumbre.

—No lo sé —dijo Zoé cantando victoria para sus adentros, al menos por aquel primer paso—. Eso es lo que suponía yo, pero vuestras preguntas han despertado en mí la duda. Poco antes de que mataran a Besarión, Justiniano tuvo una disputa con él, acalorada. Fue a contárselo a Irene, pero ésta no le prestó ninguna ayuda. Entonces acudió a Demetrio, pero éste tampoco lo ayudó. A mí no acudió. ¿Por qué? —Vio cómo corrían los pensamientos en el fondo de los ojos grises de Anastasio. A veces, durante un instante, le encontraba un parecido con Justiniano, la misma expresión, salvo por el detalle de que Justiniano era todo un hombre.

—¿Vos creéis que envenenar a María, si es que es eso, podría tener algo que ver con el asesinato de Besarión? —inquirió Anastasio, todavía con un tinte de duda en la voz—. ¿Jorge Vatatzés?

—Podría ser. —No era la verdad, pero se le acercaba lo bastante para resultar creíble—. Él conocía a Besarión, y aún mejor a Antonino.

—Gracias —dijo Anastasio con voz queda—. Es posible que así sea.

Ana decidió buscar a Jorge a la salida de éste del palacio Blanquerna. Era un hombre más apuesto que su padre, más alto y más delgado, sin los años de molicie que le habían llenado el cuerpo de grasa a éste. Él la reconoció enseguida, tras un instante de vacilación.

—¿Mi hermana ha empeorado? —preguntó con inquietud al tiempo que se detenía a la sombra del grandioso muro exterior, construido con unos sillares que encajaban perfectamente entre sí y dotado de grandes ventanales que dejaban entrar abundante luz.

—No —dijo Ana con más de seguridad de la que sentía—, pero

es posible que se ponga mucho peor si no encuentro el origen del veneno.

Jorge se puso rígido.

—¿Por qué decís que es veneno? ¿O es únicamente una excusa porque no sabéis cómo curarla?

—No sé quién está envenenando a María —contestó en voz muy baja—, pero en mi opinión, si analizáis todo lo que sabéis, en particular sobre otras conspiraciones, otras muertes, es posible que lo descubráis.

Jorge estaba totalmente confuso.

—¿Qué muertes?

—La de Besarión Comneno —sugirió Ana—. O la de Antonino. ¿No era amigo vuestro? ¿Y también de Andrónico Paleólogo?

Jorge se quedó paralizado.

—¡Dios todopoderoso! —Había palidecido.

—¿Sabéis algo que pudiera representar un peligro para alguien? ¿O que pudiera ser de utilidad?

—¿Por eso iban a envenenar a María? —Estaba horrorizado.

—¿Por qué no? —replicó Ana—. ¿Cómo era Antonino? ¿Y Justiniano Láscaris? —Estuvo a punto de trabarse al pronunciar aquel nombre.

—Eran amigos íntimos —dijo Jorge despacio, haciendo memoria lentamente mientras hablaba—. Justiniano se preocupaba por la Iglesia más de lo que daba a entender, diría yo. —Arrugó la frente—. Antonino era distinto. Cuando estaba con Justiniano era atento, amaba las cosas bellas. Pero cuando estaba con Andrónico e Isaías era como cualquier otro soldado, disfrutaba del momento. Yo nunca supe cuál de los dos Antoninos era el verdadero. —Una sombra cruzó por su semblante—. Íbamos a celebrar una gran fiesta la noche siguiente al asesinato de Besarión. También iban a estar Isaías y Andrónico. Andrónico tenía pensado organizar antes unas carreras de caballos, aunque la idea fue de Antonino, como en los viejos tiempos, antes del exilio. A Justiniano también le gustaban mucho los caballos, siempre decía que no tendríamos la sensación de haber recuperado Constantinopla hasta que hubiéramos abierto de nuevo el hipódromo.

—¿Justiniano pensaba acudir a la fiesta? —preguntó Ana.

—No. Antonino dijo que tenía que ir a otro sitio. Pero ¿qué diablos tiene eso que ver con María? —De nuevo se le ensombreció el rostro—. ¡Vos curadla! Ya averiguaré yo quién es el responsable.

Era inútil continuar discutiendo. Ana le dio las gracias y se marchó dejándolo allí, con la vista perdida en la ciudad, en dirección a poniente y al antiguo hipódromo.

Comenzó a dar vueltas a todo lo que le había dicho Jorge. ¿Era importante aquella fiesta? Se anuló porque aquel día detuvieron a Antonino. ¿Habría traicionado a Justiniano? ¿Para qué? A él lo ejecutaron de todas formas. ¿O tendría razón Zoé, y había sido otra persona? ¿Tal vez Isaías?

¿Qué tenía que suceder en aquella fiesta? ¿Cuál era el verdadero Antonino, el amante de la diversión, el bebedor, el aficionado a las carreras de caballos que había descrito Jorge y que ella había oído describir a otros, o el hombre apasionado e inteligente al que Justiniano habría querido tener como amigo?

Ana descubrió la índole del veneno que estaba enfermando a María Vatatzés, y que le estaba siendo administrado por medio de los pétalos de las flores frescas que cada día llevaban a su alcoba.

María estaba recuperándose, pero ya era demasiado tarde para salvar su reputación de los rumores que corrían acerca de su virtud. Su boda con Juan Kalamano fue anulada. La familia de él no estaba dispuesta a seguir soportando la situación, y Juan cedió a sus deseos.

María estaba destrozada. Aunque ya gozaba de plena salud nuevamente, se echó sobre su lecho llorando. No había nada que pudiera hacer Ana para ayudar. Era injusto, y no había manera de enmendarlo.

Después de la última visita a María, Ana no llevaba mucho tiempo en casa cuando entró Simonis diciendo que había un caballero que deseaba verla. Ya había anochecido, y Leo todavía estaba fuera, ocupado en un recado. Ana advirtió la expresión de nerviosismo de Simonis; ni siquiera los años que llevaba vistiéndose de eunuco le habían quitado de la cabeza la preocupación por su seguridad.

Ana sonrió.

—Hazlo pasar. Imagino que deseará hablar de algún asunto urgente, para venir a estas horas.

Jorge Vatatzés entró furibundo. Traía el rostro congestionado, e irrumpió en la estancia cerrando de un portazo que a punto estuvo de dejar a Simonis fuera.

Ana cuadró los hombros y se irguió todo lo que pudo, pero aun así Jorge la superaba casi un palmo en estatura y le doblaba el peso.

—¿Habéis descubierto algo? —dijo en el tono más cortante que pudo, pero la voz le tembló un poco y la delató. Habló como una mujer.

—No. En nombre de Dios, ¿qué importa quién ha envenenado a María? —Hablaba con una profunda rabia—. Los Kalamano han retirado su oferta de matrimonio, como si nuestra familia fuera impura. Esa mancha nos afecta a todos. ¡Nadie se acordará de que la culpa fue de un veneno desconocido, lo único que recordarán es que corrió el rumor de que mi hermana era una ramera! Y vos habéis permitido que con esos comentarios obscenos dijeran lo que se les antojara, cuando podríais haberles dicho a todos la verdad.

—Podríais haber dicho que era un veneno —replicó Ana—. Yo no era libre de decirlo.

—¿Quién va a creernos si vos no estáis dispuesto a respaldarnos? —Estaba borracho y arrastraba las palabras—. El veneno funcionó, ¿no es así? No mató a María, pero ahora es como si hubiera muerto. —Estaba tan cerca de Ana que ésta percibía el acre olor a sudor que despedía, junto con el tufo del vino.

Ana sintió que su cuerpo la estaba traicionando, notaba las piernas flojas y tenía un nudo en el estómago. Hasta respiraba de forma agitada.

—Podríais haber dicho a todo el que quisierais que a vuestra hermana la estaban envenenando.

—Vos la habéis perjudicado con vuestra mojigatería tanto como si la hubierais envenenado vos mismo —se burló Jorge—. Daría igual que estuviera muerta.

—¿Porque no se ha casado con ella Juan Kalamano? —replicó Ana—. Si la amase, creería en lo que le dijo y la habría desposado de todas formas.

De pronto Jorge arremetió contra ella y le propinó un puñetazo en un lado de la cara que la hizo caer al suelo de espaldas, agitando los brazos. Su mano derecha tropezó con el borde de una mesilla, y el golpe le causó un dolor que le llegó hasta el hombro. Jorge se le echó encima, la asió de la túnica y la golpeó otra vez. Ana apenas podía respirar, por culpa del pánico que parecía paralizarla. Se sentía mareada y notaba un sabor a sangre. Sabía que Jorge iba a continuar golpeándola. En cualquier momento iba a rasgarle las ropas y dejar al descubierto el relleno que llevaba y los pechos. Entonces ya no importaría que la matase o no, porque todo habría acabado.

A la siguiente embestida logró rodar hacia un costado y apartarse de él, y alargó la mano hacia un pequeño taburete que había medio debajo de la mesa. El puñetazo de Jorge la alcanzó en el hombro y le dejó el brazo entumecido. Entonces aferró el taburete con la otra mano y lo descargó sobre la cara de Jorge con todas sus fuerzas.

Lo oyó rugir de sorpresa y dolor. En eso, se oyó un chillido que no había proferido ella y que desde luego era demasiado agudo para provenir de su atacante. ¡Simonis! No podía ser otra.

En la habitación había más personas, más gritos y golpetazos, el ruido sordo de un cuerpo chocando contra otro, bultos humanos que giraban y atacaban, un peso que golpeaba el suelo, y por fin una respiración jadeante y ningún movimiento más. Ana estaba medio cegada y lo único que sentía era su propio dolor.

Alguien estiró una mano hacia ella, y se preparó, intentando pensar cómo devolver el golpe. Sólo iba a tener una oportunidad. Pero aquella mano fue amable y la levantó del suelo. Un paño frío y húmedo le tocó la herida de la mejilla y el mentón. Abrió los ojos y vio el rostro de un hombre, uno al que conocía, aunque no sabía de qué.

—No hay nada roto —dijo el hombre con una sonrisa contrita—. Lo siento mucho, deberíamos haber venido antes.

¿Por qué ella no se acordaba de aquel hombre? Volvió a aplicarle el paño húmedo en la cara. En él había sangre.

—¿Quién sois? —Ana quiso mover la cabeza, pero el más mínimo gesto le producía el mismo efecto que la hoja de un cuchillo.

—Me llamo Sabas —respondió él—. Pero supongo que no lo habréis oído nunca.

—Sabas... —Aquel nombre no le dijo nada.

—Zoé Crysafés temía por vos —explicó—. Sabía que Jorge Vatatzés tenía un temperamento violento y un orgullo de familia un tanto imperioso.

A Ana se le detuvo la respiración y casi se quedó sin aliento.

—¿Habéis dicho «tenía»?

Sabas se encogió de hombros.

—Me temo que también nos ha atacado a nosotros, y para reducirlo ha sido necesario... —Dejó la frase sin terminar.

Ana se incorporó un poco más y miró detrás de Sabas, a Jorge tendido en el suelo con sangre en la cara y la cabeza torcida en un ángulo que indicaba a las claras que tenía el cuello roto. A su lado se encontraba de pie el otro hombre.

—Perded cuidado —se apresuró a decir Sabas—. Lo sacaremos de aquí. Si alguien os pregunta, tal vez os convenga decir que os atacó un ladrón y que conseguisteis ahuyentarlo.

Ana se echó a reír bruscamente, cercana a la histeria.

—Pues si me miran y calculan que él ha salido peor parado que yo, nadie volverá a intentar robarme nunca.

Sabas esbozó una sonrisa que suavizó las duras líneas de su rostro.

—Habéis pagado un precio bastante caro, pero eso que salís ganando. —La ayudó a ponerse de pie y la guio hasta una silla—. ¿Van a poder cuidaros vuestros propios sirvientes, o queréis que hagamos venir a otro médico?

—Os lo agradezco, pero pueden cuidarme ellos —contestó Ana—. ¿Tendríais la bondad de dar las gracias a Zoé Crysafés por sus desvelos y por vuestro coraje? Si alguna vez necesitáis algo de mí, podéis contar con ello, vos y vuestro amigo.

Sabas hizo una reverencia y seguidamente los dos cogieron a Jorge y se lo llevaron al tiempo que dejaban entrar a Simonis, pálida a causa de la conmoción. Mientras hacía lo que podía para lavar las heridas sufridas por Ana y aplicarles un poco de pomada, el cerebro de Ana trabajaba a toda velocidad. Debería haber supuesto que Jorge Vatatzés iba a reaccionar muy mal al rechazo sufrido por su hermana. ¿O sería algo más complejo?

¿Nuevamente el asesinato de Besarión, antiguos miedos, antiguas venganzas? ¿Cómo habían sabido los criados de Zoé qué iban a encontrar, y por parte de quién? La respuesta era demasiado evidente, una vez analizados los hechos. Había sido Zoé la que había envenenado a María, a sabiendas de que aquello iba a ocasionar la perdición de la familia, y con esa intención. Había enviado a Sabas y a otro sirviente, no para rescatarla a ella, sino para cerciorarse de que Jorge resultara muerto.

Pero ¿qué habían hecho ellos para ganarse el odio de Zoé hasta aquel punto?

36

Cuando Anastasio fue conducido a los magníficos aposentos de Zoé iba furioso, pero en silencio, con la mirada dura como las piedras de la orilla. Su estado era deplorable, tenía la cara hinchada y llena de hematomas, y además cojeaba. Dejó unas hierbas sobre la mesa como si ella se las hubiera pedido, pero supuestamente tenían la finalidad de explicar a los criados su presencia en la casa.

—¿Qué son? —inquirió Zoé con interés, como si no la inquietara la maltrecha figura de su médico, como si no la hubiera invadido un miedo repentino de que le hubieran hecho daño de verdad.

—El antídoto para el veneno que empleasteis con María Vatatzés —respondió Anastasio en tono glacial.

—Lo he traído para que sepáis que lo tengo, y que también tengo otros antídotos. Y que Arsenio sabe que lo tengo —replicó Anastasio.

Zoé elevó las cejas.

—Ah, ¿sí? Según parece, os ha llevado bastante tiempo encontrarlo. Supongo que no averiguasteis nada de la muerte de Besarión por medio de Jorge, antes de que os agrediera. Por desgracia, ahora ya no averiguaréis nada.

Los ojos de Anastasio llamearon de cólera.

—Si vuelve a suceder, no tardaré tanto —contraatacó haciendo caso omiso de la pregunta sobre Jorge y la muerte de Besarión—, porque sabré dónde mirar. Naturalmente, si la víctima fuerais vos, sería distinto. A lo mejor lo encontrabais vos antes, si os sintierais lo bastante bien para levantaros de la cama.

Zoé se quedó perpleja. ¿Estaba amenazándola?

—Qué desagradecido sois, Anastasio —le dijo con un ligero tono de reproche—. A pesar de que tuve la previsión de enviar a Sabas y

Manuel a rescataros. —Lo recorrió con la vista de arriba abajo—. Estáis horrible. No es que haya dudado de Sabas, él nunca miente.

Anastasio endureció el gesto.

—Sabas os ha dicho la verdad. De no haber llegado él, ahora yo estaría muerto. Si no fuera por la gratitud que siento a causa de ello, habría hecho público que vos envenenasteis a María. Lo sé por la vendedora de flores, la cual no va a decir nada; pero si a ella le ocurriera algo, yo hablaré. No podéis envenenar a todo el mundo. Pero por si acaso ésa es vuestra intención, Arsenio está totalmente al corriente de que habéis sido vos la causante de la caída en desgracia de su hija y de la muerte deshonrosa de su hijo. No sé por qué motivo lo odiáis, pero sabe la verdad y ha tomado medidas para protegerse.

—¡Me estáis amenazando! —exclamó Zoé con asombro. Sintió un placer malévolo.

—¿Os divierte? —le dijo Anastasio, torciendo la boca con asco—. Pues no debería. Cuando más peligrosas son las personas es cuando no les queda nada que perder. Si odiáis a Arsenio, deberíais haberle dejado algo por lo que le mereciera la pena vivir. Ha sido un error. —Dio media vuelta y se marchó, aún cojeando.

Por supuesto, la cuestión de permitir que Arsenio continuara propalando los rumores estaba zanjada. Zoé no podía permitirlo. Tenía que ocuparse de él, pero la cuestión era cómo.

Nuevamente, el arma más obvia era el veneno. Era la habilidad suprema con que contaba. Por supuesto, Arsenio jamás tomaría comida ni bebida que le diera ella, ni siquiera en un lugar público. Iba a tener que buscar otra manera de administrárselo.

Otro centenar de velas a la Virgen.

Escogió cuidadosamente el veneno, uno para el que no existiera antídoto. Eligió aquél en particular porque no tenía ni color ni olor, y porque actuaba lo bastante deprisa para que Arsenio no tuviera tiempo de pedir socorro ni de agredirla a ella antes de quedar incapacitado. Resultaba ideal. Esta vez iba a parecer una hemorragia. Nadie iba a poder relacionarla con ella, ni por la sustancia empleada ni porque alguien supiera que ella la había comprado. Hacía años que la tenía en su poder, y nunca había tenido necesidad de usarla hasta ahora.

Cien velas más que encender. El sacerdote le sonrió, ahora ya era una cara conocida.

Zoé llegó a casa de Arsenio llevando un icono de su propia colección, el más preciado y hermoso de todos, el azul oscuro de ojos lánguidos y marco incrustado de citrinos y perlas de río. Lo envolvió primero en seda, después en otro paño de seda aceitada para protegerlo de la intemperie en caso de que empezase de repente a llover. El cielo estaba encapotado y soplaba un viento ligero del oeste, pero Zoé no acusó el frío que traía, ni siquiera a la hora del crepúsculo. Arsenio había accedido a verla sólo porque le llevaba el icono; notó que estaba asustada, para desventaja de ella, y la sed de venganza de él se acrecentó. Aquello era precisamente con lo que contaba Zoé, pero era un juego peligroso.

A Sabas le prohibieron que pasara y le ordenaron que aguardase fuera. La condujeron a la presencia de Arsenio. Tal como había esperado. Se fiaba de Sabas, pero no quería que viera cómo mataba a Arsenio, porque aquello podía poner a prueba su lealtad. Era un buen hombre, y su ciega disposición no pasaría de ahí.

Arsenio despidió a los criados diciéndoles que se trataba de un asunto privado. Sonrió cuando se cerró la puerta y los dos quedaron a solas en aquella sala de paredes incrustadas de pórfido y suelos de mosaico. Al parecer, no deseaba que hubiera criados presentes más de lo que lo deseaba ella. Aquel pensamiento le aceleró todavía más el pulso.

—¿Es el icono? —preguntó Arsenio, observando cómo lo depositaba sobre la mesa—. Confío en que será magnífico.

Zoé se permitió un respingo, para confirmar lo que Arsenio ya creía.

—Es de mi propia colección —repuso con voz ronca, y acto seguido bajó los ojos—. Claro que tú sabes distinguir perfectamente lo auténtico de lo falso. —Era el momento para hacerle saber que entendía su indignación, y que era justificada. Debía dar la impresión de estar demasiado asustada para enojarlo más.

—¿Por qué me has traído esto, Zoé Crysafés? ¿Qué esperas a cambio? Tú nunca intercambias nada si no es para sacar alguna ventaja.

—¿Un intercambio, dices? Zoé permitió que la tensión que la inundaba se viera en el temblor de la mano, en la inseguridad en el modo de hablar—. Sí, por supuesto que deseo algo, pero no es dinero.

Arsenio no respondió, pero sacó un par de guantes de cuero muy suave, tan livianos que le permitían mover los dedos con facilidad, y acto seguido procedió a desenvolver las sedas que protegían el icono.

Zoé lo observó, y escuchó el súbito jadeo de admiración que emitió Arsenio cuando cayó la última tela y descubrió la resplandeciente belleza del rostro de la Virgen y sintió el peso del oro en el marco. Vio cómo sus ojos brillaban de codicia, y cuán delicadamente movía el dedo recorriendo el contorno del marco y girándolo para que la luz arrancara destellos a las piedras preciosas.

Permaneció inmóvil, observando.

Arsenio se volvió y la miró escrutando su semblante, la rigidez de su cuerpo, la fuerza de la emoción que la contenía, saboreándolo todo. Aquello era lo que quería él, verla atemorizada.

Zoé hizo ademán de hablar, pero se interrumpió.

Arsenio esbozó lentamente una sonrisa y volvió al icono.

—Es exquisito —dijo con asombro reverencial, sin quererlo—. Pero se parece bastante a otro que tengo.

Aquello carecía de importancia. Zoé no tenía la menor intención de regalárselo, pero procuró parecer desolada, y más que eso, aterrorizada. Una vez más hizo ademán de hablar, pero no dijo nada. Miró a Arsenio, imaginando a su primo Gregorio, que tal vez había sido el único hombre al que ella había amado, años atrás, e imprimió a sus ojos una expresión suplicante.

Arsenio acarició el icono, lo levantó y examinó la parte de atrás. Le lanzó una mirada fugaz y siguió recorriendo el marco. Entonces vio la pequeña tachuela que ella había dejado de punta, y su sonrisa se ensanchó.

Zoé se estremeció deliberadamente. Si hubiera tenido poder para ello, habría palidecido.

—Has sido descuidada —susurró Arsenio—. Esto no es propio de ti, Zoé. —Su voz era un siseo, sus ojos relampagueaban de ira.

—Lo... siento —balbució ella a la vez que introducía una mano en los pliegues de su túnica en busca de la daga enjoyada, cuyos cristales centellearon a la luz. La sacó lo suficiente para que la viera Arsenio.

Éste, al verla, se abalanzó sobre Zoé y le aferró la muñeca con una tenaza de acero. Ella no tuvo necesidad de fingir para poder soltar un chillido de dolor. Era una mujer alta, tenía su misma estatura, pero no podía igualarlo en fuerza. Arsenio le arrebató con facilidad la daga enjoyada lastimándole los delicados huesos de la muñeca y doblándole el brazo hasta retorcérselo. Se le llenaron los ojos de lágrimas.

Lo tenía tan cerca que llegó a oler el sudor de su rabia y a distinguir los poros de su piel.

—Sólo un pequeño rasguño —dijo Arsenio entre dientes—. Un

accidente con una tachuela fuera de sitio, y ahora estaría muerto. ¿Por qué, Zoé? ¿Porque Gregorio no quiso casarse contigo? ¡Infeliz! Irene era una Ducas. ¿Creías que iba a renunciar a ella por ti? ¿Para qué iba a tomarse esa molestia? Ya se acostaba contigo siempre que le apetecía. Uno no se casa con una ramera.

Zoé no tuvo necesidad de fingir dolor ni rabia, dejó que Arsenio se lo notara en el llamear de los ojos e intentó arrebatarle de nuevo la daga, pero apuntando a propósito a la izquierda, como si hubiera calculado mal.

Arsenio soltó una carcajada desagradable y asió la funda de la daga para extraer la hoja. Como no salió, tiró con más fuerza.

—Has intentado apuñalarme —dijo exultante—. A eso has venido, a asesinarme. Forcejeamos y, trágicamente, a pesar de todos mis esfuerzos, tú resbalaste y la daga se volvió contra ti... con resultado fatal. —Enseñó los dientes con gesto triunfal, volvió a tirar de la empuñadura de la daga con ambas manos, una de ellas pegada a la funda, y sintió la minúscula aguja en su carne.

Transcurrieron varios segundos hasta que advirtió lo que era, y después, a medida que el dolor iba subiendo por su cuerpo, clavó sus desorbitados ojos en Zoé con expresión terrible, comprendiendo de pronto.

Ella ahora estaba erguida, con los hombros rectos y la cabeza alta, pero lo suficientemente lejos de él para que, aunque se desplomase hacia delante, no pudiera alcanzarla. Muy lentamente, sonriendo, disfrutó del dulce sabor de la victoria.

—Gregorio no ha tenido nada que ver en esto —le dijo cuando cayó de rodillas con el rostro congestionado y las manos aferradas al estómago—. De él ya obtuve todo lo que quise. —Aquello era casi cierto—. Ha sido porque tu padre nos robó los iconos mientras la ciudad se consumía por el fuego. Os llevasteis las reliquias de nuestra familia y os quedasteis con ellas. Traicionasteis a Bizancio, y por ello debes pagar con la vida.

Dio un paso atrás cuando Arsenio quiso avanzar hacia ella arrastrándose. La garganta se le iba cerrando y los ojos comenzaban a salírsele de las órbitas. Se le descolgó un hilo de saliva de la boca y le salió del pecho un sonido horrible, brusco y rasposo, seguido de un vómito de sangre color escarlata. Dejó escapar un grito, y casi al momento se ahogó con más sangre. Aterrado y con los ojos en blanco, se atragantó y tosió, jadeando y ahogándose.

Zoé lo contempló unos instantes más, hasta que su rostro adquirió un tinte violáceo y su cuerpo quedó inmóvil. A continuación, dejándolo a un lado, fue a recoger su icono y su daga y envolvió ambas piezas en la seda, para después dirigirse hacia la puerta y abrirla sin hacer ruido. En el pasillo no había nadie, ni tampoco en la estancia contigua. Caminó silenciosa sobre el suelo de mármol y salió por la majestuosa puerta principal. Sabas, que estaba esperándola, emergió de las sombras. Los criados encontrarían a Arsenio y supondrían que había muerto de una hemorragia, debida tal vez a un exceso de vino que le había ulcerado el estómago.

Aquella noche Zoé celebró lo sucedido con el mejor vino que tenía en la bodega. Pero se despertó poco después en mitad de la oscuridad, temblando y sintiendo náuseas, con el cuerpo empapado en sudor. Había tenido una pesadilla en la que había visto a Arsenio tendido en el suelo, vomitando ríos de sangre, y los iconos de la pared cerniéndose sobre él, observando su horror con sus ojos tranquilos. Se tumbó rígida en su cama. ¿Y si los criados supieran que había sido veneno? ¿Sería alguno de ellos lo bastante listo para encontrar trazas de aquella sustancia? Seguro que no. Había sido muy cuidadosa. Arsenio había tenido una muerte horrible... rápida, pero debatiéndose en medio del dolor y el horror.

Cuando llegó el alba ya se encontraba mejor. Pudo ver la realidad de su casa, sus criados moviéndose alrededor. Entró Sabas, y al principio no se atrevió a sostenerle la mirada, pero después no consiguió apartar los ojos de él. ¿Qué sabría? Explicarse ante un criado sería violento para los dos. Y, sin embargo, quería explicarse. Deseaba con desesperación no estar sola.

La noche siguiente las pesadillas empeoraron. Arsenio tardaba más en morir. Había más sangre. Vio sus desorbitados ojos fijos en ella en todo momento, desnudándola literalmente, hasta que quedó de pie ante él, vulnerable, con los pechos colgando y el vientre hinchado, una imagen repulsiva. Arsenio reptó por el suelo hacia ella, negándose a quedar paralizado, a ahogarse y morir. La aferró del tobillo con una mano semejante a una garra y provocándole dolor nuevamente, como cuando la asió de la muñeca.

¡Tenía la intención de matarla! Eso había dicho. Pero ella no había tenido más remedio, su acción estaba justificada. Actuó en defensa propia, un derecho que le asiste a todo el mundo. ¡En esto no había justicia alguna!

Despertó empapada en sudor y con las ropas pegadas al cuerpo, y sintió un frío glacial nada más apartar los cobertores y levantarse de la cama. Se arrodilló sobre el suelo de mármol, estremecida y con las manos en oración, con los nudillos blancos a la luz de la vela.

—Virgen Santa, bendita Madre de Dios —susurró en voz baja—. Si he pecado, perdóname. Lo he hecho sólo para impedir que ese hombre tuviera en su poder los iconos que pertenecían al pueblo. Perdóname, te ruego que laves mis pecados.

Volvió a meterse en la cama, aún temblando de frío, pero no se atrevió a quedarse dormida.

La noche siguiente hizo lo mismo, pero pasó más tiempo hincada de rodillas, contándole de nuevo a la Virgen los iconos que se había llevado Arsenio y la falta de piedad que había mostrado al conservarlos en su poder durante todos aquellos años. Y eso aparte de otros iconos, menos preciados y menos hermosos, que había vendido, y que cualquiera podía adivinar a quién: al comprador que tuviera más dinero. ¡Como si aquello tuviera importancia!

Al cuarto día le llegó la noticia por la que había rezado. Habían enterrado a Arsenio Vatatzés. Dijeron que había muerto de una hemorragia de estómago poco después de que lo visitara Zoé. Lo habían encontrado sus sirvientes. Ella escuchó con atención, pero los rumores no echaban la culpa a nadie. ¡Había salido impune!

La conclusión era obvia. El cielo estaba de su parte, ella era un instrumento en las manos de Dios. Lo demás eran sólo malos sueños, nada más, y había que olvidarse de ellos igual que de otras tonterías.

Al día siguiente saldría a la calle y le daría las gracias a la Virgen, con cirios, en la iglesia de Santa Sofía, segura de contar con la aprobación divina. Las velas no bastaban, pero pensaba ofrecerlas de todos modos, por centenares, suficientes para iluminar la cúpula entera y acaso también uno de los iconos de menor importancia pertenecientes a su colección.

37

A Giuliano Dandolo le gustó encontrarse de nuevo en Constantinopla. La vitalidad de aquella ciudad le infundía vigor; la tolerancia y la amplitud de miras que se respiraban allí eran como un viento que soplara del océano. Cada vez que la veía sentía que lo llamaba más y más.

Esta vez regresaba obedeciendo órdenes de Contarini, para observar por sí mismo, en vez de depender de rumores, si Bizancio por fin estaba cumpliendo las normas de la unión con Roma o, como antes, las cumplía sólo de boquilla y continuaba actuando a su antojo.

Lo que había visto hasta el momento debería haberlo complacido ante la perspectiva de que pasara por allí una nueva cruzada que arrasara la ciudad, y con miras al provecho que sacaría Venecia. Pero Giuliano no podía regocijarse en ello. Cuando le informaron de la fuerza que oponía la resistencia, tuvo un profundo presentimiento. No sólo los jefes de dicha oposición habían sido cegados, mutilados o desterrados, además muchos habían huido a estados bizantinos separatistas. Las prisiones estaban abarrotadas, y lo que era más penoso para Miguel, muchos de sus parientes participaban activamente en conspiraciones contra él. Por lo visto, los ataques le venían de frente, y estaba acosado por todos lados.

El palacio Blanquerna era muy bello, aunque no pudiera compararse con las glorias de Venecia. Aún conservaba las marcas del fuego y del pillaje, y no poseía en absoluto la elegancia del mármol blanco ni los infinitos reflejos de la luz a los que él estaba acostumbrado.

Mientras se encontraba cara a cara con Miguel, Giuliano vio a un hombre de notable compostura. En el rostro del emperador había hastío, pero ni un punto de miedo. Lo recibió con cortesía e incluso una chispa de humor. Giuliano, en contra de su voluntad, sintió por él lástima y admiración al mismo tiempo. Si algo le faltaba a Miguel, no era coraje.

—Y por supuesto está Oriente —le dijo un eunuco a Giuliano mientras lo guiaba hacia la salida una vez finalizada la audiencia. Se llamaba Nicéforo.

Giuliano hizo un esfuerzo para centrarse mientras recorrían un pasillo de techo abovedado y suelo de mosaico.

—Todo cambia constantemente —añadió Nicéforo escogiendo las palabras con cuidado—. En estos momentos da la impresión de que la mayor amenaza que se cierne sobre nosotros es la que proviene de Occidente, de la próxima cruzada, pero francamente yo soy de la opinión de que tenemos lo mismo que temer, si no más, de Oriente. Simplemente ocurre que Occidente llegará primero, si no encontramos la manera de alcanzar un acuerdo con Roma, por más que la odiemos. En cambio, con Oriente no hay forma de alcanzar acuerdo alguno.

Miró a Giuliano.

—Hay muchos asuntos que equilibrar, y cuesta trabajo decidir por qué lado empezar.

Giuliano deseaba decir algo inteligente y solidario sin traicionar a Venecia y sin parecer condescendiente, pero no se le ocurría nada.

—He empezado a creer que la política de Venecia es relativamente simple —dijo en voz baja—. Es como echar al mar un barco que tiene diez vías de agua diferentes.

—Una buena analogía —concordó Nicéforo con aprecio—. Pero sabemos manejarnos muy bien. Hemos tenido mucha práctica.

Giuliano aún estaba en la escalinata, saliendo del palacio, cuando llegó al pie de la misma otro eunuco que por lo visto también se iba. Se trataba de una persona considerablemente más menuda y medio palmo más baja que el propio Giuliano, y de constitución más delicada. Cuando volvió la cabeza, hubo en sus ojos grises oscuros un destello que indicaba que lo había reconocido, y Giuliano se acordó de haberlo visto en Santa Sofía. Era el mismo hombre que lo había observado mientras limpiaba la tumba de Enrico Dandolo y cuyo semblante había mostrado tanta compasión y tanta pena.

—Buenos días —se apresuró a decir Giuliano; al momento pensó que quizá se había precipitado al dirigirse a él, un gesto que podía interpretarse como un exceso de familiaridad—. Giuliano Dandolo, embajador del dux de Venecia —se presentó.

El eunuco sonrió. Tenía un rostro afeminado, pero desde luego no le faltaba carácter, y Giuliano percibió una vez más la ardiente inteligencia que había notado en el interior de Santa Sofía.

—Anastasio Zarides —respondió el eunuco—. Médico ocasional del emperador Miguel Paleólogo.

Giuliano se llevó una sorpresa. No había imaginado que aquel hombre fuera médico. Pero aquel hecho sirvió precisamente para recordarle cuán extraño le resultaba Bizancio. Se dio prisa en añadir algo más:

—Vivo en el barrio veneciano —hizo un vago ademán con la mano en dirección al mar—, pero estoy empezando a pensar que tal vez eso me esté impidiendo conocer mejor la ciudad. —Calló unos instantes para perder la mirada más allá de los tejados. A sus pies se extendía el Cuerno de Oro, reluciente bajo el sol matinal y punteado de embarcaciones venidas de todos los rincones del Mediterráneo. El aire era tibio, y Giuliano se imaginaba sin esfuerzo los aromas a sal y a especias que debían emanar del puerto.

—Yo, si pudiera elegir —dijo Anastasio pensativo, siguiendo su mirada—, viviría donde pudiera ver salir y ponerse el sol sobre el Bósforo, y para eso se necesita estar muy alto. Esos sitios son caros. —Se rio ligeramente de sí mismo—. Para poder pagar algo así, tendría que salvar la vida al hombre más rico de Bizancio, y afortunadamente para él, aunque menos para mí, goza de una salud excelente.

Giuliano lo miró divertido.

—Y si estuviera enfermo, ¿os mandaría llamar a vos? —preguntó.

Anastasio se encogió de hombros.

—Todavía no, pero para cuando esté enfermo, puede que sí. —Estaba bromeando ligeramente.

—Entretanto, os limitáis a curar sólo al emperador, ¿dónde vivís? —Giuliano siguió hablando en tono desenfadado.

Anastasio señaló un punto colina abajo.

—Allí, pasados aquellos árboles. Con todo, tengo una buena vista, aunque sólo hacia el norte. Pero a cien pasos hay un lugar excelente, el que más me gusta de toda la ciudad. Es el que se encuentra justo en la punta, desde allí se abarca con la vista casi un círculo completo. Y reina el silencio. Al parecer, hay muy pocas personas que van allí. Es posible que yo sea el único que dispone de tiempo para pasar un rato contemplando el paisaje.

De pronto a Giuliano se le ocurrió pensar que quizás el eunuco se refería en realidad a pasar un rato soñando, pero que la timidez le había impedido decirlo.

—¿Nacisteis aquí? —preguntó a toda prisa.

Anastasio pareció sorprenderse.

—No. Mis padres se encontraban en el exilio. Yo nací en Tesalónica y me crie en Nicea. Pero éste es nuestro hogar ancestral, el corazón de nuestra cultura, y supongo que también de nuestra fe.

Giuliano se sintió idiota. Pues claro que había nacido en otra parte. Se le había olvidado igual que, en aquella ciudad, casi todo aquel con el que hablase sin duda había nacido durante el exilio, por consiguiente en otro lugar. Hasta su propia madre.

—Mi madre nació en Nicea —dijo en voz alta, y al instante se preguntó por qué. Apartó la mirada y mantuvo el rostro de perfil. Anastasio, como si hubiera percibido una especie de retirada, cambió de tema.

—Dicen que Venecia se parece un poco a Constantinopla. ¿Es esto cierto?

—En parte, sí —contestó Giuliano—. Sobre todo en los lugares en que hay mosaicos. Hay uno en particular que yo aprecio mucho, en una iglesia muy similar a una que hay aquí. —De pronto recordó que en 1204 se habían robado muchas obras de arte bizantinas de entre las ruinas, y notó que le ardía la cara de vergüenza—. Y las lonjas de los cambistas, por supuesto, y el... —Se interrumpió. El comercio de la seda había sido antaño puramente bizantino, pero en la actualidad el trabajo artístico, el oficio de tejerla y hasta los colores eran venecianos—. Hemos aprendido mucho de vosotros —dijo con cierta torpeza.

Anastasio sonrió y encogió levemente los hombros.

—Lo sé. Quizá no debiera haber preguntado. He abierto la puerta a una respuesta sincera.

Giuliano estaba atónito. Aquélla era una contestación más elegante de la que había esperado, o tal vez merecido. Le devolvió la sonrisa.

—Estamos aprendiendo, pero aquí se respira una vitalidad, una complejidad de pensamiento que nosotros posiblemente no tendremos nunca.

Anastasio inclinó la cabeza a modo de agradecimiento. Acto seguido se excusó con naturalidad, como si existiera la posibilidad de que volvieran a verse con el mismo interés.

Giuliano bajó por la empinada calle a paso vivo. Anastasio había nacido durante el exilio y, a juzgar por su edad, sus padres también. Ya habían pasado más de setenta años. Eso quería decir, por supuesto, que la propia madre de Giuliano había sido una hija del destierro, aun cuando su ascendencia fuera bizantina pura. Y al haber tenido tan reciente el saqueo de Constantinopla, su odio hacia Venecia debió de ser muy intenso. ¿Cómo diablos se había casado con un veneciano? Más que antes, ahora que había sentido el viento y el sol y que había hablado con tanta franqueza con otro hijo perdido del exilio, diferente, nacido lejos de su hogar espiritual, se sintió empujado a averiguar más cosas sobre la mujer que le había dado la vida.

Comenzó a indagar con diligencia, y las respuestas que halló lo condujeron a muchas personas interesantes, y finalmente a una mujer bien entrada en los setenta que había huido de los ejércitos invasores tras la caída de la ciudad. Debía de haber sido bellísima en su juventud y en su mediana edad, porque incluso ahora poseía una profunda pasión, una individualidad y una personalidad que lo fascinaron. Se llamaba Zoé Crysafés.

Ella le dio la impresión de mostrarse muy dispuesta a hablar de Constantinopla, de su historia, sus leyendas y sus gentes. La estancia en la que recibió a Giuliano estaba orientada hacia el amplio paisaje de tejados de las casas humildes. Zoé, de pie junto a él en la ventana, le habló de los comerciantes que llegaron de Alejandría y del gran río de Egipto que se adentraba serpenteando como una víbora en el desconocido corazón de África.

—Y también llegaron de Tierra Santa —continuó diciendo, al tiempo que extendía el brazo y apuntaba con sus dedos cargados de joyas hacia abajo, cerca del borde del mar—. Persas y sarracenos, y también restos de los ejércitos cruzados del pasado, antiguos reyes de Jerusalén y árabes del desierto.

—¿Habéis estado allí, en Tierra Santa? —preguntó Giuliano obedeciendo un impulso.

La pregunta la divirtió. Sus ojos dorados relampaguearon animados por algún recuerdo que no deseaba compartir.

—Nunca me he alejado de Bizancio. Bizancio es mi corazón y mi mente, la raíz que me da el sustento. En el exilio, mi familia fue primero a Nicea, luego al norte, a Trebisonda, Samarcanda y las costas del mar Negro. En cierta ocasión pasaron una temporada un poco más lejos, en Georgia. Yo siempre anhelaba regresar a casa.

Giuliano sintió la punzada del viejo sentimiento de culpa por ser veneciano y por el papel que había desempeñado su pueblo al transportar allí el ejército de los cruzados. Parecía una necedad preguntarle a Zoé por qué había ansiado tanto volver al hogar, habiendo pasado tantos años fuera y sin conservar ya ningún pariente. Debía formularle en cambio las preguntas importantes; podía ser que no se le volviera a presentar la oportunidad, y el ansia que lo devoraba era cada vez más acuciante.

—Vos conocéis a todas las familias antiguas —dijo con cierta brusquedad—. ¿Conocisteis a Teódulo Agallón?

Zoé se mantuvo inmóvil.

—Lo he oído nombrar. Ya lleva muchos años muerto. —Sonrió—. Si deseáis saber más, se puede averiguar.

Él volvió el rostro para que no advirtiera la vulnerabilidad que se reflejaba en sus ojos.

—Mi madre se apellidaba Agallón. Tengo interés en saber si existe alguna relación.

—¿En serio? —Zoé parecía interesada, no inquisitiva—. ¿Cuál era el nombre que le pusieron en la pila bautismal?

—Maddalena. —Incluso el pronunciarlo resultaba doloroso, como si desvelara algo privado que no podía recuperarse ya. Tragó saliva sintiendo un nudo en la garganta. Su madre probablemente había muerto, y, en caso contrario, lo último que deseaba era conocerla. Se volvió para mirar a Zoé buscando una manera de cambiar de opinión.

Ella lo miraba fijamente, sus brillantes ojos pardos se encontraban casi a la misma altura que los suyos.

—Investigaré —prometió Zoé—. Discretamente, desde luego. Es una historia antigua, algo que he oído pero no sé dónde. —Sonrió—. Puede que me lleve un poco de tiempo, pero resultará interesante. Estamos unidos en el amor y en el odio, vuestra ciudad y la mía. —Por un instante su expresión fue impenetrable, como si dentro de ella habitase otra criatura, imposible de conocer e impulsada por el dolor. Pero se esfumó y apareció Zoé de nuevo, sonriente, aún hermosa, aún llena de risas y del ansia irrefrenable de experimentar el sabor, el olor y la textura de la vida—. Volved dentro de un mes y veréis qué he descubierto.

38

Una vez que el veneciano se hubo marchado, Zoé se quedó sola. Giuliano le había caído bien. Era un hombre apuesto, y se cuidaba mucho, Zoé lo tenía tan claro como si pudiera tocarlo con los dedos. Pero tenía que odiarlo. Era un Dandolo. Aquélla podía ser la mejor de todas las venganzas que ansiaba. Debía rememorar todo lo peor, lo que más daño había causado en su corazón y en su alma. Deliberadamente, como si se clavase un cuchillo en la carne, volvió a vivirlo todo en su imaginación.

A finales de 1203 los cruzados que asediaban Constantinopla enviaron un mensaje insolente al emperador de entonces, Alejo III. Aquello se hizo a instancias de Enrico Dandolo. Era una amenaza, y el cabecilla de una conspiración contra el emperador, su yerno, incitó una revuelta en Santa Sofía. Hicieron añicos la majestuosa estatua de Atenea que había adornado la Acrópolis de Atenas en su época dorada.

Hubo más disturbios. En el puerto hubo intentos de prender fuego a la flota veneciana. Los sitiadores tuvieron que luchar o morir. Dandolo en representación de los venecianos, acompañado por Bonifacio de Montferrat, Balduino de Flandes y otros caballeros franceses, inició el ataque. A mediados de abril la ciudad estaba en llamas y sus calles invadidas por el pillaje, los robos y los asesinatos.

Se robaron tesoros que había en casas, iglesias y monasterios, los cálices destinados al sacramento de la Eucaristía se utilizaron para servir vino a los borrachos, los iconos se usaron como tableros de juegos, las joyas se arrancaron de sus engastes y el oro y la plata se fundieron. Los monumentos antiguos que llevaban siglos venerándose fueron saqueados y destrozados; las tumbas imperiales, incluso la de

Constantino el Grande, fueron expoliadas, y el cadáver del jurista Justiniano fue profanado. Las monjas fueron violadas.

En la propia Santa Sofía, los soldados destruyeron el altar y despojaron a la iglesia de todo el oro y la plata que tenía. Para cargar el botín metieron caballos y mulas, cuyos cascos resbalaban continuamente con los charcos de sangre esparcidos por los suelos de mármol. En el trono del patriarca bailó una prostituta cantando canciones obscenas.

Según se dijo, el valor del tesoro robado ascendió a 400.000 marcos de plata, cuatro veces más de lo que había costado toda la flota. El dux de Venecia, Enrico Dandolo, se quedó personalmente con 50.000 marcos.

Pero eso no fue todo. Los cuatro grandiosos caballos de bronce dorado fueron robados y ahora adornaban la catedral de San Marcos de Venecia. Enrico Dandolo escogió quedarse con los caballos de bronce, y también se llevó la ampolla que contenía varias gotas de la sangre de Cristo, el icono enmarcado en oro que Constantino el Grande había llevado consigo a la batalla, una parte de la cabeza de san Juan Bautista y un clavo de la cruz.

Y por último, y quizá lo peor de todo, el Sudario de Cristo.

La pérdida de todas esas cosas representó mucho más que un sacrilegio cometido contra reliquias sagradas: logró cambiar la personalidad de Constantinopla entera, como si le hubieran arrancado el corazón. Dejaron de afluir peregrinos y viajeros, desapareció el trueque, el comercio del mundo, y se dirigieron a Venecia, Roma o Alejandría. Constantinopla sufría sumida en la pobreza, como un mendigo llamando a las puertas de Europa. Zoé apretó los puños con fuerza hasta que comenzaron a dolerle los huesos y se hizo sangre en las palmas de las manos. Aunque Giuliano muriera un millar de veces, ello no bastaría para pagar su deuda. No iba a haber clemencia, sino sólo sangre y más sangre.

39

Que Zoé Crysafés hiciera indagaciones era excelente, pero no era lo único que podía hacer Giuliano. También investigó en los otros barrios en busca de alguien que supiera qué familias se habían marchado durante el largo exilio. Aquella tarea debía llevarla a cabo en el tiempo que le sobrara después de cumplir con sus obligaciones con Venecia, y ya estaba acercándose el final del mes que le había fijado Zoé para que volviera, cuando un día subió a la colina desde la que Anastasio le había comentado que se veía en todas direcciones.

No le fue difícil encontrar el lugar exacto, y la vista resultó tan espectacular como él se la había descrito. Además, aquel punto estaba resguardado del viento del oeste y en el aire flotaba un cierto bálsamo. La vegetación que había a sus pies se hallaba en flor y desprendía un perfume suave y delicado. Tardó unos instantes en darse cuenta de que era por la suavidad de la luz reflejada en el mar, que le recordaba el hogar. Levantó la vista, entornando los ojos, hacia las nubes, y vio que también eran las mismas: pequeñas y rizadas, como las escamas de un pez, cirros deshilachados semejantes a una fina gasa que se dirigían hacia el noreste filtrando los rayos del sol como los dedos de una mano.

Regresó al día siguiente y esta vez encontró allí a Anastasio. El médico se volvió y sonrió, pero dejó pasar varios minutos sin decir nada, como si el mar que se extendía ante él ya fuera bastante elocuente.

—Es un sitio perfecto —dijo Giuliano por fin—. Pero tal vez sea un error convertirlo en propiedad de una sola persona.

Anastasio sonrió.

—No se me había ocurrido eso. Tenéis razón, debería quedarse aquí para que lo contemple todo el mundo, y no para un ignorante incapaz de apreciarlo. —Luego movió la cabeza en un gesto negativo—.

Estoy hablando con demasiada dureza. He pasado todo el día tratando con necios, y estoy irritable. Disculpadme.

Giuliano se sintió extrañamente complacido al descubrir que Anastasio era falible. En la ocasión anterior le había resultado un tanto amedrentador, aunque se diera cuenta ahora.

Le sonrió a su vez.

—¿Conocisteis en Nicea a una familia de apellido Agallón? —Formuló la pregunta sin pensar.

Anastasio reflexionó unos momentos.

—Recuerdo que mi padre mencionó una vez ese apellido. Trataba a mucha gente.

—¿También era médico?

Anastasio fijó la mirada en el mar.

—Sí. Me enseñó la mayor parte de lo que sé.

Se había interrumpido, pero Giuliano percibió que había más, un recuerdo íntimo, tan dulce que resultaba doloroso reavivarlo ahora que la realidad era otra.

—¿Y vos aprendisteis por voluntad propia? —preguntó.

—¡Por supuesto! —De pronto a Anastasio se le iluminó el semblante, le brillaron los ojos, entreabrió los labios—. Me encantaba. Hasta donde me alcanza la memoria. Cuando nací no demostró mucho interés hacia mí, pero cuando aprendí a hablar me enseñó toda clase de cosas. Recuerdo que lo ayudaba en el huerto —siguió diciendo—. Por lo menos yo creía que lo ayudaba. Supongo que en realidad para él era una molestia, pero nunca me lo dijo. Cuidábamos juntos de las hierbas medicinales, y yo me las aprendí todas, cómo eran, a qué olían, qué parte de ellas había que utilizar, si la raíz o la hoja o la flor, cómo recogerlas y preservarlas para que no se estropearan.

Giuliano visualizó mentalmente la escena, el padre enseñando al hijo, repitiéndole las cosas una y otra vez, sin perder la paciencia.

—A mí también me enseñó mi padre —dijo rápidamente, en un súbito recuerdo—. Todas las islas de Venecia, los canales, el puerto, dónde estaban los astilleros. Me llevaba a ver trabajar a los obreros, a ver cómo disponían las grandes quillas y ensamblaban las cuadernas y las planchas de madera, y después el calafateado, y los mástiles.

Era lo mismo, un hombre enseñando a su hijo las cosas que amaba, el oficio del que vivía. Lo recordaba con total nitidez, siempre su padre, nunca su madre.

—Conocía todos los puertos que había desde Génova hasta Alejandría —continuó Giuliano—. Y lo bueno y malo que tenía cada uno.

—¿Os llevó consigo? —preguntó Anastasio—. ¿Visteis todos esos lugares?

—Algunos. —Giuliano se acordó del estrecho espacio que había en los barcos, del mareo y la sensación de encierro, pero también de la extrañeza y la emoción que le produjo Alejandría, el calor y los rostros de los árabes, aquella lengua que no entendía—. Era aterrador y maravilloso —dijo con una sonrisa triste—. Creo que me pasé la mitad del tiempo tieso de miedo, pero preferiría haber muerto antes que confesarlo. ¿Adónde os llevó vuestro padre a vos?

—No a muchos sitios —repuso Anastasio—. Principalmente a ver a ancianos que sufrían congestión en el pecho y tenían el corazón débil. Pero me acuerdo del primero que murió.

Giuliano abrió unos ojos como platos.

—¡Un muerto! ¿Qué edad teníais?

—Unos ocho años. Si uno quiere ser médico no puede ser aprensivo con la muerte. Mi padre fue delicado, muy amable, pero en esa visita me hizo fijarme en lo que había ocasionado la muerte a aquel hombre. —Se interrumpió.

—¿Y qué fue? —insistió Giuliano intentando imaginarse a un niño que tenía los solemnes ojos grises de Anastasio y su complexión delicada, su boca tierna.

Anastasio sonrió.

—El hombre estaba persiguiendo un perro que le había robado la cena, y se cayó. Se rompió el cuello.

—¡Os lo estáis inventando! —lo acusó Giuliano.

—Nada de eso. Fue el principio de una lección de anatomía. Mi padre me mostró todos los músculos de la espalda y los huesos de la columna.

Giuliano estaba asombrado.

—¿Se os permite hacer tal cosa? Era un cuerpo humano.

—No —dijo Anastasio con una sonrisa—, pero yo no lo olvidé jamás. Me aterrorizaba que pudieran apresarlo. Hice un dibujo de todo para no tener que repetir la operación. —De repente su voz se volvió triste.

—¿Fuisteis hijo único? —quiso saber Giuliano.

Anastasio quedó desconcertado por un instante.

—No. Tuve un hermano... tengo un hermano. Aún vive, creo. —Parecía aturdido, irritado consigo mismo, como si no hubiera tenido la intención de decir aquello. —Desvió la mirada—. Llevo un tiempo sin saber nada de él.

Giuliano no deseaba meter el dedo en la llaga.

—Vuestro padre debe de estar orgulloso de vuestra habilidad, dado que tratáis al emperador. —Lo dijo como una simple observación, no con ánimo de adular.

Anastasio se relajó.

—Lo estaría. —Hizo una inspiración profunda y exhaló el aire despacio. Guardó silencio durante un rato y después se volvió dando la espalda al mar. —¿Los Agallón forman parte de vuestra familia? ¿Por eso los estáis buscando?

—Sí. —Giuliano no tenía intención de mentir—. Mi madre era bizantina. —Al momento advirtió en la expresión de Anastasio que éste comprendía el conflicto que sufría—. He estado investigando un poco. Hay personas que tal vez puedan decirme algo.

Anastasio debió de notar su actitud reacia. No dijo nada más al respecto, pero empezó a señalar varios puntos destacados del oscuro perfil de la costa de enfrente, detrás de la cual se encontraba Nicea.

Giuliano continuó buscando datos que apuntaran a la probabilidad de que llegara una cruzada por mar que se detuviera allí a fin de hacer acopio de provisiones y recabar apoyos, en vez de llegar por tierra, una opción que aún contemplaba la posibilidad de pasar por Constantinopla antes de cruzar a Asia y al sur.

¡Ojalá Miguel pudiera persuadir a su pueblo de que cediera ante Roma! ¡Ningún cruzado se atrevería a atacar el reino soberano de un emperador católico! Ningún cruzado ni peregrino obtendría la absolución de semejante acto, por muchos lugares sagrados que visitara después.

Pero mientras observaba, sopesaba y juzgaba, Giuliano se sentía como un hombre que estuviera evaluando los posibles beneficios de una guerra, y se encontraba sumamente cómodo realizando dicha tarea.

Cerca de terminar el mes, Giuliano recibió un recado de Zoé Crysafés que decía que había logrado averiguar algunos datos acerca de Maddalena Agallón. No estaba segura de que él deseara conocerlos, pero en caso afirmativo, sería para ella un placer recibirlo en el plazo de dos días. Por supuesto que acudió. Fuera cual fuera dicha información, sentía el impulso de conocerla.

Cuando llegó a casa de Zoé y los criados lo hicieron pasar, se esforzó por mostrar un aparente dominio de sí mismo. Ella fingió no haberse percatado de nada.

—¿Habéis conocido un poco mejor la ciudad? —preguntó Zoé en tono informal al tiempo que lo conducía hacia los magníficos ventanales. Eran las últimas horas de la tarde y había una luz suave que difuminaba las líneas más duras.

—Así es —respondió Giuliano—. He dedicado un poco de tiempo a visitar muchos de los lugares de que me hablasteis. He disfrutado de vistas lo bastante cautivadoras para dejarme hechizado. Pero ninguna tan maravillosa como ésta.

—Me aduláis —repuso Zoé.

—No me refería a vos, sino a Constantinopla —se corrigió Giuliano con una sonrisa, pero su tono de voz dejaba ver que la distinción era mínima.

Zoé se volvió para mirarlo.

—Es una crueldad prolongar la espera —dijo con un ligero encogimiento de hombros—. Hay personas que encuentran hermosas a las arañas. Yo, no. El hilo de seda que atrapa las moscas es inteligente, pero desagradable.

Giuliano sintió que el pulso le latía con tanta fuerza, que lo sorprendió que Zoé no lo viera en sus sienes. ¿O sí que lo veía?

—¿Estáis seguro de que queréis saberlo? —preguntó Zoé en voz queda—. No tenéis necesidad. Si lo preferís, puedo olvidarme de ello y no contárselo a nadie.

A Giuliano se le secó la boca.

—Quiero saberlo.

Al momento dudó de sí mismo, pero ahora sería de cobardes dar marcha atrás.

—Los Agallón eran una familia excelente. Tenían dos hijas —empezó—. Maddalena, vuestra madre, se fugó con un capitán de barco veneciano, Giovanni Dandolo, vuestro padre. Por lo que parece, en aquella época estaban muy enamorados. Pero transcurrido menos de un año, de hecho unos pocos meses, vuestra madre lo abandonó y regresó a Nicea, donde se casó con un bizantino que poseía considerables riquezas.

Giuliano no debería sentirse sorprendido, era lo que esperaba. Sin embargo, el hecho de oírlo expresado con palabras que resonaban tan nítidas en aquella exquisita estancia fue el fin de toda negación anterior, de toda posibilidad de refugiarse en la esperanza.

—Lo siento mucho —dijo Zoé en voz baja. La tenue luz que penetraba por el ventanal suprimía todas las arrugas de su rostro y la mostraba tal como debió de ser en su juventud—. Pero cuando el flamante marido de Magdalena descubrió que ya estaba esperando un hijo, la arrojó a la calle. No estaba dispuesto a criar al hijo de otro, de un veneciano además. Había perdido a sus padres y a un hermano en el saqueo de Constantinopla. —Se le quebró la voz, pero flaqueó sólo un momento—. Ella no deseaba la responsabilidad ni la carga que suponía un niño pequeño, de modo que os regaló. Dicha noticia debió de llegar a vuestro padre, el cual vino, os encontró y os llevó consigo a Venecia. Ojalá hubiera podido contaros una historia menos cruel, pero si hubierais persistido en vuestra pesquisa os habríais enterado tarde o temprano. Ahora ya podéis enterrar el asunto y no volver a pensar más en él.

Pero aquello era imposible. Apenas tuvo conciencia de cuándo le dio las gracias a Zoé ni de cómo pasó el resto de la velada. No sabía qué hora era cuando por fin se excusó y salió de aquella casa dando tumbos, para perderse en la noche.

40

Tres meses después, Giuliano llegó de nuevo a Venecia para informar al dux. Pero para él era más importante todavía la necesidad de recuperar la antigua sensación de pertenecer a un lugar concreto. Aquél era el hogar en el que había sido feliz, aún sentía que una parte de él ya había abandonado Venecia por última vez.

Aquella tarde el dux lo hizo llamar, y tuvo que acudir a palacio. Todavía le provocaba una sensación ligeramente extraña el hecho de hallar allí a Contarini en vez de a Tiépolo. Pero era una necedad: los duces morían, igual que los reyes y los Papas, y eran sucedidos por otros nuevos. Pero Giuliano apreciaba a Tiépolo, y ahora lo echaba en falta.

—Infórmame de la verdad de la unión —ordenó Contarini tras las formalidades y cuando hubieron salido todos excepto su secretario.

Giuliano le explicó hasta qué punto realmente llegaba la disensión a la que se enfrentaba Miguel Paleólogo.

Contarini asintió.

—Así pues, es inevitable lanzar una cruzada. —El dux parecía aliviado. Sin duda, estaba pensando en la madera que ya había negociado y pagado parcialmente.

—Yo opino lo mismo —confirmó Giuliano.

—¿Constantinopla está reconstruyendo sus defensas costeras? —presionó Contarini.

—Sí, pero lentamente —contestó Giuliano—. Si la nueva cruzada llegase dentro de dos o tres años, no estarían preparados.

—¿Cuántos serán, dos o tres? Nuestros banqueros necesitan saberlo. No podemos comprometer dinero, madera ni astilleros basándonos en una esperanza que puede materializarse dentro de varios años. A comienzos de siglo interrumpimos todas las demás operaciones que teníamos entre manos y nos concentramos exclusivamente en construir barcos para la cuarta cruzada, y si tu bisabuelo no hubiera terminado por perder la paciencia con los retorcidos bizantinos y sus inacabables argumentos y excusas, las pérdidas que sufrió Venecia nos habrían llevado a la ruina.

—Ya lo sé —dijo Giuliano en voz baja. Las cifras eran muy claras, pero los incendios y el sacrilegio cometido lo avergonzaban.

Al levantar la vista vio que Contarini lo estaba mirando. ¿Tan a las claras decía su semblante lo que estaba pensando?

—¿Y si Miguel consigue convencer a su pueblo? —preguntó.

Contarini reflexionó unos instantes.

—El nuevo Papa es menos previsible que Gregorio —dijo con pesar—. Es posible que decida no creérselo. Los latinos verán lo que quieran ver.

Giuliano sabía que aquello era cierto. Se despreciaba por lo que estaba haciendo, aunque él mismo no se había dejado otra alternativa.

Contarini seguía mostrando una actitud cautelosa, los ojos entornados, la mirada reservada.

—Nuestros astilleros deben estar activos. El comercio debe continuar. A quién pertenezcan los barcos es una cuestión de criterio, planificación cuidadosa y previsión.

Giuliano sabía exactamente lo que iba a decir a continuación, y aguardó en actitud respetuosa.

—Si Constantinopla sigue siendo vulnerable —prosiguió Contarini—, Carlos de Anjou acelerará sus planes para poder atacarla. Cuanto más espere, más dura será la batalla que tendrá que librar. —Se puso a pasear por el dibujo de cuadros del enlosado—. Durante este mes está en Sicilia. De modo que ve allí, Dandolo. Observa y escucha. El Papa ha dicho que la cruzada tendrá lugar en 1281 o 1282. No podemos estar listos antes de esa fecha. Pero tú dices que Constantinopla está reconstruyendo sus defensas y que Miguel es astuto. ¿Cuál de los dos logrará ser más listo que el otro, Dandolo? ¿El francés o el bizantino? Carlos tiene a toda Europa de su parte, dispuesta a recuperar Tierra Santa para la cristiandad, por no mencionar la ambición desmesurada que le impulsa. Pero Miguel está luchando por la supervivencia. Es posible que no le importe ganar o perder Jerusalén, si ha de ser a costa de su pueblo.

—¿Qué información puedo obtener en Sicilia acerca de los planes que ha trazado? —preguntó Giuliano.

—Una gran parte de la debilidad de los hombres radica en su propia casa, donde menos se la esperan —contestó Contarini—. El rey de las Dos Sicilias es arrogante. Vuelve a verme dentro de tres meses. Antonio te proporcionará todo lo que necesites en cuanto a dinero y cartas de autorización.

Giuliano no puso objeciones, no dijo nada de que acababa de llegar, de que no había tenido descanso, de que apenas había tenido tiempo para ver a sus amigos. Estaba dispuesto a partir porque Venecia no había curado el dolor que sentía por dentro como él esperaba.

41

El barco de Giuliano atracó en el puerto siciliano de Palermo dos semanas más tarde. Giuliano permaneció unos instantes en el embarcadero bajo el fuerte sol que hería los ojos y miró a su alrededor. El brillo del agua se veía azul en el horizonte. La ciudad se erguía sobre unas colinas suaves: construcciones de tonos pálidos como la tierra blanqueada, salpicadas aquí y allá de vistosas enredaderas o ropas coloridas tendidas de una ventana a otra, cruzando la calle.

A su debido tiempo se presentaría en la corte de Carlos de Anjou, pero antes quería armarse con unos cuantos datos acerca de aquella ciudad y de sus habitantes. En ningún momento debía olvidar que se encontraba en una ciudad ocupada, francesa superficialmente, siciliana en el corazón. Y para eso necesitaba moverse entre la gente.

Se puso a la tarea de buscar alojamiento, con la esperanza de encontrar una familia corriente y oriunda de allí que quisiera acogerlo, y así tendría la oportunidad de compartir al menos algo de la vida de ellos y conocer sus opiniones, que seguramente expresarían con menos reservas. Las dos primeras no tenían ninguna habitación libre; la tercera lo recibió con agrado.

Por fuera, la casa no se distinguía de ninguna otra: simple, curtida por la intemperie, con redes de pesca y nasas puestas a secar. Pero en el interior se hacía más evidente la pobreza. El suelo, formado por baldosas de terracota, estaba desgastado y desigual a causa del roce constante. Los muebles, de madera, se veían muy usados, y los platos, de bella cerámica de tonos azules, presentaban alguna que otra mella. Le ofrecieron cama y comida por un precio que a él le resultó demasiado bajo; dudó en ofrecer pagar más, pues no sabía si el hecho de ostentar más riqueza que ellos podría resultarles un agravio.

Cenó con ellos: Giuseppe, María y seis niños de cuatro a doce años. Fue una cena ruidosa y feliz. La comida parecía abundante, aunque muy sencilla, compuesta sobre todo por verduras cultivadas en su propio huerto. Pero Giuliano advirtió que se apuraron todas las migajas y que nadie pidió más, como si ya supieran que no había.

De pronto, el niño de más edad, Francesco, miró a Giuliano con interés.

—¿Sois marino? —le preguntó cortésmente.

—Sí —respondió Giuliano. No deseaba mostrarse claramente veneciano, pero si mentía o respondía con evasivas se delataría a sí mismo de un modo que no podía permitirse.

—¿Habéis estado en muchos sitios? —siguió Francesco con la emoción pintada en la cara.

—Sí. —Giuliano sonrió—. He viajado desde Génova hasta Venecia, dando toda la vuelta, y también he estado en Constantinopla y en todos los puertos que hay hasta llegar allí, y dos veces en Acre, pero no he ido a Jerusalén. Una vez estuve en Alejandría.

—¿En Egipto? —preguntó el niño con los ojos muy abiertos. Giuliano se dio cuenta de que ya nadie prestaba atención a la comida.

—¿Habéis venido a ver al rey? —inquirió una de las niñas.

—¡Si hubiera venido para ver al rey, no se alojaría con nosotros, tonta! —replicó uno de los otros niños.

—¿Para qué iba a querer nadie ver a ese gordo, ese bastardo? —espetó Giuseppe en tono agresivo.

—¡Calla! —lo reprendió María con los ojos muy abiertos y evitando de forma muy elocuente mirar a Giuliano—. No debes decir eso. Además, no es cierto. Dicen que Carlos no está gordo en absoluto. Y su padre murió antes de que naciera él, pero es hijo legítimo. No es lo mismo que ser un bastardo.

Giuliano sabía que no estaba criticando a su esposo, sino intentando protegerlo de cometer una indiscreción en presencia de un desconocido.

Pero Giuseppe no era fácil de callar.

—Perdonadnos —dijo—. Nos cuesta mucho pagar los impuestos. El rey no impone a sus franceses cargas tan pesadas como las que nos impone a nosotros. —Giuseppe no pudo evitar un tono de amargura que delataba el odio que se agitaba por debajo de la superficie.

Giuliano ya lo había percibido, incluso en las pocas horas que llevaba en aquella casa.

—Lo sé —concordó—. Podría parecer una insensatez criticarlo, pero, en mi opinión, si lo elogiarais seríais un paria. Y un mentiroso.

Giuseppe sonrió y le dio una palmada en el hombro.

—Un hombre juicioso —dijo en tono jovial—. Sois bienvenido en mi casa.

Giuliano pasó cuatro semanas con Giuseppe y su familia, escuchando sus conversaciones, así como las de los demás pescadores y campesinos de las tabernas locales. Percibió un sentimiento latente de rabia, y también de impotencia. En una o dos ocasiones mencionó a Bizancio, y las reacciones que obtuvo fueron tan abiertas en cuanto a interés y solidaridad, al sopesarlas más tarde, que llegó a la conclusión de que contenían una intención inocente.

Pero la rabia era indudable. No haría falta demasiado para inflamarla, un acto de torpeza que se inmiscuyera en el tejido de la vida de aquellas gentes, la profanación de una iglesia, el maltrato a una mujer o a un niño, y se prendería la llama. Si él era capaz de ver aquello, Miguel también lo veía, sobre todo si tenía espías allí. La cuestión no estribaba en si existía la voluntad necesaria, sino en si se podría organizar un esfuerzo cohesionado para alcanzar el éxito. Si los sicilianos se sublevaban y eran aplastados, sería una tragedia que Giuliano no estaba dispuesto a incitar. Representaría la suprema traición a la hospitalidad; comer el pan de un hombre en su propia casa y luego venderlo al enemigo era algo que no tenía perdón.

Giuliano se presentó en la corte de Carlos de Anjou, o, como era conocido aquí en Palermo, del rey de las Dos Sicilias. No sintió asombro alguno al ver el derroche de belleza del palacio, ni ante la relativa austeridad de la corte. Los exorbitantes impuestos que extraía de las tierras eran para la guerra, no para el placer. Los hombres iban vestidos con simplicidad, y el propio Carlos contaba tan sólo con el poderío de su presencia para imponer respeto. Bullía de energía igual que siempre, y dio la bienvenida a Giuliano recordando al instante y con toda exactitud quién era.

—¡Ah! Habéis vuelto de nuevo, Dandolo —exclamó con entusiasmo—. ¿Habéis venido a ver cómo van nuestros preparativos para la cruzada?

—Sí, sire —respondió Giuliano poniendo en su expresión mucha más pasión de la que sentía.

—Bien, amigo mío —dijo Carlos dándole una palmada en la espalda—. Todo va a la perfección. Europa entera está acudiendo a la llamada. Estamos a punto de unir la cristiandad. ¿Os lo imagináis, Dandolo? Un único ejército bajo Dios.

Sólo había una respuesta posible.

—Lo imagino —repuso—. Anhelo que llegue el día en que sea algo más que una visión, que sea un ejército de carne y hueso.

—Más que de carne y hueso —lo corrigió Carlos mirándolo de soslayo súbitamente, con una aguda percepción—. Necesitamos que además sea de acero y de madera, de vino y sal, de pan. Necesitamos que posea voluntad y coraje, y también oro, ¿no creéis?

—Necesitamos todas esas cosas —corroboró Giuliano—, pero también necesitamos que las den de buen grado, y no a un precio que no podamos pagar. El fin es recuperar los Santos Lugares para la cristiandad, no enriquecer a todos los mercaderes y constructores de barcos de Europa... salvo lo que sea justo, como es natural.

Carlos lanzó una estruendosa carcajada.

—Vos siempre tan cauto y tan diplomático, ¿eh? Lo que queréis decir es que Venecia no va a prometer nada hasta que vea hacia dónde vamos todos los demás. Pues no seáis demasiado cautos, o invertiréis demasiado tarde. A la vista de cualquiera está que sois mercaderes, no soldados. —Lo último lo dijo con una sonrisa, pero seguía siendo un insulto.

—Yo soy un marino, sire —replicó Giuliano—. Lucho por Dios, por la aventura y por el botín. Ningún hombre que se enfrente al mar merece ser llamado cobarde.

Carlos abrió los brazos.

—Tenéis razón, Dandolo. Retiro lo dicho. Y cualquier hombre que se fíe del mar es un necio. Sois más interesante de lo que había pensado. Venid a cenar conmigo. ¡Venid! —Extendió la mano, y acto seguido se dio media vuelta y echó a andar, seguro de que Giuliano lo seguiría.

Cada vez que Carlos lo invitaba a un juego de azar, Giuliano aceptaba. Aparte del hecho de que no era cosa fácil rechazar a un rey, aunque uno no fuera súbdito suyo, necesitaba estar en compañía de Carlos para poder calibrar cuáles eran sus intenciones inmediatas. Todo el mundo sabía cuáles eran a fin de cuentas, él no las había mantenido en secreto, pero para Venecia era sumamente importante conocer las fechas previstas para las mismas.

Cuando jugaban a los dados o a los naipes, Carlos era sumamente hábil, pero Giuliano aprendió con facilidad que, aunque no le gustaba que lo vencieran, se resentía todavía más cuando lo dejaban ganar. Giuliano necesitaba recurrir a toda su inteligencia para jugar bien y aun así perder. En una o dos ocasiones falló, y ganó. Aguardó con los músculos en tensión, preparado para defenderse, pero transcurridos unos momentos de denso silencio, Carlos lanzó un breve juramento y, haciendo gala de un considerable ingenio, exigió jugar otra partida más, en la cual Giuliano se concentró totalmente en perder.

El nombre de «Bizancio» suscitó en los ojos de Carlos un brillo centelleante, como si se hubiera nombrado un tesoro legendario. Giuliano advirtió que se le tensaban las manos y que los músculos de sus gruesas muñecas se endurecían como si fuera a agarrar algo preciado pero infinitamente esquivo.

Fue en el mar, unos días más tarde, cuando se confirmó la faceta más contemplativa de la personalidad de Carlos. No estaba seguro de su destreza en el agua, y ponía cuidado en no intentar nada en lo que posiblemente fuera a fracasar. Giuliano lo vio en dos ocasiones hacer ademán de empezar y luego cambiar de idea. Aquello fue más elocuente de lo que él habría creído. Seguía siendo el hermano menor, no deseado, temeroso del fracaso, carente de la seguridad en sí mismo necesaria para retirarse de la competición con un encogimiento de hombros. Necesitaba que lo vieran triunfar en todo momento.

No obstante, Carlos no dudó en permitir que el timonel condujera el barco a través de un mar embravecido, pasando cerca de las puntiagudas rocas de un promontorio contra el cual chocaban las olas. Era el fracaso lo que temía el rey, no la muerte.

Giuliano experimentó un sentimiento de comprensión hacia él, que había nacido tras la muerte de su padre y no había tenido el cariño de su madre. Su hermano mayor había sido rey de Francia y considerado por muchos como un santo. ¿Qué le quedaba a él, un hombre devorado por el ansia y la pasión, sino llamar la atención logrando lo imposible?

Rebasaron el cabo y salieron a aguas más tranquilas y más profundas. La tierra firme quedaba lejos, al oeste, y las islas de Alicudi y Filicudi más al norte, Salina, Panara y más allá la corona humeante del Stromboli, manchando el horizonte.

Carlos giró en redondo haciendo caso omiso de la corriente, con el rostro vuelto hacia el este.

—Por allá se encuentra Bizancio —dijo en tono triunfal—. Iremos allí, Dandolo. Al igual que vuestro bisabuelo, saltaré de mi barco a la arena y dirigiré el ataque. Nosotros también atacaremos las murallas y las derribaremos. —Alzó los brazos en el aire, buscando el equilibrio sobre la oscilante cubierta del barco, con las manos cerradas en dos puños—. ¡Yo mismo seré coronado en Santa Sofía!

Seguidamente se volvió y sonrió a Giuliano, dispuesto por fin a hablar de los pormenores de dinero y de navíos, del número de hombres que transportar con toda su armadura, caballos, máquinas de guerra y demás equipos necesarios.

42

Era verano, hacía calor y el aire estaba sereno. A media tarde, Ana acudió al lugar situado en lo alto de la colina desde el que se divisaba todo el mar en el que había estado con Giuliano Dandolo hablando del esplendor de la ciudad que se extendía a sus pies. Aquel día estaba igual de hermosa, pero lo que observó Ana fue la costa de Asia. El sol transformaba en columnas luminosas las nubes que lentamente navegaban como navíos por los confines del cielo.

En el aire pesaba el silencio. Últimamente había estado tan ocupada con los pacientes que apenas había tenido ocasión de venir aquí, y agradecía esta soledad.

Sin embargo, le gustaría haber podido hablar con Giuliano, o simplemente mirarlo a los ojos y saber que él veía la misma belleza que ella. Las palabras serían innecesarias.

Pero mientras tenía esos pensamientos era consciente de su propia tontería. Ella no podía permitirse el lujo de pensar en él de aquella forma. Su amistad era algo que degustar y después dejar, no algo a lo que aferrarse como si pudiera ser permanente.

Podía quedarse allí y contemplar cómo la luz iba menguando poco a poco sólo un momento más, después ver cómo las sombras se trocaban en oro para por último oscurecerse y llenar los huecos de morado y ámbar, difuminando los contornos, lanzando llamaradas de fuego contra las ventanas.

No había conseguido gran cosa en su misión de limpiar el nombre de Justiniano. Su hermano seguía prisionero en un monasterio del desierto, recluido y sin poder hacer nada, viendo pasar las horas, los días y los años, mientras ella recopilaba hebras sueltas, demasiado pequeñas para tejer algo.

Ni siquiera estaba segura de que la muerte de Besarión se hubiera producido a resultas de su fervor religioso. Podía haberse debido a algo personal. Estaba claro que era un hombre abrasivo, de trato difícil, y que Helena estaba aburrida de él. Eso lo podía entender fácilmente. Había pensado que el propio Besarión debió de ser la clave de su muerte. No fue difícil pedir información acerca de él. Constantinopla estaba aún repleta de recuerdos, y a medida que se acumulaban los relatos de torturas y encarcelaciones, más crecía su estatura de héroe. Pero Ana había descubierto que no conocía la parte humana de aquel personaje. Había revelado a todos la pasión de su fe, pero nunca el deseo que anidaba en sus sueños.

En tal caso, ¿por qué lo habían asesinado?

Era como mirar el dibujo de un mosaico al que le faltara el centro. Podía haber un centenar de cosas. Sin aquella pieza, Ana no hacía más que dar manotazos al aire, perder un tiempo precioso.

Una y otra vez volvía a pensar en la Iglesia y en el peligro que corría de ser devorada por Roma. ¿La había amado Justiniano con una pasión que lo inducía a dedicar tiempo, energía y lealtad a personas que no apreciaba a fin de evitar que su identidad se corrompiese?

Se estremeció bajo el sol poniente, aunque el susurro de la brisa que estaba levantándose no era en absoluto frío.

Necesitaba hablar con otras personas, como Isaías Glabas, que difícilmente habría sido amigo de Justiniano, y con Irene y Demetrio Vatatzés. Irene a veces tenía mala salud. Ana debía hacer todo lo que estuviera en su mano para convertirse en médico suyo. En eso podría ayudarla Zoé.

Ana tardó siete semanas en arreglárselas para hacer una primera visita profesional a Irene. Le cayó bien de inmediato. Incluso angustiada por su malestar físico, Irene tenía un rostro en el que brillaba la inteligencia, aunque era de una fealdad sorprendente, pero Ana se percató de que ello se debía, cuando menos en parte, a su fuerza interior. La visita fue breve. Ana tuvo la impresión de que principalmente le correspondía a Irene decidir si quería confiar en ella o no.

Sin embargo, en la segunda visita saludó a Ana con alivio y sin dilación, y la condujo a una estancia más privada que daba a un pequeño patio interior. No había murales, a excepción de uno sencillo que representaba unas viñas, pero las proporciones de éste eran tan perfectas que daban la impresión de formar parte de las paredes, en lugar de ser un aditamento.

—Me temo que el dolor ha empeorado —dijo Irene con franqueza, de pie con los brazos caídos a los costados, como si incluso delante de un médico sintiera vergüenza de mencionar algo tan personal.

Ana no se sorprendió. Había notado en Irene una cierta torpeza de movimientos y un poco de rigidez que indicaba agarrotamiento en los músculos y sobre todo miedo. Ahora que estaba quieta, le levantó el brazo izquierdo y se lo sostuvo con la mano derecha.

—¿Y también en el pecho? —le preguntó.

Irene sonrió.

—Vais a decirme que tengo el corazón débil. Lo aceptaré y os ahorraré el trabajo de buscar palabras de consuelo. —En aquel comentario había humor y un toque de amargura, pero no autocompasión.

—No —replicó Ana.

Irene arqueó las cejas.

—¿Es consecuencia del pecado? Esperaba de vos mejor criterio. Zoé Crysafés me ha dicho que no erais partidario de la obediencia ni de la seguridad que proporcionan las creencias de los hombres.

—No imaginaba que Zoé tuviera una visión tan aguda —repuso Ana—. Ni que tuviera ojos para mí, aparte de mi capacidad profesional.

Irene esbozó una sonrisa. En su rostro tan poco agraciado, aquel gesto fue como un rayo de sol que ilumina un paisaje sombrío.

—Zoé se fija en todo el mundo, sobre todo en aquellas personas que calcula que le pueden ser de utilidad —replicó—. No os lo toméis como un halago. Simplemente, Zoé sopesa todas las herramientas hasta una fracción de una onza antes de hacer uso de ellas. Bien, dadme una respuesta sincera: ¿qué me pasa? La vez anterior me examinasteis a fondo.

Ana todavía no estaba preparada para contestar. Sabía que el marido de Irene aún vivía, porque en la primera visita se había mencionado su nombre.

—¿Dónde está vuestro esposo? —preguntó.

El semblante de Irene ardió de furia y sus ojos llamearon.

—Debéis responderme a mí, descarado. Mi cuerpo es asunto mío, no de mi esposo.

Ana sintió el aguijón de la sorpresa, y al instante reparó en cuán esclarecedora había sido la reacción de Irene. ¿Qué había hecho su esposo para lacerarla tan hondo como para que su herida sangrara con sólo rozarla?

—Una gran parte de vuestro mal se debe a la angustia —respondió Ana con voz queda, procurando no transmitir lástima—. Por la visita anterior sé que vuestro hijo se encuentra en Constantinopla, y se me ha ocurrido que quizá vuestro esposo estuviera de viaje, acaso por regiones peligrosas. Aunque no sé cuáles son seguras. El mar nunca cambia sus orillas, sus arrecifes ni sus remolinos. Los piratas van y vienen.

Irene se ruborizó.

—Disculpadme —dijo—. Mi esposo se encuentra en Alejandría. Desconozco si se encuentra a salvo o no. Pero no me preocupa, porque sería inútil.

Seguidamente se volvió y, haciendo un esfuerzo, fue hasta la arcada que daba paso al patio y al frondoso jardín.

Así que Gregorio estaba en Egipto, tantos años después de que la mayoría de los exiliados hubiera regresado a Constantinopla desde otras regiones.

Ana siguió a Irene hasta el patio, el cual también poseía una belleza austera, de líneas limpias. La fuente desaguaba en un estanque en sombra, el agua atrapaba la luz sólo en la parte superior.

Le habló a Irene de las cosas de que suele hablar un médico: el alimento, el sueño, los beneficios de caminar.

—¿Creéis que no he pensado en todo eso? —dijo Irene, una vez más con un tono de desilusión.

—Estoy seguro de que sí —respondió Ana—. ¿Lo habéis hecho? No os curará, pero permitirá a vuestro cuerpo que se cure solo.

—Sois tan ineficaz como mi sacerdote —señaló Irene—. ¿Os gustaría que rezara una docena de padrenuestros?

—Si sois capaz de rezarlos sin que vuestra mente divague hacia otras cosas —repuso Ana con toda seriedad—. Yo no creo que pudiera.

Irene la miró; en sus ojos había un principio de curiosidad.

—¿Ésa es una manera un tanto abstrusa de decir que en el fondo todo esto es consecuencia del pecado? No necesito que me protejáis de la verdad. Soy tan fuerte como Zoé Crysafés. —Por sus ojos cruzó un destello de luz, casi como una risa momentánea—. ¿O acaso también a ella le disimuláis la verdad y se la dais envuelta en miel, como el que administra una medicina a un niño?

—No me atrevería —replicó Ana—. A no ser, claro está, que tuviera la seguridad de poder hacerlo con tanta perfección que ella no llegara a descubrirlo nunca.

Esta vez Irene rio abiertamente, una carcajada que contenía varias capas de significados, y por lo menos algunas de ellas maliciosas. ¿De qué modo le habría hecho daño Zoé?

—Tengo para vos un extracto de hierbas... —empezó Ana.

—¿Qué es? ¿Un sedante? ¿Algo que me quite el dolor? —Irene tenía el desprecio pintado en la cara—. ¿Ésa es vuestra solución a las aflicciones de la vida? ¿Encubrirlas? ¿No mirar qué es lo que puede causar daño?

Ana debería haberse sentido insultada, pero no fue así.

—Es un sedante —contestó—. Os relajará los músculos para que vuestro cuerpo no luche consigo mismo y no os cause espasmos. Os calmará la respiración para que podáis comer sin tragar aire que os produzca indigestión y retortijones de estómago. Os relajará el cuello para que no os duela de tanto sostener la cabeza erguida. Y además evitará que sufráis jaquecas debido a que la sangre está intentando pasar por unos tejidos que están tensos, como si la paz fuera vuestro enemigo.

—Supongo que sabréis de qué estáis hablando —dijo Irene con un encogimiento de hombros—. Podéis decir a Zoé que mi familia sabe que habéis venido por recomendación suya. La hago responsable de todo lo que me suceda. Volved mañana.

Cuando Ana volvió, encontró a Irene mucho mejor. Que el dolor hubiera disminuido se podía atribuir al reposo nocturno, inducido en parte por el sedante. Todavía estaba cansada y con el ánimo bastante irascible.

Después, Ana vio que el hijo de Irene, Demetrio, la estaba aguardando. Le preguntó, con cierta preocupación, por el estado de su madre. Ana comprendió sin dificultad por qué Helena se sentía atraída hacia él.

—¿Cómo está mi madre? —repitió con ansiedad.

—Yo diría que la angustia y el miedo la están devorando por dentro —respondió evitando la mirada del joven, cosa que no habría hecho de tener la conciencia tranquila.

—¿De qué tiene que tener miedo? —preguntó Demetrio. Observaba a Ana estrechamente, pero lo disimulaba con una expresión de desdén.

—Podemos temer toda clase de cosas, reales e irreales —dijo ella—. Que Constantinopla sufra nuevamente un saqueo, si hay otra cruzada. —Por el rabillo del ojo vio el gesto de impaciencia que hizo Demetrio con la mano, como descartando aquella idea—. La forzada unión con Roma —siguió diciendo, y esta vez él se quedó totalmente inmóvil—. La violencia que asolaría esta ciudad si sucediera eso —añadió, midiendo sus palabras con la máxima precisión—. Posibles intentos de usurpar el poder que tiene Miguel sobre la Iglesia —ahora le tembló un poco la voz—, por parte de los que se oponen fervientemente a la unión.

Se hizo un silencio tan intenso que se oyó un tenedor que se le escapó de las manos a un criado y chocó contra las baldosas del suelo, dos habitaciones más allá.

—¿Usurpar el poder que tiene Miguel sobre la Iglesia? —preguntó Demetrio por fin—. ¿Qué diablos queréis decir? —Estaba muy pálido—. Miguel es emperador. ¿O acaso os referís a usurpar el trono?

Con el corazón desbocado, Ana lo miró a los ojos.

—¿Qué creéis vos?

—¡Eso es ridículo!

—Hay algo que tiene alterada a vuestra madre —mintió Ana, pensando a toda velocidad—. Algo que le impide dormir y disfrutar de la comida, de tal modo que come mal y demasiado deprisa.

—Supongo que eso es mejor que decir que su enfermedad es consecuencia del pecado —concedió Demetrio con ironía. De pronto cruzó por su semblante una tristeza muy auténtica—. Pero, si pensáis que mi madre es una cobarde, es que sois un necio. Jamás la he visto atemorizarse por nada.

«Naturalmente que no la has visto», pensó Ana. Los temores de Irene eran del alma, no de la mente ni del cuerpo. Como la mayoría de las mujeres, ella temía la soledad y el rechazo, perder al hombre que amaba a manos de alguien como Zoé.

43

En mayo de 1277, se hundió un techo del palacio papal de Orvieto. Se rompió en un millar de astillas de madera, yeso y escombros y mató al Papa Juan XXI. Cuando la noticia llegó a Roma, fue recibida con estupor y silencio, y después se propagó por el resto de la cristiandad. Una vez más, el mundo carecía de una voz divina que lo guiara.

Palombara se había enterado de la noticia en el palacio Blanquerna, durante una audiencia con el emperador. Ahora se encontraba en una de las grandiosas galerías, frente a una estatua de porte majestuoso. Era una de las pocas que habían sobrevivido, y tan sólo había sufrido una ligera mella en un brazo, como si quisiera demostrar que ella también estaba sometida al azar y al paso del tiempo. Era griega, de antes de Cristo, y descansaba al abrigo de aquel rincón que rara vez se utilizaba, hermosa y casi desnuda.

Ana caminaba por aquel mismo corredor, regresando de atender a un paciente. Vio al obispo Palombara, pero éste se hallaba ensimismado en sus pensamientos y no reparó en su presencia. En aquel momento de descuido, Ana advirtió en su rostro una cierta vulnerabilidad ante la belleza, como si ésta fuera capaz de llegarle al corazón atravesando sin dificultad todas las barreras que él había levantado y tocar sus llagas. Aun así él lo permitía. Ansiaba sentir una emoción avasalladora, aunque estuviera entreverada con el dolor. Pero la realidad de dicha emoción se le escapaba. Ana lo detectó cuando él volvió la cabeza, lo vio durante un brevísimo instante en sus ojos.

Luego, como si actuaran de mutuo acuerdo, él se apartó y regresó a la galería principal, y ella se sintió avergonzada de haberse entrometido, aunque hubiera sido sin querer. En eso, oyó unos pasos rápidos y se volvió bruscamente, como si la hubieran sorprendido en un sitio en el que no debía estar. ¿Por qué se sentía tan en evidencia? ¿Porque había experimentado un momento de empatía con aquel romano?

Esto era lo inmediato, lo duro del cisma, no las discusiones acerca de la naturaleza de Dios; la ponzoña que había dentro de la naturaleza del ser humano era la que trazaba las líneas de separación, y daba miedo estirar la mano y rebasarlas.

44

De mayo a noviembre hubo otro prolongado vacío en la lucha entre Roma y Bizancio, hasta que a finales de noviembre se eligió nuevo Papa, Nicolás III. La noticia no llegó a Constantinopla hasta primeros del año nuevo, 1278. El nuevo pontífice era italiano, muy italiano. Desposeyó a Carlos de Anjou de su puesto de senador de Roma a fin de que no pudiera votar en futuras elecciones de Papa, con lo cual redujo considerablemente su poder. Los puestos más elevados y más cercanos a él los ocupó con hermanos, sobrinos y primos suyos, y así se construyó un fuerte baluarte sobre Roma.

Asímismo, exigió otra afirmación de la unión entre Roma y Bizancio. Esta vez no eran Miguel y su hijo quienes debían firmar la promesa de respetar las nuevas restricciones, sino todos los obispos y el alto clero existente en lo que quedaba del imperio.

Ana encontró a Constantino desesperado.

—¡No debería haberlo hecho! —exclamó con voz grave—. Pero ¿cómo pude equivocarme? —Parecía estar al borde del llanto, tenía los ojos enrojecidos, buscaba escapar de una realidad que no podía soportar. Abrió las manos en un ademán de súplica—. El Papa Juan obligó al emperador a firmar la promesa de obedecer a Roma, y un mes después, sólo un mes, se le cae encima el techo del palacio. Ha sido un acto divino, tiene que serlo.

Ana no discutió.

—Así se lo he dicho a las gentes —prosiguió Constantino—. Hasta los cardenales de Roma deben de haberlo visto así. ¿Qué otra señal necesitan? ¿Acaso no creen que fue Dios el que derribó las murallas de Jericó con los pecadores dentro? —Iba subiendo el tono de voz en un furioso alegato—. Les he dicho que es el milagro que estábamos esperando. Les había prometido que la Santísima Virgen nos salvaría, sólo con que tuviéramos fe. —Se interrumpió, falto de aire—. Y los he traicionado.

Ana se sentía violenta por él. Aquélla era la típica crisis de fe que uno debía sufrir a solas, y después poder fingir que no había ocurrido.

—Nadie dijo que fuera a ser fácil —empezó a decir Ana—. Por lo menos nadie que diga la verdad. Ni que no iba a causar dolor, ni que íbamos a ganar siempre. La crucifixión debió de parecer el final de todo.

Constantino expulsó el aire con cansancio.

—Hemos de seguir luchando, hasta la muerte, si es preciso. Hemos de encontrar nuevas fuerzas como sea. Si no tenemos la verdad, no tenemos nada en absoluto. —Una levísima sonrisa rozó sus ojos, y se pasó la mano por la túnica con gesto distraído—. Gracias, Anastasio. La fe que tenéis en mí me ha dado fuerzas. Esto es un paso atrás, pero no una derrota. Mañana veremos la resurrección, si tenemos fe. —Enderezó los hombros—. Empezaré de inmediato.

—Excelencia... —Ana alargó una mano como si fuera a tocarlo, pero en el último instante la dejó caer—. Tened cuidado —le recomendó, pensando en un posible apresamiento o en algo peor.

—Si habláis con demasiada claridad en contra de la unión, os desposeerán de vuestro cargo —dijo Ana en tono urgente—. Y entonces, ¿quién se encargará de atender a los pobres y a los enfermos? Acabaréis en el exilio, igual que Cirilo Coniates, ¿y de qué nos servirá eso?

—No tengo la menor intención de ser tan poco práctico —le prometió Constantino—. Guardaré silencio y conservaré la fe.

Tres días después Constantino se encontraba en las escaleras de la iglesia de los Santos Apóstoles. Un nutrido grupo de personas empujaba hacia delante, hacia Constantino, esperando a que éste les hablase para tranquilizarlas, les dijera que las anteriores palabras de consuelo no eran vacuas. Él no vio a Ana, que se encontraba en la sombra, a pocos pasos. Su mirada y su pensamiento estaban centrados en los rostros ávidos que tenía ante sí.

—Tened paciencia —dijo en tono calmo, y para poder oírlo todos cesaron de hablar y poco a poco se instaló el silencio—. Estamos entrando en tiempos difíciles. Debemos ser obedientes en apariencia, o de lo contrario causaremos disensiones en la comunidad, puede que violencia. Las antiguas costumbres están en pugna con las nuevas, pero nosotros conocemos la verdad de nuestra fe y practicaremos la virtud en nuestros hogares, aun cuando resulte imposible en nuestras calles o en nuestras iglesias. Mantendremos la fe y permaneceremos firmes en la esperanza. Dios acudirá en nuestro rescate.

El pánico fue cediendo. Ana vio que los rostros comenzaban a sonreír y que la agitación cesaba.

—¡Dios bendiga al obispo! —exclamó alguien—. ¡Constantino! ¡Obispo Constantino!

Aquel grito fue recogido y repetido como un ensalmo.

Constantino sonrió.

—Id en paz, hermanos míos. Jamás perdáis la fe. Para los fuertes de corazón no existe la derrota, sino sólo un período de espera, un ejercicio de confiar y guardar los mandamientos de Dios, hasta que llegue el amanecer.

De nuevo se elevó el cántico, gritaron su nombre, luego bendiciones, luego su nombre otra vez, repitiéndolo sin cesar. Ana lo miró y vio la actitud humilde de la cabeza, el gesto de rechazar las alabanzas. Pero también vio que le temblaba el cuerpo, que su puño, semioculto entre los ropajes, se cerraba con fuerza, y que la piel se le cubría de sudor. Cuando se volvió hacia ella, apartándose modestamente de las adulaciones, tenía los ojos brillantes y las mejillas arreboladas. Ana había visto aquella misma expresión en la cara de Eustacio la primera vez que le hizo el amor, al principio, cuando a ambos los consumía el deseo y la pasión, antes del rencor.

De repente se sintió asqueada y avergonzada, deseó no haberlo visto, pero era demasiado tarde. La expresión que vio en Constantino se le quedó grabada. Él ni siquiera se percató. Estaba gozando inmensamente de la sensación de ser adorado.

Ana permaneció en las sombras, asediada por un sentimiento de culpabilidad, porque era consciente de la indignidad que había en el obispo, había conocido sus dudas y después su lujuria, y no tenía la sinceridad necesaria para decírselo.

Constantino le había proporcionado de nuevo un vínculo con el cuerpo de la Iglesia, un propósito para esforzarse más allá de la labor diaria de curar a los enfermos. Separarse de manera irrevocable de él, porque sería irrevocable, significaba quedarse sola.

¿Qué suponía mayor traición: enfrentarse a él con la verdad, o no enfrentarse? Dio media vuelta y echó a andar, por delante de Constantino, para que éste no pudiera verle los ojos ni ella pudiera ver los suyos.

45

Ana se encontraba en el elegante y silencioso dormitorio de Irene Vatatzés, contemplando a la mujer tendida en la cama. Tenía la ropa arrugada y salpicada de sangre, y presentaba manchas de ungüento alrededor del cuello. En dos lugares se le apreciaba también mucosa amarilla que había supurado. Tenía una úlcera abierta en la mejilla y otra justo debajo de la línea del mentón, en el lado contrario. Sus manos estaban cubiertas de llagas rojas, algunas ya hinchadas, en las que asomaba el pus.

Ana sabía por su hijo Demetrio que su esposo, Gregorio, iba a regresar de Alejandría dentro de poco, y esta vez para quedarse indefinidamente. Irene sufría dolor físico, pero era mayor su angustia.

—¿También tenéis afectado el resto del cuerpo? —preguntó Ana con delicadeza.

Irene la traspasó con la mirada.

—Eso no importa. —Hizo un ademán brusco con las manos—. Curadme la cara. Haced lo que tengáis que hacer, no me importa lo que cueste. —Hizo una inspiración profunda—. Ni tampoco lo que duela.

Su voz sonaba quebradiza. Ana percibió el filo de sus palabras como si fueran pedazos de cristal rozando uno contra otro.

Ana pensaba a toda velocidad buscando cualquier otra posibilidad, cualquier tratamiento, por radical que fuera, cristiano, árabe o judío. ¿Sería de utilidad alguno de ellos en el caso de que el origen de la dolencia de Irene fuera el miedo?

La imaginación de Ana voló hasta las heridas que adivinaba que sufría su paciente, inteligente, fea y vulnerable, viéndose rechazada a cambio de la sensual Zoé, que se reiría y disfrutaría y después se marcharía llevándose consigo lo que le apeteciera, sin necesitar nada. ¿Era Gregorio un hombre aburrido de lo que podía tener y fascinado por lo que no podía tener? Qué superficial. Qué cruel. Y, no obstante, qué comprensible.

¿Qué objeto tenía curar la piel por fuera, cuando al día siguiente iba a ulcerarse de nuevo?

—¡No os quedéis ahí como un idiota! —saltó Irene volviéndose un poco para mirarla—. Si no sabéis qué hacer, decidlo. Llamaré a otra persona. Si os acosa la pobreza, por Dios, tomad algo de dinero, pero no me miréis como si esperarais que me cure sola. ¿Qué vais a decirme? ¿Que debería rezar? ¿Creéis que no he rezado en toda mi vida, estúpido...? —De repente giró la cabeza, con lágrimas en la cara.

—Estoy estudiando qué remedios existen y cuáles serían los más apropiados —dijo Ana en tono suave. Alguna forma de intoxicación aliviaría el sentimiento de inseguridad y timidez que había impedido a Irene expresar su pasión o su rabia, y que quizás la había hecho más difícil de conocer. Incluso era posible que le permitiera expresar la sensualidad que podría haberla convertido en una persona amena pero inalcanzable para Gregorio. Sería una solución provisional, pero ¿de qué servía una cura que tuviera efecto a largo plazo si la paciente perecía ahora ahogada en su sufrimiento?

—Voy a daros un ungüento que eliminará la sensación de quemazón —dijo.

—¡Me da igual la sensación, idiota! —le gritó Irene—. ¿Es que no veis nada, sois tan...?

—Y el enrojecimiento —terminó Ana con serenidad. Irene necesitaba que ella comprendiera, y aun así, ello también resultaría intolerable, sería otra humillación más—. Y una infusión para que las llagas se curen por dentro y no vuelvan a aparecer —agregó—. En cuanto a la supuración, tendréis que esperar. Voy a lavaros las heridas con una tintura que he preparado y os las vendaré ligeramente para que no se rocen.

Irene puso cara de desconcierto, pero no pidió perdón. Los médicos eran como criados buenos, difícilmente eran sus iguales.

—Os lo agradezco —dijo con incomodidad.

Ana cogió agua limpia que le entregó uno de los criados y vertió una pequeña cantidad en una ampolla. Inmediatamente el aire se llenó de un aroma penetrante pero agradable, vigorizante. Empezó a lavar cada llaga por separado, despacio y con delicadeza. Su intención era permanecer allí todo el tiempo que fuera posible.

Desde la última vez que había visitado aquella casa no había dejado de pensar en lo que le había dicho Demetrio. Seguía pareciendo absurdo, y experimentó una oleada de vergüenza al recordar el desprecio con el que él había hablado. Había dicho que la idea de usurpar el trono de Miguel era ridícula. Que para conseguirlo había que dominar a la guardia varega. Él la conocía, incluso tenía amigos entre sus filas. No sería posible, se necesitaría contar con un ejército. Antonino era soldado, y por lo tanto lo sabría. Y además la marina, y los mercaderes, sectores que conocería Justiniano. El constante aumento de su fortuna se había basado en ellos.

Sería necesario contar con un sólido asesoramiento en cuanto a las finanzas y tener acceso al Tesoro. Ana había averiguado que el jefe del Tesoro era un primo de Irene, Juan Ducas, y que tenían mucha relación. Algunas personas habían sugerido que al menos una parte de su éxito se debía en realidad a Irene, a la capacidad de previsión de ésta, a su cabeza para los números.

¿Y cómo pudo participar el afable y encantador Isaías Glabas en semejante plan? ¿Sería más listo de lo que suponían todos? ¿Y Helena? ¿Habría desempeñado algún papel, o simplemente era la esposa de Besarión?

—Las llagas no son tan profundas como había temido —dijo mientras limpiaba suavemente una de las úlceras para eliminar el pus—. En mi opinión, puede que se curen sin dejar marcas. La última vez que vine hablé un poco con Demetrio. Un joven sumamente interesante.

—¿Vos creéis? —dijo Irene, escéptica.

—Desde luego. —Ana aplicó el vendaje, lo estiró y lo enrolló sin apretar demasiado—. Me dijo que tenía amigos en la guardia varega. —Se inclinó para continuar trabajando.

—Sí —confirmó Irene. Hizo una mueca de dolor cuando Ana le lavó una de las peores llagas—. Creo que se sienten muy agradecidos de que un hombre del rango de Demetrio tenga amistad con ellos. Algunas familias nobles los tratan con menos cortesía. No de forma grosera, sino más bien con indiferencia. —Sonrió con aire sombrío—. Como a un buen criado.

—¿Os referís a Besarión? ¿O a Justiniano Láscaris?

—Justiniano, menos. Como es natural, para Besarión eran paganos, en su gran mayoría. Desde luego, lo eran los que procedían de las tierras situadas más al norte. —Se mordió el labio e hizo un esfuerzo para soportar el dolor.

Ana fingió no darse cuenta.

—Me han dicho que Isaías Glabas poseía un gran talento. ¿Es verdad?

—¡Santo cielo, no! —exclamó Irene con desprecio—. Sabía contar anécdotas y conocía innumerables chistes, la mayoría de ellos imposibles de repetir delante de una mujer. Sabía adular y conservar la calma incluso cuando lo provocaban.

Ana sonrió.

—A vos no os caía bien. —Fue más una observación que una pregunta.

—No está muerto —replicó Irene—. Por lo menos, que yo sepa. Supongo que Demetrio lo habría comentado.

—¿Eran amigos? —Ana no levantó la vista de lo que estaba haciendo.

—Supongo que sí —dijo Irene—. En realidad Isaías era compañero del hijo del emperador, Andrónico. Salían juntos a cabalgar y a las carreras de caballos. Y por supuesto a beber, a apostar, a toda clase de fiestas.

—No me imagino a Besarión aficionado a esas cosas —señaló Ana—. Según el decir de la gente, era de lo más serio.

—La palabra que estáis buscando es arisco —dijo Irene con ironía, mirando por fin la llaga que Ana estaba terminando de vendar—. Sois muy delicado. Gracias.

Irene era demasiado astuta para dejarse engañar. Si la loca idea que revoloteaba por su cabeza era atinada, despertar sus sospechas no sólo sería inútil, sino además peligroso. Notó que le temblaban las manos.

—Disculpadme —dijo.

—No es nada. —Irene quitó importancia al leve roce de la mano de Ana sobre una herida—. Tenéis mucha razón, Besarión no apreciaba a Isaías, yo creo que se limitaba a servirse de él.

Ana, temblorosa, respiró hondo.

—¿En su lucha por... salvar a la Iglesia? —Dio a su voz un acento de desconcierto, como si no hubiera entendido—. No me imagino a Besarión haciendo un esfuerzo para disfrutar de esas... fiestas.

Por los ojos de Irene cruzó una fugaz expresión de lástima por el eunuco privado de su virilidad que creía que era Ana, y de todos los placeres y las debilidades.

—No hacía ninguno —repuso Irene con suavidad—, ni Justiniano tampoco. Isaías estaba organizando una gran fiesta con carreras de caballos, que iba a celebrarse a partir de la noche en que asesinaron a Besarión. Habría sido soberbia. Era un anfitrión excelente, ése es un rasgo que debería añadir a su lista de cualidades.

Ana fingió interés.

—¿De veras? ¿Carreras de caballos? Debe de ser muy emocionante verlas. Supongo que habría acudido todo el mundo, incluso Besarión.

Irene titubeó.

—¿No? —A Ana le retumbaba el corazón en el pecho.

Irene desvió la mirada.

—No. Me parece que en aquella ocasión Besarión tenía una audiencia con el emperador.

En la habitación se hizo un silencio que casi se podía cortar. Ana empezó a enrollar y guardar los vendajes que le habían sobrado.

—Así que el emperador no iba a acudir —dijo.

—Ahora ya da lo mismo —repuso Irene con un súbito endurecimiento del tono de voz—. Besarión y Antonino están muertos, y Justiniano se encuentra en el exilio. —Se miró los brazos vendados—. Gracias.

—Volveré mañana para curaros otra vez —le dijo Ana al tiempo que se incorporaba—. Y os traeré más hierbas.

Una tarde, Ana trabajaba en silencio y a solas en el cuarto en que guardaba las medicinas, machacando hierbas, moliendo raíces y tallos, a veces con el mortero, teniendo cuidado en todo momento de que ninguna hierba contaminara a otra. Mientras la asaltaban multitud de pensamientos, se puso a reflexionar sobre todas las interpretaciones posibles de los datos que había recopilado.

¿Tenía consigo todas las piezas importantes, y sólo le faltaba colocarlas en el orden adecuado? Besarión era un fanático religioso entregado a la Iglesia ortodoxa. Era un Comneno, perteneciente a una de las antiguas familias imperiales. Deseaba fervientemente evitar la unión con Roma que Miguel Paleólogo ya había puesto en marcha y estaba dividiendo a la nación, porque estaba convencido de que era la única manera de evitar otra invasión.

Besarión había sido asesinado la noche antes de la reunión prevista con Justiniano en el palacio Blanquerna, y con Andrónico, el heredero del emperador, para asistir a la gran fiesta organizada por Isaías Glabas.

Justiniano había discutido con Besarión en varias ocasiones; la última discusión, y la peor, tuvo lugar justo antes del asesinato. Aquello dibujaba una escena que Ana no podía continuar negando. Habían planeado matar a Miguel para que Besarión usurpara el trono. Y Justiniano iba a ayudarlo. Isaías y Antonino se encargarían de retener a Andrónico, tal vez de matarlo también. A continuación, Besarión apelaría a los leales a la Iglesia para que lo respaldasen y se retractaría de todos los pactos de unión firmados con Roma... una maniobra que naturalmente sería conducida y apoyada por Constantino.

Todas las dificultades habían sido previstas y planificadas. Justiniano debía encargarse de los mercaderes y los capitanes de los puertos. La misión de Antonino consistía en contener a los comandantes del ejército. El propio Demetrio debía sobornar o ganarse de alguna otra manera a la guardia varega que estuviera presente aquella noche, y una vez que el emperador hubiera muerto, exigirle lealtad al nuevo emperador, Besarión.

¿Quién iba a encargarse de matar a Miguel? La guardia varega no permitiría que nadie se acercara lo suficiente. Sólo podía haber una respuesta. Zoé estaría dispuesta a matarlo, si tuviera el convencimiento de que el fin era salvar a Bizancio.

Ana vertió polvo en una jarrita, le puso una etiqueta y limpió los utensilios, y volvió a empezar.

En el pasado las dinastías habían cambiado violentamente, y sin duda volvería a ser así en el futuro. Cuanto más pensaba en ello, más nítidamente se le aparecía Besarión como el típico fanático para el que aquello sería una acción necesaria y noble. Era una explicación que daba respuesta a demasiadas cosas para no tomarla en cuenta. Para responder a las que quedaban iba a tener que esforzarse, pero con muchísimo más cuidado y sin olvidar nunca, en ese segundo que se tarda en pronunciar una palabra o hacer un gesto descuidado, que todos los otros conspiradores seguían estando vivos, quizá buscando otro pretendiente al trono, como por ejemplo Demetrio Vatatzés.

Con un escalofrío, sintió cómo el miedo le retorcía dolorosamente las entrañas.

El siguiente paciente al que trató le ocupó varios días, y además vivía en el barrio veneciano, bajando por la orilla del mar. Había sufrido una grave herida de cuchillo cuando lo agredieron en una reyerta cerca de los muelles. Su familia temía llamar a un médico cristiano, y Ana ya contaba con una fama muy extendida.

Sangraba profusamente. Ana no tuvo más remedio que probar un método que había visto usar a su padre en casos extremos. Éste lo había aprendido durante los viajes que hizo en su juventud por el norte y el este, más allá del mar Negro.

Recogió la sangre en una vasija limpia y situó ésta cerca del fuego. Seguidamente lavó la herida y la rellenó con una tela de algodón hasta que cesó la hemorragia. La operación le llevó poco tiempo, durante el cual habló al paciente con voz relajada a fin de apaciguar su miedo y le administró una tintura para paliar el dolor.

Cuando la sangre recogida en la vasija se hubo coagulado, la aplicó con suavidad sobre la herida abierta, para sellarla. Una vez que tuvo la seguridad de que ya no sangraba más, preparó una mezcla con las hierbas más curativas y vigorizantes, convertidas en un polvo fino, y formó con ellas una pasta que ablandó con manteca y que a continuación utilizó para evitar que la tela del vendaje se quedara adherida a la piel. Permaneció un rato en la casa con el paciente, tan sólo salió para comprar más hierbas y enseguida regresó a la cabecera de su cama.

Al oír a su alrededor el ritmo y el estilo de la lengua veneciana, no pudo evitar que de nuevo le viniera a la memoria Giuliano Dandolo. No tenía idea de por qué se había marchado tan repentinamente, pero se daba cuenta de que lo echaba de menos, sin bien en cierto modo aquello también suponía un alivio. Era imposible que llegaran a ser algo más que amigos ocasionales, personas que pudieran hablar de sueños un poco más profundos, de penas y alegrías que tocaban el alma, y al mismo tiempo reírse de pequeñeces absurdas.

Pero Giuliano despertaba en ella otra cosa que Ana no podía permitirse. Sí, era un alivio que Giuliano Dandolo hubiera regresado a Venecia. Al igual que Irene Vatatzés, ella necesitaba un cierto entumecimiento, un descanso del dolor que causaba amar.

46

Ana volvió a visitar a Irene en cuanto su paciente veneciano estuvo lo bastante recuperado. Encontró las úlceras notablemente mejor. Irene estaba levantada y vestida con una túnica sencilla, casi severa. Mientras Ana estaba allí llegó Helena, pero no fue recibida.

—No estoy de humor para recibir a Helena, ahora que parezco más una Gorgona que otra cosa —dijo Irene en tono irónico, como si fuera algo divertido, pero por debajo se percibía un resquemor que se le notó en los ojos y en la tensión de los hombros al darse la vuelta. Era el mecanismo defensivo de una mujer que sabía que era fea.

Ana se obligó a sí misma a sonreír.

—Me gustaría saber cómo era Helena de Troya, para que por ella estuvieran dispuestos a quemar una ciudad y destruir una civilización —siguió diciendo Irene, continuando con la conversación como si no hubiera ninguna otra observación que hacer.

—A mí me enseñaron que en aquella época el concepto de belleza era mucho más profundo que una mera cuestión de formas —replicó Ana—. Era necesario poseer belleza también en la inteligencia, en el intelecto y la imaginación, y en el alma. Si lo único que desea uno es un rostro bello, le valdría con una estatua. Y además, una estatua puede poseerse por entero, ni siquiera necesita que le den de comer. —Se preguntó si el rechazo que sentía Gregorio tenía su origen en la inseguridad de Irene. ¿Era posible que el hecho de estar convencida de su fealdad la hiciera parecer fea a los demás? ¿Podrían haberse olvidado los demás de eso, si ella se lo hubiera permitido?

Ana la miró fijamente. La torpeza de sus movimientos no era más acusada que la de otras muchas mujeres de su edad. El paso del tiempo y la inteligencia habían conferido una distinción a sus facciones que seguramente éstas no tenían cuando era joven. ¿Ella misma no se había permitido verlo?

Amaba y odiaba a la vez a Gregorio. La expresión de sus ojos, la tensión de las manos, todo ello la traicionaba. Irene estaba convencida de que no podía ser amada, de que nadie podía quererla con pasión, alegría o ternura, con aquel deseo desesperado de ser amado a su vez que hacía de la pasión algo recíproco.

Más tarde, cuando Ana estaba en la sala principal con Demetrio, que le estaba pagando las hierbas medicinales, observó a Helena, que vestía una túnica de color claro ribeteada de oro y lucía un complicado peinado. Sin querer la comparó con Zoé, y Helena salió perdiendo.

—Gracias —dijo Ana cuando Demetrio le hubo entregado las monedas—. Volveré dentro de uno o dos días. Estoy convencido de que Irene continuará mejorando, y para entonces es posible que convenga modificar ligeramente el tratamiento. —No añadió que estaba procurando no administrar a Irene una dosis excesiva del intoxicante que había empleado, por si se volvía dependiente de la sensación artificial de bienestar que proporcionaba. Su intención era seguir usándolo mientras le fuera necesario a Irene para enfrentarse al regreso de Gregorio.

—No se lo modifiquéis —dijo Demetrio apresuradamente y con el rostro contraído por la preocupación—. Está funcionando muy bien.

Ana salió y fue a visitar a su siguiente paciente, y después a otro más. Por fin, ya tarde y cansada, se desvió para subir las escaleras que llevaban a aquel lugar favorito desde el que se contemplaba el mar.

Aquel lugar la atraía por el silencio que se respiraba en él. El viento y las gaviotas no alteraban el vuelo del pensamiento. No deseaba todavía responder a las insistentes preguntas de Leo acerca de su bienestar ni ver en los ojos de Simonis cómo iba apagándose la esperanza de que algún día lograran demostrar la inocencia de Justiniano.

Ana se detuvo en el exiguo parche de tierra lisa que había en lo alto del sendero, sintiendo el azote del viento en los árboles por encima de ella. Poco a poco el color se extinguió en el horizonte y el crepúsculo se apoderó del cielo.

La irritó oír pisadas que se acercaban por el camino. Se volvió de espaldas a propósito y se puso mirando al este y a la borrosa costa de Nicea, ya oscurecida.

Entonces oyó que pronunciaban su nombre. Era la voz de Giuliano. Tardó unos momentos en dominarse antes de saludarlo.

—¿Habéis vuelto por orden del dux? —le preguntó.

Giuliano sonrió.

—Eso cree él. Pero lo cierto es que he vuelto por la puesta de sol y por la conversación. —Hablaba con ligereza, pero por un instante dejó entrever un atisbo de sinceridad—. El hogar nunca es del todo el mismo cuando uno regresa. —Cubrió los pocos pasos que quedaban para llegar hasta ella.

—Todo es más pequeño —dijo Ana en tono festivo. No debía permitir que se notara la ardiente emoción que la embargaba. Se alegró de estar de espaldas a lo que restaba de luz.

Giuliano la miró, y entonces desapareció parte de la tensión de su rostro. La sonrisa se hizo más amplia, más relajada.

—Los cafés del embarcadero no han cambiado, y tampoco las discusiones. Es un hogar de otro tipo.

—Los griegos siempre estamos discutiendo —le contestó Ana—. No nos tomamos la molestia de hablar de temas respecto de los que sólo existe una opinión válida.

—Ya me he dado cuenta —replicó Giuliano con ironía. Todavía quedaba luz suficiente reflejada en el mar para distinguir el brillo de su piel, los leves frunces alrededor de sus ojos—. Pero el emperador ha jurado lealtad a Roma. ¿No servirá eso para poner fin a vuestra libertad para discutir?

—No tanto como una invasión —repuso Ana, cortante—. Habrá otra cruzada, tarde o temprano.

—Temprano —dijo él con una súbita tensión en la voz.

—¿Habéis vuelto para advertirnos?

Giuliano se miró las manos, que tenía apoyadas sobre la basta tabla de madera que formaba una especie de barandilla.

—¿De qué iba a servir? Vos sabéis tan bien como cualquiera que es inevitable.

—Seguiremos discutiendo sobre Dios y sobre lo que desea de nosotros —dijo Ana cambiando de tema—. El otro día me lo preguntó una persona, y caí en la cuenta de que nunca había reflexionado seriamente sobre ese tema.

Giuliano frunció el ceño.

—La Iglesia diría que nada de lo que podamos hacer tendrá mucho valor para Él, pero que exige obediencia, y pienso que también alabanza.

—¿A vos os gusta que os alaben? —inquirió Ana.

—De vez en cuando. Pero yo no soy Dios. —Por su semblante cruzó una sonrisa efímera.

—Yo tampoco —dijo Ana en tono serio—. Y me gusta que me alaben únicamente cuando he hecho algo bien y cuando sé que la persona que me alaba es sincera. Pero es suficiente con una sola vez. Me molestaría que me alabaran todo el tiempo. No son más que palabras, «eres maravilloso», «eres magnífico»...

—No, por supuesto que no. —Giuliano se volvió, medio de espaldas al mar y con el rostro girado hacia ella—. Eso sería ridículo y... superficial.

—¿Y obediencia? —continuó Ana—. ¿Os gusta que la gente haga lo que vos le decís, y no porque lo haya pensado ella misma, ni porque quiera hacerlo? Sin crecer, sin aprender, ¿acaso la eternidad no resultaría... aburrida?

—Nunca se me ha ocurrido la posibilidad de que el cielo sea un aburrimiento —replicó Giuliano, ahora riendo a medias—. Pero al cabo de cien mil años, sí, terrible. De hecho, es posible que se transforme en infierno...

—No —dijo Ana—. El infierno consiste en haber tenido el cielo y dejar que a uno se le escape de las manos.

Giuliano se llevó las manos a la cara y apretó las palmas.

—Oh, Dios, estáis hablando en serio.

Ana se sintió azorada.

—¿No debería? Perdonadme...

—¡No! —El veneciano la miró—. ¡Sí que debéis! Ahora sé qué es lo que más he echado de menos al estar lejos de Bizancio.

Por un instante a Ana las lágrimas le nublaron la vista. Juntó una mano con la otra y se retorció los dedos hasta que el dolor le recordó la realidad, los límites, las cosas que podía tener y las que no podía tener.

—Puede que haya más de un infierno —sugirió—. Puede que uno de ellos consista en repetir lo mismo una y otra vez hasta que por fin nos damos cuenta de que estamos muertos, en todos los sentidos. Que hemos dejado de crecer.

—Me siento tentado a bromear diciendo que ese comentario es bizantino puro, y probablemente herético —respondió Giuliano—. Pero tengo la horrible sensación de que estáis en lo cierto.

47

Por supuesto Helena había informado a Zoé del regreso de Alejandría de Gregorio Vatatzés. Se había presentado en el centro de la espléndida estancia que daba al mar y lo había dicho con toda naturalidad, como si dicho asunto no tuviera mayor interés que el precio de algún artículo de lujo nuevo en el mercado. Divertido pero intrascendente. ¿Hasta dónde sabía Helena, o, peor aún, había algo que Zoé no sabía?

Contempló la majestuosa cruz de oro. Pobre Irene, había buscado refugiarse en su inteligencia y en su cólera, en lugar de servirse de ambas cosas para obtener lo que deseaba.

Y Gregorio venía de regreso a casa por fin. Llegaría cualquier día. Lo recordaba con la misma nitidez que si se hubiera ido una semana antes, como si no hubieran pasado más años de los que deseaba contar. A lo mejor el cabello se le había vuelto gris. Pero aún sería igual de alto, incluso más que ella.

Tal vez fuera mejor que no se hubieran casado. Podría haberse desvanecido la tensión del peligro, podrían haber terminado aburridos el uno del otro.

Arsenio era primo de Gregorio por parte de una rama más antigua de la familia. Se había quedado con el dinero y con los magníficos iconos robados y no había compartido nada, de manera que su pecado no había llegado a salpicar a Gregorio. De hecho, éste lo odiaba por dicho motivo. Si no fuera así, Zoé no habría podido amarlo de ningún modo.

Pero Gregorio seguía siendo primo de Arsenio, y estaría preocupado por su muerte y naturalmente por la caída en desgracia de su hija y la muerte de su hijo, que Zoé había orquestado de forma tan brillante. ¿Llegaría a deducir lo que había sucedido y de qué modo lo había provocado ella? Siempre había sido tan inteligente como ella, o casi.

Se estremeció aunque el aire que penetraba por la ventana aún era tibio. ¿Buscaría venganza Gregorio? No sentía afecto alguno por Arsenio, pero la familia era importante, el orgullo de la estirpe.

Un día Zoé se vistió de azul oscuro, al siguiente de topacio y carmesí, utilizó aceites y ungüentos, se aplicó perfumes, ordenó a Tomais que le cepillase el pelo hasta que reluciera lanzando destellos bronceados y dorados al moverse, como el entramado de la seda.

Transcurrieron los días. Se propaló el rumor de que Gregorio estaba en casa. Se lo dijeron los criados, y también Helena. Gregorio iba a venir a verla, no podría resistirse. Y ella podía hacerlo esperar hasta el último momento, siempre había sabido hacerlo, costara lo que costase. Paseó nerviosa por la estancia, perdió los nervios con Tomais y le arrojó un plato que le acertó en la mejilla. Al ver brotar súbitamente la sangre, un reguero escarlata que resbalaba por la piel negra, mandó llamar a Anastasio para que le cosiera la herida, pero no le explicó nada.

Cuando por fin llegó Gregorio, de todos modos la tomó por sorpresa. Todas las ideas que se había formado se quedaron cortas ante la conmoción que le causó verlo entrar en la habitación. Zoé había estado leyendo con todas las antorchas encendidas para poder ver bien, y ya era demasiado tarde para atenuarlas.

Gregorio entró andando despacio. Su cabello tenía numerosas hebras grises pero seguía siendo abundante, su rostro alargado se veía un poco hundido debajo de los pómulos, sus ojos eran negros como el alquitrán. Pero era su voz lo que siempre había calado en Zoé hasta lo más hondo, aquella dicción meticulosa, como si le gustase el sonido de las palabras, aquella resonancia en tonos graves.

—No veo todo esto muy distinto —dijo con voz suave, paseando la mirada por la sala antes de posarla en Zoé—. Y tú sigues vistiendo los mismos colores. Me alegro. Hay cosas que no deben cambiar nunca.

Zoé experimentó un aleteo por dentro, como un pájaro enjaulado. Le vino a la memoria Arsenio agonizando en el suelo, escupiendo sangre, los ojos brillantes de odio.

—Hola, Gregorio —dijo con naturalidad, y dio uno o dos pasos en dirección a él—. Aún pareces bizantino, pese a los años que has pasado en Egipto. ¿Has tenido una buena travesía?

—Ha sido tediosa —repuso él con una leve sonrisa—. Pero segura.

—Encontrarás Constantinopla cambiada.

—Desde luego. Se ha reconstruido mucho, pero no todo. Las murallas de la costa han sido reparadas en gran medida, pero no tenéis juegos ni carreras de cuadrigas en el hipódromo —observó—. Y Arsenio ha muerto.

—Lo sé. —Se había preparado para aquel momento—. Lamento tu pérdida. Pero Irene se encuentra bien, y también Demetrio, aunque sé que te han echado de menos. —Aquello era una formalidad.

Gregorio se encogió de hombros.

—Tal vez —aceptó, desechando el tema—. Demetrio habla mucho de Helena. —Una tenue sonrisa rozó sus labios—. Ya imaginaba yo que se cansaría de Besarión. De hecho, ha tardado más tiempo del que yo había calculado.

—Besarión ha muerto.

—¿De veras? Era joven, al menos para morir.

—Lo asesinaron —le dijo Zoé en tono sereno.

Por el semblante de Gregorio cruzó brevemente una expresión divertida que se esfumó con la misma rapidez.

—¿En serio? ¿Quién?

Zoé lo miró a los ojos. No había sido su intención, pero el impulso le resultó irresistible. En ellos vio brillar el fuego de la inteligencia, así como una comprensión sin límites. Desviar la mirada equivaldría a una derrota.

—Un joven llamado Antonino, tengo entendido, ayudado por un amigo, Justiniano Láscaris. Éste fue el que se deshizo del cadáver.

Gregorio parecía sorprendido.

—¿Por qué? Si alguna vez ha existido un hombre totalmente inútil, ése era Besarión. No sería por Helena, ¿no? A Besarión no le habría importado lo más mínimo que su esposa tuviera aventuras, siempre que fuera discreta.

—Por supuesto que no fue por Helena —dijo Zoé en tono áspero—. Estaba al frente de la lucha contra la unión con Roma. Se ganó una fama considerable de héroe religioso.

—Qué interesante. —Gregorio lo dijo como si lo sintiera de verdad—. Y esos otros hombres, Antonino y Justiniano, ¿estaban a favor de la unión?

—En absoluto, sobre todo Justiniano —contestó Zoé—. Estaban profundamente en contra. Ésa es la parte que no encaja.

—Esto es interesante de verdad —murmuró Gregorio—. ¿Y Helena? ¿Deseaba ser la esposa de un héroe? ¿O le iba mejor el papel de viuda de un héroe? Por lo que dices, Besarión debía de ser terriblemente aburrido.

—Y lo era. Ya intentaron matarlo antes de que lo lograra Antonino. En tres ocasiones. Dos veces con veneno, y otra en la calle, con un cuchillo.

—¿Y no fue Antonino?

—Desde luego que no. No era un incompetente. En absoluto. Y Justiniano Láscaris menos aún.

—Entonces, puede que después de todo le interesara Helena —dijo Gregorio, pensativo—. ¿Has dicho «Láscaris»? Un buen apellido.

Zoé no respondió. Sentía cómo le retumbaba el corazón en el pecho y le costaba respirar.

Gregorio sonrió. Seguía teniendo los dientes blancos y fuertes.

—Eso es algo que tú no has hecho nunca, Zoé. —Lo dijo en voz baja, como si la elogiara—. Si tuvieras que deshacerte de alguien, lo matarías tú misma. Sería más eficiente y más seguro. Porque, aunque se haga con el mayor de los cuidados, en el mayor de los secretos, siempre hay una manera de averiguarlo.

—Pero no de demostrarlo —replicó ella con un levísimo temblor en el aliento.

Gregorio había avanzado otro paso más y había salvado la distancia que había entre ambos. Tocó la mejilla de Zoé con los dedos y a continuación la besó, despacio, íntimamente, como si tuviera todo el tiempo del mundo.

Ella decidió atacar. Cuando se duda, lo mejor es atacar. Le respondió con igual intimidad, con los labios, la lengua, el cuerpo. Y fue él quien retrocedió.

—No hace falta que demuestres nada —dijo Gregorio—, si lo que buscas es venganza. Lo único que necesitas es estar segura.

—Entiendo la venganza —le contestó Zoé, acariciando las palabras con la voz—, no por mí misma, porque nadie me ha perjudicado lo suficiente para vengarme, sino por mi ciudad, por haberla visto violada y despojada de sus sagradas reliquias. La entiendo, Gregorio.

—Yo jamás pensaré en Bizancio sin pensar en ti, Zoé. Pero hay otras lealtades, como la de la sangre. Algún día moriremos todos, pero cuando te llegue a ti la hora Bizancio no volverá a ser lo mismo. Habrá desaparecido algo, y yo lo lamentaré profundamente. —Gregorio paseó una vez más la mirada por la sala, y acto seguido giró sobre sus talones y salió.

Zoé permaneció inmóvil. Gregorio sabía que a Arsenio lo había matado ella. Aquello era lo que había venido a decirle. La dejaría esperar, dejaría que especulase qué se proponía hacer él y cómo. Gregorio nunca se precipitaba a la hora de gozar de sus placeres, fueran físicos o emocionales. Zoé lo recordaba bien. Gregorio los paladeaba lentamente, bocado a bocado.

Se quedó de pie en la sala abrazándose la cintura. El rapto de Constantinopla no podía ser perdonado hasta que se hubiera pagado por todo, no iba a quedar relegado a un lugar recóndito del cerebro para que fuera curándose poco a poco.

Entre las personas a las que debía exprimir hasta la última gota se encontraba Giuliano Dandolo, el bisnieto de aquel viejo monstruoso que había dirigido la cruzada.

Zoé fue hasta la ventana y contempló la luna, que se alzaba en el cielo derramando plata sobre el Cuerno de Oro. Comenzó a planificar la destrucción de Gregorio. Lo lamentaba. A lo mejor se acostaba con él una última vez. Lloraría su pérdida, puede que más que Irene.

48

Para Zoé, más importante que las consideraciones sobre cómo destruir a Gregorio, era el hecho de que él estaba avisado. Su arma era el veneno, administrado a la mente o al cuerpo. Sabía enfurecer a las personas, tentarlas o provocarlas, incluso engañarlas para que se destruyeran ellas mismas. Toda cualidad tiene el potencial de convertirse en una debilidad, si se lleva demasiado lejos. Hasta el besante de oro, la más exquisita de las monedas, tenía dos caras.

Se contempló a sí misma en el cristal. En la penumbra de aquella estancia, a la sombra de la luz del sol, todavía era hermosa. Nunca había sido una persona indecisa ni cobarde. ¿Emplearía Gregorio aquellos rasgos en su contra? Por supuesto que sí, si descubriera cómo.

El cómo consistiría en ofrecerle un cebo para que ella lo atacase. Así era como habría actuado ella. Gregorio se valdría de su coraje para tenderle la tentación de aprovechar la oportunidad, de forma temeraria, y entonces atraparla. ¿Debería hacer ella lo mismo? ¿Echarse un farol? ¿Un doble farol? ¿Uno triple? ¿Abandonarlos todos y actuar con simplicidad? Nada bizantino ni egipcio, sino un modo de actuar tosco como el latino, y por lo tanto inesperado, viniendo de ella.

¿Y si se limitase a esperar y observar, a ver qué hacía él? ¿Cuándo decidiría actuar? A fin de cuentas, era él el que quería vengar la muerte de Arsenio, así que ella tenía tiempo de sobra.

Debía tener cuidado, muchísimo cuidado.

Con todo, tres días más tarde, después de hacer una visita a los baños y comer fruta, se sintió sumamente enferma. Llegó a casa afligida por náuseas y con un dolor punzante. Ya estaba empezando a nublársele la vista. ¿Cómo habría hecho Gregorio para envenenarla? Había tenido mucho cuidado, sólo había comido lo que había visto comer a los demás, alimentos inocuos, albaricoques y pistachos de un plato común.

Entró en su alcoba con paso vacilante, apoyándose en Tomais.

—¡No! —exclamó con voz ahogada cuando Tomais intentó ayudarla a que se tendiera en la cama—. ¡Me han envenenado, idiota! Tengo que tomarme un vomitivo. Tráeme una escudilla y mis hierbas. ¡Date prisa! ¡No te quedes ahí como una imbécil! —Ella misma percibió el pánico que teñía su propia voz. La estancia comenzó a girar a su alrededor y a volverse borrosa y oscura, como si las velas estuvieran consumiéndose.

Regresó Tomais con una escudilla y una jarra de agua. Con dedos temblorosos, Zoé vertió en un vaso una cucharadita del contenido de uno de los frascos y dos hojas desmigadas del otro, y bebió. El bebedizo tenía un sabor amargo, y ella sabía que dentro de unos momentos el dolor sería más intenso y que vomitaría terriblemente. Pero el malestar no duraría mucho, y se le vaciaría el estómago. Al día siguiente empezaría a recuperarse.

¡Maldito fuera Gregorio! ¡Maldito!

Tardó casi dos semanas en verlo de nuevo. Fue en el palacio Blanquerna. Se habían congregado allí todos los personajes importantes de la Iglesia y del Estado, ya fueran de familias de alcurnia o nuevos ricos. Tanto los hombres como las mujeres lucían joyas que valían el rescate de un rey, aunque había que decir que había pocas mujeres presentes. Zoé no podía brillar más que la emperatriz, de modo que eligió no llevar ninguna joya y limitarse a lucir su estatura y su magnífico cabello para acentuar la belleza de sus facciones y por consiguiente destacar como una persona diferente. La túnica que vestía era de seda color bronce y hacía visos claros y oscuros al moverse, a juego con un cordón de oro en el pelo, como una corona.

Las cabezas que se volvieron hacia ella y las exclamaciones ahogadas le confirmaron que había acertado.

Vio a Gregorio desde el principio, era inevitable dada su estatura, pero transcurrió más de una hora antes de que él se decidiera a hablarle. Estuvieron solos por espacio de breves instantes, separados del resto de los invitados por una hilera de columnas de exquisitos azulejos que creaban una estancia aparte. Gregorio le ofreció un pastelillo de miel decorado con almendras.

—No, te lo agradezco —lo rechazó Zoé, quizá demasiado deprisa.

Por el semblante de Gregorio se extendió una lenta sonrisa. No hizo comentario alguno, pero ambos se miraron a los ojos, y Zoé adivinó exactamente lo que estaba pensando, de igual modo que él le leyó el pensamiento a ella.

—Estás maravillosa, como siempre, Zoé. A tu lado, las demás mujeres de esta sala dan la sensación de esforzarse demasiado.

—Quizá lo que ellas desean se pueda conseguir con dinero —replicó Zoé, pensando de qué forma interpretaría Gregorio aquella respuesta.

—Qué aburrido —dijo él sin apartar los ojos de los de Zoé— y qué propio de la juventud. Lo que se puede comprar empalaga rápidamente, ¿no crees?

—Lo que una persona puede comprar también puede comprarlo otra —confirmó Zoé—. Con el tiempo, termina siendo vulgar.

—Pero no así la venganza —replicó Gregorio—. La venganza perfecta es un arte, y eso necesita ser creado. De ningún modo puede satisfacer si es obra de otro, ¿no estás de acuerdo?

—Por supuesto. El acto de crearla ya conlleva en sí la mitad del disfrute. Pero, naturalmente, sólo si se alcanza el éxito.

Gregorio la miró detenidamente.

—Desde luego que así debe ser, pero me decepcionas si crees que se ha de alcanzar el éxito de inmediato. Sería como beber un buen vino a grandes tragos, sin saborearlo, sin disfrutarlo sorbo a sorbo. Y, querida, tú nunca has sido tan bárbara como para desperdiciar el placer.

¡De modo que Gregorio no había intentado matarla! Por lo menos hasta el momento. Pretendía jugar antes un rato, un tajo aquí y otro allá, a fin de quitarle valor cada vez. Lo que contaba para Gregorio era el insulto a su orgulloso apellido, la monstruosa temeridad que representaba atreverse a matar a un miembro de su linaje... en realidad, contando a Jorge, a dos. Era la guerra.

Zoé lo miró sonriente y contestó:

—Yo soy bizantina. Y eso quiere decir que soy sofisticada y bárbara al mismo tiempo. Haga lo que haga, lo llevaré hasta sus últimas consecuencias. Me sorprende que tenga que recordártelo. —Lo recorrió de arriba abajo con la mirada—. ¿Flaquea tu salud?

—En absoluto. Ni flaqueará. Soy más joven que tú.

Zoé lanzó una carcajada.

—Siempre has sido más joven, querido. Como todos los hombres. Es un hecho que las mujeres debemos aprender a aceptar. Pero me alegro de que no lo hayas olvidado. Olvidar los placeres sería como morir un poco, paso a paso. —Le sonrió con los ojos brillantes—. Mi memoria es perfecta.

Gregorio no respondió, pero Zoé observó que tensaba los músculos de la mandíbula. Con independencia de que quisiera admitirlo o no, élla aún tenía poder para excitarlo. Era una verdadera lástima que tuviera que morir.

Gregorio retrocedió un paso para distanciarse apenas.

Zoé se permitió reírse con un brillo de diversión en los ojos.

—¿Pecas por exceso, o por defecto? —le preguntó en voz suave.

De pronto estalló la furia en el tinte rosa de las mejillas de Gregorio. Alzó una mano y asió a Zoé del brazo cerrando los dedos con fuerza. Ella no habría podido escapar, aunque hubiera querido. De repente, el recuerdo físico de la pasión vivida le recorrió todo el cuerpo como un líquido ardiente.

Lo miró a la cara. Si Gregorio no cedía a la tentación de hacerle el amor, ella no se lo perdonaría nunca. Y entonces sería fácil matarlo, difícilmente podría arrepentirse de ello, siquiera. Pero si cedía, y le hacía el amor con toda la pasión y la fuerza de antes, por Dios que tener que matarlo iba a ser lo más difícil que habría tenido que hacer nunca.

Gregorio, sin soltarle el brazo, echó a andar tirando de ella, hasta que se alejaron de las estancias públicas y se encontraron en otros aposentos más privados, provistos de sillones y cojines. Por un momento, Zoé tuvo miedo. No debía permitir que él viera que estaba asustada.

Pero Gregorio ya lo había visto. Lo tenía tan claro como si lo hubiera olfateado en el aire. Sonrió despacio, y luego se permitió lanzar una carcajada, una risotada de puro placer.

Zoé tomó aire y lo exhaló muy lentamente. Los segundos dejaron de transcurrir, quedaron suspendidos en el aire.

Entonces Gregorio soltó el brazo de Zoé, le puso la mano en el pecho y empujó. Ella se desplomó hacia atrás, sorprendida y un tanto avergonzada, y fue a caer sobre los cojines, donde se quedó inmóvil.

—¿Tienes miedo, Zoé? —preguntó Gregorio.

Zoé no sabía si iba a hacerle el amor o a matarla, o posiblemente las dos cosas. Cualquier palabra que dijera podría resultar un desatino. ¿A qué estaba esperando?

Zoé dejó escapar un suspiro, como si estuviera aburrida.

Entonces Gregorio le abrió la túnica de un tirón y la besó, con fuerza, una y otra vez, como la besaba en la época en que eran amantes. Zoé comprendió que por lo menos no iba a ser capaz de matarla aquella noche. Había demasiados apetitos que saciar, demasiado ardor.

Fue fácil para los dos, como si no hubieran pasado los años. No dijeron nada. Al terminar se besaron una vez, y ambos supieron que iba a ser la última.

49

Zoé sabía sin el menor asomo de duda que sólo iba a tener una oportunidad de matar a Gregorio. Si no la aprovechaba, lo perdería todo, porque él no fallaría.

Iba pensando en estas cosas, de regreso a casa al salir de los baños seguida a pocos pasos por su criado Sabas, cuando de improviso chocó contra un mensajero que venía corriendo tras esquivar a un grupo de mujeres que estaban hablando en la calle. Zoé perdió el equilibrio, y al intentar recuperarlo sin caerse pasó a la calzada. La golpeó una carreta que justo acababa de echar a andar. Cayó pesadamente y sintió un dolor agudo en la pierna.

Al punto se formó a su alrededor todo un revuelo de gritos de alarma y solidaridad. La gente acudió hacia ella en una maraña de brazos que se tendieron para ayudarla, entre ellos los de Sabas, y que se afanaban en empujar la carreta hacia atrás procurando no sobresaltar al caballo para evitar que saliera huyendo despavorido. Varios brazos la incorporaron, tirándole de la túnica, y la colocaron sin miramientos en el suelo, con la espalda apoyada en la pared de la tienda que estaba más cerca, mientras una anciana meneaba la cabeza y miraba con expresión de alarma la sangre que manchaba la tela.

Entonces apareció Sabas, inclinado sobre ella. Sin pedir permiso, arrancó un jirón de la túnica de su señora y lo empleó para vendarle la herida.

—La próxima vez, mira bien por dónde vas —dijo un anciano en tono mordaz.

Zoé estaba demasiado conmocionada para replicar, pero le miró la cara para recordarla más tarde y hacerle pagar algún día su insolencia. El hombre vio algo en aquella mirada y salió huyendo.

Sabas encontró un carruaje y la ayudó a subir a él para llevarla a casa, furiosa y por el momento abrumada por el dolor.

Nada más llegar, Zoé envió al criado a buscar a Anastasio. Sabas se vio obligado a preguntarle a Simonis dónde estaba el médico, y después la siguió a casa de otro paciente que no estaba gravemente enfermo. Anastasio salió casi inmediatamente y fue tras él.

Zoé estaba demasiado angustiada para quejarse de la tardanza. La sangre había empapado el improvisado vendaje y le dolía mucho la herida, sentía cómo se extendía el dolor por la pierna, hasta la ingle. Le contó a Anastasio y observó cómo éste retiraba el jirón de tela ensangrentado y dejaba al descubierto la herida. El aspecto de la misma era horrible, tanto que le revolvió el estómago y le provocó un escalofrío de pánico que le recorrió todo el cuerpo, pero no dejó que Anastasio la viera desviar la mirada.

El médico trabajó deprisa. Zoé observó que tenía unas manos muy bellas, como las de una mujer: esbeltas, de dedos largos, y que las movía con delicadeza y fuerza a la vez. Se preguntó cómo sería si se le hubiera permitido crecer siendo un hombre. Hubo algo en la manera de volver la cabeza, una inflexión en el tono de voz, que le recordó a Justiniano. Sucedió de repente, cuando él frunció el entrecejo y se inclinó para mirar más detenidamente una hierba.

—Voy a tener que coser los bordes de la herida —avisó Anastasio—. De lo contrario, tardará mucho tiempo en curarse y dejará una cicatriz peor. Lo siento, pero va a resultaros desagradable.

—En ese caso, hacedlo deprisa —le ordenó Zoé—. Quiero que se cure. Y no me importa que haya sangre por todas partes.

Anastasio enhebró una de las agujas con hilo de seda.

—Ahora os ruego que no os mováis en absoluto. No quisiera causaros más dolor del necesario. ¿Preferís que Tomais os sujete?

Zoé lo miró y le sostuvo la mirada de aquellos ojos grises e inmutables. Era la primera vez que lo miraba tan fijamente. Anastasio tenía pestañas largas y ojos muy bellos, pero era la inteligencia que brillaba en ellos lo que la estimuló, incluso la alarmó. Fue como si la mente de él tocase la suya y le leyera el pensamiento mucho más íntimamente de lo que ella hubiera esperado.

El médico había empezado a coser, y Zoé no se había percatado de ello. Ahora observó la rapidez con que trabajaba y admiró su destreza.

—Por lo visto, actualmente estáis muy ocupado, Anastasio —señaló—. Vuestra fama se ha extendido. Son muchos los que me hablan de vuestra capacidad.

Él sonrió sin levantar la vista.

—Eso tengo que agradecéroslo a vos. A vos os debo mis primeras recomendaciones. Y estoy convencido de que fuisteis vos quien dio mi nombre a Irene Vatatzés. Desde entonces, la vengo tratando.

Zoé se quedó estupefacta y el cuerpo se le puso rígido de pronto.

—Perdonadme —se excusó Anastasio—. Ya casi he terminado.

Zoé tragó saliva.

—Habladme de Irene. Eso apartará mi pensamiento de lo que me estáis haciendo. ¿Cómo se encuentra, ahora que su esposo ha vuelto de Alejandría?

—Recuperándose —contestó Anastasio al tiempo que daba la última puntada y, con mucha delicadeza para no tirar de la piel, cortaba el hilo con una cuchilla—. Puede que le lleve un poco de tiempo.

—¿Habéis conocido a su esposo?

Anastasio levantó la vista.

—Sí. Es un hombre interesante. Mencionó que os conocía.

—De hace mucho tiempo. ¿Qué dijo?

Anastasio sonrió como si supiera exactamente lo que había en la mente de Zoé y en la de Irene.

—Dijo que erais la mujer más bella de Bizancio, no por vuestro rostro, ni por vuestra figura, sino por la pasión que lleváis dentro.

Zoé desvió la cara. No podía aguantar la mirada de Anastasio.

—¿De veras? No me cabe duda de que lo dijo para molestar a Irene. Su mujer tiene mal genio, y eso a él lo divierte.

—¿Y qué dijisteis vos? —exigió, volviendo a mirarlo a la cara. El color que le teñía las mejillas pasaba por representar enojo.

—La respuesta que di carecía de importancia —dijo Anastasio.

—Oh. ¿Y cuál fue?

—Le dije que no me encontraba en situación de valorar dicha opinión, pero que estaba convencido de que sin duda él estaba en lo cierto —respondió Anastasio.

Zoé lanzó una exclamación ahogada al presenciar su temple, sintió de nuevo el conocido calor en la cara y luego prorrumpió en carcajadas de puro placer.

Anastasio vertió un poco más de polvo en un saquito de seda y acto seguido depositó sobre la mesa un tarro de ungüento, a su lado.

—Tomad una cucharada de esto diluido en agua caliente una vez al día. —Le entregó una cuchara de cerámica ancha pero poco profunda—. Rasa, sin colmar del todo. Para aseguraros, pasad un cuchillo por encima. Evitará que la infección vaya a más. Y si empieza a escocer, aplicaos la pomada. Es muy posible que así sea, conforme vaya curándose. Volveré dentro de una semana para retirar algunos de los puntos, y el resto a la semana siguiente, más o menos. Pero si sentís angustia porque la herida se inflama o supura, mandadme llamar de inmediato. O si tenéis fiebre.

Cuando Anastasio se hubo marchado y Tomais la hubo ayudado a bañarse y a ponerse ropa limpia, Zoé tomó vívida conciencia del dolor de la pierna, que iba en aumento. Para cuando cayó la noche le dolía con tanta intensidad que apenas podía pensar en otra cosa. Mandó que le trajeran agua caliente, midió la dosis de polvo que le había dejado Anastasio y lo vertió en la copa. Estaba a punto de bebérselo, cuando de pronto la asaltó una idea horrible. ¿Y si Gregorio estuviera valiéndose de Anastasio, tal vez la única persona ajena a su familia de la que ella se fiaba?

Con cuidado, por si acaso se la derramaba encima, tiró la medicina. Al principio pensó en destruirla por medio del fuego, pero advirtió justo a tiempo que podía tratarse de una sustancia que al arder desprendiera unos efluvios que fueran igualmente letales. Terminó por volcar todo el polvo en el agua caliente y tirarlo por el desagüe.

Al cabo de tres días el dolor se había intensificado. A pesar de que intentó paliarlo tomándose unos polvos suyos para eliminar la fiebre, la herida aparecía enrojecida e inflamada, y le escocía terriblemente. De vez en cuando se le iba la cabeza. Bebió un vaso de agua tras otro, que le supo todavía más salobre que de costumbre, y sin embargo tenía sed todo el tiempo.

Ya tenía la certeza de que detrás del percance sufrido estaba Gregorio, y de que de alguna manera se las había arreglado para introducir veneno en la herida.

—¡Buscad veneno! —le dijo a Anastasio cuando llegó—. La herida está infectada. Están intentando matarme.

Anastasio la miró y observó la intensidad de sus ojos dorados, el rubor de su piel y por último la herida infectada de la pierna, que estaba empezando a supurar. La tocó muy suavemente con un dedo y después volvió a mirar a Zoé.

—¿Habéis usado la medicina que os di? Y no mintáis, a no ser que queráis perder la pierna.

—No —respondió en voz baja—. Temía que el que ha querido envenenarme os hubiera utilizado a vos.

Anastasio asintió.

—Entiendo. En tal caso, más vale que volvamos a empezar por el principio. La infección ya es grave. Voy a quedarme aquí para vigilarla. Me interesa mucho que os recuperéis, mi reputación se vería muy perjudicada si murierais, de modo que vais a hacer lo que os diga. —Sonrió muy ligeramente, para sus adentros.

Se quedó cuidándola todo el día, y de entrada también toda la noche. Estuvo a su lado, hablándole mientras el dolor iba en aumento. Al principio eso irritó a Zoé. Pero paulatinamente comprendió que al responder a las preguntas que le hacía él pensaba menos en lo mucho que le dolía. En cierto modo, era un acto bondadoso por parte de Anastasio.

—¿Demetrio? —dijo, contestando a la última pregunta que le había formulado el médico, sonriendo sin querer—. No se parece a su padre. Es más débil. ¿Que si está enamorado de Helena? Probablemente no. Enamorado del poder, sin duda. Él cree disimularlo, pero no es así. Es hijo de Irene, pero carece de la inteligencia de su madre. En cambio el dinero se le da de maravilla, igual que a ella. —Rio, pero fue algo tan interno que Anastasio no llegó a oír nada—. Helena cree que él la ama, pero es que cree muchas cosas. Infeliz.

—¿La amaba Justiniano? —preguntó Anastasio fingiendo un interés somero, como si únicamente pretendiera distraerla del dolor.

—La aborrecía —respondió Zoé con sinceridad. ¡Maldita pierna, cómo le dolía! Se notaba un tanto mareada. ¿Iba a morir, después de todo?

Anastasio la obligó a tomar otro brebaje más que tenía un sabor horrible. ¿Se lo habría dado Gregorio? Escrutó sus ojos y vio algo en ellos, pero ¿qué, aparte de curiosidad?

—Anastasio —susurró.

—¿Sí?

—Si mañana aún sigo con vida, os diré por qué Justiniano Láscaris mató a Besarión. ¡El muy necio! No acudió a mí, que era la única persona que le habría creído. Ahora lo veo con toda claridad. Fue el único error que cometió, pero le costó todo. ¡Idiota!

La expresión de Anastasio era la de una persona que acaba de recibir una bofetada, una mezcla de palidez mortal y puntitos rojos en las mejillas, semejantes a verdugones. Zoé sintió que la estancia comenzaba a girar a su alrededor. Estaba cada vez más delirante a causa de la fiebre. Anastasio la obligó a beber algo que sabía todavía peor que el brebaje anterior, pero cuando despertó a media mañana se sentía muy recuperada. Anastasio la miraba sonriente.

—¿Os sentís mejor? —preguntó con cierta satisfacción.

—Mucho mejor. —Lentamente se incorporó en el lecho, y Anastasio le dio de beber algo que resultó agradable—. Os lo agradezco.

El médico la instó a recostarse de nuevo. Era más fuerte de lo que ella pensaba. O quizás ella estuviera más débil.

—Ya es de día —observó Anastasio.

—¡Ya lo veo! —saltó Zoé.

Por los ojos de Anastasio cruzó una sonrisa.

—Y bien, ¿vais a decirme por qué Justiniano fue un idiota por no fiarse de vos? —replicó Anastasio en tono cortante—. ¿O el idiota he sido yo por creerlo?

De pronto se acordó.

—¿Qué es lo que acabáis de darme? —exigió saber Zoé.

Anastasio sonrió.

—No habéis respondido a mi pregunta.

—Justiniano sabía que Besarión era un inútil —dijo Zoé con voz queda—. Que habría sido un desastre sentarlo en el trono. Pero los demás no le creyeron. Lo habían apostado todo por él y los planes estaban muy avanzados. La única manera de interrumpirlos era matar a Besarión. Antonino creyó a Justiniano y por eso lo ayudó. —Casi soltó una carcajada al pensar en ello, salvo que sería una reacción fútil—. Qué idiota. Yo le habría creído y le habría impedido que hiciera aquello. Sin mí no habrían podido hacer nada. Pero Justiniano no se fio. ¿Qué es lo que he bebido?

Anastasio la miraba fijamente, como si estuviera en trance.

—¿Qué es lo que acabo de beber? —repitió Zoé, más enfadada y asustada de lo que habría deseado.

—Una infusión de camomila —contestó Anastasio—. Es buena para la digestión. Unas hojas de camomila en agua caliente, nada más. Os sabe amarga porque habéis estado enferma, y eso altera el paladar.

No quería sentir admiración por Anastasio, y el hecho de confiar en él le producía una sensación curiosa; en cambio, en lo que tenía que ver con la medicina confiaba en él. Por fin se recostó en el lecho, contenta por el momento.

Tres días después empezó a recuperar las fuerzas. La herida dejó de estar tan enrojecida y la hinchazón comenzó a disminuir. Al cabo de una semana Anastasio declaró que la evolución era satisfactoria y anunció que se marchaba y que regresaría dentro de otros tres días. Zoé le dio las gracias, le pagó generosamente y además le regaló una cajita de plata, esmaltada e incrustada de aguamarinas. Él la acarició con delicadeza fijándose antes en lo bella que era y después miró a Zoé. Por su expresión se advertía que la apreciaba profundamente, y Zoé sintió gran satisfacción. Le dijo que podía irse.

Se alegró de que le hubiera gustado. Anastasio la había atendido no sólo con habilidad, sino también con delicadeza. Se había sentido presa del pánico al verse tan vulnerable. Aquello no podía continuar así.

Había una idea que estaba empezando a tomar forma en su cabeza. Haría que la muerte de Gregorio contara para algo. Idearía un modo de que la culpa recayera sobre Giuliano Dandolo; así podría soportar el acto de matar a Gregorio. Incluso podía encargarse ella misma.

50

Con Gregorio, Zoé no iba a tener una segunda oportunidad. De manera perversa, aquella última batalla entre ellos representaba otro tipo de vínculo. Reflexionó sobre ello durante el día, y por la noche permaneció despierta rememorando cómo era estar con él.

De pronto le cayó otra pieza en las manos. Lo que le dio la idea fue la agresión sufrida por Besarión en la calle y después el accidente que había tenido ella misma.

Lo primero era plantar en la mentalidad de la gente la semilla de que había una disputa entre Gregorio y Giuliano Dandolo. Debía ser apenas un rumor superficial, tan tenue que su significado se recordara sólo después, y se entendiera entonces.

Lo segundo era acudir a un fabricante de dagas que ella conocía y del que se había fiado en el pasado. Se puso su dalmática más recia y salió a las calles azotadas por el viento y bajo una ligera llovizna. Apretó el paso y dejó a Sabas más rezagado de lo habitual, discreto, sin ver ni oír nada. El dolor de la pierna ya casi no lo sentía.

—Sí, señora —dijo el herrero de inmediato, complacido de verla de nuevo. Tan sólo un necio se olvidaba de sus benefactores o incumplía la palabra dada a una mujer que nunca olvidaba ni perdonaba—. ¿Qué puedo hacer por vos en esta ocasión?

—Quiero una buena daga —dijo—. No tiene por qué ser la mejor, pero deseo que lleve un emblema de familia en la empuñadura y que seas discreto al fabricarla. Es un regalo, y si llegara a oídos de alguien la sorpresa se echaría a perder.

—Vuestros asuntos no incumben a nadie más, señora. ¿Qué emblema deseáis?

—El de Dandolo —respondió Zoé.

En cuanto tuvo la daga ya hecha, la cual era bellísima —Bardas trabajaba mejor que hablaba—, envió una carta a Giuliano Dandolo, que seguía alojado en el barrio veneciano. El mensaje era simple: había hecho nuevas averiguaciones acerca de su fallecida madre.

Y Giuliano fue a verla, tal como había esperado. Lo observó de pie en su magnífico salón. Aunque no se le notaba muy tranquilo e intentaba disimular el ansia que lo devoraba por dentro, se movía con elegancia, y Zoé tuvo que reconocer de mala gana que era más que bien parecido: poseía una vitalidad intelectual que ella no podía pasar por alto. Si fuera más joven, habría deseado acostarse con él. Pero era un Dandolo, y ni la expresión soñadora de sus ojos, la forma de sus pómulos, la anchura de sus hombros ni su manera de andar servían para perdonarlo.

Giuliano hizo todas las acostumbradas observaciones de cortesía sin apresurarse a preguntar por la nueva información, y Zoé siguió el juego, no muy segura de estar disfrutando con ello.

—He descubierto más datos acerca de vuestra madre —le dijo tan pronto como terminaron con los saludos habituales—. Era muy hermosa, pero es posible que eso ya lo sepáis. —Captó el parpadeo de emoción en su semblante, una punzada de dolor demasiado profunda para camuflarla—. Pero lo que tal vez no sepáis es que Maddalena tenía una hermana, Eudocia, también muy bella pero lamentablemente mancillada por el escándalo. —De nuevo advirtió una honda emoción en el veneciano. Era una lástima que ya no pudiera volver a ser joven—. Lo que yo no sabía en la ocasión anterior es que, según el decir de algunos, al llegar a la vejez se arrepintió y se inscribió en una orden sagrada. Desconozco cuál fue, pero puedo averiguarlo. Es posible que aún viva.

—¿Que aún viva? —Giuliano abrió los ojos.

—Os lo ruego, dejadlo a mi cuidado —dijo Zoé—. Yo cuento con recursos que vos no tenéis, y además puedo actuar con discreción. Os informaré tan pronto como tenga algo seguro.

—Os lo agradezco.

Giuliano le sonrió. Era un hombre apuesto y seguro de sí mismo, dotado de un encanto que manaba de él sin ningún esfuerzo.

—Cuando mi madre murió yo tenía tres años —le dijo a Giuliano, consciente de que le temblaba la voz pero incapaz de dominarla.

—Lo siento mucho —respondió él con una súbita conmoción y una mirada de ternura.

Zoé no deseaba su compasión.

—En efecto. La violaron y la asesinaron. —Al momento deseó no haberle contado aquello. Fue una flaqueza y un error táctico. Giuliano podría calcular el año y las circunstancias de aquel hecho, y deducir que nunca podría fiarse de ella—. Tengo una cosa para vos —dijo a toda prisa en un intento de taparlo—. Lo he encontrado casi por casualidad, de modo que os ruego que no os sintáis obligado a aceptarlo.

Se apartó de Giuliano y fue hasta la mesa sobre la que reposaba la daga que llevaba el emblema de los Dandolo. Retiró la tela azul de seda que la envolvía y se la tendió a Giuliano con la empuñadura por delante y el emblema boca arriba. Bardas lo había hecho a la perfección: parecía vieja y muy usada, en cambio todos sus detalles se apreciaban con claridad.

Giuliano se la quedó mirando unos instantes.

—Tomadla —lo instó ella—. Debéis tenerla vos. Además, ¿de qué va a servirme a mí una daga que lleva un emblema de Venecia?

Giuliano no cometió la torpeza de ofrecerse a pagársela. Ya le haría un regalo que tuviera el valor apropiado, un poco por encima de lo que calculaba que valía aquel puñal.

Lo sopesó en las manos.

—Tiene un equilibrio perfecto —observó—. ¿De dónde ha salido?

—No lo sé —contestó Zoé—. Pero si lo averiguo, os lo diré.

—Os estoy muy agradecido. —No fue muy efusivo, pero el sentimiento que lo embargaba se traslució en su tono de voz, en los ojos, hasta en su postura y en la manera de tocar la daga.

—Llevadla encima —sugirió Zoé en tono natural—, os favorecerá mucho. —Pensaba rezar para que así fuera, se arrodillaría delante de la Virgen y le suplicaría que Giuliano le hiciera caso. Si no era de todos conocido que aquel cuchillo le pertenecía a él, no saldría bien el plan.

—La llevaré. —Giuliano sonrió. Pareció querer agregar algo más, pero cambió de idea y se fue.

Zoé lo vio marcharse con una extraña sensación dolorida en un costado, como si algo se le estuviera escapando de las manos. Ahora no había nada que hacer excepto esperar, dos o tres semanas como mínimo. Tenía que cerciorarse de que otras personas hubieran visto a Dandolo con la daga encima y supieran que era suya.

Aguardó un mes. El tiempo parecía arrastrarse como un animal herido, tirando de los días tras de sí. El calor del mediodía era paralizante, las tardes eran pesadas y silenciosas, las noches eran una máscara capaz de ocultarlo todo, cualquier crujido o pisada podía ser la de un asesino.

Tal como esperaba, Giuliano le envió un regalo: una fíbula para su dalmática. Le gustó más de lo que habría querido. Era de ónice negro y topacio, engastados en oro. No quería lucirla, pero no pudo resistirse. Sus dedos siempre terminaban yéndose solos, porque también era hermosa al tacto. ¡Maldito Dandolo!

Por fin ya no pudo esperar más y mandó llamar a un ladrón del que se había servido en el pasado, cuando sus actos los dictaba la necesidad. Le dijo que la daga le pertenecía a ella y que se la habían robado en un asalto y la habían vendido a Giuliano Dandolo. Ella misma había visto a Dandolo con la daga al cinto y se había dado cuenta de que él desconocía su origen. Se había ofrecido a recomprársela, pero no era de extrañar que él se hubiera negado, dado que llevaba el emblema de su familia. Zoé no había tenido más remedio que recurrir a robársela, igual que se la habían robado a ella.

El ladrón no hizo ninguna pregunta y prometió satisfacer el deseo de Zoé a cambio de un determinado precio.

Seguidamente escribió una carta a Gregorio disimulando la escritura para que pareciera la letra de Dandolo, la cual copió de una carta que le había enviado él para aceptar su invitación. Dijo que había tropezado accidentalmente con un revelador secreto sobre Zoé Crysafés y que estaba dispuesto a informarle del mismo, a condición de que él lo ayudara en cierto asunto diplomático que no iría en detrimento de Bizancio. Firmó con el nombre de Dandolo, también copiado.

Por último envió una carta similar a Giuliano, esta vez diciendo que había llegado a sus oídos que éste tenía interés por saber de Maddalena Agallón, a la cual él había conocido y admirado, y que gustosamente le contaría a Giuliano todo lo que pudiera. Firmó «Gregorio Vatatzés». Conocía sobradamente bien su letra para imitarla sin esfuerzo alguno.

Y después se sentó en el gran sillón rojo bajo las antorchas con la vista perdida en el techo, gozando del momento, con el corazón tan acelerado que apenas podía respirar.

Cuando llegó la noche de la cita entre Gregorio y Giuliano, Zoé estaba asediada por un mar de dudas. Se acercó a la ventana y contempló la oscuridad de la niebla y el leve resplandor de los faroles que recorrían las calles como luciérnagas que se arrastraran por el suelo. ¿Era absurdo hacer aquello? Pobre Zoé Crysafés, que antaño había sido una de las bellezas más rutilantes de Bizancio en el exilio, amante de emperadores, convertida ahora en una vieja chiflada que vagaba por las calles vestida con harapos e intentando matar a la gente.

Fue hasta la gran cruz que colgaba de la pared y la contempló largo rato, resuelta a recuperar la pasión vengativa que superase su debilidad. Los Cantacuzenos habían sido destruidos con Cosmas, los Vatatzés con Arsenio, los Ducas con Eufrosina, el resto no importaba. Sólo quedaba Dandolo, el cual también vería pronto su fin.

Después se acercó al icono de la Virgen María y se arrodilló.

—Santa Madre de Dios, dame fuerzas para llevar a cabo mi misión —suplicó.

Miró el rostro oscuro y orlado de oro, y le pareció que le sonreía. Como si alguien hubiera abierto una compuerta escondida en su interior, la sangre le palpitó en las venas y sus músculos adquirieron la vitalidad de una mujer joven.

Entonces se incorporó, se persignó y salió a la noche sin compañía de nadie, recorriendo las calles con zancadas livianas y ágiles como las de un ciervo. El aire era tibio y la brisa procedente del mar traía aroma a sal. Sólo cuando estuvo a media milla de su casa cayó en la cuenta de que la anciana vestida con harapos que fingía ser con el disfraz que se había puesto no podría caminar de aquella forma. Al doblar una esquina, se encorvó un poco y aminoró el paso. Caminó otra milla despacio, penosamente.

Gregorio tenía que pasar por allí para acudir a la cita con Giuliano. Aquél era el sitio indicado para sorprenderlo, en el barrio veneciano. Había calculado la hora en que debía pasar; tenía que ser justo antes de que pudiera llegar Giuliano. Exactamente. Tocó la daga que llevaba en el cinturón, oculta bajo la capa, y se santiguó otra vez. Ahora tenía que esperar.

De repente oyó que venía alguien por la calle. Eran dos hombres jóvenes, del brazo, borrachos, andando a trompicones y agitando las sombras. Los oyó reír y dar voces y se refugió en el umbral de una puerta.

¿Debería atacar a Gregorio desde atrás, apuñalarlo por la espalda? No, aquello era propio de cobardes. Él sospecharía de alguien que pudiera seguirle los pasos, pero no de una anciana que se encarase con él. Se encorvó un poco más, como si estuviera impedida por la edad.

En aquel momento se oyeron risas en la calle, luces que iban en la otra dirección. Allí, junto a la orilla del mar, la brisa era más salada.

Se acercó otro individuo, un hombre alto que portaba un farol. Zoé reconoció su forma de andar. Entonces avanzó unos pocos pasos más cojeando, mirando apenas su rostro, gimiendo con voz aguda y servil:

—¿Tenéis unas monedas para una pobre vieja? Que Dios os lo pague...

El hombre se detuvo y se llevó una mano al costado. ¿Iría a coger el dinero, o un arma? No había tiempo para quedarse a esperar. Zoé extrajo el cuchillo de debajo de la capa y, blandiéndolo en alto, se arrojó sobre el hombre al tiempo que le propinaba una patada en la espinilla con toda su alma. Él, a causa de la sorpresa, se inclinó hacia delante, movimiento que Zoé aprovechó para rebanarle la garganta haciendo uso de todas sus fuerzas, ayudada por el propio peso del cuerpo de su víctima, que se había desequilibrado a consecuencia del puntapié. El farol cayó al suelo y se apagó, pero Zoé tenía la vista hecha a la oscuridad. De la garganta del hombre manaba sangre a chorros, caliente y pegajosa, Zoé percibió el olor. El hombre no dejó escapar un solo grito, únicamente emitió un terrible gorgoteo mientras se ahogaba, debatiéndose, intentando hacer presa en Zoé conforme la vida se le iba a borbotones. Alcanzó a aferrarse de su hombro y tiró de sus músculos causándole un dolor similar al de una cuchillada, pero ya estaba perdiendo el equilibrio y arrastrando consigo a su asesina. Ésta se notó caer y terminó chocando contra el suelo. El golpe le causó un violento dolor en el codo que le cortó la respiración.

Pero su víctima estaba aflojando la garra. Zoé no quería que muriera sin saber que lo había matado ella.

—¡Gregorio! —exclamó con claridad—. ¡Gregorio!

Por un momento el hombre enfocó los ojos en ella y su boca formó una palabra que podría haber sido el nombre de Zoé, pero de pronto su luz se apagó y sus ojos negros como el alquitrán quedaron inexpresivos.

Poco a poco, con todos los huesos doloridos y los músculos agarrotados, Zoé se puso en pie y se volvió con la intención de marcharse. Tenía la visión borrosa y le resbalaban las lágrimas por la cara. No comprendía por qué tenía la sensación de que el vacío no estaba a sus pies, sino dentro de ella misma, y supo con toda certeza que jamás podría volver a llenarlo.

51

Ana despertó en mitad de la noche y encontró a Simonis de pie a su lado, sosteniendo una vela.

—Ha venido un hombre del barrio veneciano, a caballo. —La voz de Simonis sonó irritada—. Dice que tienes que ir ahora mismo, que ha tenido lugar un accidente y necesitan ayuda. Quiere que montes en su caballo. Están locos, voy a decirle que vayan a buscar a uno de los suyos.

—Dile que voy enseguida —ordenó Ana.

Simonis se encogió de hombros.

Luego Ana salió acompañando al veneciano y aceptó su mano para montar en la silla del caballo detrás de él, aferrada a su bolsa.

—No vais a necesitar eso —le dijo el hombre—. Ha muerto. Es que... necesitamos vuestra ayuda para deshacernos del cadáver de modo que no lo encuentren y no nos responsabilicen a nosotros del asesinato.

Ana estaba perpleja.

—¿Y por qué diablos iba a ayudaros? —dijo, preparándose para desmontar y regresar a su cama.

Pero el hombre arreó al caballo, el cual enseguida adquirió demasiada velocidad para que ella pudiera descabalgar. Bajaron por la colina con un estruendo de cascos. Si el hombre contestó a su pregunta, desde luego ella no lo oyó.

Tras un cuarto de hora de camino, Ana agarrándose incómoda a él en medio de la oscuridad y soportando el golpeteo constante de la bolsa contra las piernas, por fin se detuvieron en una callejuela. Había un corrillo de personas apiñadas frente a la puerta de una pequeña tienda. En el suelo yacía el cuerpo de un hombre. Uno del grupo sacó un farol y lo sostuvo en alto; bajo aquella luz oscilante Ana vio el miedo pintado en la cara del muerto y la mancha escarlata que formaba la sangre sobre el empedrado.

—Lo hemos encontrado en nuestra puerta —dijo el hombre con voz serena—. No lo hemos matado nosotros. No es uno de los nuestros, es un noble, y además bizantino. ¿Qué tenemos que hacer?

Ana tomó el farol y lo acercó al cadáver. Al ver el rostro advirtió de inmediato que se trataba de Gregorio Vatatzés. Presentaba una herida terrible y desigual en el cuello, y a su lado, en el suelo, manchada de sangre, había una hermosa daga en cuya empuñadura destacaba el emblema de los Dandolo. La había visto en otra ocasión, hacía menos de una semana, en las manos de Giuliano: éste la había utilizado para cortar un melocotón maduro del cual le ofreció a ella una mitad. Ambos rieron juntos de cuestiones triviales. Sólo había habido aquel melocotón, era de Giuliano y éste lo había compartido con ella.

Pasó las manos por el cadáver para ver si estaba armado, si había tenido lugar una pelea. Sintió una punzada de pánico al pensar que Giuliano también hubiera resultado herido.

Encontró un arma, otra daga enjoyada, pero con la hoja de una forma distinta, todavía guardada en su funda y limpia. Ni siquiera la había sacado. En el bolsillo llevaba un papel: una invitación para un encuentro que debía tener lugar a unos trescientos pasos de allí, firmado por Giuliano.

Con las manos rígidas, rompió el papel en pedazos y se guardó la daga de Dandolo en su propia bolsa. A continuación se volvió hacia el hombre que había ido a buscarla.

—Ayudadme a ponerlo en el centro de la calle —ordenó—. Que alguien traiga un caballo y un carro. Todos los que podáis, subid a él y pasad con el carro por encima del cadáver, una sola vez, aplastándole el cuello para que podamos disimular la herida. ¡Vamos! ¡Daos prisa!

Ana se agachó e hizo un esfuerzo para agarrar el cadáver de Gregorio. Pesaba mucho. Le costó un gran trabajo arrastrarlo hasta el centro de la calle, donde el paso de los carruajes había desgastado el empedrado con los años. Empezó a sudar, y sin embargo temblaba con tal violencia que le castañeteaban los dientes. Procuró no pensar en lo que estaba haciendo, sólo en lo que iba a suponer para Giuliano si fracasaba en aquella operación, y en las personas que habían confiado en ella y que iban a pagar un precio terrible a las autoridades si se pensaba que aquello había sido un asesinato.

Una vez terminada la tarea bajo la luz parpadeante del farol, las mujeres ayudaron a Ana a buscar el sitio en que habían matado a Gregorio para que cuando se hiciera de día la sangre no dejara pruebas de que se había trasladado el cadáver. Trabajaron con ahínco empleando cal, potasa y cepillos para eliminar todo rastro a base de frotar, barrer y rascar entre las piedras. Para cuando por fin quedaron satisfechas, ya había regresado el hombre con el carro, del cual tiraba un caballo de andar cansino.

Fue una operación laboriosa. El caballo estaba asustado por el olor a sangre y a muerte, y hacía todo lo posible por no pisar el cadáver. Hubo que conducirlo, calmarlo a base de hablarle, instarlo a obedecer en contra de su voluntad, para poder pasar las ruedas por encima del cuello y los hombros de Gregorio.

—Aún no es suficiente —les dijo Ana observando la carne desgarrada y el hueso que quedaba horriblemente a la vista—. Una vez más. No van a creerse que ha sido un accidente a no ser que quede claro que el carro le pasó por encima varias veces, podrían pensar que el caballo se asustó y retrocedió. Ten cuidado.

El carro comenzó a moverse. El hombre tiraba de la rienda del caballo, que, empapado en sudor, con los flancos cubiertos de espuma y los ojos en blanco, se negaba a obedecer.

—¡A la izquierda! —apremió Ana agitando el brazo—. ¡Más! Eso es. Ahora hacia delante.

Se obligó a sí misma a mirar. La visión del cadáver era espeluznante, cualquiera que lo viese supondría que había sido atropellado y arrastrado hasta que finalmente, cuando el animal cayó presa del pánico, las ruedas le pasaron por encima. Desvió la mirada.

—Os estamos agradecidos —dijo el hombre con la voz quebrada por la emoción—. Voy a llevaros a casa.

—Quedaos aquí, limpiad el carro y los cascos del caballo, y hacedlo concienzudamente para que nadie descubra nada si le diera por mirar. Yo diré a las autoridades que me habéis llamado para que acudiera a un accidente. —Ana volvió a tragar con dificultad, sintiendo la cabeza mareada—. Es fácil de explicar. Un suceso en mitad de la noche, un caballo que se asusta, un hombre que acaba de regresar de un largo exilio en Alejandría y no conocía bien el barrio veneciano. Un desgraciado accidente, sin embargo ocurre. No es necesario dar más explicaciones. —Notaba cómo se le retorcía el estómago—. Lo encontrasteis vosotros y me llamasteis porque me conocíais. Como estaba tan oscuro, no os disteis cuenta de lo grave que era la situación.

Ana se alejó a toda prisa y nada más doblar la esquina vomitó. Necesitó varios minutos para recuperarse lo suficiente a fin de incorporarse y continuar andando. Se encontraba a menos de una milla de la casa en que se alojaba Giuliano, y a aquellas alturas éste ya debería haber vuelto. La hora de su cita con Gregorio hacía mucho que había pasado. Antes de dar parte a los vigilantes nocturnos, debía devolverle la daga.

Llegó a la puerta lateral de la casa, la que utilizaba Giuliano, y la golpeó con energía. No hubo respuesta. Probó de nuevo y esperó. Todavía lo intentó una tercera vez, con la intención de marcharse, pero oyó un breve ruido y se abrió la puerta. Tras ella apareció el contorno de un hombre.

—¿Giuliano? —preguntó en tono apremiante.

La puerta se abrió un poco más y el resplandor del farol reveló un rostro en el que se dibujaba la sorpresa.

—¿Anastasio? ¿Qué ha sucedido? Estáis horrible. Entrad, vamos. —Abrió la puerta del todo—. ¿Estáis herido? Dejadme...

Ana había olvidado que estaba cubierta de suciedad de la calle y de la sangre de Gregorio.

—¡No estoy herido! —exclamó, cortante—. Cerrad la puerta... por favor.

Giuliano estaba vestido con una camisola de dormir y tenía el pelo revuelto como si se hubiera levantado de la cama. Ana sintió que le ardía la cara.

Sacó la daga ensangrentada de su bolsa y se la mostró a Giuliano asiéndola por la empuñadura, pero de forma que él pudiera ver el emblema de los Dandolo. La hoja estaba manchada de sangre ya coagulada pero que aún no se había secado.

Giuliano palideció y miró a Ana con expresión de horror.

—La he encontrado en la calle, a una milla de aquí —le explicó ella—. Junto al cadáver de Gregorio Vatatzés. Le habían degollado.

Giuliano fue a decir algo, pero no le salieron las palabras.

Ana le contó brevemente la salida en mitad de la noche y lo que había tenido que hacer.

—Supondrán que ha sido un accidente —añadió—. Limpiad la daga, sumergidla en agua hasta que no quede el menor rastro de sangre, ni siquiera en las grietas y en el mango. ¿Fuisteis a reuniros con Gregorio?

—Sí —contestó el veneciano con voz ronca, teniendo que aclararse la garganta para poder pronunciar aquella palabra—. Pero no lo vi. Esa daga es mía, me la regaló Zoé Crysafés porque lleva el emblema de los Dandolo. Pero me la robaron hace un par de días.

—¿Zoé? —dijo Ana con estupor.

Giuliano seguía sin comprender.

—Sí —afirmó—. Me está ayudando a... encontrar a la hermana de mi madre, que puede que aún viva. Por eso iba a reunirme con Gregorio. Me escribió un recado en el que me decía que tenía noticias de ella.

Al tiempo que hablaba fue hasta un arcón situado contra la pared, llevando consigo el farol para poder buscar el papel. Se lo tendió a Ana sosteniendo la luz en alto para que lo leyera.

Ana lo leyó. Lo que decía era casi inmaterial. La letra era la de Zoé, si bien se observaba en ella una inclinación distinta de la habitual, más audaz, más masculina, pero reconoció aquellas mayúsculas características, las había visto en numerosas ocasiones, en cartas, instrucciones, listas de ingredientes.

—Así que Zoé Crysafés —dijo Ana con voz queda, teñida por la furia—. ¡Necio! —Temblaba a pesar del esfuerzo que hacía por controlarse—. ¡Es bizantina hasta la médula, y vos no sólo sois veneciano, sino además un Dandolo! ¿Y habéis consentido que os regalara una daga que cualquiera puede reconocer? ¿Dónde tenéis la cabeza?

Giuliano se había quedado petrificado en el sitio.

Ana cerró los ojos.

—Quiera Dios que nadie os haga preguntas, pero si eso sucediera, ceñíos a la verdad de que habíais salido. Es posible que os haya visto alguien. No voy a deciros dónde ha tenido lugar el hecho, porque no os conviene saberlo. No mencionéis la daga; creo que yo soy la única persona que la ha visto de verdad. ¡Vos ocupaos de limpiarla bien!

Sin dedicarle otra cosa que una mirada somera, abrió la puerta y salió al pasillo y después a la calle. Rápidamente, tropezando y temblando, corrió al punto de vigilancia de las autoridades civiles que tenía más cerca. Gracias al cielo, no sería preciso que saliera del barrio veneciano, y los vigilantes no estarían dispuestos a contemplar la posibilidad de que aquello pudiera ser otra cosa que el percance que parecía haber sido.

—¿Y qué estabais haciendo vos allí? —inquirió el vigilante.

—Tengo varios pacientes en ese barrio —repuso ella.

—¿A esas horas de la noche?

—No, señor. Yo era tan sólo un médico al que llamaron, y sabían que iba a acudir.

—Decís que el hombre estaba muerto. ¿Qué podíais hacer vos por él? —preguntó el vigilante con el ceño fruncido.

—Nada, me temo. Pero estaban muy nerviosos, sobre todo las mujeres. Necesitaban ayuda... atención médica.

—Entiendo. Gracias.

Ana se quedó un rato más para dejar su nombre y su dirección por si necesitaban hablar nuevamente con ella. Acto seguido, todavía temblando a resultas del horror y el miedo, todavía asaltada por las náuseas y empapada en un sudor frío, emprendió el largo camino de regreso colina arriba, en dirección a su casa.

52

Zoé estaba demasiado alterada para dormir cuando regresó a casa. Se quitó los harapos de vieja y los quemó en la chimenea. No debía verlos nadie, sobre todo empapados de sangre como estaban. Por suerte ella apenas se había manchado. Como si simplemente tuviera una noche de insomnio, mandó llamar a Tomais y le ordenó que calentase agua para un baño y que le trajera unas toallas. Escogió detenidamente los aceites y perfumes más preciados y lujosos, así como ungüentos para la piel.

Cuando el agua estuvo a punto, despidiendo vapor, húmeda en la piel y dulce al olfato, se introdujo en la bañera lentamente, saboreando dichas sensaciones. El calor, con su suave contacto, fue disipando la tensión acumulada por las preocupaciones y los miedos. Rememoró, con un placer intensificado por la pena, lo mucho que la deseaba Gregorio, la lentitud con que la paladeaba. Había hecho bien en matarlo físicamente, violentamente, cara a cara. Así era como se habían amado y odiado. El veneno resultaba adecuado para hombres como Arsenio, pero para Gregorio, no.

Cuando el agua empezó a enfriarse, se levantó y observó divertida que Tomais aún la estaba mirando con admiración.

Se puso ropa limpia y pidió que le trajeran fruta y un vaso de vino. A solas en el silencio de las últimas horas de la noche, fue hasta la ventana y contempló el pálido amanecer que surgía por el este. Hoy iría a Santa Sofía para darle las gracias a la Virgen. Ofrecería centenares de velas y colmaría el templo de luz. Gregorio Vatatzés y Giuliano Dandolo habían quedado destruidos en un único acto supremo. Y ella estaba a salvo.

El amanecer empezaba a rozar los tejados de la ciudad. En eso, regresó Tomais diciendo que acababa de llegar el médico Anastasio y que solicitaba verla de inmediato.

¿Qué demonios podía querer a aquellas horas? Pero, dado que estaba levantada y vestida, no le supuso un inconveniente.

—Hazlo pasar —ordenó—. Y trae más fruta y otro vaso.

Un instante después entró Anastasio. Traía el rostro ceniciento, salvo por dos manchas de color en las mejillas. Apenas se había peinado, y parecía estar agotado y furioso.

—Buenos días, Anastasio —dijo Zoé—. ¿Me permitís que os ofrezca vino, un poco de fruta?

—Ha muerto Gregorio Vatatzés —dijo Anastasio con un hilo de voz.

—No sabía que estuviera enfermo —contestó Zoé con toda calma—. A juzgar por vuestra agitación, deduzco que lo habéis atendido vos.

—No había nada que atender —replicó Anastasio con rencor—. Lo encontré tendido en el suelo, en una calle del barrio veneciano, le habían cercenado la garganta con una daga. Concretamente, con la que vos le regalasteis a Giuliano Dandolo.

—¿Lo han asesinado? —Zoé recalcó la palabra, como si dudase de ella—. Debía de tener más enemigos de los que creía. ¿Dandolo, decís? Qué sorpresa. Tengo entendido que Gregorio pasó una temporada en Venecia antes de ir a Alejandría. ¿Ha podido tratarse de alguna disputa de familia?

—Estoy seguro —concordó Anastasio—. En Constantinopla es muy peligroso llevar el apellido Dandolo. Con la historia que tiene, me sorprendería que vos le hicierais semejante obsequio. —Sonrió con una ironía cáustica, los ojos llameantes, la inteligencia que desprendían dura e indagatoria—. Con la empuñadura vuelta hacia él, claro está.

Por un instante, la sonrisa de Zoé se iluminó con un gesto de diversión.

—En vuestra opinión, ¿debería habérsela ofrecido con la hoja por delante?

—Oh, estoy convencido de que así fue —replicó Anastasio—. Sólo que él no se dio cuenta.

Zoé encogió ligeramente un hombro.

—Entonces, por lo que parece, él también es víctima de este asesinato. Lamento que sea amigo vuestro. No era mi intención que así fuera.

—Él no es una víctima —dijo Anastasio—. Las autoridades han llegado a la conclusión de que la muerte de Gregorio ha sido consecuencia de un trágico accidente. Según parece, fue atropellado por un carro tirado por un caballo, naturalmente a oscuras y en calles que no conocía.

—¿Y eso le desgarró la garganta? —dijo Zoé en tono de incredulidad—. ¿Cuál fue el causante, el caballo o el carro?

El semblante de Anastasio era impenetrable.

—Por lo visto, se encontraba en mitad de la calle, fue golpeado y cayó —respondió—. Y las ruedas del carro le aplastaron la garganta. Al menos eso es lo que me ha parecido a mí.

—¿Y la daga que llevaba el emblema de Dandolo? —preguntó Zoé con sarcasmo—. ¿También la tenía encima el caballo? ¿O más bien el carretero?

—Debía de haber otra persona que abandonó la escena —dijo Anastasio—. Pero como la daga ha desaparecido, en realidad da igual. Nadie más la ha visto, y me atrevería a decir que a estas alturas Giuliano ya la tendrá nuevamente en su poder y que en el futuro cuidará mejor de ella.

Zoé tuvo que controlar la expresión de sus ojos, de su boca, incluso del color de su tez. Anastasio no debía percibir nada. Mantuvo la mirada fija en Anastasio, en el brillo de sus ojos, en la fuerza de su rostro, un rostro sin embargo tan poco masculino, con aquella boca apasionada y vulnerable. No se le podía relacionar con los Dandolo, no había ningún parecido. ¿Quizá con la familia materna de Giuliano? De su generación no existía nadie, salvo el propio Giuliano. Eudocia se había hecho monja y Maddalena estaba muerta.

¿Amor? ¿Un eunuco físicamente inmaduro con un hombre como Dandolo?

Estudió a Anastasio más detenidamente. El médico aún tenía la mirada clavada en ella, una expresión tranquila, audaz, imperturbable. Zoé se percató de que en él había cierto coraje, cierto ardor, incluso encontrándose en la casa de ella.

De repente, semejante a una llamarada, le vino una idea que surcó la oscuridad y la deslumbró con su obviedad. Se echó a reír. Entonces lo tuvo perfectamente claro... y sin embargo era imposible. Pero ya estaba convencida: ¡Anastasio no era en absoluto un eunuco, sino tan mujer como ella misma! El amor que sentía por Dandolo era el mismo que podría haber sentido ella si tuviera la edad adecuada y él no fuera veneciano. O quizás aunque lo fuera, pero no de los Dandolo.

Anastasio, o comoquiera que se llamase, estaba petrificado en el sitio, con la mirada fija.

Zoé siguió riendo. Aquella persona, que resultaba tan triste y desconcertante siendo medio hombre, era infinitamente fácil de entender como mujer.

Zoé recuperó el control de sí misma y fue hasta donde estaban el vino y las copas. Llenó una de ellas hasta el borde y se la tendió.

Anastasio la aceptó, la apuró del todo y acto seguido la dejó, dio media vuelta y se encaminó hacia la salida.

Zoé bebió su copa despacio, paladeándola y pensando.

Había descubierto una cosa que poseía un valor delicioso e inmenso. El poder que le daba sobre Anastasio —no, Anastasia— era ilimitado. Pero antes de intentar sacarle partido debía obtener toda la información que le fuera posible acerca de aquella mujer que había decidido negarse a sí misma la ventaja natural más importante que tenía.

¿Qué era lo que deseaba, para pagar un precio tan terrible? El cerebro de Zoé pensó a toda velocidad. Ella había dicho que era Nicea, pero ¿sería verdad? Probablemente. Sólo un necio creaba mentiras innecesarias. Cuanto más reflexionaba sobre ello, más la intrigaba. ¿Qué pasión era lo suficientemente fuerte para montar semejante farsa?

Anastasia había mostrado mucho interés por Justiniano Láscaris. ¿Sería Zarides su apellido verdadero, o ella también era una Láscaris, y por consiguiente pertenecía a otra familia imperial? ¿Sería la esposa de Justiniano? En tal caso, no lo amaba, de lo contrario no habría arriesgado la vida de aquel modo para salvar al veneciano. No le cupo ninguna duda de que estaba enamorada del veneciano.

Hermana de Justiniano. Aquello era lo que Zoé había vislumbrado anteriormente. Una hermana. Deseosa de probar la inocencia de Justiniano.

¿Y era inocente Justiniano? Zoé siempre había creído que no, pero ¿podía estar equivocada? ¿Había algo más que ella no había tomado en cuenta?

Cuanta más información pudiera recabar sobre Anastasia, mejor.

Debía averiguar más cosas sobre la madre de Giuliano Dandolo, su vida y su muerte, para poder retorcer el puñal que tenía clavado en el corazón.

53

Al cabo de una semana, al regresar a casa Ana encontró a Simonis esperándola con un papel en la mano.

—Es de Zoé Crysafés —dijo con los labios fruncidos.

—Gracias. —Dejó la bolsa de hierbas y aceites y desdobló el papel.

«Anastasio, por desgracia tengo una llaga superficial en la pierna que necesita los cuidados de un cirujano. Os ruego que vengáis tan pronto como recibáis este recado. Zoé Crysafés.»

—¿Cuándo ha llegado esto? —quiso saber Ana.

Simonis se encogió ligeramente de hombros en un gesto de desdén.

—Hace menos de una hora, puede que media. —Elevó las cejas—. ¿Vas a ir?

—Sí —contestó Ana. Simonis sabía perfectamente que la ética no le permitía hacer ninguna otra cosa, y que si rehusara difícilmente sobreviviría al daño que sufriría su reputación.

Lo que se encontró al llegar a lo de Zoé fue lo único que Ana no había tenido en cuenta. Allí estaba Giuliano, apoyado informalmente contra el alféizar de la ventana que daba al Bósforo. Al ver entrar a Ana se irguió con cierta incomodidad, y ésta observó que aparecía un rubor en sus mejillas. La saludó con cortesía, sin que en su semblante hubiera el menor indicio de la última conversación que habían tenido ni del asesinato de Gregorio.

—¡Ah! —exclamó Zoé con claro regocijo—. Os agradezco que hayáis venido, Anastasio. Se me ha clavado una astilla en la pierna, y temo que me envenene si no se extrae y se cura la herida. —Se levantó el filo de la túnica color oro y dejó al descubierto una llaga de aspecto desagradable de la que sobresalía una astilla de madera y cuyos bordes presentaban una costra de sangre seca.

—¿Cuándo ha ocurrido? —preguntó Ana a la vez que dejaba su bolsa en el suelo y se agachaba para examinar la pierna.

—Anoche, cuando paseaba por el patio —contestó Zoé—. Ya había anochecido. En aquel momento no me pareció que fuera lo bastante grave para haceros venir, pero esta mañana me he dado cuenta de que aún tengo clavada la astilla.

—Quizá debería dejaros. —La voz de Giuliano provino de detrás de Ana, e iba teñida de una renuencia tan marcada que no pudo disimularla—. Puedo volver en otra ocasión. —Se apartó de la ventana.

—En absoluto —descartó Zoé—. No es más que el tobillo. Me resultaría más agradable tener compañía, para no pensar en lo que tenga que hacer Anastasio. Os lo ruego.

Ana levantó la vista y vio que Zoé estaba sonriendo. Notó que por debajo de aquella sonrisa en realidad estaba riendo a carcajadas, una risa delirante y casi sin control. Y aquello la inquietó.

Giuliano se relajó.

—Gracias.

Zoé volvió a posar la mirada en Ana.

—Decidme qué necesitáis y ordenaré a mi doncella que vaya a buscarlo. ¿Agua caliente, vendajes?

—Sí, por favor. —Ana intentó concentrarse en la herida—. Y sal.

—Vos no seríais capaz de poner sal en una herida, ¿verdad, Anastasio? —dijo Zoé.

—Hasta ahora, no —corroboró Ana—. Pero es una idea que se me ha ocurrido en una o dos ocasiones. También necesito las sales para limpiar mi cuchillo después de usarlo, y el ungüento para la primera capa de vendajes. Si la tela no se adhiere a la piel os dolerá menos, sobre todo si la herida sangra.

En aquel momento entró Tomais trayendo el agua en varios platos, la sal y un puñado de vendas limpias, y a continuación Zoé la despidió. Apoyó la pierna en un taburete y dejó que Ana se ocupara de ella. Luego la ignoró y se volvió hacia Giuliano.

—He averiguado muchas cosas más acerca de Maddalena Agallón. —Lo dijo con voz queda, bajando el tono como si la embargara un profundo sentimiento, lo cual hizo que Giuliano se aproximara un poco más a ella y entrara en el campo de visión de Ana.

»La mayor parte de dicha información concierne a cómo fue su vida después de abandonar a su esposo y su hijo pequeño —prosiguió Zoé. Su expresión era de dolor intenso, pero resultaba imposible discernir si la causa del mismo era la pena por aquel niño abandonado o la hoja, guiada por la mano de Ana, que hendía la piel inflamada que rodeaba la astilla de madera.

—¿Por qué se fue? —preguntó Giuliano, sacando aquellas palabras de su interior con un gran esfuerzo.

Zoé titubeó.

—Lo siento mucho —le dijo a Giuliano delicadamente y haciendo caso omiso de la herida, como si ni siquiera notara el tacto del cuchillo—. Según parece, no deseaba cargar con la responsabilidad de cuidar de un niño pequeño. Terminó aburriéndose. Regresó a la vida que tenía anteriormente, pero ningún hombre decente la quiso.

—¿Cómo vivió? —preguntó Giuliano con la voz quebrada.

Ana alzó la vista y vio que los ojos dorados de Zoé le devolvían la mirada. Primero se posaron en el cuchillo y después directamente en ella. Se sentía triunfante, y Ana lo percibió con tanta nitidez como si lo hubiera expresado con palabras. Volvió a la herida, con el cuchillo suspendido en el aire.

—¿No os atrevéis? —le preguntó Zoé—. ¿Es que os faltan agallas, Anastasio?

Ana observó su sonrisa y la revelación que ésta contenía, vívida como una llama, y sintió un escalofrío. ¿Era posible que Zoé hubiese adivinado que era una mujer?

Bajó de nuevo la vista y, deliberadamente, introdujo la punta del cuchillo en la carne por el otro lado de la astilla. Vio que rezumaba un poco de sangre que terminó por inundar la herida. Se sintió tentada a empujar con más fuerza, incluso a seccionar una arteria y contemplar cómo brotaba la sangre a borbotones, como debió de brotar la de Gregorio, dejando escapar la vida.

—Se echó a las calles, como hacen todas las mujeres cuando no hay nada más —dijo Zoé, llenando con su voz el silencio de la habitación—. Sobre todo las que son bellas. Y ella era muy bella.

Ana giró el cuchillo con delicadeza, levantó la astilla y la depositó en uno de los platos.

—Tan bella como sería Anastasio —siguió diciendo Zoé. Ni siquiera había movido un músculo—. Si fuera una mujer y no un eunuco.

Ana sintió que le ardía el rostro y no se atrevió a levantar la vista, aunque percibió el dolor que experimentó Giuliano, el mismo que si le hubieran extraído un órgano vital del cuerpo con un cuchillo. Ella no debería estar presenciando aquella horrible escena.

Alzó la vista y se tropezó con los ojos de Zoé, brillantes y duros como el ágata.

—¿Os he ofendido, Anastasio? —preguntó con leve interés—. Poseer belleza no es malo, ¿sabéis? —Zoé se volvió para mirar a Giuliano y tomó un papel de la mesa que tenía al lado—. Una carta de la madre abadesa de Santa Teresa. Dice así: «Lo lamento, pero algún día teníais que saber esto, y habéis insistido en saberlo. Maddalena puso fin a su vida suicidándose. Así actúan muchas mujeres que buscan su sustento en las calles.»

De pronto Ana sintió el impulso de decir algo, en el afán de protegerlo. Nada podría ya deshacer la herida, nada podría hacerle pensar que ella no había visto ni oído su dolor.

—Supongo que a algunas mujeres se les da mejor prostituirse que a otras —dijo, mirando a Zoé cara a cara—. Pero hasta la belleza más llamativa languidece con el paso del tiempo. Los labios se agrietan, los senos se caen, los muslos se desdibujan, la piel se arruga y se hunde. El deseo desaparece, y entonces sólo importa el cariño.

Giuliano dejó escapar una exclamación ahogada y giró la cabeza hacia Ana, sorprendido, incluso dio un paso hacia ella como si pretendiera protegerla físicamente de la furia de Zoé.

Zoé abrió unos ojos como platos.

—Nuestro pequeño eunuco tiene dientes, *signor* Dandolo. Estoy convencida de que os aprecia. Qué grotesco.

Giuliano, con las mejillas nuevamente coloreadas por la sangre, se volvió hacia Zoé.

—Os agradezco que os hayáis tomado la molestia de buscar esa información —le dijo con voz entrecortada—. Si me permitís, voy a dejaros con vuestro... tratamiento. —Salió de la estancia, y ambos oyeron las pisadas de sus botas de cuero por el suelo de mármol del corredor.

—Vais a dejar que me desangre —señaló Zoé mirándose el tobillo y el pie, del que goteaba sangre que iba tiñendo el suelo de color rojo—. Creía que erais un médico más respetable, Anastasio.

Ana vio en su rostro cómo se regodeaba. Aquello era una venganza contra Giuliano a causa de su bisabuelo, y contra ella misma por amar a Giuliano. Y en efecto lo amaba, ya sería inútil negarlo incluso para sí.

—Es bueno que la herida sangre —replicó pronunciando despacio a pesar de que le temblaba la voz—. Así arrastrará el veneno que pueda haber dejado la astilla. —Volvió a tomar el cuchillo y tocó la herida con la punta de la hoja presionando ligeramente, pero no más de lo necesario—. Quedará limpia, y entonces será cuando os la vendaré.

Transcurrieron unos momentos de silencio.

—Esto debe de ser difícil para vos —dijo Zoé con voz queda.

Ana sonrió.

—Pero no imposible. Soy yo quien decide lo que soy, y no vos. Pero tenéis razón, la belleza puede ser peligrosa. Puede llevar a la persona a hacerse la ilusión de ser amada, cuando en realidad es sólo un objeto que se consume, como un higo o un melocotón. Irene Vatatzés me dijo que a Gregorio le gustaban los higos.

Del pie de Zoé fluyó la sangre más copiosamente, y fue formando un charco de color escarlata.

—Me parece que ya se puede aplicar el vendaje —continuó Ana. Miró a Zoé a los ojos y sonrió—. Tengo aquí mismo el ungüento adecuado para la herida. Sería muy grave que se infectase ahora, estando tan... vulnerable.

Por el semblante de Zoé cruzó una repentina sombra de pánico.

—Andaos con cuidado —susurró—. El amor que sentís hacia Dandolo podría saliros muy caro, incluso costaros la vida. Si mi pie no llega a curarse, lo lamentaréis.

Ana le respondió con una sonrisa, pero la expresión de sus ojos era fría como el hielo.

—Se curará —prometió—. En él no hay nada que no se haya curado al extraer la astilla. Habéis hecho bien en no escoger una madera venenosa.

La sorpresa brilló un instante en los ojos de Zoé.

—No quisiera destruiros —dijo como si le diera igual—. No me obliguéis.

54

Giuliano salió de la casa de Zoé y echó a andar por la ancha calle, sin tener apenas conciencia de adónde se dirigía. El dolor que lo oprimía parecía tan inmenso, que amenazaba con desgarrarle la piel desde el interior y dominarlo por completo. Se sentía abrumado por la vergüenza y por la idea de que aquella mujer que él apenas recordaba —un rostro encantador, lágrimas, calidez y un aroma agradable— no sólo no lo había querido lo suficiente para no abandonarlo, sino que además se había rebajado a practicar el más despreciable de los oficios.

Él rara vez había recurrido a las rameras; era bien parecido y poseía encanto, por consiguiente no había tenido necesidad. Se estremeció con un sentimiento nuevo de asco hacia sí mismo al recordar las ocasiones en que sí se había acostado con prostitutas.

Apenas veía la calle que tenía alrededor. Las demás personas eran tan sólo manchas borrosas de color en movimiento. Tuvo ganas de vomitar. Sentía un frío glacial que le calaba los huesos y temblaba. Gracias a Dios, por lo menos su padre no llegó a saber que ella había muerto por su propia mano y alejada de la Iglesia, incluso en el momento de morir.

Cruzó la calle atestada, interrumpió el paso de los carros, los carreteros le gritaron algo que no penetró en su cerebro. Continuó bajando por la fuerte pendiente en dirección al barrio veneciano, siguiendo la orilla del mar.

Ella lo había traído al mundo, lo había llevado en su vientre y le había dado la vida. La odió por lo que había terminado siendo. Al lado de su padre había aprendido lo que era el cariño. El nombre de su madre era la última palabra que él había pronunciado. ¿Qué era Giuliano ahora, si negaba a su madre?

Maldita fuera Zoé Crysafés, ojalá fuera arrojada a un infierno de sufrimiento que le durase toda su vida... como le había ocurrido a él.

Anastasio había estado extraordinario. Era un verdadero amigo, primero lo había rescatado de que lo acusaran del asesinato de Gregorio Vatatzés, cosa que él se merecía por haber sido tan necio, cuando menos por eso, y después lo había defendido de Zoé. En ambas ocasiones dicha forma de actuar supuso un riesgo para sí mismo, ahora comprendía hasta qué punto. Y, sin embargo, no había pedido nada a cambio.

Pero, después de lo sucedido, ya no soportaría volver a estar con Anastasio. Era la única persona que había visto y oído, y no iba a ser capaz de olvidarlo, aunque sólo fuera por indignación contra Zoé. O por lástima. La lástima era lo que más dolía.

Antes de regresar a la casa en que se alojaba, recorrió los muelles, buscando barcos venecianos que pudiera haber en el puerto. Había dos. El primero era un mercante que se dirigía a Cesárea, y el segundo acababa de atracar y tenía previsto zarpar de regreso a Venecia en el plazo de una semana.

—Soy Giuliano Dandolo y estoy al servicio del dux —se presentó—. Busco un billete para volver a casa, a fin de informar al dux lo antes posible.

—Excelente —dijo el capitán con entusiasmo—. Un poco más temprano de lo que esperaba, pero excelente de todos modos. Bienvenido a bordo. Boito va a alegrarse mucho. Podéis utilizar mi camarote, así no os interrumpirán.

Giuliano no tenía idea de qué hablaba aquel hombre.

—¿Boito? —repitió despacio, intentando encontrarle algún significado a aquel nombre.

—El emisario del dux —repuso el capitán—. Tiene varias cartas para vos, y no me cabe duda de que también otras cosas demasiado complejas o secretas para ponerlas en un papel. No estaba al tanto de que ya os había mandado recado, pero me dijo que pensaba hacerlo hoy, y lo antes posible. Venid, os acompaño.

En el estrecho pero bien provisto camarote que era el territorio del capitán, Giuliano se encontró sentado frente a frente con un hombre de cincuenta y pocos años, apuesto y de rostro alargado, que redactaba cartas de recomendación del dux. Dio las gracias al capitán y solicitó permiso para que nadie lo interrumpiera hasta que Giuliano y él hubieran finalizado sus asuntos.

En cuanto se cerró la puerta, Boito dirigió una mirada grave a Giuliano.

—Os conozco de otras ocasiones —le dijo—. Yo serví al dux Tiépolo. Debéis de tener noticias, para querer entrevistaros conmigo incluso antes de que yo os mandara recado de que me encontraba aquí. Habladme del barrio veneciano.

Giuliano había llevado a cabo la labor encomendada, había conversado con todas las familias importantes del barrio veneciano y, quizá lo más aleccionador, había hablado con hombres jóvenes en los cafés y las tabernas de los muelles y en los puestos de la calle en los que se servía la mejor comida. Habían nacido en territorio bizantino y sus lealtades estaban divididas.

—Los que aún tienen familia en Venecia es probable que permanezcan fieles a nosotros —dijo con prudencia.

—¿Y los jóvenes? —dijo Boito con impaciencia.

—Ahora la mayoría de ellos son bizantinos. No han estado nunca en Venecia. Algunos se han casado con bizantinos, tienen aquí el hogar y el oficio. Siempre existe la posibilidad de que, si no los ha conmovido la lealtad a Venecia, tal vez logre conmoverlos la fe en la Iglesia de Roma.

Boito respiró muy despacio y relajó los hombros, si bien tan levemente que dicho gesto sólo se apreció en una mínima alteración de los pliegues de su manto.

—¿Y vos creéis que la fe no los contendrá?

—Lo dudo —respondió Giuliano.

Boito frunció el entrecejo.

—Entiendo. ¿Y qué posibilidades hay de que Constantinopla acepte la unión con la Iglesia de Roma? Sé que algunos de los monasterios, quizá la mayor parte de las ciudades más alejadas y tal vez toda Nicea se negarán. Incluso hay miembros de la familia imperial en prisión por haberse negado.

Giuliano era veneciano, donde debían estar sus lealtades era en Venecia. Y se lo había prometido a Tiépolo. La idea de que su madre hubiera sido bizantina era demasiado amarga para tocarla siquiera. Y al fin y al cabo, los amigos que había hecho allí eran sobre todo venecianos. Constantinopla era Zoé Crysafés y personas como ella. Excepto Anastasio. Pero no se podía torcer el destino de naciones enteras ni el curso de una cruzada basándose en la amistad de una única persona, por muy apasionada, generosa o vulnerable que fuera ésta.

Anastasio no había dudado en arriesgar su vida para salvarlo a él de la acusación de haber asesinado a Gregorio. De hecho, ni siquiera le había preguntado si era culpable. Y se había mostrado dispuesto a enfrentarse a Zoé de un modo que ella no le perdonaría jamás. ¿Cómo puede hacer un hombre de honor para satisfacer las deudas contraídas con dos fuerzas opuestas?

—Necesitan más tiempo —contestó Giuliano haciendo un esfuerzo para traer de nuevo su pensamiento al momento que lo ocupaba y a aquel exiguo camarote forrado de madera, tan parecido a todos los demás en que había navegado—. Si se lo concedéis, es posible que comprendan la conveniencia de actuar así. Necesitan saber que no están traicionando la fe que entienden. No se le puede pedir a un hombre que niegue a su Dios y después nos jure lealtad a nosotros.

Boito formó una pirámide con sus dedos estrechos y alargados y contempló a Giuliano con expresión pensativa.

—Hay muy poco tiempo que concederles, queramos o no. El dux está seguro de que Carlos de Anjou ya está haciendo planes que lo harán avanzar considerablemente en su ambición de gobernar todo el este del Mediterráneo, incluidas las zonas de comercio y de influencia que pertenecen por derecho a Venecia. Estoy seguro de que vos no deseáis que suceda tal cosa.

Giuliano estaba perplejo.

—Pero Bizancio no detendrá a Carlos, porque no puede —dijo—. Los bizantinos son sagaces y sensatos, y también crueles, pero su poder está disminuyendo. Su fuerza se ha agotado. El saqueo de 1204 los devastó y todavía no se han recuperado.

Boito guardó silencio. Sus ojos tenían la mirada perdida. Por fin sonrió.

—Lo que necesitamos es información, en estos momentos. El dux ha de saber con exactitud qué obstáculos se interponen en el camino del rey de las Dos Sicilias y en su ambición de ser también rey de Jerusalén.

Su expresión era enigmática. No dijo si dichos obstáculos habían de ser eliminados o reforzados. Giuliano tuvo la viva impresión de que bien podía tratarse de lo segundo.

—Para ser más concreto —siguió diciendo Boito—, el dux debe conocer la situación militar de Palestina y cuál sería la predicción que haría un hombre inteligente respecto del futuro. Digamos, para los tres o cuatro próximos años.

Giuliano dio vueltas a aquella idea. Era una información de la máxima importancia, quizá para la totalidad de la cristiandad y para el futuro del mundo. Si Carlos conquistara Tierra Santa y unificara los cinco patriarcados antiguos, formaría el reino más poderoso de Occidente.

—Veo que sí comprendéis —dijo Boito con una sonrisa más cálida—. Os sugiero que viajéis por la ruta más segura que sea posible, y la más discreta, que sería la que va desde aquí hasta Acre bordeando la costa de Palestina, y a partir de ahí podéis dirigiros hacia el interior del continente. Siempre hay peregrinos. Sumaos a uno de esos grupos, y de momento pasaréis inadvertido. Cuando regreséis, informaréis al dux en persona. A nadie más. ¿Queda claro?

—Por supuesto.

—El dux necesita ojos y oídos de los que pueda fiarse. Así como vos, Dandolo, amáis la ciudad de vuestros ancestros y estáis en deuda con ella, por ser una ciudad que os ha dado esperanza y honor, ofrecedle vos ahora este servicio, en aras del futuro.

—Lo haré. No había ninguna otra respuesta posible para Giuliano. Y, aparte de todo, se lo había prometido a Tiépolo.

55

Ana se encontraba en el cuarto donde guardaba las hierbas, mezclando ungüentos y destilando tinturas. En cada uno de los cajoncitos de madera guardaba una hoja entera de cada variedad de planta, para no confundirlas.

Había visto a Giuliano salir de la casa de Zoé casi cegado por el dolor que ella le había infligido al transmitirle aquella información, y Ana sabía que su presencia le había resultado doblemente dolorosa. No esperaba verlo en varias semanas, o quizá meses, y dicho pensamiento le producía una inquietud persistente, como una ansiedad, pero no conocía el modo de curarla.

Las extraordinarias revelaciones que había hecho Zoé cuando estaba asediada por la fiebre no le dejaron dudas. Ellos habían planeado matar a Miguel Paleólogo y que Besarión usurpara el trono, y a continuación tenían pensado negar la unión y poner a la nación a favor de él para así salvar la Iglesia ortodoxa de la amenaza de Roma.

Pero ¿cómo pensaban contener a los ejércitos cruzados? ¿O no habían estudiado aquel detalle? ¿Tan obsesionados estaban por su fervor religioso, que tenían el convencimiento de que los salvaría la Virgen?

Justiniano en Nicea era muy equilibrado mentalmente, en ocasiones se reía de sí mismo, poseía un intelecto demasiado agudo y un gran conocimiento de las ironías de la vida para fiarse de un hombre como Besarión, sin saber exactamente qué se proponía hacer y cómo.

Ana permaneció unos instantes con las hojas en la mano, aspirando el aroma de su perfume, intentando serenar su mente inquieta.

¿Cómo había descubierto Justiniano la conspiración? ¿O había formado parte de ella desde el principio? En ese caso, ¿cómo había tardado tanto en darse cuenta de que no podía salir bien?

Fijó la mirada en el astrolabio que reposaba sobre la mesa, con sus bellas incrustaciones, sus anillos, sus órbitas dentro de otras órbitas. ¿Sería así aquella conspiración, o mucho más simple: un acuerdo desesperado entre todos los implicados, aunque partiendo de prioridades distintas? Besarión por fe y tal vez, lo quisiera reconocer él o no, por ambición y gloria para sí mismo, para que volviera a su familia el poder que había tenido antiguamente. Helena, sencillamente por poder. Ella tenía la sinceridad, o quizá la inconsciencia, de admitir que nunca había fingido tener fe.

De Isaías continuaba sabiendo muy poco. Otras personas habían dicho de él que era un hombre superficial, pero aquello no tenía por qué ser cierto. Ahora que sabía que había habido una conspiración, se daba cuenta de que cada uno de los implicados podía tener una personalidad profundamente diferente de la que había mostrado con el fin de alcanzar el objetivo, que superaba a todo lo demás.

Había terminado de guardar las hierbas, y ahora empezó a verter las tinturas en ampollas y ponerles etiquetas.

Antonino podría ser exactamente lo que parecía: un hombre leal a la Iglesia, aun a costa de su propia vida; buen amigo de Justiniano, reconoció el papel desempeñado por él bajo tortura y únicamente cuando ya resultaba inútil negarlo. Pero se había juntado con Justiniano no para matar a Miguel, a fin de salvar a la Iglesia, sino a Besarión, ¿y para qué? ¿Para salvar a Bizancio, porque Besarión no alcanzaba a comprender la realidad ni poseía el temple necesario para hacer lo que estaba haciendo Miguel Paleólogo y buscar la única paz posible?

Justiniano estaba fervientemente en contra de la unión desde el principio. Su lealtad hacia Constantino daba testimonio de ello. ¿Y la lealtad de Constantino hacia él? ¿Acaso no era ésa una pasión en la que se podía confiar?

Ana dejó de trabajar y se puso a lavar el mortero y los platos para volver a ponerlos en su sitio.

Justiniano fue el primero, como forastero que era, en ver las flaquezas y los sueños de Besarión y en darse cuenta de que, lejos de salvar Constantinopla, más bien sellaría el destino fatal de la misma.

Intentó imaginar lo que debió de sentir su hermano a medida que las pruebas fueron imponiéndose y poco a poco fue comprendiendo que no se podía consentir que Besarión tomara el trono. Si él se retirase de la conspiración, simplemente su sitio sería ocupado por Demetrio. Era a Besarión a quien había que detener. Pudo ser que acudiera a él para intentar persuadirlo, cada vez con más insistencia a medida que Besarión se resistía. Las disputas fueron cada vez más agresivas. En un momento de desesperación recurrió a otras personas, incluso a Irene, pero a Zoé no. ¿Por qué Justiniano y ella no se aliaron para servir a la causa común?

La única persona de la que se fiaba Justiniano era Antonino, el cual, al final, murió torturado y solo. Entonces, ¿quién entregó a Justiniano a las autoridades?

Si Besarión hubiera conservado la vida, la conspiración habría seguido adelante. La noche siguiente habrían intentado matar al emperador. Zoé tenía el valor y la capacidad necesarios para ello, fueran cuales fueran los fallos de Besarión. Pero, ¿de verdad creía Zoé que Besarión poseía el valor y el ardor necesarios para salvar a Bizancio de los latinos y a la Iglesia de Roma?

¿La habría obedecido Besarión, o su arrogancia era tal que, una vez en el trono, habría rechazado todos los consejos que le dieran, sobre todo los que procedieran de una mujer? ¿Cómo había imaginado ella que iba a poder manipularlo? ¿Porque poseía más inteligencia para la política que él, y más realismo? ¿O más aliados? ¿Acaso un conocimiento mayor de la red de espías y agentes que tenía Miguel para que ejercieran la violencia, le proporcionasen información y practicaran el engaño? De ese modo él podría quedar con las manos limpias y seguir disfrutando de los beneficios.

Quizá Zoé habría permitido que Besarión tomara el trono, para después ayudar a Demetrio Vatatzés a quitárselo a Besarión. ¿O ése era el plan de Irene?

Justiniano había impedido que sucediera todo aquello. Si en efecto fue él quien mató a Besarión, lejos de conspirar contra el emperador, le había salvado la vida. ¿Estaba Miguel informado de eso? ¿Y Nicéforo?

Y un pensamiento gélido y siniestro le cruzó por la mente: ¿lo sabía Constantino? ¿Permitió que Justiniano fuera inculpado, como un acto de represalia por haber cambiado su lealtad de sitio, su comprensión de la realidad?

56

Ana escogió el momento con todo cuidado. Gracias a las muchas visitas que había efectuado al palacio Blanquerna, conocía los horarios de Nicéforo, de manera que acudió cuando sabía que iba a encontrarlo solo y sin que lo interrumpiera nadie, a no ser que surgiera alguna crisis. Mientras subía las escaleras del palacio la embargaba un nerviosismo poco característico de ella, aunque era ya conocida por haber atendido a la mayoría de los eunucos en un momento o en otro.

Pasó junto a las estatuas rotas, las manchas oscuras dejadas por el fuego, los corredores bloqueados por escombros porque la estructura del palacio era peligrosa. ¿Lo mantenía Miguel en dicho estado para que ni él ni sus sirvientes olvidasen nunca el coste que tenía ser fiel a la Iglesia ortodoxa?

Halló a Nicéforo en la estancia de costumbre, la que daba al patio. Su criado se adelantó y le susurró que acababa de llegar Anastasio, y unos instantes después la hicieron pasar. Percibió al momento el cansancio que revelaba su semblante y la súbita expresión de alegría que adoptó al verla a ella.

—No enfermamos con suficiente frecuencia —dijo Nicéforo—. Tengo la impresión de que lleváis mucho tiempo sin venir por aquí. ¿Qué os trae? No sé de nadie que necesite vuestros cuidados.

—Soy yo quien necesita de vuestra ayuda —repuso Ana—. Pero a lo mejor puedo ofreceros algo a cambio. Tenéis cara de cansado.

Nicéforo sacudió ligeramente la cabeza. Ana comprendió la soledad que sufría por dentro, la necesidad que tenía de hablar de temas de mayor profundidad espiritual que las políticas a seguir o las realidades de la diplomacia.

—Ese jarrón es nuevo —observó Ana mirando una vasija suavemente curvada que descansaba sobre una de las mesas laterales—. ¿Es de alabastro?

—Sí —se apresuró a contestar Nicéforo con una nueva luz en el semblante—. ¿Os gusta?

—Es perfecto —dijo Ana—. Tan simple como la luna, tan... completo en sí mismo, ajeno a que lo admiren o no.

—Eso me gusta —dijo Nicéforo—. Tenéis mucha razón, algunas cosas se esfuerzan demasiado. Hay obras de arte que pregonan el deseo del artista de llamar la atención. Pero este jarrón posee la suprema seguridad en sí mismo de saber exactamente lo que es. Os lo agradezco. A partir de ahora, lo apreciaré todavía más.

—¿Os he interrumpido en vuestra lectura? —preguntó Ana al ver el manuscrito que tenía Nicéforo sobre la mesa.

—¡Ah! Sí, estaba leyendo. Trata de Inglaterra, y me atrevería a decir que aquí se consideraría un texto sumamente sedicioso, pero es de un interés extraordinario. —Tenía los ojos encendidos, atentos a la expresión de Ana.

Ana estaba sorprendida.

—¿Inglaterra? —Para ella, era sólo un mundo de barbarie que superaba incluso a Francia, y así lo dijo.

—Yo también opinaba lo mismo —reconoció Nicéforo—, pero en 1215 redactaron una Carta Magna, diferente de las leyes que heredamos nosotros de Justiniano, porque en ella participaron los barones y la aristocracia y se la impusieron al rey, mientras que nuestro código fue redactado por el emperador. De todos modos, algunas de sus disposiciones son interesantes.

Ana fingió interés, por Nicéforo.

—¿En serio?

Pero el entusiasmo del eunuco era demasiado vivo para apagarse por la falta de curiosidad de Ana.

—Mi favorita es la que dice que la justicia postergada es justicia negada. ¿No os parece magnífica?

—Desde luego —contestó Ana para complacerlo, y de repente se dio cuenta de que lo había dicho muy en serio—. Mucho. En efecto, así es. ¿Eso era lo que estabais leyendo?

—No. Leía algo mucho más reciente. ¿Conocéis a Simón de Montfort, el conde de Leicester?

—No. —Ana abrigó la esperanza de que aquello no durase en exceso—. ¿Es uno de los barones que impusieron esa Carta Magna?

Nicéforo volvió boca abajo el manuscrito.

—Pero vos habéis venido por algún propósito en particular, se os nota en la cara. ¿Otra vez el asesinato de Besarión?

—Me conocéis demasiado bien —confesó Ana, y al instante tuvo la sensación de que al decir aquello lo había traicionado. En realidad, Nicéforo no sabía nada de ella. No fue capaz de mirarlo a los ojos, y se sorprendió al descubrir lo mucho que le dolía. Ana había planeado con exactitud lo que iba a decir, había ensayado los detalles.

—¿Qué sucede? —inquirió Nicéforo.

Ana se lanzó de cabeza y abandonó todo lo que había ensayado cuidadosamente.

—Estoy convencido de que hubo una conspiración para asesinar al emperador y para que Besarión ocupara su sitio, a fin de salvar a la Iglesia de la unión con Roma. Quienquiera que mató a Besarión impidió que sucediera tal cosa. Fue un acto de lealtad, no de traición. Y no debería haber sido castigado por ello.

El semblante de Nicéforo se inundó de una tristeza que Ana no logró entender.

—¿Quiénes eran los conspiradores, aparte de Justiniano y Antonino?

Ana no dijo nada. No podía demostrar nada, y a pesar de lo que habían planeado hacer, decírselo a Nicéforo parecía una traición. Porque éste tendría que actuar. Serían apresados y torturados. Le vinieron a la mente imágenes horrendas: Zoé desnudada, humillada, y quizás herida nuevamente por el fuego. Y de todas formas no tenía pruebas.

—Ya imaginaba que no querríais decírmelo —dijo Nicéforo—. Me habríais decepcionado. Y tampoco quiso decirlo Justiniano, ni Antonino. —Bajó aún más el tono de voz, esta vez teñida de dolor—. Ni siquiera bajo tortura.

Ana se lo quedó mirando, invadida por un terror nuevo que le atenazó el estómago como si fuera una garra de acero.

—¿Está...? —pronunció Ana con dificultad, con los labios resecos. Se acordó de la cara sin ojos de Juan Láscaris. Justiniano... Era casi más de lo que podía soportar.

—No lo mutilamos.

Tal vez sin pretenderlo, Nicéforo estaba atribuyéndose parte de la culpa. Él era un sirviente del emperador.

—Justiniano no fue capaz de decirnos que no iban a intentarlo otra vez —añadió Nicéforo—. ¿Podéis vos?

Ana reflexionó sobre ello, se debatió, giró mentalmente hacia un lado y hacia otro, pero no encontró ninguna escapatoria.

—No —dijo por fin.

—¿Qué significa para vos Justiniano Láscaris, para que arriesguéis tanto por salvarlo? —inquirió Nicéforo.

Ana sintió que se sonrojaba.

—Somos parientes.

—¿Cercanos? —dijo el eunuco en un tono que fue poco más que un susurro—. ¿Vuestro hermano, vuestro esposo?

Fue como si el tiempo se hubiera detenido, congelado entre un latido y otro. Nicéforo sabía. Estaba perfectamente claro en su expresión. Negarlo sería de idiotas.

Nicéforo esperó. Su mirada era tan tierna que Ana no pudo evitar derramar lágrimas de vergüenza por haberlo engañado. ¿Pensaría que ella se había mofado de él? Mantuvo la mirada baja, incapaz de enfrentarse a los ojos de él y odiándose a sí misma.

—Mi hermano mellizo —susurró.

—¿Os llamáis Anastasia Láscaris?

—Ana —lo corrigió ella, como si aquella mota de sinceridad fuera importante—. Ahora me apellido Zarides. Soy viuda.

—Quienesquiera que fueran los otros conspiradores, siguen representando un peligro —le advirtió Nicéforo—. No me cabe duda de que vos sabéis quiénes son. Uno de ellos traicionó a Justiniano, no sé cuál, y si lo supiera no os lo diría, por vuestro propio bien. Os traicionarían con la misma rapidez.

—Lo sé —respondió Ana con un nudo en la garganta—. Os lo agradezco.

—A propósito, deberíais alargar un poco la zancada. Continuáis dando pasos cortos, como una mujer. Por lo demás se os da muy bien.

Ana asintió con la cabeza, incapaz de hablar, y acto seguido se dio media vuelta muy despacio y se alejó, notando la mente embotada y con dificultades para conservar el equilibrio. Lo de corregir su manera de andar iba a tener que dejarlo para mejor ocasión.

57

Una semana después, tras visitar al último paciente de la mañana, Ana se encontraba en la cocina cuando en eso entró Leo trayendo una carta de Zoé Crysafés.

«Querida Anastasia: Acabo de recibir noticias de la máxima importancia en relación con la verdadera fe que ambas profesamos. Necesito informaros de los detalles lo antes posible. Os ruego que consideréis urgente este asunto y vengáis a verme hoy mismo. Zoé.»

La manera en que estaba escrito su nombre, empleando el femenino en vez del masculino, constituía un velado recordatorio del poder que tenía Zoé sobre ella. No se atrevió a rechazarla.

No había ninguna decisión que tomar.

—Tengo que ir a ver a Zoé Crysafés. —Ana no quería asustar a Leo diciéndole que Zoé conocía su secreto—. Es algo que tiene que ver con la Iglesia, será interesante.

Pero el interés era el sentimiento que más lejos tenía de su mente cuando la hicieron pasar a la habitación de Zoé. La sensación de pánico y de pérdida del encuentro anterior pareció cernerse otra vez sobre ella, como si nunca pudiera eludirla. Se sintió igual que debió de sentirse Giuliano, cuando al menor movimiento que hiciera, ella alcanzaría a ver el dolor que se reflejaba en su semblante.

Zoé fue hacia ella con elegancia suprema, la cabeza alta y la espalda recta. La seda azul oscura de su túnica le ondeó alrededor de los tobillos sin ningún ornamento de oro, sencilla como el cielo del crepúsculo.

—Os agradezco que hayáis venido tan deprisa —dijo—. Tengo una noticia notable, pero antes debo pediros que me juréis que la guardaréis en secreto. Una promesa que me hagáis a mí no vale de nada; prometed a María, Madre de Dios, que no contaréis este secreto a nadie. ¡Os hago responsable! —Sus ojos dorados relampaguearon con una súbita llamarada de pasión.

Ana estaba atónita.

—¿Y si no lo prometo? —inquirió.

—Eso no es necesario ni tenerlo en cuenta —replicó Zoé sin perder la sonrisa—, porque lo prometeréis. Revelar un secreto puede resultar sumamente doloroso. Incluso puede matar. Pero eso ya lo sabéis vos. Dadme vuestra palabra.

Ana sintió que le ardía la cara. Se había metido ella sola en la trampa.

—Se lo prometo a María, Madre de Dios —dijo con un leve sarcasmo.

—Bien —respondió Zoé de inmediato—. Resulta de lo más apropiado. De todos es sabido que los venecianos robaron el Sudario de Cristo de Santa Sofía, junto con un clavo de la verdadera cruz. Es la reliquia más sagrada del mundo, y sólo Dios sabe dónde se encuentra ahora. Probablemente en Venecia, o tal vez en Roma. Son todos ladrones. —Se esforzó por reprimir su indignación, pero fracasó—. Y también la corona de espinas —agregó—. Pero me ha llegado una noticia procedente de Jerusalén relativa a la existencia de otra reliquia, tan importante como ésas. Acaba de salir a la luz, después de más de mil doscientos años.

Ana procuró no preocuparse. No debía olvidar que, por encima de todo, Zoé era una criatura vengativa y engañosa. Tan sólo un necio se fiaría de ella. Sin embargo, le preguntó a Zoé de qué se trataba, y casi contuvo la respiración aguardando la respuesta.

La sonrisa de Zoé se amplió.

—El retrato de la Madre de Dios, pintado por san Lucas —dijo con un hilo de voz—. Imaginaos. Era médico, igual que vos. Y artista. La vio en persona, tal como ahora nos estamos viendo vos y yo. —Hablaba con la voz enronquecida por la emoción—. Tal vez ella fuera mayor, pero su rostro expresaba toda la pasión y toda la pena del mundo. —Zoé tenía en los ojos una expresión maravillada—. María, una mujer ya anciana que había traído al mundo al Hijo de Dios y que en el momento de su muerte estuvo al pie de la cruz, impotente para salvarlo. María, que supo que su hijo había resucitado, no por medio de la fe ni por sus creencias, ni tampoco por los sermones de los sacerdotes, sino porque ella misma lo vio.

—¿Dónde está esa pintura? —preguntó Ana—. ¿Quién la tiene? ¿Cómo sabéis que es auténtica? Los fragmentos de la verdadera cruz que se venden a los peregrinos son tantos que con ellos se podría formar un bosque.

—Su existencia ha sido confirmada —respondió Zoé con calma, viendo la victoria.

—¿Por qué me contáis esto? —Ya temía la respuesta.

Zoé no pestañeó.

—Porque quiero que vayáis a Jerusalén a comprarla para mí, naturalmente. No finjáis ser idiota, Anastasia. Por supuesto que os proporcionaré el dinero necesario. Cuando regreséis con esa pintura, se la regalaré al emperador, y Bizancio volverá a tener en su poder una de las grandes reliquias de la cristiandad. La Santísima Virgen es nuestra patrona, nuestra guardiana y nuestra abogada ante Dios. Ella nos protegerá de Roma, ya sea de la violencia de los cruzados o de la corrupción de los Papas.

Ana estaba estupefacta. De pronto se le ocurrió otra idea. Zoé acababa de decir que tenía intención de regalarle la pintura al emperador, no a la Iglesia. ¿Sabía Miguel sin asomo de duda que era Zoé la que tenía previsto matarlo la otra vez, y que esto era un trueque a cambio de que él la dejase en libertad, incluso le permitiese conservar la vida?

—¿Por qué yo? —preguntó—. Yo no sé nada de pinturas.

Zoé puso cara de honda satisfacción.

—Porque me fío de vos —contestó suavemente—. Vos no me traicionaréis, porque para eso tendríais que traicionaros vos misma... y también a Justiniano. Y eso no lo vais a hacer. Olvidáis que os conozco a fondo, y haríais bien en recordarlo.

—No puedo viajar sola a Jerusalén —señaló Ana—. Y menos aún podría regresar sin una guardia armada, si he de llevar conmigo semejante reliquia. —Su corazón latió deprisa al pensar que Jerusalén estaba cerca del Sinaí. Podría ver a Justiniano. Se preguntó si Zoé habría pensado en ello.

—No espero que hagáis tal cosa —replicó Zoé. Dirigió la vista hacia la ventana, por la que se veía cómo iba menguando la luminosidad del cielo—. Ya he hecho indagaciones para procuraros un pasaje, y lo he dispuesto todo para que viajéis perfectamente a salvo. Excepto a salvo de los rigores de una travesía por mar, pero eso es inevitable. Hay un barco fletado y comandado por un veneciano que está a punto de zarpar con rumbo a Acre, ciudad desde la cual el capitán, imagino que con la guardia adecuada, continuará viaje a Jerusalén. Están dispuestos, a cambio de una gratificación que les pagaré, a permitir que los acompañéis. El capitán estará al tanto de vuestra misión, pero nadie más.

—¿Un veneciano? —Ana estaba horrorizada—. Permitirán que me haga con la pintura y después me la robarán, probablemente me arrojarán por la borda y vos no llegaréis a verla jamás.

—Ese capitán, no —replicó Zoé, como si algo la divirtiera secretamente—. Porque es Giuliano Dandolo. Tan sólo le he dicho que se trata de la efigie de una *madonna* bizantina para la que posó la hija de un mercader, o tal vez su madre. Debéis limitaros a decirle eso.

Ana se quedó rígida.

—¿Y si... si me niego? —balbució.

—Si os negáis, ya no me sentiré obligada a guardar discreción acerca de vuestra... identidad —dijo Zoé—. Ni con el emperador, ni con la Iglesia ni con Dandolo. Aseguraos muy bien de que es eso lo que deseáis, antes de provocarlo.

—Iré —dijo con voz queda.

Zoé sonrió.

—Por supuesto que iréis —corroboró encantada. Tomó un paquete que había sobre la mesa que tenía al lado y se lo tendió a Ana—. Aquí tenéis el dinero, las instrucciones y un salvoconducto para vos con la firma del emperador. Id con Dios, y que la Santísima Virgen os proteja. —Y a continuación se persignó devotamente.

En el ajetreado muelle, Ana llegó hasta un barco veneciano, provisto de tres mástiles, velas latinas y una popa elevada. Era ancho de manga, y ella calculó que mediría por lo menos cincuenta pasos de una punta a la otra. Preguntó al marinero que estaba al pie de la pasarela, le dio su nombre y el de Zoé, y le permitieron subir a bordo. Halló a Giuliano en la cubierta. Iba vestido con calzas y un jubón de cuero, muy diferente de la túnica y los ropajes cortesanos que lo había visto usar en la ciudad. De pronto se había convertido en un veneciano, un extranjero.

—Capitán Dandolo —dijo Ana en tono firme. Costara lo que costase, no tenía ningún sitio al que huir—. Zoé Crysafés me ha dicho que habéis accedido a llevarme como pasajero en vuestra travesía hasta Acre, y después hasta Jerusalén. Y que os ha pagado el precio que vos habéis considerado justo. —La frialdad de su voz era un indicio de la tensión que le agarrotaba el cuerpo.

Giuliano se volvió lentamente, con una expresión de sorpresa, y al reconocerla se iluminó con una breve chispa que se apagó enseguida, en cuanto recordó la última vez que se habían visto.

—Anastasio Zarides. —Pronunció el nombre en voz baja, inaudible para los marineros que cerca de allí se afanaban con los cabos y los aparejos—. En efecto, Zoé ha hecho preparativos para incluir un pasajero, pero no dijo que fuerais vos. —El semblante de Giuliano se oscureció—. ¿Desde cuándo sois su sirviente?

—Desde que tiene poder para hacerme daño —repuso Ana sin apartar la mirada—. Pero la misión que me ha encomendado es noble: traer de vuelta un retrato que debe estar en Constantinopla.

—¿Un retrato? —preguntó Giuliano—. ¿Os ha dicho de quién es?

Ana ansió poder responderle con la verdad; mentir era como marcar un terreno acotado pero el daño ya estaba hecho.

—Una dama bizantina de buena familia —contestó—. Que por lo visto fue víctima de alguna tragedia.

—¿Y qué le importa a Zoé?

—¿Creéis que se lo he preguntado? —replicó Ana con ligero sarcasmo.

—Más bien creo que podríais haberlo deducido —repuso Giuliano. Ana no supo bien si lo que había en su tono de voz era gentileza o tristeza.

Esta vez le tocó a ella desviar la mirada y fijarla en las agitadas aguas del puerto.

—Deduzco que es una pintura que desea tener porque le proporcionará poder —respondió—. Pero podría desearla simplemente por su belleza. Zoé es una apasionada de la belleza. La he visto contemplar la puesta de sol durante largo rato, el suficiente para que dicha imagen se le quedara grabada en el alma.

—Pero ¿tiene alma? —dijo Giuliano con repentino rencor.

—¿No opináis que poseer un alma retorcida es mucho peor que no tener alma en absoluto? —le preguntó Ana—. Lo que tortura es la pérdida de lo que pudo haber sido, el hecho de haberlo tenido al alcance de la mano y haberlo dejado escapar. Yo no creo que el infierno consista en fuego, sufrimiento de la carne y azufre, yo creo que es el sabor del paraíso recordado... y perdido.

—¡Dios nos proteja, Anastasio! —exclamó Giuliano—. ¿De dónde diablos habéis sacado esas cosas?

Él le apoyó una mano en la espalda en un gesto de compañerismo, nada parecido a una caricia. Al momento la retiró, y para Ana fue como si de repente le faltase el calor del sol.

—Más os vale viajar con nosotros hasta Jerusalén y rescatar esa pintura para Zoé —dijo en tono jovial—. Zarparemos mañana por la mañana, pero supongo que eso ya lo sabíais. —Giuliano rio brevemente, pero la sonrisa perduró en sus ojos—. Nunca hemos viajado con un médico a bordo.

58

Ana estaba junto a la borda bajo el sol de media tarde, que ya pendía a baja altura sobre el horizonte. El viento que le azotaba el rostro era frío y el aire que llenaba sus pulmones era cortante y traía sabor a sal. Hacía varios días que habían zarpado de Constantinopla y habían atravesado el mar de Mármara para salir al Mediterráneo, y ya había comenzado a hacerse al cabeceo y el bamboleo de la cubierta del barco. Incluso se había acostumbrado a las calzas de marinero que le habían prestado, ya que la túnica y la dalmática no eran prendas cómodas para subir escaleras y moverse por espacios reducidos. No había sitio para sujetarse las faldas, y éstas resultaban menos modestas de lo que había calculado al principio. Giuliano le sugirió el cambio, y pasadas unas horas lo encontró agradable.

Giuliano estaba ocupado durante la mayor parte del tiempo. Tenía que hacer uso de toda su capacidad para gobernar a hombres que apenas conocía y para mantener el rumbo sur en aquella época del año, contra la corriente que subía desde Egipto y Palestina y después giraba hacia el oeste. Incluso cuando el barco navegaba a favor del viento, tenían que ceñir y virar con suma precisión.

Ana oyó sus pasos por cubierta, detrás de ella. No necesitó darse la vuelta para saber que era él.

—¿Dónde estamos? —le preguntó cuando lo tuvo a su lado.

Giuliano señaló con la mano.

—Allí enfrente está Rodas. Por allá está Chipre, más al sur y al este.

—¿Y Jerusalén?

—Más lejos todavía. Alejandría está en esa dirección. —Giró en redondo y extendió el brazo hacia el sur—. Roma está por allí, al oeste, y Venecia más al norte.

Era la primera vez que disponían de más que unos instantes para conversar sin que los oyera la tripulación. El pensamiento de Ana estaba ocupado por Zoé y por la muerte de Gregorio, pero no quiso decir nada que pudiera romper la costra de la herida e impedir la frágil curación de la misma.

Pensó en la gran roca que según se decía vigilaba el otro extremo del Mediterráneo y lo protegía del océano, que, hasta donde se sabía, se extendía hasta los confines del mundo.

—¿Habéis cruzado las columnas de Hércules que dan paso al Atlántico? —preguntó, con la imaginación inflamada por aquella idea.

—Aún no. Me gustaría cruzarlas algún día. —Giuliano entornó los ojos para protegerse del sol y sonrió—. Si pudierais viajar a donde se os antojase, ¿qué lugar elegiríais?

Aquella pregunta la pilló por sorpresa. Su cerebro pensó a toda velocidad. No quería hablar de antiguos sueños que ya no tenían importancia.

—¿Venecia? ¿Es muy hermosa? —Quería sentir la vehemencia y la ternura en su voz.

Giuliano sonrió y la complació:

—No se parece a ningún sitio —dijo—. Es tan hermosa que uno imagina que debe de ser una ciudad de ensueño, una idea que flota sobre la superficie del agua. Que tocarla sería como intentar atrapar el resplandor de la luna con una red. Y en cambio es tan real como el mármol y la sangre, y tan brutal como la traición. —En su mirada había pasión y amargura. Posee el encanto efímero de la música en la oscuridad, y sin embargo permanece en la mente, como ocurre con todo lo que es majestuoso, y regresa una y otra vez, cuando uno cree que por fin lo ha dejado en paz. —Contempló el horizonte, que iba perdiendo color—. Pero no creo que ya pueda olvidarme tampoco de Bizancio. Bizancio es sutil, un animal herido, más tolerante que Occidente y acaso más sabio. —Respiró hondo.

Se estaba levantando un viento del norte que pintaba de blanco las crestas de las olas mientras la nave se movía zarandeada por la corriente. Ana esperó a que Giuliano continuase, feliz al verse rodeada por los murmullos del agua y los crujidos de la madera.

—Ya sé que queremos reconquistar Jerusalén para la cristiandad —siguió diciendo Giuliano—, pero no sé si hemos tenido en cuenta otros aspectos, como el coste de dicha misión.

Giuliano dejó escapar una carcajada fuerte y breve.

—Sacrificamos Bizancio para ganar Jerusalén... y perder el mundo. No sé. Pero tenemos un vino tinto bastante bueno...

—Veneciano, naturalmente —interrumpió Ana en tono desenfadado, rompiendo la tensión que se le empezaba a acumular en las entrañas.

Giuliano rio de nuevo.

—Naturalmente. Venid, lo compartiremos mientras cenamos. Son raciones de marino, pero no están mal. —Habló con soltura, sin titubear.

Ana desechó toda otra reflexión por el momento y aceptó. Al ponerse de pie tuvo que hacer un esfuerzo para conservar el equilibrio sobre la ligera inclinación de la cubierta.

Fue una buena cena, aunque Ana apenas se percató de lo que comía ni de otra cosa que no fueran el dulzor y el calor del vino. Conversaron distendidamente sobre lugares en los que habían estado, personas a las que habían conocido. Giuliano describió lo gracioso y lo absurdo con gesto divertido y, según ella pudo advertir, sin crueldad. Cuanto más lo escuchaba, más irrevocable le resultaba el vínculo que la unía a lo bueno que había en él. Y menos podría decirle la verdad. Giuliano la veía como hombre, pero un hombre del que no tenía que temer ninguna rivalidad. Ana era consciente de que la gentileza que Giuliano tenía para con ella se debía en parte a que él era un hombre entero, capaz de gozar de los placeres físicos de la vida de un modo que a Anastasio le estaba vedado, y la sorprendió la delicadeza que demostraba él al no mencionar nunca aquellas cosas de forma abierta.

Ana se fue a eso de las dos de la madrugada, cuando el deber llamó a Giuliano a cubierta porque el tiempo estaba empeorando. Había bebido más vino de lo habitual, y cuando cerró la puerta de su camarote estaba tan próxima al llanto que de hecho se le saltaron las lágrimas y le rodaron por las mejillas, tibias y doloridas. Si estuviera menos cansada, quizás habría capitulado y se habría entregado al llanto hasta que no le quedara nada dentro. Pero ¿cuándo pararía? ¿Qué otro fin había, excepto atesorar la amistad, o la dicha, la confianza, la tolerancia y la voluntad de compartir? No estaba dispuesta a sacrificar aquello por recrearse momentáneamente en la autocompasión o en la pena por lo que ella misma se había negado.

Al día siguiente el tiempo era peor, se avecinaba una tormenta desde el norte que los obligó a mantenerse apartados más tiempo de lo previsto. Giuliano estaba totalmente enfrascado en la navegación y en impedir que la nave derivara arrastrada por peligrosas corrientes en las que podía perder velas o incluso un mástil.

La siguiente ocasión en que conversaron fue durante la guardia, cuando comenzaba a amanecer por el este, donde se encontraba Chipre, más allá de donde alcanzaba la vista. El mar estaba en calma y soplaba una brisa suave que olía a dulce y a limpio. La pálida luz rozaba apenas las crestas de las olas, demasiado delicada para levantar espuma. En medio de aquel silencio, era como si fueran los primeros seres humanos en ver la tierra o respirar su aire.

Permanecieron largo rato apoyados en la borda, casi a un paso de distancia el uno del otro, absortos en el resplandor que iba esparciéndose por el cielo y que fundía las sombras que había entre una ola y la siguiente. Ana no sintió la necesidad de mirar a Giuliano, estaba segura de que el pensamiento de él también estaba prendido en la enormidad que los rodeaba. No asustaba estar a solas frente al mar, de hecho provocaba una curiosa sensación de consuelo.

En otras ocasiones robadas aquí y allá, Giuliano y ella hablaron de recuerdos, experiencias buenas y malas, algunas increíbles. Ana extrajo muchas de ellas de lo que le había contado su padre y se identificaba muy bien con ellas. A veces, cuando ella exageraba en exceso con los detalles, Giuliano se daba cuenta y los dos reían juntos. Era una broma sin mala fe. Ana no tenía necesidad de explicar sus fantasías.

Una noche que estaban en cubierta contemplando cómo el sol poniente derramaba fuego sobre el negro contorno de la isla de Chipre y sintiendo el azote del viento frío en la cara, la conversación giró hacia la religión y la unión con Roma.

—Dejando a un lado el orgullo y la historia —dijo Giuliano con seriedad—, ¿de verdad separarse de Roma es una causa por la que merezca la pena morir? ¿Tú lo consideras así? —Era una pregunta directa y personal, en absoluto genérica.

Ana fijó la mirada en la luz que iba muriendo, cambiando por momentos. No había dos puestas de sol iguales.

—No lo sé. No estoy seguro de si estoy preparado para que cualquier persona me diga lo que tengo que pensar. Pero también sé con seguridad que no estoy preparado para exigir a otra persona que sacrifique su vida, o la vida de un ser querido, porque yo estoy seguro de las diferencias que hay entre la fe de Roma y la de Bizancio. Es posible que la Iglesia sólo pueda guiarnos hasta ahí, hasta proporcionarnos un marco en el que podamos subir lo suficiente para ver cuánto camino nos queda por andar y darnos cuenta de que dicho viaje merece infinitamente la pena. Tarde o temprano el marco se nos queda pequeño, y entonces se transforma en un grillete que aprisiona el espíritu.

—Entonces, ¿cómo tenemos que hacer el resto? —El tono que empleó Giuliano no era de broma. Ana distinguía a duras penas el perfil de su cabeza y sus hombros recortados contra la oscuridad del cielo, pero percibía su calor.

—Es posible que tengamos que desearlo con tanto fervor que nadie pueda impedirnos alcanzarlo —repuso Ana en voz baja—. No podemos seguir a un líder ni obedecer las órdenes de nadie, hemos de trabajar valiéndonos de nuestras propias fuerzas, alumbrándonos con la luz de la razón, aunque sólo nos ilumine un breve trecho por delante. Será suficiente.

—Eso es muy duro. —Giuliano exhaló el aire despacio—. Me gustaría creerlo, aunque parece implicar dificultad y una profunda soledad. Tu paraíso sí merecería la pena buscarlo, creando algo a partir de mis propios errores, construyendo a partir del perdón y buscando en cada lugar nuevo que va apareciendo.

Se reclinó un poco y observó el cielo.

—Haríamos mejor en construir unas cuantas escaleras de mano, Anastasio.

59

Tras hacer una breve escala en Famagusta, en la costa oriental de Chipre, atravesaron una zona de mar agitado, contra el viento y avanzando con dificultad. Las enormes velas latinas pesaban mucho y crujían al flamear, para después coger viento e hincharse de nuevo. En todas aquellas ocasiones, Ana se maravillaba de la destreza de los hombres, cerraba los puños al ver con qué precisión calculaban y actuaban, consciente de lo fácil que podría ser que se partiera un mástil.

Fueron avanzando trabajosamente con rumbo sur, siguiendo la costa de Palestina, tocaron tierra en Tiro, después en Sidón y finalmente en Acre, un puerto amplio que bullía de actividad. Abarcaba desde las altas y majestuosas murallas construidas por los cruzados hasta los barrios de los mercaderes: pisanos, genoveses y por supuesto venecianos, y contaba con unos muelles atestados de gente y unas aguas salpicadas de embarcaciones.

Aquélla era la puerta de entrada a Tierra Santa y el punto de partida del viaje de entre seis y diez días para llegar a Jerusalén. Ana se quedó a bordo mientras Giuliano saltaba a tierra, para supervisar el desembarco del cargamento y obtener otro para el viaje de vuelta.

Ana permaneció en cubierta, contemplando el paisaje soleado, los muelles y los embarcaderos, y el resplandor del agua. Se dio cuenta de que Giuliano examinaría todo aquello con ojo de militar, tal como habían hecho varias generaciones de hombres venidos de todos los rincones cristianos del mundo, pensando en conquistar aquella tierra... ¿para qué? ¿Para Dios? ¿Para Cristo? Algunos, puede que sí. Pero más probablemente para obtener gloria.

Aquélla era una tierra de leche y miel, quizá, pero también de sangre.

Al tercer día bajó a tierra con Giuliano. Éste había dado la orden de que el barco navegara con el cargamento siguiendo la costa y que regresara al cabo de dos meses, cuando Anastasio y él volverían a embarcar allí. Si se retrasaran, el barco debía conseguir el mejor cargamento que pudiera y esperarlos.

Los dos iban vestidos con el atuendo característico de los peregrinos: cogulla gris, escarcela y esclavina, una cruz roja en el hombro, un ancho cinturón al que iba sujeto un rosario y una calabaza con agua. Cada uno llevaba un sombrero de ala ancha, con el borde levantado por delante, y cargaba al hombro un zurrón. Ana portaba también un pequeño estuche de utensilios médicos: cuchillo, aguja e hilo de seda, unas cuantas hierbas y un tarro de ungüento. Se sentía desaseada, anónima e incómoda. Se alegró de no tener ningún espejo en que verse.

Miró a Giuliano. A primera vista era igual que cualquier otro, gris, uno de tantos peregrinos cansados, de pies doloridos y un poco locos, con un brillo especial en los ojos y cánticos repetitivos en los labios. Pero cuando se movía, continuaba teniendo aquellos andares fluidos, aquel ligero bamboleo de los marinos.

A Ana le habría gustado quedarse varios días en Acre para poder pasear por las callejuelas de aquel baluarte del reino cristiano de Jerusalén y ver dónde habían vivido las gentes del pasado, cruzados, caballeros, reyes y hasta reinas, pero sabía que no había tiempo.

—Hemos de sumarnos a otros —dijo Ana—. Necesitamos guías.

—Ahí delante —señaló Giuliano—. Partiremos en poco más de una hora. Va a ser muy duro. Y teniendo en cuenta la época del año en que estamos, vamos a pasar frío. Por lo general, los peregrinos eligen el otoño o la primavera. A nosotros se nos ha hecho tarde para una estación y aún es pronto para la otra.

Formaron un grupo de unos veinte peregrinos, la mayoría de ellos vestidos de gris, igual que Ana y Giuliano. Más de la mitad eran hombres, pero Ana se sorprendió al ver también a un buen número de mujeres, seis por lo menos. Había una anciana de rostro curtido por la intemperie y manos nudosas que aferraba un bastón que le servía de apoyo. En ningún momento dejaba de musitar los nombres de todos los lugares sagrados en los que había estado, como un ensalmo: Canterbury, Walsingham, Lourdes, Compostela y ahora el más importante de todos, Jerusalén. Todos presentaban la palidez típica tras haber realizado un largo viaje por mar apiñados en naves que apenas les ofrecían espacio suficiente para tumbarse y ninguna intimidad.

Un soldado daba la impresión de ser el jefe natural del grupo, y fue él quien se adelantó para hablar con el árabe de piel oscura que se ofreció como guía. Era un hombrecillo de mirada feroz, rasgos de halcón y dentadura mellada. Ana no entendió lo que dijo, pero el significado estaba claro. Estaban regateando acerca del precio y las condiciones. Ambos hombres fueron alzando la voz cada vez más. El árabe mostraba desconcierto, el soldado insistía. Hubo un revuelo de insultos por ambas partes. El soldado no quería ceder en su postura, pero finalmente ambos sonrieron. Todo el mundo aportó el dinero correspondiente.

Partieron al mediodía a paso regular. Ana no quería intimar con ninguno de los otros peregrinos, ya que debía ocultar su identidad en todo momento. Se encontraba en la extraña posición de no ser ni hombre ni mujer, pero no pudo evitar mirarlos con curiosidad y oír de vez en cuando su conversación.

La mayoría había llegado por mar vía Venecia, que era el punto de encuentro de los peregrinos procedentes de otras partes de Europa.

—Son miles —le dijo Giuliano cuando hicieron un corto descanso—. Los cambistas de Rialto ganan una fortuna. De eso es de lo que se están quejando esos de ahí —indicó un grupo de peregrinos situados a unos pasos de ellos—. Y de la travesía por mar. Ha sido muy agitada y viajaban muy apretados.

—Hace falta mucha fe para venir hasta aquí —dijo Ana con respeto.

—O no tener nada que dejar atrás —añadió él. Entonces se fijó en la expresión de Ana—. Lo siento, pero ésa es la verdad. Si sobreviven y consiguen regresar a su hogar, podrán llevar la palma en el sombrero durante el resto de su vida. Es una enseña de honor. Les serán perdonados sus pecados y gozarán del respeto de sus familiares, sus vecinos y sus amigos. Y desde luego que se lo habrán ganado. —Se percató de que Ana ponía cara de desconcierto—. ¿Que cómo lo sé? Porque soy veneciano. Llevo toda la vida viéndolos ir y venir llenos de esperanza, piedad, orgullo. —Se mordió el labio—. Los venecianos les damos la bienvenida a todos, les vendemos reliquias sagradas auténticas y otras falsas, les proporcionamos hospitalidad, orientación, consejo, un pasaje para Acre o para Jaffa, y los despojamos de la mayor parte del dinero que tienen.

Ana se pasó la mano por el pelo, que ya estaba cubierto de polvo, y sonrió. Lo que acababa de hacer Giuliano era reconocer que su ciudad de origen, además de poseer ingenio y belleza, tenía también un lado corrupto. No dijo que se sintiera avergonzado de ello, pero Ana sabía que sí.

Ana no estaba acostumbrada a pasar el día entero caminando. Le salieron ampollas en los pies, y la espalda y las piernas le dolían de tal manera que comenzó a sentirse invadida por un cansancio abrumador. Se daba cuenta, con cierto resentimiento, de que Giuliano tenía mucha más fuerza que ella, pero no se atrevía a pedirle que la ayudara, ni siquiera cuando él se ofreció con verdadera preocupación.

Al anochecer de la primera jornada se detuvieron en una posada. Ana se sintió tremendamente aliviada de poder sentarse, y sólo cuando todos hubieron cenado alrededor de un amplio tablero de madera, se dio cuenta de que también se alegraba de disfrutar de un poco de calor. Fuera hacía más frío de lo que había esperado, y la capa gris de peregrino que llevaba no la abrigaba tanto como su dalmática de lana.

A lo largo de las jornadas que siguieron, Ana tuvo que hacer un esfuerzo para seguir caminando, aunque le sangraran los pies. Estaba tan débil que cada vez se tambaleaba más y con frecuencia perdía el equilibrio y tropezaba, pero siempre volvía a levantarse. Insistía en disfrutar de un poco de intimidad para satisfacer las necesidades del cuerpo, pero como era eunuco dicha intimidad le era concedida, aunque fuera por razones del todo erróneas. Nadie deseaba ponerla en evidencia por los órganos que acertadamente suponían que le faltaban.

Todos tenían las mismas ampollas y sufrían por el frío, el viento y la lluvia del mes de enero, por lo áspero del camino que iban pisando, por el dolor de huesos tras pasar las noches tendidos en duras tablas y durmiendo demasiado poco. El terreno era duro, formado por rocas y tierra, y los escasos árboles que había estaban descarnados por el viento. Atravesaban largos trechos en los que no había agua, a excepción de la que ellos mismos llevaban encima. La lluvia era helada y embarraba el camino, pero el lodo suponía un alivio para los pies destrozados.

Ana procuró no mirar a Giuliano. Se vio obligada a reconocer que comprendía con toda exactitud por qué el dux había enviado un hombre y no sólo lo había hecho navegar hasta Acre, sino también recorrer a pie aquella ruta, la misma por la que iba a tener que pasar el ejército de los cruzados. Él vería las fortificaciones de Jerusalén con la mirada de un soldado, se fijaría en los puntos fuertes y en los débiles, en todo lo que pudiera haber cambiado desde la última vez que estuvieron allí los caballeros venidos de Occidente. Todo el provecho que podía sacar Venecia dependía del éxito obtenido en dicha empresa.

Ana no quiso saber si a Giuliano aquel pensamiento le resultaba tan amargo como a ella. Él era veneciano, por lo tanto debía de juzgar la situación de diferente manera. Pensó en los primeros soldados romanos, avanzando con sus legiones para conquistar a los díscolos judíos. ¿Podría el más audaz de ellos haber imaginado siquiera que un hombre de Judea iba a cambiar el mundo para siempre? Más de mil años después, el camino de Jerusalén estaba ya desgastado a causa de las muchedumbres que lo recorrían tanto en invierno como en verano, convencidas de que de alguna manera estaban siguiendo los pasos de Jesús.

¿Era así en realidad? ¿Servía para algo lo que hacían? Sin haber tenido la intención, dirigió una mirada fugaz a Giuliano y se encontró con que éste la estaba mirando fijamente. El veneciano le sonrió, y en aquel gesto Ana percibió una intensa dulzura. Durante un terrible instante pensó que él comprendía la verdadera razón de su debilidad física, pero enseguida se dio cuenta de que lo que lo conmovía era la confusión que veía en su semblante.

Ana le devolvió la sonrisa y se sorprendió al comprobar hasta qué punto se le levantaba el ánimo sólo con saber que Giuliano estaba allí.

60

Cinco días después alcanzaron la cumbre del cerro con las piernas doloridas y el cuerpo cansado. Desde que salieron de Acre habían ascendido casi trescientos pies. Ante ellos se extendía Jerusalén, esparcida por las colinas, toda luz y sombras. Las murallas que miraban hacia el sol relucían de un blanco deslumbrante; las callejuelas, tortuosas e impenetrables, semejaban cuchilladas oscuras. Los tejados de los edificios eran planos y entre ellos surgía esporádicamente la suave curva de una cúpula o los inesperados escalones de una torre.

Había escasos árboles, en su mayoría olivos de color verde plateado o alguna palmera datilera, más oscura. Las enormes murallas almenadas estaban intactas y no presentaban más aberturas que las grandes puertas de entrada, que en aquel momento estaban abiertas y pobladas de figuras diminutas, como si fueran hormigas, que iban y venían formando manchas de color.

Ana se detuvo junto a Giuliano y contempló aquel panorama conteniendo a duras penas una exclamación. Le dirigió una mirada rápida, y en los ojos de él vio la misma expresión de asombro.

El árabe hizo una seña de impaciencia y todos reanudaron la marcha en dirección a la puerta de Jaffa, por donde entraban los peregrinos. Conforme fueron aproximándose vieron que las murallas eran gigantescas y tenían multitud de marcas dejadas por el tiempo y por la erosión, y también por la violencia del asedio. La puerta en sí era imponente, como la mitad de un castillo. Frente a ella había corrillos de hombres barbudos y de ojos oscuros, cubiertos de polvo a causa de la sempiterna arena. Hablaban y gesticulaban con las manos discutiendo acerca de una opinión o de un precio. También había un grupo de niños que jugaban con piedrecillas que lanzaban al aire y después atrapaban con el dorso de la mano, una mano delgada y morena, formando complicados dibujos. Una mujer estaba sacudiendo una alfombra y provocando una nube de polvo. Todo era corriente, la vida cotidiana y un instante de la eternidad.

Pero enseguida volvió a engullirlos la realidad. Había que pagar dinero, preguntar por el camino a seguir y buscar alojamiento antes de que anocheciera. Ana se despidió de sus compañeros de viaje con verdadero pesar. Habían compartido demasiadas penurias para separarse así sin más.

La seguridad del viaje había dejado de existir; atrás había quedado el peligro de estar demasiado cerca, de delatar sentimientos o debilidades físicas, al menos de momento, y ahora empezaba una forma nueva de soledad.

Encontraron alojamiento en una posada. La primera noche Ana apenas pudo dormir, de puro agotamiento. Hacía frío y las tinieblas estaban pobladas de ruidos extraños y olores totalmente distintos de aquellos a los que estaba acostumbrada. Las voces que oía hablaban en árabe, hebreo y otras lenguas que no supo reconocer. En el aire flotaba un olor rancio a calles cerradas, a animales y a vegetación desconocida, seca y amarga. No resultaba desagradable, pero le causaba una sensación de incomodidad y extrañeza.

Leyó una y otra vez las instrucciones de Zoé. Debía buscar a un judío llamado Simcha ben Ehud, que sabía dónde se encontraba la pintura y daría fe de ella, aunque Zoé ordenaba que Ana también la examinara concienzudamente. La descripción era muy precisa. No podía fallar. Ni por un solo instante dudó que Zoé aprovecharía la primera oportunidad que tuviera para hacer uso de su poder destructivo. Una vez que tuviera la pintura en su poder, era muy posible que atacara de todos modos. Ana había sido una ingenua al imaginar que iba a poder cumplir la misión y marcharse sin más, sana y salva, porque Zoé así se lo había prometido. Para cuando llegara dicho momento, debería tener pensada alguna arma que poder utilizar.

Cuando consiguiera hacerse con la pintura, tendría tiempo para pensar en Justiniano y encontrar la forma de llegar al monasterio del Sinaí.

Al día siguiente desayunó en compañía de Giuliano. Habían terminado acostumbrándose a los dátiles y a un pan un tanto tosco.

—Ten cuidado —le advirtió él cuando se separaron en la calle. Pensaba examinar primero el laberinto de callejuelas, las trayectorias semiescondidas de fuentes y ríos subterráneos. Una ciudad ubicada en el desierto vive y muere dependiendo del agua de que disponga, al igual que cualquier ejército que le ponga sitio.

—Descuida —respondió Ana con voz queda—. Zoé me ha dado el nombre de la persona a la que debo preguntar, y también una razón que dar a todo el que me pregunte para qué quiero la pintura. Además, sé cómo es. Cuídate tú también. Andar por ahí examinando las fortificaciones tampoco es una actividad en la que convenga que lo sorprendan a uno.

—No voy a hacer nada de eso —contestó Giuliano rápidamente—. Soy un peregrino que va a rezar en cada uno de los lugares que visitó Cristo, igual que todos los demás.

Ana sonrió, y seguidamente dio media vuelta y echó a andar sin mirar atrás. Sentía los pies doloridos al pisar el suelo desigual, iba tropezando aquí contra otros transeúntes, allá contra un muro que sobresalía en la callejuela, cada vez más angosta. De pronto aparecieron unos escalones, y comenzó a descender.

Empezó por el barrio judío, en la dirección que le había proporcionado Zoé.

—¿Simcha ben Ehud? —preguntó Ana a varios comerciantes.

Respondieron negando con la cabeza.

Lo intentó una y otra vez, cada vez más temerosa de estar llamando la atención sobre sí. Una mañana, cuando ya llevaba poco más de tres semanas en Jerusalén, subiendo por un estrecho tramo de escaleras con las piernas doloridas y los músculos tan agotados que tenía toda su concentración fija en ir poniendo un pie delante del otro, estuvo a punto de chocar contra un hombre que venía en sentido contrario. Le pidió disculpas y ya iba a proseguir su camino cuando él la agarró por el hombro. Su primera reacción instintiva fue luchar, pero entonces el hombre le dijo en voz baja, casi al oído:

—¿Buscáis a Simcha ben Ehud?

—Sí. ¿Vos sabéis dónde puedo encontrarlo? —Ana llevaba una daga al cinto, pero no se atrevió a echar mano de ella.

Aquel individuo era sólo dos o tres dedos más alto, en cambio era musculoso y, a juzgar por la presión de su mano cuando la aferró del hombro, también fuerte. Tenía una nariz aguileña y ojos de párpados gruesos, casi negros, pero la boca era suave, casi sonriente, rodeada de profundas arrugas causadas por las emociones vividas.

—¿Sois vos Simcha ben Ehud? —le preguntó.

—¿Venís de Bizancio, enviado por Zoé Crysafés? —replicó él.

—Sí.

—¿Y cómo os llamáis?

—Anastasio Zarides.

—Bien. Venid conmigo. Acompañadme y no digáis nada. No os apartéis de mí.

El hombre dio media vuelta y echó a andar escaleras arriba, por un angosto callejón. Ni una sola vez se volvió para cerciorarse de que Ana lo seguía, pero caminaba despacio, de lo cual ella dedujo que procuraba no perderla.

Por fin se metió por un pequeño patio en el que había un pozo y frente a éste una estrecha puerta de madera. Al otro lado se abría una estancia de la que partía una escalera; ésta conducía a otra estancia superior, inundada de luz. En ella se hallaba sentado un hombre muy viejo de barba blanca. Tenía los ojos opacos como la leche, y se apreciaba a las claras que era ciego.

—Traigo conmigo al emisario de Bizancio, Jacob ben Israel —dijo Ben Ehud en voz baja—. Ha venido para ver la pintura. ¿Con tu permiso?

Ben Israel asintió con la cabeza.

—Enséñasela —aceptó. La voz le sonó ronca, como si no tuviera costumbre de hablar.

Ben Ehud fue hasta otra puerta que tendría apenas la estatura de un niño, la abrió y, tras reflexionar unos instantes, extrajo un pequeño cuadrado de madera envuelto en lino. Lo desenvolvió y lo sostuvo en alto para que lo viera Ana.

Ella experimentó un súbito sentimiento de decepción. Representaba la cabeza y los hombros de una mujer. El rostro se veía consumido por la edad, pero los ojos brillaban con una expresión casi extasiada. Vestía una túnica sencilla, del tono azul que tradicionalmente se asocia con la Virgen María.

—Estáis decepcionado —observó Ben Ehud—. ¿Opináis que ha merecido el viaje?

—No —contestó Ana—. En ese rostro no hay nada especial, no se ve pasión ni entendimiento. No creo que el artista la conociera en absoluto.

—El artista era médico, no pintor —señaló Ben Ehud.

—Yo también soy médico, no pintor —arguyó Ana—, y aun así me doy cuenta de que vale muy poco. María era la Madre de Cristo, en ella tuvo que haber algo más grandioso que lo que se ve ahí.

Ben Ehud dejó el cuadro en el suelo y regresó al armario. Sacó otra pintura algo más pequeña, la desenvolvió y la giró hacia Ana.

Era la efigie de una mujer que revelaba una expresión ajada por la edad y por el sufrimiento, pero cuyos ojos habían visto visiones que sobrepasaban el dolor humano. Había soportado lo mejor y lo peor, y se conocía a sí misma con una paz interior que el artista había intentado plasmar, pero al final éste había tenido la elegancia de reconocer que no le era posible captar lo infinito con los trazos de un pincel.

Ben Ehud miraba atentamente a Ana.

—¿Deseáis este otro?

—En efecto.

Ben Ehud lo envolvió de nuevo en su tela y a continuación tomó otra pieza de lino, más grande, y repitió la operación. De la primera pintura no hizo caso, como si no mereciera consideración. Ya había cumplido con su cometido.

—No sé si responde a vuestras esperanzas —dijo el judío con voz queda.

—Vamos a creer que sí —repuso Ana.

Tras despedirse de Ben Ehud, Ana emprendió el regreso a su alojamiento llevando la pintura consigo, debajo de la túnica. No le faltaba mucho para llegar cuando se percató de que alguien la seguía. Se llevó una mano a la daga que tenía en el cinto, pero le procuró escaso consuelo; sólo la había empleado para comer o para alguna cura de primera urgencia.

Se obligó a sí misma a continuar andando, a paso vivo, pero reprimiendo el pánico. Llegó a la entrada de la posada justo en el momento en que se acercaba Giuliano en sentido contrario. Vio el miedo reflejado en su semblante, y quizá también en la prisa que llevaba. La aferró por los brazos y, tirando de ella, subió las escaleras y penetró bajo un arco. Junto a ellos pasaron tres hombres cubiertos por gruesos mantos de color gris y con el rostro oculto que salieron a una plaza abierta. Uno de ellos llevaba en la mano un cuchillo de hoja curva.

—¡Tengo la pintura! —exclamó Ana en cuanto llegaron a su habitación y echó el pestillo a la puerta—. Es preciosa. Me parece que es auténtica, pero eso es lo de menos. Representa el rostro de una mujer que ha visto una parte de Dios que los demás sólo podemos anhelar.

—¿Y los monasterios por los que has estado preguntando? —demandó Giuliano—. ¿Qué relación tienen con el cuadro?

Ana estaba atónita. Creía haber actuado con discreción, pero él se había enterado de algo.

—He estado haciendo indagaciones por mi cuenta —contestó, sabedora de que estaba abriendo una puerta que no iba a poder volver a cerrar—. No tienen nada que ver con Zoé.

—Pero Zoé está enterada —insistió Giuliano—. Por eso sabía que podía obligarte a venir. —Estaba haciendo suposiciones, Ana leyó en su semblante que se sentía confuso y dolido por aquella falta de confianza.

—Sí —respondió sin titubear. Debía contárselo en aquel momento, no quedaba más remedio—. Un pariente mío fue acusado de un crimen y enviado al exilio no muy lejos de aquí.

—De complicidad en un asesinato —respondió Ana—. Pero sus motivos eran nobles. Pienso que podré demostrarlo si pudiera hablar con él, que él me explicara los detalles, algo más que las piezas sueltas que ya tengo.

—¿Y a quién se supone que asesinó? —preguntó Giuliano.

—A Besarión Comneno.

Giuliano abrió unos ojos como platos y exhaló el aire despacio.

—Estás pescando en aguas profundas. ¿Estás seguro de saber lo que haces?

—No, no estoy seguro en absoluto —replicó Ana con amargura—, pero no tengo otra alternativa.

El veneciano no discutió.

—Voy a ayudarte. De entrada, lo mejor es que guardemos el cuadro en un lugar seguro.

—¿Cuál?

—No sé. ¿Es muy grande?

Ana lo sacó, lo desenvolvió con cuidado y lo sostuvo en alto para que lo viera Giuliano. Observó su reacción, y vio que la incredulidad que expresaban sus ojos se transformaba en asombro.

—Hemos de subirlo al barco —dijo simplemente—. Es el único sitio en que estará a salvo.

—¿Tú crees que esos hombres pretendían hacerse con él? —inquirió Ana.

—¿Tú no? Además, sea como fuere, vendrán otros que querrán robarlo. Si Zoé conocía su existencia, ellos también.

—El monasterio que busco se encuentra en el monte Sinaí. —A Ana le costó trabajo pronunciar aquellas palabras.

Giuliano escudriñó su expresión, intentando comprender.

—¿Un pariente? —dijo con voz queda.

¿Hasta dónde se atrevía a contarle? Cuanto más vacilara, más falso sonaría todo lo que dijera.

—Es mi hermano —dijo con un hilo de voz—. Lo siento.

Ahora iba a tener que mentir de nuevo, o decirle a Giuliano que el apellido que tenía antes de casarse era Láscaris. Los hombres no cambiaban de apellido al casarse y los eunucos no se casaban. Giuliano tendría que pensar que ella simplemente había mentido respecto de su apellido, con el fin de ocultarlo. Anteriormente, dicha farsa le pareció tan obvia que hasta se había acostumbrado a considerarla cómoda. Incluso la libertad para moverse por las calles que ahora le resultaba tan natural.

Giuliano seguía desconcertado. No dijo nada, pero se le reflejaba en los ojos.

—Se trata de Justiniano Láscaris —dijo Ana, arriesgándose aún más.

Por fin los ojos de Giuliano se iluminaron al comprender.

—¿Eres pariente de Juan Láscaris, al que el emperador le sacó los ojos?

—Sí. —No debía dar más explicaciones—. Te ruego que no...

Giuliano alzó una mano para acallarla.

—Debes ir al monte Sinaí. Ya me encargo yo de llevar la pintura al barco. Cuidaré de ella, te lo prometo. —Sonrió con una dolorosa punzada de vergüenza—. No tengo intención de robarla y llevármela a Venecia, te doy mi palabra.

—No era eso lo que temía —repuso Ana.

—Tendremos mucho cuidado —dijo el veneciano—. En mi opinión, estaremos más seguros fuera de la ciudad. ¿Cuánto tiempo te llevará el viaje al monte Sinaí?

—Un mes para ir y volver —contestó Ana.

Giuliano titubeó.

—Estaré de vuelta para cuando regrese el barco —prometió—. Tú cuida bien de la pintura.

—Tengo que ir a Jaffa y Cesárea, situadas en la costa —replicó

Giuliano—. Regresaré dentro de treinta y cinco días. —Parecía nervioso, a punto de decir algo, pero cambió de idea.

De pronto se oyeron unas pisadas fuera, en el pasillo, y unas voces que discutían en tono ansioso.

—No podemos quedarnos aquí —dijo el veneciano en voz baja—. Tú debes cambiarte de ropa y salir de la ciudad. ¿Cómo vas a ir hasta el Sinaí? ¿Con una caravana?

—Sí. Parten cada dos o tres días.

—En ese caso, debes apartarte de los grupos de los peregrinos, ahí es donde te buscarán. Ahora mismo voy a ir a traerte un atuendo apropiado. Podrías vestirte como un muchacho...

Ana captó en su rostro una expresión avergonzada, por si la había insultado, pero no había tiempo ni seguridad que sobrara para semejantes detalles. Tomó entonces la iniciativa.

—Mejor todavía sería que me vistiera de mujer —le dijo.

Giuliano puso cara de desconcierto.

—En el monasterio no dejan entrar a mujeres.

—Ya lo sé. Buscaré otro lugar donde alojarme, en el camino, fuera de las murallas. Y allí volveré a cambiarme de ropa.

Giuliano se fue y ella echó el cierre a la puerta. Pasó una hora enloquecida, aguardando su regreso, temiendo que pudiera asaltarlo alguien. Estaba demasiado tensa para quedarse ni sentada ni de pie, así que se puso a caminar arriba y abajo por la habitación, tan sólo unos pocos pasos en una dirección y en otra. En cinco ocasiones oyó ruidos fuera y pensó que era Giuliano, se detuvo con el corazón en un puño y aguzando el oído, hasta que las pisadas pasaron de largo y retornó el silencio.

En un momento dado llamaron a la puerta, y estaba a punto de levantar el pestillo cuando cayó en la cuenta de que podía tratarse de cualquiera. Se quedó petrificada. Oyó una respiración fuerte justo al otro lado de la hoja de la puerta.

De pronto se oyó un golpe sordo contra la puerta, como si alguien estuviera probando la resistencia de la misma descargando todo su peso. Dio un paso atrás sin hacer ruido. Se oyó otro golpe, esta vez asestado con más fuerza. La puerta se sacudió en sus goznes.

Hubo unas voces y luego unos pasos rápidos. Alguien se detuvo frente al umbral.

—¡Anastasio! —Era la voz de Giuliano, urgente y teñida de miedo. Sintió una oleada de alivio que la recorrió igual que un repentino calor. Intentó aflojar el pestillo y descubrió que estaba atascado a causa de la presión que habían ejercido desde fuera. Entonces se lanzó contra la hoja con todo su peso y oyó que cedía.

Giuliano irrumpió en la habitación y volvió a echar el pestillo al momento. Traía en los brazos un fardo de ropa, prendas para Anastasio y para él mismo.

—Nos vamos esta noche —dijo en voz baja—. Ponte esto. Yo voy a disfrazarme de mercader. Intentaré parecer armenio. —Encogió los hombros—. Al menos hablo griego. —E inmediatamente empezó a despojarse de su capa gris de peregrino.

¿Pensaba viajar con ella? ¿Hasta dónde? Ana tomó las ropas de mujer y se volvió de espaldas para ponérselas. Si en aquel momento diera la impresión de tener problemas de pudor levantaría sospechas. Si se apresuraba, tal vez Giuliano estuviera demasiado ocupado en vestirse él para fijarse en nada más.

El vestido era de lana, de color rojo vino, de corte un tanto desgarbado y ceñido con un cinturón. Ana se lo puso con una facilidad que dio al traste con todos los años que llevaba fingiendo, y una vez más se convirtió en la viuda que había vuelto de la casa de Eustacio a la de sus padres. Se recogió el pelo igual que una mujer, se envolvió en el manto, también de lana, y, sin pensar, se lo ajustó con la gracia que tanto había luchado por abandonar.

Giuliano la miró fijamente. Durante unos momentos su semblante no reflejó ninguna emoción, pero a continuación se pintó en él una expresión de dolorosa sorpresa. Recogió el cuadro y se lo entregó a Ana. Acto seguido se dirigió a la puerta, la abrió con cuidado manteniendo una mano apoyada en la empuñadura de su daga y, después de mirar a izquierda y derecha, le indicó a Ana con una seña que lo siguiera.

En la calle había varios corros de gente de pie, al parecer discutiendo o regateando por el precio de unas mercaderías. Giuliano se dirigió inmediatamente hacia el norte y adoptó un paso regular que Ana pudiera seguir sin dar la impresión de caminar como un hombre. Ella mantuvo la mirada baja y dio pasos cortos. Pese al pánico que le agarrotaba los músculos, disfrutó de aquella breve libertad de ser mujer, como si aquello fuera una huida descabellada y peligrosa que pronto iba a encontrar su fin.

Jerusalén era una ciudad pequeña. Caminaron presurosos, utilizando las calles más anchas en la medida de lo posible. Ascendieron tenazmente dejando a su derecha el majestuoso emplazamiento del monte del Templo. Ana imaginó que Giuliano se dirigía a la puerta de Damasco, que llevaba hacia el noroeste y el camino de Nablús.

En una única ocasión los abordaron en la calle. Giuliano hizo un alto y se volvió, sonriente y llevándose una mano al cinto. Era un vendedor ambulante de reliquias santas. Creyó que Giuliano iba a coger su bolsa, pero Ana sabía que había asido la empuñadura de la daga.

—No, os lo agradezco —dijo brevemente. Acto seguido agarró a Ana por el brazo y prosiguió la marcha.

La mano de Giuliano estaba caliente y apretaba con más fuerza que si estuviera aferrando a una mujer. Ella hizo un esfuerzo para seguirle el ritmo y en ningún momento se atrevió a llamar la atención mirando atrás.

La puerta de Damasco estaba abarrotada de mercaderes, vendedores ambulantes, camelleros y peregrinos vestidos de gris. De repente le parecieron siniestros, y Ana, de manera inconsciente, aminoró el paso. Pero la mano de Giuliano la agarró con más fuerza y la obligó a seguir.

¿Notaría él su miedo, o la delgadez de sus huesos, y se haría preguntas? Sabían mucho el uno del otro —sueños y convicciones—, pero al mismo tiempo muy poco. Todo estaba veteado de suposiciones y mentiras. Y probablemente las mentiras eran todas de ella.

Se abrieron paso por entre el gentío que abarrotaba la puerta. Por fin salieron al camino. Después de recorrer otros doscientos pasos y desviarse hacia abajo de la ruta, Giuliano se detuvo.

—¿Te encuentras bien? —dijo con preocupación.

—Sí —contestó Ana al momento—. ¿Quieres torcer hacia el sur aquí? —Indicó el camino que habían dejado—. La puerta de Jaffa está yendo por ahí, y enfrente tenemos la puerta de Herodes. Yo podría entrar por ella. Cerca de la de San Esteban hay una posada para peregrinos; pasaré allí la noche, y antes de que amanezca bajaré hasta la puerta de Sión.

—Te acompaño —dijo Giuliano rápidamente.

—No. Llévate el cuadro, regresa a Acre y vuelve a embarcar. Yo continuaré con esta ropa hasta mañana, y después volveré a vestirme de peregrino. —Le sostuvo la mirada un instante y luego desvió el rostro. Detrás de él vio la accidentada falda de la colina, y en ella unos orificios que a primera vista parecían los ojos y las fosas nasales de una enorme calavera. La recorrió un escalofrío.

—¿Qué sucede? —preguntó Giuliano al tiempo que se giraba para seguir la dirección de la mirada de Ana—. No hay nadie.

—Ya lo sé, no es eso... —Su voz terminó en un susurro.

Giuliano se acercó a ella y le puso una mano en el brazo.

—¿Sabes dónde estamos? —le preguntó con voz queda.

—No... —Pero aunque dijo esto, Ana comprendió de pronto—. Sí. En el Gólgota, el lugar de la crucifixión.

—Es posible. Ya sé que mucha gente cree que el Gólgota está en el interior de la ciudad, y puede que dé lo mismo. Yo preferiría que estuviera en este lugar, a solas con la tierra y el cielo. Sin ninguna iglesia construida encima que borre todo su significado. Lo que ocurrió fue terrible y estuvo rodeado de soledad, como este lugar.

—¿Tú crees que algún día vendremos todos aquí... o nos traerán? —preguntó Ana.

—Puede ser, un día u otro.

Ana dejó pasar varios instantes más, y después se volvió hacia Giuliano.

—Pero debo ir al Sinaí, y tú debes ir a Acre. Volveré a verte dentro de treinta y cinco días o lo más cerca posible de ese plazo. —Le resultaba difícil mantener un tono de voz sereno, controlar la emoción, y quería marcharse antes de derrumbarse. Bajó la vista al saco en que Giuliano guardaba la ropa y el cuadro—. Gracias por todo.

A continuación sonrió brevemente, dio media vuelta y emprendió el ascenso de regreso al camino. Al llegar arriba miró a Giuliano una sola vez y vio que seguía en el mismo punto, observándola a ella, con la calavera del Gólgota a su espalda. Respiró hondo, tragó saliva y continuó andando.

61

Giuliano continuó observando la figura esbelta y solitaria de Anastasio hasta que ésta se perdió a lo lejos, y acto seguido, caminando por el agreste terreno, inició de nuevo el ascenso en dirección al sendero y se introdujo en él un poco más adelante, hacia el suroeste. ¿Sería el Gólgota auténtico el sitio en que habían estado? Lo desolado de aquel lugar le caló los huesos y le anegó la mente. «¿Por qué me has abandonado?» Era el grito de toda alma humana que se siente desesperada.

¿Verdaderamente era el de María el rostro triste y poderosamente expresivo que estaba impreso en el cuadro de madera que llevaba consigo? Pero daba igual; la pasión sí era auténtica. ¿Qué más daba que los hechos hubieran ocurrido en aquel lugar o en otro? ¿Qué importaba que fuera o no María la mujer de aquel cuadro?

¿Por qué la imagen de Anastasio vestido de mujer lo turbaba de aquella manera? No sólo tenía un aire natural con aquella ropa, sino además había cambiado hasta su forma de andar, el ángulo de la cabeza. Su manera de mirar a los hombres que pasaban era femenina, diferente. Su personalidad se había transformado. Había dejado de ser el amigo al que había llegado a conocer tan bien, o por lo menos el que creía conocer. En otra época, había días en que se olvidaba de que Anastasio era eunuco; su sexualidad, o la falta de la misma, carecía de importancia. Lo que importaba era su valor, su bondad, su inteligencia, su ingenio rápido y su desbordante imaginación, cualidades que le hacían ser quien era.

Y ahora, de repente, todo aquello quedó expuesto abiertamente. La verdad era que Anastasio poseía un tercer género que no era ni hombre ni mujer. Era capaz de pasar del uno al otro igual que la seda cambiaba con la luz, casi como si no hubiera nada innato que lo definiera.

Pero había algo peor todavía. Había algo más profundo, algo que radicaba en su interior, que lo turbaba. Había descubierto que Anastasio vestido de mujer poseía una gran belleza. Sabía perfectamente bien que era, si no un hombre, desde luego sí un varón, y en cambio su reacción ante él había sido la que habría tenido ante una mujer. Le había surgido un deseo de protección, y además experimentó los agudos síntomas de la atracción sexual.

Lo alivió tener que ir a Jaffa, y en realidad no había motivos para que él viajara también al Sinaí.

Y, sin embargo, en el momento mismo en que se fue Anastasio, dando la impresión de ser una figura tan vulnerable, lo invadió una extraña soledad. Pronto iba a verse rodeado de gente, pero no habría nadie con quien pudiera hablar de las cargas que lo abrumaban, del sentimiento de culpa que le provocaba el hecho de no haber sido capaz de ser el amigo que Anastasio necesitaba y merecía.

Y lo que quizá fuera peor aún, lo que lo hería más hondo, era que no estaba siendo el hombre que él mismo necesitaba ser. Se había dado cuenta de que a lo mejor no era capaz de amar apasionadamente o con rectitud y plenitud duraderas, como tampoco había sido capaz su madre, cosa que sí había hecho su padre, pero de manera no correspondida. A lo mejor él no era capaz de albergar sentimientos tan profundos. En cambio, había tenido la convicción de que la amistad era otra clase de amor igual de profundo e igual de valioso. Y en eso también se había equivocado. ¿Poseía Anastasio la bondad necesaria para perdonar aquello? ¿Podría perdonarlo, desde aquel profundo pozo de soledad, desde aquella compasión que Giuliano había visto tantas veces en él? ¿Debería hacerlo?

62

Vestida una vez más como un peregrino y obligándose a sí misma a adoptar nuevamente las costumbres y los ademanes de un eunuco, al principio, en la puerta de Sión, Ana solicitó al jefe de la caravana viajar con ellos al desierto del Neguev hasta el monasterio de Santa Catalina, en el Sinaí. Todavía conservaba una gran cantidad del dinero que le había dado Zoé, más de lo necesario para pagarse el pasaje. El hombre pasó unos minutos regateando el precio, pero quedaba poco tiempo y la cantidad que ofrecía ella era cuantiosa, incluso generosa.

Estaban a finales de enero y hacía frío. Ana no estaba acostumbrada a montar en burro, pero como no había otra alternativa aceptó la ayuda de uno de los guías, un hombre de piel oscura y rostro apacible que hablaba una lengua de la que entendió tan sólo unas cuantas palabras, pero su tono de voz era tan explícito que hasta los camellos le obedecían.

La caravana que dejó Jerusalén llevaba, según Ana pudo contar, unos quince camellos, veinte asnos y aproximadamente cuarenta peregrinos, además de varios hombres que cuidaban de los camellos y de los asnos, y dos guías. Por lo visto, era un número reducido para lo que era habitual.

El viaje comenzó siendo fácil, siguiendo el camino que se dirigía al sur. El primer lugar de cierta importancia por el que pasaron se hallaba desolado y Ana no vio que tuviera nada especial, hasta que el hombre que montaba el burro de al lado se santiguó y empezó a rezar sin descanso, como si pretendiera alejar algún mal. Ana se sorprendió al percibir el miedo que traslucía su tono de voz.

—¿Estáis enfermo? —preguntó, preocupada.

El otro hizo en el aire la señal de la cruz.

—Aceldama —dijo con voz ronca—. ¡Reza, hermano, reza!

Aceldama. Claro. El «campo de sangre» en el que se mató Judas. Cosa sorprendente, el sentimiento que invadió a Ana no fue el miedo, sino una abrumadora piedad. ¿De verdad era una senda de la que no se podía retornar?

Cuando dejaron atrás Aceldama y salieron al desierto, siempre movedizo, siempre cambiante, no quedó en él nada más que un viejo desconsuelo.

En la primera noche Ana se sintió helada y agarrotada, demasiado cansada para dormir y muy irritada por la incomodidad del lugar: tres cobertizos sucios, en los que se acurrucaron todos juntos en un intento de descansar a fin de recuperar fuerzas para el día siguiente.

Supuso un alivio tomar algo de comer y de beber y dar comienzo a la jornada, porque al menos con el movimiento uno entraba en calor, incluso con el viento, al contrario que estando tumbado.

El paisaje fue pasando del blanco y negro a otros colores más desvaídos, un panorama de formas difuminadas por el frío y el calor, casi desprovistas de vida a excepción de algún que otro tamarisco raquítico y poblado de espinas. La arena, que inicialmente era de tono claro, fue adquiriendo un color casi negro y se hizo lisa y dura, cubierta de piedrecillas. A lo lejos se divisaban unas montañas negras y escarpadas. El viento rugía y acribillaba a la caravana con finas partículas de arena, como miríadas de picaduras de insectos. Los guías les dijeron en tono jovial que en otras épocas del año era aún peor.

Les advirtieron que no debían apartarse de la caravana por ningún motivo. Salirse de ella era invitar a la muerte. Uno podía perderse en cuestión de minutos, desorientarse y perecer a causa de la sed. Las regiones que se extendían más allá del camino conocido estaban sembradas de los huesos blanqueados de los necios.

Por la noche el firmamento era negro como el azabache y estaba cuajado de estrellas tan bajas que parecían encontrarse al alcance de la mano. Bellas y extrañas, ejercían una fascinación tan profunda que a Ana le costó trabajo apartar la mirada y recordar que si quería sobrevivir debía dormir.

Así fueron transcurriendo los días. El paisaje cambió, el horizonte ilimitado dio paso a colinas unidas unas a otras. El desierto negro se transformó en otro pálido, incluso blanco, atravesado por líneas y sombras grises. Por fin, al decimoquinto día, casi como si se hubiera apartado una nube, surgieron frente a ellos dos formidables macizos rocosos, separados por un profundo desfiladero de paredes escarpadas.

—Las montañas de Moisés —anunció el jefe de la caravana henchido de orgullo—. Horeb y Sinaí. Subiremos a ellas y llegaremos antes de que caiga la noche.

Ana calculó que ya debían de encontrarse a varios miles de pies sobre Acre y sobre el mar.

Por fin llegaron a los muros exteriores de Santa Catalina, una inmensa fortaleza de forma cuadrada que se erguía treinta o cuarenta pies por encima de ellos y que se hallaba enclavada entre las cumbres del monte Horeb y el monte Sinaí. Había sido construida con enormes sillares tallados en aquella roca lisa y del color del polvo, dispuestos con tal perfección que apenas se podía introducir la hoja de un cuchillo entre uno y otro.

La única forma de penetrar en dicha fortaleza consistía en llamar al centinela y solicitar la entrada. Si ésta era concedida, se abría una portezuela en lo alto de la que se descolgaba una soga. El visitante tenía que meter un pie en el lazo y, cuando le dieran la orden, dejar que lo izaran.

Tras unos breves momentos de vacilación, y tras aferrarse con desesperación a la soga, Ana fue izada por la pared exterior del majestuoso muro, con una sensación de mareo y sin apenas darse cuenta de lo que sucedía a su alrededor. En el horizonte occidental brillaba el sol en tonos morados y rojos.

Le habría gustado contemplar aquel paisaje hasta que hubiera desaparecido el último retazo de sol, pero ya notaba las manos sudorosas, asidas a la cuerda. Le dolían tanto las piernas que le resultaba difícil mantenerlas rectas. Un anciano monje la saludó con amabilidad, pero con escaso interés; a lo mejor estaba tan acostumbrado a ver peregrinos que ya todos le parecían iguales. Eran muchos los que llegaban allí con sueños imposibles, esperando milagros del lugar en que Moisés vio la zarza ardiente desde la que le habló Dios.

63

Ana enseñó la carta que le había dado Nicéforo y solicitó ver a Justiniano a solas. La carta sugería, sin decirlo expresamente, que ella había sido enviada por el emperador, de modo que el monje no puso reparos.

Nicéforo había tenido mucho cuidado de redactar el texto de manera un tanto ambigua.

La condujeron a un pequeño patio de forma irregular, y el monje que la guiaba se detuvo de pronto.

—Descalzaos —susurró—. El lugar que estáis pisando es territorio sagrado.

Ana se agachó para hacer lo que le indicaban, y de improviso se le llenaron los ojos de lágrimas. Levantó la vista, con las botas en la mano, y vio a la luz del candil una amplia extensión de denso follaje: era un arbusto que se elevaba por encima de su cabeza y daba la impresión de derramarse sobre el empedrado. Un pensamiento descabellado le vino a la cabeza ¿Era ése el arbusto de Moisés que había ardido con la voz de Dios? Se volvió hacia el monje. Éste asintió despacio, sonriendo, y prosiguió su camino.

—Podréis disponer de un breve intervalo, hasta la próxima llamada a la oración —dijo delicadamente, pero su tono de voz contenía una advertencia. Ana no debía olvidar que allí Justiniano era un prisionero y que a ella le estaban concediendo un privilegio al permitirle hablar a solas con él.

La dejaron esperando en una celda de piedra sin ventilación, lo bastante espaciosa para poder recorrerla de un extremo al otro con unos cuantos pasos. Cuando oyó girar la puerta sobre sus goznes, se volvió al instante.

En un primer momento Justiniano le dio la impresión de ser el mismo de siempre: los ojos, la boca, el característico nacimiento del pelo en la frente. A Ana le dio un vuelco el corazón y a duras penas pudo respirar. Los años transcurridos se esfumaron y todo lo que había sucedido dejó de ser real.

Él la miraba fijamente, confuso, parpadeando. En su semblante apareció en un primer momento una expresión de esperanza, después otra de miedo.

A su espalda, el monje aguardaba.

Ana debía explicarse a toda prisa, antes de que uno de los dos se traicionara a sí mismo.

—Soy médico —dijo con nitidez—. Me llamo Anastasio Zarides. El emperador Miguel Paleólogo me ha dado permiso para hablar con vos, si consentís.

Aunque había adoptado un tono de voz gutural para parecer un eunuco, él la reconoció al momento. Se le iluminaron los ojos de alegría, pero se mantuvo totalmente inmóvil, de espaldas al monje que aún esperaba detrás de él. Al contestar le tembló un poco la voz:

—No tengo inconveniente en hablar con vos... si es el deseo del emperador. —Se volvió a medias hacia el monje—. Gracias, hermano Tomás.

El hermano Tomás inclinó la cabeza y se retiró.

—¡Ana! En nombre de Dios, ¿qué...? —empezó Justiniano.

Pero ella lo interrumpió dando un paso al frente y rodeándolo con sus brazos. Él la abrazó con tal fuerza que Ana se sintió aplastada, pero fue una incomodidad que aceptó de buen grado.

—Sólo disponemos de unos minutos —le dijo al oído. Notó el cuerpo de su hermano endurecido, mucho más flaco que la última vez que se habían visto, tantos años atrás. Estaba más viejo, casi demacrado. Vio que sus arrugas se habían acentuado y que se le habían formado ojeras.

—Pareces un eunuco —repuso él, sin dejar de abrazarla—. ¿Qué demonios estás haciendo? ¡Por el amor de Dios, debes tener mucho cuidado! Si los monjes descubren esta farsa...

Ana se apartó un poco y lo miró detenidamente.

—Se me da muy bien —dijo con tristeza—. No me he disfrazado de eunuco para entrar aquí. ¡Aunque lo habría hecho! Visto así todo el tiempo.

A Justiniano le costó creerlo.

—¿Por qué? Eres preciosa. ¡Y puedes practicar la medicina siendo mujer!

—Es por otra razón distinta. —Ana no se atrevía a decirle que no podía volver a casarse ni por qué, era una carga que no tenía por qué soportar él—. Tengo mucho trabajo —siguió diciendo a toda prisa—. Suelo acudir al palacio Blanquerna a tratar a los eunucos que viven allí, y a veces al emperador mismo.

—¡Ana! —la interrumpió Justiniano—. ¡No! Ningún trabajo merece el riesgo que estás corriendo.

—No es por el trabajo —replicó ella—, lo hago para recabar información suficiente para demostrar por qué mataste a Besarión Comneno. Si he tardado tanto ha sido porque al principio ni siquiera sabía por qué iba a desear matarlo nadie, pero ahora sé que...

—No, no sabes nada —la contradijo él. De repente bajó el tono y siguió hablando con más serenidad—. No puedes ayudarme, Ana. Te ruego que no hagas nada. No tienes ni idea de lo peligroso que es, no conoces a Zoé Crysafés...

—Sí la conozco. Soy su médico. —Lo miró directamente a los ojos—. Creo que envenenó tanto a Cosmas Cantacuzeno como a Arsenio Vatatzés. Y estoy segura de que mató a Gregorio Vatatzés cara a cara, con una daga, e intentó que apresaran al embajador de Venecia como autor del crimen.

Justiniano la miró de hito en hito.

—¿Lo intentó, dices?

—Yo lo impedí. —Ana sintió que le subía un calor a la cara—. No hace falta que conozcas los detalles. Pero sí, conozco a Zoé. Y a Helena. Y a Irene, y también a Demetrio —continuó—. Y al obispo Constantino, naturalmente.

Justiniano sonrió al oír nombrar a Constantino.

—¿Cómo está? Aquí llegan muy pocas noticias. ¿Se encuentra bien?

—¿Me lo preguntas como médico suyo? —El tono era ligero, pero lo dijo porque de repente se dio cuenta de que Justiniano no había visto el lado de Constantino más siniestro, más débil, no sabía cuánto había cambiado bajo la presión de la unión con Roma, del fracaso, de la carga que suponía encabezar casi en solitario gran parte de la resistencia.

Alzó las cejas de golpe.

—¿También eres médico suyo?

—¿Y por qué no? —Ana se mordió el labio—. Para él soy un eunuco. ¿Resulta impropio?

Justiniano palideció.

—Ana, no vas a poder salir con vida de esto. Por el amor de Dios, vete a casa. ¿Te haces idea de los riesgos que estás corriendo? No puedes demostrar nada. Yo...

—Puedo demostrar por qué mataste a Besarión —replicó ella—. Y que no tuviste otra alternativa. Estabas desbaratando una conspiración urdida para suplantar a Miguel en el trono, y era la única forma posible de actuar. ¡El emperador debería agradecértelo, recompensarte por ello!

Justiniano le rozó la cara con tanta delicadeza que ella apenas notó algo más que el calor de su mano.

—Ana, piensa. Era una conspiración para suplantar a Miguel en el trono, a fin de salvar a la Iglesia de la amenaza de Roma. Yo habría seguido adelante con ella si hubiera tenido el convencimiento de que Besarión poseía el temple o las agallas necesarias para lograr el éxito. Di marcha atrás sólo cuando comprendí por fin que no era así. Y Miguel está enterado de ello.

—Yo maté a Besarión —dijo Justiniano con un hilo de voz—. Fue lo más difícil que he hecho nunca, y todavía me produce pesadillas. Pero si él hubiera usurpado el trono, habría sido la ruina de Bizancio. Fui un necio al tardar tanto tiempo en comprenderlo. No quería verlo, y al final fue demasiado tarde. Pero si estoy aquí es porque me negué a decirle a Miguel los nombres de los demás conspiradores. No... no pude. Ellos no eran más culpables que yo... quizá lo fueran menos. Seguían creyendo que aquello era lo más acertado para Constantinopla... y para nuestra fe.

Ana bajó la cabeza y se apoyó en su hermano.

—Ya lo sé. Yo sí sé quiénes son, y tampoco he podido decírselo. ¡Pero ha de haber algo que pueda hacer!

—No hay nada —contestó Justiniano con voz queda—. Déjalo, Ana. Constantino hará lo que esté en su mano. Ya me salvó la vida. Intercederá por mí ante el emperador, si surge una posibilidad.

No había nadie más que fuera a luchar por Justiniano, salvo ella. Y ahora ella tenía más posibilidades de ser oída por el emperador que Constantino.

—¿Quién te entregó a las autoridades? —le preguntó.

—No lo sé —respondió Justiniano—. Y no importa. No hay nada que puedas hacer al respecto, aunque tuvieras la certeza. ¿Qué es lo que quieres, venganza?

Ana lo miró, buscando algo.

—No, no quiero venganza —admitió—. Por lo menos de momento no pienso en ella. Claro que me gustaría que pagasen...

—Abandona. Te lo ruego —suplicó Justiniano—. Al final no merece la pena.

—Si Bizancio sobrevive, no habrá sido un fracaso. Y si hay alguien que gane, ése será Miguel.

—¿A costa de la Iglesia? —replicó Justiniano con incredulidad.

—Ve a casa, Ana —susurró Justiniano—. Te lo ruego. Ponte a salvo. Quiero imaginarte curando a la gente, llegando a vieja, siendo juiciosa y sabiendo que lo has hecho bien.

Las lágrimas no le dejaban ver. Su hermano había pagado mucho para darle aquella oportunidad, y ella le había hecho una promesa que sabía que no podía cumplir.

—No vas a irte, ¿verdad? —dijo Justiniano tocando las lágrimas que humedecían las mejillas de su hermana.

No puedo. No sé si todavía estarán planeando matar a Miguel. Demetrio es un Vatatzés, y un Ducas a través de Irene. Podría intentar subir al tono. Si Miguel muriera, y Andrónico también, tendría una posibilidad, sobre todo teniendo a los cruzados a las puertas.

Justiniano la aferró con más fuerza, apretándole los hombros.

—¡Eso mismo pienso yo! Seguro que habría tomado el poder cuando Besarión le hubiera quitado de en medio a Miguel.

—Y tú —agregó Ana—. ¡Tú eres un Láscaris!

Se oyó la llave girar en la cerradura.

Justiniano apartó a su hermana de sí.

Ana se pasó una mano por la mejilla para secarse las lágrimas e hizo un esfuerzo para serenar la voz.

—Os estoy agradecido, hermano Justiniano. Trasladaré vuestro mensaje a Constantinopla.

Hizo la señal de la cruz al estilo ortodoxo y le dedicó una breve sonrisa. A continuación salió con el monje al pasillo y echó a andar más bien a tientas, porque apenas veía por dónde iba.

64

El viaje en caravana desde Santa Catalina hasta Jerusalén duró otros quince días. Por lo visto siempre tardaba lo mismo, a pesar de lo que uno hubiera negociado.

Esta vez Ana contempló la magnificencia del desierto que se extendía a su alrededor con diferentes emociones. Seguía siendo muy hermoso. Las sombras variaban entre el negro y un centenar de matices grises y pardos. Con la luz del día el azul se abrasaba con el ocre opaco del polvo que arrastraba el viento, el cual en ocasiones incluía ráfagas heladas. Ahora, Ana llevaba grabado en el alma de forma indeleble el terrible precio que había pagado Justiniano por el error cometido, y después para intentar rectificarlo.

Si ella hubiera estado en el lugar de Justiniano, era muy posible que hubiera hecho exactamente lo mismo. Besarión habría sido un desastre como emperador, pero era demasiado arrogante para verlo, y los otros estaban demasiado comprometidos para aceptar una verdad tan amarga. Excepto quizá Demetrio. ¿Estaría Justiniano en lo cierto, y tenía planeado matar no sólo a Miguel y a Andrónico, sino tal vez también a Besarión? ¡Qué irónico habría sido aquello! ¡El archiconspirador volviéndose contra ellos en cuanto se hubiera consumado el asesinato de Miguel, matando a Besarión y afirmando haber restaurado el orden, llenando él mismo el vacío, como un héroe! Y también se habría librado de Justiniano, porque éste, al ser un Láscaris, suponía una amenaza. Entonces no quedaría nadie más que él. Él consolaría a la viuda, la pobre Helena, y a su debido tiempo la desposaría, y así mezclaría las familias de los Comneno, los Ducas y los Vatatzés para formar una única y gloriosa dinastía.

¿Seguirían conspirando en la actualidad? Aquél era un dato que necesitaba conocer, porque se daba cuenta, con cierta sorpresa, de que apoyaba a Miguel de todo corazón. Miguel era la única esperanza que tenía Constantinopla.

Ana llegó a Jerusalén exhausta y quemada por el sol, con los huesos doloridos, pero no tenía tiempo para descansar. Debía tomar la siguiente caravana que se dirigiera a Acre y reunirse con Giuliano en el barco. Contó detenidamente lo que le quedaba del dinero que le había dado Zoé. Sonrió. A Zoé le habría dolido que cambiara los besantes de oro por ducados venecianos. No podía permitirse el lujo de gastarlo todo, ya que si el barco se retrasaba iba a tener que esperar en Acre, y necesitaría comer y dormir. Pero la idea de pasar otros cinco días caminando superaba su resistencia física.

Desde la vez anterior había aprendido unas cuantas tácticas de negociación, así como expresiones más contundentes desde la estancia en Jerusalén y el viaje de ida y vuelta al Sinaí. Por fin llegó a un acuerdo y consiguió un mulo difícil y de mal carácter, el cual la llevó hasta Acre. Por el camino, el mulo descubrió que Ana también podía ser testaruda y difícil si quería. Tuvo que reconocer que ambos habían terminado respetándose el uno al otro, y sentía mucho tener que separarse de aquel animal, de modo que gastó unas monedas para regalarle un poco de pan mojado en aceite. El mulo se sorprendió sobremanera, pero aceptó el obsequio con un gesto que recordó a la dignidad.

Aquel día pernoctó en un alojamiento miserable y no desayunó. Entonces vio llegar el barco, exactamente en la fecha en que Giuliano había dicho que iba a volver, pero esperó a media mañana para subir a bordo, a fin de no delatar lo ansiosa que estaba de verlo.

Giuliano disimuló su alivio delante de la tripulación. Sin embargo, más tarde, a solas con Ana en la cubierta mientras zarpaban conforme iba anocheciendo, habló con ella apartándose un poco hacia un lado. Empleó un tono de voz suave, aunque no posó la mirada en ella sino en la estela blanca que iba dejando el barco.

—¿Ha sido muy duro el viaje? —le preguntó—. La gente dice que sí.

—Y no se equivoca. —Ana sonrió al recordar—. Ha sido muy duro. No estoy acostumbrado a montar en burro un día tras otro, un animal paciente pero incómodo. Y en esta época del año en el desierto hace frío, sobre todo por la noche. Es bello... y terrible.

—¿Y el monasterio del Sinaí? —inquirió Giuliano, y esta vez se giró para mirarla. Se hallaban en la popa del barco, que navegaba con rumbo oeste, y Giuliano estaba situado de espaldas a las luces, de modo que Ana no podía verle la cara.

—Dicen que se eleva más de cinco mil pies por encima del mar —empezó—, y no obstante las montañas que lo circundan hacen que parezca insignificante, hasta que uno llega allí y se da cuenta de que los muros tienen treinta o cuarenta pies de altura y son macizos. Aunque se pudiera trasladar hasta allí una máquina de asedio, nada lograría abrir una brecha en ellos. Cuentan con torres y contrafuertes, pero no hay puertas cercanas al suelo. La única manera de entrar es penetrando por una pequeña abertura que hay próxima al remate de la muralla. Hay que dejar que a uno lo icen con una soga en cuyo lazo hay que meter el pie.

—¿Es verdad eso? —dijo Giuliano con asombro—. Lo había oído, pero creía que eran imaginaciones.

—Pues es cierto. El interior es muy hermoso, austero, y resulta imposible no pensar en todo momento en las montañas, que se ciernen sobre uno y no dejan ver el cielo, el monte Sinaí y el monte Horeb. Hay un sendero que discurre por el desfiladero que hay entre ambos, formado por unos peldaños empinadísimos. Allí fue adonde subió Moisés a encontrarse con Dios. Yo no fui. No tenía tiempo, y además no estoy seguro de que quisiera hacerlo. Es posible que me hubiera encontrado con Dios, y no estoy preparado. —Sonrió y bajó la vista—. O que no encontrara a Dios, y tampoco estoy preparado para enfrentarme a eso. Pero sí que vi la «zarza ardiente», sigue estando allí. Se parece a un arbusto cualquiera, pero se nota que no lo es.

—¿Por qué? —preguntó Giuliano.

—Probablemente porque el monje me dijo que me descalzara pues estaba pisando terreno sagrado.

Giuliano rio, y al hacerlo se disipó la tensión de sus hombros. Sólo entonces comprendió Ana lo extraño que había sido su comportamiento, tan falto de su elegancia habitual. Se acordó del día en que se separaron en el Gólgota, de la expresión que reveló su semblante cuando vio la pintura de la Virgen, o por lo menos ella quería creer que era de la Virgen. También le vinieron a la memoria otros momentos y advirtió que había cambiado algo, y no quiso entender de qué se trataba, porque contenía un punto doloroso que quedaba fuera de su alcance.

65

—¿Y bien? —preguntó Simonis cuando Ana, por fin en casa, después de lavarse, descansar un poco y ponerse ropa limpia, se sentó a la mesa dispuesta a tomarse una sopa caliente con pan recién hecho—. ¿Qué información traes de Justiniano? Por tu expresión deduzco que aún vive. ¿Qué más? ¿Cuándo va a regresar a casa?

Ana no les había dicho nada de la pintura de Zoé. Ambos habían dado por hecho que el propósito de todo aquel viaje era obtener noticias acerca de Justiniano. Leo la había precavido contra el viaje diciendo que iba a ponerse en peligro por poca cosa. Simonis se había enfadado con él y había elogiado a Ana por haber dado por fin el paso que llevaba esperando de ella desde el principio.

—Lo he visto —empezó—. Está más delgado, pero me pareció que se encontraba bien.

—Tómate la sopa —ordenó Simonis—. ¿Qué te dijo?

Ana sintió cómo se cerraba todavía más el nudo de decepción que le retorcía las entrañas.

—Me contó lo que había sucedido —contestó al tiempo que comenzaba a tomarse la sopa porque despedía un aroma tentador y el hecho de comer no iba a mejorar ni empeorar lo que tenía que decir—. Era casi igual que lo que creía yo, lo que averigüé por mí misma...

—¡Y no nos dijiste nada! —la acusó Simonis, y de nuevo se le oscureció el semblante.

Leo le tocó el brazo con suavidad, en un ademán que pretendía frenarla. Pero ella se zafó sin dejar de mirar fijamente a Ana.

—Y bien, ¿cómo vas a demostrar que es inocente? —preguntó.

—No voy a demostrar nada —replicó Ana sin ambages—. Él mató a Besarión...

—¡No es posible! —exclamó Simonis, furiosa—. Justiniano no es capaz. ¡Tú, puede ser! Tú podrías haber...

—Basta —dijo Leo, tajante. Te has excedido.

Simonis se ruborizó intensamente.

Ana también fue tomada por sorpresa.

—Te lo agradezco, Leo —le dijo en tono grave—. La historia es simple, y ahora que sé de labios de Justiniano que es cierta, os la voy a contar, pero si valoráis vuestra vida, o la mía, os cuidaréis mucho de repetirla. —Esperó a que le dieran su palabra—. Eso es lo que desea Justiniano.

Simonis afirmó de mala gana con la cabeza, todavía con expresión de enfado.

—Por supuesto que no diremos nada —prometió Leo.

Les refirió todo brevemente, sin extenderse mucho en los detalles.

Simonis parecía apabullada. Mantuvo la mirada fija y guardó silencio.

—Ana, has de respetar los deseos de Justiniano —dijo Leo con preocupación—. No puedes permitir que nadie sepa que estás enterada de todo esto, porque te destruirán.

Simonis la estaba mirando también, pero no con la misma angustia. Ella esperaba acción.

—Debes acudir al emperador y decirle quiénes eran los otros conspiradores —dijo Simonis, como si fuera una conclusión en la que estaban todos de acuerdo—. Debes decirle que has visto a Justiniano y que él te ha revelado su identidad. Y entonces el emperador lo pondrá en libertad.

—No, no puedo —repitió Ana—. A Justiniano lo torturaron para obligarlo a hablar, y no habló. Ahora tú quieres que yo haga lo mismo, después del precio que ha pagado él...

—Los hombres son unos necios —le espetó Simonis a su vez—, guardan fidelidad a personas que los traicionan aunque no tenga sentido. Debes hacerlo por él. Así quedará con las manos limpias.

—Justiniano no quedará con las manos limpias si Ana dice que fue él quien le suministró la información —la interrumpió Leo.

—¡No importa! —exclamó Ana, desesperada—. Justiniano no quiere que las traicione nadie, ni yo, ni él, ni nadie.

—Ya lo creo que sí —la contradijo Simonis en tono cáustico—. ¿Por qué, si no, iba a haberte dado esa información?

—No necesitaba dármela, ya la tenía yo —señaló Ana. No mencionó la conversación que había tenido con Nicéforo.

—Ah, de modo que ahora es mérito tuyo, ¿no? —Simonis estuvo a punto de ahogarse al decir aquello—. Está en prisión, en el desierto, golpeado y torturado, mientras tú te enriqueces aquí, en Constantinopla, engordando y vistiéndote con sedas, pero no quieres mancillar una rectitud moral que crees tener. En Nicea no te importó sacrificar todo el futuro de tu hermano por tus equivocaciones, ¿verdad? ¿O es que ya no quieres acordarte de eso? Si en aquel entonces hubieras confesado, no habría ocurrido nada de esto. ¡Él sería médico y tú no! ¿Dónde estaba entonces tu preciosa rectitud, tu...? Eres una cobarde... —Sollozando y con la respiración entrecortada, salió disparada de la habitación y la oyeron correr pasillo adelante.

A Ana se le llenaron los ojos de lágrimas de forma inesperada.

—Justiniano me rogó que no hiciera nada —susurró—. No lo hago por mí... sino por él.

—Ya lo sé —dijo Leo en voz baja—. Ya hablaré yo con Simonis. A lo mejor deberías enviarla de vuelta a Nicea...

—No —dijo Ana sacudiendo la cabeza en un gesto negativo—. No puedo hacer eso...

—No puedes disculpar lo que ha dicho —replicó Leo—. Ha sido imperdonable.

—Hay muy pocas cosas que sean imperdonables —dijo Ana con cansancio—. Y de todas formas no puedo permitirme meter en esta casa a una persona desconocida que venga a ocupar el lugar de ella.

—¿Temes que pueda traicionarte? —inquirió Leo.

—No, claro que no —negó Ana, demasiado deprisa—. No sería capaz de algo así. Justiniano no se lo perdonaría.

Al día siguiente, Ana fue a llevar la pintura a Zoé Crysafés. En la estancia reinaba el silencio y no había criados presentes, tan sólo ellas dos. Por la ventana penetraba el sol primaveral, intenso y luminoso. Ana le entregó el paquete, bastante pequeño y profusamente envuelto, tal como se lo había entregado Giuliano a ella.

Zoé no fingió interés por Ana. Cortó las ataduras con un pequeño cuchillo de hoja muy fina y acto seguido las soltó y contempló a sus anchas el panel de madera. Durante largo rato no dijo nada, pero por su semblante cruzaron toda clase de emociones: reverencia, asombro, alegría desbordante. Cosa extraña, no mostró ningún sentimiento de victoria, sino más bien lo contrario: una especie de repentina humildad.

Por fin levantó la vista hacia Ana y la miró con una expresión del todo carente de astucia.

—Lo habéis hecho muy bien, Anastasia —le dijo en voz baja, como una mujer podría hablar a otra de su mismo rango, posiblemente, por un instante, incluso una amiga—. Podría pagaros con oro por la habilidad que habéis demostrado y las penalidades que habéis soportado, pero eso resultaría grosero. Sobre la mesa hay un candelabro enjoyado. Es vuestro. Tomadlo y poned una vela en él.

Ana se volvió y lo vio. Era un objeto exquisito: pequeño, no mediría más de unas pocas pulgadas, pero cuajado de perlas y rubíes que refulgían suavemente incluso bajo el fuerte sol matinal. Lo cogió y se dio la vuelta para dar las gracias a Zoé, pero ésta tenía la cabeza inclinada y estaba completamente ensimismada en el retrato.

Ana se fue sin romper el silencio.

66

Miguel Paleólogo, emperador de Bizancio, se encontraba de pie al sol en su cámara privada. Sobre el arcón que tenía enfrente reposaba un retrato sencillo, pero el rostro que representaba era el de la Madre de Dios. Lo sabía sin lugar a dudas. El artista que lo había pintado la había conocido en persona, y en sus trazos había intentado plasmar la pasión, el sufrimiento y la belleza de su alma. No era un producto de su imaginación ni tampoco un rostro idealizado; había intentado captar en líneas y en colores lo que había visto con sus propios ojos.

Zoé Crysafés había enviado al médico eunuco a Jerusalén para que le trajera aquel cuadro. No era un regalo para la Iglesia, sino destinado personalmente a él.

Por supuesto que sabía por qué Zoé le había hecho aquel regalo: por miedo a que él estuviera enterado de que había participado en el plan de Besarión Comneno de usurpar el trono, y además porque temía que llegara un día en que, cuando él ya no la necesitara, se cobrase venganza por ello. Con aquel obsequio pretendía comprarle. Y lo había logrado. No era la mayor reliquia de la cristiandad, pero ciertamente era la más bella, la más conmovedora.

Se arrodilló muy despacio, con lágrimas en las mejillas. La Santísima Virgen había vuelto a Bizancio, y de una forma en que no había estado nunca. Resultaba de lo más extraño que la artífice de aquel milagro hubiera sido precisamente Zoé.

67

El verano de 1278 en Constantinopla fue caluroso y tranquilo. Palombara estaba otra vez de visita, rodeado por aquella vívida mezcla de sonidos y colores, ideas turbulentas y apasionados debates religiosos.

Lamentablemente, una vez más venía acompañado de Niccolo Vicenze. El Santo Padre le había dicho que Vicenze no sabía nada de la verdadera misión que tenía Palombara, y que consistía en apoyar al emperador por todos los medios para que obligara a su pueblo a obedecer al pie de la letra lo establecido en el acta de unión con Roma. Y naturalmente preservar la vida y el poder del emperador, en caso de que se vieran amenazados. Quedaba entendido de manera implícita que Palombara debía procurar estar al tanto de dichas amenazas, provinieran de quien provinieran.

Naturalmente, lo que el Santo Padre le había dicho en realidad a Vicenze podía ser completamente distinto. Aquello no debía olvidarse en ningún momento.

En aquel momento la prioridad consistía en tratar con el obispo Constantino. Éste gozaba de una importancia capital entre quienes se oponían de forma irrevocable a la unión. Discutir con él resultaba inútil. Había que derrotarlo. Era una idea repugnante, pero había demasiadas vidas en juego para andarse con delicadezas. La cuestión eran los medios que emplear.

Al lado de Constantino, en medio del hambre y la enfermedad, había estado aquel médico, Anastasio. Si había alguien que conociera sus puntos débiles, era él. Y Palombara estaba igualmente seguro de que Anastasio jamás traicionaría voluntariamente a su pueblo, y mucho menos para entregarlo a Roma. Engañar a Anastasio no era algo que tuviera pensado hacer Palombara.

De repente se le ocurrió una idea, sutil y peligrosa. Si él estuviera en el lugar de Constantino, empeñado a toda costa en salvar la libertad de la Iglesia ortodoxa, el único hombre por encima de todos los demás que le supondría un obstáculo sería el propio Miguel. Si el emperador fuera eliminado y se pusiera en su lugar a un creyente ortodoxo que careciera de su inteligencia o de su firmeza, todas las demás maniobras resultarían innecesarias.

Su urgencia por ver a Anastasio se duplicó. Le vinieron a la memoria fragmentos de conversaciones sobre antiguas conspiraciones y asesinatos, apellidos imperiales como Láscaris y Comneno, la intimidad de aquel médico con Zoé Crysafés, la más bizantina de todas las mujeres, y el hecho de que había atendido al emperador.

Transcurrió más de una semana antes de que se presentara la oportunidad sin necesidad de forzarla. Había intentado cruzarse por casualidad con Anastasio, hasta que por fin se encontraron en el promontorio que se elevaba por encima de los muelles. Él acababa de llegar en una barca para transporte de pasajeros y Anastasio estaba paseando. Era media tarde, el sol pendía bajo y perezoso, un bálsamo para las cicatrices de la pobreza y la violencia, pues éstas quedaban cubiertas de una pátina dorada.

—Es el momento que más me gusta del día —comentó Palombara en tono informal, como si fuera algo natural que ambos se vieran de nuevo después de un período de tiempo tan prolongado.

—Ah, ¿sí? —contestó Ana—. ¿Deseáis que caiga la noche?

—No. —Palombara permaneció inmóvil, y la cortesía exigía que Anastasio hiciera lo propio—. Me refería únicamente a estos momentos, no a lo que ocurre antes ni después.

En la mirada de Anastasio había una chispa de interés. Palombara sabía que tenía los ojos de color gris oscuro, pero de cara al sol como estaba podrían parecer marrones.

—Las sombras poseen cierta ternura —siguió diciendo Palombara—, una compasión que no tiene el duro resplandor de la mañana.

—¿Os gusta la compasión, señor? —preguntó Anastasio con curiosidad.

—Me gusta la belleza —lo corrigió Palombara—. Me gusta la irrealidad de la luz tenue, la licencia para soñar.

Anastasio sonrió. Fue un gesto cálido y efímero que iluminó su semblante. De pronto Palombara pensó que era un ser bello; ni hombre ni mujer, pero tampoco una distorsión del uno ni del otro.

—Yo necesito soñar —explicó rápidamente—. La realidad es dura y sus frutos llegan muy deprisa.

—¿Os referís a algo concreto? —Anastasio dirigió la vista hacia un lado, a una torre en ruinas. Un costado se había desmoronado y aún no habían retirado los escombros—. ¿Seguís aquí intentando convencernos de que nos unamos a Roma de corazón, además de por el tratado?

—Carlos de Anjou busca cualquier excusa para tomar Constantinopla de nuevo. Y el emperador está al corriente —dijo Palombara a modo de respuesta.

—Por supuesto —convino Anastasio—. Difícilmente aceptaría unirse con Roma para defenderse de una amenaza de menor envergadura.

Palombara hizo una mueca de dolor.

—Qué duro. ¿Acaso no debería estar unida la cristiandad? El islam está avanzando por el este, cada año cobra más fuerza.

—Ya lo sé —dijo Anastasio con voz queda—. Pero ¿se combate una tiniebla abrazando otra?

Palombara se estremeció. Se preguntó si Anastasio lo consideraba así en realidad.

—¿Qué diferencias tan importantes hay entre Roma y Bizancio para que vos opinéis que una es la luz y la otra una tiniebla? —inquirió.

Anastasio guardó silencio durante largo rato.

—Todo es mucho más sutil, entre una y otra hay un millón de matices —dijo por fin—. Yo quiero una iglesia que enseñe compasión y dulzura, paciencia, esperanza, tolerancia con la santurronería, pero que deje sitio para la pasión, la diversión y los sueños.

—Queréis mucho —repuso Palombara amablemente—. ¿Esperáis también que los ancianos de la Iglesia aprueben todas esas cosas?

—Lo único que necesito es una iglesia que no se entrometa —replicó Anastasio—. Yo creo que enseñar, ofrecer nuestra amistad y finalmente crear, ésa es la finalidad del todo. Terminar siendo como Dios, de igual modo que todos los niños sueñan con ser como sus padres.

Palombara examinó el rostro de Anastasio, la esperanza que irradiaba, el ansia y la capacidad de ser herido. No se había equivocado: era una idea bella, pero también turbulenta, intensamente viva.

Palombara ni por un instante creyó que la Iglesia bizantina ni la romana aceptarían jamás dicha idea. Pintaba algo de un asombro y una belleza demasiado ilimitados para que pudieran concebirlo las personas corrientes. Para soñar algo así, sería necesario vislumbrar incluso el alma de Dios.

Pero a lo mejor Anastasio la había vislumbrado, y Palombara sintió envidia de él.

Ambos permanecieron envueltos en el paisaje, que iba sumiéndose en la noche, con las luces de los muelles a la espalda. Durante largo rato no dijo nada ninguno de los dos. Palombara temía que Anastasio se fuera, con lo cual él perdería aquella oportunidad.

Finalmente, se decidió a hablar.

—El emperador está decidido a salvar Constantinopla de Carlos de Anjou declarando la unión con Roma, pero no puede obligar a sus súbditos a que abandonen la antigua fe, ni siquiera para guardar las apariencias ante el Papa.

Anastasio no respondió. A lo mejor sabía que no se trataba de una pregunta.

—Vos hacéis muchas preguntas acerca del asesinato de Besarión Comneno, perpetrado hace varios años —presionó Palombara—. ¿Fue un intento frustrado de usurpar el trono, para después luchar por conservar la independencia religiosa?

Anastasio se volvió ligeramente hacia él.

—¿Por qué os preocupa, obispo Palombara? Eso fracasó. Besarión está muerto. Y también los que conspiraron con él.

—¿Así que vos sabéis quiénes eran?

Anastasio hizo una inspiración lenta y profunda.

—Sólo conozco a dos. Pero sin el resto y sin el propio Besarión, ¿qué pueden hacer?

—Ésa es la cuestión que me preocupa —contestó Palombara—. Cualquier intento que se llevara a cabo ahora suscitaría una venganza terrible. La mutilación de los monjes parecería trivial en comparación. Y el único hombre que saldría ganando sería Carlos de Anjou.

—Y el Papa —agregó Anastasio, cuyos ojos destellaron a la luz del farol de un carro que pasaba—. Pero sería una victoria amarga, excelencia. Y la sangre que se derramara en ella no serviría para lavaros las manos a vos.

68

—El antiguo icono de la Virgen que el emperador Miguel trajo a Constantinopla cuando sus habitantes regresaron del exilio en 1262 —dijo Vicenze con toda convicción—. Eso es lo que hará falta. Ellos creen que una vez en el pasado los salvó de la invasión.

Palombara no respondió. Ambos estaban de pie en la estancia que daba a la calle que bajaba hasta el mar. El sol bailaba sobre el agua y los altos mástiles de los barcos se mecían suavemente al compás del leve oleaje de la mañana.

—No conseguiremos nuestro objetivo a no ser que tengamos un símbolo de la rendición de Bizancio a Roma —siguió diciendo Vicenze—. Ha de ser el icono de la Virgen.

Palombara no tenía ningún razonamiento con que contraatacar. Su desgana era puramente práctica.

—Va a ser imposible obtenerlo, así que poco importa que resulte eficaz o no —contestó con frialdad.

—Pero estaréis de acuerdo en la fuerza que ejercerá —dijo Vicenze ateniéndose a su argumentación.

—En teoría, por supuesto.

Palombara lo miró más detenidamente. Se dio cuenta de que Vicenze tenía un plan, un plan del que se sentía bastante satisfecho y de cuyo éxito no albergaba la menor duda. Se lo estaba contando a él sólo porque quería que lo supiera, no para que participase.

Aquello quería decir que Palombara iba a tener que trazar un plan propio, en el secreto más absoluto, o de lo contrario Vicenze se adelantaría y le llevaría el trofeo al Papa en solitario. El secreto era necesario, porque Vicenze era muy capaz de sabotear a Palombara adrede y permitir que toda la atención se centrara en éste mientras él ejecutaba lo que había tramado. Palombara podía terminar en una mazmorra bizantina, mientras que él, retorciéndose las manos con hipócrita aflicción, estaría camino del Vaticano, icono en mano.

—Hemos de hacernos con él —dijo Vicenze con una fina sonrisa—. Voy a contaros el plan que he ideado. Si a vos se os ocurre otra cosa, debéis informarme de ella, como es natural.

—Como es natural —corroboró Palombara. Salió al aire y sintió una brisa ligera en la cara. Por espacio de unos instantes se quedó mirando los tejados de las casas que descendían hasta el mar, y después empezó a caminar. Sólo quería sentir el consuelo de moverse, de notar el empedrado bajo los pies y disfrutar del constante cambio del paisaje.

A Miguel no se le podía comprar con dinero ni tentar con un puesto de poder. Lo único que le importaba era salvar su ciudad de Carlos de Anjou y la doblez de Roma. No, no era verdad; quería salvar Constantinopla de cualquiera, ya fuera cristiano o musulmán. A lo largo de los siglos, Bizancio había sido experto en el arte de establecer alianzas, de comerciar, de volver a sus enemigos unos contra otros. ¿Sería posible convencerlo de que se aliase con Roma para protegerse del viento ardiente del islam que ya estaba abrasando las fronteras del sur?

¿Cuál podía ser el factor que diera lugar a dicha alianza? Una atrocidad cometida en la propia Constantinopla. Algo que enfureciese a la cristiandad y arrojara a las dos iglesias la una en los brazos de la otra, al menos durante el tiempo necesario para enviar aquel icono a Roma como prueba de la buena fe de Bizancio.

Un ultraje, pero no un asesinato. Podía incendiar un lugar santo y hacer que la culpa recayera sobre los musulmanes, y después que cundiera la furia entre el pueblo. El pueblo aceptaría cualquier precio que Miguel pudiera pagar, hasta un tributo a Roma.

Palombara sabía cómo hacerlo. Tenía dinero del Papa, incluso una cantidad de la que Vicenze no tenía conocimiento. Y además poseía contactos con personas que sabían cómo provocar una violencia precisa y limitada, pagando un precio. Procedería con sumo cuidado. No iba a enterarse nadie, y menos que nadie Niccolo Vicenze.

El incendio del sagrado santuario de Santa Verónica fue espectacular. Al anochecer Palombara estuvo en la calle, inmerso entre la muchedumbre que se había congregado, sintiendo el calor abrasador de las llamas que iban consumiendo aquellas frágiles construcciones y ennegreciendo las paredes de las casas y las tiendas de alrededor. No muy lejos de él había una anciana que se tiraba del pelo y lanzaba gemidos cada vez más estridentes, hasta que se convirtieron en aullidos. El rugido del fuego se hizo más intenso, las maderas crujían y explotaban lanzando una lluvia de chispas y cenizas ardientes al aire.

El calor hizo retroceder a Palombara. Alargó un brazo para empujar a la anciana hacia un lugar más seguro, pero ella se zafó enseguida.

A falta de algo más que devorar, las llamas fueron disminuyendo gradualmente. Pero el clamor que siguió fue tan encendido como las llamas que devoraron el santuario. Palombara no tuvo necesidad de avivar el fuego. Solicitó una audiencia al emperador, y le fue concedida. Cuando estuvo en presencia de Miguel, advirtió que su semblante reflejaba cansancio y preocupación y estaba de muy mal humor.

—¿Qué sucede, mi señor obispo? —dijo Miguel en tono cortante. Iba vestido con una dalmática roja incrustada de joyas. En las puertas estaba apostada la guardia varega, muy a la vista.

Palombara no perdió tiempo.

—Vengo a ofrecer la solidaridad del Santo Padre de Roma por la pérdida que habéis sufrido, majestad.

—¡Tonterías! —saltó Miguel—. Venís a vanagloriaros y a ver qué provecho podéis sacar de esto.

Palombara sonrió.

—El provecho será para todos nosotros, majestad. Si el islam alcanza en el sur más poder aún del que ya tiene ahora y continúa presionando las fronteras de la cristiandad, hará falta más de una cruzada para impedir un ataque y posteriormente, de manera inevitable, una invasión en toda regla. No estoy hablando de siglos futuros, majestad, ni siquiera de decenios.

Bajo su barba negra Miguel revelaba una intensa palidez, pero su expresión no se alteró. Había conducido a su pueblo en el exilio, conocía bien la guerra y él mismo llevaba en el cuerpo numerosas cicatrices. Estaba preparado para pagar el último y desesperado precio, el de sacrificar su fe religiosa para proteger a su pueblo. Miguel Paleólogo, emperador de Bizancio e Igual a los Apóstoles, conocía el sabor del fracaso y la derrota, y el arte y el coste de la supervivencia.

Palombara sintió asombro y compasión por él, un hombre muy humano vestido con ropajes lujosos y sentado en su palacio aún en ruinas.

—Majestad —dijo humildemente—, permitidme que os sugiera

un último reconocimiento de la unión de Bizancio con Roma, un reconocimiento del cual no podrá dudar ningún enemigo, ya sea por rencor o por falta de inteligencia.

Miguel lo miró con una fría suspicacia.

—¿Qué tenéis en mente, obispo Palombara?

Palombara, sin querer, titubeó unos momentos antes de articular una respuesta.

—Enviad a Roma el icono de la Sagrada Virgen que portabais en alto cuando entrasteis en Constantinopla al volver del exilio —dijo—. Permitid que llegue a Roma como símbolo de la unión de las dos grandes iglesias cristianas del mundo, dispuestas a permanecer la una junto a la otra frente a la marea del islam que nos va cercando. De esa manera, Roma os tendrá en cuenta para siempre y seréis el bastión de Cristo contra el infiel. Y si permitiéramos que caigáis, tendremos frente a nuestras puertas a los enemigos de Dios.

Miguel guardaba silencio, pero no había signos de ira, ni de la voluntad de luchar contra lo imposible o de fingir que se había lesionado su dignidad. Miguel era un hombre realista.

La trampa era muy ingeniosa. No se le escapaba la ironía de la situación; él, que se consideraba tan inteligente, se sentía totalmente perdido.

—Cuidad bien de ella —respondió por fin Miguel—. Si la deshonráis, no os lo perdonará. Eso es lo que debéis temer, Palombara; ni a mí ni a Bizancio, ni siquiera las confabulaciones de Roma ni la creciente marea del islam. Temed a Dios y a la Santísima Virgen.

Una semana más tarde el antiguo icono que había salvado a Bizancio siglos atrás fue entregado en la hermosa casa en que se alojaban Palombara y Vicenze. Ambos se encontraban en una de las espaciosas salas de recepción, observando en silencio cómo el icono era despojado de su envoltorio.

Vicenze estaba abrumado por el éxito de Palombara. Se quedó inmóvil bajo el sol que penetraba por los ventanales con una expresión sombría.

Cuando lo miró, Palombara vio en él una rabia y una envidia que eran auténticas.

Mientras el enviado de Miguel se afanaba con el envoltorio, Palombara advirtió que el semblante de Vicenze adoptaba una expresión nueva, que dejaba a un lado el fracaso de no haber conseguido él el icono.

Por fin cayó el último envoltorio. Ambos se acercaron un poco más, sin decir nada, para mirar aquel rostro bello y oscuro. Al contemplarlo de cerca resultaron visibles las marcas dejadas por el tiempo y por la intemperie en las minúsculas grietas de la pintura, en las muescas que presentaba el pan de oro. El estandarte en sí estaba ya alisado por las muchas manos que lo habían tocado, y el aceite de la piel humana que lo había rozado a lo largo de varias generaciones había bruñido las superficies del marco de madera.

Vicenze abrió la boca para decir algo, pero cambió de opinión. Palombara ni siquiera lo miró a la cara, para no enfurecerse al ver su expresión gélida e insensible.

Resultó muy sencillo contratar un barco. Palombara llegó a un arreglo con uno de los muchos capitanes que había en el puerto de Constantinopla. Vicenze se encargó de supervisar al carretero que transportaba el icono, el cual iba embalado con mayores precauciones que antes, en una caja de madera. Ésta iba discretamente marcada para facilitar su identificación, pero nadie más podía adivinar el contenido de la misma.

Llevaban pocas cosas consigo, pues no quisieron dar a entender a los sirvientes ni a los que siempre andaban vigilando y escuchando que tal vez tardasen en regresar. De hecho, cabía la posibilidad de que los ascendieran a la púrpura cardenalicia y no regresaran nunca. Palombara lamentó dejar atrás algunos de los exquisitos objetos que había comprado durante su estancia en Constantinopla, pero era necesario a fin de dar la impresión de que se hallaba en los muelles meramente de visita y que volvería antes de que anocheciera.

Sin embargo, al llegar al muelle vio con expresión de incredulidad que su barco estaba zarpando. El agua se agitaba a su alrededor a medida que iba cobrando velocidad y los remos se hundían rítmicamente. Continuaría así hasta que hubiera salido del amparo del puerto y encontrara un viento suave que inflara las velas. Vicenze se encontraba a bordo, cerca de la barandilla. El sol le iluminaba el cabello rubio formando como un halo y su boca ancha y de labios finos sonreía.

Palombara, invadido por una furia ciega, rompió a sudar. Jamás había experimentado una derrota tan total y tan devoradora que no dejase sitio a ningún otro sentimiento.

—Mi señor obispo —oyó decir a una voz en tono preocupado—. ¿Estáis enfermo, señor?

Palombara miró con gesto de incredulidad. Era el capitán del barco, al cual no había pagado todavía, en la idea de que aquel detalle por sí solo bastara para conservar su lealtad.

—Se han llevado vuestro barco —dijo con voz ronca, a la vez que levantaba el brazo para señalar la bahía, en la que el casco de la nave se hacía cada vez más pequeño.

—No, señor —repuso el capitán—. Mi barco está allí, esperándoos a vos y a vuestra carga.

Acabo de ver a bordo al obispo Vicenze. —Volvió a señalar el mar—. ¡Allí!

El capitán se protegió los ojos del sol y siguió la mirada de Palombara.

—Ah, ¿aquél? Aquél no es mi barco, señor. Pertenece al capitán Dandolo.

Palombara parpadeó.

—¿Dandolo? ¿Llevaba un gran envoltorio en el barco?

—Llevaba un embalaje de grandes dimensiones, señor, más o menos como el que me describisteis vos.

—¿Lo trajo el obispo Vicenze?

—No, señor. Lo trajo el propio capitán Dandolo. ¿Aún deseáis viajar a Roma, señor?

—¡Sí, por todos los santos, claro que sí!

69

Constantino se dirigió a grandes zancadas, bajo el fuerte sol, a visitar a Teodosia Skleros, única hija de Nicolás Skleros, uno de los hombres más acaudalados que habían vuelto a Constantinopla tras el exilio. Ningún miembro de la familia flaqueaba en su devoción a la Iglesia ortodoxa, y por consiguiente tampoco en su odio a Roma y a sus abusos de poder.

Teodosia estaba casada con un hombre que, en opinión de Constantino, no era merecedor de la gran inteligencia que poseía su mujer ni, más importante, de su gran belleza espiritual. Con todo, dado que por lo visto así lo quería ella, Constantino lo trataba con toda la cortesía que mostraría con cualquier hombre digno de tan excepcional esposa.

Encontró a Teodosia rezando. Sabía que a aquella hora estaría sola y que ningún visitante sería mejor recibido que él.

Ella acudió a su encuentro con una sonrisa de placer, y puede que también de sorpresa. Por lo general enviaba recado antes de ir.

—Obispo Constantino —lo saludó Teodosia con afecto al entrar en la elegante y espaciosa sala llena de murales clásicos que representaban urnas y flores. No era una mujer atractiva, aunque caminaba con elegancia, pero tenía una voz sonora y un esmero y una nitidez en la dicción, que daba gloria escucharla.

—Teodosia —dijo el obispo notando que disminuía su cólera—. Sois muy amable al recibirme sin que haya tenido la atención de preguntaros si os causaría alguna molestia.

—Vos nunca sois una molestia, mi señor —replicó Teodosia, y lo dijo con tanta sinceridad que Constantino no pudo dudar de ella. Allí de pie, a la sombra, apartada de la fuerte luz del sol, le recordó a María, la única muchacha a la que había amado. No era que se le pareciera en los rasgos de la cara, porque María era preciosa. Al menos así era como la recordaba él, pero en aquella época ambos eran apenas unos niños. Los hermanos mayores de él eran ya hombres, guapos y obscenos, que se dedicaban a ejercitar la fuerza que acababan de estrenar, no siempre con amabilidad.

Ocurrió justo después de que lo castraran a él. Sintió una sensación dolorida en el cuerpo al rememorarlo, no dolor físico sino vergüenza. No era que el dolor fuera insignificante, pero con el tiempo la herida se había curado. Ojalá hubiera podido decir lo mismo de Nifón, pero no podía. Nifón era el hermano más pequeño de todos y sentía confusión respecto a lo que le había pasado, pues no lo entendía. En su caso, la herida se había infectado. Constantino no había conseguido olvidarlo nunca, acostado en la cama, el rostro blanco como la leche, las sábanas empapadas de sudor. Se había sentado a su lado, le sostuvo la mano, le habló todo el tiempo para que supiera que en ningún momento estaba solo. Nifón era todavía un niño de piel suave y hombros delgados, y estaba aterrorizado. Cuando murió parecía minúsculo, como si fuera imposible que algún día pudiera haber llegado a hacerse adulto.

Todos lloraron su pérdida, pero Constantino más que nadie. María fue la única que entendió cuán profundamente había repercutido aquel suceso en la personalidad de Constantino. Ella era la muchacha más bella de la ciudad. Todos los muchachos deseaban cortejarla. Pero por lo visto ella había escogido a Paulo, presuntuoso y seductor, hermano mayor de Constantino.

Y de repente, sin que nadie supiera el motivo, María le dio la espalda y prefirió estar con Constantino. La suya había ido una amistad pura que no pedía nada más que comprensión mutua, la alegría de compartir tanto la belleza como el dolor, ideas entusiastas, y, en ciertas ocasiones maravillosas, la risa.

María quería hacerse monja, así se lo había confiado a Constantino con una sonrisa tímida. Pero su familia la había obligado a casarse. Constantino ya no volvió a verla, ni tampoco supo nunca qué sucedió.

María para él seguía siendo el ideal, no sólo de la femineidad sino del amor mismo. Ahora, cuando Teodosia lo miró con aquella expresión serena y grave y le ofreció vino y pastelillos de miel, volvió a ver algo de María en aquellos ojos oscuros, un eco de la misma confianza en él. Lo inundó una paz tan deliciosa, que de nuevo empezó a hallar el valor que necesitaba para luchar con más ímpetu, con más brío, con más convicción.

Aquello le dio la seguridad necesaria para probar a transitar por un camino más peligroso, un camino que le repugnaba, y en cambio, en la piedad y la incuestionable devoción a la fe que tenía Teodosia comprendió que le era preciso valerse de todas las armas que tuviera a su alcance.

Se le hizo extraño visitar después la casa de Zoé. Constantino no se hacía ilusiones de que Zoé accediera a recibirlo por otro motivo que no fuera una intensa curiosidad de saber qué podía pretender él.

Había olvidado lo atractiva que era. Aunque ya contaba setenta y muchos años, todavía caminaba con la cabeza alta y con la misma elegancia y la misma flexibilidad que él recordaba.

La saludó con cautela y aceptó su hospitalidad con el fin de dejar claro que su intención era que aquella visita significara algo.

—Imagino que estáis al tanto del peligro que corremos, puede que incluso más que yo —empezó Constantino—. El emperador lo considera tan inminente, que ha cogido el icono de la Virgen María que él trajo triunfalmente y lo ha enviado a Roma. Me ha dicho que ha obrado así para protegerlo en caso de que la ciudad volviera a ser presa de las llamas, pero no se lo ha dicho al pueblo. Supuestamente, teme que estalle el pánico.

Todas las épocas requieren prudencia, mi señor obispo —concordó Zoé, aunque su semblante no mostraba ningún indicio de que creyera tal cosa—. Tenemos muchos enemigos.

—Fuimos protegidos a pesar de la fuerza terrenal de nuestros enemigos —replicó el obispo— porque creíamos. Dios no puede salvarnos si no confiamos en Él. Y tenemos una abogada en la Virgen María. Ya sé que vos sabéis esto, razón por la cual he venido a veros aunque no seamos amigos y aunque no me fíe de vos en casi nada, lo reconozco. Pero en lo que tiene que ver con vuestro amor por Bizancio y por la Santa Iglesia en la que creemos ambos, confío en vos con todo mi corazón.

Zoé sonrió, como si un leve regocijo anulara todo lo que el obispo acababa de decir, pero tenía los ojos brillantes y fijos, y sus mejillas estaban teñidas de un color que en absoluto tenía que ver con el artificio. Constantino se dio cuenta de que había ganado; ahora era el momento de decirle el propósito que lo había llevado hasta allí.

—Me fío de vos porque ambos tenemos una causa en común —vol-

vió a decir—. Y por lo tanto enemigos comunes en las familias poderosas que, por un motivo o por otro, apoyan la unión.

—¿En qué estáis pensando, excelencia... concretamente?

—En información, por supuesto —repuso Constantino—. Vos
tenéis armas que no podéis emplear, pero sí puedo emplearlas yo. Éste es el momento, antes de que sea demasiado tarde.

—¿Acaso no es ya demasiado tarde? —preguntó Zoé con frialdad—. Llevamos años teniendo este mismo objetivo en común.

—Porque vos no os desprenderéis de la información que deseo
obtener mientras ésta tenga más valor para vos —contestó el obispo—. No podéis utilizarla con impunidad, pero yo sí.

—Es posible. No se me ocurre nada que yo sepa que pueda ampliar
el reino de Dios. —En sus ojos hubo un destello risueño—. Pero quizá
vos estéis pensando más bien en reducir el reino de Satanás... ¿es así?

Constantino sintió un escalofrío.

—Los enemigos de mis enemigos son mis amigos —citó.

—¿Y a qué enemigo en particular os referís?

—Yo no tengo más que una sola causa —replicó Constantino—:
preservar la Iglesia ortodoxa.

—Para lo cual necesitamos preservar también Constantinopla —señaló Zoé—. ¿Cuál es vuestro plan, obispo?

Constantino la miró sin inmutarse.

—Persuadir a las familias importantes que apoyan la unión de que
dejen de aferrarse al oportunismo y confíen en Dios. Si no quieren hacerlo de buen grado, yo les recordaré, por el bien de sus almas, algunos de los pecados de los que puedo absolverlos ante Dios, si no ante
el público, y naturalmente de lo que aguarda a aquellos que prescin-
dan de dicho perdón.

—Es un poco tarde —dijo Zoé.

—¿Me habríais dado estas armas antes, cuando Carlos de Anjou
no estaba haciendo preparativos para zarpar?

—No —admitió Zoé—. Y no estoy segura de dároslas ahora. Tal
vez prefiera hacer uso de ellas yo misma.

—Tenéis poder para herir, igual que yo, Zoé Crysafés —dijo Constantino con una leve sonrisa—. Pero yo tengo poder para curar, y vos
no. —Y nombró a tres familias.

Zoé titubeó, estudiando el rostro del obispo, y algo pareció diver-
tirla y le dijo lo que él necesitaba saber.

70

Palombara llegó a Roma tan sólo unos pocos días después que Vicenze. La travesía había sido bastante buena en lo referente a la duración y a la destreza en la navegación, pero el regusto de la derrota le había robado todo placer. Nada más hubo desembarcado en Ostia, el primero al que preguntó le dijo que Vicenze le había ganado por veinticuatro horas.

El Papa y los cardenales ya estaban reunidos en una antesala de los aposentos pontificios del palacio Vaticano cuando llegó él a toda prisa, aún con la ropa sucia por el viaje y cubierto de polvo y sudor. En cualquier otra ocasión podrían haberle negado la entrada al verlo en aquel estado de desaliño, pero ahora flotaba por todas partes un zumbido de emoción, como el que provoca una tormenta de verano cuando el aire está seco y produce un hormigueo en la piel semejante a la picazón de un centenar de moscas. Los presentes empezaron a hablar, pero al instante guardaron silencio. Todos cruzaron miradas al verlo y sonrieron. ¿Era toda aquella burla un producto de su imaginación, o, por el contrario, algo muy real?

Ante sí tenía el enorme embalaje de madera abierto, y únicamente una tela protegía el icono de la Santísima Virgen que Miguel Paleólogo había portado cuando su pueblo regresó al hogar.

Vicenze se encontraba a un lado del mismo, con el semblante iluminado por la victoria y los ojos brillantes. Una sola vez miró a Palombara, para a continuación desviar la vista como si éste fuera insignificante, un hombre que hubiera dejado de importar.

A su señal, un sirviente dio un paso al frente. En la estancia no se oyó ningún otro ruido, ni un roce de vestiduras, ni un movimiento de los pies. Hasta el Papa parecía contener la respiración.

El sirviente alargó una mano y retiró la tela.

El Papa y los cardenales se inclinaron hacia delante. Se hizo un silencio sepulcral.

Palombara miró, parpadeó y se quedó inmóvil. ¡Dios todopoderoso! Con lo que se topó su mirada no fueron las facciones exquisitas de la Virgen, sino una desordenada profusión de cuerpos desnudos, una representación festiva y exuberante de la que no faltaba detalle, pintada con gran destreza. La sonriente figura central era una parodia de la Virgen, pero de una femineidad tan descarada que uno no podía mirarla sin que se le acelerase el pulso y le viniese al pensamiento el ardor de la pasión. Tenía un pecho al descubierto y una esbelta mano apoyada íntimamente en la ingle del hombre que se encontraba más cerca.

Uno de los cardenales menos austeros estalló en una carcajada y al momento intentó sofocarla con un acceso de tos.

El pontífice tenía el rostro de color escarlata, aunque ello podría obedecer a más de una razón.

Hubo más cardenales que se ahogaron con la tos. Uno lanzó un resoplido de asco. Otro rio de manera bastante abierta.

Vicenze tenía los labios blancos y los ojos tan enramados como si la fiebre lo tuviera al borde del delirio.

Palombara intentó durante un buen rato dar la impresión de no reírse, pero fracasó. Fue un placer exquisito. Él también había contraído con alguien una deuda que jamás iba a poder pagar.

Cuando Nicolás lo mandó llamar, Palombara no tuvo más remedio que acudir.

La expresión del Santo Padre era impenetrable.

—Explícate, Enrico —dijo en tono muy quedo. Le temblaba la voz, y Palombara no supo decir si la emoción que lo ahogaba era furia o diversión.

No había nada que decir excepto la verdad.

—Sí, Santo Padre —dijo piadosamente—. Convencí al emperador de que enviara el icono a Roma. Llegó a la casa que habíamos utilizado durante nuestra estancia en Constantinopla. Fue desembalado delante de nosotros, y no cupo duda de que era una imagen muy oscura y muy bella de la Virgen María. Volvieron a embalarlo en nuestra presencia y lo dejaron listo para embarcar.

—Eso no me dice nada —dijo Nicolás secamente—. ¿Quién lo obtuvo? ¿Tú?

—Sí, Santo Padre.

—¿Y qué hizo Vicenze al respecto? No me digas que esto es una forma de vengarse por tu superioridad. Él no pudo haberse hecho esto a sí mismo. La burla lo seguirá hasta la tumba, como tú bien sabes. —Se inclinó hacia delante—. Esto parece mucho más propio de tu ingenio, Enrico. Y por esa razón voy a perdonarte... —un ligerísimo temblor rozó la comisura de sus labios— si me devuelves el icono de la Virgen sin dilación. Discretamente, claro está.

Era posible que Nicolás no tuviera una fe inmensa que sirviera de faro a la cristiandad, pero era indudable que poseía un agudo sentido del humor, y para Palombara aquello era una cualidad que bastaba para redimirlo de casi cualquier otro fallo.

—¿Sigue en Constantinopla? —inquirió Nicolás.

—No lo sé, Santo Padre, pero lo dudo —contestó Palombara—. En mi opinión, Miguel fue sincero.

—¿Así lo crees? En tal caso me inclino a aceptarlo —repuso Nicolás—. Tú eres un hombre escéptico, manipulas a los demás, y por consiguiente esperas que los demás te manipulen a ti. —Enarcó las cejas—. ¡No pongas esa cara de consternación! ¿Y dónde está el icono, quienquiera que lo tenga? Si esa información te resulta embarazosa, no es necesario que me la proporciones.

—Imagino que en Venecia —respondió Palombara—. El capitán que trajo a Vicenze y el icono a Roma es veneciano: Giuliano Dandolo.

—¡Ah! Sí, me suena ese nombre. Es descendiente del gran dux —dijo Nicolás en tono calmo—. Bien, bien. Muy interesante. Ya he tomado una decisión. Cuando regreses a Constantinopla, llevarás contigo una carta mía en la que agradeceré al emperador Miguel su obsequio de buena fe y le aseguraré que Roma contempla la unión con el máximo de seriedad y respeto. —Miró serenamente a Palombara—. Regresarás a Bizancio, acompañado de Vicenze...

Palombara se sintió horrorizado ante semejante idea.

Nicolás vio su disgusto y prefirió ignorarlo.

—No quiero tenerlo en Roma. Ya veo que tú tampoco deseas tenerlo contigo, pero yo soy el Papa, Enrico, y tú no... al menos por el momento. Llévate a Vicenze. Aún tienes trabajo pendiente en Bizancio. Carlos de Anjou está reuniendo más ejércitos, más dinero, más barcos. Partirá, y entonces será demasiado tarde para detenerlo. A lo mejor tú encuentras a algún amigo bizantino que frene sus excesos. Ve con Dios.

Palombara no tuvo otro remedio que dejar que fuera Nicolás quien reclamase el icono. A poco inteligente que fuera Dandolo, lo cedería de buen grado. Dios sabía que Venecia poseía riquezas de sobra. Además, robarle al Papa, y consiguientemente al corazón de la Iglesia, era muy peligroso.

Era muy posible que Dandolo se lo entregara al Santo Padre, junto con alguna excusa en cuanto al modo en que se había hecho con él. A lo mejor Nicolás lo perdonaba y fingía creerse cualquier historia sobre las aventuras corridas por el icono.

71

Durante el viaje de regreso a Constantinopla, Palombara y Vicenze apenas habían hablado entre sí, y las pocas veces que se dijeron algo fue empleando el áspero tono de cortesía que requería la presencia de los marineros. Pero no engañaron a nadie.

Ahora Palombara acudió a la única persona que tenía el poder y los medios adecuados para destruir a un legado papal. Necesitaba convencerla de la necesidad que había.

Zoé lo recibió con interés, picada por la curiosidad. Sin embargo, él no fue ciego al odio que brillaba en sus ojos, al ansia que sentía de hacerle daño por haber sido él la única persona que había persuadido a Miguel de que entregara el icono de la Virgen a Roma.

En lugar de decirle que él también tenía el convencimiento de que Bizancio necesitaba sobrevivir, con sus valores y su civilización, le habló del envío del icono. Describió cómo lo invadió la furia cuando vio a Vicenze en la popa del barco despidiéndose de él con la mano. Mencionó brevemente que lo había perseguido en una travesía que se le antojó interminable, pero sólo para causar un poco de efectismo. A continuación explicó, extendiéndose en los detalles, la operación de desvelar la imagen, el instante de incredulidad que siguió, y seguidamente y de forma mucho más libre que la que habría empleado con otra mujer, describió la pintura, el horror del cardenal, las carcajadas del Papa y la rabia incandescente de Vicenze.

Zoé rio hasta que se le saltaron las lágrimas. En aquel momento, él podría haber alargado la mano para tocarla y ella no habría retrocedido. Tenue como una tela de araña, e igual de fuerte, era un vínculo que ninguno de los dos olvidaría jamás, una intimidad irrompible.

—No sé dónde está —dijo Palombara con calma—. Yo diría que

en Venecia. Creo que Dandolo se lo quitó a Vicenze. Es el único que tuvo la oportunidad de hacerlo. Pero el Papa lo recibirá y quizá lo envíe de vuelta.

—¿Y qué vais a hacer vos, Enrico Palombara? Debéis ocuparos de Vicenze —dijo Zoé.

—Oh, ya lo sé —le aseguró Palombara con una sonrisa amarga—. Este Papa me protege hoy, pero mañana quién sabe. —Se encogió de hombros—. En los últimos años los Papas han ido y venido con más rapidez que con la que cambia el tiempo. Lo que prometen no tiene ningún valor, porque sus sucesores no están obligados a cumplirlo.

Zoé no le respondió, pero en sus ojos apareció de pronto una luminosidad nueva, una comprensión distinta. Palombara tardó sólo un instante en descubrir que Zoé había dejado morir el sueño de desafiar la unión con Roma y había visto la realidad, con sus fallos. Fue el primer paso para convencerla. Debía proceder con sumo cuidado. Al más mínimo intento de engañarla, la perdería.

Zoé escrutó el semblante de Palombara con curiosidad y franqueza.

—Vos estáis intentando decirme que la unión con Roma puede que no sea tan perjudicial como yo suponía, porque en la práctica es muy poco lo que se puede tomar en cuenta de la palabra dada. Ya que la palabra de un Papa vale muy poco, la nuestra no tiene por qué valer más. Siempre que seamos discretos y no llamemos la atención de nadie, podremos hacer en silencio lo que hemos hecho siempre.

Palombara mostró su acuerdo con una sonrisa.

Aunque Zoé le había entendido perfectamente, pero estaba jugando con él.

—¿Y qué es lo que queréis de mí, Palombara?

—Me resulta incómodo tener que estar siempre vigilando mi espalda —contestó él.

—¿Así que queréis que Vicenze... desaparezca? ¿Y creéis que yo puedo hacerlo posible? ¿O que estoy dispuesta a ello?

—Estoy bastante seguro de que podríais —replicó—, pero no deseo que muera. Levantaría sospechas, fueran cuales fueran las circunstancias. Además hay otro detalle que tiene más importancia en la práctica: sería reemplazado enseguida, y por alguien a quien yo no conocería y por lo tanto me resultaría más difícil predecir.

Zoé asintió con la cabeza.

—Exacto. Lleváis suficiente tiempo en Bizancio para haber adquirido un poco de sutileza.

—Necesito que Vicenze se distraiga con algo que no le deje tiempo para concentrarse en destruirme —explicó Palombara.

Zoé reflexionó unos instantes.

—No podéis permitiros el lujo de dejar con vida a una persona que os mataría si pudiera —dijo por fin—. Tarde o temprano encontrará una oportunidad. Y no podéis estar despierto todo el tiempo, un día os olvidaréis, os encontraréis en desventaja, demasiado cansado para pensar. Aprovechad el tiempo, Palombara, o lo aprovechará él.

Él se dio cuenta, con certeza, de que Zoé hablaba por experiencia propia, y al instante siguiente supo exactamente dónde y cuándo. El dolor que sentía era por Gregorio Vatatzés, pero no había tenido más remedio que matarlo, en aras de su propia supervivencia. ¿Habría sido también obra de ella la muerte de Arsenio Vatatzés? ¿Habría sido una de sus venganzas?

—Lo importante es que esto lo sabemos únicamente vos y yo. —Palombara escogió con cuidado las palabras, que iban teñidas de un doble significado—. Aunque agradezco vuestra ayuda, no puedo permitirme el lujo de estar en deuda con vos.

—No estaréis en deuda —prometió Zoé—. Me habéis proporcionado una información acerca de los planes del Papa que me permitirá... revisar mi situación respecto de la unión con Roma. Y eso es importante para mí.

Palombara se puso en pie. Zoé hizo lo mismo. La tenía tan cerca que alcanzaba a percibir el perfume de su cabello y de su piel. Si el equilibrio existente entre ambos fuera distinto, la habría tocado, y puede que incluso hubiera hecho algo más. Se hacía obvio que el entendimiento entre ellos era hondo, incluso íntimo. Zoé frenaría a Vicenze por él, y se divertiría al hacerlo. Si en algún momento él representara un peligro para ella, lo mataría, con profundo pesar. Aquello también lo sabían los dos. Lo que los diferenciaba era que Zoé obraba impulsada por una pasión intensa, mientras que en el caso de Palombara, aparte de la admiración que sentía hacia ella, su participación se había decidido en última instancia en su mente, en su impaciente y atareado intelecto. En su caso no existía ninguna ola que tuviera fuerza suficiente para levantarlo en vilo, enterrarlo, golpearlo, y arrastrarlo y llevarlo hasta donde no hiciera pie.

Sintió envidia de Zoé por ello.

72

Constantino paseaba nervioso por la hermosa sala de los iconos, abriendo y cerrando los puños.

—Os ruego que la ayudéis, Anastasio. Está tan dolida por la traición que ha enfermado de pena. En mi opinión, lo mismo le da vivir que morir. He hecho todo lo que he podido, pero no ha servido de nada. Teodosia es una buena mujer, puede que la mejor que conozco. ¿Cómo es posible que un hombre abandone a la que ha sido su esposa durante varios años para irse con una... una meretriz de cara bonita, sólo porque es posible que vaya a darle un hijo?

—Sí, claro que iré a verla —contestó Ana—. Pero yo no tengo ninguna cura para la pena. Lo único que puedo hacer es esperar a su lado, intentar persuadirla de que coma, ayudarla a dormir. Pero cuando se despierte la pena seguirá acompañándola.

Constantino exhaló un gran suspiro.

—Os lo agradezco. Sabía que aceptaríais.

Ana encontró a Teodosia Skleros sumida en un sufrimiento espiritual tan profundo como había dicho Constantino. Era una mujer de cabello castaño que poseía una gran dignidad, si no belleza. Estaba sentada en una silla junto a la ventana, con la mirada perdida.

Ana acercó otra silla y tomó asiento a su lado. Permaneció largo rato sin decir nada.

Por fin Teodosia se volvió hacia ella, como si su presencia requiriese una respuesta.

—No sé quién sois —dijo en tono cortés— ni por qué habéis venido. Yo no os he mandado llamar, y tampoco deseo el consejo de nadie. Aquí no hay ninguna función que podáis llevar a cabo, excepto aplacar vuestro propio sentido del deber. Os ruego que os consideréis libre de toda obligación y os marchéis. Es probable que en otra parte haya alguien a quien podáis ser de utilidad.

—Soy médico —explicó Ana—. Anastasio Zarides. He venido porque el obispo Constantino está profundamente preocupado por vos. Me ha dicho que sois la mujer más buena que conoce.

—No proporciona ningún consuelo ser buena a solas —replicó Teodosia con amargura.

—No proporciona mucho consuelo hacer a solas nada —repuso Ana—. No he supuesto que vos seáis así por consuelo. A juzgar por lo que ha dicho el obispo Constantino, he pensado que era simplemente vuestra manera de ser.

Teodosia se volvió despacio y la miró con una ligera expresión de sorpresa en la cara, pero sin luz y sin esperanza.

—¿Se supone que eso debe bastar para curarme? —dijo en tono de burla—. No tengo interés alguno en ser santa.

—Tal vez os gustaría estar muerta —dijo Ana—, pero carecéis de la rabia necesaria para cometer ese pecado, porque sería irrevocable. ¿O acaso simplemente os da miedo el dolor físico que acompaña a la muerte?

—No soy una pecadora —replicó Teodosia claramente—. Os ruego que dejéis de insultarme y marchaos. No os necesito. —Y se volvió hacia la ventana.

—¿Os gustaría tenerlo otra vez con vos, si regresara? —preguntó Ana.

—¡No! —Teodosia tomó aire bruscamente y se volvió otra vez hacia Ana—. No lloro por él, sino por lo que yo creía que era. Es posible que vos no lo entendáis...

—¿Creéis que sois la única persona que ha gustado la amargura de la desilusión?

—¿No me habéis entendido cuando os he dicho que os fuerais?

—Sí. Era una frase bastante sencilla. No dejáis de retorceros las manos. Tenéis los ojos hundidos y mal color. ¿Os duele la cabeza?

—Me duele todo el cuerpo —contestó Teodosia.

—No estáis bebiendo lo suficiente. Pronto os empezará a doler la piel, y luego el estómago, aunque imagino que éste ya os duele ahora. Y sufriréis estreñimiento.

Teodosia hizo una mueca de desagrado.

—Eso es demasiado personal y no os incumbe.

—Sí me incumbe. Soy médico. ¿A quién intentáis castigar haciendo sufrir deliberadamente a vuestro cuerpo? ¿Creéis que a vuestro esposo le importa? ¿Lo estáis castigando a él?

—¡Dios mío, qué crueldad la vuestra! ¡No tenéis corazón! —acusó Teodosia.

—A vuestro cuerpo no le preocupa lo que es justo o injusto, sino únicamente lo que es práctico —señaló Ana—. Yo no puedo hacer que deje de doleros el alma, como tampoco podría hacerlo con la mía, pero sí puedo sanar vuestro cuerpo, si vos no lo dejáis demasiado tiempo abandonado.

—Vamos, dadme las hierbas de una vez y después marchaos y dejadme en paz —dijo Teodosia en tono impaciente.

Pero Ana se quedó hasta que a Teodosia la venció el sueño. Y a lo largo de la semana siguiente regresó a diario, y más adelante cada dos o tres días. La aflicción no desapareció, pero fue perdiendo fuerza. Hablaron de muchas cosas, rara vez de índole personal, más bien de arte y filosofía, de gustos a la hora de comer, de obras literarias y de ideas.

—Os doy las gracias —dijo Constantino a Ana cuando hubo transcurrido poco más de un mes—. Vuestra bondad ha vendado la herida; puede que con el tiempo Dios termine por curarla. Os estoy agradecido de verdad.

Ana había visto a Teodosia en su angustia más profunda, cuando se sentía más vulnerable y humillada. Entendía muy bien por qué no deseaba que continuase la asociación entre las dos; equivalía a despegar constantemente la costra de la herida para observarla una vez más. Era mejor dejarla en paz para que se curase a solas.

Aceptó el agradecimiento de Constantino y pasó a hablar de otro tema.

73

Ana escogía con delicadeza las hierbas medicinales de su huerto. Era la época de recoger muchas de ellas. Las adormideras estaban casi en su punto. Regó y acicaló el eléboro, el acónito, la dedalera y la menta poleo, así como la mandrágora que cultivaba con gran esmero. Si crecía bien, le llevaría un poco a Avram Shachar, como obsequio en pago de su bondad.

Allí, al abrigo de la casa por un lado y con el muro exterior por el otro, sentía el calor del sol en los hombros, un recuerdo del verano ahora que el año tocaba rápidamente a su fin. Si la unión con Roma no se materializaba lo suficiente para contener a Carlos de Anjou y a sus cruzados, el verano siguiente podría ser el último antes del ataque.

¿Sería ella una de las personas que intentarían escapar, o por el contrario se quedaría, como quizá debería hacer un médico? Aquí serían necesarios sus servicios.

Y después, ¿qué? Vivir en una ciudad ocupada bajo el gobierno impuesto de los cruzados. Ya no existiría la Iglesia ortodoxa. Pero para ser sincera consigo misma, cada vez se le hacía más difícil abrazar la fe ortodoxa de todo corazón. Estaba empezando a aceptar que el camino que llevaba a Dios era una senda solitaria que nacía de una pasión y una sed espiritual que ninguna jerarquía ni ningún bello ritual podía ofrecer a la persona, ni al final impedirle que los alcanzase.

Echaba de menos a Giuliano. Todavía recordaba, como si hubiera sucedido sólo unos momentos antes, la expresión que él puso cuando la vio vestida de mujer; fue casi como si lo hubiera sabido desde siempre y hubiera sentido un rechazo tan intenso que le revolvió el estómago y le provocó un sentimiento de traición que no pudo soportar.

Después, durante la travesía de vuelta, Giuliano hizo un inmenso esfuerzo de voluntad para olvidarlo, pero no hubo nada que lograra borrarlo de su pensamiento, ni del de ella. En cierto modo, casi habían regresado al principio, dos desconocidos que avanzaban tanteando el camino con el máximo cuidado.

Ahora iba a hacer por él lo único que podía hacer: liberarlo del sentimiento de estar mancillado por la traición de su madre, de no haber sido amado y posiblemente ser incapaz de amar, como si la sangre que llevaba dentro fuera una ponzoña para su alma.

Si pudiera descubrir más, a lo mejor resultaba que no era tan malo como lo que había dicho Zoé.

¿Dónde habría buscado Zoé a Maddalena Agallón? ¿Seguiría existiendo en Constantinopla una familia de apellido Agallón, o se encontraba en las ciudades del exilio?

Ana recogió las hierbas que había cortado y las llevó al interior de la casa. Se lavó las manos, separó las raíces de las hojas, las etiquetó y las guardó, todas excepto el tomillo y la raíz de mandrágora. Éstas las envolvió por separado para llevárselas.

Comenzaría sus indagaciones preguntando a Shachar.

Acudió en respuesta a la llamada de él. Sobre la ciudad iba cerniéndose poco a poco el oscuro cielo de principios del invierno, y en su recado el judío le decía que acudiera bien abrigada y preparada para un largo viaje a caballo.

—He hecho indagaciones sobre los Agallón. Nos dirigimos a un monasterio —le informó Shachar—. Está situado a varias millas de aquí. Puede que no regresemos hasta mañana.

Ana sintió que se le aceleraba el pulso por el miedo y la sorpresa.

Shachar sonrió y se encaminó hacia el patio posterior de su casa, un lugar en el que Ana no había estado nunca. Allí había dos mulas preparadas, y era evidente que Shachar tenía la intención de partir sin demora.

Se encontraban ya a una milla de los alrededores de Constantinopla y había caído la noche, una noche casi sin luna, cuando Shachar le dijo en voz baja:

—He encontrado a Eudocia, la hermana de Maddalena. No sé muy bien qué irá a deciros, pero es una monja anciana y está enferma. Vos vais a verla en calidad de médico, por si pudierais prestarle atención. Podéis preguntar lo que deseéis, pero tendréis que aceptar lo que ella os diga y en las circunstancias que ella imponga. El hecho de que la socorráis no es a condición de nada; si ella decide no revelar ninguna información, aun así haréis lo que podáis por ella.

—¿Yo? —dijo Ana a toda prisa—. ¿Y vos?

—Yo soy judío —le recordó Shachar—. Haré las veces de sirviente vuestro. Yo conozco el camino, y vos no. Os esperaré fuera. Vos sois cristiano y eunuco, la persona ideal para atender a una monja.

Cabalgaron juntos y en silencio durante dos horas más, hasta que de las sombras de una ladera surgió la masa negra del monasterio. Era un edificio gigantesco dotado de ventanas pequeñas y situadas a gran altura, igual que una fortaleza o una prisión. A Shachar le permitieron entrar sólo hasta el refugio que proporcionaba la cocina.

Condujeron a Ana a lo largo de varios corredores de piedra, muy angostos, hasta una celda en la que había una anciana acostada en un jergón. Tenía el rostro ajado por la edad y el sufrimiento, pero aún conservaba vestigios de una gran belleza.

Ana no necesitó preguntar quién era. El parecido que guardaba con Giuliano le causó una viva impresión, como si la hubieran golpeado.

Ana procuró tragar el nudo que tenía en la garganta, dio las gracias a la monja que la había acompañado y seguidamente penetró en la celda. Encima de la cama había un sencillo crucifijo de madera y cerca de la puerta un icono de la Virgen, oscuro, severo y muy hermoso.

—¿Hermana Eudocia? —preguntó con voz queda.

La anciana abrió los ojos movida por la curiosidad y se incorporó un poco en el lecho.

—El médico —dijo—. Son muy amables por haberos enviado, pero estáis malgastando el tiempo. Para la vejez no existe cura alguna, excepto la que nos proporciona Dios, y ésa creo que no tardaré en recibirla.

—¿Tenéis dolor? —inquirió Ana al tiempo que se sentaba y la observaba con expresión grave.

—Sólo el que nos causan a todos el pesar y el hecho de ser mortales —respondió Eudocia.

Ana le buscó el pulso y lo tomó. Era débil, pero bastante regular. No tenía fiebre.

—No es molestia. ¿Dormís bien?

—Lo suficiente.

—¿Estáis segura? ¿No hay nada que pueda hacer por vos? ¿Alguna dolencia que yo pueda aliviar?

—Tal vez podría dormir mejor. A veces sueño. Me gustaría soñar menos —contestó la anciana con una leve sonrisa—. ¿Podéis ayudarme en eso?

—Os aliviará una medicina que he traído. ¿Os duele algo?

—Noto rigidez, pero eso se debe al paso del tiempo.

—Hermana Eudocia... —Ana titubeó. Había llegado el momento en el que lo que tenía que decir iba a parecer una intromisión, y sintió vergüenza.

La anciana la miró con curiosidad, esperando. Luego frunció el entrecejo.

—¿Qué ocurre? ¿Qué os preocupa? ¿Estáis buscando la forma de decirme que voy a morir? Yo ya he hecho las paces con la muerte.

—Hay una cosa que me gustaría mucho saber, y que sólo vos podéis decirme —empezó Ana—. Hace poco viajé a Acre a bordo de un barco veneciano. El capitán era Giuliano Dandolo... —Advirtió la expresión de perplejidad que apareció en el semblante de Eudocia, el súbito latigazo de dolor.

—¿Giuliano? —dijo la anciana, apenas en un suspiro.

—¿Podéis decirme algo de su madre? —rogó Ana—. La verdad. Sólo se lo transmitiré a él si vos me dais permiso. Giuliano sufre amargamente, está convencido de que ella lo abandonó por voluntad propia y que no lo amaba.

Eudocia se llevó a la mejilla una mano frágil y surcada de venas azules, de dedos todavía esbeltos.

—Maddalena se fugó con Giovanni Dandolo —dijo con un hilo de voz—. Se casaron en Sicilia. Nuestro padre la siguió, dio con ella y se la llevó por la fuerza. La trajo de vuelta a Nicea y la desposó con el hombre que le había escogido anteriormente.

—Pero su casamiento con Dandolo... —protestó Ana.

—Nuestro padre mandó que lo anulasen. No sabía que ella ya estaba esperando un hijo. —Eudocia estaba muy pálida y tenía los ojos arrasados de lágrimas. Ana se inclinó sobre ella y se los secó suavemente con una muselina.

—¿Giuliano? —preguntó.

—Sí. Al principio su esposo aceptó la situación y se la llevó a vivir a un lugar apartado. Sin embargo, cuando nació la criatura y vio que era un varón lo invadieron los celos. Se tornó violento, no sólo con Maddalena, sino también amenazando al pequeño. Al principio eran sólo cosas sin importancia, y Maddalena pensó que con el tiempo se le pasaría. —En su voz se notaba la tensión de un sufrimiento antiguo que había vuelto a exacerbarse—. Pero el marido de Maddalena sabía que ella aún amaba al padre del niño, y cada vez que lo miraba le venía todo a la memoria, era como otra punzada más del cuchillo de los celos. Su actitud violenta se incrementó. Giuliano empezó a sufrir accidentes. En dos ocasiones los criados lo rescataron justo a tiempo para evitar que resultara gravemente herido, puede que incluso muerto.

Ana se lo imaginó vívidamente: el miedo, la vergüenza, la angustia constante.

—¿Qué hizo ella?

—Para proteger al niño, se lo llevó y huyó —respondió Eudocia—. Acudió a mí. Por aquel entonces yo estaba casada y era más o menos feliz. Pero mi marido me aburría. —Se encogió al admitirlo—. Era un hombre rico y vivíamos muy bien, pero no podía darme hijos. De hecho no era capaz de... —Dejó la frase sin terminar.

Ana sonrió y le tocó ligeramente la mano.

—¿La ayudasteis?

—Sí. Hice lo que me pidió, que fue que criase al niño como si fuera hijo mío. Mi marido aceptó el trato, al principio se le veía bastante contento. Yo acogí al pequeño y presté a Maddalena todo el apoyo que me fue posible. —Parpadeó, pero no lo bastante rápido para contener las lágrimas—. Yo quería a aquel niño...

—Continuad —susurró Ana.

—Todo fue bien hasta que Giuliano cumplió los cinco años. Entonces mi marido se volvió muy posesivo y todavía más... dogmático, más aburrido. Yo... —dejó escapar un suspiro— era muy bella de joven, igual que Maddalena. Nos parecíamos tanto que a veces la gente nos confundía...

Ana aguardó.

—Yo me sentía sola, física e intelectualmente —prosiguió Eudocia—. Tomé un amante, en realidad más de uno. Me porté mal. Mi esposo me acusó de ser una vulgar prostituta y dijo que contaba con testigos para probarlo. —Lanzó un suspiro profundo, estremecido—. Maddalena asumió la culpa. Insistió en que había sido ella, y no yo, la que había estado con aquel hombre. Lo hizo por Giuliano, lo sé perfectamente, no por mí. Yo podía cuidar del pequeño, y ella no.

Ana a duras penas podía tragar el nudo que se le había formado en la garganta.

—A Maddalena la declararon culpable y sufrió el castigo destinado a las rameras. Murió no mucho después, derrotada y en la miseria. Creo que para entonces ya deseaba la muerte. Jamás dejó de amar a Giovanni Dandolo, y ya no le quedaba ninguna otra cosa.

»Mi marido sabía que era yo la que había estado aquella noche en la taberna. —Eudocia hablaba con voz ahogada por el llanto—. Y también sabía por qué Maddalena había mentido por mí. Me obligó a que le concediera el divorcio y a que tomara los hábitos, pero se negó a quedarse con Giuliano. Pensaba dejarlo en la calle o venderlo a algún traficante de niños para Dios sabe qué. —Se estremeció—. De modo que me llevé al pequeño conmigo. Hui de Nicea y viajé con él hasta Venecia subsistiendo a base de mendigar, robar y prostituirme. Allí se lo entregué a su padre. Siendo un Dandolo, no me resultó difícil dar con él. Pensé en quedarme en Venecia, incluso morir allí, pero me faltó valor. Había algo en mi interior que requería expiar mis pecados de una forma más completa. De modo que volví y tomé los hábitos, tal como le había prometido a mi esposo. Llevo aquí casi cuarenta años. Es posible que haya hecho las paces conmigo misma.

Ana, con las lágrimas rodándole por las mejillas, afirmó con la cabeza.

—Oh, sí —dijo con certeza absoluta—. Un error humano, una soledad y un ansia muy fáciles de entender. Por supuesto que habéis hecho las paces con vos misma. ¿Me permitís que traiga a Giuliano para que se lo podáis decir en persona?

—¡Sí, os lo ruego! —exclamó Eudocia—. Ni siquiera sabía si aún vive. Decidme, ¿es un hombre bueno, un hombre feliz?

—Es muy bueno —contestó Ana—. Y esto va a procurarle una felicidad más grande que ninguna otra cosa del mundo.

—Os lo agradezco —suspiró Eudocia—. No os molestéis en darme nada para dormir, no voy a necesitarlo.

74

Giuliano había entregado el icono al Papa. Le habría gustado devolvérselo a Miguel, pero comprendió de mala gana por qué no podía ser. Si se lo devolviera, Miguel no tendría más que embalarlo y enviarlo de nuevo. Podría perderse en el mar, sobre todo en aquella época del año.

Así que cuando en Venecia el enviado del Papa se dirigió a él, sacó de inmediato el icono y se lo entregó para que se lo llevara a Roma, a modo de obsequio de la República de Venecia, que lo había rescatado de los piratas.

Nadie se creyó aquella explicación. Pero no importaba; compartieron una botella de un excelente vino veneciano, rieron a carcajadas y después el enviado partió llevándose el icono, bien protegido por una guarnición de soldados.

Giuliano zarpó con rumbo a Constantinopla y llegó al cabo de seis semanas. Cruzó el mar de Mármara luchando contra un fuerte viento y se alegró cuando por fin desembarcó en el Cuerno de Oro. La familiar silueta del majestuoso faro y el cálido color rojizo de Santa Sofía le causaron una extraña calma, y no obstante, mientras pensaba en ello, también se dio cuenta de que aquella sensación de seguridad era puramente ilusoria.

En cuanto puso un pie en tierra el capitán del puerto le entregó una carta que llevaba su nombre acompañado de la palabra «urgente». Llevaba allí dos días.

Querido Giuliano:

Gracias a los buenos oficios de mi amigo Avram Shachar, he encontrado a un familiar cercano de tu madre. Sin embargo, queda muy poco tiempo. Es una mujer, anciana y muy frágil. He ido a verla, y me ha contado la verdad respecto de tus padres, una historia que yo podría relatarte, pero sería mucho mejor que la oyeras tú mismo de sus labios. Con ello le proporcionarías a ella una profunda paz. Te prometo que es un relato que te conviene conocer.

ANASTASIO

Giuliano dio las gracias al capitán del puerto y regresó a su barco. Entregó el mando a su segundo oficial y, sin siquiera quitarse la ropa de marino, fue directo a la casa de Anastasio.

Éste estaba hablando con Leo. Volvió la cabeza, y al ver a Giuliano se le iluminó el rostro.

Giuliano corrió hacia él y le estrechó la mano con fuerza, olvidando por un instante lo delgada que era.

—Te lo agradezco enormemente —dijo con fervor.

Anastasio retrocedió un paso, pero sin dejar de sonreír. Se fijó en el atuendo desaliñado de Giuliano, en el cuero desgastado por el uso y todavía manchado aquí y allá por el agua de mar.

—Deberíamos partir esta noche. Va a ser un viaje duro —dijo, como excusándose—, pero no hay que esperar.

Leo fue a alquilar caballos para el viaje y el propio Anastasio preparó y sirvió un breve refrigerio.

—¿Está enferma Simonis? —preguntó Giuliano.

Anastasio sonrió con tristeza.

Ha decidido irse a vivir a otra parte. De vez en cuando viene durante el día.

No agregó nada más, y Giuliano percibió que se trataba de un tema doloroso.

Salieron al anochecer. Al principio cabalgaron el uno al lado del otro. Giuliano estaba emocionado y deseaba conocer la historia, temeroso de lo que pudiera descubrir, de que pudiera deteriorar la frágil coraza que se había construido para defenderse de la verdad. En lugar de recrearse en sus propios pensamientos, le habló a Anastasio del icono y le contó cómo se lo había quitado a Vicenze y lo había reemplazado por otra pintura. También le relató la escena que según le habían contado tuvo lugar delante del Papa y de todos los cardenales. Los dos rieron a carcajadas durante largo rato, hasta quedarse sin aliento.

Luego el camino se estrechó y se vieron obligados a avanzar el uno detrás del otro, de modo que resultó imposible seguir conversando.

Cuando por fin llegaron al monasterio estaban cansados y helados, pero apenas hubieron tomado una bebida caliente y se hubieron quitado la suciedad del viaje, Anastasio solicitó ver a Eudocia.

La encontraron pálida, respirando superficialmente y casi moribunda, pero la dicha que la inundó al ver a Giuliano y reconocerlo de inmediato logró transfigurarla.

—Cuánto te pareces a tu madre —susurró ella, tocándole la cara con una mano frágil y fría que Giuliano se apresuró a tomar entre las suyas. Luego le relató la historia tal como se la había contado a Anastasio. Giuliano no tuvo vergüenza de llorar por su madre, por haberse equivocado al juzgarla, ni por Eudocia.

Se quedó con ella durante casi toda la noche, y tan sólo salió de puntillas en dirección a su propio camastro al rayar el alba. Se levantó tarde y asistió a un servicio religioso con las monjas. Nunca iba a poder agradecerle aquello a su tía. Volvió a sentarse a su lado, la ayudó a comer y beber un poco, hablándole en todo momento de su vida y de sus viajes por mar, y de forma especial de su viaje a Jerusalén.

Le costó trabajo marcharse, pero a Eudocia se le iban escapando las fuerzas, y supo que lo más acertado era dejarla descansar. En su sonrisa había una paz, una serenidad que no había antes de su llegada.

Y en un plano más profundo, se repitió a sí mismo la verdad una y otra vez: su madre lo había amado. Todo lo que estaba roto en su interior empezaba a curarse. ¿Cómo iba a agradecérselo a Anastasio?

Emprendieron el regreso cabalgando nuevamente el uno detrás del otro, y Giuliano se alegró de tener una oportunidad para estar a solas con sus pensamientos. En un solo día, lo que antes era un sentimiento de vergüenza y abandono se había transformado en otro de amor, el más profundo que cabía imaginar. Su madre había sacrificado toda felicidad para que él sobreviviera y recibiera cariño.

Ahora su legado bizantino estaba lleno de amor, un amor profundo, carente de egoísmo y que era para toda la vida. ¿Qué niño podía haber sido más amado? Se alegró de que en aquel viaje a oscuras Anastasio no pudiera ver las lágrimas que le rodaban por la cara y de que, como a menudo se hacía necesario avanzar el uno detrás del otro dada la estrechez del camino, hubiera escasas oportunidades para hablar.

75

Ana estaba sentada junto a Irene Vatatzés en el dormitorio, una estancia elegante y poco femenina, decorada con colores sombríos y gran austeridad en las paredes. Era a la vez hermosa y solitaria. Ahora olía a rancio, a sudor y degradación. Hizo todo lo que estuvo en su mano para mitigar el dolor de Irene, simplemente estando con ella, un contacto, una palabra que aplacara un poco su miedo. No le mintió, no habría servido de nada. Sabía que esta vez Irene no iba a recuperarse. Día a día su fuerza se iba debilitando y sus momentos de lucidez eran cada vez más breves.

Ana deseó poder formularle algunas de las preguntas que aún quedaban sin contestar acerca de la conspiración urdida para derrocar a Miguel. Irene se agitaba en el lecho, girando a un lado y al otro, arrastrando consigo la sábana. Dejó escapar un gemido de dolor. Ana se inclinó sobre la enferma y estiró la sábana. A continuación introdujo un paño en el cuenco de agua fresca con hierbas y lo retorció. El perfume que contenía se extendió por el aire. Después lo depositó con suavidad sobre la frente de Irene, la cual se aquietó durante unos momentos.

A lo mejor lo único que importaba ahora eran las intenciones de Demetrio. Pero Irene era su paciente, y no podía exigirle semejante esfuerzo. Durante casi una hora permaneció inmóvil en la cama, como si se hubiera sumido en la paz última de la muerte. Pero de pronto lanzó una exclamación ahogada y empezó a darse vueltas y más vueltas.

—¡Zoé! —exclamó Irene de improviso. Tenía los ojos cerrados, pero su rostro mostraba tal expresión de ferocidad que costaba creer que no estuviera consciente—. No tardarás en quedarte sola —susurró—. Estaremos todos muertos. ¿Qué vas a hacer entonces? Sin nadie a quien amar y nadie a quien odiar.

Ana se puso en tensión. Sabía en quién estaba pensando Irene: en Gregorio y Zoé. Todavía la corroían los celos, no había forma de extirparlos. Ana alargó una mano y la posó delicadamente sobre la muñeca de Irene.

—Él tenía que morir —empezó Irene de nuevo, sacudiendo la cabeza bruscamente a un lado y a otro—. Se lo merecía.

Ana estaba atónita. ¿De verdad era tan profundo el rencor de Irene como para desear la muerte a Gregorio, desear que le desgarrasen el cuello y lo dejasen morir desangrado sobre el empedrado de una calle desconocida?

—No, no se lo merecía —dijo Ana en voz alta, sin saber si Irene todavía se acordaría de lo que había dicho o si tenía siquiera capacidad para oír algo que no proviniera del interior de su cabeza.

Pero la voz de Irene le respondió con tanta fuerza que la sobresaltó:

—Sí se lo merecía. Se quedó con los iconos que robó su padre cuando huyeron del fuego. Debería haberlos devuelto. Podría haberlo matado yo misma, si hubiera tenido valor. Debería haberlo matado.

Ana la miró y vio que tenía los ojos abiertos y la mirada despejada, una mirada en la que ardía la furia.

—¿Sabíais que Gregorio tenía los iconos procedentes del saqueo de 1204? —preguntó Ana.

—¡Gregorio no, idiota! —exclamó Irene en tono cáustico, ya plenamente consciente—. Su primo Arsenio. Por eso lo mató Zoé. —Volvió a cerrar los ojos, como si se sintiera demasiado cansada para tomarse molestias con una persona tan lerda—. Gregorio lo sabía —agregó, como si se le acabara de ocurrir—. Venganza. Siempre la venganza. —Suspiró, y pareció adormecerse de nuevo.

Ana empezó a atar cabos. Zoé había matado a Arsenio en venganza por haberse quedado con los iconos, y Gregorio lo sabía. Éste se habría sentido empujado a vengar la muerte de su primo, y Zoé, sabedora de sus intenciones, golpeó primero, en defensa propia.

Pero la venganza de Zoé no consistió únicamente en asesinar a Arsenio, sino también en humillar a su hija y en procurar la muerte de su hijo. Y Ana, sin saberlo, había contribuido a ello al prestar atención médica a la hija. Dicho pensamiento la dejó helada. No era de extrañar que Irene odiase a Zoé. ¿Cómo no iba a odiarla?

La contempló, tendida en la cama. La expresión de Irene no era de paz, sino totalmente carente de pasión y hasta de inteligencia. ¿La habría amado Gregorio alguna vez? ¿Le habría importado su fealdad, o ella habría concedido demasiada importancia a su falta de belleza física hasta el punto de que a él también terminó por afectarle?

Durante dos días más Irene pareció continuar en el mismo estado. Con frecuencia dormía, estaba más tranquila y el dolor había cedido ligeramente. Pero de repente empeoró. Despertó en mitad de la noche sin poder moverse apenas, empapada en sudor. Ana le administró hierbas y drogas hasta donde se atrevió. Poco después de la medianoche del tercer día, Ana, de pie junto al lecho de la enferma, observó, incluso a la luz mortecina de las velas, que Irene tenía el rostro demacrado y de un color pálido y ceniciento.

Irene abrió los ojos, hundidos y vidriosos y miró a Ana.

Ana sentía una profunda lástima por ella, pero a Irene ya no se la podía socorrer físicamente.

—¿Queréis que mande llamar a Demetrio? —preguntó.

—¿Por fin os habéis rendido? —Irene tenía los labios resecos y la garganta oprimida—. Dadme un poco más de esa hierba que sabe a bilis. —Parpadeó y miró a Ana fijamente. Debía de saber que ya no le quedaba mucho tiempo, y la consumía ver cómo su cuerpo se iba desmoronando.

Ana ansiaba ayudarla, pero si le administraba otra dosis de adormidera podría acabar con su vida. Aun así decidió dársela. Asintió con la cabeza y se volvió para coger el frasco. Mezclaría la droga con gran cantidad de agua, de hecho sería agua casi en su totalidad. La ilusión creada por el opio podía ser tan útil como la realidad. Irene bebió tres o cuatro sorbos y quedó exhausta. Ana volvió a recostarla con suavidad y estiró las sábanas. Acto seguido se acercó a la puerta y llamó al criado.

—Ve a buscar a Demetrio —le dijo—. Me parece que a tu señora ya no le queda mucho tiempo.

El criado fue a cumplir la orden corriendo a toda prisa sobre el enlosado. Al cabo de diez minutos regresó diciendo que Demetrio había salido y aún no había vuelto. Por lo visto, no esperaba que se requiriera tan pronto su presencia.

—Si vuelve, dile que su madre está agonizando —respondió Ana, y seguidamente regresó al interior de la habitación.

La vela se consumió, y Ana encendió otra.

De pronto Irene abrió los ojos y habló con voz clara:

—Voy a morir antes de que se haga de día, ¿verdad?

—Creo que sí —contestó Ana con franqueza.

—Id a buscar a Demetrio. Tengo que darle una cosa.

—Ya lo he mandado llamar. No está en la casa, y el criado no ha sabido decirme dónde se encuentra.

Irene guardó silencio por espacio de unos instantes.

—En ese caso, supongo que tendré que conformarme con vos —dijo por fin—. Gregorio creía que Zoé estaba enamorada de él, pero ella lo traicionó con Miguel. Eso no lo sabíais, ¿verdad? —Exudaba satisfacción, casi placer—. Miguel es el padre de Helena, ¡imaginaos! Eso habría supuesto que Besarión tuviera doblemente derecho al trono, ¿no lo veis?

Ana sintió un escalofrío. Aquel detalle podía modificar más cosas de las que era capaz de imaginar. Explicaba totalmente la participación de Helena en la conspiración.

—¿Cómo sabéis que Helena es en realidad hija de Miguel? —preguntó.

—Tengo cartas —dijo Irene mordiéndose el labio al sentir otra punzada de dolor—. Escritas por él y dirigidas a Zoé.

Ana se mostró escéptica.

—¿Cómo os habéis hecho con ellas?

Irene sonrió, aunque fue más bien enseñar los dientes.

—Las cogió Gregorio.

—¿Sabe Zoé que tenéis esas cartas?

—Sabe que Gregorio las cogió. Pero no sabe que yo se las quité a él. Gregorio jamás se atrevió a desafiarme a que se las devolviera.

La mente de Ana era un torbellino, sus pensamientos saltaban de una conclusión a otra.

—¿Helena no lo sabe? —preguntó todavía.

—Es mejor que no lo sepa —repitió Irene con cansancio—. Se volvería imposible de manejar.

—¿Y por qué he de creerme todo esto?

—Porque es la verdad —repuso Irene—. He dejado en herencia varias de esas cartas a Helena. Mi primo se las entregará a su debido tiempo. Pero el resto se encuentra en mi caja fuerte, cuya llave guardo debajo de la almohada. Quiero que vos se las entreguéis a Demetrio. —Sonrió levemente—. Cuando Helena se entere, suyo será el poder. Por eso Zoé no se lo ha revelado nunca. —Hizo una inspiración profunda, temblorosa—. Pero ya no me importa. Zoé sufrirá un infierno... cada día de su vida. —Sus labios se abrieron en una débil sonrisa, como si se dispusiera a degustar algo dulce.

Cerró los ojos y paulatinamente fue desapareciendo toda expresión de su rostro. Durmió durante quizá media hora.

De pronto se oyó un ruido en el pasillo de fuera, y la puerta se abrió de golpe. Entró Demetrio, con la dalmática ondeando, empapado por la lluvia y con expresión furiosa y siniestra.

—Madre —dijo en voz baja—. Madre.

Irene abrió los ojos y tardó unos momentos en enfocar la vista.

—¿Demetrio?

—Aquí estoy.

—Bien. Que Anastasio te dé... las cartas. ¡No las pierdas! No las tires a... —Hizo una inspiración profunda y volvió a exhalar el aire con un suspiro y un leve jadeo. A continuación se hizo el silencio.

Demetrio aguardó varios minutos más y se incorporó.

—Ha muerto. ¿De qué cartas hablaba? ¿Dónde están?

Ana tomó la llave de debajo de la almohada y fue hasta la caja situada detrás del icono que colgaba de la pared, tal como le había indicado Irene. Allí estaban las cartas, dentro de un esmerado envoltorio.

—Gracias —dijo Demetrio al tomarlas—. Podéis marcharos. Quisiera estar a solas con mi madre.

Ana no pudo hacer otra cosa que obedecer.

Zoé se enteró de la muerte de Irene sin sorpresa, ya que llevaba un tiempo enferma. Lo que sintió no fue exactamente pena, dado que habían sido a la vez amigas y enemigas. Lo que la preocupó fue que habían conjurado juntas contra Miguel, cuando ella estaba convencida de que Besarión podría haber usurpado el trono y encabezado un movimiento de resistencia contra la unión con Roma, y de que tal operación habría salvado tanto a Bizancio como a la Iglesia.

Pero ahora sabía que dicha conspiración jamás habría tenido éxito. Justiniano se dio cuenta e hizo lo que debería haber hecho ella misma. La actuación de Justiniano tenía la ventaja de que fue él quien pagó el precio, y no Zoé.

La idea que le daba vueltas en la cabeza mientras paseaba en el interior de su maravillosa habitación era que Anastasio, inquisitivo e imprevisible, era el que había atendido a Irene en sus últimos días. En ocasiones, cuando una persona está enferma y asustada y comprende que ya no va a poder continuar mucho tiempo manteniendo a raya a la muerte, revela secretos que jamás revelaría si tuviera que enfrentarse a las consecuencias.

Y luego estaba Helena. Desde la muerte de Irene, había cambiado. Siempre había sido arrogante, pero ahora mostraba una seguridad en sí misma que resultaba inquietante, como si ya no tuviera miedo de nada. ¿Pensaba que, ahora que Irene estaba muerta, Demetrio iba a casarse con ella? Aquello no tenía sentido; Demetrio tendría que respetar un adecuado período de luto. En cambio, al recordar la actitud de Helena, su comportamiento, desde luego no halló ningún indicio de que ahora tratase a Demetrio con más afecto, si acaso era más bien al contrario. Daba la impresión de bastarse a sí misma. Era algo mucho más poderoso que la seguridad o que el estatus; algo, quizá, parecido a estar vislumbrando el trono.

¿Podría tener lugar otro intento de usurpación, que esta vez pudiera triunfar? La situación había cambiado, y Zoé no iba a tomar parte en ello... pero ¿podría informar a Miguel? Ni hablar. Su participación en la última conjura había sido demasiado íntima.

Si Helena intentara algo y fracasara sería el fin de Zoé.

Miguel constituía su única esperanza. Su derrocamiento provocaría el caos en el imperio y en ella personalmente, un equilibrio totalmente nuevo en las relaciones. Y lo peor de todo era que Helena llevaría a la práctica la venganza que tanto tiempo llevaba deseando.

Al final, la supervivencia lo era todo. Bizancio no debía ser violada de nuevo. Cualquiera que fuera el precio que hubiera que pagar para impedirlo, siempre sería demasiado pequeño.

77

El hombre que trajo el mensaje del Papa venía obviamente cansado y con un gesto de profundo descontento. La cortesía exigía que Palombara le ofreciera algún refrigerio, pero en cuanto el criado se fue a prepararlo, le rogó que lo informara al punto.

Dios sabe que hemos intentado formar una unión, pero hemos fracasado —dijo el emisario con expresión afligida—. El rey de las Dos Sicilias está haciendo mayor acopio de barcos y de aliados a cada semana que pasa, y ya no podemos continuar fingiendo que la Iglesia ortodoxa está de nuestro lado en espíritu y en intención. Resulta demasiado evidente que el hecho de que hayan aceptado nuestro gesto de amistad es una farsa, un acto de oportunismo para proteger su integridad física, nada más.

Palombara pensaba en la terrible inevitabilidad de lo que estaba por llegar. Sin embargo, había abrigado la esperanza de que de algún modo se impusiera el deseo ferviente de sobrevivir.

—Si deseáis regresar a Roma, mi señor, el Santo Padre os concede permiso para ello. —El emisario bajó la voz—. El Santo Padre ha reconocido que ya no tiene ningún control sobre los actos del rey. Habrá otra cruzada, puede que ya en 1281, y movilizará el ejército más grande que se haya visto nunca. Pero si deseáis quedaros en Constantinopla, al menos de momento, puede que aquí haya algunas obras cristianas que llevar a cabo. —Hizo la señal de la cruz, al estilo romano, como era natural.

Cuando el emisario se hubo marchado, Palombara se quedó a solas en la grandiosa estancia, contemplando cómo el sol vespertino descendía sobre los barcos y las gabarras que transportaban pasajeros, y sobre el distante ajetreo del puerto. Roma opinaba que la tolerancia de Constantinopla en las ideas era laxitud moral, que su paciencia ante las ideas más ridículas o abstrusas, en vez de suprimirlas, era una debilidad. Roma no veía que la obediencia ciega al final terminaba por asfixiar el intelecto.

Palombara no quería volver a Roma a trabajar en algún puesto revolviendo papeles, entregando recados, jugando a hacer política de despachos. Se volvió hacia la ventana y sintió el sol en la cara. Cerró los ojos y dejó que aquel resplandor tibio le bañara los párpados.

Poco a poco iban cerniéndose las tinieblas, pero él no estaba dispuesto a claudicar. Si Carlos de Anjou desembarcara en aquel puerto, a lo mejor Palombara podía salvar algo del naufragio. Decididamente, no podía marcharse sin más.

Encontró en su cabeza las palabras con toda claridad.

—Señor, te suplico que no permitas que todo esto sea destruido. Te ruego que no nos permitas que les causemos ese daño... ni que nos lo causemos a nosotros mismos.

Durante unos instantes no dijo nada más.

—Amén —finalizó.

Giuliano Dandolo regresó a Venecia con un barco repleto de oro procedente de toda Europa. En Inglaterra, España, Francia y el Sacro Imperio Romano la gente estaba preparándose para una grandiosa cruzada. Ya se había construido parte de los barcos.Los astilleros trabajaban día y noche. Carlos de Anjou había pagado su parte del contrato y recibiría lo que había solicitado.

Y, sin embargo, Giuliano, de pie en el balcón contemplando el esplendor del sol poniente sobre el Adriático, no se sentía feliz.

El dux le había dicho que Venecia había anulado el tratado que había firmado con Bizancio. Sólo había durado dos años. Él no tenía nada que ver al respecto, ni con su creación ni con su destrucción, pero se sentía profundamente avergonzado por la traición que entrañaba.

Contempló la luz reflejada en el agua y se fijó en cómo iba cambiando. Su transparencia y el movimiento de las sombras eran tan sutiles que un tono se confundía con otro. Era igual que el Bósforo.

¿Qué le sucedería a Constantinopla cuando llegaran los cruzados?

Todo aquello de combatir por la fe era absurdo. Cuán lejos estaban de las enseñanzas de Cristo aquellas rencillas por decretar quién tenía poder o derecho a lo que fuera. Se acordó de las conversaciones que había tenido con Anastasio durante las travesías por mar y en aquel sitio desolado que podía ser o no el Gólgota.

Pensar en Anastasio mitigó el dolor que le oprimía el pecho. ¿Cómo lo tratarían los cruzados? ¿Cómo se protegería? Aquella idea era demasiado horrible. Lo que importaba era la ciudad entera y las tierras que la circundaban, pero al final, como quizá le sucedía a todo el mundo, todo se reducía a las personas que uno conocía, a sus caras y sus voces, la gente con la que uno compartía el pan y en quien confiaba.

Ana había sido llamada una vez más a la casa de Juana Estrabomytés, aun cuando los criados no sabían si quedaba dinero para pagarle. Pero no importaba; la decisión de acudir no estaba basada en la posibilidad de cobrar, sino en la intención de no prolongar el sufrimiento de la enferma y aliviarle el dolor de la agonía.

Juana estaba consumida por la enfermedad, razón por la que daba la impresión de tener más años de los que tenía en realidad, cuarenta y tantos, y ya le quedaba muy poco tiempo de vida. El calmante que le había administrado Ana le había proporcionado más o menos una hora de tranquilidad, y ya no sufría un dolor físico innecesario ni el tormento mental que la acosaba. Había dicho poca cosa al respecto. La herida era tan honda que la había privado del habla, a excepción de la pregunta que repetía una y otra vez: «¿Su marido no podría haber esperado?» Leónico había dejado a Juana cuando ésta agonizaba, porque estaba enamorado de Teodosia, cuyo esposo a su vez la había abandonado cruelmente. Leónico no quiso esperar a ser libre, deseaba gozar de su felicidad de inmediato, aquella semana, aquel mes. También era posible que Teodosia lo hubiera querido así, y él no había tenido valor ni nobleza para negarse.

Por una vez reinaba el silencio en aquella estancia caldeada y tranquila. Ana se encontraba a los pies de la cama, cerciorándose de que Juana estuviera dormida realmente. Acto seguido dio media vuelta y se apartó de la cama. Salió brevemente al patio, un lugar en el que, a pesar del calor del verano, por lo menos podía escapar del olor de las hierbas medicinales y las funciones corporales de la moribunda.

Teodosia había sido durante toda su vida una mujer muy religiosa. Ana se la imaginó rezando, arrodillada frente a Constantino con devota gratitud por el sacramento del arrepentimiento y la absolución. Teodosia conocía bien la amargura y el dolor de ser rechazada. ¿Cómo podía, precisamente ella, hacerle aquello a otra mujer? ¿Qué bondad había en tener a un hombre a semejante precio?

¿Habría deseado ella tener a Giuliano de aquella forma?

Teodosia gozaba de buena salud cuando su marido la abandonó, y dicho abandono le causó un dolor insufrible, incluso la llevó al borde del suicidio. Ana todavía sentía lástima al rememorarlo. Juana estaba enferma y agonizando. ¿De verdad Teodosia deseaba aquello? ¿Sufría Juana una especie de autoengaño, una desesperanza que formaba parte de su dolencia? ¿Sería que la conclusión de Ana era precipitada, basada en un conocimiento parcial de la situación y por lo tanto completamente injusta?

Durante uno de los ratos en que Juana se encontró mejor, Ana impartió instrucciones precisas a los criados. Luego, después de regresar a su propia casa para recoger más hierbas, fue a ver a Teodosia.

—Lo lamento, pero la señora Teodosia no puede recibiros —le dijo el sirviente momentos más tarde.

Ana insistió en la urgencia y la importancia del motivo que la había llevado hasta allí. El sirviente fue nuevamente a transmitir el recado. La segunda vez fue Leónico el que acudió personalmente a la entrada. En su mirada había tristeza, y también una cierta irritación al dirigirse a Ana.

—Lo siento mucho, pero Teodosia no desea hablar con vos —dijo—. No precisa de vuestros servicios, y en realidad no hay nada más que añadir. Os agradezco que hayáis venido, pero os ruego que no volváis más.

Dio media vuelta y se alejó dejando que el criado se ocupara de cerrarle la puerta a Ana en las narices.

Ana regresó con la esposa de Leónico, a continuar cuidándola y tratar de aliviarle el dolor del cuerpo y del alma lo mejor que pudiera. Mezcló hierbas, se sentó a su lado cuando le costaba conciliar el sueño, le habló de todo lo que se le ocurrió que fuera gracioso o amable o que ofreciera alguna belleza.

Y le sostuvo la mano cuando ella perdió la conciencia y finalmente la vida.

Cuando llegó septiembre, gran parte de la indignación por las exigencias de Roma a la Iglesia fue barrida por la angustia que produjo la noticia de que en Occidente estaba organizándose un gran ejército.

Ana se encontraba en el palacio Blanquerna. Acababa de atender a varios eunucos que sufrían males de escasa importancia, cuando le mandaron recado de que acudiera a las habitaciones de Nicéforo. Lo halló inusualmente serio y con el semblante contraído por la ansiedad.

—Acabo de recibir una noticia del obispo Palombara —dijo Nicéforo—. Ha muerto el Papa.

—¿Otra vez? Quiero decir... ¿otro Papa? —A Ana le costaba trabajo creerlo. No habían transcurrido ni tres años—. ¿De modo que no tenemos en Roma ningún jefe con quien discutir, aunque quisiéramos?

—Es mucho peor que eso —se apresuró a replicar Nicéforo, que ya no intentaba disimular el miedo—. El Papa Nicolás exigió a Carlos de Anjou el juramento de que no iba a atacar Bizancio. Pero ahora que ha muerto, Carlos queda eximido del mismo. Por lo visto, los juramentos no se transmiten de un Papa a otro. —Por un instante brilló en sus ojos una chispa de sarcasmo, pero desapareció enseguida.

Ana estaba estupefacta.

—¿Y qué dice el emperador? —Ella misma notó cómo le temblaba la voz.

—Ahora voy a decírselo. —Nicéforo aspiró profundamente y exhaló el aire en un suspiro—. Le va a resultar muy duro. Me gustaría que me acompañarais... por si acaso... se pusiera enfermo.

Respondió solamente con un gesto de cabeza, y cuando él dio media vuelta para dirigirse a los aposentos del emperador lo siguió con una fuerte sensación de mal presagio.

Cuando entraron en la sala, Miguel estaba sentado a la mesa, escribiendo. El intenso sol se derramaba sobre el sillón, los papeles esparcidos por la mesa y las diversas plumas. Era una luminosidad cruel que hacía evidente el cansancio que revelaban sus facciones. El tono gris no sólo aparecía en el cabello, sino también en la barba, pero más que eso, el emperador lucía unas marcadas ojeras y su piel tenía la textura del papel viejo. Hasta la actitud férrea que lo había conducido a sus victorias militares estaba volviéndose desvaída. Tal vez más fuerte que la victoria con las armas era la de la mente sobre el carácter díscolo de su pueblo, las incesantes amenazas que se cernían sobre su poder, su vida y su familia, las disputas por todas las cuestiones de debate que cabía imaginar en relación con la unión con Roma. Y cada año surgía por lo menos una cuestión respecto de si tal o cual persona tenía más derecho al trono que él. Nunca se veía libre de la amenaza de un usurpador.

—¿Sí? —preguntó al tiempo que levantaba la vista hacia Nicéforo. Por la expresión del eunuco dedujo que traía malas noticias, y su semblante se puso tenso. Fue un cambio tan leve que Ana apenas pudo percibirlo.

Nicéforo explicó en pocas palabras que el Papa Nicolás III había muerto. No hubo necesidad de agregar que ya no había nada que impidiera a Carlos de Anjou saquear Constantinopla a su antojo, y con el tiempo conquistar lo que quedara del Imperio bizantino.

Miguel permaneció totalmente inmóvil en su sillón, asimilando el impacto. Ana advirtió su agotamiento, su lucha para no derrumbarse. Había protegido a su pueblo en Constantinopla durante dieciocho largos y difíciles años, y ahora veía Ana con nitidez el coste personal que aquello le había supuesto. Temió por él y por todo lo que él representaba.

¿Era de sorprender que se sintiera derrotado, incluso por el destino, ahora que había muerto otro Papa más? Ana también percibió cómo iba acrecentándose la sensación de pánico. Temió un futuro en el que no estuviera Miguel.

Constantino estaba otra vez enfermo, y mandó llamar a Ana. Ésta cogió las hierbas que consideró que iba a necesitar y acompañó al criado por entre el bullicio de la calle hasta las escaleras que conducían a la casa del obispo, cada vez más hermosa. Siempre que entraba allí descubría un adorno nuevo o una mejora, invariablemente obsequio de algún fiel agradecido que, según aseguraba Constantino, no había podido rechazar.

Lo encontró tendido en su cama, con el semblante pálido. A juzgar por la postura de su corpachón, se notaba que había algo que lo incomodaba. Ana calculó que probablemente la causa era en gran medida la ansiedad, un estómago demasiado contraído por las emociones para digerir bien.

—Tengo que estar repuesto dentro de dos semanas —le dijo el obispo con cierta preocupación, los ojos entrecerrados y los labios apretados.

—Haré todo lo que pueda —prometió Ana—. Vuestra salud mejoraría considerablemente si descansarais más.

—¡Descansar! —Constantino dio un respingo como si ella le hubiera hecho daño—. Todas las horas del día son preciosas. ¿Acaso no sabéis el peligro que corremos?

—Sí lo sé —le aseguró ella—. Pero vuestra salud sigue exigiendo que descanséis. ¿Qué va a ocurrir dentro de dos semanas?

Constantino sonrió.

—Que voy a oficiar la ceremonia de los esponsales entre Leónico Estrabomytés y Teodosia. Será en Santa Sofía, una ocasión verdaderamente espléndida. Un ejemplo para el pueblo de la bendición y la misericordia de Dios. Insuflará nuevos ánimos en todos y les inspirará una devoción renovada.

Ana supuso que habría entendido mal.

—¿Teodosia Skleros?

Constantino la miró fijamente.

—Deberíais alegraros por su suerte. ¿Es que la bondad de vuestro corazón no alcanza hasta ella, Anastasio? Le he regalado a Teodosia un icono muy especial de la Santísima Virgen, como símbolo de su absolución.

Ana estaba atónita.

—Teodosia y Leónico han cometido un pecado, y a sabiendas y pudiendo elegir. ¡No se han arrepentido lo más mínimo! Tomaron deliberadamente lo que no les pertenecía y se lo quedaron para sí. —Ana hablaba con aspereza, sacando de su interior toda la soledad y el sentimiento de culpa con que ella misma había cargado a lo largo de los años, consciente de que el fallo aún estaba en ella—. Representa una burla para los que se arrepienten de verdad y han pagado su pecado amargamente y durante mucho tiempo.

—Yo no le he reclamado ningún pago a Teodosia, salvo humildad y obediencia a la Iglesia —replicó Constantino—. Vos también habéis pecado, Anastasio. No os conviene criticar cuando vos mismo jamás os habéis confesado ni arrepentido. No sé cuáles serán vuestros pecados, pero son graves y profundos. Lo sé porque os lo veo en los ojos. Sé que ansiáis confesaros y obtener la absolución, pero vuestro orgullo os tiene prisionero y os aferráis a él en vez de confiaros a la Iglesia.

Ana no dijo nada. Se había quedado casi sin aliento ante la precisión del golpe que le habían asestado, un golpe que la hirió en lo más hondo y le produjo una oleada de dolor.

El obispo se irguió, con una mano apoyada en su muñeca y acercando el rostro al de ella.

—Estáis en pecado, Anastasio. Acudid a mí y confesaos, en humildad, y yo os concederé el perdón.

Ana estaba petrificada, como si Constantino la hubiera agredido en lo más íntimo. Lo único que pudo hacer fue retirar los dedos del obispo y enderezar los frascos que había sobre la mesa para a continuación darse la vuelta y salir de aquella casa, y echar a andar, mareada, hundida y profundamente confusa. Jamás en toda su vida había experimentado una soledad tan absoluta.

80

Corría el otoño de 1280 y había transcurrido un mes desde la boda cuando Ana volvió a ver a Teodosia. Se cruzaron en la calle sin decirse nada, y Ana experimentó una extraña sensación de rechazo, a pesar de ser muy consciente de que era una necedad por su parte. Nunca habían sido amigas, tan sólo habían compartido una experiencia muy dolorosa de la vida de Teodosia. Era fácil entender por qué una persona prefería evitar a quien la había visto en su momento de mayor vulnerabilidad.

Ana permaneció de pie en la calle, con el viento azotándole la cara. Quizá Constantino estuviera en lo cierto. ¿El hecho de no haber perdonado a Teodosia se debía a que no era capaz de perdonarse a sí misma, por Eustacio y por el hijo que no quiso tener porque iba a ser de él? La equivocada era ella, no Teodosia. Debería ir a verla y pedirle perdón; sería mortificante, un trago difícil, pero era lo mínimo que se requería para enderezar la situación.

Reanudó su camino, con urgencia, incluso ascendiendo por la fuerte pendiente, empujada por la necesidad de obtener el perdón antes de que perdiera el valor.

Teodosia la recibió con renuencia y sin apartar la mirada de la ventana. Ana apenas reparó en que la estancia estaba más ornamentada que antes, que el mármol del suelo era nuevo, que los pies dorados que sostenían las antorchas ahora eran más grandes.

—Os agradezco esta visita —dijo en tono cortés—, pero me parece que la vez anterior os dije que no precisaba de vuestros servicios. —Volvió la cabeza para mirar momentáneamente a Ana, y en sus ojos apareció una curiosa expresión, totalmente en blanco.

—Vengo a pediros perdón —dijo Ana—. Supuse que no podíais haber recibido la absolución por haberle quitado el marido a Juana cuando estaba agonizante. Fue una arrogancia por mi parte, hasta rayar en el absurdo. No es asunto de mi incumbencia, y no tengo ningún derecho a pensarlo siquiera.

Teodosia se encogió ligeramente de hombros.

—No os apuréis —contestó—. Sí, es una arrogancia, pero acepto vuestras excusas. Ya tengo la absolución de la Iglesia, y eso es lo que cuenta verdaderamente. —Se volvió a medias.

—Vuestro rostro y vuestros ojos dicen que no cuenta en absoluto, porque no creéis en ello —la contradijo Ana.

—No es cuestión de creer, es un hecho. Así lo ha dicho el obispo Constantino —replicó Teodosia en tono áspero—. Y, como vos decís, no es un asunto de vuestra incumbencia.

—¿Cuál, la absolución de la Iglesia o la de Dios? —Ana se negó a que la despidieran.

Teodosia parpadeó.

—No estoy segura de creer en Dios, ni tampoco en la resurrección y la eternidad en el sentido en que creéis los cristianos. Por supuesto que no concibo que el tiempo pueda tener un final, nadie puede concebirlo. El tiempo continuará, ¿qué otra cosa puede hacer si no? Es una especie de desierto interminable que se extiende sin objetivo alguno hasta perderse en la oscuridad.

—Vos no creéis en el paraíso —replicó Ana—, pero está claro que lo que acabáis de describir es el infierno. O un tipo de infierno, si no el peor de todos.

La voz de Teodosia sonó teñida de sarcasmo:

—¿Es que hay algo peor?

—Lo peor sería haber tenido el paraíso en las manos y haber permitido que se escapase; haber sabido lo que era y luego perderlo —respondió Ana.

—¿Y el Dios en el que creéis vos sería capaz de hacerle eso a una persona? —la desafió Teodosia—. Es una crueldad inhumana.

—Esas cosas no las hace Dios —contestó Ana sin vacilar.

—¿Estáis diciendo que me lo he hecho yo misma? —preguntó Teodosia con dolor.

Ana abrió la boca para negarlo, pero al punto se dio cuenta de que era una falta de sinceridad.

—No tengo ni idea —dijo en cambio—. ¿Teníais en vuestra mano el cielo, o sólo algo que era agradable, y por lo menos la creencia de gozar de felicidad en un futuro alcanzable?

Teodosia se la quedó mirando con una mezcla de rabia, confusión y pena.

Ana sintió una punzada de compasión tan intensa que le robó el aliento.

—Hay una forma de volver —dijo impulsivamente, aunque al instante se dio cuenta de que era un error.

—¿Volver a qué? —preguntó Teodosia con sorpresa, como si hubiera dado un paso y hubiera descubierto que le faltaba el suelo bajo los pies.

Esta vez fue Ana la que dio media vuelta. Fue sola hasta la puerta y salió a la calle. Echó a andar por el empedrado despacio, subiendo y bajando escaleras.

El castigo sirve para el sentido de orden que tiene la sociedad, necesario para la supervivencia. Teodosia estaba ejecutando su propio castigo y era un castigo mucho más duro del que le habría enviado Dios, porque era destructivo. El castigo de Dios debería tener como finalidad sanar al pecador, liberarlo del pecado, para que pudiera seguir avanzando sin él. Constantino, al negar el pecado de Teodosia, había herido a ésta al mentir, y ella se había herido a sí misma porque no se engañaba.

Ana dobló la esquina y sintió el frío del viento en la cara.

No podía dejar aquella cuestión tal cual. Fue a ver a Constantino y lo halló ocupado en atender a suplicantes de un tipo u otro.

—¿Qué puedo hacer por vos, Anastasio? —preguntó el obispo con prudencia. Se encontraban en la sala de color ocre que daba al patio.

No tenía objeto intentar proceder con tacto.

—Vengo de visitar a Teodosia —respondió Ana—. Ha perdido la fortaleza y el consuelo de su fe.

—Tonterías —replicó el obispo con brusquedad—. Asiste a misa todos los domingos.

—No he dicho que se haya apartado de la Iglesia —dijo Ana con paciencia—. Sino que ya no tiene esa luz interior de esperanza, esa confianza que nos permite seguir adelante aun cuando no podemos ver el camino y sin embargo sentimos el amor de Dios... en las tinieblas.

Captó un destello de asombro en los ojos de Constantino, como si éste hubiera atisbado brevemente algo que antes sólo había adivinado apenas.

Ana continuó, sintiendo una oleada de fe dentro de sí misma.

—No cree en un Dios que pasa por alto su pecado sin sanarlo, como si ella y lo que ha hecho carecieran de importancia. Si pudiera hacer alguna penitencia seria, un sacrificio o algo importante para ella, quizá volvería a creer de nuevo.

Constantino la miró con una mezcla de hostilidad y asombro.

—¿En qué estáis pensando? —dijo con frialdad.

—En que podría apartarse de Leónico durante una temporada, digamos un par de años. Lo que hizo mal fue estar con él mientras Juana estaba agonizando. Podría dedicar el tiempo a cuidar de enfermos, tal como hacía Juana, y después de eso volvería curada, capacitada para recuperar y atesorar aquello que pagó, aunque con dolor. Entonces podría aceptar el perdón, porque había sido sincera.

Constantino elevó las cejas.

—¿Estáis diciendo que no ha aceptado la absolución divina? —dijo con incredulidad.

—Os lo ruego, al menos ofreced a Teodosia la oportunidad de recuperar la fe —pidió Ana—. ¿Qué somos sin ella cualquiera de nosotros? Por todas partes se ciernen las sombras, ahí fuera acechan los ejércitos, dentro de nuestro propio interior anidan el egoísmo, el miedo y la duda. Si no tenemos siquiera el mínimo convencimiento de que Dios es absolutamente bueno, un amor espiritual puro, ¿qué esperanza nos queda?

Constantino parpadeó y la miró fijamente.

—Iré a verla —concedió—. Pero no va a estar de acuerdo.

81

Cuando dio la absolución a Teodosia, Constantino estaba seguro de ser el instrumento de su salvación y de que ella iba a estarle eternamente agradecida.

Pero ahora sentía por dentro una molesta comezón que le decía que Anastasio no se equivocaba. Recordó la desesperación y la humillación de Teodosia después de que su esposo la abandonara. Ella se había sentido agradecida por su apoyo, por sus palabras tranquilizadoras, por la constante promesa de que contaba con la inspiración y la bendición de Dios.

En comparación, en los últimos tiempos, cuando se veían Teodosia se mostraba cortés, pero sus ojos eran inexpresivos.

Cuando Teodosia lo recibió, sintió que se le encogía el estómago de aprensión.

—Obispo Constantino —dijo en tono de cortesía acudiendo a su encuentro—. ¿Cómo estáis? —Ella estaba magnífica, ataviada con una túnica bordada de un verde esmeralda y una dalmática con incrustaciones de oro, además de los adornos de oro que lucía en el pelo. Aquella tonalidad intensa hacía destacar el color de su piel.

—Muy bien —repuso él—, teniendo en cuenta los peligrosos tiempos en que vivimos.

—En efecto —convino ella al tiempo que desviaba la mirada, como si prestara atención a algún peligro que acechase al otro lado de las maravillosas pinturas que decoraban la estancia—. ¿Permitís que os ofrezca algún refrigerio? ¿Unas almendras o unos dátiles, tal vez?

—Os lo agradezco —aceptó el obispo. El hecho de tener comida delante facilitaría las cosas; sería una grave descortesía por parte de Teodosia que lo despidiera mientras comía—. En estos últimos meses no he tenido tiempo de hablar con vos. Parecéis turbada. ¿Hay algo en lo que yo pueda ayudaros?

—Estoy bien, os lo puedo asegurar —dijo.

Constantino había pensado mucho en cómo sacar a colación con delicadeza el tema de la penitencia.

—Últimamente no venís a confesaros, Teodosia. Sois una mujer buena, lo sois desde que yo os conozco, pero en ocasiones todos desfallecemos, aunque sólo sea por no confiar del todo en Dios y en su Iglesia. Eso es pecado, ya lo sabéis... un pecado que es muy difícil no cometer. Todos tenemos dudas, ansiedad, miedo a lo desconocido.

—¿Y qué esperáis que confiese? —inquirió Teodosia.

Constantino captó la amargura que había en su voz. Anastasio había acertado. Recorrió la habitación con la mirada y preguntó:

—¿Dónde está el icono? —Sin duda Teodosia sabía a cuál se refería; sólo había un icono que hubiera circulado entre ellos, el que le obsequió él para rubricar su absolución y su retorno a la Iglesia.

—En mis aposentos privados —respondió Teodosia.

—¿Contribuye a aumentar vuestra fe el hecho de contemplar a la Virgen y recordar la sublime confianza que tenía ella en la voluntad de Dios? —preguntó Constantino—. «Hágase en mí según tu palabra» —dijo a continuación, citando la respuesta que dio María al arcángel san Gabriel cuando éste le anunció que iba a ser la Madre de Cristo.

Entre ellos se hizo un silencio incómodo.

—La confesión y la penitencia pueden sanar todos los pecados mortales —dijo ahora con voz serena—. Así es la expiación llevada a cabo por Cristo.

Teodosia se volvió.

—Creed lo que os apetezca, obispo, si eso os reconforta. Yo ya no tengo esa certeza. Puede que algún día la recupere, pero no hay nada que podáis hacer por mí.

Constantino sintió fastidio. Teodosia no tenía derecho a hablarle así, como si aquel sacramento de la Iglesia no tuviera ningún valor.

—Si aceptarais una penitencia —dijo en tono firme—, como separaros de Leónico durante un período de tiempo y consagraros a cuidar de los enfermos, entonces...

—No necesito ninguna penitencia, obispo —lo interrumpió ella—. Vos ya me habéis absuelto de todo error que pueda haber cometido. Si mi fe es menor de lo que debería ser, asumiré esa pérdida. Ahora os ruego que os marchéis, antes de que regrese Leónico. No quiero que piense que he estado confiándome a vos.

—¿De verdad necesitáis el amor humano tanto como para estar dispuesta a perder el amor divino sin conservar siquiera la semblanza del mismo? —le preguntó con terrible conmiseración.

—A un ser humano sí puedo amarlo, obispo —replicó Teodosia con vehemencia—, en cambio no puedo amar un principio que los hombres abrazan cuando les conviene. Lo que predicáis vos es un conjunto de mitos y ordenanzas, normas que varían según vuestra conveniencia. Leónico es un ser humano, puede que no perfecto, como vos decís, ni siquiera leal, pero auténtico. Habla conmigo, me responde, me sonríe, incluso en ocasiones me necesita.

Constantino acató lo inevitable.

—Algún día cambiaréis de opinión, Teodosia. La Iglesia seguirá estando en el mismo sitio, dispuesta a perdonar.

—Os ruego que os marchéis —insistió Teodosia con voz queda—. Vos no amáis a Dios más que yo. Vos amáis vuestro cargo, vuestros ropajes, vuestra autoridad, el no tener que pensar por vos mismo ni enfrentaros al hecho de que estáis solo y no significáis nada... como todos nosotros.

Constantino la miró fijamente, estremeciéndose en su desesperación, como si lo estuviera inundando un agua helada que poco a poco le subiera por los pies, las rodillas y los muslos, hasta alcanzar el lugar en que deberían encontrarse sus órganos mutilados. ¿Era verdad aquello, era la Iglesia lo que amaba, no a Dios? ¿Ansiaba el orden, la autoridad, la fantasía de tener poder, y no el apasionado, exquisito e imperecedero amor a Dios?

Se negó a pensar en ello y lo expulsó de su mente. Acto seguido, giró sobre sus talones y se dirigió a grandes zancadas hacia la salida.

—Se lo he propuesto —le dijo a Anastasio más tarde—, pero no ha querido aceptar penitencia alguna. Sin embargo, tenía que intentarlo.

Miró a Anastasio buscando el respeto que debería reflejarse en sus ojos, el reconocimiento de la paciencia y la nobleza que había demostrado, y en cambio no vio más que desprecio, como si estuviera poniendo excusas. Descubrió horrorizado cuánto le dolía aquella reacción.

—¡Vuestra arrogancia es una blasfemia! —exclamó Constantino, súbitamente ofendido—. No tenéis humildad. Os dais mucha prisa en sugerir que Teodosia haga penitencia, pero vuestros propios pecados quedan sin confesar. ¡Volved a mí cuando estéis dispuesto a hincaros de rodillas!

Anastasio, con el rostro blanco como la cal, se fue y dejó al obispo mirándolo, todavía con ganas de decir algo más, pero sin encontrar palabras que fueran lo bastante duras para herir el alma.

El dolor que sentía Ana a causa de aquella desilusión era hondo. En otra época había visto muchas cosas buenas en Constantino, tal vez porque necesitaba verlas. Ahora, las ordenanzas de la Iglesia habían dejado de tener valor, porque carecía de las creencias que se necesitaban para acatarlas. ¿Y cómo iba a tenerlas? Al conceder a Teodosia un perdón tan vacío, Constantino había eliminado la posibilidad de absolverla también a ella. Tan sólo podía apoyarse en su propia manera de entender a Dios, buscar aquella llama en la oscuridad de la noche, el calor que le envolvía el alma cuando estaba arrodillada a solas.

Quizá fuera así como tenían que ser las cosas. Cuando uno no tiene a nadie al lado, levanta la vista hacia el cielo.

Es la oscuridad la que pone a prueba la luz. Ana debía aceptar que estaba sola, no pretender el apoyo ni el perdón de los demás, sino buscar en su corazón y en su mente hasta que lo encontrara para sí misma.

82

Zoé paseaba nerviosa por la suntuosa estancia, y cada vez que iba o venía volvía la cabeza para mirar la hermosa cruz en cuyo reverso había un nombre escrito que todavía la quemaba: Dandolo, el más importante de todos. Debía idear la manera de vengarse de él y de sus herederos, de Giuliano, antes de que llegaran de nuevo los cruzados y ya fuera demasiado tarde. El año de 1280 iba tocando rápidamente a su fin y la invasión ya estaba próxima, incluso podía ser que tuviera lugar al año siguiente.

Llegó a la altura de la ventana. Se detuvo a contemplar cómo iba oscureciéndose el cielo del invierno. Últimamente Helena estaba especialmente arrogante. En varias ocasiones había observado en su mirada un gesto que parecía diversión, casi burla, de la que algunas personas ven en la derrota de otras. Tenía cada vez más la certeza de que Helena sabía que Miguel era su padre y de que estaba pensando en valerse de aquella información en beneficio propio.

Tal vez fuera buena idea mandar a Sabas que vigilase a Helena más estrechamente. Con Demetrio había mostrado frialdad. Los indicios eran casi inapreciables: un poco menos de voluptuosidad en la forma de vestir, una distracción momentánea de cuando en cuando que claramente no tenía nada que ver con él, una falta de atención a lo que decía. ¿Habría otra persona? No existía ningún otro pretendiente mejor al trono.

Aún estaba en estas cavilaciones cuando de pronto entró uno de los criados. El sirviente permaneció ante ella con la vista fija en el hermoso mosaico del suelo, sin atreverse a levantarla.

—¿Qué? —dijo Zoé en tono de exigencia. ¿Qué noticia podía paralizar así a aquel idiota?

—Acabamos de enterarnos de que hace unas semanas abdicó el dux Contarini —contestó el criado—. En Venecia hay un dux nuevo.

—¡Naturalmente que lo hay, necio! —bramó Zoé—. ¿Quién es?

—Giovanni Dandolo —respondió el criado con la voz quebrada por la tensión.

Zoé emitió un ruido de furia contenida y le ordenó que saliera. Él obedeció con precipitación.

De modo que ahora había otro Dandolo en el palacio ducal de Venecia. Fuera de su alcance... pero no así Giuliano. ¿Qué relación habría entre él y el nuevo dux? Pero daba igual, el viejo Enrico era un antepasado común de ambos, y aquello era lo único que contaba.

Pero ahora podía ocurrir que Giuliano regresara a Venecia, a desempeñar una misión más elevada. Zoé debía darse prisa en ejecutar su venganza antes de que aquello también se le escapara de las manos.

Todavía estaba cavilando cuando llegó un antiguo amigo. Venía con el rostro pálido, el cuerpo en tensión y abriendo y cerrando los puños, incluso cuando comenzó a hablar.

—Te convendría marcharte —dijo, casi balbuceando—, aunque yo no creo que sea el momento. Está demasiado cerca el fin para todos nosotros. Los ejércitos de Carlos de Anjou han puesto sitio a Berat.

Berat era la gran fortaleza que poseía Bizancio en Albania, a cuatrocientas millas de allí, y tenía la llave de la ruta terrestre que venía de Occidente.

—Cuando caiga Berat —prosiguió—, Constantinopla quedará desprotegida y sin defensas ante Carlos. El emperador no posee un ejército que sea capaz de resistir un ataque por tierra, ni tampoco por mar cuando llegue la flota veneciana. Claro que es posible que ni siquiera sea preciso ofrecer resistencia; podrán tomar todas las provisiones que quieran y continuar hacia Acre.

Zoé sintió por dentro un frío glacial, como si el hecho de que él hubiera expresado la situación con palabras hubiera hecho ésta más real.

—¿Zoé? —presionó él.

Pero ella no le contestó. ¿Qué iba a decir? Recibió la noticia en silencio, de igual modo que desciende la oscuridad de la noche sin hacer ningún ruido.

Él se persignó y se fue.

Entonces regresaron las pesadillas de su infancia. Se despertaba sudando, sola en la oscuridad. Incluso en aquellas frías noches de invierno notaba un intenso calor que le recorría el cuerpo y que no desaparecía ni siquiera en sueños, pero ¿cuánto tiempo iba a durar? ¿Cuándo se tornarían reales el olor acre del humo, la destrucción y los gritos?

Revivió la escena de ver a su madre con la ropa hecha jirones, los muslos teñidos de un rojo escarlata, el rostro contorsionado por el terror, intentando retroceder arrastrándose para proteger a su pequeña.

Cuando se levantó a la mañana siguiente, vio que todos a su alrededor se afanaban en empaquetar sus enseres a fin de estar prestos para huir si llegaban noticias peores, formaban corrillos en las esquinas de las calles, paraban a cualquier desconocido para preguntarle si se sabía algo más.

Zoé reunió joyas y otros objetos de gran belleza: un caballo alado forjado en bronce, collares de oro, platos, aguamaniles, relicarios incrustados de piedras preciosas, jarrones de alabastro y *cloisonné*, y los vendió.

Con el dinero que obtuvo compró unas enormes tinas llenas de brea y ordenó que las apilaran en las azoteas de la casa. Estaba dispuesta a pegar fuego a la ciudad ella misma y destruir a los latinos en sus propias llamas antes de permitir que Constantinopla fuera tomada de nuevo. Esta vez ella moriría en el incendio, no pensaba escapar. Que se fueran todos, si es que eran lo bastante cobardes. Si fuera preciso, hasta lo haría ella sola. No se rendiría jamás, y jamás volvería a huir.

83

Palombara regresó por fin a Roma en febrero de 1281. El día siguiente a su vuelta, advirtió un leve rumor de emoción en las calles mientras se dirigía a San Pedro y el Vaticano. En el aire flotaba una energía especial, a pesar del frío, del viento y de la lluvia que empezaba a caer.

Llegó a la amplia plaza y la atravesó en dirección a los escalones que conducían al Vaticano. Al pie había un grupo de sacerdotes jóvenes. Uno de ellos soltó una carcajada, otro lo reprendió suavemente en francés. En eso, repararon en la presencia de Palombara y lo saludaron cortésmente con un marcado acento italiano.

—Buenos días, excelencia.

Palombara se detuvo.

—Buenos días —contestó a su vez—. He estado varias semanas navegando, de regreso de Constantinopla. ¿Tenemos ya un nuevo pontífice?

Uno de los jóvenes curas abrió unos ojos como platos.

—Oh, sí, excelencia —respondió—. Se ha restablecido el orden, y ahora tendremos paz. Gracias a los buenos oficios de su majestad de las Dos Sicilias.

Palombara se quedó petrificado.

—¿Cómo? Quiero decir, ¿qué oficios podría ejercer él?

Los jóvenes se miraron unos a otros.

—El Santo Padre lo restauró en el cargo de senador de Roma.

—Tras ser elegido —señaló Palombara.

—Naturalmente. Pero las tropas de su majestad tuvieron rodeado el palacio papal de Viterbo hasta que los cardenales llegaran a un acuerdo. —El joven sonrió de oreja a oreja—. Eso les aclaró maravillosamente las ideas.

—Y deprisa —añadió uno de los otros con una breve risita.

—¿Y quién es nuestro Santo Padre? —preguntó Palombara. A buen seguro que era francés.

—Simón de Brie —respondió el primero de los jóvenes—. Ha adoptado el nombre de Martín IV.

—Gracias —dijo Palombara con dificultad. Había ganado la facción francesa. Era la peor noticia que le podían dar. Se volvió para comenzar a ascender por los escalones.

—El Santo Padre no se encuentra aquí —le dijo uno de los curas cuando ya se iba—. Vive en Orvieto, o si no en Perugia.

—Roma está gobernada por su majestad de las Dos Sicilias —agregó el primero, solícito—. Carlos de Anjou.

En los días que siguieron llegó a apreciar lo contundente que era la victoria de Carlos de Anjou. Había supuesto que la superación de la brecha que separaba a Roma de Bizancio era un hecho consolidado, pero descubrió que aún quedaban cabos sueltos al oír comentar a la gente de su alrededor que finalmente iban a poner fin a la indecisión y los embustes de Miguel Paleólogo e imponer por la fuerza la obediencia verdadera, una victoria para la cristiandad que realmente tuviera peso.

Por fin mandaron llamar a Palombara cuando Martín IV se encontraba en una de sus raras visitas a Roma. Los rituales fueron los mismos de siempre: la profesión de lealtad, el fingimiento de confianza, respeto mutuo, y naturalmente fe en que terminarían logrando el triunfo.

Palombara observó a Simón de Brie, actualmente Martín IV, se fijó en su barba blanca y sus ojos claros, y sintió que lo inundaba una oleada de frío glacial. No le gustaba aquel hombre, y desde luego no se fiaba de él. Había pasado la mayor parte de su carrera siendo consejero diplomático del rey de Francia, y las antiguas lealtades no desaparecen con tanta facilidad.

Al contemplar el rostro duro y ancho del nuevo pontífice, Palombara tuvo la absoluta certeza de que, a su vez, Martín tampoco sentía agrado ni confianza hacia él.

—He leído los informes que habéis redactado sobre Constantinopla y sobre la obstinación del emperador Miguel Paleólogo —dijo Martín. Hablaba en latín, pero con un considerable acento francés—. Nuestra paciencia se ha agotado.

A Palombara le gustaría saber si el nuevo Papa utilizaba el plural porque su cargo le daba derecho a pensar en sí mismo de manera mayestática, o porque efectivamente incluía a sus consejeros y asesores. Cada vez tenía más miedo de que se refiriera a Carlos de Anjou.

—Es mi deseo que regreséis a Bizancio —continuó Martín sin mirar a Palombara, como si los sentimientos de éste no importaran lo más mínimo—. Allí os conocen y, lo más importante, vos los conocéis a ellos. Es preciso resolver la situación, ya se ha alargado demasiado.

Palombara se preguntó por qué no enviaba a un francés, pero en el momento mismo en que se planteó dicha pregunta le vino a la mente la respuesta. En ello no había gloria ni fracaso. Levantó la vista y la clavó en la mirada fría y de leve regocijo del Santo Padre.

Martín alzó una mano para impartirle la bendición.

84

Corría el mes de marzo y Giuliano se encontraba en los aposentos privados del nuevo dux, que daban al canal, contemplando la luz que se reflejaba en las aguas siempre cambiantes y cuyo murmullo se filtraba por las ventanas abiertas semejante a la respiración del mar, que se agitara en sueños.

Habían tomado una cena ligera que trajo recuerdos del padre de Giuliano, que había sido primo del dux. Contaron historias exageradas de jornadas pescando, borracheras, bravatas y amores.

Los dos estaban riendo a carcajadas cuando de pronto se oyeron unos golpes en la puerta, y un momento después penetró en la habitación un erguido caballero vestido con un jubón bordado que ejecutó una profunda reverencia.

—Traigo noticias extraordinarias de Berat, alteza serenísima —dijo el caballero—. Tengo esperando a un soldado que podrá suministraros un informe de primera mano, si accedéis a recibirlo.

—Sí. Hacedlo pasar. Cuando termine, dadle bien de comer y de beber.

El hombre se inclinó y salió. Momentos después entró de nuevo acompañado de un soldado, que obviamente acababa de desembarcar, pues aún llevaba la ropa raída y manchada de sangre.

—¡Bien, habla! —ordenó el dux.

—La fortaleza de Berat ha sido liberada, y el ejército de Carlos de Anjou ha huido en desbandada —exclamó el soldado—, alteza serenísima.

El dux estaba atónito.

—¿Que ha huido en desbandada? ¿Estás seguro?

—Sí, mi señor —contestó el marino—. Por lo visto, el propio Hugues de Sully en persona, el gran héroe que no conocía la derrota, ha sido capturado. —Su semblante reflejaba un intenso placer, no sólo por la noticia que traía, sino también por ser él quien se la estaba transmitiendo al dux.

—¿En serio? —dijo el dux. Volvió la vista hacia Giuliano y le preguntó—: ¿Tú conoces a ese De Sully?

—No, mi señor —admitió Giuliano.

—Es un burgundio. Un hombre gigante, enorme, un símbolo de la invencibilidad de su pueblo. —El dux abrió bien los brazos para indicar el tamaño que tenía el susodicho—. Tiene una cabellera que parece un tejado en llamas. Y es incansable, según me han dicho. En estos dos últimos años ha estado solicitando dotaciones de soldados, caballos, armas, dinero, máquinas de asedio. Se lo ha llevado todo a los Balcanes para marchar primero contra Tesalónica y después contra Constantinopla. —Se volvió de nuevo hacia el soldado—. Cuéntame más. —Su voz empezaba a mostrar un ligero tinte de escepticismo—. De Sully contaba con un ejército de más de ocho mil hombres cuando partió de Durazzo para tomar Berat. ¿Qué ha sido de él?

—En efecto, alteza —confirmó el soldado con los ojos centelleantes de triunfo—, pero los bizantinos no se atrevían a perder Berat, que constituye la puerta de entrada para pasar a Macedonia y por consiguiente a la misma Constantinopla. Si perdieran Berat, el imperio quedaría al alcance de la mano de Carlos de Anjou. Miguel Paleólogo no es ningún necio... por lo menos en lo militar.

—Pero no tiene un ejército de gran tamaño ni tampoco posee la habilidad ni la experiencia necesarias para liberar la ciudad, estando ésta rodeada por una hueste como la de De Sully o una conducida por un hombre como él —dijo el dux—. Mi información decía que estaban muriendo de inanición y que se veían obligados a traer víveres de contrabando mediante balsas que bajaban por el río durante la noche. ¿Qué ha pasado?

El soldado sonrió de oreja a oreja.

—Yo no estaba presente, pero me lo han contado varios que sí estuvieron. De Sully siempre ha tenido arrogancia, pero esta vez le nubló la inteligencia. Pensaba que nadie iba a tocarlo. Fue a caballo a inspeccionar las defensas, acompañado tan sólo de una exigua guardia. Los bizantinos le tendieron una emboscada y lo tomaron prisionero, permitiendo que todo su ejército contemplara lo que habían hecho. —Sus ojos llameaban de puro regocijo—. Fue como si los bizantinos les hubieran robado las fuerzas a todos. El ejército de Anjou en su totalidad dio media vuelta y puso pies en polvorosa. —Rio—. Y no dejaron de correr hasta que llegaron al mar Adriático. Hugues de Sully y el resto de los prisioneros fueron llevados de vuelta a Constantinopla para que desfilaran por las calles, para inmenso placer del pueblo.

Giuliano miró a un hombre y después a otro, y en el rostro del dux vio una satisfacción carente de todo disimulo.

—Gracias —dijo el dux en tono sincero—. Has llevado a cabo de manera excelente la misión de traerme esta noticia, y con tanta rapidez. Venecia está agradecida contigo. Mi chambelán te entregará una bolsa de oro para que lo celebres como es debido. Después ve a lavarte, a comer y beber, y brinda por nuestra prosperidad.

El soldado le dio muy sentidamente las gracias y se fue, todavía sonriendo.

—Esto es espléndido —dijo el dux en cuanto tuvo la certeza de que se habían quedado solos—. Después de esto, no habrá ninguna cruzada que dentro de un futuro previsible pueda dirigirse a Oriente viajando por tierra. No tendrá más remedio que ir por mar, lo cual significa que tendrá que utilizar barcos venecianos. —Soltó una carcajada—. Tengo un vino tinto excelente. Vamos a brindar por el futuro.

Pero al día siguiente Giuliano se despertó con un pesar tan hondo que ahogó toda la alegría por la victoria que había sentido la noche anterior. Con la clara luz del día se impuso la realidad. Carlos de Anjou codiciaba Constantinopla, ansiaba conquistarla. Giuliano lo había visto en sus ojos, en su puño cerrado con fuerza, como si pudiera aferrarla y tenerla atenazada para siempre. Quería tomarla por la violencia y aplastarla de forma incondicional.

Él conocía la brutal forma de gobernar de Carlos, la había visto en Sicilia, donde casi había llevado a su propio pueblo a la miseria a fuerza de impuestos. ¿Qué no sería capaz de hacer con una nación conquistada, como iba a ser Bizancio? La aplastaría, la quemaría y asesinaría a sus habitantes.

Pensar de aquel modo era ser desleal a todo lo que lo había alimentado y nutrido a él, así como a la promesa que había hecho a Tiépolo en su lecho de muerte; sin embargo, no podía traicionarse a sí mismo.

A lo mejor llevaba largo tiempo esperando a tomar aquella decisión y sólo necesitaba estar allí, en Venecia, y contemplar aquellos amplios astilleros funcionando día y noche, para ver la realidad de frente. Ya no podía pertenecer a un lugar dado, con la cómoda amistad que ofrecía, y permitir que le siguiera torturando la conciencia. Debía escoger una moralidad, un pueblo y una fe que fueran queridos para él y que guardaran dentro de sí verdades más importantes que la comodidad o la aceptación.

Tal vez no volviera a servir nunca a aquel dux ni a ningún otro. Aquella revelación le sobrevino acompañada de una soledad profundamente dolorosa y una libertad súbita, resplandeciente. Debía hacer todo lo que estuviera en su mano para impedir la invasión. Carlos de Anjou tenía amigos en Roma, pero también debía tener enemigos en otra parte. Y Sicilia era el lugar en que buscarlos.

Regresó a Sicilia y nuevamente se alojó con Giuseppe y María, como en la ocasión anterior.

—¡Ah, Giuliano! —exclamó María con alegría y el rostro radiante, acudiendo a su encuentro en la habitación principal, con sus sillas desvencijadas y su suelo desgastado. Le echó los brazos al cuello y lo estrechó con fuerza, y al instante se ruborizó al darse cuenta de que estaba dando un espectáculo.

—¿Has venido para quedarte una temporada? —le preguntó María—. Tienes que cenar con nosotros y contarnos todo. ¿Te has casado ya? ¿Cómo se llama tu esposa? ¿Cómo es? ¿Por qué no la has traído contigo?

—No. —Giuliano estaba acostumbrado a sus preguntas, y se zafó de ellas encogiéndose de hombros, sin ofenderla—. He venido aquí porque no conozco a nadie que guise como tú ni que me haga reír tanto.

Ella desechó aquel comentario con un gesto de la mano, pero se sonrojó de placer.

—He estado en lugares de todo tipo —dijo, yendo tras ella en dirección a la atestada y caótica cocina, en la que había verduras y hogazas de pan amontonadas, aceitunas en jarras de arcilla, limones, cebollas doradas o de color vino y fruta de aspecto muy lozano.

—Siéntate —le ordenó María—. Ponte ahí, donde no me estorbes. Bien, háblame de todos esos lugares. ¿Dónde has estado que pueda ser mejor que esto?

—En Jerusalén —dijo Giuliano con una sonrisa.

María dejó las manos suspendidas en el aire y se volvió para mirarlo con seriedad.

—No serás capaz de mentirme, ¿verdad, Giuliano? Sería una maldad.

—Desde luego que no —repuso él con gran indignación—. ¿Quieres que te lo cuente?

—Si no me lo cuentas, no pienso darte de comer. Y más te vale que todo lo que digas sea verdad.

Giuliano le contó muchas cosas, y al hacerlo el calor de la amistad se llevó las tristezas que le atormentaban el cuerpo y al menos una parte de las del alma.

Y cuando María se fue a recoger y los niños estuvieron acostados, salió de la casa con Giuseppe para contemplar el puerto que se divisaba a lo lejos y pasear apaciblemente hasta la muralla para ver cómo el mar lamía las piedras.

—¿Cómo van las cosas en realidad? —quiso saber Giuliano—. La gente se queja, pero eso es lo que hace siempre. ¿Ha empeorado la situación?

Giuseppe se encogió de hombros.

—El pueblo está furioso y tiene miedo. Se avecinan problemas. El rey está planificando otra cruzada, y como siempre nosotros vamos a pagarle los barcos, los caballos y la impedimenta. A quien iban a pagar era a Venecia, por descontado, pero Giuseppe no lo dijo. Quedó como una herida tácita entre ambos.

—El rey tiene amigos —dijo Giuliano con expresión grave—. El Papa está a su servicio. Y por supuesto su sobrino es rey de Francia. ¿Tiene algún enemigo?

Giuseppe lo miró fijamente bajo aquella tenue luz.

—Pedro de Aragón, según dicen.

—¿Es un enemigo auténtico, o simplemente los separan diferencias de poca monta?

—Un enemigo auténtico, por lo que tengo entendido. Y también Juan de Prosida, por si interesa.

Giuliano no recordaba haber oído nunca aquellos nombres. El de Pedro de Aragón estaba muy claro, pero no conocía a aquel Juan de Procida.

Repitió el nombre a modo de pregunta.

—Es de Portugal —respondió Giuseppe con un verdadero nerviosismo que en la oscuridad prestó un tono más agudo a su voz—.

¿Qué te propones hacer? Ve con cuidado, amigo mío. El rey tiene oídos en todas partes.

Giuliano sonrió y no contestó. Para Giuseppe era mejor no saber nada.

Un hombre llamado Scalini hizo unas cuantas consultas y le consiguió a Giuliano un pasaje para la costa de Aragón. Le fue muy difícil ser un marinero ordinario, pero es que era el único puesto que tenían libre para él. Quizás aquello fuera más sensato que llamar la atención buscando un puesto de mando. Además, decidió emplear el apellido de su madre, Agallón. Se sorprendió al descubrir el placer que sintió al utilizarlo, aun cuando en ocasiones se le olvidaba y tardaba en responder.

En Aragón escuchó más que habló. Luego, a medida que fue percibiendo una inquietud cada vez mayor por la creciente influencia de Francia en un Papa abiertamente francés y por la cruzada prevista, que iba a ser dirigida por un príncipe de Francia, empezó a sumarse a las conversaciones.

—Esto no es nada bueno para el comercio —dijo al tiempo que sacudía la cabeza negativamente, con ademán juicioso.

—¿Vos creéis? —le preguntó un hombre.

—¡Desde luego! —exclamó—. ¡No hay más que fijarse en Sicilia! Ahogada por los impuestos hasta el extremo de no tener casi ni para comer. Franceses por todas partes, en los cargos más importantes, en todos los castillos, en las mejores tierras. Hay franceses en las iglesias, y se casan con las sicilianas. ¿Creéis acaso que nos darán la oportunidad de comerciar en condiciones de igual a igual cuando sean dueños de todo el Mediterráneo, desde Egipto hasta Venecia, Sicilia y toda la costa de Francia? ¡Estáis soñando!

—¡Venecia no permitirá tal cosa! —interrumpió otro—. Jamás.

—Pues no veo que esté haciendo nada para impedirlo. —Giuliano sintió otra punzada de deslealtad, pero lo que decía era cierto—. Venecia les vende los barcos. Sacarán partido, como siempre. Han firmado un tratado con ese Papa francés, y no cabe duda de que obtendrán algo a cambio.

El miedo se iba acrecentando conforme él lo fomentaba. Llegaría a oídos de los soldados y de los príncipes, y exacerbaría la cólera de éstos, que ya estaba orientada hacia el rey de las Dos Sicilias.

Para el mes de octubre, ya había plantado todas las semillas de discordia que pudo en Aragón, y se encontraba en Portugal cuando se enteró de que el Papa Martín IV había excomulgado a Miguel de Bizancio del seno de la Iglesia cristiana. Ahora, Carlos de Anjou era el soberano más poderoso de Europa. Y quizá lo más importante de todo fuera que el Papa estaba bajo su influencia y en deuda con él.

¿Quién se atrevería a ir en contra de un rey católico que era tan evidente que contaba con el favor incondicional del Papa? ¿Se vería excomulgado también? ¿Se alzaba ahora como una nueva amenaza sobre todo aquel que levantara la mano o la voz en contra de la cruzada y de Carlos de Anjou?

Giuliano sintió que se cernían las tinieblas sobre toda libertad y todo honor, y también sobre un pueblo que le importaba mucho.

85

Obedeciendo órdenes de Martín, a finales de 1281 Palombara se encontraba de nuevo en Constantinopla. A pesar de la euforia de los ciudadanos por la liberación de Berat, lo abrumó una sensación de ansiedad que se daba la mano con la oscuridad de aquellos últimos días del año.

Martín IV había excomulgado al emperador Miguel. Aquello le retumbó a Palombara en la cabeza igual que una puerta de hierro al cerrarse. Era la primera piedra para la invasión. Martín lo había enviado a Constantinopla con una condena a muerte, y los dos eran conscientes de ello.

Y una vez más fue acompañado de Niccolo Vicenze.

—Prácticamente están bailando en las calles —comentó Vicenze una noche mientras cenaban, refiriéndose al regocijo de los bizantinos por la victoria de Berat, que había tenido lugar en primavera—. Los muy necios no se dan cuenta de que lo único que significa es que ahora los cruzados no vendrán por tierra, sino por mar. —Al decirlo esbozó una sonrisa satisfecha, pero Palombara percibió la ira que bullía bajo aquel rostro pálido, como si estuviera paladeando la venganza que iba a cobrarse cuando la gran flota de Carlos de Anjou llegara abarcando el mar entero y derribara las murallas de Constantinopla para penetrar en ella trayendo pavor y muerte, como la vez anterior.

Palombara había empezado experimentando un fuerte desagrado por Vicenze, pero al mirarlo ahora, sentado al otro lado de la mesa, se dio cuenta de que en realidad lo odiaba.

—En mi opinión, de lo que se trata es de que se han demostrado a sí mismos que son capaces de vencer, aunque sea con la ayuda de un milagro —replicó en tono gélido.

—¿Y ahora confían en otro milagro? —preguntó Vicenze con un deje de sarcasmo.

Palombara, a su vez, respondió en tono de sorpresa:

—La verdad es que no tengo la menor idea. Si queréis saberlo, deberíais preguntárselo a uno de sus obispos. A lo mejor Constantino os ilustraba al respecto.

—¡No me importa lo más mínimo! —saltó Vicenze en tono glacial.

Más tarde, a solas, Palombara subió el sendero empinado que llevaba a un lugar desde el que se divisaba el estrecho brazo de mar que conducía a Asia. Estaba en los confines del orbe cristiano y más allá se extendía una fuerza aún desconocida. Con todo, era Occidente el que había destruido Bizancio en el pasado, y estaba listo para destruirlo de nuevo.

¿Qué podía hacer él? Su pensamiento estudió más de una decena de alternativas, todas inútiles. La respuesta no era la que él deseaba; sin embargo, su interés era lo bastante hondo para sincerarse consigo mismo y reconocer que era la única. Dio la espalda al viento helado y al mar y comenzó a subir la cuesta en dirección a la suntuosa casa de Zoé Crysafés.

Zoé lo recibió con simpatía.

—No habéis venido meramente para informarme de que os encontráis de nuevo en Constantinopla —observó ella—, ni para compadecernos por la excomunión del emperador. —Su semblante reflejaba cierta burla de sí misma y una pizca de resentimiento.

Palombara le devolvió la sonrisa.

—Ciertamente, pensé en solicitaros ayuda para convertirlo a la fe romana —empezó.

Zoé se echó a reír, pero de pronto se detuvo y la risa pareció estar a punto de transformarse en llanto.

—Por supuesto —continuó él—. No iba a conseguir nada. El Papa es un francés comprado y pagado por su majestad de Nápoles. Ésa es una deuda que vos podríais pasaros la vida entera pagando sin haber comprado nada.

Zoé quedó sorprendida por su sinceridad.

—¿De modo que eso es lo que queréis, Palombara? —preguntó sin disimular su curiosidad ni un cierto afecto.

—¿Acaso debemos esperar que Dios logre con un milagro lo que nosotros podríamos conseguir solos, trabajando con ahínco y con cierta dosis de inteligencia? —preguntó Palombara.

—Muy romano por vuestra parte —dijo Zoé con un toque de burla—. ¿Y en qué milagros en particular estáis pensando?

—En salvar Constantinopla de la derrota y de la ocupación de Carlos de Anjou —repuso.

—¿En serio? ¿Por qué motivo? —Zoé permaneció completamente inmóvil, tan sólo el fuego de la enorme chimenea proporcionaba una ilusión de movimiento en aquella estancia.

—Porque si Bizancio cae, no tardará en seguirlo el resto de la cristiandad —respondió. Aquello no era la verdad completa; en parte, el motivo era la furia que sentía por la vacuidad del papado, su desviación de la pasión y la integridad moral que debería mostrar. Y en parte, para sorpresa suya, el motivo era que había terminado admirando la sutileza y la belleza enrevesada y compleja de la cultura bizantina. Si quedaba destruida, supondría una pérdida para el mundo entero.

Zoé asintió muy despacio.

—¿Por qué me lo contáis? Quien tiene que saberlo es el Papa.

Palombara esbozó una sonrisa amarga.

—Es miope y mundano. ¿Por qué suponéis que los que pertenecemos a la Iglesia ortodoxa odiamos la idea de deberle lealtad al Papa?

—He venido a sugerir una manera de actuar.

—¿Distinta? —Zoé abrió los ojos—. ¿De qué?

—Distinta de derramar fuego griego por las murallas sobre las cabezas de los invasores —repuso Palombara con una sonrisa—. Y no es que yo tenga nada en contra de eso, pero me gustaría golpear un poco antes.

Ahora sí que contaba con toda la atención de Zoé.

—Hay que golpearlo en los puntos de apoyo que tiene en Europa, antes de que zarpe con la flota —continuó—. Especialmente en España y Portugal, y posiblemente en algunas zonas de Francia. Suscitar disturbios, insurrección, para apelar a los intereses propios, al comercio, para dejar muy claro cuáles serán las desventajas en el caso de que Carlos de Anjou consiga lo que se propone.

—Los disturbios cuestan dinero —señaló Zoé—. El Tesoro de Miguel ya está comprometido en su totalidad para adquirir armas de defensa.

Palombara sabía que el Tesoro se hallaba prácticamente vacío, pero no lo dijo.

—¿Y qué me decís de las grandes casas de mercaderes de Constantinopla? —preguntó en cambio—. ¿No se las podría convencer de que contribuyeran... generosamente?

Zoé sonrió muy despacio.

—Veréis, mi señor obispo, creo que sí. Estoy segura de que existen... maneras de convencerlas.

Palombara mantuvo la mirada de Zoé.

—Si puedo seros de alguna ayuda, os ruego que me lo hagáis saber.

—Desde luego. ¿Me permitís que os ofrezca vino? ¿Almendras?

Palombara aceptó, como si el hecho de comer y beber juntos sirviera para cerrar un trato.

86

El invierno se le estaba antojando a Zoé de una oscuridad poco natural, pero tras la visita de Palombara el frío ya no volvió a calarle los huesos. Sabía lo que iba a hacer, simplemente había que pensar un poco el modo concreto de hacerlo.

Por Scalini y otros hombres como él sabía que en Occidente ya estaban concentrándose las fuerzas de la nueva cruzada. Scalini la había informado de la existencia de máquinas de asedio, catapultas, armaduras y arreos para caballos, todo listo para los soldados de infantería y los guerreros a caballo que acudirían en masa a Sicilia. Primero tomarían Constantinopla y después entrarían triunfales en Jerusalén, con Carlos de Anjou a la cabeza. Todo el que se interpusiera en su trayectoria sería arrollado. Los cruzados nunca se habían arredrado por un camino manchado de sangre.

La otra cuestión que todavía la preocupaba a Zoé era el cambio operado en Helena. Venía siendo visible desde muy poco después de la muerte de Irene, un plazo de tiempo tan corto que costaba creer que ambos sucesos no guardaran relación entre sí. La conclusión era de una nitidez poco agradable: de alguna forma Helena se había enterado de quién era su padre.

Zoé permaneció unos instantes de pie frente a la chimenea, para entrar en calor. De nuevo le vino a la mente el asunto de Helena, tan incisivo como si alguien se hubiera dejado una ventana abierta y estuviera penetrando un viento helado y cortante como la hoja de un cuchillo.

Helena no iba a acudir con ella a las murallas a derramar fuego sobre los invasores y luego morir en una pira funeraria provocada por ella misma; Helena era una superviviente, no una mártir. Buscaría la manera de escapar y empezar de nuevo en otra parte. Y desde luego escaparía llevándose dinero.

Miguel no se rendiría jamás. Moriría antes que dejar el sitio a Carlos. Aunque tampoco Carlos iba a permitir que saliera con vida. Destruiría a todos los aspirantes al trono, y si Helena no sabía eso, entonces era una necia. Su cuna iba a ser su sentencia de muerte. Carlos dejaría en el trono a su emperador títere sin ningún rival que pudiera representar una amenaza para él.

De repente le vino la respuesta, tan abrasadora como el fuego griego que pensaba utilizar. Si Carlos deseaba gobernar Bizancio en paz, dejar libres sus ejércitos para que marcharan sobre Jerusalén, ¿qué mejor método que desposar a su emperador títere con una heredera legítima de los Paleólogos? Después de asesinar a Miguel y a Andrónico, ¿quién quedaba? ¡Helena!

Zoé pensaba a toda velocidad, horrorizada. Era una traición que sobrepasaba lo imaginable.

Se sentó y se rodeó el cuerpo con los brazos, temblando a pesar del fuego. Antes de que la situación llegara tan lejos, debía recaudar el dinero que había sugerido Palombara y comprar todos los disturbios, la cólera y la rebelión que pudiera. Y ya sabía exactamente de dónde iba a proceder dicho dinero.

Su poder siempre había radicado en el hecho de conocer los secretos de los demás y la prueba que podría traerles la ruina. El hombre que podía ayudarla ahora era Filoteo Makrembolites. Zoé se había enterado de que estaba en su lecho de muerte. ¡Perfecto! Afligido por el sufrimiento, asustado y sin nada que perder.

Fue al cuarto en que guardaba las hierbas medicinales y preparó varias mixturas para mitigar diversas clases de dolor. También tomó polvos para dormir, aceites aromáticos y tónicos que proporcionaban una breve lucidez mental, aunque después de tomarlos uno se sumiera irremediablemente en el último sueño.

Zoé se bañó y se vistió y también se perfumó, pero se puso ropas de colores sobrios, tal como corresponde cuando uno va a visitar a un moribundo. No la preocupó la posibilidad de que Filoteo no quisiera recibirla, le había quedado un brazo inútil tras los incendios de 1204 y conservaba un agrio resentimiento. Querría revivir antiguos ultrajes y no se mostraría renuente a ayudarla a cobrarse una venganza que él mismo no podía tomarse. En la tumba, los secretos no servían de nada.

La recibió en su aposento, tenuemente iluminado y excesivamente caldeado, con la curiosidad que ella esperaba. Se incorporó sobre los codos con una mueca de dolor y frunció el rostro en una sonrisa burlona dejando al descubierto una dentadura corrompida.

—¿Vienes a regodearte, Zoé Crysafés? —dijo con una respiración jadeante que sonó como una tela al rasgarse—. Pues aprovéchate. Ya te llegará a ti el turno, pero antes seguramente tendrás la oportunidad de ver Constantinopla devorada por el fuego otra vez.

Zoé dejó en el suelo el saquito de cuero en el que había traído las hierbas y los aceites. Se conocían demasiado bien el uno al otro para andarse con fingimientos. Ella no habría venido a verle si no fuera por una buena razón.

—¿Qué hay ahí dentro? —inquirió Filoteo, suspicaz.

—Un remedio para el dolor —respondió Zoé—. Temporal, naturalmente. Todo acabará cuando Dios lo disponga.

—Tú eres un poco más joven que yo, a pesar de tus afeites y tu perfume. Hueles igual que la casa de un alquimista —replicó el enfermo.

Zoé arrugó la nariz.

—Pues tú, no. Tú hueles más bien a un osario. ¿Quieres un poco de alivio o no?

—¿Cuál es el precio? —Filoteo tenía los ojos amarillentos, como si le fallaran los riñones—. ¿Te has gastado todo el dinero que tenías? ¿Ya no te quedan encantos para que los hombres te lo den?

—Guárdate el dinero. Por mí, puedes enterrarlo contigo —replicó Zoé—. Mejor eso que permitir que vaya a parar a las manos de los cruzados. Lo más probable es que te saquen de la tumba para ver si te has guardado algo que valga la pena robarte.

—Antes preferiría que profanasen mi cadáver que mi cuerpo en vida —contraatacó Filoteo recorriendo a Zoé con la mirada y deteniéndose en sus senos y después en su vientre—. Y tú harías mejor en matarte antes de que lleguen.

—Antes de eso voy a hacer lo que tengo pensado. —No iba a dejarse distraer por el rencor de Filoteo.

El semblante de éste se iluminó con una expresión de curiosidad.

—¿A qué te refieres?

—A vengarme, por supuesto —dijo ella—. ¿Qué otra cosa queda?

—Nada —respondió Filoteo—. ¿Y quién tiene que pagar ahora? Ya han desaparecido todos los Cantacuzeno, y también los Vatatzés, los Ducas, Besarión Comneno. ¿Quién queda?

—Claro que han desaparecido —dijo Zoé con impaciencia. —Pero no todos. Hay traidores nuevos que serían capaces de vendernos. Empezaremos por los Skleros, y después es posible que sigamos con los Akropolites y los Esfrantzés.

Filoteo emitió un gorgoteo y su rostro perdió un poco más de color.

De pronto Zoé temió que muriera antes de poder decirle lo que necesitaba saber. A escasa distancia de allí había una mesa sobre la que reposaba una jarra de agua. Se levantó, cogió un vaso pequeño y vertió en él una parte del líquido de una de las ampollas que había traído consigo, y después añadió un poco de agua. Regresó a la cama y le tendió el vaso al enfermo.

Filoteo bebió la poción y se atragantó. Aquello lo dejó agotado durante varios minutos, pero cuando por fin volvió a abrir los ojos sus mejillas habían adquirido un poco de color y su respiración no era tan trabajosa.

—Bien, ¿qué es lo que quieres, Zoé Crysafés? —preguntó—. Carlos de Anjou nos va a pasar a todos por el fuego. La única diferencia es que yo no voy a sentir nada, mientras que tú sí.

—Probablemente. Pero tú conoces muchos secretos de las familias antiguas de Constantinopla.

—¿Y quieres perjudicarlas? —Filoteo estaba sorprendido—. ¿Por qué?

—¡Por supuesto que no, necio! —exclamó Zoé—. Lo que quiero es que aplasten las rebeliones y respalden a Miguel. Tú quieres mis hierbas medicinales; puede que mañana estés asándote en el infierno, igual que un cerdo en un espetón, pero esta noche podrás sentirte mucho más tranquilo si me dices lo que deseo saber.

—¿Todos los viles y fraudulentos secretos de quienes no apoyan la unión? —dijo Filoteo, dando vueltas a la idea en la cabeza—. Sí que podría revelártelos, son muy numerosos. —Esbozó una sonrisa cruel y no exenta de placer.

Zoé permaneció a su lado tres largos días con sus noches, dosificando la medicina, manteniéndolo vivo valiéndose de todas sus habilidades. Poco a poco, con un tinte de mordacidad, Filoteo le fue diciendo lo que necesitaba saber: los secretos que podía utilizar para dejar sin dinero a los Skleros, así como a los Esfrantzés y los Akropolites. Iba a sacarles miles de besantes de oro que, empleados con habilidad y prudencia, podrían fomentar suficiente duda y conflicto en Occidente para disminuir la fuerza de Carlos de Anjou.

Al día siguiente a la muerte de Filoteo, Zoé acudió al palacio Blanquerna e informó parcialmente a Miguel mientras paseaban por una de las grandiosas galerías, bajo el sol que se filtraba por los altos ventanales y que revelaba cruelmente las muescas que presentaba el mármol de las columnas o las manos rotas de una estatua de pórfido.

El emperador la miró con cansancio, y la expresión de derrota que reflejaba su rostro asustó a Zoé.

—Es demasiado tarde, Zoé. Hemos de pensar en defendernos. He intentado todo lo que se me ha ocurrido, y no he podido arrastrar conmigo al pueblo. Ni siquiera ahora ven la destrucción que los aguarda.

—Puede que no la que proviene de Carlos de Anjou. —Zoé se acercó más a él, haciendo caso omiso de todas las reglas del protocolo—. Pero sí entenderán la vergüenza que verán en los ojos de sus iguales, en las personas que ven todas las semanas, en la gente con la que hablan en las tiendas y en el gobierno. En los hombres con los que hacen negocios, aunque sea en un nuevo exilio. Estarán dispuestos a pagar con tal de evitar eso.

Miguel la miró más detenidamente, con los ojos entornados.

—¿A qué vergüenza te refieres, Zoé?

Ella sonrió.

—A antiguos secretos.

—Si tú los conoces, ¿por qué no los has utilizado antes? —inquirió Miguel.

—Porque acabo de enterarme de ellos —repuso Zoé—. Se ha muerto Filoteo Makrembolites, ¿lo sabíais?

—Aun así, es demasiado tarde. El Papa es hijo de Francia. España y Portugal se aliarán con él, no pueden permitirse lo contrario, y eso no va a cambiarlo todo el oro de Bizancio.

—Será Papa durante toda su vida —replicó Zoé en voz baja—. ¿Para qué necesita ahora al rey de las Dos Sicilias? ¿Estáis diciendo que va a saldar todas sus deudas?

—Únicamente las saldará si aún hay algo que desee —confirmó Miguel.

—Pensad en vuestro pueblo —lo instó Zoé—. Pensad en lo que sufrió en los largos años del exilio y en los ciudadanos que nunca volvieron. Llevamos aquí mil años, hemos construido majestuosos palacios e iglesias. Hemos creado belleza para la vista, el oído y el alma. Hemos importado especias, telas de seda de colores como el sol y la luna, piedras preciosas de todos los rincones de la tierra, bronce y oro, jarrones, urnas, vasijas, estatuas de hombres y bestias. —Extendió las manos—. Hemos medido los cielos y trazado las trayectorias de las estrellas. Nuestra medicina ha curado lo que nadie más podría haber nombrado siquiera. —De repente adoptó un tono más íntimo—. Pero por encima de todo eso, nuestros sueños han prendido llama en las mentes de la mitad del mundo. Nuestras vidas han llevado justicia a ricos y pobres, nuestra literatura ha nutrido el intelecto de varias generaciones y ha convertido el mundo en un lugar más agradable de lo que habría sido sin nosotros. ¡No permitáis que nos maten de nuevo los bárbaros! No podremos levantarnos por segunda vez.

—No ves cuándo estás vencida, ¿verdad, Zoé? —dijo Miguel con una sonrisa suave.

—Sí lo veo —le respondió ella—. Me vencieron la primera vez, hace setenta años. Vi cómo el fuego del infierno consumía a todos mis seres queridos. Pero esta vez, si sucede, será mi fin. —Respiró hondo—. Pero juro por la Santísima Virgen que no moriré sin luchar. Si fracasamos, Miguel, la historia no nos perdonará.

—Lo sé —admitió el emperador con voz queda—. Dime, Zoé, Cosmas Cantacuzeno está muerto, y también Arsenio Vatatzés, y Jorge, y Gregorio, y ahora Irene. ¿Por qué sigue vivo Giuliano Dandolo?

Zoé debería haber sabido que Miguel había comprendido la situación desde hacía tiempo y que le había permitido que se cobrara venganza sólo porque le convenía a él.

El emperador estaba esperando.

—Porque todavía me es útil —dijo—. Está cortejando a los enemigos de Carlos de Anjou y suscitando el conflicto en Sicilia. Cuando ya no lo necesitemos, ordenaré a Scalini que lo asesine. Me habría gustado algo más elegante, pero ya no nos queda tiempo —agregó.

Miguel asintió y sus ojos revelaron tristeza.

—Es una lástima. Me caía bien.

—A mí también —confirmó Zoé—. Pero ¿qué tiene que ver eso? Es un Dandolo.

—Ya lo sé —repuso Miguel—, pero sigue siendo una lástima.

87

Zoé estaba frente a la ventana abierta, contemplando cómo se reflejaba la luz en el mar, a lo lejos. El viento marino que le hormigueaba la cara todavía transportaba el aroma de los hielos del este, pero ya casi estaban en marzo y por lo tanto contenía la promesa de la primavera. Los planes de Zoé iban madurando adecuadamente. Tenía el dinero, si bien conseguido con amargas protestas. El día anterior habían capitulado los Skleros. Y había exigido un precio adicional, sólo por seguridad, para que dejaran de oponerse a la unión con Roma. Constantinopla necesitaba hasta el último fragmento de poder o de influencia que tuviera en Occidente. La supervivencia dependía de ello.

Y todo aquello iba a frustrar los planes de Helena, que resultaban triviales en comparación con la supervivencia de Bizancio, pero desbaratarlos producía un perverso placer.

En eso apareció Tomais en la puerta con expresión de pánico.

—Ha venido a veros el obispo Constantino, mi señora. Está muy enfadado.

Zoé esperaba que Constantino estuviera furioso.

—Que espere unos minutos —repuso—, y después hazlo pasar.

Tomais puso cara de preocupación.

—¿Os encontráis mal? —preguntó—. ¿Queréis que os traiga una infusión de camomila? Puedo decir al obispo que vuelva otro día.

Zoé sonrió ante la idea. Casi merecía la pena ordenárselo, sólo por darse la satisfacción de hacerlo. Aún estaba estudiando qué respuesta dar cuando de pronto vio en el pasillo, detrás de Tomais, la enorme figura de Constantino, de magníficos ropajes, obviamente con la intención de entrar, con permiso o sin él.

Tomais se dio la vuelta.

—Apártate de mi camino, mujer —ordenó él.

Traía el semblante pálido y los ojos llameantes. Ahora que lo tenía más cerca, Zoé se fijó en cómo relucía la seda de su dalmática a pesar de las inclemencias del tiempo, cómo ondeaba a su alrededor y se ensanchaba con el movimiento dándole la apariencia de ser más corpulento todavía.

Semejante arrogancia le resultaba intolerable. Se le ocurrió la idea descabellada de esperar a que Tomais se hubiera retirado y hubiera cerrado la puerta para a continuación quitarse la túnica y quedar desnuda delante del obispo; éste se sentiría tan horrorizado que jamás volvería a actuar con tanta prepotencia. Y resultaría divertido.

Tomais estaba esperando a que su señora diera la orden.

—Dile a Sabas que espere junto a la puerta —le dijo Zoé—. Dudo que su excelencia persista en estos malos modales, pero si ése fuera el caso me gustaría que Sabas y tú vinierais al momento.

Tomais obedeció. Constantino pasó al interior de la sala y cerró la puerta. A punto estuvo de trabarse la túnica entre ésta y el marco.

—Por lo que se ve, habéis perdido el dominio de vos mismo —observó Zoé con frialdad—. Os ofrecería vino, pero al parecer ya habéis bebido más que suficiente. ¿Qué deseáis?

—Habéis traicionado a la Iglesia ortodoxa —dijo Constantino con los dientes apretados y tensando los músculos de su mandíbula lisa y sin barba.

Con toda probabilidad se lo había dicho Teodosia Skleros, que sin duda había vuelto a pedirle la absolución por los pecados de sus hermanos.

—Habéis abjurado de la profesión de fe que hicisteis, y habéis infringido lo pactado en vuestro bautizo. —A Constantino le relampagueaban los ojos con una furia fanática y tenía la frente perlada de sudor. Además, le temblaba la voz—. Habéis abandonado la fe, blasfemado contra Dios y contra la Santísima Virgen, y estáis excomulgada de la comunidad de Cristo. Ya no sois uno de nosotros. —Lanzó el brazo y la señaló con los dedos como si pretendiera acuchillarla—. Se os niega el cuerpo y la sangre de Cristo. Caerán sobre vos los pecados que habéis cometido, y en el Día del Juicio Dios no los expiará. La Santísima Virgen no intercederá por vos ante Dios, sus plegarias no incluirán vuestro nombre, ni oirá vuestros ruegos en la hora de vuestra muerte. Ya no existís en la compañía de los santos.

Zoé lo miró fijamente. No podía ser cierto. Constantino se hallaba de pie bajo la luz, en solitario, el resto de la estancia quedaba difuminado y no se veía. Sintió un zumbido extraño y confuso en los oídos. Intentó hablar, decirle que se equivocaba, pero no le salió la voz, y el dolor de cabeza se le hacía insoportable.

Alzó las manos para apartarlo de sí, y de pronto se vio en el suelo. La oscuridad y la luz se destruyeron la una a la otra en un silencio total e incomprensible. Y después vino la nada.

Constantino se la quedó mirando. Ya esperaba que Zoé fuera presa del terror, puesto que había cometido el pecado mayor de todos. Pero no pensaba que fuera a afectarla tanto como para quedar privada del habla y desplomarse en el suelo sin poder moverse.

La observó atentamente. Tenía los ojos semicerrados, pero al parecer no veía nada. ¿Estaría muerta? Se aproximó un poco más y la miró. Advirtió que el pecho subía y bajaba al respirar. No, no la había matado. Mejor aún, estaba ciega y muda, pero todavía vivía para darse cuenta.

Lo invadió un sentimiento de victoria que lo transportó, de pronto se sintió flotar.

Giró sobre sus talones y se encaminó hacia la puerta. Al abrirla de un tirón vio allí a los criados, acurrucados. Hizo una inspiración profunda y exhaló el aire muy despacio.

—Quedáis advertidos —dijo midiendo cada palabra—. La Santa Iglesia de Cristo no consiente que se mofen de ella. Vuestra señora se tomó sus juramentos a la ligera e incumplió lo que había prometido. Le he entregado el mensaje divino, y Dios ha hecho caer su cólera sobre ella. —Indicó con un gesto el lugar en que yacía Zoé—. Llamad a un médico si queréis, pero no podrá deshacer la obra de Dios, y sería un necio si lo intentara.

88

Ana, tras recibir el aviso, acompañó al mensajero de Zoé, pálido como la cal, hasta su casa. Sabas la estaba esperando y la condujo inmediatamente al lecho de su señora. Tomais estaba a su lado con el rostro impasible.

—El obispo Constantino la ha excomulgado de la Iglesia —dijo Sabas—. Dios la ha castigado, pero aún vive. Os ruego que la socorráis.

Ana se acercó y observó a Zoé. Tenía la túnica arrugada y estaba en una postura extraña, como si la hubiera colocado así una persona que no se había atrevido a tocarla de forma más íntima. Los ojos estaban casi cerrados, pero respiraba con bastante regularidad. Sin pensárselo, Ana le palpó el vientre y los muslos por encima de la túnica y después le tomó el pulso; era débil, pero regular.

—¿No ha sido obra del obispo? —inquirió Tomais.

Ana titubeó. Constantino no era capaz de envenenarla ni de golpearla. Tal vez la hubiera aterrorizado hasta el punto de causarle un ataque, si le había infundido el pánico a sufrir un castigo divino, a perder toda la luz y toda la esperanza.

Tocó con suavidad la mano de Zoé. Estaba tibia. No estaba muerta, ni siquiera agonizante.

—No debemos permitir que coja frío —dijo en voz alta—. Y ponedle un poco de ungüento en los labios para que no se le sequen más. Yo voy a buscar unas hierbas y enseguida vuelvo.

Tomais se la quedó mirando con una expresión de profunda duda, tal vez miedo.

—Es posible que Dios la haya golpeado —dijo Ana con voz queda—. Si le arrebata la vida, será la sentencia impuesta por Él, pero no la mía.

Ana hizo todo lo que pudo por Zoé, esperando y vigilando por si se producía algún cambio en su estado. En la quinta noche se sentó en un rincón de la habitación, medio dormida, junto a un biombo pintado y taraceado. La estancia se encontraba casi a oscuras; a poca distancia de Zoé, sobre la mesa, ardía una vela que arrojaba justo un resplandor suficiente para distinguir su contorno, pero no lo bastante para iluminarle el rostro.

Aún no había abierto los ojos, ni tampoco se había movido, aparte de un leve desplazamiento de la mano. Ana no sabía si podría moverse de nuevo. Pensando en la destrucción que había causado, debería alegrarse, pero la aturdió experimentar en cambio un sentimiento de pérdida y una inquietante compasión.

Casi la había vencido el sueño cuando de pronto, aterrorizada, tuvo conciencia de que había otra persona en la habitación. Era alguien que se movía sin hacer ruido, poco más que una sombra deslizándose por el suelo. No podía ser un sirviente, habría dicho algo.

Se quedó inmóvil en el sitio, conteniendo la respiración. Observó que el intruso se aproximaba a la cama. Se trataba de un hombre de baja estatura, y no vestía túnica sino una camisa y unos pantalones. Tenía una barba en punta, y cuando se acercó a la luz de la vela Ana vio que poseía unas facciones bien definidas, finas e inteligentes. No llevaba nada en las manos.

Comenzó a pensar a toda velocidad. A juzgar por el bulto que le formaba la ropa en la cadera, dedujo que llevaba un cuchillo al cinto, y Zoé se encontraba indefensa. Si se pusiera a gritar, no habría nadie que estuviera lo bastante cerca para oírla o para llegar a tiempo de socorrerla. Ella misma estaría muerta para entonces.

Debía moverse sin hacer ruido, de lo contrario el intruso la oiría y atacaría, probablemente primero a Zoé, y después a ella. No tenía nada cerca, ningún cuenco grande, ningún candelabro. Pero estaba el tapiz. Si lo arrojase encima del intruso, tal vez lo confundiera durante el tiempo suficiente para echar mano de la palmatoria que había sobre la mesa.

—Zoé —llamó el intruso en voz baja—. ¡Zoé!

¿Es que no se daba cuenta de que no estaba dormida, sino inconsciente? No, gracias a Dios la vela era pequeña y estaba lo bastante alejada para que su rostro quedara en sombra.

—¡Zoé! —exclamó con más urgencia—. Todo va bien. Sicilia es un auténtico polvorín. Una chispa, una sola palabra o movimiento desatinado, y arderá como un bosque. Dandolo se ha empleado a fondo, pero apenas ha sido de utilidad para nuestro propósito. Con que me digáis una sola palabra, yo mismo lo mataré; una actuación rápida, y estará listo. Usaré la daga con el emblema de los Dandolo que vos le regalasteis. —Dejó escapar una risa leve—. Así sabrá que quien le envía ese mensaje de muerte sois vos.

Ana rompió a sudar. Sucediera lo que sucediera, no debía moverse ni producir el más ligero ruido. Si aquel hombre descubría que estaba en la habitación, también la mataría a ella. Sintió un picor en la nariz. Notó la boca seca. El intruso todavía estaba sentado en silencio al lado de Zoé.

En eso, oyó unas pisadas al otro lado de la puerta, luego una llamada breve, y la hoja se abrió. El intruso se deslizó como una sombra en dirección al tapiz. En el momento en que se abrió la puerta, Ana se volvió. Sólo entonces, con aquel poco más de luz, acertó a ver que una de las ventanas no estaba cerrada del todo.

Ana se rebulló, como si acabara de despertarse.

—Voy a buscar un poco de vino —dijo con voz soñolienta—. ¿Te importa traerme unos pastelillos? Tengo hambre.

Ana fue hacia la puerta sin mirar siquiera las sombras del otro lado de la cama de Zoé, el rincón en que se había ocultado el intruso fundiéndose con la oscuridad. A Zoé no le haría nada, y si ella se ausentaba unos minutos de la habitación, se marcharía igual que había llegado, por la ventana, y se perdería en la noche.

Debía cerciorarse de que en adelante todas las puertas y ventanas se cerraran con más cuidado.

Dos días después Zoé abrió los ojos aturdida, asustada y sin poder hablar. Lo intentó, pero sólo consiguió emitir sonidos ininteligibles y animalescos. Tomais probó a ofrecerle una pluma y un papel; ella aferró la pluma con mano torpe, trazó unos cuantos garabatos en aquella superficie blanca y se rindió.

Helena fue informada de que su madre se había despertado pero no podía hablar. Vino, contempló a Zoé con un placer extraño, y acto seguido dio media vuelta y se fue. Entonces fue cuando Zoé pronunció la primera palabra comprensible:

—Ana... —dijo con toda claridad.

Fue una operación lenta. Para el final de la jornada Zoé había logrado articular algo más, palabras sencillas y nombres, peticiones, así como realizar algún movimiento un poco más coordinado. Ana observó el terror que reflejaban sus ojos y, sin quererlo, sintió una profunda compasión por ella. Ojalá hubiera muerto sin más, al primer golpe de la apoplejía, en lugar de ir deteriorándose así, paso a paso.

Además, sabía que si se recuperaba regresaría el intruso y ella le daría la orden de asesinar a Giuliano. Si no podía detener a Zoé, ¿podría encontrar al intruso y detenerlo a él? Sólo había un hombre del que se fiaba y que tenía suficiente poder para ayudarla: Nicéforo.

Cuando llegó al palacio Blanquerna, ya era tarde y llovía. Tuvo que discutir por espacio de varios minutos hasta persuadir al guardia de que le permitiera entrar y después molestar a Nicéforo para que la recibiera.

El eunuco parecía preocupado, tenía una expresión grave y todavía nublada por el sueño, y sus mejillas imberbes se veían flojas.

—¿Qué ocurre? —preguntó nervioso—. ¿Ha muerto Zoé?

—No, no ha muerto —repuso Ana—. De hecho, quizá se recupere del todo. Mejora muy deprisa y posee una voluntad de hierro.

Ana le relató en pocas palabras el episodio del intruso, que creía que Zoé le estaba oyendo y prometió matar a Giuliano en cuanto ella le diera la orden.

—Está intentando provocar un levantamiento en Sicilia, contra Carlos de Anjou... creo —añadió Ana—. Pero Giuliano Dandolo es un aliado, no un enemigo. Si destruimos a aquellos que nos prestan un servicio, o si permitimos que los destruyan, la próxima vez que lo necesitemos no encontraremos a nadie que quiera ayudarnos. Y siempre va a haber una próxima vez.

Nicéforo esbozó una sonrisa.

—Por tu descripción, tuvo que tratarse de Scalini. No pienso permitir que asesinen a Dandolo, al menos por orden de Zoé. Lo que le suceda en Sicilia queda fuera de mi alcance. Según mi parecer, Scalini ya ha cumplido su misión. Además, es una marioneta de Zoé, no nuestra.

—¿Tú crees? —se apresuró a decir Ana.

—Desde luego. —Nicéforo mostraba una expresión sombría—. Pero yo sé dónde encontrarlo. No saldrá de Constantinopla, te lo prometo.

—Gracias —dijo Ana con profunda gratitud—. Muchas gracias.

Zoé continuó recuperándose. Al cabo de unos días más ya podía formar frases, aunque todavía había muchas palabras que se le resistían. Empezó a comer y a beber todas las hierbas que le preparó Ana. Cosa sorprendente, fue una buena paciente, obedecía todas las instrucciones, y por lo tanto fue mejorando.

Dos semanas después del primer ataque, los cuatro hermanos Skleros declararon en público su absoluta lealtad al emperador Miguel en sus esfuerzos para salvar al imperio, y en privado, en lugar de efectuar una generosa donación a la Iglesia, entregaron una parte significativa de su fortuna a Zoé, para que ésta continuara suscitando las revueltas civiles que pudiera en los dominios de Carlos de Anjou.

89

Constantino se quedó a solas en el patio, con la vista fija en la fuente, mientras en su cabeza todo iba encogiéndose hasta transformarse en una imagen diminuta y transparente como el cristal, igual de afilada que un viento del polo e igual de simple. Ahora veía la imagen de conjunto con nitidez, como un gran mosaico, con todas sus piezas colocadas cada una en su sitio. Su vida entera, todas las experiencias buenas y malas, habían conducido hasta aquel momento, cuando le vino la revelación total semejante a un rayo de luz, innegable por fin. Perdido, enfermo y solo, había flaqueado pero no había caído. Aun traicionado, no había abandonado la causa. ¿No debía deducir de ello que Dios no iba a abandonarlo nunca?

Ahora su misión era superior a todas las demás. Había que detener a Zoé Crysafés. Ya la había fustigado una vez, blandiendo en su mano el poder de Dios, y Anastasio, aquel eunuco engreído, superficial y voluble como el agua, la había curado.

Debía ir a ver a Zoé, a última hora del día, cuando tuviera la certeza de que iba a estar sola. Su determinación era absoluta. No podía dejar el destino del pueblo de Dios en la tierra en las resbaladizas manos de Zoé Crysafés.

Hacía una noche oscura, nublada y ventosa. Por la calle rodaban fragmentos de escombros llevados por el viento. En circunstancias distintas no habría escogido precisamente aquel momento, pero la tarea era urgente. Además, a lo mejor las noches como aquélla se crearon para tomar decisiones que no pudieran ser revocadas.

Los sirvientes de Zoé le permitieron pasar con cautela y lo condujeron a la sala de la entrada, la que tenía el suelo cubierto de mosaicos antiguos y puertas en forma de arco que daban a los aposentos privados de la dueña. Pero para poder verla a solas tuvo que insistir, incluso insinuar la amenaza de la excomunión. Tras su última visita los sirvientes recelaban de él.

Por fin, únicamente Anastasio se interpuso en su camino.

—Voy a ver a Zoé a solas —dijo en tono firme—. Está en su derecho. ¿Vais a negarle el sacramento de la Extrema Unción? ¿Sois capaz de encararos con Dios, si hacéis una cosa así?

Anastasio se apartó de mala gana. Constantino penetró en la habitación y cerró la puerta.

El dormitorio estaba tan suntuoso como siempre. Las antorchas ardían en sus pies profusamente ornamentados y creaban una sensación de calidez y de paz, como una pintura enmarcada y cubierta de una pátina de oro. El gran crucifijo se encontraba en el lugar de costumbre; era muy bello, pero a Constantino no le gustaba, tenía un aire casi de barbarie. Le provocaba una sensación de incomodidad, una especie de morbosidad.

Zoé estaba sentada en un sillón imponente, de espaldas a uno de los tapices, todo ramas entrelazadas, escarlatas y púrpuras, con hilos de bronce. Ella iba vestida otra vez de rojo, un color descarado. Le iluminaba el rostro, que no estaba tan demacrado como debería estar después del mal que la había atacado, y destacaba aquellos ojos dorados.

—Sé lo que habéis hecho, Zoé Crysafés —dijo con voz queda—, y lo que os proponéis hacer.

—Ah, ¿sí? —Zoé apenas mostró interés.

—En el cielo hay planes de los que la tierra no tiene conocimiento —le dijo con dureza—. Eso significa la fe, confiar en que Dios nos proveerá de lo que necesitemos.

Zoé enarcó sus finas cejas.

—¿Vos creéis esas cosas, obispo Constantino?

—Es más que creer —replicó él con gran certidumbre—. Las he visto.

—¿Queréis decir que no puedo cambiaros? —persistió Zoé.

—Ni en lo más mínimo —respondió él sonriendo.

—¡Cuánta fe tenéis! —La voz de Zoé sonó lenta, como una caricia.

—Así es —declaró él.

—En ese caso, ¿a qué habéis venido?

Constantino sintió un calor en la piel. Zoé casi lo había atrapado.

—¡A salvar tu alma, mujer! —replicó.

—Me dijisteis que ya la había perdido —le recordó ella—. ¿Vais a perdonarme, después de todo?

—Tengo poder para ello —le dijo—. Si os arrepentís y volvéis a ser una hija obediente de la Iglesia. Retractaos de todo lo que habéis dicho a favor de la unión con Roma, perdonad a vuestros enemigos, devolved a la Iglesia el dinero que habéis robado y someteos a una disciplina. Vivid el resto de vuestros días orando a la Santísima Virgen, y es posible que por fin se laven vuestros pecados.

—¿Y todo eso... antes de que Carlos de Anjou vuelva a quemar Constantinopla hasta los cimientos? —exclamó Zoé con incredulidad.

—¡Dios puede hacer cualquier cosa! —replicó Constantino con vehemencia—. Si os arrepentís y obedecéis.

—No os creo —replicó Zoé en tono sereno—. Tenemos que ayudarnos nosotros mismos.

—¡Blasfemáis! —gritó él, atónito y colérico—. ¡Dios os castigará! —Levantó la mano y señaló a Zoé agitando un dedo en el aire como si fuera un arma.

Ella se limitó a mirarlo con una sonrisa ligeramente torcida, pues tenía el lado derecho de la cara un poco rígido.

—Entonces me curará mi físico... otra vez —contestó—. Vos tenéis el poder de destruir, y él el de curar. ¡Reflexionad sobre eso, obispo! ¿Cuál de los dos puede más?

De pronto Constantino dio un salto hacia delante y agarró un almohadón de la silla que tenía más cerca. Se puso encima de Zoé y le apretó el almohadón contra la cara. Ella forcejeó agitando brazos y piernas, pero él le doblaba el peso y la sujetó sin dificultad aplastándole los pulmones, asfixiándola poco a poco. Tras unos pocos momentos de horror, Zoé dejó de moverse. La furia de Constantino se aplacó, y de pronto se sintió inundado de un sudor frío. Se incorporó lentamente y contempló a Zoé, tirada en el suelo, con el cabello revuelto y la túnica enrollada a la altura de los muslos. Decidió recordarla tal como estaba ahora: vencida, sin dignidad, excitante y repugnante al mismo tiempo con aquella imagen tan sensual.

Invadido por un asco que apenas pudo controlar, le tocó el pelo con la mano para retirárselo de la cara. Era suave, tan suave que casi no lo sentía al tacto. Después le acarició la mejilla con el dorso de la mano. Aún estaba caliente.

Se estremeció de forma convulsiva. ¡Aquello era obsceno! Sintió deseos de golpearla, de arrancar uno de aquellos enormes tapices y cubrirla con él. Pero, por supuesto, no debía hacer tal cosa. Él era un obispo asistiendo a una pecadora penitente en su lecho de muerte.

Le bajó la túnica todo lo que ésta dio de sí, pero no fue suficiente; todavía daba la impresión de habérsela remangado, de haber... Se negó a albergar aquel pensamiento. La mutilación le escocía en lo más hondo. Levantó los muslos de Zoé; los notó pesados y tibios. Luego le estiró la túnica.

Se puso de pie con todo el cuerpo temblando.

Aguardó unos minutos más y acto seguido fue hasta la puerta y la abrió. Pero se detuvo bruscamente, de lo contrario habría tropezado con Anastasio, que se encontraba de pie al otro lado.

Miró a Anastasio a los ojos.

—Se ha arrepentido de todos sus errores y ha salvado su alma. Es un momento de profundo regocijo. Zoé Crysafés ha muerto siendo una hija leal de la Iglesia verdadera. —Hizo una inspiración profunda para calmarse—. Será enterrada en Santa Sofía. Yo mismo oficiaré el funeral. —Hizo un esfuerzo para sonreír, pero fue como el rictus de la muerte.

Anastasio lo miró sin poder creerlo, con los ojos muy abiertos y, sorprendentemente, experimentó un sentimiento de sincera aflicción.

Constantino se persignó y se alejó con sus enormes manos entrelazadas y el corazón retumbando de triunfo.

90

Ana entró en la habitación y se quedó mirando fijamente el cuerpo de Zoé. Reparó en el tinte azulado del rostro, el labio mordido y la sangre que había en él. Se agachó a su lado y le apartó el pelo de la frente. Le levantó delicadamente un párpado. Vio las minúsculas motitas rojas y supo lo que había ocurrido. Se incorporó muy despacio y se dirigió a Tomais.

—Llévatela de aquí —le ordenó—. Ocúpate de embellecerla. —Se le quebró la voz en la garganta. Zoé no era la única que estaba muerta, también estaba muerto Constantino, y de un modo infinitamente más terrible.

Ana salió al exterior de la casa. El viento había arreciado y caían las primeras gotas de lluvia. Fue andando sola hasta donde vivía Helena para darle la noticia. No sentía el menor deseo de hacerlo, así que procuró darse prisa. Ahora notaba cada vez más el profundo calado de lo que había dicho Constantino. Éste afirmaría que Zoé se había retractado de haber apoyado la unión con Roma y había muerto en el seno de la Iglesia. Y además lo pregonaría a bombo y platillo.

Helena tardó mucho en aparecer. Los criados dejaron pasar a Ana con gran renuencia, pero ella les dijo cuál era el motivo de su visita, y ninguno de ellos quiso comunicar personalmente a Helena la noticia del fallecimiento de Zoé. Ana aguardó, agradecida por el pan y el vino que le ofrecieron; el frío le calaba los huesos y le dolían los ojos a causa del cansancio y de la tristeza.

Por fin salió Helena a su encuentro, y se puso en pie.

—¿Qué diablos tenéis que decirme que no pueda esperar hasta mañana? —dijo Helena en tono de irritación.

—Lamento profundamente deciros que ha muerto vuestra madre —contestó Ana.

Los ojos oscuros de Helena se agrandaron momentáneamente en un gesto de incredulidad.

—¿Ha muerto?

—Sí.

—¿De verdad? Por fin.

Helena irguió la espalda y levantó un poco más la cabeza. Una sonrisa muy ligera le rozó la comisura de los labios, y cualquiera habría supuesto que era un indicativo de entereza y dignidad supremas frente a una pérdida. Pero Ana tuvo la desagradable sensación de que era un intento de reprimir el sentimiento de victoria.

Sintió en sus propios ojos el escozor de las lágrimas por la muerte de Zoé. Había desaparecido una parte de Bizancio. Lo que se había ido era más que una época; era una pasión, una furia, un amor por la vida, y al irse se llevó consigo una pieza irreemplazable del mundo.

91

Palombara desembarcó en Constantinopla abrumado por el peso de la amarga noticia que traía consigo. La escuadra de Carlos de Anjou había zarpado con rumbo a Sicilia, y desde allí se dirigiría a Bizancio. El tiempo que mediaba hasta la invasión podía contarse en semanas.

Volvió a la casa que había compartido con Vicenze. Lo halló ocupado en su estudio, redactando un montón de despachos. Pero, tan reservado como siempre, éste los puso todos boca abajo tan pronto como vio a Palombara en el umbral.

—¿Habéis tenido una buena travesía? —preguntó, cortés.

—Bastante buena —respondió Palombara, y a continuación le entregó las cartas que le enviaba el Papa, todavía con el sello.

Vicenze las cogió.

—Gracias. —Luego lo miró—. No creo que os hayáis enterado todavía, pero ha muerto Zoé Crysafés. Sufrió una apoplejía, o algo así. El obispo Constantino ofició una misa de réquiem por ella en Santa Sofía, el muy hipócrita. Dijo que se había reconciliado con la Iglesia ortodoxa. ¡Maldito embustero! —Sonrió.

Palombara se quedó atónito. Zoé daba la impresión de que no había nada que pudiera acabar con ella. Se quedó petrificado en mitad de la estancia, abrumado por la sensación de pérdida, como si Bizancio mismo hubiera empezado a morir.

Vicenze aún lo miraba, sin dejar de sonreír. Lo invadió un deseo abrumador de propinarle un puñetazo que le partiera todos los dientes.

Puede que sea para bien —repuso con toda la calma que le fue posible—. Carlos de Anjou ha zarpado rumbo a Mesina. Por lo menos, Zoé se ha librado de enterarse de esa mala noticia.

Palombara fue a ver a Helena Comnena para darle el pésame. Ella se había mudado a casa de Zoé, y lo recibió en el dormitorio que antes era de su madre. Todo estaba tal como él lo recordaba, pero los colores habían cambiado. Los nuevos tapices eran de tonalidades pálidas y dibujo fino, sin los trazos amplios de los anteriores, y en ellos predominaban los azules y los verdes.

El equilibrio de las facciones de Helena y sus cejas arqueadas, casi como las de su madre, resultaban encantadores. Pero Palombara no percibió en ella aquel fuego interior.

Helena daba la impresión de llevar dentro un apetito carente de toda alegría.

—Me ha afligido mucho la noticia de la muerte de vuestra madre —dijo en tono formal—. Os ruego que aceptéis mis condolencias.

—¿Personalmente? —inquirió ella—. ¿O habláis por Roma?

Palombara sonrió.

—Personalmente.

—¿En serio? —Helena lo observó con un gesto que era más bien acritud—. No me había dado cuenta de que sentíais aprecio por ella. En realidad suponía lo contrario.

—No sentía aprecio por ella —aceptó Palombara sosteniéndole la mirada—, la admiraba. Me gustaba su inteligencia y su capacidad infinita para apasionarse por todo.

—Así que la admirabais —repitió Helena con curiosidad, como si considerase aquello impropio—. Pero sin duda ella no era una persona que contara con la aprobación de Roma. No era humilde, nunca obedecía nada que no fueran sus propios deseos, y desde luego distaba mucho de demostrar castidad.

A Palombara lo enfurecía que Helena no defendiera a su madre, y además contra Roma, precisamente.

—Estaba más viva que ninguna otra persona que yo haya conocido —dijo.

—Habláis igual que ese médico eunuco, Anastasio —observó Helena en tono agrio—. Él lamenta la pérdida de mi madre, lo cual es una estupidez. Mi madre lo habría destruido sin pensárselo dos veces, si le hubiera merecido la pena tomarse dicha molestia. —En su voz había desprecio, y también un tono afilado que Palombara reconoció con sorpresa: resentimiento.

—Os equivocáis —dijo en tono glacial—. Vuestra madre admiraba profundamente a Anastasio. Aparte de su habilidad como médico, le gustaba su ingenio, su valor, su imaginación, y también el hecho de que no le tuviera miedo a ella ni a la vida.

Helena lanzó una carcajada.

—Qué peculiar sois, excelencia. Y cuán terriblemente inocente. No sabéis nada.

Palombara se obligó a sí mismo a sonreír.

—Si conserváis los papeles de vuestra madre, me atrevería a decir que conocéis muchas cosas que desconocen otras personas. Algunas serán muy peligrosas. Pero supongo que eso ya lo sabéis.

—Desde luego, muy peligrosas —repuso Helena en poco más de un susurro—. Pero es una necedad por vuestra parte fingir que lo sabéis, excelencia. —Esbozó una sonrisa radiante, dura—. No lo sabéis.

¿Qué era lo que obviamente la complacía tanto? Helena lo miraba regodeándose. ¿Por qué?

—Eso parece —convino Palombara, bajando los ojos como si se hubiera desinflado.

Helena prorrumpió en una carcajada estridente y cruel.

—Ya veo que mi madre no os lo contó —observó—. Pero no tenía por qué, es una información demasiado exquisita para desperdiciarla. Descubrió que vuestro preciado eunuco, al cual vos admiráis tanto, ¡en realidad es un mentiroso redomado! Su vida entera, todo lo que tiene que ver con él es una mentira.

Palombara se puso tenso, sintiendo cómo crecía la furia en su interior.

Helena le dirigió una mirada burlona.

—O, para ser exacta, debería decir «todo lo que tiene que ver con ella». Ana Zárides es tan mujer como yo. O por lo menos lo es legalmente. Sin duda encierra un secreto lo bastante repulsivo para haber pasado todos estos años fingiendo ser un hombre, ¿no os parece? ¿No diríais que eso es pecado? En vuestra opinión, ¿que debería hacer yo, obispo Palombara? ¿Debería contribuir a dicha compostura? ¿Está bien moralmente?

Palombara se había quedado tan estupefacto que apenas podía pronunciar palabra. Sin embargo, a medida que Helena iba diciendo todo aquello no le costó trabajo creerlo. La miró a la cara, que resplandecía de rencor, y sintió odio hacia ella.

Luego sonrió. La envidia que sentía Helena se percibía totalmente a las claras. Ahora que Zoé ya no estaba, ella no podía saborear plenamente su victoria. Sin estar Zoé para verla, resultaba insípida. Pero por lo menos podía destruir la victoria de Anastasio, la hija que había preferido Zoé.

Palombara la miró a los ojos y vio rabia en ellos.

—Mi más sincero pésame —dijo, y a continuación se excusó y se fue.

Ya en la calle, la sensación de triunfo se disipó en cuestión de momentos y fue sustituida por el miedo. Si efectivamente Anastasio era una mujer y Helena lo sabía, corría un peligro gravísimo. Si Helena decidía desvelar su secreto, no sabía qué castigo podría esperar a Anastasio, pero sería despiadado.

Zoé lo sabía, y no traicionó el secreto de Anastasio. Aquello también constituía un misterio. A su manera, Zoé debió de sentir un gran respeto hacia ella, incluso un cierto afecto.

Caminó por la calle abarrotada de público rodeado por el ir y venir de la gente. La noticia de que la flota de Anjou se dirigía a Mesina había llegado a Constantinopla con el barco en que había viajado él. El pánico se extendió igual que un incendio avivado por el viento, peligroso, histérico casi, presto a desatar la violencia ahora que la amenaza había dejado de ser un mal sueño y se había transformado súbitamente en una realidad.

Apretó el paso avanzando contra el viento. Cuanto más reflexionaba sobre lo que había dicho Helena, mayor temor lo embargaba. ¿Debería él buscar a Ana Zárides y advertirle? Pero ¿de qué iba a servir? No había nada que ella pudiera hacer, excepto tal vez huir, como tantos otros. Pero ¿huiría? Aquello lo llevó a la cuestión de por qué había elegido de entrada actuar de manera tan desesperada. Vestida de mujer estaría muy bella. ¿Por qué no había aprovechado aquello? ¿Qué pudo empujarla a hacer algo así, y por espacio de varios años? ¿Quién o qué la preocupaba tanto como pagar aquel precio?

Para averiguarlo, empezó por un hombre que conocía bastante bien y que llevaba un tiempo siendo paciente de Anastasia. Por él Palombara se enteró de que había gente a la que ella había atendido de forma gratuita cuando estuvo trabajando con el obispo Constantino.

Surgió en su mente el retrato de una mujer consagrada a la medicina, absorbida por su oficio pero también fascinada por los detalles del mismo, su arte, sus curiosidades y los infinitos conocimientos que proporcionaba. No obstante, no carecía de defectos. Cometía errores de criterio, tenía mal genio. Palombara cada vez fue teniendo más claro que ella se sentía culpable de algo, aunque no sabía cuál podía ser el motivo.

Cuanta más información iba recabando, más fascinado se sentía por aquella mujer y más se intensificaba el impulso de protegerla.

Un detalle que se repetía continuamente era que Ana Zarides hacía muchas preguntas acerca del asesinato de Besarión Comneno. ¿Habría tenido alguna relación con él? En cambio, anteriormente no había estado en Constantinopla, y Besarión no había salido nunca desde que regresó del exilio, casi veinte años atrás. Debía de tratarse de otra persona. La más obvia era Justiniano Láscaris, el hombre al que habían desterrado por asesinar a Besarión.

Justiniano Láscaris se encontraba exiliado no muy lejos de Jerusalén, aquello sí se lo habían dicho. ¿Sería su esposo? En tal caso ella también era una Láscaris, al menos por matrimonio, pertenecía a una de las familias imperiales que tenían una venganza pendiente con los Paleólogos. ¿O sería su hermano?

Era imperativo ver a Ana Zarides en un lugar desconocido para Vicenze; éste poseía una curiosidad cruel, sin límites, y todavía actuaba movido por el deseo de vengarse por la sustitución del icono de la Virgen por aquella pintura sucia y obscena. De modo que Palombara llevó a cabo sus indagaciones de manera indirecta, como si fueran interesantes más que importantes, y dejó pasar tres días antes de presentarse en casa de Ana.

A Palombara no le pasó inadvertido el cansancio que revelaba su rostro: tenía unas finas arrugas alrededor de los ojos y la tez muy pálida. Sin duda era mucho más consciente que él del pánico que inundaba la ciudad y del escaso tiempo que restaba para el final.

—¿En qué puedo serviros, obispo Palombara? —le preguntó observando su mirada, su semblante y su actitud general. No podía ver en él signos de enfermedad, porque no los había.

—Me ha afligido profundamente la noticia de la muerte de Zoé Crysafés —respondió. Al instante vio la reacción de ella, una tristeza más acentuada de lo que él habría esperado, y aquello le agradó—. He ido a transmitir mi solidaridad a Helena Comnena.

—Es una atención por vuestra parte —dijo—. ¿Ha repercutido de algún modo en vuestra salud?

—No. —Palombara mantuvo la mirada firme—. Helena me ha dicho que en los papeles de su madre descubrió algo... sorprendente. Es una información que me temo que utilizará en beneficio suyo, a menos que alguien se lo impida.

Se veía a las claras que Ana no tenía idea de a qué estaba refiriéndose. Odió tener que hacer lo que iba a hacer, pero es que el desconocimiento de la situación por parte de Ana lo empujaba a actuar.

—¿Justiniano Láscaris es vuestro esposo o vuestro hermano? —preguntó directamente.

Ella permaneció totalmente inmóvil y su rostro perdió todo color.

—Es mi hermano —dijo ella por fin—. Mi hermano mellizo.

—He venido a advertiros, no a amenazaros —repuso Palombara en tono suave—. Quizás os convendría abandonar la ciudad.

Por el semblante de Ana cruzó la sombra de una sonrisa.

—No me cabe duda de que cuando Constantinopla caiga habrá trabajo de sobra para un médico. —Hablaba con la voz ronca a causa de la emoción, como si le costara trabajo decir aquello.

—Helena os odia —dijo en tono perentorio—. Desde la muerte de Zoé ha cambiado, es casi como si ese hecho la hubiera liberado. Estoy seguro de que está planeando algo. Si tiene acceso a los documentos de su madre, es posible que haya asumido de nuevo la tarea de apoyar económicamente la rebelión contra Carlos en Occidente.

Ana sonrió.

—Estoy segura de que tiene algo planeado —confirmó con ironía.

—¡Entonces huid! —razonó Palombara—. Mientras podáis.

—¿Yo, que soy bizantina, debería huir cuando vos, un sacerdote romano, pretendéis quedaros? —preguntó.

Palombara no contestó. Tal vez, al final, no hubiera nada más que decir.

92

Constantino estaba desesperado. Habían transcurrido tres semanas desde que mató a Zoé Crysafés, y unos pocos días menos desde que ofició el funeral por ella en Santa Sofía. Dijo misa y al final de la misma pronunció una apología casi digna de un santo.

Ahora, en la quietud de su patio, se esfumó la euforia y comenzaron a asediarle las pesadillas. Ayunó y rezó, pero el tormento no cesaba. Por descontado, que él la hubiera destruido era obra de Dios. La única vez que se había aliado con ella fue con motivo de la conspiración urdida para derrocar a Miguel, a fin de que Besarión, un verdadero hijo de la Iglesia, pudiera desafiar la unión con Roma y salvar la fe.

Y entonces Besarión fue asesinado por Justiniano Láscaris, de modo que su alianza no llegó a dar fruto. ¿Había obrado bien llegando a un acuerdo con Miguel para ayudar a Justiniano a eludir la muerte? A lo mejor Justiniano estaba en lo cierto y Besarión no iba a poseer nunca la pasión ni la habilidad necesarias para defender al pueblo, o por otra parte, ¿podía ser que Justiniano tuviera la intención de asumir él mismo el trono?

Constantino no había suplicado por la vida de Justiniano, ni mucho menos; temía que si conservaba la vida decidiera traicionarlos a todos. Pero Miguel quería salvarlo, y para ello se había servido de él diciendo que había cedido a sus súplicas de clemencia.

Pero ahora Zoé seguía atormentándolo en sueños: tendida de espaldas, con el pecho en todo su esplendor y los muslos separados, como una burla hacia la carencia de él. Era una humillación, una obscenidad; sin embargo no era capaz de apartar la vista.

Todo empezaba a desbocarse. El emperador había traicionado a la nación entera vendiéndose a Roma, y, lo que era aún peor, lo había he cho de manera tan pública que costaba encontrar en toda Constantinopla a un hombre, una mujer o incluso un chiquillo que no estuviera enterado.

Había llegado el momento de que se obrase un milagro. Si transcurría un mes más, dos, ya sería demasiado tarde.

Con todo, Constantino se sorprendió cuando su criado le informó de que había llegado el obispo Vicenze y deseaba hablar con él. Aquel hombre le desagradaba en grado sumo, no sólo por su obsesión de socavar la Iglesia de Bizancio y por el hecho de que viniera de Roma, sino también en el plano personal. Pero él había rezado pidiendo un milagro, de modo que no debía poner trabas a que se produjera, si es que de algún modo Vicenze formaba parte de ello.

Dejó a un lado el texto que estaba leyendo y se puso de pie.

—Hazlo pasar —ordenó.

Vicenze venía vestido con sencillez, casi como si pretendiera pasar inadvertido, cuando por lo general actuaba dándose importancia.

Intercambiaron los saludos formales, Constantino con gesto reservado, Vicenze con una soltura nada característica en él, como si estuviera deseoso de abordar el objeto de su visita.

Constantino le ofreció vino y fruta, y también frutos secos. Vicenze aceptó su hospitalidad y conversó de temas de poca importancia hasta que el sirviente los dejó solos. Entonces, ignorando los platos, se volvió de frente a Constantino con los ojos brillantes.

—La situación reinante en la ciudad es muy grave —dijo en tono tajante—. Cada día se extiende más el pánico, y nos encontramos al borde de una revuelta civil, que sería desastrosa para el bienestar de los pobres y de los más vulnerables.

—Ya lo sé —confirmó Constantino al tiempo que cogía un puñado de almendras del delicado plato de pórfido—. A la gente la aterroriza el ejército que traerá Carlos de Anjou. Todos oyeron en su infancia las historias de los asesinatos y la destrucción que causaron los cruzados. —No pudo resistirse a decir aquello, con lo cual le recordó a Vicenze que, como era romano, había tenido parte en dicha atrocidad.

—El pueblo necesita algo que le devuelva la fe en Dios y en la Virgen —dijo Vicenze con firmeza—. La fe vale más que todo el miedo del mundo. Ha habido hombres valientes, gigantes en la causa de Cristo, que se han enfrentado a la crucifixión, a los leones, al fuego de la tortura, y no han flaqueado. Fueron al martirio porque su fe era perfecta. Al pueblo no le pedimos eso, sino únicamente fe, para que

Dios pueda obrar el milagro que salve no sólo sus almas, sino también su cuerpo físico, incluso sus hogares y su ciudad. ¿No es posible? ¿Acaso no lo hizo ya la Santísima Virgen en otra ocasión, cuando el pueblo confió en ella?

A pesar de lo mucho que aborrecía a aquel hombre, Constantino se dejó arrastrar hacia su manera de pensar. Vicenze expresaba la verdad, pura y bella, como la primera luz del día en un cielo inmaculado.

—Sí... lo hizo, cuando parecía imposible —afirmó.

—Los invasores van a llegar por mar —prosiguió Vicenze—. ¿Acaso no tiene poder Dios sobre el viento y las olas? ¿No fue Cristo capaz de caminar sobre las aguas y calmar la tormenta... o provocar otra?

Constantino sintió que se le aceleraba la respiración.

—Por supuesto. Los dos lo sabemos. Pero sería un milagro. Nosotros no poseemos una fe tan ardiente como para provocar que ocurra algo así.

—¡Entonces debemos obtenerla! —exclamó Vicenze con los ojos llameantes—. Al pueblo puede salvarlo la fe, y sin duda no existe ninguna otra cosa que tenga el mismo poder.

—Pero ¿qué podemos hacer? —dijo Constantino con un hilo de voz—. El pueblo está demasiado asustado para continuar creyendo.

Lo único que necesitan es ver la mano de Dios en algo, y volverán a creer —contestó Vicenze—. Debéis obrar un milagro para ellos, no sólo para salvar sus vidas, esta ciudad y todo lo que significa en el mundo, sino también para salvar sus almas. Ésa es vuestra misión, vuestra sagrada responsabilidad.

—Creía que vos deseabais que fueran leales a Roma —replicó Constantino.

Vicenze esbozó algo parecido a una sonrisa.

—Muertos no nos servirán de nada a todos nosotros. Y a lo mejor no se os ha ocurrido, pero tampoco quiero que las almas de los cruzados queden manchadas de sangre cristiana.

Constantino le creyó.

—¿Qué podemos hacer? —preguntó.

Vicenze respiró hondo.

—Sé de un hombre honrado y bondadoso que ha ayudado a su prójimo, que ha repartido sus bienes con los pobres y cuenta con el profundo cariño de todos los que lo conocen. Es un veneciano que vive aquí, y se llama Andrea Mocenigo. Conoce perfectamente la situación, que estamos al borde de la destrucción, y nos prestará su ayuda.

—¿Cómo? ¿Qué puede hacer él? —Constantino no alcanzaba a entender.

—Todo el mundo sabe que está enfermo —respondió Vicenze—. Está preparado para beberse un veneno que le provocará un colapso. Yo llevaré el antídoto, y cuando vos os acerquéis para darle la bendición en el nombre de Dios y de la Santísima Virgen, se lo administraré de forma discreta y se recuperará. La gente verá en ello un milagro. Creedme, resultará espectacular e inconfundible. Se correrá la voz, y volverá a surgir la fe como una llamarada. Y renacerá la esperanza. —No añadió que Constantino se convertiría en un héroe, incluso un santo.

De pronto, a Constantino lo aguijoneó una duda:

—Entonces, ¿por qué no lo hacéis vos mismo? Así el pueblo concedería el mérito a Roma.

Los labios de Vicenze se curvaron en las comisuras.

—El pueblo no confía en mí —dijo simplemente—. Esto debe hacerlo alguien a quien hayan visto al servicio de Dios durante toda su vida. Y no conozco en toda Constantinopla a ninguna otra persona que goce de esa reputación.

Todo aquello era cierto, Constantino lo sabía muy bien. Era lo que había esperado toda su vida, para lo que había trabajado tanto.

—Quién sabe, a lo mejor Dios os concede un milagro auténtico —seguía diciendo Vicenze—. ¿No es ése el objetivo que habéis perseguido durante toda vuestra vida?

Lo era. Con independencia de lo que hiciera Vicenze y de lo que le dijera aquel odioso Palombara, Constantino se mantendría inquebrantable, libre de dudas y miedos, con la mente tan despejada como una llama viva. No fracasaría.

Pero de todas maneras haría uso de su intelecto, su experiencia y sus propias salvaguardias. De aquello no iba a decirle nada a Vicenze, que, por muy útil que le estuviera resultando sin saberlo, seguía siendo el enemigo.

—¡No quiero tener un debate teológico sobre esta cuestión! —exclamó colérico Constantino cuando, tras solicitar ayuda a Anastasio, éste le contestó en cambio con una apasionada argumentación en contra de todo aquel plan—. Lo que quiero es que acudáis como médico a atender a Mocenigo, por si no se fiara de Vicenze.

—Por supuesto que no es de fiar —dijo Anastasio en tono iróni-co—. ¿Y qué demonios puedo hacer yo?

—Llevar otra dosis del antídoto, naturalmente —replicó Cons-tantino—. A eso no podéis negaros. Si os negáis, estaréis dando la es-palda a Mocenigo y al pueblo.

Anastasio dejó escapar un suspiro. Estaba atrapado, y ambos lo sabían. Si se manifestara públicamente en contra, o si revelara su ver-dadera naturaleza a la gente, haría pedazos la fe a la que se aferraba el pueblo y tal vez incluso provocase la ola de pánico definitiva que los aplastaría a todos.

93

Ana entró en la casa de Mocenigo tan sólo con una vaga idea de que aquél era el lugar en que Giuliano había vivido tanto tiempo, pues su pensamiento estaba dedicado al estado de Mocenigo. Nada más entrar percibió la angustia y el miedo. Reinaba ese peculiar silencio tenso que sobreviene cuando un ser que nos es muy querido está pasando por un sufrimiento profundo que seguramente desembocará en la muerte.

Teresa, la esposa de Mocenigo, salió a su encuentro a la puerta de la habitación del enfermo. Estaba pálida y ojerosa a causa de la falta de sueño, y llevaba el cabello recogido en la nuca simplemente para apartárselo de la cara, sin pretender ningún arreglo especial.

—Me alegro de que hayáis venido —dijo con sencillez—. Mi esposo está muy enfermo, y al parecer la última medicina que ha tomado lo ha puesto peor. Confiamos plenamente en el obispo Constantino. Dios es nuestro último refugio, aunque no sé si quizá debería haber sido el primero.

Ana se dio cuenta de que tal vez Mocenigo fuera partidario de un milagro, pero estaba claro que su esposa no. Pero daba igual, ya era demasiado tarde. Acompañó a Teresa al interior de la habitación de Mocenigo.

Allí no se podía respirar. El sol calentaba el tejado y las ventanas estaban cerradas. Olía a fluidos corporales, a dolor y a enfermedad.

Mocenigo estaba tendido en la cama, con el rostro hinchado y enrojecido, brillante de sudor, y tenía ampollas alrededor de la boca. El frasco de líquido que llevaba Ana en el bolsillo no parecía ser un remedio suficiente para la terrible angustia que padecía el enfermo.

Mocenigo abrió los ojos y la miró sonriendo, a pesar del dolor que casi lo tenía consumido.

—Me parece que va a hacer falta un milagro para que me recupere de ésta —comentó con un humor negro que le iluminó el rostro un instante y después desapareció—. Pero aunque sólo fuera por uno o dos días valdría la pena, si sirve para fortalecer la fe del pueblo. Bizancio ha sido bueno conmigo, y me gustaría recompensárselo... un poco.

Ana no dijo nada. El engaño que entrañaba aquella idea la entristeció, y sintió odio hacia Constantino por haberla obligado a formar parte de él. Sin embargo, era posible que Mocenigo estuviera en lo cierto y aquello resultara enriquecedor para el pueblo. Era el último regalo que hacía a sus seres queridos.

En eso se oyó un rumor amortiguado procedente del exterior, como si la gente estuviera concentrándose. Se había propagado la noticia de que Mocenigo agonizaba y de que Constantino iba a acudir a verlo en breve. ¿Qué era lo que los empujaba, la pena o la esperanza?, ¿o ambas cosas?

Se oyó un clamor seguido de vítores. Ana comprendió que acababa de llegar Constantino. Al momento se presentó uno de sus criados en la puerta de la alcoba del enfermo solicitando que éste fuera trasladado al balcón, donde pudieran verlo quienes lo aclamaban.

Ana dio un paso al frente para impedírselo.

—No podéis...

Pero se vio arrollada. El sirviente de Constantino estaba dando órdenes y otras personas, supuestamente los criados de Mocenigo, estaban entrando ya, con expresión solemne y preparándose para tender a su amo en una litera y sacarlo al balcón. Nadie le hacía caso a ella, que era un simple médico, mientras que Constantino hablaba por Dios.

Salió ella también. Mocenigo se encontraba tan mal que no dijo nada, estaba demasiado débil para protestar. Su esposa, con el semblante ceniciento, se limitó a obedecer las órdenes del sirviente de Constantino.

Tenían a sus pies a más de doscientas personas, y pronto serían trescientas, y luego cuatrocientas.

Constantino se detuvo en el peldaño más elevado, con las manos en alto para imponer silencio.

—No he venido a administrar a este buen hombre los últimos sacramentos ni a prepararlo para la muerte —exclamó con voz clara.

—¡Más vale que nos preparéis a todos! —gritó alguien—. ¡Estamos tan muertos como él!

Se elevó un clamor de aprobación y varias personas levantaron el brazo.

Constantino alzó las manos todavía más alto.

—La amenaza es real, y terrible —exclamó con fuerza—. Pero si la santa Madre de Dios está con nosotros, ¿qué puede importar que tengamos en contra a todos los hombres y todas las legiones de las tinieblas?

El clamor cesó. Algunas personas se santiguaron.

—He venido a preguntar a Dios cuál es su voluntad —continuó Constantino—. Y si él quiere, rogad a la Santísima Virgen que permita que este hombre sea curado de su aflicción, como una señal de que también nosotros seremos curados de la nuestra y salvados de la abominación de los invasores.

Sobrevino un momento de incredulidad. Todos se miraron unos a otros, confusos y apenas esperanzados. Entonces se reanudaron los vítores con más estruendo que antes, con un atisbo de histeria. Deseaban creer, sabían que la fuerza de la fe era capaz de hacer posible aquel milagro y de convertir en realidad las esperanzas más descabelladas.

Constantino sonrió, bajó las manos y volvió la vista hacia Mocenigo. Éste se encontraba frente a él, tumbado en la litera y respirando de forma superficial, pero al parecer estaba tranquilo.

El público se sumió en un silencio sepulcral, casi petrificado. Nadie movió ni un dedo.

Constantino bajó las manos y las posó en la cabeza de Mocenigo.

Ana, cada vez más presa del pánico, buscó a Vicenze entre la multitud, y entonces lo vio, cerca de ella pero no en primera fila, como si fuera únicamente un testigo. Mejor así.

La voz de Constantino se elevó, nítida y cargada de emoción. Invocó a la Santísima Virgen para que sanara a Andrea Mocenigo en pago de su fe y como señal para el pueblo de que todavía seguía velando por él y lo preservaría frente a toda adversidad.

De pronto Vicenze se adelantó y, cuando Constantino incorporó a Mocenigo, le entregó agua y juntos atendieron al enfermo. Después Vicenze retrocedió hasta su sitio.

Todo el mundo aguardó. El aire estaba cargado de esperanza y miedo.

Entonces Mocenigo lanzó un grito terrible y se llevó una mano a la garganta retorciéndose de dolor. Se asía la ropa y lanzaba alaridos sin parar.

Ana corrió a auxiliarlo abriéndose paso por entre el gentío, aunque ya sabía que era demasiado tarde. El antídoto que le había dado Vicenze a Mocenigo era veneno. A lo mejor habían cambiado la sustancia que le habían administrado, y la que llevaba ella también lo envenenaría. No se atrevió a emplearla en lo que a aquellas alturas ya era un intento inútil.

Mocenigo se asfixiaba. Ana llegó a su lado justo en el momento en que tuvo un espasmo y se cayó de la litera vomitando sangre. No había nada que pudiera hacer ella, salvo sostenerlo para que no se ahogara. Aun así, transcurrieron sólo unos momentos hasta que sufrió una última convulsión y el corazón le dejó de latir.

El hombre que estaba más cerca lanzó un aullido de terror y de rabia y arremetió con todas sus fuerzas contra Constantino, que perdió el equilibrio. Al momento lo siguieron otros más, vociferando y lanzando puñetazos. Levantaron en vilo al obispo y lo arrastraron sin dejar de insultarlo y golpearlo en la cabeza y en la cara, de propinarle puntapiés y lanzarle todo lo que encontraron a mano: botellas, bastones, bolsas de frutas y verduras. Daba la impresión de que su intención era despedazarlo.

Ana quedó horrorizada al contemplar aquella salvajada, y aunque Constantino estaba siendo apaleado y arrojado de un lado para otro, acertó a ver el terror en su rostro. Entre la chusma había otra cara que reconoció, la de Palombara. Las miradas de ambos se cruzaron un instante, y Ana comprendió que Palombara ya había previsto aquello: era el plan de Vicenze, el veneno, la violencia.

Ana depositó a Mocenigo sobre la litera. Ya no podía hacer nada por él, excepto cubrirle el rostro para procurar un poco de intimidad a aquel último dolor. Acto seguido se lanzó hacia delante y se puso a golpear a todos los que le cerraban el paso, gritándoles que dejaran en paz a Constantino.

—¡Basta! —chilló hasta que le dolió la garganta—. ¡No lo matéis! Es un asesinato. No voy a... ¡Por el amor de Dios, dejadlo ya!

De pronto sintió un puñetazo en la espalda y en los hombros que la hizo caer de bruces contra el hombre que tenía delante, y seguidamente otro golpe que le dobló las rodillas. A su alrededor veía solamente caras distorsionadas por el terror y el odio. El estruendo era indescriptible. Así debía de ser el infierno, una furia ciega y enloquecida.

Ana consiguió ponerse de pie y a punto estuvo de caer de nuevo. Empezó a moverse en la dirección en que se habían llevado a Constantino. Gritó preguntando a la gente, pero nadie le hizo caso. De repente se oyeron unos aullidos de terror; una voz de hombre, estridente e irreconocible, espeluznante por la indignidad de su desnudez. ¿Sería Constantino, reducido a lo más bajo?

Palombara la vislumbró un instante y la perdió de nuevo. Sabía lo que estaba haciendo, y comprendía el horror y la compasión que debía de sentir. El breve segundo en el que se cruzaron sus miradas resultó tan revelador como si él sintiera lo mismo: aquella pasión por la vida, aquel coraje incapaz de dar la espalda a nada, costara lo que costase. Ana era vulnerable; podía resultar malherida, incluso muerta, y él no podría soportarlo. Si desapareciera aquella luz, él no sería capaz de seguir viviendo.

De modo que se lanzó tras ella olvidando sus deberes de sacerdote, con la ropa desgarrada y los puños sangrando. Hizo caso omiso de los puñetazos que le caían encima. Ya sabía que lo odiaban, para ellos era un romano, un símbolo de todo lo que una y otra vez les había traído destrucción. No podía reprochárselo. Aun así, debía llegar hasta Ana y sacarla de allí; lo que sucediera después quedaba en manos de Dios.

De pronto recibió otro golpe que casi lo dejó inconsciente. Le causó un dolor que lo aturdió y le robó el aliento. Tuvo la sensación de que pasaron minutos hasta que logró recuperar el equilibrio, pero debieron de ser sólo unos segundos. Chillando, se abalanzó contra un individuo gigantesco que se erguía frente a él, y le propinó un puñetazo. Fue una gozada librarse de todo el lastre, de toda la furia y la frustración que había acumulado durante toda su vida. Por un instante, aquel hombre fue como la personificación de todos los cardenales que habían mentido y confabulado, de todos los Papas que habían incumplido lo prometido, que habían respondido con evasivas, que habían inundado el Vaticano de aduladores suyos, que habían sido cobardes cuando debían ser valientes, que habían actuado con arrogancia cuando deberían haber mostrado humildad.

El hombre se desplomó con los dientes rotos por el puñetazo de Palombara y echando sangre por la boca. ¡Diablos, cómo dolía! Palombara sintió un agudo dolor en la mano que le subió hasta el hombro, y fue entonces cuando reparó en el fragmento de diente, parecido al hueso, que se le había quedado incrustado en los nudillos.

¿Dónde estaba Ana? Debía encontrarla, evitar que la matasen. De nuevo se lanzó hacia delante a base de golpes y manotazos, aunque fueron numerosos los golpes que lo alcanzaron a él. Tenía en el hombro una herida que sangraba copiosamente, y sentía dolor al respirar.

De repente vio a Ana enfrente de él, con la ropa cubierta de polvo y de sangre y luciendo una contusión en la mejilla. Había demasiado ruido para hablarle, de modo que se limitó a agarrarla del brazo y tirar de ella en la dirección que le pareció más apropiada para salir de allí. La protegió con su propio cuerpo, recibiendo los golpes que iban dirigidos a ambos. Uno de ellos le acertó en el pecho y le produjo un dolor tan intenso que tuvo que hacer un alto. Durante unos segundos le fue imposible introducir nada de aire en los pulmones. Era consciente de que ella lo estaba sosteniendo, porque sin darse cuenta había caído de rodillas. El gentío era ya un poco menos denso y dejaba ver un espacio libre más adelante.

—¡Huid! —dijo con la voz rasposa—. Salid de aquí.

Pero ella no dejó de sostenerlo.

—No pienso abandonaros —replicó—. Respirad despacio, sin jadear.

—No puedo... —Palombara sentía una opresión cada vez mayor en el pecho y notaba en la garganta el sabor de la sangre. Cada vez le resultaba más difícil concentrarse y permanecer consciente—. ¡Huid!

Ana se inclinó hacia él y lo abrazó más estrechamente, como si quisiera transmitirle su fuerza. ¡Iba a esperar a su lado! Pero él no quería que esperase, quería que sobreviviese. Su pasión, con el coste que llevaba aparejado, le había demostrado a él que el infierno era peor y el cielo mucho más exquisito de lo que había soñado... y que ambos eran reales.

—¡Por Dios, salid de aquí! —exclamó con la voz áspera y la boca llena de sangre—. No quiero morir por nada. No... No me hagáis eso. Dadme algo... —Todavía sentía los brazos de Anastasia alrededor, pero cuando la oscuridad comenzó a abatirse sobre él notó que ella lo soltaba, y de pronto aquella oscuridad se desvaneció. Supo que estaba sonriendo, justo lo que quería.

Ana se incorporó con dificultad. Al poco, se abrió un claro entre la muchedumbre y vio a un hombre que le tendía la mano. La tomó, y al momento se vio arrastrada fuera de aquel fragor y en un lugar calmo y polvoriento. Se abrió una puerta y pasó al interior de una casa. Dio las gracias a su salvador, un muchacho agotado y aterrorizado que no contaría más de veintipocos años.

—¿Te encuentras bien? —le preguntó ella.

Estaba temblando, avergonzado de su debilidad.

—Sí —aseguró—, más o menos. Me parece que han matado al obispo.

Ana sabía que Palombara estaba muerto, pero aquel muchacho hablaba de Constantino. Para él, Palombara era un romano, y como tal carecía de importancia.

El joven se equivocaba. Constantino había recibido una tremenda paliza, pero seguía vivo y todavía consciente, aunque sufría mucho. Su sirviente, con los brazos ensangrentados y el rostro hinchado por los hematomas, acudió a Ana solicitando ayuda. Habían llevado al obispo al interior de una vivienda cercana cuyo propietario le había cedido su propia alcoba para que pudiera disfrutar del mejor lecho y la mayor comodidad que fuera posible.

Ana entró con el sirviente: no tenía otra alternativa.

El dueño de la casa y su esposa estaban esperando, pálidos y desencajados por la violencia, la tragedia y, sobre todo, lo que daba la impresión de ser una total falta de cordura.

—Salvadlo —rogó la esposa cuando Ana entró en la habitación. —Sus ojos le suplicaban a Ana que le diera alguna esperanza.

—Haré todo lo que pueda —le respondió Ana, y fue detrás del criado por la estrecha escalera que conducía a la planta de arriba.

Constantino estaba tendido en la cama y le habían quitado la dalmática, hecha jirones y manchada de sangre. Tenía la túnica arrugada y llena de suciedad de la calle, pero alguien había hecho todo lo que pudo para estirársela a fin de que estuviera cómodo. Sobre la mesa descansaba un decantador de agua y varias botellas de vino, junto con unos cuantos frascos de ungüento perfumado. Sólo con verle la cara al obispo Ana se dio cuenta de que aquellos adminículos no iban a servirle de nada. Tenía las costillas rotas, así como las dos clavículas y una cadera. Con toda seguridad, estaría sangrando por el interior del cuerpo, en algún lugar inaccesible.

Tomó asiento a su lado, en una silla. Tocarlo no haría sino causarle más dolor.

—Dios me ha abandonado —dijo Constantino. Sus ojos no reflejaban apasionamiento alguno, sino que miraban hacia dentro, hacia un abismo del que no había retorno.

Cristo había prometido que en la resurrección todos los seres humanos recuperarían su cuerpo íntegro, que no se perdería ni un solo pelo de la cabeza. Aquello debía significar que todo volvería a recuperar su forma original, sin accidentes, sin envejecimiento ni mutilaciones. ¿Debería decírselo a Constantino? ¿Le supondría algún consuelo en aquella hora, cuando lo que había desperdiciado era su alma? Lo que vivía eternamente era el yo interior.

Se acordó de aquellos primeros tiempos en que Constantino trabajaba tanto, hasta el punto de que el rostro se le tornaba grisáceo a causa del agotamiento y apenas era capaz de conservar el equilibrio, y no obstante no rechazaba a ningún pobre, ningún enfermo, ninguna alma aterrorizada. ¿Qué deseo incontrolable le había nublado la vista para terminar distorsionando todo hasta que ya nada fue sincero?

—Dios no nos abandona —dijo Ana—. Nosotros lo abandonamos a Él. —Le tembló la voz al hablar.

Constantino la miró fijamente.

—Yo he servido a la Iglesia durante toda mi vida... —protestó.

—Ya lo sé —aceptó Ana—, pero eso no es lo mismo. Vos os fabricasteis un Dios a vuestra propia imagen, un Dios de rituales y leyes, de obligaciones y observancias, porque eso requiere tan sólo actos externos. Es sencillo de entender. Así no tenéis que sentir nada, ni entregar el corazón. Os olvidasteis de la gracia y de la pasión, del valor superior a todo lo imaginable, de la esperanza aun en la oscuridad más absoluta, de la dulzura, del humor y del amor sin fisuras. El viaje es más largo y empinado de lo que ninguno de nosotros alcanza a comprender. Pero es que el cielo está situado muy alto, por eso el camino tiene que ser largo.

Constantino no dijo nada. Sus ojos permanecieron inexpresivos, como cuencas sin alma.

Ana tomó la toalla, escurrió el agua y se la pasó por la cara. Odiaba a Constantino, y sin embargo en aquel momento le habría quitado el dolor si hubiera podido.

—La Iglesia puede ser de ayuda —continuó diciendo para llenar el silencio, para que Constantino supiera que seguía estando allí—. Y las personas siempre son de ayuda. Necesitamos a las personas. Si no nos importan, no hay nada. Pero el verdadero camino cuesta arriba no hay que hacerlo porque tal o cual persona nos diga que lo hagamos o nos ayude a caminar, sino porque lo ansiemos de tal manera que nada pueda frenarnos. Hay que desearlo tanto como para estar dispuesto a pagar lo que cueste.

—¿Acaso no he salvado almas? —adujo Constantino.

¿Cómo iba a contradecirle? El amor perdonaba. A pesar de toda su rabia y todo su dolor, debía recordar que ella caminaba al lado de los demás, no por encima. Ella también necesitaba de la gracia. Aunque fuera para un pecado distinto, no por ello era menos necesaria.

—Habéis ayudado, pero Cristo ya los redimió, y ellos se salvaron a sí mismos siendo tan buenos como les fuera posible y confiando en que Dios enmendaría lo que les faltase.

—¿Y Teodosia? —preguntó el obispo—. A ella le di la absolución. La necesitaba. ¿Hice mal?

—Sí —respondió Ana en tono suave—. La perdonasteis sin imponerle ninguna penitencia porque deseabais complacerla. Le mentisteis, y eso destruyó su fe. Quizá ya fuera frágil de todas formas, pero es que no podía confiar en un Dios que le permitía salir impune después de lo que le hizo a Juana. Si hubierais recapacitado sinceramente al respecto, vos lo habríais sabido.

—No, eso no es cierto. —Pero no había convicción en su voz.

—Sí lo es. Vos mismo desfigurasteis vuestra verdad.

Constantino clavó la mirada en ella, y poco a poco se le hizo real algo de lo que había dicho Ana, y el abismo de sus ojos se agrandó.

Ella se dio cuenta y al instante la embargó un sentimiento de compasión y luego el remordimiento. Pero ya era tarde para retirarlo.

—Teodosia actuó así voluntariamente —dijo, y volvió a ponerle la toalla en el rostro con mucha delicadeza—. Como hacemos todos.

Miró a Constantino a los ojos, ya no tenía derecho a apartar la vista. Le tomó la mano y le dijo:

—Todos cometemos errores. Tenéis razón, yo he cometido algunos de los que no me he arrepentido, y necesito arrepentirme. Pero estamos aquí para ayudar, no para juzgar. Sólo Dios puede enseñarnos eso, ni siquiera el mejor de los hombres, cuando el dolor rebasa lo soportable. Sed amable. Tended la mano. Lo de menos es la ganancia que obtengáis con ello.

Constantino tenía el semblante del color de la ceniza, como si ya hubiera muerto, y los labios resecos. Habló con tan poco aliento que Ana tuvo que hacer un esfuerzo para oírlo.

—Me he convertido en Judas...

Ana le lavó la cara, las manos, el cuello. Le humedeció los labios y le aplicó el ungüento perfumado. Quizá consiguió calmarle el dolor un rato, por lo menos su expresión se veía más serena.

Al cabo de unos momentos, Ana se levantó y salió de la habitación para pedir agua a fin de quitarse ella misma el polvo y la sangre. Le dolía todo el cuerpo; no había reparado en ello hasta ahora, pero tenía el brazo izquierdo empapado de su propia sangre, y las costillas tan magulladas que el solo hecho de moverse le producía dolor. También notaba un lado de la cara hinchado y dolorido, hasta el punto de que tenía el ojo semicerrado. Y ahora que se movió, caminó con una pronunciada cojera.

Media hora después, Ana regresó a la alcoba del piso de arriba a sentarse otra vez al lado de Constantino, por si podía hacer algo por él; quizá bastara con no dejarlo solo.

Pero nada más trasponer la puerta se detuvo bruscamente. La vela aún estaba encendida, aunque la llama se agitaba. La cama estaba vacía. Hasta la sábana había desaparecido. Entonces advirtió que la ventana estaba abierta y que lo que hacía parpadear la vela era la ligera corriente de aire que penetraba por ella. Se acercó a la ventana para cerrarla, y entonces vio el trozo de tela atado alrededor del barrote del centro. Se asomó muy despacio y miró hacia abajo.

El cuerpo de Constantino colgaba unos cuatro pies por debajo, con la sábana tensa alrededor del cuello y la cabeza inclinada hacia un lado. No era posible que aún siguiera con vida. Le vino a la memoria lo último que dijo y el Campo de Sangre que había a las afueras de Jerusalén. Debería habérselo imaginado.

Mareada y con el estómago revuelto, regresó tambaleándose al interior de la alcoba y se dejó caer sobre la cama. Permaneció inmóvil por espacio de un rato. ¿Era ella la culpable de lo sucedido? ¿Debería haber hecho algo más para impedir que Constantino tomara parte en el intento de fabricar un milagro?

Vicenze era el que había organizado todo el milagro y lo había diseñado para que fracasara. Los dos deberían haberlo imaginado desde el principio. Palombara lo sabía. Y al pensar en Palombara se inclinó hacia delante, enterró el rostro en la manta y rompió a llorar. Fue una especie de desahogo, después de tanto horror y tanto miedo, permitir que fluyeran las lágrimas y dejarse vencer por la pena.

Aquella misma mañana, Ana regresó a ver a Teresa Mocenigo y la consoló del modo que mejor supo. Después la acompañó a enfrentarse a lo que aún quedaba de la muchedumbre del día anterior. En silencio y con la dignidad que otorga el sufrimiento, Teresa les rogó que honrasen la vida de Mocenigo comportándose con toda la nobleza de que fueran capaces. Debían proceder con Vicenze según dictaba la ley. Aunque fuera culpable, asesinarlo sería mancillar sus propias almas.

Finalmente, Ana volvió a su casa a curarse las heridas del corazón así como las de su maltrecho y dolorido cuerpo. Allí lloró por su propio vacío, por Giuliano y por la soledad que radicaba en el trasfondo de todo.

94

En marzo de 1282, la vasta flota de Carlos de Anjou echó el ancla en la bahía de Mesina, al norte de Sicilia. Giuliano estaba de pie en la falda de la colina que miraba al puerto, contemplando su envergadura y su poderío, y se le cayó el alma a los pies. Las fuerzas con que contaba Carlos eran enormes, y se esperaba que llegaran más barcos de Venecia. Quizás en uno de ellos viniera Pietro Contarini. Había mencionado aquel tema la última vez que se vieron, antes de la separación definitiva. Porque fue definitiva. La próxima vez que se vieran no serían amigos, Pietro lo había dejado bien claro. Su lealtad estaba antes que nada con Venecia. Giuliano ya no podía prometer aquello.

Observó a los comandantes de la flota, que después de recorrer el muelle a pie comenzaron a ascender por las anchas calles al encuentro del vicario del rey y gobernador de la isla, Herberto de Orleans. Vivía en el magnífico castillo fortaleza de Mategriffon, conocido como «el terror de los griegos», y éste era el principal pensamiento que le venía a Giuliano a la mente cada vez que imaginaba las fuerzas de los cruzados saqueando el país para hacerse con animales y víveres a fin de, en el nombre de Cristo, recuperar la tierra en que el Salvador había nacido y restaurar en ella un reino cristiano.

Giuliano emprendió el regreso por el agreste terreno de las montañas que ocupaban el centro de la isla, con el cono del Etna dominando el paisaje en todo momento. Debía estar de vuelta en Palermo antes de que llegasen las fuerzas francesas. Si se hacía necesario oponer una última resistencia, él se pondría del lado de la gente que más le importaba, Giuseppe y sus amigos.

No sólo le dolían las piernas y las llagas de los pies se hacían notar a cada paso que daba, también sentía dolor en el corazón por la violencia absurda que suponía aquello, por el odio que empujaba a hombres ignorantes al pillaje y a la destrucción. Las pérdidas serían incalculables, no sólo en vidas humanas sino también en la belleza de obras que quitaban la respiración, como la Capilla Palatina, con sus majestuosos y altísimos arcos sarracenos y sus delicados mosaicos bizantinos. Varios siglos de razonamiento profundo y exquisito estaban a punto de ser barridos de un plumazo por hombres que apenas sabían escribir su nombre.

Tal vez lo peor de todo fuera el embuste de que aquello se hacía al servicio de Cristo, la fe ciega en que los pecados iban a ser perdonados, que aquel río de sangre humana era capaz de lavar cualquier cosa.

¿Cómo se había llegado a distorsionar de aquel modo el mensaje de Cristo, hasta transformarlo en aquella atrocidad?

Giuliano llegó a Palermo cansado y sucio, y recorrió deprisa sus familiares callejuelas bajo el claro sol de primeras horas de la mañana. Apenas se oían ruidos, a excepción de la música de las fuentes, algún que otro conjunto de pasos apresurados, y nuevamente el silencio contenido de la espera.

María ya estaba levantada y trajinando en la cocina. Al oírlo entrar por la puerta se volvió de repente, cuchillo en mano. Entonces lo vio y su semblante se relajó con una expresión de alivio. Dejó el cuchillo y corrió a su encuentro, le echó los brazos al cuello y lo abrazó con tanta fuerza, que Giuliano temió que incluso se hiciera daño. Se liberó suavemente de su abrazo y dio un paso atrás.

Ella lo recorrió de arriba abajo con la mirada.

—Necesitas comer —dijo en tono amable—, y ponerte ropa limpia. ¡Estás hecho un asco!

Se dio la vuelta y empezó a sacar pan, aceite, vino y queso, deseosa de hacer algo útil. Giuliano, desde atrás, vio las escasas provisiones que había en las alacenas.

—¿Cuándo van a llegar? —preguntó finalmente María al tiempo que ponía delante de Giuliano un generoso plato de comida, demasiado generoso.

—¿Lo compartes conmigo? —propuso.

—Yo ya he comido —respondió María.

Giuliano sabía que no era verdad. María nunca comía antes que su familia.

—Pues entonces come otra vez —insistió—. Así me sentiré como en casa, no como un desconocido. Puede que sea la última comida que podamos tomar así, juntos. —Sonrió sintiendo el hormigueo de las lágrimas en los ojos al pensar en todo lo que se iba a perder.

María obedeció y cogió un poco de pan y un vaso de vino tinto mezclado con agua.

—¿Van a llegar hoy? —preguntó—. ¿Es que no vamos a luchar, Giuliano?

—Probablemente mañana —contestó él—. Y no sé si lucharemos o no. Por toda la isla el pueblo arde de ira, pero es algo que bulle por dentro y no alcanzo a interpretarlo bien del todo.

—Mañana es Lunes de Pascua —dijo María muy despacio—, el día siguiente a la resurrección de Nuestro Señor. ¿Podemos luchar en un día así?

—Cualquier día es bueno para luchar, si el fin es salvar a las personas que uno ama —replicó Giuliano.

—¿Es posible que no luchen? —dijo María esperanzada.

—Es posible. —Pero él ya los había visto, y pensaba todo lo contrario.

El lunes amaneció espléndido. El Justiciero, Juan de Saint Remy, celebró la festividad en el palacio de los caballeros normandos como si sus hombres y él desconocieran la tensión y el odio que se agitaban a su alrededor en las gentes a las que tanto oprimían. Pero es que se habían negado a aprender las costumbres sicilianas, incluso la lengua que se hablaba.

Giuliano, en la calle, contemplaba cómo los sicilianos salían al aire libre y llenaban las callejas y las plazas con música y baile. Las coloridas faldas y pañoletas de las mujeres eran como flores al viento. Toda aquella energía, ¿era alegría por la resurrección del Señor, fe en la vida eterna, o tan sólo una manera de romper aquella tensión insoportable mientras esperaban a que llegasen los soldados a caballo y les arrebatasen hasta la última migaja de todo lo que poseían, no sólo la comida, sino también la dignidad y la esperanza?

Pasaron por su lado media docena de jóvenes abrazados a muchachas de faldas ondeantes, todos riendo. Una de ellas le sonrió y le tendió una mano. Giuliano dudó un instante. Sería una grosería no sumarse a ellos y además lo dejaría apartado, precisamente cuando ansiaba casi con desesperación sentirse unido a algo, al menos emocionalmente. Él formaba parte de la lucha de aquellas gentes, y decidió que también formaría parte de su victoria o de su derrota.

Se puso de pie y recorrió unas cuantas calles con ellos, de la mano de la muchacha. Llegaron a una plaza en la que había músicos tocando y empezaron a bailar. Bailó con ellos hasta que quedó agotado y sin resuello.

Un joven le ofreció vino, y él lo aceptó. Era un caldo áspero, de gusto un tanto ácido, pero lo bebió con placer y devolvió la botella con una sonrisa. Las muchachas se pusieron a cantar y todo el mundo se sumó al coro. Giuliano no conocía la letra de la canción, pero no importó, enseguida captó la melodía. Y por lo visto a nadie pareció importarle. El vino fue pasando de mano en mano, y probablemente bebió más de lo debido.

Los chistes eran graciosos y simplones, pero todo el mundo se divertía con risa fácil y a grandes voces. De vez en cuando capturaba la mirada de alguien, un joven de cabello rizado o una muchacha con un pañuelo azul, y en aquel instante se le revelaba el dolor que ellos también sabían que no tardaría en llegar. Pero al momento siguiente alguien iniciaba otra canción o contaba otro chiste, y todos prorrumpían en carcajadas y se abrazaban estrechándose con fuerza, tal vez demasiada.

Giuliano les dio las gracias y se fue.

Estaba cansado y la esperanza iba desvaneciéndose, cercenada por la desesperación, cuando salió de casa con Giuseppe, María y los niños para asistir al servicio de vísperas en la iglesia del Espíritu Santo, situada aproximadamente a media milla al sureste de la muralla de la ciudad vieja. Se trataba de una construcción austera cuya frugal belleza encajaba a la perfección con su estado de ánimo.

La plaza estaba abarrotada de gente, daba la impresión de que la mitad de los habitantes de las zonas rurales hubieran decidido acudir allí para celebrar su festividad más sagrada. Pululaban de un lado para otro cargando de emoción el ambiente, como si estuviera a punto de estallar una tormenta, pese a la calma que se respiraba aquella noche de primavera.

Giuliano contempló las columnas y la torre.

A unos pasos de allí había un hombre que empezó a cantar y enseguida se le unieron otros cuantos. Aquella hermosa escena resultaba totalmente apropiada mientras aguardaban a que se oyeran las campanadas que llamaban a vísperas y dieran comienzo los oficios; en cambio, a Giuliano se le antojó dolorosamente normal, dado que no había ninguna otra cosa que lo fuera.

De repente cesó el cántico.

Giuliano se dio media vuelta y vio a varios hombres a caballo en la calle que desembocaba en la plaza, en el lado norte de la misma, y también en el lado oriental, venidos de las murallas de la ciudad. Debían de sumar una veintena o más, un grupo de soldados dando una batida en busca de algo que llevarse. Se los veía contentos y un poco bebidos.

Giuliano estuvo a punto de ahogarse con el retumbar de su corazón.

El canto fue apagándose gradualmente conforme iban acercándose los franceses, al parecer con la intención de sumarse al jolgorio, porque empezaron a cantar en francés a pleno pulmón.

El hombre que Giuliano tenía a su lado lanzó un juramento. La muchedumbre comenzó a apretarse más, los hombres se apresuraron a aferrar a una esposa o a un niño. Se elevó un grave clamor de furia.

Los franceses reían y decían cosas a las mujeres bonitas que los miraban.

Giuliano sintió que le dolían los músculos y que las uñas se le clavaban en las palmas de las manos.

En eso, uno de los franceses llamó a un niño y le indicó por señas que se acercase. El pequeño titubeó y retrocedió un poco para ocultarse tras las faldas de su madre mientras ésta miraba fijamente a los soldados, tímida y asustada, y procuraba proteger a su hijo. Uno de los franceses gritó algo. Otro lanzó una carcajada.

Giuliano oyó un grito y vio a un soldado. Sujetaba a una joven por la cintura y estaba separándola del grupo para llevársela a una callejuela tranquila. De pronto empezó a manosearle todo el cuerpo. Ella forcejeó intentando zafarse de él, volviendo la cabeza a un lado y a otro para evitar que la besara.

Giuliano se abrió paso apartando a una anciana y varios niños, pero llegó demasiado tarde; el esposo de la joven ya había sacado su puñal. El soldado francés yacía en el suelo con una mancha de color escarlata en el pecho, al lado de un charco de sangre.

Alguien lanzó una exclamación ahogada y reprimió un grito.

Entonces Giuliano se volvió y vio la plaza entera rodeada por franceses con las espadas desenvainadas, dispuestos a vengar a su camarada. En cuestión de segundos los sicilianos sacaron también sus cuchillos, y de pronto estalló la refriega. Hubo maldiciones, gritos, reflejos del sol en el acero y sangre en el empedrado. Por encima de todos ellos, las campanas de la iglesia del Espíritu Santo comenzaron a repicar llamando a vísperas, seguidas de inmediato por las campanas de todas las demás iglesias de la ciudad.

Giuliano estaba rodeado. ¿Dónde estaban Giuseppe y María? Atinó a ver a uno de sus hijos, Tino, pálido y desorientado. Se abalanzó sobre él y lo cogió de la mano.

—No te muevas de mi lado —le ordenó—. ¿Dónde está tu madre?

Tino se lo quedó mirando, demasiado aterrado para hablar.

A poca distancia de allí, un francés derribó a un siciliano con un mandoble de su espada. El hombre se desplomó manando sangre por el brazo. Una mujer lanzó un alarido. Un siciliano arremetió contra el soldado con el brazo levantado y puñal en mano. El francés cayó al suelo. Giuliano se apresuró a hacerse con su espada y a continuación giró sobre sus talones y aferró al niño por el brazo.

—¡Ven! —chilló al tiempo que tiraba de él. Quería encontrar a Giuseppe, María y los otros niños, pero no podía permitirse el lujo de perder a Tino.

En toda la plaza y en las calles aledañas había hombres peleando, y también varias mujeres, que al parecer eran igual de hábiles con los cuchillos. Los franceses estaban muy superados en número, y ya había varios de ellos en el suelo, ensangrentados y pisoteados, algunos intentando ponerse en pie, otros inmóviles. Generaciones enteras de opresión y abusos, de pobreza, miedo y humillaciones, por fin habían hallado venganza, y el salvajismo resultaba imparable.

Giuliano y el niño se pusieron en marcha, escogiendo las sombras y los caminos más recoletos, lo cual suponía un riesgo ya que podían toparse con un callejón sin salida, pero era peor la contienda que tenía lugar en la plaza. Unos pocos pasos hacia la izquierda oyeron gritos de «muerte a los franceses» y una llamada a los hombres de Palermo para que se uniesen a fin de recuperar por fin su libertad y su orgullo.

Giuliano se lanzó a la carrera, lo más rápido que pudo cargando con el pequeño, y fue hasta el final de la calleja para irrumpir en el apacible patio de un convento de dominicos. La escena con que se toparon sus ojos fue de espanto: una docena de sicilianos tenían a diez monjes a punta de cuchillo.

—Di «ciceri» —ordenó uno de los sicilianos. Era la mejor prueba de nacionalidad. Ningún francés podía pronunciar esa palabra.

El primer monje obedeció y quedó en libertad. Se apartó con paso vacilante, tropezando con su hábito hecho jirones, casi paralizado por el miedo.

El segundo recibió la misma orden.

Se trabó y falló.

De pronto alguien exclamó «francés». Giuliano agarró a Tino y lo volvió bruscamente de espaldas justo en el momento en que los sicilianos le cortaban el cuello de un tajo al monje, el cual se desplomó en el suelo echando sangre a borbotones.

Tino lanzó un chillido de pavor. Giuliano lo cogió en brazos, se lo echó al hombro y salió a toda prisa por donde había entrado. Una vez que se vio en el callejón, hizo un esfuerzo para insuflar aire en sus pulmones sin dejar de sujetar el cuerpecillo del niño.

Su deseo había sido que los sicilianos se rebelaran, que arrojaran a un lago el yugo de la opresión, pero no había imaginado aquella terrible violencia. Si Giuliano hubiera sabido cuánto odio bullía por debajo, latente, ¿habría intentado despertarlo?

Sí. Lo habría intentado, porque la única alternativa que les quedaba era peor: la sumisión total hasta que les sorbiesen la vida y el alma enteras. Aquella misma muerte lenta aguardaba a Bizancio.

Recorrió el resto del camino con Tino en brazos. Varios hombres, enloquecidos al verse súbitamente armados de poder y cubiertos de sangre, vieron al niño y lo dejaron pasar, y Giuliano sintió vergüenza de contar con aquella protección. Pero no se detuvo, ni siquiera cuando oyó a hombres que suplicaban por su vida, mujeres que gritaban, gente que combatía. De modo que, sintiendo los dedos del pequeño aferrados a él con todas sus fuerzas, siguió adelante.

Cuando por fin llegó a la casa de Giuseppe y María estaba exhausto y estremecido. El estómago se le encogió de pánico ante la posibilidad de que no estuvieran dentro. Aún le faltaba un trecho cuando de pronto se abrió la puerta y salió María. Contuvo un sollozo cuando Giuliano le puso al pequeño en los brazos.

Giuseppe estaba en el umbral de la entrada, con las lágrimas rodándole por las mejillas y el cuchillo en la mano, preparado para defender a los hijos que le quedaban, si Giuliano hubiera sido un enemigo. Su rostro se relajó en una sonrisa, y acto seguido soltó el cuchillo, corrió hacia Giuliano y se abrazó a él con tanta fuerza que a punto estuvo de romperle las costillas.

—¡Adentro! ¡Adentro! —gritó María.

Ellos la siguieron obedientes, y Giuseppe bloqueó la puerta con un tablón.

—Vuelve con Gianni —le dijo Giuseppe a María. Cuando ésta desapareció, miró a Giuliano—. Está herido —dijo con sencillez—. No puede dejarlo solo.

No había necesidad de dar explicaciones, pero Giuseppe no pudo apartar los ojos de Tino más que unos momentos y no dejaba de acariciarle la cabeza, como si quisiera cerciorarse de que era real y de que estaba vivo.

Poco después de las primeras luces del alba llegó otro de los pescadores, un hombre llamado Angelo. Los niños estaban dormidos y María se encontraba con ellos en el piso de arriba.

—Vamos a reunirnos en el centro de la ciudad —informó gravemente Angelo a Giuseppe y Giuliano. Tenía el rostro quemado y presentaba un corte en la frente que ya se había coagulado, y además llevaba el brazo izquierdo en una especie de cabestrillo improvisado. Estaba cubierto de polvo y se movía con rigidez, como si le dolieran todos los miembros—. Hemos de decidir lo que vamos a hacer ahora. Han muerto centenares, puede que millares. Los cadáveres taponan las calles y el empedrado está enrojecido por la sangre.

—Habrá guerra —advirtió Giuliano.

Angelo asintió.

—Debemos prepararnos para ella. Han mandado aviso a los hombres de todas las comarcas y todos los oficios, para que elijamos a uno que nos represente y pida al Papa que nos reconozca como comuna y nos otorgue su protección.

—¿Contra Carlos de Anjou? —dijo Giuliano, incrédulo—. ¿Qué diablos creéis que va a hacer el Papa? ¡Por amor de Dios, es francés!

—Es cristiano —replicó Giuseppe—. Puede darnos su protección.

—¿Eso es lo que esperas? —Giuliano estaba horrorizado.

Giuseppe respondió con una sonrisa triste y una chispa en los ojos que recordó el humor de antaño.

Angelo afirmó con la cabeza.

—Ya se han enviado emisarios a todas las ciudades y todos los pueblos, primero a los que están más cerca, a informar a sus habitantes de lo que ha ocurrido y llamarlos a que se subleven con nosotros.

Sicilia entera se volverá contra los angevinos. Vamos a presentarnos ante el Vicario y ofrecerle la posibilidad de que regrese a Provenza con un salvoconducto...

—O si no, ¿qué? —preguntó Giuseppe.

—O si no, morirá —repuso Angelo.

—Imagino que escogerá Provenza —comentó Giuliano irónicamente.

—Y tú, amigo mío —Giuseppe se volvió hacia Giuliano con el rostro contraído por la ansiedad y la mirada amable—, ¿qué decides tú? Hoy han sido los franceses, pero puede que la semana próxima, o el mes próximo, sean los venecianos. La flota se encuentra fondeada en Mesina. Tú no eres siciliano, esta disputa no te atañe. Y la hospitalidad que te hemos proporcionado está pagada más que de sobra. Vete ahora, antes de que actúes en contra de tu propio pueblo.

Todavía agotado y dolorido, con la ropa pegada al cuerpo con sangre ajena, Giuliano se dio cuenta de cuán solo estaba.

—No tengo pueblo propio —dijo lentamente—. Tengo amigos, tengo deudas y personas a las que amo. No es lo mismo.

—No sé qué deudas serán ésas —replicó Giuseppe—, desde luego conmigo no tienes ninguna. Pero eres amigo mío, y por eso te doy permiso para que te vayas, si el honor te obliga. Yo voy a ir con Angelo a Corleone, a decir a los de allí que se subleven también, y después iré a otras ciudades, y, si logro sobrevivir, a Mesina.

—¿A donde se encuentra la flota?

—Sí. Ahora, María y los niños ya están seguros aquí. Angelo y su familia se encargarán de protegerlos.

—En ese caso, voy contigo.

Mentalmente ya sabía lo que iba a hacer. Fue una sorpresa. Apenas tenía tiempo para sentir miedo o para asimilar la enormidad de la empresa, pero ahora que había llegado el momento, lo cierto era que no tenía otro remedio.

Giuseppe sonrió y le tendió la mano. Giuliano se la estrechó.

95

Giuliano se fue con Giuseppe y con los demás hombres. Salieron de Palermo y viajaron deprisa, a menudo de noche. Para mediados de abril ya se había rebelado la isla entera y sólo se perdonó la vida a un gobernador francés, en respeto a la humanidad que había mostrado con sus súbditos. Todas las demás guarniciones fueron tomadas y los ocupantes de las mismas fueron pasados por la espada.

Para finales de mes, Giuliano y Giuseppe llegaron a Mesina. Juntos en la falda de la colina que daba al puerto, contemplaron la ingente flota de Carlos de Anjou, compuesta por naves de todo tamaño y aparejo que él conociera y en un número no inferior a doscientos, todas tan juntas entre sí que oscurecían el mar y apenas quedaba espacio para que otras pudieran permanecer ancladas sin tocarse.

¿Cuántas catapultas llevarían a bordo? ¿Cuántas torres de asalto para atacar las murallas de la ciudad? ¿Cuánto fuego griego para destruir y quemar?

—Por lo que se ve, están desiertas —comentó Giuseppe en voz baja, entrecerrando los ojos a causa del sol.

—Y probablemente así sea, únicamente habrán dejado una guardia —contestó Giuliano. Dos días antes, Mesina también se había levantado contra los franceses, los cuales se habían replegado hacia el magnífico castillo de granito de Mategriffon, pero carecían de la fuerza necesaria para tomar posesión de él—. Sin embargo, todavía suponen una amenaza para Bizancio. La flota veneciana traerá más hombres, más barcos, más armas. Las máquinas de asalto siguen aquí, y los caballos siempre se pueden robar de nuevo.

Giuseppe lo miró fijamente.

—¿Qué es lo que pretendes? ¿Hundir las naves?

Giuliano sabría que si hacía tal cosa rompería el juramento que le había hecho a Tiépolo, a saber, que jamás traicionaría los intereses de Venecia. Pero el mundo ya no era el mismo que cuando murió Tiépolo. Venecia ya no era la misma, y desde luego Roma tampoco.

—Quemarlas —respondió en tono sereno—. Con brea. Empleando embarcaciones pequeñas que podamos remolcar detrás de un bote de remos. Lo haremos cuando tengamos el viento adecuado y la corriente...

—¿Estás dispuesto a hacer eso? ¿Siendo veneciano? —dijo Giuseppe en tono calmo.

—Medio veneciano —lo corrigió Giuliano—. Mi madre era bizantina. Pero eso no tiene nada que ver... por lo menos no lo es todo. No está bien. Conquistar Bizancio no está bien. No tiene nada de cristiano. Poco importa quiénes son ellos ni cuáles son sus creencias; de lo que se trata es de que nunca debería importar quiénes seamos.

Giuseppe se lo quedó mirando.

—Eres un hombre extraño, Giuliano. Pero estoy contigo. —Extendió la mano, ofreciéndola.

Giuliano la tomó y la estrechó con fuerza durante largos instantes.

Juntos reunieron aliados entre los sicilianos que habían perdido familiares, amigos o hermanos a manos de los franceses. Encontraron las embarcaciones que necesitaban, y también la brea. No era tanta como a Giuliano le habría gustado, pero no podían correr el riesgo de esperar más.

A solas en el muelle, contempló el sol que se ponía por el oeste, sulfuroso, iluminando la panza de unas nubes que dentro de poco traerían oscuridad y ocultarían la luna. Ya no era capaz de contemplar el cielo sin que le viniese a la memoria el recuerdo de Anastasio. Las serenas conversaciones que habían compartido regresaban a su mente de la forma más inesperada.

Además, había sido Anastasio el que le había aportado la paz con su madre, el que había curado su herida más honda.

¿Qué papel tenía aquello en el terrible plan que Giuliano estaba pensando ejecutar? Giuseppe, Stefano y otros lo estaban ayudando, pero moralmente la decisión la había tomado él. Eran muchos barcos, y algunos de ellos todavía tenían hombres a bordo. Sintió deseos de destruirlos todos para que no pudieran llevar la guerra a Bizancio.

¿Importaba algo que tampoco lograran reconquistar Jerusalén? ¿Iban a conseguir los caballeros cruzados mejorar de alguna manera la situación de aquella atormentada ciudad, iban a convertirla en un lugar más seguro o más bondadoso de lo que era actualmente?

Ya era demasiado tarde para cambiar de decisión, aunque quisiera. Sabía que en lo más recóndito de sí tenía miedo del fracaso, del horror que estaba a punto de desatar, pero no albergaba ninguna duda.

Stefano, el remero más fuerte y que mejor conocía la bahía de Mesina, fue el que zarpó el primero, a los remos de un bote y remolcando el otro, en el que llevaba la brea y el aceite.

A continuación salió Giuseppe, una vez que calcularon que Stefano se encontraba ya a medio camino, aunque no alcanzaban a verlo por culpa de aquel bosque de naves ancladas. Daría la impresión de ser una especie de bote de suministros; llevando a remolque un segundo bote sin tripulación, nadie lo confundiría con un pescador.

—Buena suerte —dijo Giuliano en voz baja, agachado en la orilla, mientras empujaba la popa con Giuseppe inclinado sobre los remos.

Giuseppe se despidió de él sin hacer ruido y en cuestión de pocos momentos estaba ya a veinte pies del muelle, sumergiendo los remos con un movimiento silencioso, rítmico, cortando las olas que iban lamiendo los costados del bote. Tuvo que hacer un esfuerzo para no ser arrastrado a tierra por la corriente.

Giuliano aguardó hasta que casi se perdió de vista y acto seguido se metió en el agua, subió a su propio bote y aferró los remos. Estaba acostumbrado al mar abierto y a dar órdenes más que a doblar él mismo la espalda, pero en esta ocasión lo impulsaba la urgencia y sentía una profunda emoción en el pecho, casi en la garganta, al notar la fuerza del viento y la resistencia del agua.

Hacía mucho que no remaba, con lo cual enseguida empezaron a dolerle los hombros. Además, estaba seguro de que antes de que terminara la noche le saldrían ampollas en las manos. Debía situarse a barlovento del barco más al este, para a continuación prender fuego a la brea y soltar las amarras. El primero sería Stefano. Giuseppe, que iba en el segundo bote, al ver iniciarse el fuego prendería el suyo, y por último Giuliano. Los tres tendrían que huir remando en dirección al mar, contra el viento y la corriente, para no verse atrapados ellos mismos en las llamas.

Miró atrás y aguzó la vista en la oscuridad para captar la chispa en cuanto apareciera. Al igual que los otros, disponía de yesca, aceite y varias teas para cerciorarse de que el fuego cobrara fuerza antes de cortar las amarras del barco incendiado. Si huía demasiado pronto y las llamas se apagaban, todo aquello no habría servido de nada.

Llegó al punto indicado con la máxima exactitud que pudo calcular, pero tuvo que mantener las manos en los remos para evitar derivar hacia el interior de la flota. Entonces giró lentamente con el fin de que el bote que transportaba el material incendiario quedara a su espalda y él mirando hacia el oeste, hacia el otro extremo de la dársena. ¿Dónde estaban los demás?

El agua golpeaba con fuerza contra los costados del bote. Tuvo que inclinarse sobre los remos con todo su peso para mantener la distancia respecto de la nave que tenía más cerca. La corriente tiraba con fuerza y el viento estaba arreciando. Le dolía la espalda y le crujían los músculos de los hombros.

Se esforzó por ver algo. Y de pronto apareció, una lengua de luz que fue aumentando de tamaño, luego una llama amarilla, cada vez más grande. Después apareció otra más cerca de su posición, al principio minúscula pero que enseguida comenzó a crecer y agitarse en la oscuridad.

Dejó los remos y buscó la yesca, operación que le llevó unos instantes, hasta que la encontró en la oscuridad, en el fondo del bote. Seguidamente buscó a tientas las antorchas, encontró la primera, luego la segunda, y una tercera de seguridad. La yesca no quiso prenderse. Estaba derivando hacia la nave de guerra, el mar lo estaba dominando cada vez más deprisa. Notaba los dedos torpes. Debía tranquilizarse. ¡Sólo tenía una oportunidad!

De pronto la yesca se prendió y la chispa encendió la antorcha, que enseguida emitió una llamarada. Con ella prendió la segunda. Las dos ardieron con fuerza. Entonces arrojó la primera al interior del bote que contenía la brea y el aceite. Las llamas se atenuaron un instante, pero a continuación se elevaron violentamente. Encendió la tercera antorcha con la segunda y las lanzó también. El incendio ya era de una magnitud considerable. Debía cortar la amarra, o de lo contrario se vería arrastrado por ella. En dirección oeste, las llamas iban aumentando de tamaño a medida que los botes incendiarios entraban en contacto con las naves ancladas.

La maroma era gruesa y estaba mojada. Se le antojó que tardaba una eternidad en cortarla. ¿Por qué no habría traído una hoja más afilada? ¡Paciencia! Finalmente logró rebanarla y la dejó caer al agua.

Entonces se sentó de nuevo en la bancada y aferró los remos empujando con todo su peso, una vez, dos, tres. Estaba demasiado cerca de las naves de guerra; oía hombres gritando, presas del pánico. Hacia el oeste el fuego resplandecía y rugía con gran estruendo. El primer barco estaba envuelto en llamas que lamían sus mástiles y se elevaban cada vez más alto.

Tiró con todas sus fuerzas para hundir bien los remos en el agua. Debía bogar de manera uniforme con ambos brazos. Si se desgarrase un músculo terminaría ardiendo con los barcos. Debía alejarse de allí y regresar a tierra. ¿Se encontrarían bien Giuseppe y Stefano? ¿Habrían tenido fuerzas para alcanzar la orilla? Debería haberle dicho a Giuseppe que cuando estuviera en medio de la bahía se dirigiese a la orilla más alejada, que no intentara volver al este yendo en contra del viento.

No, era una tontería; ¡no hacía falta decirle nada!

El resplandor era cada vez más intenso a medida que el barco situado en el centro de la ensenada ardía con más violencia. La lona de las velas, que estaban recogidas, era pasto de las llamas. De repente explotó el fuego griego en una llamarada blanca, como el interior de un horno, que lanzó por los aires un montón de astillas ardiendo. Giuliano se apoyó en los remos y contuvo la respiración al ver una estela ardiente que surcaba el cielo e iba a aterrizar en otra nave, para inmediatamente prender fuego a la madera seca de la misma. Otros pedazos cayeron al mar. Contempló la belleza y el horror de la escena: una nave tras otra iban siendo devoradas por las llamas, hasta que la bahía entera se transformó en una especie de visión del mismísimo infierno.

En eso, explotó otra nave que llevaba fuego griego y provocó otra lluvia de escombros. El rugido que produjo fue ensordecedor, y el calor que despidió llegó a sentirlo Giuliano en la piel, pese a la distancia a la que se encontraba.

De pronto, muy cerca de él cayó un tablón ardiendo que se hundió en el agua. Agarró los remos y se sirvió de todo su cuerpo para hacer fuerza sobre ellos y salir disparado hacia delante.

Al cabo de quince minutos llegó a la orilla este, a un centenar de pies del punto del que había partido inicialmente. Permaneció allí unos momentos, contemplando cómo una de las naves de guerra se escoraba y se hundía un poco más en el agua. Para cuando amaneciera, ya no quedaría gran cosa de la flota de Carlos. El hecho de que él, un veneciano, hubiera sido el que había prendido el fuego que acabó con ella tal vez representara una pequeña dosis de redención para Venecia por el feroz saqueo de Bizancio que había perpetrado setenta años antes.

Se volvió lentamente y echó a andar en dirección a la ciudad. El resplandor del incendio le resultó muy útil para alumbrarle el camino. Las llamas se elevaban hacia el cielo iluminando el conjunto de naves destrozadas y a la deriva. El agua de la bahía parecía de latón entre los esqueletos ennegrecidos de los barcos. El fuego teñía de rojo y amarillo las fachadas de las casas, y Giuliano se fijó en los cristales de sus ventanas, luminosos entrepaños de oro liso que formaban un fuerte contraste con la oscuridad de la piedra.

La gente comenzó a salir a la calle para contemplar la escena con asombro y horror. Algunos se abrazaban cuando una nueva explosión desgarraba el aire; otros se quedaban paralizados, sin poder creerlo.

Giuliano avivó el paso y alargó la zancada. Giuseppe y Stefano regresarían a las montañas, en dirección al Etna, donde jamás los encontrarían los hombres de Carlos, pero él necesitaba ir a Bizancio. Debía llevar la noticia.

Ante él se irguieron los macizos contrafuertes de Mategriffon, en cuyas almenas se habían apiñado muchos hombres para contemplar el infierno en que se había transformado el mar. El resplandor de las llamas convertía sus caras en efigies de cobre. Giuliano levantó la vista y por un momento vio a Carlos en persona, con las facciones contorsionadas por la furia y empezando a comprender lo que le había ocurrido al sueño más preciado de su vida.

Carlos bajó un instante la mirada, tal vez porque captó algo familiar en la forma de andar de Giuliano o en el oscuro contorno de su figura al pasar junto a un muro iluminado por el fuego. Y se puso tenso al reconocerlo. Giuliano alzó el brazo a modo de saludo y a pesar del cansancio y las magulladuras que tenía por todo el cuerpo, de nuevo apretó el paso. Debía desaparecer antes de que acudieran los arqueros o se diera orden a los soldados de que lo capturasen.

96

Zoé estaba muerta, y tras la desaparición de Constantino y de Palombara Ana sentía una nueva angustia interior, una pena todavía más honda. En Constantinopla el pánico iba en aumento, a la espera de noticias más inmediatas acerca de la invasión. Los rumores se propagaban como un incendio en un bosque, saltaban de calle en calle, se distorsionaban al pasar de una persona a otra.

La gente hacía provisión de alimentos y de armas; los que vivían cerca de las murallas almacenaban brea para prenderle fuego y verterla sobre el enemigo llegado el momento. Todos los días se marchaba alguien, una constante sangría de personas que contaban con medios para viajar y tenían algún sitio al que dirigirse. Como siempre, los que se quedaron fueron los pobres, los enfermos y los viejos.

Los pescadores seguían saliendo a faenar, pero permanecían cerca de la costa y regresaban al caer la noche. Dejaban los botes atracados o varados en la playa, vigilados para que no se los robasen.

Ana continuó atendiendo a los enfermos, muchos de los cuales presentaban lesiones debidas a torpezas cometidas a causa del miedo y del descuido, porque tenían los músculos agarrotados y la atención en otra parte. La gente, ocupada en vigilar constantemente y en mantenerse alerta por si llegaba la noticia del desastre, no acababa de conciliar el sueño. Ana podía procurar cierto alivio a los sufrimientos físicos, pero no tenía ningún remedio para la realidad de lo que se avecinaba. Tan sólo centrando la atención todo el tiempo en las pequeñas responsabilidades cotidianas lograba no hacer mucho caso de las realidades de mayor importancia.

Actualmente ya eran muy pocas las personas cuya suerte le preocupaba. Nicéforo tenía la intención de quedarse en Constantinopla todo el tiempo que se quedara el emperador; para ellos resultaba impensable huir. Ana también habló con Leo:

—Cuando llegue la flota de los cruzados, ya será demasiado tarde —le dijo con voz serena una noche, mientras tomaban una cena a base de pescado y verduras—. Por Justiniano ya hemos hecho todo lo que estaba en nuestra mano. Y yo sé cuidarme sola. Me quedaré más tranquila sabiendo que tú estás a salvo.

Leo dejó el tenedor y la miró con una expresión cargada de reproche.

—¿Eso es lo que esperas que haga? —preguntó.

—Es que me preocupo por ti, Leo. Quiero que no te pase nada. Me sentiré terriblemente culpable si te veo sufrir por haberte traído a Constantinopla.

—Vine por voluntad propia —replicó Leo.

Ana levantó la vista y lo miró a los ojos.

—Está bien, entonces me afligiré muchísimo si te ocurre algo.

—¿Y Simonis? —inquirió Leo en voz baja. Todavía seguía yendo a la casa dos o tres veces por semana, pero elegía horas en las que Ana estaba ausente. Era casi como si estuviera vigilando la calle y esperando la oportunidad.

Ana vio compasión y angustia en sus ojos, y se avergonzó de no haber pensado antes en la soledad que debía de sentir. Simonis y él habían vivido y trabajado en la misma casa a lo largo de toda su vida de adultos. Discrepaban en multitud de cosas, y Leo deploraba lo que Simonis le había dicho a Ana respecto de Justiniano. Él siempre había opinado que se equivocaba al preferir a Justiniano, pero también reconocía que el favoritismo que sentía él hacia Ana era igual de reprochable. Leo debía de echar de menos a Simonis, incluso la familiaridad de aquellas peleas. Más que eso, ahora él temía por ella.

—Perdona —dijo Ana con voz queda—. Si tiene lugar una invasión... cuando... debería estar con nosotros. Te pido que le preguntes si desea volver... —Dejó la frase sin terminar.

—¿Qué sucede? —la apremió Leo.

—Si está más segura en donde se encuentra ahora, no le digas nada —concluyó Ana.

Leo negó con la cabeza.

—La seguridad es estar con tu propio pueblo —dijo—. Cuando eres viejo es mejor morir con tu familia que escapar y vivir con extraños.

De repente, sin previo aviso, a Ana se le inundaron los ojos de lágrimas.

—Pregúntaselo... te lo ruego.

Simonis volvió tres días después, nerviosa, desafiante, decidida a que Ana hablase primero. Ana se sorprendió al advertir lo delgada que estaba y la expresión de dolor que mostraba su rostro. Habían transcurrido meses, pero parecía muy cansada, como si sufriera una rigidez en los miembros.

Ana tenía pensado lo que iba a decirle, pero ahora lo único que veía era una mujer solitaria y entrada en años que había perdido a todos sus seres queridos, y el discurso que tenía preparado se esfumó totalmente.

—Ya sé que es pedirte mucho que te quedes —le dijo en tono suave—, y entenderé que no quieras, dado que...

—Me quedo —la interrumpió Simonis con un brillo acerado en sus ojos negros—. No pienso huir porque se acerque una batalla.

—No es una batalla —señaló Ana—, sino la muerte.

Simonis se encogió de hombros.

—Da igual, no tenía pensado vivir eternamente. —La voz le tembló un poco y aquello marcó el fin de la conversación.

Ana se tomó un breve respiro en la atención a los enfermos para ir de nuevo a Santa Sofía, no tanto para asistir a misa como para disfrutar de su singular belleza mientras continuara en pie.

Mientras recorría los pasillos exteriores y veía el oro de los mosaicos, las exquisitas madonas de ojos lánguidos y gesto pensativo y las figuras de Cristo y los apóstoles, pensó en Zoé y experimentó un sentimiento de pena mucho más profundo de lo que habría esperado. Bizancio sin ella era menos. La vida misma era más gris.

—¿No termináis de decidir si preferís la sección de los hombres o la de las mujeres, Anastasio?

Se volvió y descubrió a Helena, a poca distancia de ella. Iba magníficamente vestida, con una túnica de color rojo oscuro y una dalmática de un azul tan intenso que casi parecía púrpura, demasiado atrevimiento para una persona que no perteneciera a la casa imperial. Los ribetes dorados y los reflejos que emitía el rojo obligaban a mirar dos veces para asegurarse.

Ana sintió el impulso de responder con alguna réplica cortante, pero dicho pensamiento quedó borrado por completo al ver que detrás de Helena había un hombre. Ana reconoció su rostro, aunque hacía por lo menos dos años que no lo veía. Era Isaías, el otro hombre, aparte de Demetrio, que había salido ileso de la conspiración de asesinato.

¿Por qué estaba allí, en Santa Sofía, con Helena, y por qué iba ella vestida casi de púrpura? Helena Comnena, hija de Zoé y del emperador. No se había casado con Demetrio; si lo único que quería de él era el apellido imperial, ya no había razón para ello. En cuestión de semanas el trono estaría en las manos de Carlos de Anjou, el cual podría entregárselo a quien se le antojara, algún títere que gobernaría moviendo él los hilos.

Nicéforo había dado por sentado que dicho títere iba a ser el yerno de Carlos, pero era posible que no. ¿Tendría pensado algo distinto, algo que sofrenara a una hija ambiciosa, recompensara a un lugarteniente más digno de su confianza y al mismo tiempo comprara un poco de paz a un pueblo levantisco, sirviéndose de una reina renegada de la familia de los Paleólogos? ¡Qué traición tan refinada!

No debía permitir que Helena leyera en sus ojos lo que estaba pensando. Debía decir algo enseguida, no una contestación de cortesía que Helena sospechase que pudiera enmascarar otra verdad.

—Estaba pensando en vuestra madre —dijo por fin, sonriendo muy levemente—. Al acordarme de cuando vi a Giuliano Dandolo limpiando la tumba de su bisabuelo. Ésa fue la única venganza que no se cobró.

La expresión de Helena se quedó petrificada.

—Fue todo una pérdida de tiempo —dijo en tono glacial—. Mi madre era una anciana que vivía en el pasado. Yo vivo para el futuro, pero es que tengo un futuro. Ella no lo tenía. ¿Y qué me decís de vos, Anastasia... porque así es como os llamáis, no?

—No.

Helena se encogió de hombros.

—En fin, da lo mismo. Os llaméis como os llaméis, aquí ya no hay sitio para vos. No sé qué fantasía os trajo, de entrada.

Ana se habría sentido herida si su cerebro no estuviera pensando a toda velocidad tratando de dilucidar qué estaría haciendo Isaías con Helena. Recordó el papel que había desempeñado en la conspiración original; fue él quien cortejó al joven Andrónico con la intención de asesinarlo también.

Si de verdad Helena estaba planeando una alianza de algún tipo con Carlos de Anjou, ¿era Isaías el que se encargaba de llevar y traer la información? Helena no sería tan tonta como para poner en papel nada condenatorio, y tampoco viajaría de un lado para otro. Además, seguramente no se fiaba de ninguno de los hombres de su madre.

Helena estaba esperando una respuesta.

—De todos modos ya se ha acabado —repuso Ana en voz baja. Sabía que Justiniano era culpable de la muerte de Besarión, en un acto de lealtad a Bizancio, y dentro de pocas semanas, incluso días, ya no iba a tener la menor importancia.

Helena irguió un poco más la cabeza y se fue. Isaías, vestido de tonos rojos oscuros y flamígeros, se apresuró a ir tras ella.

Ana entró despacio en una de las capillas laterales e inclinó la cabeza en actitud reflexiva, casi orante.

Levantó la mirada hacia el oscuro rostro de la Madona que colgaba por encima de ella, rodeada por un millón de minúsculas teselas de oro. Si pudiera informar a Miguel de algo que él desconociera, algo que a su parecer todavía importaba, quizá lograra persuadirlo de que perdonase a Justiniano. Una carta del emperador todavía era ley para los monjes del Sinaí.

¿Qué pruebas serían necesarias para que Miguel quedara convencido? En aquella época de tinieblas, ¿estaría más dispuesto que antaño a realizar un último acto de clemencia? Quizás aún pudiera obtener su propósito.

Cerró los ojos.

—Santa María, Madre de Dios, perdóname por rendirme demasiado pronto. Te lo ruego. Puede que no puedas salvar Constantinopla y que tengamos que salvarnos solos, pero ayúdame a liberar a Justiniano..., te lo suplico.

Contempló largamente aquel bello rostro de fuertes líneas.

—No sé si somos merecedores de tu ayuda, es posible que no, pero la necesitamos.

Seguidamente giró sobre sus talones y se dirigió deprisa y sin hacer ruido en pos de Helena, para poder seguir a Isaías una vez que finalizara la misa. Necesitaba averiguar sobre él todo lo que le fuera posible.

Se lo contó a Leo y a Simonis porque necesitaba que la ayudaran.

—¿Qué quieres que haga? —le preguntó Leo, confuso.

Estaban tomando una cena temprana.

—Necesito saber si ha viajado —contestó—. No puedo demostrar adónde ha ido, pero me haré una idea si descubro en qué barcos ha navegado.

—Yo averiguaré en qué fechas —interrumpió Simonis.

Los dos se volvieron sorprendidos hacia ella.

—Los criados saben muchas cosas —replicó ella, impaciente—. Por el amor de Dios, ¿no es suficientemente claro? La comida, los objetos personales, la ropa para el viaje, ¡hasta puede que cerrase una parte de la casa! A lo mejor trajo objetos para sí mismo o para su casa, ropa nueva. Seguro que los criados saben adónde se fue, y alguno de ellos lo habrá acompañado. Y desde luego que sabrán cuánto tiempo estuvo fuera.

Leo miró a Ana para preguntarle:

—Y cuando averigüemos todo eso, ¿qué vas a hacer tú? —Lo dijo en tono grave, con el semblante muy serio y una profunda tristeza en los ojos.

—Comunicárselo al emperador —respondió.

—Y él ejecutará a Helena —dijo Simonis con satisfacción.

—Lo más probable es que ordene que la asesinen en privado —añadió Leo, y a continuación se volvió hacia Ana—. Pero eso no ocurrirá antes de que ella le haya contado al emperador todo lo que sabe de ti, incluido el hecho de que eres una mujer y que lo has engañado a lo largo de todos estos años. Y que le has procurado atención médica personalmente... muy personalmente. De ésa no vas a salir sin pagar de algún modo, puede que con tu vida. ¿Estás dispuesta a comprar la libertad de Justiniano a cambio de la tuya? —le preguntó con un hilo de voz—. No estoy seguro de querer ayudarte a hacer tal cosa.

Simonis parpadeó, vaciló, miró primero a Ana y después a Leo.

—Ni yo tampoco —dijo por fin.

—¿Acaso no deseáis impedir a Helena que actúe, si eso es lo que piensa hacer? —preguntó Ana.

Al no recibir respuesta, Ana probó de nuevo.

—Puede que cuando conquisten esta ciudad terminemos muertos de todos modos. Obtened esa información para mí —pidió Ana.

—¡Tú debes vivir! —exclamó Simonis con enfado y lágrimas en la cara—. Eres un médico. Piensa en todo el esfuerzo que hizo tu padre para enseñarte.

—Haced esas averiguaciones, o de lo contrario tendré que hacerlas yo —dijo Ana—. Además, se os dará mejor a vosotros que a mí.

—¿Me estás dando una orden? —preguntó Simonis.

—¿No da lo mismo? Porque si significa algo, sí, es una orden.

Simonis no dijo nada, pero Ana sabía que iba a obedecer, y además con valor y dedicación.

—Te lo agradezco mucho —dijo con una sonrisa.

Simonis se puso de pie y salió de la habitación.

Fue unos días más tarde cuando Ana ya tuvo suficiente información recopilada para tener la certeza de que Isaías había viajado a Palermo y a Nápoles en nombre de Helena, y ésta, como mínimo, estaba convencida de contar con la promesa del rey de las Dos Sicilias de que sería ella la que gobernaría Bizancio, como consorte del emperador títere que él iba a colocar en el trono. Su ascendencia Comnena y Paleóloga legitimaría la sucesión a los ojos del pueblo. Sería emperatriz, una hazaña que Zoé no podría haber logrado jamás.

Ana fue al palacio Blanquerna para hablar con Nicéforo. Decidió actuar de inmediato, antes de que perdiera el valor o permitiera que Leo o Simonis lograran disuadirla.

Subió la escalinata y penetró en la enorme estancia con el visto bueno de la guardia varega, que la conocía muy bien. ¿Cuántas veces más iba a poder hacer aquello mismo? ¿Podría ser aquella tarde la última oportunidad, ahora que el ocaso teñía Asia de púrpura y el postrer resplandor del día reverberaba sobre las aguas del Bósforo?

Solicitó ver a Nicéforo, le dijo a su sirviente que era urgente.

El criado estaba acostumbrado a sus visitas, y no cuestionó nada. Diez minutos más tarde estaba a solas con Nicéforo en la habitación de éste. La estancia estaba exactamente igual que la primera vez que entró allí. Lo único que había cambiado era el propio Nicéforo. Tenía cara de cansado y parecía mucho más viejo. Lucía unas profundas ojeras y sus manos se veían surcadas de venas azuladas.

—¿Has venido a despedirte? —preguntó sin hacer ningún intento de sonreír—. No hay necesidad de que te quedes, ya lo sabes. Yo voy a quedarme aquí, con el emperador, pero no es necesario que tú hagas lo mismo. Las heridas que estamos a punto de recibir no pueden ser curadas por nadie, excepto por Dios. Me gustaría pensar que tú estás a salvo, ése es un regalo que podrías hacerme.

—Tal vez esto sea una despedida. —A Ana le estaba resultando más difícil de lo que había previsto. Se le quebró la voz y tuvo que hacer un esfuerzo para dominarla—. Pero no he venido por eso. He venido porque tengo una información respecto de Helena Comnena que deberías conocer.

Nicéforo se encogió ligeramente de hombros.

—¿Y qué más da ya?

—Tengo pruebas de que ha estado comunicándose con Carlos de Anjou con el fin de llegar a un acuerdo con él.

Nicéforo estaba estupefacto.

—¿Y qué podría ofrecerle ella?

—Una cierta legitimidad. Una esposa del linaje de los Paleólogos para el títere que él vaya a sentar en el trono de Bizancio.

—Ninguna de las hijas de Miguel sería capaz de traicionarlo haciendo algo así —replicó Nicéforo al instante.

—No me refiero a una hija legítima, sino a una ilegítima.

Nicéforo abrió los ojos con una incredulidad que enseguida dio paso al horror.

—¿Estás segura? —jadeó.

—Sí. Me lo dijo Irene Vatatzés. Y Gregorio lo sabía por Zoé. No tiene importancia que sea cierto o no, aunque yo estoy convencida de que lo es. Lo importante es que Helena lo cree, y que Carlos de Anjou podría decidir creerlo también.

—¿Por qué medio se ha comunicado Helena con Carlos? ¿Por carta? ¿Tienes esas cartas en tu poder?

—Helena no iba a ser tan tonta. Se ha servido de mensajes de palabra, un anillo de sello, un relicario, objetos cuyo significado está claro sólo cuando uno ya sabe qué está ocurriendo. Todo eso por medio de Isaías Glabas. Participó en la conspiración original para asesinar al emperador, que mi hermano desarticuló. Es el único que queda, aparte de Demetrio Vatatzés, que no tiene ninguna otra utilidad para Helena.

—¿Y has venido a decírselo al emperador?

Ana tenía las manos apretadas con tal fuerza que le dolían los músculos, y además jadeaba.

—Quiero una cosa a cambio, porque Helena va a denunciarme ante Miguel, y él no me perdonará por haberlo engañado.

Nicéforo se mordió el labio y compuso un gesto sombrío.

—Eso es verdad. ¿Y qué quieres, Ana? ¿La libertad de tu hermano?

—Así es. Bastará con una carta de perdón. Te lo ruego.

Nicéforo sonrió.

—Supongo que eso sería posible, pero no debes mentir al emperador, en nada. Ya es demasiado tarde.

Debes decirle que eres una mujer y que lo has engañado para averiguar la verdad y demostrar la inocencia de Justiniano.

Ella sintió de pronto frío. Le costaba introducir aire en los pulmones.

—No puedo. No va a creerse que también te he engañado a ti. No te lo perdonará, porque deberías haberlo informado y haber dado la orden de que a mí me encarcelaran... como mínimo.

—Debería haberlo informado —admitió Nicéforo—, pero no creo que ahora nos mande ejecutar. Estamos viviendo nuestros últimos días, y yo llevo a su servicio desde mi niñez. En la medida de lo posible, somos amigos. No creo que pueda permitirse apartar de sí a un amigo en estos momentos últimos que quedan para la noche de nuestro imperio.

—Entonces... lo mejor es que lo hagamos —dijo Ana con la voz quebrada por la emoción.

Nicéforo la miró fijamente por espacio de unos segundos, y al ver que ella no desviaba los ojos cogió una campanilla de oro y esmalte y la agitó.

De forma casi instantánea se presentó un miembro de la guardia varega. Nicéforo le dio la orden de que trajera a Helena Comnena a la presencia del emperador, inmediatamente, so pena de muerte.

El guardia, sobresaltado y con una palidez mortal, se apresuró a obedecer.

—Ana —dijo Nicéforo—, tenemos muchas cosas que decir antes de que llegue Helena.

La condujo por los familiares corredores en los que aún reposaban las estatuas antiguas. Ana se dio cuenta de que estaba temblando y de que estaba ridículamente a punto de echarse a llorar al pensar que a no mucho tardar todas aquellas cosas quedarían destrozadas nuevamente, pisoteadas por personas que no las amaban, que ni siquiera imaginaban la belleza intelectual y espiritual de que eran reflejo.

Antes de lo que hubiese querido llegó a la sala en la que el emperador recibía a sus súbditos. Nicéforo entró por delante de ella, y luego volvió sobre sus pasos para hacerla pasar.

Ana lo siguió con la cabeza inclinada, sin mirar al emperador a los ojos hasta que así se lo ordenaran. Cuando Miguel habló, ella levantó la vista. Y lo que vio le causó un escalofrío. Miguel Paleólogo aún no había cumplido los sesenta, pero ya era un anciano. Tenía esa mirada hundida de los hombres cuyos días están contados.

—¿Qué sucede, Anastasio? —preguntó, estudiando despacio el semblante de Ana—. ¿Venís a decirme algo que no sepa ya?

—No lo tengo tan seguro, majestad —repuso ella. Estaba temblando y las palabras se le agolpaban en la garganta y casi le impedían respirar.

Rápidamente, Nicéforo intervino en su ayuda.

—Majestad, Anastasio ha tenido noticia de un acto de traición que vos tal vez tengáis a bien permitir, o acaso evitar. De todas formas, es posible que no llegue a nada.

—¿Qué traición, Anastasio? ¿Creéis que puede tener importancia a estas alturas?

—Sí, majestad. —Le temblaba la voz y notaba el cuerpo frío—. Helena Comnena ha estado en comunicación con Carlos de Anjou.

—¿En serio? ¿Y qué le ha comunicado? ¿Le ha dicho cómo invadir nuestra ciudad? ¿O cómo derribar las murallas para que los cruzados del Papa puedan pasarnos otra vez por el fuego y la espada, en nombre de Cristo?

—No, majestad. Para que, cuando nos haya conquistado y haya dado muerte a todos los que son leales a vos, al imperio y a la Iglesia, pueda coronar a un emperador nuevo que os sustituya y cuya esposa pueda afirmar poseer dos apellidos de la realeza y un linaje suficiente que le proporcione a él autoridad para poder exigir obediencia al pueblo.

Miguel se inclinó hacia delante en su sillón. La luz de las lámparas destacó la palidez de su rostro y las hebras de color blanco del cabello y de la barba.

—¿Qué estáis diciendo, Anastasio? Mirad bien a quién acusáis. Aún no hemos caído. Puede que sólo sea cuestión de días, incluso de horas, pero en Bizancio todavía soy yo quien tiene poder para decidir quién vive o quién muere.

Ana temblaba violentamente.

—Lo sé perfectamente, majestad. Helena es la viuda de Besarión Comneno y... y también es la hija ilegítima que vos engendrasteis de Zoé Crysafés. Ella no lo supo hasta que murió Irene Vatatzés, su madre no se lo dijo nunca.

Miguel permaneció inmóvil durante largo rato, tanto que Ana temió que hubiera sufrido alguna clase de ataque.

—¿Cómo ha llegado a vos esa información, Anastasio? —preguntó Miguel finalmente.

—Me lo dijo Irene —respondió ella en un susurro—. La atendí en su lecho de muerte. Ella deseaba que Helena lo supiera, para así vengarse de Zoé porque Gregorio la amaba.

—Eso no es difícil de creer —dijo Miguel—. ¿Y por qué me lo decís precisamente ahora, en vísperas de nuestra destrucción?

—Porque no sabía nada del plan que tramaba Helena hasta que la vi en Santa Sofía, vestida de un tono azul que era casi púrpura, y entonces me puse a recabar pruebas. —Tragó saliva—. Y ahora las tengo. Si me permitierais, majestad, desearía suplicaros un último gesto de clemencia, mientras aún podáis concedérmelo, dado que poseéis el poder de decidir quién vive y quién muere. Os ruego que redactéis una carta de perdón para mi hermano, Justiniano Láscaris, que está preso en el monasterio de Santa Catalina, en el Sinaí, por haber tomado parte en el asesinato de Besarión Comneno.

—Está preso por haber participado en la conspiración urdida para usurpar el trono —la corrigió Miguel.

—Esa conspiración fracasó porque él no logró disuadir a los conspiradores, por ese motivo mató a Besarión —arguyó Ana. Ya tenía poco que perder.

El emperador extendió ligeramente las manos.

—Así que Justiniano es hermano vuestro. Siendo así, ¿por qué os hacéis llamar Zarides? ¿Tan peligroso os resulta el apellido Láscaris? ¿Os avergonzáis de él?

Miró en cambio a Miguel, a los ojos, y comprendió que no iba a perdonarla.

—No es por culpa de Justiniano —susurró Ana—. Él no sabía nada.

—¿De qué?

Miguel estaba esperando. Dentro de pocos días era posible que todos estuvieran muertos, y entonces sería demasiado tarde. Pensó en Giuliano, al que no volvería a ver nunca. Quizá fuera mejor así, él tampoco iba a perdonarla.

—Soy un buen médico, majestad, pero no soy eunuco —dijo Ana con voz ronca.

El emperador no entendió.

—Soy una mujer. Zarides era el apellido de mi marido, de modo que es el mío. Al nacer mi nombre era Ana Láscaris, un nombre al que renuncié, aunque con renuencia. —Notó el fuerte escozor de las lágrimas en los ojos y un nudo tan grande en la garganta que casi le impedía respirar.

En la sala se hizo un silencio tan profundo que cuando un miembro de la guardia varega situado al fondo cambió el peso de un pie a otro, el roce fue audible para todos.

Miguel se recostó en su sillón sin dejar de mirar a Ana. Entonces, de improviso, estalló en carcajadas de puro regocijo. Reía sin parar, disfrutando verdaderamente.

A Ana le costaba trabajo creerlo.

La guardia varega del fondo, obediente como siempre, también rompió a reír.

Luego se sumó Nicéforo, con una nota de alivio rayana en la histeria.

A Ana se le saltaron las lágrimas y rio también, aunque en su caso era más bien llanto. Reía únicamente por obligación. Si el emperador ríe, todo el mundo debe imitarlo.

De repente Miguel recuperó el tono serio, y todos callaron al instante. Miró fijamente a Nicéforo y lo interpeló:

—¿Tú estabas enterado de esto, Nicéforo?

—Sí, majestad. —El eunuco se ruborizó intensamente—. Al principio, no. Cuando lo supe, supe también que Ana no tenía intención de perjudicaros. Ciertamente me fiaba de ella más que de ningún otro médico, tanto por su destreza, que es grande, como por su lealtad, en la cual yo sabía que podía confiar.

—Ya me lo imagino —dijo Miguel—. Es una suerte para ti que yo posea este humor de desesperación, de lo contrario quizás esto no me resultara tan gracioso.

—Os estoy agradecido, majestad.

—¿Por qué me lo dices, Nicéforo? Si no hubieras dicho nada, yo no me habría enterado. ¿Para qué correr el riesgo de enfurecerme?

—Lo sabe Helena Comnena, majestad. Y como represalia por el hecho de que Ana Láscaris os haya informado de sus planes, comprensiblemente, con el tiempo, terminará por revelaros el secreto de Ana.

—Entiendo. —Volvió a reclinarse en su asiento—. Desde luego que lo hará.

Miguel se volvió hacia Ana con una expresión fascinada en sus ojos negros.

—Seríais una mujer muy hermosa. Comprendo que Helena os odie. A Zoé le gustabais, ¿lo sabíais? ¿Sabía que erais una mujer?

—Sí, majestad.

—Eso explica muchas cosas que me resultaban curiosas. Cuán

bizantina... —De pronto se quedó sin voz y no pudo decir nada más.

Ana desvió el rostro. Era una indiscreción mirarlo en aquel momento. Pero permaneció en su sitio, ya que no había recibido permiso para irse; sin embargo, mantuvo la vista baja.

En eso, se oyó movimiento en el exterior de la sala y se abrió la puerta. Entraron dos miembros de la guardia varega, con Helena en medio. Igual que en Santa Sofía, Helena vestía un tono azul que se acercaba mucho al púrpura.

—¡Entrad! —ordenó Miguel.

La guardia varega obligó a Helena a caminar, medio a rastras, a trompicones. Se detuvieron delante mismo del emperador sujetando a Helena de las muñecas. Ésta tenía el rostro arrebolado y el cabello medio suelto del complicado recogido, como si hubiera forcejeado. Por una vez, en su furia, recordaba vagamente la magnificencia de su madre.

Uno de los guardias abrió el puño y dejó caer en el regazo del emperador un anillo, un relicario y una cajita.

El semblante de Helena perdió toda su calma.

—Has pactado con Carlos de Anjou —dijo Miguel sin alterarse.

Helena contrajo el rostro en una sonrisa de burla.

—¿Creéis lo que os dice esa... embustera? —Indicó con un gesto de cabeza a Ana, pero su impulso quedó frenado por los guardias que le sujetaban las muñecas—. ¡Ese médico vuestro es una mujer, majestad! ¿Lo sabíais? Tan mujer como yo, que no ha tenido reparos en hurgar y manosear vuestro cuerpo, sin vergüenza alguna. ¿Y creéis en su palabra antes que en la mía?

Miguel la miró de arriba abajo.

—¿Estás segura de que es una mujer? —preguntó en tono de curiosidad.

Helena respondió con una carcajada que sonó como un ladrido.

—Por supuesto que sí. ¡Desgarradle la túnica y lo veréis!

—¿Cuánto tiempo hace que lo sabes?

—¡Años!

—¿Y no se te ha ocurrido decírmelo hasta hoy? ¿Por qué motivo, Helena Paleóloga?

Demasiado tarde se percató de su error. Los ojos le relampagueaban, igual que los de un animal que huele la sangre y la muerte.

—Estoy enterado —continuó Miguel—. Es Ana Láscaris. Posee sangre imperial, como tú... o como yo. Ella misma me lo ha dicho. Pero es un médico excelente, y eso es lo que yo le exijo. Eso... y lealtad.

Helena tomó aire como si fuera a decir algo, pero comprendió que con ello no iba a cambiar nada, de modo que volvió a expulsarlo sin hacer ruido.

Miguel hizo un ademán leve y rápido con la mano, y al instante los dos miembros de la guardia varega sujetaron a Helena con renovado empeño y se la llevaron. Ella se hundió, como si le faltara fuerza en las piernas y tuviera dificultades para sostenerse en pie.

—Nunca me he fiado de Zoé —comentó Miguel con la voz ablandada por la pena—. Pero me gustaba. Era una mujer magnífica, todo fuego y pasión, fiel a su propio código de honor, aunque fuera un código más bien temible. —Acto seguido se volvió hacia Ana—. Tendréis esa carta. Más vale que os deis prisa, antes de que mi autoridad deje de tener valor; cuando Constantinopla caiga, puede que ya no valga nada. —Esbozó una sonrisa triste—. Pero Helena tiene amigos. Os convendría salir de aquí como una mujer, lo mejor para vos sería que crean que Helena y vos entrasteis en palacio... y ninguna de las dos salió de él.

Ana tardó unos momentos en recuperar el habla, y así y todo la voz le salió ronca y un poco temblorosa.

—Sí, majestad. Os lo agradezco mucho.

Nicéforo alargó la mano y tomó a Ana del codo al tiempo que la guiaba hacia la salida, fuera de la presencia de Miguel.

En cuanto estuvieron a solas, en un pasillo apartado del gran salón, Ana le dijo:

—¿Van a llevarla a prisión? ¿Que sucederá cuando Constantinopla... caiga?

—La guardia varega le partirá el cuello —explicó Nicéforo—. Estando la flota de Carlos en el horizonte, a nadie le importará lo más mínimo. Ven, voy a buscarte ropa de mujer, y mientras te cambias, escribiré la carta y se la llevaré al emperador para que la firme. Después deberás irte. —Sonrió—. Voy a echarte de menos.

Ella le tocó la mano.

—Yo también voy a echarte de menos a ti. No hay ninguna otra persona con la que pueda conversar como he conversado contigo. —Y a continuación desvió la mirada, por si él descubría que la soledad que sufría ella se parecía mucho a la que lo atormentaba a él.

Nicéforo la acompañó hasta el muelle. Hacía una noche de verano cuajada de estrellas, pero ya era demasiado tarde para encontrar una barca de pasajeros. En cambio, la aguardaba una barcaza del emperador para transportarla hasta el Gálata, el barrio situado en la otra orilla del Bósforo. Aquélla era la última vez que pisaría Constantinopla. Se alegró de que fuera demasiado de noche para que Nicéforo pudiera distinguir la aflicción que reflejaba su rostro, el amor que sentía por todo lo que se encontraba a punto de ser destruido.

—Ya no puedes regresar —le advirtió Nicéforo—. Enviaré mensajes a tus sirvientes. Es mejor que ellos se queden aquí unos días más, como mínimo. Los amigos y los aliados de Helena estarán al acecho, Isaías y los que sean, tal vez Demetrio, y otros. Helena se parecía a su madre en una cosa: en que tanto en la victoria como en la desesperanza, en el triunfo o en la derrota, jamás olvidaba una venganza. Tú sí, en ocasiones con demasiada facilidad, y Zoé lo consideraba una debilidad tuya. Para ella, ése era tu único defecto, pero fatal. Impedía que fueras verdaderamente igual que ella.

Ana se sorprendió.

—¿Igual que ella?

—Desde luego. Ella vio en ti su misma pasión por la vida, pero debilitada por el poder de perdonar. Sin embargo, yo creo que al final comprendió que en realidad era tu punto fuerte. Hacía de ti una persona completa, cosa que ella no era.

¿Sería cierto aquello? La inundó un sentimiento de culpa al pensar que no era digna de aquel elogio. Sí que era verdad que había perdonado muchas cosas, pequeñas y sin importancia. Pero se había guardado las grandes, las afrentas que le habían causado heridas sin curación posible. Nunca había perdonado a su marido Eustacio. Había ocultado el asco que le producía, el sentimiento de culpa por no poder amarlo, por no soportar tener un hijo suyo o por la necesidad que la quemaba por dentro sin hallar satisfacción. Jamás dejó de hacerlo culpable de que ella hubiera sido la que provocó aquella terrible pelea, degradante y mordaz. Más que el dolor físico y que la sangre, lo que mejor recordaba era la vergüenza. ¿Le reprochaba a Eustacio haber permitido que toda aquella frustración, aquella rabia nacida de la impotencia, la confusión y la derrota, explotara en una acción violenta? ¿O era culpa suya, porque en realidad deseaba a medias que él cayera tan bajo?

Sí, Eustacio fue brutal, pero eso era algo que le pesaba a él en el alma y que ella ya no podía remediar. Ya había quedado atrás la oportunidad en que sí podría haber hecho algo al respecto, y la había desaprovechado. Aquél era otro detalle más por el que necesitaba el perdón.

Intentó pensar qué cosas buenas tenía Eustacio. Le resultó difícil, hasta que pensó primero en las heridas que también él había sufrido, y entonces sintió compasión, más profunda todavía por el hecho de tomar conciencia de que debería haber sido más dulce con él. Si lo hubiera ayudado, en vez de reaccionar de manera agresiva pensando sólo en su propio dolor, a lo mejor él habría sacado su parte más noble.

Se acordó de la destreza que tenía con los animales, del afecto con que hablaba a los caballos, de las noches que pasaba en vela con ellos cuando estaban heridos o enfermos, de la intensa alegría que lo embargaba cada vez que nacía un potrillo, de las palabras de elogio que dedicaba a la yegua, de cómo la acariciaba y le daba cariño. Sin querer se le saltaron las lágrimas lamentando haber dejado aquellas cosas a un lado, obsesionada egoístamente con sus propias necesidades.

Dejó salir toda su ira e inclinó la cabeza en la oscuridad.

«Lo siento mucho —oró mentalmente, con humildad y de todo corazón—. Dios mío, perdóname. Ayúdame a ser fuerte de espíritu para conceder a los demás la misericordia que tanto necesito yo misma.»

Poco a poco sintió que la pesadumbre iba disolviéndose y que la absolución la rodeaba como un abrazo, absorbiendo todo su dolor. El malestar desapareció, y notó una agradable sensación de calor que vino a llenar el hueco que le había quedado dentro.

Llegaron a la orilla. La barcaza estaba lista, meciéndose suavemente contra el muelle empujada por las olas. Era hora de irse.

No había nada más que decir. De nuevo iba vestida de mujer; la única vez en once años que se había puesto un vestido fue en Jerusalén, en compañía de Giuliano. El momento se le hizo difícil. Se despidió de Nicéforo con una breve caricia y un beso en la mejilla. Él a su vez la abrazó con fuerza unos instantes. Después, se apartó y procedió a bajar la escalera y subir a bordo de la barcaza.

Ya amanecía cuando llegó a la casa de Avram Shachar, que a aquellas alturas ya era un lugar familiar para ella. Era demasiado temprano para esperar que hubiera alguien despierto, pero no se atrevió a esperar en las calles; una mujer sola era más vulnerable que un eunuco. Incluso llevando una túnica más amplia y el cuerpo sin rellenar, de tal modo que se apreciaba nítidamente la forma del busto y de las caderas, tenía que recordarse continuamente que ahora proyectaba una imagen com-

Nicéforo se hallaba a solas en sus aposentos. Sobre una mesita había algo de pan y fruta. Estaba de pie, en el centro de la habitación. Giuliano lo encontró más avejentado que la última vez que lo había visto, y aquejado de una soledad tan acentuada que incluso animado con la alegría de la buena noticia no pudo dejar de apreciarla.

—Permitidme que os ofrezca algo de comer. ¿De beber, quizá? —dijo Nicéforo.

Giuliano venía desaliñado y con cara de agotamiento, pero no podía borrar la sonrisa de su rostro. Traía un regalo maravilloso.

—La flota de los cruzados se ha hundido —dijo, a modo de respuesta—. Ha sido devorada por el fuego en el puerto de Mesina. Carlos de Anjou ya no podrá navegar con ella a Bizancio, ni a Jerusalén ni a ninguna parte. En estos momentos yace en el fondo del mar.

Nicéforo se lo quedó mirando unos instantes, y poco a poco fue componiendo una expresión de profundo asombro.

—¿Estáis... seguro? —susurró.

—Del todo. —Hablaba con voz vibrante, quebrada por la emoción—. Yo mismo lo he visto. Fui uno de los que encendieron las antorchas. Jamás lo olvidaré mientras viva. Cuando hizo explosión el fuego griego que había en la bodega de aquellos barcos, el mar se transformó en el mismísimo infierno.

Nicéforo extendió la mano y aferró la de Giuliano con tal fuerza que a punto estuvo de aplastársela, una fuerza que Giuliano nunca habría imaginado en él. Tenía lágrimas en los ojos.

—Hemos de decírselo al emperador.

Esta vez no tuvo que esperar para que lo recibiera Miguel, no tuvo que pasar por las formalidades de costumbre para ser admitido al salón del trono. Pasaron por delante de la guardia varega como si estuvieran entrando en otra habitación cualquiera.

Miguel se había vestido a toda prisa, pero estaba totalmente despierto. Sus ojos negros brillaban con intensidad, muy vívidos, a pesar de lo demacrado de su rostro y de las oquedades que formaba su piel apergaminada.

—Majestad —dijo Giuliano con voz calma.

—¡Hablad!

Giuliano alzó la vista y la clavó en los ojos del emperador como si fuera su igual.

—Carlos de Anjou ya no volverá a representar una amenaza para Bizancio, majestad. Su flota se ha incendiado y yace hundida en la bahía de Mesina. Es un hombre acabado. Hasta Sicilia respirará al verse libre de la opresión.

Miguel lo miró fijamente.

—¿Lo habéis visto vos mismo?

—El capitán Dandolo prendió las antorchas, majestad —terció Nicéforo.

—Pero vos sois veneciano —dijo Miguel con incredulidad.

—Sólo a medias, mi señor. Mi madre era bizantina. —Lo dijo con orgullo.

Miguel asintió despacio. Conforme la tensión y el sufrimiento iban abandonando su cuerpo, se extendió por su semblante una amplia sonrisa y se le fue iluminando la mirada. Sin apartar los ojos de Giuliano, hizo una seña a Nicéforo.

—Dale a este hombre todo lo que le apetezca. Dale comida, vino, una cama, ropa limpia. —A continuación se quitó el anillo de oro y esmeraldas que llevaba en el dedo y se lo tendió a Giuliano.

Éste observó lo hermoso que era.

—Tomadlo —dijo Miguel—. Ahora, compartamos nuestra alegría con la ciudad entera. ¡Nicéforo! Da orden de que se propague la buena noticia por todas partes. Que todos bailen en las calles, que coman y beban, que haya música y diversión. Que se vistan con sus mejores galas. —Calló un momento para mirar de nuevo a Giuliano—. Bizancio os da las gracias, Giuliano Dandolo. Ahora id a comer, beber y descansar. Se os pagará con oro.

Giuliano inclinó la cabeza y se retiró, embriagado de triunfo.

Pero cuando salió al pasillo, la única idea que le vino a la cabeza fue ir a dar la noticia a las personas de aquella ciudad que le importaban, empezando por Anastasio. Debía transmitírsela primero a él, ya les tocaría a los demás más tarde. La buena nueva iba a llegar a todos los rincones, pero quería que Anastasio se enterara por él personalmente, deseaba ver su expresión de alegría y alivio.

—Os agradezco vuestras atenciones, pero tengo que ir a dar la noticia a mis amigos —le dijo a Nicéforo—. Quiero informarlos personalmente, quiero estar presente cuando se enteren de lo ocurrido.

Nicéforo afirmó con la cabeza.

—Es natural. A Anastasio lo encontraréis en el Gálata, en casa de Avram Shachar.

—¿No está aquí, en su casa? —Giuliano tuvo un escalofrío—. ¿Por qué? ¿Ha sucedido algo?

De repente la nueva que había traído le pareció vacua. Se dio cuenta de lo mucho que deseaba dársela a Anastasio.

—Vais a encontrarlo muy... cambiado —repuso Nicéforo—. Pero bastante bien.

—¿Cambiado? ¿En qué sentido?

—Shachar vive en la calle de los apotecarios. Todo se explicará por sí solo. Id antes de que partan de viaje hacia el sur. Leo y Simonis ya abandonaron Constantinopla ayer. Os queda poco tiempo. —Sonrió—. Bizancio os debe mucho, y no vamos a olvidarlo jamás.

Giuliano le estrechó la mano de nuevo, notando la presión del anillo que acababa de regalarle el emperador, y acto seguido dio media vuelta y se fue.

En cuanto Miguel Paleólogo, el Igual a los Apóstoles, quedó a solas, fue a sus aposentos y cerró las puertas. Estaba cansado. Aquella batalla tan larga lo había agotado y le había dejado una debilidad en el cuerpo que sabía que no iba a curarse.

Se inclinó frente al armario y cogió la llave que llevaba colgada del cuello. La introdujo en la cerradura y abrió.

Allí estaba, como siempre, el rostro sereno y bellísimo de la Madre de Dios que san Lucas había pintado y Zoé Crysafés le había regalado a él. Se arrodilló delante de ella mientras las lágrimas le rodaban lentamente por la cara.

—Gracias —dijo con sencillez—. Pese a nuestras flaquezas y nuestras dudas, nos has salvado de nuestros enemigos. Y lo que es un milagro aún mayor: nos has salvado de nosotros mismos.

Se santiguó al antiguo estilo griego, pero permaneció de rodillas.

Giuliano localizó la calle de los apotecarios, pero tuvo la sensación de haber tardado una eternidad.

Durante todo el camino, cuando salió del palacio y descendió por las empinadas calles, cuando llegó a los muelles y fue hasta el embarcadero a esperar una barca, su cabeza no dejó de dar vueltas. ¿Qué habría querido decir Nicéforo? ¿A qué cambio se refería? No quería que Anastasio hubiera perdido ni un ápice de la pasión, el valor, el ingenio y la dulzura que él recordaba; deseaba encontrarse con la misma persona afectuosa, inteligente y sensible que conocía y por la que albergaba sentimientos tan hondos.

Subió a toda prisa por la calle de los apotecarios a pleno sol, pasando por delante de tiendas y mercados vacíos, casas desiertas. De un momento a otro llegaría la noticia y se propagaría como el fuego. Quería ser el primero en dársela a Anastasio.

—¿Dónde está la tienda de Avram Shachar? —preguntó a voces a un hombre que estaba abriendo muy despacio la puerta de su casa y oteando la calle.

El hombre señaló.

Giuliano le dio las gracias y apretó el paso.

Dio con la puerta en cuestión y se puso a aporrearla con fuerza, de forma un tanto excesiva, y al momento se dio cuenta de que estaba siendo un poco descortés.

—Perdonad —dijo cuando le abrieron—. Estoy buscando a Anastasio Zarides. ¿Está aquí?

Shachar afirmó con la cabeza, pero no se hizo a un lado ni lo invitó a pasar.

—Soy Giuliano Dandolo, un amigo de Anastasio. Traigo noticias excelentes. Carlos de Anjou ha fracasado, su flota se ha hundido... se ha quemado y ahora está en el fondo del mar. Quiero ser el primero en comunicárselo... —Cayó en la cuenta de que estaba hablando como una cotorra, y tomó aire para calmarse—. Por favor.

Shachar asintió muy despacio y sus ojos estudiaron el rostro de Giuliano.

—¿Eso es cierto?

—Sí, lo juro. Ya he informado al emperador, pero a Anastasio quiero decírselo yo mismo... y a vos.

El rostro de Shachar se relajó en una amplia sonrisa.

—Gracias. Será mejor que entréis. —Abrió la puerta del todo e indicó una habitación que había al fondo del pasillo—. Ahí está el cuarto de las hierbas. Seguramente Anastasio estará trabajando con ellas. Nadie os molestará. —Pareció ir a agregar algo más, pero cambió de idea.

—Os lo agradezco. —Giuliano pasó junto a él como una exhalación y se dirigió hacia la puerta del fondo. Iba dominado por la aprensión. ¿A qué cambios se habría referido Nicéforo? ¿Qué habría ocurrido? ¿Estará enfermo Anastasio? ¿O herido?

Llamó con brío a la puerta.

Cuando ésta se abrió, Giuliano vio una mujer de pie. Era más alta de lo habitual y tenía un cuello esbelto, pómulos marcados y una brillante cabellera de color castaño. Poseía una belleza especial que lo impresionó, como si la conociera desde siempre, y sin embargo no la había visto nunca.

De pronto el rostro de ella se tiñó de un rubor intenso.

—Giuliano... —dijo con voz ronca, como si le costara hablar.

No supo qué decir. De pronto comprendió. Experimentó una profunda vergüenza por todas las cosas que había dicho, todos los sentimientos que había desvelado, todos los momentos en que había referido experiencias vividas y de los cuales recordaba, más que el contenido en sí, la intensa sensación de compañerismo, de intimidad casi, como si no hubiera habido necesidad de ocultar nada.

Después recordó el momento en que se despertó en él aquel deseo físico, junto con la turbación y la confusión que lo abrumaron entonces. Le había costado muchos sufrimientos reprimir todo aquello.

A él le produjo una fuerte impresión; ¿qué habría sentido ella?

Desvió la mirada y la fijó en el paquete de hierbas y ungüentos, que sugería un viaje inminente.

—¿Se va Shachar? —preguntó obedeciendo un impulso—. ¿O te vas tú?

Ana sonrió y parpadeó rápidamente, como si pretendiera disipar las lágrimas.

—Los cruzados llegarán de un día a otro, y cuando ocurra eso los judíos que estén aquí no saldrán muy bien parados... ni los musulmanes.

—¿Por eso... —Miró la túnica de mujer que vestía. Le resultaba a la vez turbador y placentero descubrir que bajo aquella prenda se adivinaba un cuerpo muy femenino, tan sensual como el de Zoé.

—No... —se apresuró a contestar ella—. Helena tenía previsto aliarse con los invasores a fin de gobernar con ellos. Es hija ilegítima de Miguel. Yo he encontrado pruebas de lo que planeaba hacer y he informado al emperador. Y ella le ha dicho que yo era una mujer.

—¿Cómo...? —empezó Giuliano.

—Zoé lo sabía.

—¿Sabía? —repitió Giuliano, sin entender el uso del pretérito.

—Ha muerto —explicó Ana con voz queda—. Asesinada por Constantino.

Giuliano percibió la nota de dolor con que lo dijo, y al mirarla vio la tristeza reflejada en su rostro. Se imaginó lo mucho que debió de afectarla.

—Anast... —Se interrumpió. No sabía cuál era su nombre.

—Ana Láscaris —susurró ella.

Giuliano alargó una mano, no para tocarla, sino sólo como ademán. Le vinieron a la memoria todas las desilusiones que había sufrido él mismo, las amistades y sueños fallidos, la larga soledad que le ocasionó todo aquello.

—Todo ha terminado —dijo Ana en voz baja—. El emperador me ha dado libertad, pero no puedo quedarme en Constantinopla. Simonis va a regresar a Nicea. Si Nicea cayera también...

—¡No caerá! —la interrumpió Giuliano con vehemencia—. No va a caer nadie. Bizancio se encuentra a salvo, por lo menos de Carlos de Anjou. Toda su flota está hundida en el puerto de Mesina. Yo mismo lo vi. Ya no hay cruzada alguna.

Experimentó una imparable oleada de felicidad y alivio. Sintió deseos de rodear a Ana con sus brazos y estrecharla con fuerza hasta levantarla del suelo y ponerse a dar vueltas alrededor. Era un impulso tan intenso que casi le producía dolor físico. Pero no iba a acabar allí.

—No tienes por qué irte... —le dijo.

Ana lo miró a los ojos fijamente.

—Sí tengo que irme. Helena tenía amigos, aliados. Se enterarán de que yo fui quien la delató ante Miguel. Le dieron muerte en el palacio, le rompieron el cuello. Y eso no me lo van a perdonar.

Giuliano intentó imaginar la escena, el apasionamiento y la violencia del momento.

—Y además tengo una carta de perdón para mi hermano —siguió diciendo Ana—. He de llevarla a...

—¿A Jerusalén?

—Y de allí al Sinaí.

Si Ana no estaba presente, ¿de qué servía Bizancio sin ella?

—¿Vas a regresar a Venecia? —preguntó con voz entrecortada.

—No. —Giuliano negó levemente con la cabeza—. Yo fui uno de los que pegaron fuego a la flota. —¿A qué venía aquella súbita modestia delante de Ana? A que vanagloriarse de algo resultaba superficial y a fin de cuentas no significaba nada. Lo que él deseaba por encima de todo, de cualquier otra cosa, era ir con ella a Jerusalén, no sólo a la Jerusalén física, sino a la Jerusalén del corazón.

—Shachar no tiene necesidad de abandonar Bizancio —dijo suavemente—, aquí estará seguro. Yo te acompañaré... si me lo permites.

Ana se sonrojó de nuevo, pero esta vez no desvió la mirada.

—Ya... ya no soy un eunuco.

—Lo sé.

—¿Lo sabes? —Era una pregunta. Giuliano vio el miedo que reflejaban sus ojos. Ana tenía algo en su interior que le causaba un profundo sufrimiento. Tenía el cuerpo en tensión, como si un intenso dolor la atravesara y se adueñara de ella.

¿Qué pensaría que había querido decir?

—Deseo acompañarte como esposo —dijo a toda prisa.

Ana sintió el impulso de apartar la vista, pero aquél era el momento exacto en que debía quitar de en medio todos los secretos ocultos, costara lo que costase.

—No puedo tener hijos —susurró—. Fue culpa mía. Me he arrepentido toda mi vida, con todas mis fuerzas, pero eso no cambia los hechos. Odiaba a mi marido, y lo provoqué hasta que me golpeó... —Se interrumpió, ahogada por la pena. Deseaba pasión, dar y tomar amor, con una intensidad que la consumía, pero aquella mentira podía destruirlo todo.

—Puedo vivir sin hijos —dijo Giuliano con voz calma, acariciándole la mejilla con los dedos—. Pero sin ti no puedo sentirme plenamente vivo. Me sentiría solo, siempre solo, y eso es como que a uno le cierren las puertas del cielo. Cásate conmigo, y viajaremos a Jerusalén. Buscaremos esa senda del espíritu que asciende continuamente, o la fabricaremos. Allí habrá personas a quienes defender, y a quienes curar.

Ana tomó la mano de Giuliano en la suya y se la llevó a los labios.

—Sí —prometió—, me casaré contigo.

FIN

Personajes

Venecia *Duces* Lorenzo Tiépolo (1268-1275)
Jacopo Contarini (1275-1280)
Giovanni Dandolo (1280-1289)

Giuliano Dandolo
Pietro Contarini

Bizancio Ana Láscaris (Zarides)
Justiniano Láscaris (su hermano mellizo)
obispo Constantino
Zoé Crysafés
Helena Comnena (hija de Zoé)
emperador Miguel Paleólogo
Nicéforo (eunuco de palacio)
Besarión Comneno
Andrea Mocenigo
Avram Shachar
Irene Vatatzés
Demetrio Vatatzés (su hijo)
Gregorio Vatatzés (su esposo)
Arsenio Vatatzés (primo de Gregorio)
Jorge Vatatzés (hijo de Arsenio)
Cosmas Cantacuzeno

Leo
Simonis (ambos sirvientes de Ana)

Sabas
Tomais (ambos sirvientes de Zoé)

Roma *Papas*   Gregorio X   (1271-1276)
Inocencio V   (1276)
Adriano V   (1276)
Juan XXI   (1276-1277)
Nicolás III   (1277-1280)
Martín IV   (1281-1285)

Enrico Palombara
Niccolo Vicenze (ambos legados del Papa)

Sicilia   Carlos, conde de Anjou, hermano menor del rey de Francia y rey de Nápoles y de las Dos Sicilias

Giuseppe
María (su esposa)

Bibliografía

Bacco, Enrico, Eileen Gardiner y Ronald G. Musto, *Naples: An Early Guide*.

Ball, Jennifer L., *Byzantine Dress: Representations of Secular Dress in Eighth to Twelfth-century Painting (The New Middle Ages)*.

Dalby, Andrew, *Flavours of Byzantium*.

Freely, John y Ahmet S. Cakmak, *Byzantine Monuments of Istanbul*.

Geanakoplos, Deno John, *Emperor Michael Palaeologus and the West*.

Hagy Davis, John, *Venice* (serie *Wonders of Man*).

Harris, Jonathan, *Constantinople: Capital of Byzantium*.

Herrin, Judith, *Byzantium: The Surprising Life of a Medieval Empire* [edición española: *Bizancio: el imperio que hizo posible la Europa moderna*, Debate, Barcelona, 2009].

James, Liz, *Women, Men and Eunuchs: Gender in Byzantium*.

Kittell, Ellen E. y Thomas Madden, *Medieval and Renaissance Venice*.

Mango, Cyril, *The Oxford History of Byzantium*.

Mainstone, R. J., *Hagia Sophia: Architecture, Structure, and Liturgy of Justinian's Great Church*.

Maxwell-Stuart, P. G., *Chronicle of the Popes: The Reign-by-Reign Record of the Papacy over 2000 Years*.

Mitchell, Piers D., *Medicine in the Crusades: Warfare, Wounds, and the Medieval Surgeon*.

Nicol, Donald M., *Byzantium and Venice: A Study in Diplomatic and Cultural Relations*.

—, *The Last Centuries of Byzantium 1261-1453* (2.ª ed.).

Papadakis, Aristeides y John Meyendorff, *The Christian East and the Rise of the Papacy: The Church 1071-1453 A.D. (Church History vol. 4)*.

Phillips, Jonathan, *Fourth Crusade and the Sack of Constantinople* [edición española: *La cuarta cruzada y el saco de Constantinopla*, Crítica, Madrid, 2005].

Pryor, John H., *Geography, Technology, and War: Studies in The Maritime History of the Mediterranean.*

Riley-Smith, Jonathan, *The Crusades: A Short History.*

Runciman, Steven, *The Sicilian Vespers: A History of the Mediterranean World in the Later Thirteenth Century* [edición española: *Vísperas sicilianas*, Alianza Editorial, Madrid, 1979].

Talbot Rice, Tamara, *Every Day Life in Byzantium.*

Tyerman, Christopher, *God's War: A New History of the Crusades.*

Ullmann, Walter, *Short History of the Papacy in the Middle Ages.*

Ure, John, *Pilgrimage: The Great Adventure of the Middle Ages.*

Walsh, Michael J., *Lives of the Popes: Illustrated Biographies of Every Pope from St. Peter to the Present.*

Weitzmann, Kurt, *The Hagia Sophia Kariye Museum.*

—, *The Icon.*

Yerasimos, Stephane, *Constantinople: Istanbul's Historical Heritage.*